SEPARAÇÃO

John Bowlby
SEPARAÇÃO
Angústia e raiva

Tradução

LEONIDAS HEGENBERG
OCTANNY S. DA MOTA
MAURO HEGENBERG

martins fontes
selo martins

© 1984, Livraria Martins Fontes Editora Ltda.,
São Paulo, para a presente edição.
© by The Tavistock Institute of Human Relations, 1973.
Título original: Attachment and Loss – Volume II: Separation – Anxiety and Anger.

Publisher *Evandro Mendonça Martins Fontes*
Coordenação editorial *Vanessa Faleck*
Produção editorial *Carolina Cordeiro Lopes*
Revisão da técnica da tradução *Mauro Hegenberg*
Revisão da técnica para a tradução *Antônia Maria Brandão Cipolla*
Preparação do original *Silvana Vieira*
Revisões gráficas *Célia Regina Camargo*
Sandra Garcia Cortes
Julio de Mattos
Diagramação *Studio 3*
Capa *Katia Harumi Terasaka*

Dados Internacionais de Catalogação na Publicação (CIP)
(Câmara Brasileira do Livro, SP, Brasil)

Bowlby, John, 1907.
Apego e perda: separação: angústia e raiva, volume 2 da trilogia/John Bowlby ; [tradução de Leonidas H. B. Hegenberg, Octanny S. da Mota, Mauro Hegenberg]. – 4ª. ed. – São Paulo : Martins Fontes – selo Martins, 2004. – (Psicologia e pedagogia)

Título original: Attachment and loss.
ISBN 978-85-336-2063-6

1. Angústia da separação em crianças 2. Comportamento afetivo em crianças 3. Desgosto em crianças 4. Luto em crianças 5. Privação maternal I. Título. II. Série.

04-6548   CDD-155.418

Índice para catálogo sistemático:
1. Apego e perda : Psicologia infantil   155.418

Todos os direitos desta edição reservados à
Martins Editora Livraria Ltda.
Av. Dr. Arnaldo, 2076
01255-000 São Paulo SP Brasil
Tel. (11) 3116.0000
info@emartinsfontes.com.br
www.emartinsfontes.com.br

Sumário

Prefácio à primeira edição inglesa XIII
Agradecimentos XIX

Parte I:
Segurança, angústia e aflição

1 – **Protótipos de pesar humano** 3
   Reações das crianças ao se separarem das mães 3
   Condições que geram reações intensas 7
   Condições que atenuam a intensidade das reações 19
   Presença ou ausência da figura materna:
   uma variável-chave 26
2 – **O lugar ocupado pela separação e pela**
   perda na psicopatologia 31
   Problema e perspectiva 31
   Angústia de separação e outras formas de angústia 37
   Um desafio para a teoria 38
3 – **Comportamento com e sem a mãe:**
   caso dos seres humanos 41
   Observações naturalistas 41
   Estudos experimentais 49
   Ontogênese das reações à separação 65
4 – **Comportamento com e sem a mãe:**
   caso dos primatas não humanos 71

Observações naturalistas 71
Estudos experimentais antigos 75
Novos estudos de Hinde e Spencer-Booth 85

Parte II:
Enfoque etológico do medo humano

5 – **Postulados básicos das teorias da angústia
e do medo** 95
Angústia aliada ao medo 95
Modelos de motivação e seus efeitos sobre a teoria 97
Fobia enigmática ou medo natural 102
6 – **Formas de comportamento indicativas de medo** 107
Um enfoque empírico 107
Comportamento de afastamento e comportamento
de apego 110
Sentimento de medo e suas variantes:
sentimento de alarme e sentimento de angústia 113
7 – **Situações que despertam medo em seres humanos** 119
Difícil campo de estudos 119
Situações que despertam medo: o primeiro ano 123
Situações que despertam medo: o segundo
ano e os subsequentes 130
Situações compostas 146
Comportamento de medo e desenvolvimento do apego 148
8 – **Situações que despertam medo em animais** 155
Indícios naturais de perigo potencial 155
Comportamento de medo em primatas não humanos 160
Situações compostas 168
Medo, ataque e exploração 171
9 – **Indícios naturais de perigo e de segurança** 173
Antes seguro do que arrependido 173
O perigo potencial de estar só 179
Segurança potencial de companheiros conhecidos
e do ambiente 183
Manutenção de relação estável com o ambiente familiar:
uma forma de homeostase 186

10 – Indícios naturais, indícios culturais e avaliação do perigo *189*
  Indícios de três tipos *189*
  Perigo real: dificuldades de avaliação *192*
  Perigos "imaginários" *195*
  Indícios culturais aprendidos com os outros *198*
  Papel continuado dos indícios naturais *202*
  Comportamento em desastres *207*
11 – Racionalização, erro de atribuição e projeção *211*
  Dificuldades para identificar situações que despertam medo *211*
  Erro de atribuição e papel da projeção *214*
  O caso Schreber: um reexame *217*
12 – Medo de separação *223*
  Hipóteses relativas ao desenvolvimento do medo de separação *223*
  Necessidade de duas terminologias *228*

Parte III:
Diferenças individuais na suscetibilidade ao medo: apego com angústia

13 – Algumas variáveis responsáveis pelas diferenças individuais *233*
  Variáveis constitucionais *233*
  Experiências e processos que reduzem a suscetibilidade ao medo *238*
  Experiências e processos que aumentam a suscetibilidade ao medo *244*
14 – Suscetibilidade ao medo e acessibilidade de figuras de apego *251*
  Prognosticando a disponibilidade de uma figura de apego *251*
  Modelos funcionais do eu e das figuras de apego *253*
  O papel da experiência na determinação de modelos funcionais *258*
  Nota sobre o uso dos termos "maduro" e "imaturo" *261*

15 – *O apego com angústia e algumas condições que o favorecem* **263**
  "Superdependência" ou apego com angústia **263**
  Apego com angústia de crianças criadas sem a presença de uma figura materna permanente **268**
  O apego com angústia após um período de separação ou de cuidados de terceiros **273**
  O apego com angústia após ameaças de abandono ou de suicídio **281**
16 – *"Superdependência" e a teoria da criança mimada* **293**
  Algumas teorias contrastantes **293**
  Estudos de "superdependência" e seus antecedentes **296**
17 – *Raiva, angústia e apego* **303**
  Raiva: uma resposta à separação **303**
  Raiva: funcional e disfuncional **304**
  Raiva, ambivalência e angústia **312**
18 – *Apego com angústia e "fobias" da infância* **317**
  Fobia, pseudofobia e estado de angústia **317**
  "Fobia de escola" ou recusa à escola **320**
  Dois casos clássicos de fobia infantil: uma reavaliação **345**
  Fobia de animais na infância **351**
19 – *Apego com angústia e "agorafobia"* **355**
  Sintomatologia e teorias da "agorafobia" **355**
  Padrões patogênicos de interação familiar **363**
  "Agorafobia", perda por morte e depressão **374**
  Nota sobre a reação ao tratamento **376**
20 – *Omissão, supressão e adulteração do contexto familiar* **379**
21 – *Apego seguro e desenvolvimento da autoconfiança* **389**
  Desenvolvimento da personalidade e experiência na família **389**
  Estudos sobre adolescentes e adultos jovens **397**
  Estudos sobre crianças **421**
  Autoconfiança e confiança em outros **431**
22 – *Caminhos para o desenvolvimento da personalidade* **435**
  A natureza da variação individual: modelos alternativos **435**
  Linhas de desenvolvimento e homeorese **438**
  O caminho de uma pessoa: alguns determinantes **442**

Apêndice I – Angústia de separação: revisão da literatura   445
    Concepções dos principais autores   448
Apêndice II – Psicanálise e teoria da evolução   473
Apêndice III – Questões de terminologia   479

Notas do tradutor   485

Notas suplementares   487

Referências bibliográficas   495

A
TRÊS AMIGOS

Evan Durbin
Eric Trist
Robert Hinde

Prefácio à primeira edição inglesa

No prefácio ao primeiro volume desta obra, descrevi as circunstâncias em que ela nasceu. A experiência clínica decorrente do exame de crianças perturbadas, o estudo das famílias dessas crianças e a oportunidade que me foi aberta, em 1950, de consultar a bibliografia e de debater, com muitos colegas de várias partes do mundo, diversos problemas relativos à saúde mental, levaram-me – em relatório patrocinado pela Organização Mundial da Saúde – a formular o seguinte princípio: "Essencial para a saúde mental é que o bebê e a criança mantenham uma relação contínua, íntima e afetuosa com as mães (ou suas substitutas permanentes) – relação que traga a ambos satisfação e prazer" (Bowlby, 1951). A fim de sustentar essa conclusão, apresentei evidência que levava a crer deverem-se diversas formas de psiconeuroses e de desordens de caráter à falta de cuidados maternos ou à descontinuidade das relações entre a criança e sua figura materna.

Embora as conclusões do relatório se mostrassem controversas na época de sua publicação, elas merecem, atualmente, aceitação geral. Faltava, naturalmente, uma explicação dos processos geradores dos muitos e variados efeitos deletérios atribuídos à falta de cuidados maternos ou à descontinuidade dos laços entre mãe e filho. Essa lacuna, justamente, meus colegas e eu procuramos, desde então, cobrir. A fim de superar a falha, adotamos uma estratégia de pesquisa que, em nossa opinião, ainda está pouco explorada, no campo da psicopatologia.

Os clínicos, em seu trabalho diário com crianças, com adultos ou com famílias perturbadas, sentem a necessidade de examinar os processos causais às avessas, partindo da perturbação hoje manifesta, em busca das condições e dos eventos de ontem. Conquanto esse método haja dado lugar a muitos *insights* de valor – permitindo análise de possíveis eventos patogênicos e dos tipos de processos patológicos que eles aparentemente geram –, é preciso reconhecer que, na condição de método de pesquisa, está sujeito a sérias limitações. A fim de complementá-lo, usa-se o método, regularmente adotado em outros ramos de pesquisa médica, de estudar, prospectivamente, os efeitos de um possível patógeno que se tenha identificado. Se o patógeno foi corretamente identificado e se o estudo de seus efeitos, a curto e longo prazos, se faz com a devida eficácia, torna-se viável descrever os processos deflagrados pelo agente patogênico, assim como as maneiras pelas quais eles conduzem às várias condições consequentes. Em tais estudos, não basta dar atenção aos processos deflagrados pelos patógenos, também é preciso atentar para as inúmeras condições, interiores e exteriores, relativamente ao organismo, que afetam o seu andamento. Somente desse modo se atinge uma compreensão dos processos, das condições e das sequências particulares que levam de uma ocorrência potencialmente patogênica aos especiais tipos de perturbação que preocupavam o clínico.

Adotando a estratégia da pesquisa prospectiva, meus colegas e eu logo nos impressionamos com as observações feitas pelo companheiro James Robertson. Ele havia registrado, em papel e em filme, a maneira pela qual reagiam crianças, no segundo ou terceiro anos de vida, ao se afastarem de casa e receberem cuidados, em locais estranhos, de uma série de pessoas não familiares; havia registrado, também, a reação dessas crianças no momento em que retornavam ao lar, para junto da mãe, assim como em momentos subsequentes (Robertson, 1952; 1953; Robertson e Bowlby, 1952). Durante o período de afastamento, possivelmente em uma sala de hospital ou em uma escola maternal, a criança fica, de hábito, muito angustiada, por algum tempo, não sendo fácil confortá-la. Retornando ao lar, a criança, em geral, ou se afasta emocionalmente de sua mãe ou, ao contrário, a ela se apega. Em geral, um período de desapego (breve ou longo, na dependência do tempo de separação) precede um período em que a criança exige, fortemente, a presença da mãe. Se a criança, por uma razão qualquer, vier a acreditar que há riscos de ulterior separação, tende a manifestar forte angústia.

Refletindo a propósito dessas observações, concluímos que "a perda da figura materna, isoladamente ou em associação com outras variáveis (cuja identificação clara ainda está por estudar), gera reações e processos de grande interesse para a psicopatologia". O motivo que nos levou a pensar assim foi o de que as reações e os processos observados pareciam os mesmos que atuavam sobre indivíduos de mais idade, ainda perturbados por separações que os haviam afetado na infância. Entre tais reações e processos estão, de um lado, a tendência de impor exigências sobre outras pessoas, revelando ansiedade e raiva quando tais exigências deixam de ser atendidas, condição comumente manifestada em indivíduos considerados neuróticos; e, de outro lado, um bloqueio na capacidade de estabelecer relações profundas, como o que se apresenta em personalidades psicopáticas ou carentes de afeto.

Desde o início das investigações, um ponto controvertido e importante foi o do papel desempenhado, nas reações das crianças submetidas à separação, por variáveis diversas da própria separação. Entre elas figurariam as doenças, os ambientes estranhos em que a criança fosse colocada, os tipos de cuidados substitutivos recebidos pela criança, quando longe da mãe, e os tipos de relações existentes antes e após a separação. É claro que tais fatores podem intensificar enormemente – ou mesmo, em alguns casos, mitigar – as reações das crianças. Não obstante, a evidência atesta, de maneira convincente, que a presença ou a ausência da figura da mãe é, *per se*, a condição de elevada significação ao determinar o estado emocional de uma criança. Esse ponto já foi examinado no capítulo 2 do volume I desta obra, onde se descrevem alguns achados relevantes; ele é retomado no primeiro capítulo do presente volume, onde se dá atenção aos resultados de um projeto de adoção, recentemente levado a cabo por James e Joyce Robertson. Nesse projeto, os autores procuravam "criar uma situação de separação da qual fossem afastados muitos dos fatores que tornam complexos os estudos institucionais e onde as necessidades emocionais das crianças se vissem atendidas, na medida do possível, por uma genitora substituta, inteiramente dedicadas às crianças" (Robertson & Robertson, 1971)[1]. Um estudo das conclusões de James e Joyce Robertson provocou modificação de ideias apresentadas em publicações anteriores, nas quais relevo insuficiente havia sido dado à influência da atenção prestada por aptos substitutos familiares.

Paralelamente aos estudos empíricos de meus colegas, dediquei-me ao exame das implicações teóricas e práticas dos dados. Em especial, tentei elaborar um esquema capaz de abranger dados derivados de fontes distintas variadas:

a) observações a propósito do comportamento de crianças, nos períodos em que se afastam das mães e nos períodos em que retornam ao lar, para junto das mães;
b) observações a propósito do comportamento de outros sujeitos, adultos e crianças, durante e após períodos de separação de alguma figura amada, ou depois de uma perda permanente;
c) observações relativas às dificuldades encontradas no trabalho clínico, diante de crianças e de adultos que, na infância ou na adolescência, haviam experimentado longas separações ou perdas permanentes ou tinham base para temer tais separações ou perdas; entre essas dificuldades acham-se várias formas de angústia e depressão, aguda ou crônica, assim como obstáculos, de variados graus, no estabelecer e manter vínculos afetivos estreitos – com figuras maternas ou paternas, com pessoas de sexo oposto ou com os próprios filhos.

Os primeiros passos, no sentido da elaboração de um esquema teórico, foram dados em uma série de artigos divulgados entre 1958 e 1963. A presente obra, em três volumes[2], é nova tentativa de formulação daquele esquema.

O volume I, *Apego*, volta-se para certos problemas que haviam sido originalmente tratados no primeiro artigo daquela sé-

....
1. Complementando o relatório escrito, J. e J. Robertson prepararam, também, vários filmes sobre as crianças de que cuidaram. Pormenores a respeito são dados nas referências, no final deste volume.
2. No prefácio ao volume I, faço alusão apenas a um "segundo volume". Na fase de trabalho, porém, tornou-se claro que um terceiro volume seria necessário.

rie, "The Nature of the Child's Tie to his Mother" (1958b). A fim de examinar os dados empíricos relativos a esse vínculo entre a criança e a mãe e a fim de elaborar uma teoria que pudesse explanar tais dados, foi necessário discutir, preliminarmente, todo o problema do comportamento instintivo e da melhor maneira de colocá-lo numa pauta conceitual. Nessa discussão, apoiei-me fortemente em resultados e em ideias apresentadas por etologistas e usei, também, noções retiradas da teoria do controle.

Este segundo volume aborda questões da angústia de separação e abrange áreas previamente examinadas em dois outros artigos da série inicial, "Separation Anxiety" (1960a) e "Separation Anxiety: A Critical Review of the Literature" (1961a). Mais uma vez, a melhor compreensão dos problemas que se punham diante de nós (a aflição que se manifestava durante períodos de separação e a angústia que se apresentava depois desses períodos) exigiu prévia discussão de ampla gama de fenômenos correlatos e de teorias correspondentes – sobretudo as várias formas de comportamento tidos como indicativos de medo, assim como a natureza das situações que, de hábito, provocam medo. Essa discussão encontra-se na parte II deste volume; fornece as bases para que, na parte III, se considerem as acentuadas diferenças de susceptibilidade ao medo e à angústia que se apresentam ao comparar-se um indivíduo a outro. Tendo em conta que muitos elementos necessários para completar essa tarefa ainda não se acham disponíveis, muitas extrapolações se fizeram necessárias, de modo que o quadro resultante ainda tem caráter de esboço provisório. Em certos pontos, o quadro chega a minúcias; em outros, foi apenas desenhado de maneira impressionista. O objetivo é o de oferecer, aos clínicos e aos demais especialistas, certos princípios que norteiem as suas ações; como é o de apresentar, aos pesquisadores, alguns problemas dignos de atenção e algumas hipóteses que deverão ser submetidas a teste.

O terceiro volume, *Perda*, tratará dos problemas relativos ao luto e ao desgosto e dos processos defensivos que a angústia e a perda originam. Será, pois, uma revisão e uma ampliação do material primeiramente divulgado nos demais artigos da referida série – "Grief and Mourning in Infancy and Early Childhood" (1960b), "Processes of Mourning" (1961b) e "Pathological Mourning and

Childhood Mourning" (1963). Entrementes, dois colegas, Colin Murray Parkes e Peter Marris, escreveram livros em que examinam, por uma via que se assemelha à via por mim adotada, os problemas relativos à perda. Os livros são *Bereavement*, escrito por Parkes (1972), e *Loss and Change*, da autoria de Marris (1974). Explicou-se, no prefácio ao primeiro volume, que a pauta de referência em que me baseio é a da psicanálise. Há várias razões que me levaram a proceder assim. A primeira delas está em que meus primeiros pensamentos acerca do assunto foram inspirados pelo trabalho psicanalítico – meu e de outros. A segunda razão é a de que a psicanálise e suas formas derivadas, apesar de todas as limitações que as cercam, continuam sendo, nos dias atuais, os mais empregados meios de atingir a psicopatologia e a psicoterapia. Uma terceira razão, de maior relevo, reside no fato de que diversos conceitos fundamentais do meu esquema – relações objetais (que melhor denominaríamos ligações afetivas), angústia de separação, luto, defesa, trauma, períodos sensíveis dos primeiros anos de vida – são comumente encontrados na psicanálise, mas pouca atenção mereceram de parte de outras disciplinas que cuidam do comportamento, nas quais a rigor só ingressaram há uma ou duas décadas.

Embora o meu sistema de referência inicial seja o da psicanálise, são muitos os pontos em que a teoria aqui apresentada diverge das teorias clássicas formuladas por Freud e desenvolvidas pelos seus continuadores. Algumas dessas divergências já foram apontadas no primeiro capítulo do volume anterior; outras são apresentadas no presente volume, especialmente nos capítulos 2, 5 e 16.

Nota à edição inglesa de 1980

Nova impressão deste volume abriu margem para que nele se incluíssem algumas notas suplementares, referindo publicações divulgadas desde a data da primeira impressão. Tais notas encontram-se na p. 487; os locais que a elas se associam, no texto, são indicados por um asterisco (*). O índice remissivo e as referências foram apreciavelmente ampliados.

Agradecimentos

Arrolei, no primeiro volume desta obra, os nomes de muitos amigos e colegas sem cujo auxílio, ao longo de vários anos, não teria sido possível escrevê-la. É com grande prazer que volto a apresentar, a todos eles, os meus calorosos agradecimentos. Minha dívida é imensa e imorredoura.

Na preparação deste volume, fui auxiliado, em especial, por Robert Hinde, Mary Salter Ainsworth e David Hamburg. Cada um deles leu as primeiras versões de todo (ou de quase todo) o material redigido, apresentando inúmeras críticas e sugestões de grande valia. James Robertson analisou o primeiro capítulo e propôs diversos melhoramentos. Contribuíram também, por diversas vias, para que a obra fosse publicada, Christoph Heinicke, Colin Murray Parkes e Philip Crockatt; a todos, meus sinceros agradecimentos, em nome do tempo que lhes tomei e das penas a que os submeti.

Na elaboração dos originais datilografados, minha secretária, Dorothy Southern, empenhou-se com seu habitual entusiasmo e costumeiro cuidado. Serviços de biblioteca me foram prestados, novamente, com a infalível eficiência, por Ann Sutherland; assistência editorial, analogamente, me foi prestada por Rosamund Rubin. O índice foi elaborado, com especial cuidado, por Lilian Rubin. Fiquem registrados, a todas as colaboradoras, meus melhores agradecimentos.

As diversas entidades que financiaram a pesquisa pela qual me tenho responsabilizado, no Tavistock Institute of Human Relations, desde 1948, acham-se arroladas no volume I. Durante a fase em que este volume foi redigido, atuei, em tempo parcial, no External Scientific Staff do Medical Research Council.

Agradeço às casas publicadoras e aos autores abaixo mencionados, pela permissão que deram para incluir, aqui, citações retiradas de outras obras. Pormenores bibliográficos, relativos a todos os trabalhos referidos no texto, aparecem na lista de referências, no final do volume.

George Allen & Unwin Ltd., Londres, e Aldine Publishing Co., Chicago, em relação a *Four Years Old in a Urban Community*, de J. e E. Newson; dr. I. C. Kaufman, dr. L. A. Rosenblum e editores da revista *Science*, em relação a "Depression in Infant Monkeys Separated from their Mothers" (*copyright* 1967, *by* American Association for the Advancement of Science); Methuen & Co. Ltd., Londres, em relação a "Attachment and Exploratory Behaviour of One-year-olds in a Strange Situation", de M. D. S. Ainsworth e B. A. Wittig em *Determinants of Infant Behaviour*, vol. 4, organizado por B. M. Foss. Dr. R. F. Peck e dr. R. J. Havighurst, em relação a *The Psychology of Character Development*, obra publicada por John Wiley & Sons Inc., Nova York. University of Chicago Press, Chicago, em relação a *The Structure of Scientific Revolutions*, de T. S. Kuhn; University of London Press, Ltd., Londres, em relação a *Truancy*, de M. J. Tyerman.

Agradecimentos também são devidos à Tavistock Publications Ltd., de Londres, por permitir que se incluísse, no capítulo 21, material que se encontra no livro *Support, Innovation, and Autonomy*, organizado por R. Gosling; e ao *Journal of Child Psychology and Psychiatry*, por permitir que aqui se reproduzisse, como base do Apêndice I, um artigo que foi pela primeira vez divulgado naquela revista, em 1961.

Parte I
Segurança, angústia e aflição

Capítulo 1
Protótipos de pesar humano

> Os momentos infelizes acumulam-se, no caso da criança, porque ela não percebe a saída do túnel negro. As quinze semanas de um período letivo lhe parecem quinze anos.
>
> GRAHAM GREENE, *A Sort of Life*

Reações das crianças ao se separarem das mães[1]

Uma geração já transcorreu desde que Dorothy Burlingham e Anna Freud registraram suas experiências no trato com bebês e com crianças pequenas, no ambiente de creches instaladas em casas residenciais. Em dois pequenos e modestos livros, publicados durante a Segunda Guerra Mundial (Burlingham & Freud, 1942; 1944), elas descreveram os cuidados que requerem as crianças que não dispõem da atenção das mães. Enfatizam, em particular, as dificuldades que cercam a tarefa de dar à criança uma figura substituta, capaz de cuidá-la com o mesmo zelo que lhe seria proporcionado pela mãe. Quando as Hampstead Nurseries foram organizadas, permitindo que cada enfermeira cuidasse de seu próprio pequeno grupo de crianças – relatam as autoras –, os membros de um grupo tornavam-se fortemente possessivos em relação à pessoa responsável, manifestando ciúme agudo sempre que ela viesse a dar atenção a outras crianças: "Tony (3 anos e meio)... não permitia que a Irmã Mary usasse a 'sua' mãe para cuidar de outras crianças. Jim (2 a 3 anos) começava a chorar sempre que a 'sua'

---
1. Embora nesta obra o texto faça alusão, em geral, à "mãe" e não à "figura materna", deve-se entender, em cada caso, que há referência à pessoa que presta cuidados maternais à criança – a pessoa a quem a criança se apega. Na maioria das vezes, é claro, essa pessoa é a mãe natural.

enfermeira deixava o recinto. Shirley (4 anos) ficava intensamente deprimida e perturbada quando a 'sua' Marion se ausentava por qualquer motivo".

Cabe perguntar: por que essas crianças se teriam tornado tão fortemente possessivas em relação às suas enfermeiras? Por que ficariam tão aflitas na ausência das enfermeiras? Valia a suposição de alguns autores tradicionalistas, segundo a qual as crianças haviam sido mimadas em excesso, recebendo atenções exageradas e agindo a seu bel-prazer? Ou sucedia, pelo contrário, que as crianças eram submetidas a um apreciável número de alterações da figura materna e/ou tinham acesso demasiado limitado às pessoas que, nas creches, atuavam temporariamente como suas figuras maternas? Todas as nossas práticas de educar crianças dependem da maneira de responder a tais questões.

Nas creches, as crianças não somente se tornavam intensamente possessivas e ciumentas, com respeito às suas "próprias" enfermeiras, como tendiam, ainda, usualmente, a manifestar hostilidade para com elas ou, alternativamente, a se recolher em um estado de desapego emocional – segundo ilustram os seguintes relatos:

Jim separou-se de uma afetuosa e bonita mãe aos 17 meses de idade, desenvolvendo-se bem em nossa creche. Durante a sua permanência, apegou-se fortemente a duas jovens enfermeiras que, em sucessão, dele cuidaram. Embora Jim fosse, por outros prismas, uma criança bem ajustada, ativa e gregária, seu comportamento tornava-se intolerável sempre que estavam em pauta aquelas pessoas. Agarrava-se, mostrava-se superpossessivo, não queria ficar só nem por um minuto e reclamava algo, continuadamente, embora não fosse capaz de dizer, de alguma forma, o que desejava. Não era raro ver Jim deitar-se no chão, soluçando e revelando desespero. Essas reações cessavam quando a sua enfermeira favorita se ausentava, ainda que por breves períodos; em tais momentos, permanecia quieto e se tornava impessoal.

Reggie, que chegou à creche quando estava com 5 meses de idade, voltou ao lar quando completou 1 ano e 8 meses; dois meses depois, retornou à creche e aí ficou. Enquanto permaneceu conosco, estabeleceu duas apaixonadas relações com duas jovens enfermeiras que dele cuidaram em diferentes períodos. O segundo relacionamento foi subitamente rompido, contando ele com 2 anos e 8 meses, quando a "sua" enfermeira se casou. Reggie sentiu-se completamente perdido e ficou desesperado com a sua partida, recusando-se a olhá-la quando ela foi visitá-lo, uma quinzena mais tarde. Voltou o rosto, enquanto a enfermeira lhe falava, mas ficou contemplando a porta pela qual ela se retirou. Durante a noite, na cama, ergueu-se e exclamou: "Minha Mary-Ann! Mas eu não gosto dela".

Essas observações, registradas em meio a todas as pressões de um período de guerra, em tom anedótico e sem os necessários pormenores, lançam, apesar disso, alguma luz sobre a natureza de muitas formas de distúrbio psiquiátrico. Estados de angústia e depressão que se manifestam na idade adulta, assim como condições psicopáticas, podem ser associados, de maneira sistemática, segundo se afirma, a estados de angústia, desespero e desapego (como os descritos por Burlingham e Freud e, subsequentemente, por outros autores) que facilmente se manifestam sempre que uma criança se separa por largos períodos de sua figura materna, sempre que espera uma tal separação ou, como às vezes acontece, quando perde a mãe definitivamente. Na vida madura, é extremamente difícil, muitas vezes, perceber que todo um distúrbio emocional está associado às experiências pessoais, sejam as do momento, sejam as do passado. Na fase da primeira infância, todavia, as relações entre estados emocionais e experiências concomitantes ou do passado recente se põem com clareza cristalina. Segundo se assevera, é nesses estados de perturbação da primeira infância que se tornam discerníveis os protótipos de inúmeras condições patológicas dos anos posteriores.

A maioria das crianças que tiveram experiências desse gênero, como é bem sabido, aliás, recupera-se e desenvolve-se normalmente – ou pelo menos parece desenvolver-se normalmente. Em consequência, não é raro duvidar-se da existência de uma possível relação mais íntima entre os processos psicológicos descritos e as perturbações de personalidade que se apresentam em fases mais tardias da vida. As dúvidas são legítimas e só serão dirimidas quando mais evidências estiverem disponíveis. Ainda assim, são fortes as razões que levam à defesa da tese. Uma de tais razões é a de que os *dados* provenientes de muitas fontes podem ser dispostos e organizados em um padrão que apresenta coerência interna e se mostra compatível com a teoria biológica hoje aceita. Outra razão é a de que muitos clínicos e assistentes sociais julgam poder, com o esquema resultante, melhor compreender os problemas que enfrentam e, assim, ajudar mais eficientemente seus pacientes e clientes.

Uma questão nuclear, de resposta nada fácil, é a de saber por que alguns indivíduos se recuperam, ampla ou completamente, após experiências de separação e de perda, ao passo que outros não parecem ter condições de recuperação. Quando se trata de seres vivos, a regra é contar com a variabilidade das reações; a explicação dessa variabilidade nem sempre se formula em termos adequados. De todas as pessoas que são afetadas pela poliomielite, menos de 1% desenvolve paralisia; e apenas uma fração desse 1% não se cura da paralisia. Continua obscura a razão pela qual umas pessoas reagem de um modo e outras reagem de modo inteiramente diverso. Seria absurdo, por exemplo, dizer que a pólio é inócua, como infecção, porque 99% dos afetados se recuperam. Analogamente, no campo em tela, seria igualmente absurdo dizer que as experiências de separação e de perda não têm maior importância, já que a maioria das pessoas que passam por tais experiências supera os seus efeitos.

Ainda assim, a questão da reação diferenciada não perde relevância. As condições que, presumivelmente, contribuem para a variabilidade das reações podem ser vistas por dois ângulos principais:

a) condições intrínsecas à separação ou intimamente associadas a ela – notadamente as condições nas quais a criança recebe cuidados, quando afastada de sua mãe;
b) condições que cercam a vida da criança em termos de períodos mais largos – notadamente as relações que ela mantém com os seus pais nos meses ou anos que precedem e seguem o evento.

Consideraremos, a seguir, as variáveis da categoria (a). As variáveis da categoria (b) serão examinadas nos capítulos finais da parte III.

Iniciamos revendo observações a respeito do comportamento de crianças das quais se cuidou em duas situações bem diversas. Consideraremos, de um lado, a creche comum, instalada em uma residência; a criança é colocada em local estranho, junto a pessoas estranhas, nenhuma das quais está em condições de lhe dar mais do que limitada atenção ou afeto maternal. E consideraremos, de outro lado, a casa de adoção, onde a criança recebe cuidados eficientes, o dia inteiro, de mãe adotiva que, em certa medida, já lhe é familiar.

Condições que geram reações intensas

Em nossos primeiros estudos (Robertson & Bowlby, 1952), as crianças observadas achavam-se em ambientes institucionais. Com base nas observações aí feitas, delineou-se, pela primeira vez, a sequência de reações que denominamos protesto, desespero e desapego. Depois disso, dois novos estudos foram realizados por colegas de Tavistock Child Development Research Unit – o primeiro deles por Christoph Heinicke (1956), o segundo por Heinicke & Ilse Westheimer (1966). Embora poucas crianças fossem consideradas nesses estudos (seis no primeiro, dez no segundo), eles são fundamentais, em vista do cuidado com que foram projetados e da quantidade de observações sistemáticas que reúnem. A par disso, cada mostra isolada de crianças foi associada a um grupo diferente (contraste), que também foi meticulosamente observado. No primeiro estudo, esse grupo foi formado por crianças similares, observadas durante as primeiras semanas de atendimento na creche; no segundo estudo, formou-se um grupo similar de crianças correspondentes, observadas enquanto viviam em seus próprios lares. Heinicke e Westheimer examinam estatisticamente os seus *dados* e descrevem, além disso, com pormenores, o comportamento das crianças, individualmente consideradas.

Na investigação mais ampla (1966), o trabalho realizou-se em três creches residenciais, com arranjos e facilidades razoavelmente semelhantes. Em cada uma dessas creches, uma criança, de um grupo particular, recebia cuidados de uma ou duas enfermeiras. Amplas possibilidades existiam para brincar, em grandes salões ou em jardins. Antes da admissão da criança, um especialista em psiquiatria social (Ilse Westheimer) mantinha contato com a família; esse especialista responsabilizava-se, nesse momento ou em momento posterior, pela coleta de amplos informes a respeito da criança e da família. Examinava-se a chegada da criança à creche; enquanto aí permanecia, a criança era observada, além disso, em seis ocasiões, a cada semana, em períodos de recreio. Cada um dos dois estudiosos (um homem, Christoph Heinicke, uma mulher, Elizabeth Wolpert) observava as crianças durante um período não inferior a meia hora, em cada uma das fases da amostragem em que a semana se via distribuída (segunda e terça; quarta e quinta; sexta, sábado e domingo). O método utilizado, de categorização das unidades comportamentais em termos de agente, objeto, relação, modo e intensidade, já havia sido empregado no estudo anterior, mostrando-se digno de crédito.

Ao lado das observações categorizadas do comportamento livre, observações igualmente categorizadas eram feitas com respeito ao comportamento de cada criança, em situações padronizadas de sessões com brinquedos. Mantinham-se, a par disso, vários outros registros a respeito das crianças, contendo informes colhidos enquanto permaneciam nas creches.

Cogitou-se, de início, da seleção das crianças em consonância com os cinco critérios utilizados no primeiro estudo, a saber: (1) que a criança não tivesse sofrido separações prévias superiores a três dias; (2) que estivesse com idade entre os limites de quinze e trinta meses; (3) que não tivesse ingressado na creche com um irmão ou irmã; (4) que estivesse vivendo com os pais (ambos) na ocasião em que a separação se efetivara; (5) que não tivesse sido enviada à creche, até onde a evidência pudesse atestar, em virtude de rejeição por parte dos pais. Entretanto, em vista das dificuldades encontradas para efetuar tal tipo de seleção, os critérios tiveram de sofrer alterações, a fim de permitir maior liberdade de escolha.

Embora as crianças, em sua maioria, não tivessem sofrido separações ou só as tivessem experimentado por brevíssimos períodos, antes da ocasião em que passaram a ser examinadas, cabe notar que a separação prévia havia sido de quatro semanas, em um dos casos, e de três semanas, em dois outros casos. A faixa etária foi ligeiramente alargada, abarcando crianças de 13 a 32 meses de idade. O ponto em que houve maior discrepância, com respeito aos critérios citados, porém, foi o de que quatro crianças ingressaram na creche em companhia de irmãos; em três casos, o irmão estava com quatro anos de idade; em um caso, era mais jovem. Os dois critérios restantes não sofreram alterações: cada criança admitida vivia com a mãe e o pai, no momento da separação, e não havia indícios de que o ingresso na creche se devesse à rejeição.

A razão pela qual as dez crianças sob estudo haviam sido enviadas à creche prendia-se ao fato de que, numa situação de emergência, inexistiam parentes ou amigos em condições de zelar por elas. Em sete famílias, a mãe seria hospitalizada para dar à luz um novo bebê. Em duas outras, a mãe seria recolhida a um hospital, a fim de receber tratamentos de outra ordem. Na décima, a família havia ficado sem moradia.

No livro *Brief Separations* (1966), Heinicke e Westheimer descrevem – ao lado de muitos outros itens – o comportamento típico das dez crianças, no período de estada na creche; descrevem, também, o comportamento típico dessas mesmas crianças após o retorno à casa. Alguns dos principais comentários dos autores são apresentados nos parágrafos seguintes. Cada um dos padrões relatados já havia sido observado por J. Robertson em seu estudo anterior, menos sistemático, porém mais amplo.

Comportamento durante a separação

As crianças foram levadas à creche pelos pais, pelas mães ou pelos dois juntos. Quatro delas, levadas pelos pais, ficaram junto deles e davam sinais de angústia e de controle de seus movimentos. Outras, levadas pelos dois (pai e mãe), pareciam mais confiantes e se mostravam dispostas a explorar o novo ambiente, aventurando-se a sair de perto dos genitores, aos quais voltavam depois de excursões breves ou longas.

No momento da separação, o choro e os gritos eram a regra. Uma das crianças tentou seguir os pais, indagando insistentemente para onde iam – e teve de ser empurrada pela mãe para o interior da sala. Outra, atirando-se ao chão, recusou-se a receber atenções. Ao todo, oito crianças choravam copiosamente logo após a saída dos pais. O momento de dormir também era de lágrimas. As duas crianças que não haviam chorado antes gritaram quando colocadas no berço e não puderam ser consoladas. Outras, cujas lágrimas iniciais haviam cessado, voltaram a soluçar no momento de se recolherem para dormir. Uma criança do sexo feminino, que havia chegado à noite, tenho sido imediatamente colocada na cama, agarrou-se à boneca, não quis retirar o casaco e chorava "em um tom assustador". Repetidas vezes, depois de cochilar, em vista da fadiga, acordava gritando pela mãe.

Clamar pelos pais – sobretudo pela mãe – foi uma reação dominante, particularmente nos três primeiros dias. Embora essa reação diminuísse de intensidade nos dias subsequentes, manifestou-se, de forma esporádica, em cada uma das crianças, pelo menos até o nono dia. A reação apresentava-se, em especial, na hora de dormir e à noite. Durante a madrugada do segundo dia de separação, Katie, uma pequena de dezoito meses, acordou gritando e chamando a mãe. Ficou acordada e continuou a gritar até o meio-dia. Uma visita do pai, nos primeiros dias, renovou o choro. Outra menina, que recebeu a visita do pai no terceiro dia, chorou frenética e continuadamente por vinte minutos, logo depois que ele a deixou.

Buscar a mãe foi fenômeno que também se manifestou, especialmente no caso de Katie. Depois de uma semana, ela deixou de chamar a mãe e parecia satisfeita enquanto ficava no colo da enfermeira, vendo televisão. De tempos em tempos, contudo, pedia para voltar ao quarto, na parte superior da casa. Quando lhe indagavam o que esperava encontrar, sua resposta, oferecida sem hesitação, era "Mamãe".

Estando orientados para os genitores ausentes, os bebês não se mostravam com disposição para colaborar com as enfermeiras nem para receber conforto da parte delas. De início, recusavam--se a tirar ou vestir as roupas, recusavam alimentos, recusavam-se a ir ao banheiro. No primeiro dia, com uma exceção (o bebê mais novo), as crianças não queriam ficar perto das enfermeiras, recusando-se a ficar no colo e a receber consolo. A resistência diminuiu, um ou dois dias após. Ainda assim, depois de duas semanas, os pedidos e as ordens de aproximadamente um terço das enfermeiras encontravam resistência.

Embora a oposição às enfermeiras continuasse a manifestar-se com frequência, as crianças também passaram, ocasionalmente, a procurar nelas alguma resposta animadora ou afetuosa. De início, a solicitação de um gesto de carinho não apresentava discriminações; antes, porém, do final da segunda semana, algumas crianças começavam a exibir preferências. Gillian, uma das meninas, por exemplo, que se recusara, nos primeiros dias, a receber atenções das enfermeiras, selecionou uma delas, no sexto dia, parecendo feliz ao acomodar-se no seu colo. Quando a enfermeira deixava o quarto, Gillian olhava saudosamente para a porta. Mesmo assim, os sentimentos da criança não deixavam de apresentar-se conflitantes: quando a enfermeira retornava ao quarto, Gillian se afastava dela.

Também não deixaram de revelar-se conflitantes as relações das crianças para com os dois pesquisadores. No primeiro dia, quase todas mostraram-se amistosas para com pelo menos um dos pesquisadores. Posteriormente, fizeram questão de evitá-los, deles se afastando, voltando-lhes as costas, deixando a sala, fechando os olhos ou mergulhando a cabeça em uma almofada. Especialmente dramáticas foram as ocasiões em que as crianças entraram em pânico, no momento em que um dos pesquisadores ingressava na sala. Vendo-o, a criança chegava a gritar, agarrando-se à enfermeira. Em algumas ocasiões, elas se mostravam visivelmente aliviadas quando o pesquisador se retirava.

Não é preciso ressaltar que os estudiosos atuavam da maneira mais discreta possível. De hábito, o papel que lhes cabia não era o de despertar interações, mas apenas o de reagir de maneira amistosa, sempre que procurados pelas crianças. Não obstante, parte do plano de ação exigia que os pesquisadores, no final de cada período de observação, "se aproximassem decidida, mas cautelosamente, da criança, para notar as suas reações". Nos últimos capítulos deste volume (capítulos 7 e 8) deixar-se-á claro que esse plano, inadvertidamente, gerava condições que, em conjunto, podiam tornar-se particularmente assustadoras. Em certo grau, pelo menos, o medo que as crianças tinham dos observadores deve ser atribuído a tais circunstâncias.

Com exceção de uma, as dez crianças trouxeram, de suas casas, um objeto de estimação. Nos três primeiros dias, aproximadamente, elas se apegaram a esses objetos, mostrando-se extremamente contrariadas quando as enfermeiras, procurando prestar alguma ajuda, vinham a segurá-los. Posteriormente, contudo, alterou-se o modo de as crianças tratarem seus objetos de estimação: agarravam-se a ele, em alguns momentos, jogavam-no longe, em outros. Uma das meninas, por exemplo, ora carregava sua boneca na boca (exatamente como a gata carrega os filhos), ora atirava-a num canto, gritando "Acabou!".

O comportamento hostil, embora não frequente, tendeu a crescer durante as duas semanas de observação. Manifestou-se na forma de morder outras crianças ou de maltratar o objeto de estimação trazido do lar.

Uma quebra do controle sobre o esfíncter era comum. Das oito crianças que já haviam conseguido algum controle, antes de ingressarem na creche, sete voltaram a perdê-lo. A exceção, Elizabeth, menina de 2 anos e oito meses, era a mais velha das crianças.

Embora certos tipos de comportamento fossem comuns a todas as crianças, ou a quase todas, a verdade é que elas diferiam entre si por vários prismas. Quatro delas, por exemplo, movimentavam-se continuamente, ao passo que duas preferiam ficar em um só local. Algumas tremiam; outras, prestes a chorar, esfregavam os olhos constantemente.

Vale a pena recordar que quatro crianças ingressaram na creche em companhia de um irmão – uma delas com irmão mais novo, três com irmão de quatro anos de idade. Tal como esperado, a frequência e a intensidade de reações típicas das crianças que são deixadas em creches foram bem menos acentuadas no caso dessas crianças do que no caso das outras. Elas choraram menos e apresentaram número mais reduzido de explosões de marcada hostilidade. Nos primeiros dias, em especial, os irmãos procuraram, frequentemente, a companhia um do outro, conversando e brincando juntos. Diante de estranhos, apresentavam-se como uma espécie de unidade, exclamando algo como "Ela não é sua irmã; é minha".

Comportamento durante e após a reunião

Em situações como as descritas, é inevitável que haja variação dos prazos durante os quais as crianças permanecem ausentes de suas casas. Nesse estudo, seis crianças permaneceram na creche de doze a dezessete dias; as outras quatro ficaram longe de casa por um período de várias semanas – sete, dez, doze e vinte e uma semanas, respectivamente. As reações individuais, por ocasião do retorno ao lar, diferiam por diversos prismas; parte da variação dessas reações relacionou-se ao tempo da ausência, um resultado confiantemente previsto com base nas observações feitas por J. Robertson.

Nessa fase do estudo, aplicaram-se duas importantes medidas, decorrentes dos estudos prévios de Tavistock. Primeira: realizar contínuas observações diretas do comportamento da criança, no momento em que voltava a encontrar a mãe e nas horas subsequentes. Segunda: dar especial atenção às reações da criança ao receber, em casa, a visita de um observador com o qual se houvesse familiarizado na creche. Dispondo-se de três pesquisadores, as seguintes precauções foram tomadas.

Um dos pesquisadores, Ilse Westheimer, que havia entrado em contato com as famílias antes de as crianças ficarem na creche, continuou a manter contato com essas famílias, visitando a mãe no hospital, por exemplo, e observando o que acontecia quando as crianças voltavam a ver os pais. Excetuando um breve contato, a pesquisadora evitou estar com as crianças, enquanto elas permaneceram na creche. Desempenhando papel complementar, Christoph Heinicke e Elizabeth Wolpert – responsáveis pelas observações feitas na creche – não mantiveram contato com as famílias; evitaram, a par disso, visitas às crianças, em seus lares, efetuando apenas um contato com elas, previamente planejado, exatamente dezesseis semanas após o retorno ao lar[2]. (A única exceção a essa regra ocorreu porque Ilse Westheimer não estava li-

2. Nas dezesseis semanas, o contato com o lar foi estabelecido através de Ilse Westheimer. Foi ela também que aplicou os procedimentos lúdicos na sexta e na décima sexta semana após o reencontro, assim como nas correspondentes semanas relativas às crianças do grupo de controle.

vre no momento em que uma das crianças retornava ao lar, cabendo então a Elizabeth Wolpert efetuar as observações relativas a tal retorno.)

Em sete casos, Ilse Westheimer recebeu a mãe na creche, testemunhou o reencontro da mãe com o filho, conduzindo-os para casa. Em três outros casos, recebeu o pai na creche, testemunhou o reencontro do pai com o filho, conduzindo-os para junto da mãe da criança. (Em um dos casos, a mãe foi apanhada no hospital em que havia sido recolhida, tendo Ilse Westheimer conduzido a criança e os pais para casa.)

Ao rever a mãe, após dias ou semanas de afastamento, cada uma das crianças manifestou certa dose de desapego. Duas crianças pareceram não reconhecer a mãe. As outras oito voltaram as cabeças e chegaram mesmo a se afastar das mães. Quase todas as crianças choraram ou chegaram próximo do pranto. Algumas alternaram períodos em que as faces se mantinham sem expressão, ou ameaçavam o choro.

Em contraste com o retraimento (com expressão de choro e falta de interesse para com a mãe), as crianças, com uma única exceção, reagiram de modo afetuoso ao rever o pai. A par disso, cinco também reagiram amistosamente diante de Ilse Westheimer.

No que concerne ao desapego, dois achados dos estudos anteriores se viram, aqui, inteiramente corroborados. Primeiramente, notou-se que o desapego é típico no reencontro com a mãe, quando a criança que dela se separou torna a vê-la, sendo muito menos evidente no reencontro com o pai. Em segundo lugar, constatou-se que a duração do desapego em relação à mãe está alta e significativamente correlacionada ao tempo de afastamento.

Em nove casos, o desapego à mãe manifestou-se, em algum grau ao longo de quase três dias após o reencontro. Em cinco dos casos, o desapego era de tal modo acentuado que a mãe chegou a queixar-se, dizendo que o filho a tratava como se fosse uma pessoa estranha. Nenhuma dessas crianças manifestou tendência de estar próxima à mãe. Em quatro outros casos, o desapego foi menos pronunciado: fases em que as crianças evitavam as mães alternaram-se com fases em que as procuravam. Apenas uma criança, Elizabeth (a mais velha e uma das que ficaram por breve período longe dos pais), voltou a revelar-se afetuosa para com a mãe já no final do primeiro dia de retorno ao lar. Elizabeth e as quatro crianças que haviam alternado períodos de desapego e períodos de aproximação mostraram, logo após, medo de voltarem a ser abandonadas, tornando-se agarradas às mães muito mais do que antes do período de afastamento.

Há razões para supor que o desapego possa perdurar indefinidamente, após separação prolongada ou repetidas separações que ocorram nos três primeiros anos de vida da criança. Os problemas que então se manifestam serão examinados no volume III. Depois das separações breves, o desapego desaparece após um período de algumas horas ou de alguns dias. Esse período é seguido por uma fase durante a qual a criança se revela decididamente ambivalente para com os pais. De um lado, reclama a presença dos genitores e chora amargamente quando deixada só; de outro, pode tornar-se hostil e rejeitar ou desafiar os pais. Das dez crianças examinadas, oito exibiram apreciável grau de ambivalência – que perdurou, em cinco dos casos, por não menos de doze semanas. Um dos principais fatores que determinam a duração do período de ambivalência é, provavelmente, o tipo de reação da mãe.

É evidente, a partir das observações acima, que o comportamento das crianças, retornando ao lar após um período de separação, traz alguns graves problemas para os genitores – e, em especial, para as mães. A reação da mãe depende de numerosos fatores, entre os quais, por exemplo, figuram a espécie de relação da mãe para com o filho antes da separação, e como ela acredita que deva se manifestar a respeito da maneira de cuidar de um filho exigente e perturbado: deve-se tratá-lo com carinho, proporcionando-lhe segurança, ou, ao contrário, cabe tratá-lo empregando medidas disciplinares mais rígidas? Uma variável enfatizada por Westheimer (1970) é a alteração que pode sofrer o sentimento da mãe para com o filho, durante o período em que dele se viu afastada – um período de muitas semanas ou de meses, em que ela não encontra o filho. Sentimentos calorosos podem esfriar e a vida da família pode organizar-se de maneira que não deixe espaço para a criança, no retorno, ajustar-se.

Há abundante evidência corroboradora da ideia de que a criança – afastada de sua casa, vivendo em local estranho, sob cuidados de pessoas desconhecidas – tende a mostrar-se muito temerosa de novo afastamento. Essa ideia apresentou-se em alguns dos estudos preliminares de Robertson. Crianças que haviam permanecido em hospitais, notou ele, tendiam a entrar em pânico assim que viam pessoas vestidas de branco ou com uniformes de enfermeiras; o medo era patente quando tais crianças voltavam a um hospital. Diversas crianças mostraram-se apreensivas quando Robertson as visitou em suas casas: elas tinham o cuidado de evitá-lo, agarrando-se às mães (se não estivessem na fase do desapego).

No estudo Heinicke-Westheimer, um dos dois observadores, que havia permanecido na creche, visitou cada uma das crianças, dezesseis semanas após retornarem aos seus lares. Todas as crianças pareceram lembrar-se do observador, reagindo com sentimentos fortes: com uma exceção, todas fizeram "tentativas desesperadas" de evitar o observador. As mães ficaram surpresas com o medo dos filhos, declarando que outros desconhecidos não provocavam tais reações.

O caso de Josephine – que tinha 2 anos ao entrar na creche, onde permaneceu treze dias, contando agora com 2 anos e quatro meses – ilustra o comportamento hostil e angustiado, tipicamente observado em tais visitas[3].

Aproximando-se da porta da casa, nos subúrbios, CH ouviu Josephine emitindo vários tipos de sons alegres e excitados. Quando a mãe abriu a porta, ela imediatamente exclamou: "Não!". Correu para a escada, sentou-se, tornou a dizer "Não" e, apanhando o boneco que havia levado para a creche, atirou-o no visitante. A mãe, a filha e o observador dirigiram-se, então, para o jardim. Josephine não conseguia conservar-se quieta, sentada; sua excitação não a abandonou. Puxou as roupas que estavam nos varais, atirando-as ao chão. Embora a atitude fosse de provocação, a mãe, de início, não esboçou reação.

Josephine ficou ainda mais excitada, começou a correr vigorosamente, lançando-se no ar e caindo sentada, ignorando, ao que parece, qualquer dor que pudesse ter sentido. Pouco depois, tornou-se agressiva com a mãe, atirando-se contra ela, para morder seu

....
3. Esse relato de caso resume e adapta o apresentado em Heinicke & Westheimer (1966).

braço e, em seguida, o colar que trazia ao pescoço. A mãe ficou surpresa com esse comportamento, não observado há muito, passando a recriminar a menina.

Até esse momento, Josephine aparentava temer o observador, evitando-o persistentemente. Quando ele caminhou em sua direção, um olhar de preocupação anuviou a sua face e ela correu para a mãe, gritando "Mamãe". Embora Josephine se afastasse correndo do observador cada vez que ele tentava aproximar-se dela, procurou chegar perto dele e bater em suas costas, sempre que ficava imóvel. Algumas vezes, ela se afastava e, de súbito, voltando, batia no observador. Enfim, quando o observador estava sentado, quieto, Josephine aproximou-se o bastante para cobri-lo com um pequeno cobertor, exclamando "Acabou!". Em seguida, afastou novamente o cobertor.

A mãe observou que o comportamento de Josephine diante do observador diferia muito de seu comportamento diante de outras pessoas; estranhou, mesmo, que a filha evitasse, tão insistentemente, alguém que não via há dezesseis semanas.

Em favor da ideia de que as crianças reagiram com medo, diante do visitante que haviam conhecido na creche, está a constatação de que outro era o comportamento das crianças de um grupo de controle, que não haviam deixado seus lares. Com respeito a esse grupo de controle – comparado ao grupo das crianças recolhidas na creche –, um primeiro período de algumas semanas foi dado como equivalente ao da separação; e um subsequente período de mais algumas semanas foi dado como equivalente ao retorno ao lar. Durante o período equivalente ao da separação, as crianças do grupo de controle foram visitadas, em seus lares, por Christoph Heinicke ou por Elizabeth Wolpert, que procuravam brincar com elas tal como brincavam com as crianças recolhidas à creche. Nas duas amostras, cada criança era procurada duas ou três vezes. A visita ocorria no terceiro e no undécimo dia após o afastamento dos lares; e ocorria uma terceira vez, pouco antes do retorno ao lar, caso a criança ficasse na creche por mais de três semanas (as visitas às crianças do grupo de controle foram feitas no terceiro, no undécimo e no 21º dias). Ao cabo de dezesseis semanas, no final do período equiparado ao de retorno ao lar, cada criança do grupo de controle recebeu a visita de um dos dois funcionários que com elas haviam brincado – tal como acontece com as crianças separadas das mães. As reações das crianças do grupo de controle foram bem diversas das reações das crianças afastadas de seus lares. Em cada caso, as crianças do grupo de controle pareciam reconhecer o visitante, aproximando-se dele[4].

Em certo momento, críticos de nossa tese admitiram que a angústia manifestada pela criança, na fase que se achava afastada da mãe, assim como ambivalência e angústia crescentes manifestadas subsequentemente, deviam ser vistas como sinais de prévias relações não satisfatórias, entre mãe e filho, antes da separação, ou como sinais que refletissem, possivelmente, a angústia da criança, relativamente à gravidez ou à doença da mãe. Contudo, observações realizadas com crianças de lares harmoniosos, separadas de suas mães por diversos motivos, atestam que, independentemente do papel desempenhado por outras variáveis, elas também protestam, se desesperam e manifestam o comportamento de desapego – sempre que, longe das mães, se veem colocadas em um ambiente estranho, junto de pessoas desconhecidas. As únicas crianças que – observadas nessas condições – não parecem perturbar-se foram aquelas que jamais tiveram uma figura a que se pudessem afeiçoar ou que experimentaram repetidas e prolongadas separações, tornando-se, portanto, mais ou menos permanentemente em desapego.

Não há dúvida de que certas variáveis, combinadas com a ausência da figura materna, aumentam o grau de perturbação cons-

---

4. O comportamento diversificado das crianças, em relação ao observador – comparando-se crianças separadas das mães e crianças do grupo de controle –, não se manifestou apenas durante a visita da décima sexta semana. Quando as crianças do grupo de controle foram procuradas em suas casas, no período equiparado ao de separação, trataram CH e EW de modo muito mais cordial do que as crianças separadas – e nada que se assemelhasse a pânico foi nelas observado. Cumpre lembrar, entretanto, que as crianças do grupo de controle, em comparação com as separadas, tiveram experiências diversas com os observadores, no período equivalente ao da separação. As crianças separadas foram observadas seis vezes por semana, em períodos de brinquedo na creche, e também foram submetidas a duas (ou três) sessões de brinquedo com boneca, em contraste com as crianças do grupo de controle que só passaram pelas três sessões de brinquedo com boneca. É possível, portanto, que uma parte da diferença no trato que os dois grupos de crianças deram aos observadores tenha sido ocasionada pela diversidade das experiências que tiveram com esses observadores.

tatável. Por exemplo, quanto mais estranho o ambiente e quanto mais estranhas as pessoas ou quanto mais dolorosos os procedimentos médicos adotados, tanto mais assustada a criança tende a ficar e tanto maior a sua perturbação, durante e após a fase de separação. Entretanto, observações a respeito de quão diversamente reagem as crianças a qualquer dessas condições ou a todas elas, conjuntamente, na presença da mãe, deixam claro que tais condições, por si mesmas, não são suficientes para provocar mais do que aflições passageiras. Atestam, ainda, que a presença (ou ausência) da mãe é a variável-chave na determinação da sequência "protesto, desespero, desapego".

Condições que atenuam a intensidade das reações

Entre as condições que, segundo se sabe, diminuem a intensidade das reações de crianças separadas de suas mães, as duas de maior atuação parecem ser:

– a presença de uma pessoa conhecida e/ou de objetos familiares; e
– os cuidados maternais de uma mãe substituta.

Tal como seria de esperar, a perturbação é mínima quando essas duas condições se conjugam – o que acontece, digamos, no caso da criança que fica em seu lar, sob os cuidados de uma das avós.
Heinicke e Westheimer (cf. p. 11-2) acham-se entre os muitos observadores que já constataram que as aflições da criança diminuem, particularmente nos primeiros dias, quando ela vai para uma creche em companhia de um irmão; Robertson notou que algum consolo se dá mesmo quando esse irmão tenha apenas dois anos e seja o mais jovem do par. Assim, a presença de um companheiro conhecido – ainda que esse companheiro não forneça mais do que um negligenciável grau de cuidado maternal substituto – é um fator atenuante de certa importância. Objetos inanimados, como por exemplo os brinquedos favoritos ou as roupas pessoais, também oferecem algum alívio.
Uma segunda e importante condição atenuante é a presença de cuidados maternais substitutivos. Não há registro sistemático a

respeito de quão afetiva pode ser essa condição, na redução das perturbações, quando ela está a cargo de uma senhora que a criança desconhece. Vários estudos não sistemáticos, porém, levam a concluir que a criança tem medo da estranha, no início, rejeitando suas tentativas de lhe dar carinhos maternais. Subsequentemente, a criança manifesta comportamento conflitante, procura conforto junto dela, mas rejeita-a, por ser estranha. Apenas depois de alguns dias ou de algumas semanas a criança habitua-se ao novo relacionamento. Entrementes, continua a ansiar pela figura da mãe e, ocasionalmente, chega a expressar sua raiva por ela estar ausente (exemplos dessa sequência apresentam-se no capítulo 2 do volume I).

A duração do período de perturbação depende, em parte, da idade da criança, e, em parte, da habilidade da mãe adotiva, ou seja, de sua capacidade de ajustar seu comportamento ao comportamento de uma criança aflita que, por vezes, tem medo e assume atitudes de rejeição. Em um estudo (que só chegou a ser apresentado em forma preliminar), Yarrow (1963) notou que todas as crianças cujas idades oscilavam de sete a doze meses ficavam perturbadas ao deixar uma creche e ingressar em um lar adotivo permanente. Nessa faixa etária, constatou Yarrow, a "severidade e a amplitude das perturbações aumentam com a idade".

Consequentemente, embora a aflição possa ver-se atenuada em virtude da presença de uma pessoa conhecida e dos cuidados de uma mulher carinhosa, mas estranha, cada um desses fatores está sujeito a sérias limitações.

Um projeto experimental

Em estudo já citado no prefácio, James e Joyce Robertson (1971), associando os papéis dos observadores e dos pais adotivos, levaram para sua casa quatro crianças que necessitavam de assistência, enquanto as mães eram atendidas em hospitais. Assim agindo, os Robertson procuravam descobrir de que modo reagiam crianças de boa experiência prévia, diante de uma situação de separação em que se apresentam tantas condições favoráveis quantas hoje são conhecidas e passíveis de obter – como, por exemplo, em especial, cuidados maternais de mãe adotiva com a qual a criança já se familiarizou.

Com esse propósito, a sra. Robertson deliberou dar a cada criança uma atenção total e decidiu adotar, até onde possível, os métodos de ação das respectivas mães. Muita atenção foi dada à questão de tornar mínima a estranheza da situação e máxima a familiaridade. Aproximadamente um mês antes da separação, a criança foi levada ao lar de adoção e apresentada aos seus elementos, numa série de visitas mútuas entre as duas famílias. Nessa fase, a mãe adotiva procurou, com grande empenho, identificar o estágio de desenvolvimento da criança, conhecer seus gostos e suas antipatias e saber dos métodos utilizados pela mãe ao dela cuidar – com o propósito de manter, no período de adoção, um regime tão similar quanto possível. Transferindo-se para a nova casa, a criança trazia consigo a sua cama e seus cobertores, seus brinquedos prediletos e uma fotografia da mãe. Durante a estada, esforços continuados foram feitos no sentido de manter viva, no espírito da criança, a imagem da mãe ausente. A mãe adotiva não deixou de falar da mãe legítima, exibindo a sua fotografia. O pai foi convidado a visitar o filho, diariamente, se possível. A mãe adotiva e o pai tudo fizeram para assegurar à criança que ela voltaria, em breve, para a sua própria casa. Desse modo, muito foi feito com o propósito de diminuir o impacto provocado pela mudança, de aceitar, abertamente, as preocupações da criança, relativas à ausência da mãe, e de garantir-lhe que a separação não se prolongaria mais do que o necessário.

Nessa ocasião, os Robertson cuidaram de quatro crianças, uma após a outra, enquanto as respectivas mães davam à luz um novo filho. As idades e os períodos de estada são indicados abaixo:

Kate	2 anos	e	5 meses	27 dias
Thomas	2 anos	e	5 meses	10 dias
Lucy	1 ano	e	9 meses	19 dias
Jane	1 ano	e	5 meses	10 dias

Todas essas quatro crianças eram primogênitas; haviam vivido e viviam com os dois progenitores; não se haviam separado antes de suas mães, a não ser, de modo ocasional, por algumas horas, ficando, então, sob os cuidados de pessoa com a qual estivessem familiarizadas.

O grau de perturbação apresentado por essas crianças foi muito menor do que o grau de perturbação observado em condições menos favoráveis. Não obstante, cada uma delas mostrou-se visivelmente transtornada. A forma de perturbação diferia, tomando um aspecto nas duas crianças maiores e outro nas duas crianças menores. Embora Kate e Thomas parecessem satisfeitos com os arranjos de adoção, ambos mostraram, claramente, que sentiam falta das mães. Nos breves relatos seguintes, retirados de Robertson & Robertson (1971), dá-se atenção especial aos episódios em que se reflete o descontentamento das crianças. Há, pois, algum perigo de que os relatos ofereçam um quadro tendencioso da situação.

Thomas, menino ativo, capaz de falar com desembaraço, acomodou-se alegremente na casa dos pais adotivos. Em geral, estava de bom humor, mantinha amistoso contato com os responsáveis e apreciava as atividades e as brincadeiras de que participavam. Dois dias depois, entretanto, começou a expressar, simultaneamente, tristeza e raiva, em virtude da ausência dos pais. Falava muito a respeito da mãe, abraçando, algumas vezes, a fotografia. Embora compreendesse, até certo ponto, que a separação tinha caráter provisório, a tensão aumentou, à medida que os dias se passavam. Ocasionalmente, rejeitava as atenções da mãe adotiva, dizendo que era tarefa da mãe zelar por ele: "Não me abrace, minha mãe me abraça". No final de uma visita do pai, Thomas fez o possível para impedi-lo de retirar-se; chorou amargamente, ainda que por um período breve, depois da sua saída; e insistiu em que ninguém devia sentar-se na cadeira há pouco ocupada pelo pai. Na visita que fez ao filho, no nono dia, o pai resumiu as tensões da situação em poucas palavras: "Basta, nós dois já tivemos o bastante".

Embora Thomas, no entender dos Robertson, enfrentasse a experiência melhor do que as demais crianças, e embora fosse mínima a sua perturbação após o regresso ao lar paterno, o fato é que, apesar disso, pareceu mais agressivo e desafiador do que era antes de se afastar de sua casa. Além disso, quando a mãe adotiva o visitou, em sua casa, Thomas, apesar de mostrar-se amistoso, manteve-se em guarda e empenhou-se em permanecer ao lado da mãe legítima.

Durante os primeiros dez dias de afastamento de seu lar, Kate, a menina de quase dois anos e meio, exibiu muitos dos traços comportamentais exibidos por Thomas. De uma parte, alimentava-se bem, dormia tranquila, parecia alegre, mostrava-se ativa e procurava cooperar com os pais adotivos. De outra parte, no entanto, manifestava saudades dos pais ausentes e, ocasionalmente, expressava sua raiva por não a levarem de volta para sua casa. Kate, além disso (em virtude de complicações obstétricas sofridas pela mãe), ficou fora de sua casa por 27 dias: quase o triplo do tempo que Thomas se ausentou de seu lar. Na terceira e na quarta semanas, o relacionamento com a mãe adotiva aprofundou-se, e Kate parecia encontrar um nicho em que pudesse permanecer, no seio da família adotiva. Ainda assim, a saudade da mãe continuava a manifestar-se, "crescentemente matizada pela raiva". A raiva, dirigida contra a mãe adotiva, tornou-se especialmente forte depois de duas visitas que a menina fez à mãe hospitalizada.

Há um traço do comportamento de Kate, nessa fase de separação, que merece destaque. Durante a segunda semana, temia perder-se e começou a agarrar-se às pessoas. Chorava com maior frequência e, às vezes, parecia preocupada e sonhadora. A pergunta "O que Kate está procurando?", feita por ela em uma dessas ocasiões, parece indicar que a saudade da mãe e o desejo de encontrá-la – embora ativo – começavam a ser reprimidos.

Quando retornou ao seu lar, Kate saudou a mãe e começou, de imediato, a reconstruir as relações que ambas mantinham. Em contraste, ignorou por completo a mãe adotiva que dela havia cuidado ao longo de quase quatro semanas e que se mantinha, em silêncio, ao seu lado.

Embora Kate tivesse se ajustado à família com apenas algum pequeno transtorno, passou nitidamente, daí em diante, a exigir bem mais atenção dos genitores. A reação que apresentou, diante de um episódio ocorrido duas semanas após o regresso ao lar, sugeriu, ainda, que ela temia intensamente uma nova separação. A mãe desejava ardentemente que Kate frequentasse uma determinada escola, assim que atingisse o quinto ano de vida. Levou-a, pois, até a escola, para fazer a matrícula, com mais de dois anos de antecipação. Nessa noite, Kate gritou muito, como se estivesse com pesadelos, mostrando-se ofegante na manhã seguinte. O médico, após o diagnóstico (asma bronquial), indagou se a menina teria sido submetida a estresse. A mãe lembrou-se, então, de que o diretor da escola havia, na véspera, concordado em "receber" (no inglês "take") Kate. As duas outras crianças não tinham muita capacidade de uso da linguagem, não sendo simples, como havia sido no caso das duas anteriores, a tentativa de manter claramente presentes, em seus espíritos, as figuras das genitoras ausentes. Em vista disso, provavelmente, cada uma delas pareceu transferir as suas afeições, com relativa facilidade, da mãe para a substituta, encontrando segurança na situação nova. Nenhuma das duas se mostrou agudamente abalada. Tornou-se evidente, porém, nos dois casos, que nem tudo estava em ordem. No quarto dia, Jane ficou inquieta, exigindo atenções, dando a impressão de "uma criança que está sob tensão e, em certos momentos, se mostra espantada". Lucy, analogamente, também teve seus maus momentos e, no nono dia de afastamento da mãe, foi descrita como criança que se acha "em estado de alta sensibilidade".

Nessas duas crianças mais novas, a saudade da mãe ausente e a eventual manifestação de raiva contra ela só se apresentaram esporadicamente e, ainda assim, apenas como reação a lembranças específicas dela. Jane, por exemplo, no sexto dia de separação, notou a cancela de seu próprio jardim, abriu-a, entrou no pátio e procurou, inutilmente, abrir a porta do apartamento de seus pais. Retornando, pronunciou a palavra "Mama", pela primeira vez, e não quis entrar na casa dos pais adotivos. À medida que a separação se prolongava, as relações de Jane com o pai deterioravam. Inicialmente, quando ele a visitava, ela brincava alegremente; depois, passou a ter raiva dele, enfim, parecia deliberada a ignorá-lo, mas chorava e se agarrava a ele, quando a visita terminava. As relações entre Lucy e seu pai percorreram fases similares. Depois de uma das visitas, quando ele a levou para passear em um parque próximo da sua casa, ela ficou muito aflita ao vê-lo partir. De início, recusou consolar-se com sua mãe adotiva; em seguida, agarrou-se chorosa a ela, recusando-se a deixar seu colo.

Reencontrando a mãe, cada uma dessas crianças mais novas reconheceu-a de imediato, reagindo prazerosamente. Ao contrário do que aconteceu com as duas crianças mais velhas, contudo, pareceram relutar em deixar a mãe adotiva. Lucy, em particular, encontrou dificuldade para separar-se da mãe adotiva; mais tarde, mostrou estar em conflito acentuado, com respeito a ela. Exemplificadamente, quando a mãe adotiva foi visitá-la, três dias após o retorno ao lar, Lucy "oscilava entre a afeição e apreensão, entre sorrir e mostrar-se carrancuda; agarrou-se à mãe verdadeira, mas chorou copiosamente quando a adotiva partiu". Tal como aconteceu com Thomas e Kate, essas crianças de menor idade mostraram-se mais hostis para com a mãe depois da separação do que o haviam sido antes. (Em cada caso, entretanto, a maior hostilidade pode ter sido originada, em parte, pela presença de um novo bebê.)

Interpretação dos resultados

Todas essas crianças, portanto, mostraram-se muito menos angustiadas do que as crianças da mesma idade que se separaram da mãe em condições menos favoráveis. As quatro, no entanto, exibiram inegáveis sinais de tensão e, de vez em quando, demonstraram ter consciência de que a mãe se ausentara. Há diferenças de opinião, no que respeita à interpretação dessas reações. Os Robertson – impressionados pelo fato de que os cuidados prestados por uma mãe substituta receptiva, em um ambiente benigno, mantêm a angústia em "nível manipulável" e permitem a continuação do "desenvolvimento positivo" – acreditam viável impedir a manifestação da sequência deterioradora do protesto, do desespero e do desapego. Essa crença leva-os a entender que as reações exibidas pelas crianças tratadas por essa via diferem das reações que se apresentam em crianças recolhidas a instituições; a diferença, a par disso, não pode ser reduzida a uma questão de intensidade. De acordo com uma interpretação alternativa, porém, a sequência de protesto, desespero e desapego não pode estar ausente, mesmo que tenha a sua intensidade grandemente reduzida ou se veja cortada. No caso das duas crianças mais velhas, por exemplo, o padrão de reações apresentou, com muita clareza (embora com pequena intensidade), a maioria dos traços que, de acordo com a perspectiva atual, são típicos da maneira de as crianças reagirem, em condições menos favoráveis, durante e após uma breve separação: sentir saudade, procurar a mãe ausente, sentir tristeza, reclamar cada vez mais contra a ausência da mãe, sentir raiva crescente da mãe, por estar ausente, manifestar ambivalência, por ocasião do retorno ao lar, e ter, de modo evidente, medo de voltar a separar-se da mãe. Em virtude das precauções tomadas, o desespero foi, é certo, afastado; com ele também se afastou o desapego, embora sinais sugestivos de desapego se apresentassem, posteriormente, na menina Kate. No caso das duas crianças mais novas, o padrão de reações mostrou-se menos claro; ainda assim, vários elementos típicos desse padrão estiveram presentes. Isso permite concluir que as diferenças nas reações – comparando crianças adotadas e crianças levadas a uma instituição – são corretamente consideradas como diferenças de intensidade.

Há outros aspectos divergentes, quando se estabelece confronto entre a posição teórica adotada pelos Robertson e a posição que eu defendo. Tais divergências dizem respeito, sobretudo, ao papel que desempenham o desapego e o luto na primeira infância. Elas serão examinadas no volume III. Entrementes, cumpre notar que se existem divergências entre os Robertson e mim, no que concerne à teoria, tais divergências desaparecem no terreno da prática. De fato, os Robertson, ao analisarem as lições práticas decorrentes de seu projeto, ressaltam: embora as crianças cuidadosamente tratadas se tivessem saído muito bem, não se deve admitir que os azares da separação possam ser inteiramente eliminados na primeira infância; ao contrário, afirmam, a experiência por eles recolhida serviu apenas para reforçar a ideia – há muito defendida – de que "a separação é perigosa e deve ser evitada sempre que possível".

Presença ou ausência da figura materna:
uma variável-chave

Duas conclusões podem ser retiradas do recente estudo dos Robertson e de outros estudos de que se tem notícia:

1. A sequência de protesto *intenso*, seguido de desespero e de desapego, que nos chama desde logo a atenção, deve-se a uma combinação de fatores, cujo núcleo é a conjunção de pessoas estranhas, eventos estranhos e a ausência de cuidados maternais, da própria mãe ou de uma substituta capaz.

2. Tendo em conta que a separação da figura materna, ainda que ocorra na ausência dos demais fatores, conduz à tristeza, à raiva e à subsequente angústia, nas crianças com mais de 2 anos de idade, bem como a reações comparáveis, embora não tão diferenciadas, nas crianças com menos de 2 anos, a separação da figura materna é, por si mesma, uma variável-chave na determinação do estado emocional e do comportamento das crianças.

Por "figura materna" entende-se aquela pessoa para a qual a criança orienta, de acordo com preferências, seu comportamento de apego; por "mãe substituta" entende-se qualquer outra pessoa para a qual a criança está disposta, provisoriamente, a dirigir seu comportamento de apego. Lembrando que um indivíduo, à medida que evolui, orienta seu comportamento de apego para outras pessoas, diversas da mãe ou de alguém que atue na condição de mãe substituta, é oportuno dispor de alguns termos que não estejam tão especificamente associados à relação filho-genitor. Entre os termos aqui utilizados de maneira genérica, a fim de abranger qualquer pessoa para a qual se oriente o comportamento de apego, acham-se "figura de apego" e "figura de apoio".

"Presença" e "ausência" são termos relativos; podem gerar mal-entendidos, salvo se definidos de modo mais preciso. "Presença" significa "acesso imediato"; "ausência" significa "inexistência de acesso". As palavras "separação" e "perda", como usadas neste livro, indicam sempre que a figura de apego do indivíduo não é acessível – temporariamente (na separação) ou permanentemente (na perda)[5].

....
5. O presente uso da palavra "separação" deve ser distinguido de um uso bem diverso feito por Mahler (1968); de acordo com esse autor, a palavra descreve um processo intrapsíquico, resultante de "distinguir o eu do objeto simbiótico". Antes desse desenvolvimento, postula-se um "estado psicológico de indiferenciação, ou de fusão com a mãe", denominado simbiose.

Não apenas no presente contexto, mas em muitos outros, a seleção de uma terminologia adequada levanta problemas. Por exemplo, quanto tempo deve durar uma separação temporária? De modo claro, a resposta depende da idade do sujeito em pauta. Algo que pareça interminável aos olhos de uma criança de um ano pode parecer insignificante aos olhos de um rapaz em idade escolar. O que parece interminável aos olhos de um adolescente, pode parecer destituído de maior significação aos olhos de um adulto. Outra questão – mais difícil do que a anterior – é a de saber em que momento uma separação, inicialmente vista como temporária, se transforma em permanente (ou passa a ser vista como permanente, pela vítima e pelos que a cercam).

Nova dificuldade deflui do fato de que a mãe pode estar fisicamente presente, mas "emocionalmente" ausente. Isso significa, naturalmente, que a mãe está fisicamente junto do filho, mas não reage aos seus desejos de receber atenções e carinhos. Essa falta de receptividade pode associar-se a numerosas condições – depressão, rejeição, preocupação com outros assuntos. No que concerne ao filho, porém, a mãe está apenas meio presente, seja qual for a causa de sua falta de receptividade. A mãe, a par disso, pode ameaçar abandonar o filho, como forma de disciplinâ-lo – tática de muito maior efeito patogênico do que se tem até hoje admitido.

Esses e outros problemas são discutidos em capítulos posteriores. Entrementes, nossa tese pode receber enunciado mais preciso. O fato de uma criança ou de um adulto encontrar-se em estado de segurança, de angústia ou de aflição fica determinado, em ampla margem, pela acessibilidade e pela receptividade de sua principal figura de apego.

Clínicos e outros estudiosos de questões relativas às crianças acharam (e ainda acham) difícil acreditar que a acessibilidade ou a inacessibilidade da figura de apego possa, por si mesma, tornar-se uma variável crucial quando se procura saber se uma criança (ou, na verdade, qualquer pessoa) está feliz ou angustiada. Uma das razões que geram a descrença é a seguinte suposição: inexistindo fatores "objetivos", a saber, intrinsecamente dolorosos ou perigosos, capazes de provocar aflição ou medo na criança ou no adulto, qualquer angústia ou ansiedade há de ser considerada irracional e, sendo irracional, neurótica. Outras razões defluem de aceitação de uma teoria incorreta do comportamento instintivo e, em especial, de falha no distinguir causação de função (cf. volume I, capítulos 6 e 8). Outras razões, ainda, decorrem de várias confusões e de vários juízos de valor, inteiramente falsos, que cercam o conceito de dependência (cf. volume I, capítulo 12). Enfim, outra razão, de espécie diversa, adviria de perceber-se quão inconveniente é, para fins práticos, a diferença que existe entre os fatos observados e a situação ideal – "como as coisas seriam" se cada criança normal ficasse contente e feliz ao lado de qualquer pessoa bondosa que dela cuidasse. A vida seria muito mais fácil se as crianças, por esse prisma, se mostrassem "razoáveis"...

A fim de compreender como algumas dificuldades surgiram, é interessante considerar de que maneira a separação e a perda foram tratadas na literatura psicanalítica – vistas em termos de situações de relevância para o desenvolvimento da personalidade e para a psicopatologia. Será interessante, em especial, examinar o lugar atribuído à separação nas teorias da angústia, assim como os tipos de explanação que foram dadas com o fito de caracterizar a sua influência. Algumas de tais ideias são traçadas no capítulo seguinte, onde se abre margem para comparar a visão adotada nesta obra e a visão adotada em trabalhos psicanalíticos de cunho tradicional.

Capítulo 2
O lugar ocupado pela separação e pela perda na psicopatologia

> Um de meus novos artigos, *Inibições, sintomas e ansiedade*[1], acaba de ser publicado. Abala muitos itens que se achavam estabelecidos e coloca novamente em movimento várias coisas que pareciam fixas. Analistas que almejam a paz e a certeza, acima de tudo, aborrecer-se-ão com a perspectiva de precisarem rever suas ideias. Mas é prematuro crer que eu tenha, enfim, resolvido o problema colocado pela associação da angústia à neurose.
>
> SIGMUND FREUD[2]

Problema e perspectiva

Desde a época de seus primeiros estudos a respeito da etiologia das neuroses até o final de sua vida, Freud jamais deixou de ter presente, em seu espírito, os problemas intimamente associados da angústia neurótica e da defesa. Repetidas vezes Freud os enfrentou e as suas sucessivas formulações teóricas assentam-se em diversas soluções provisórias dadas a esses dois problemas. Desde a morte de Freud, além disso, as teorias da angústia e da defesa têm servido de alicerce para a psicopatologia psicanalítica. As várias escolas diferentes de psicanálise surgiram justamente através da adoção de diferentes pontos de vista sobre a natureza e a origem dessas condições.

Nos trabalhos mais antigos de Freud, não se insinua que a angústia decorra de perda ou de ameaça de perda, nem que os processos defensivos sejam evocados em condições de angústia intensa. Passo a passo, principalmente no final da vida, Freud che-

....

1. As obras de Freud são citadas pelo título que receberam em português na *Edição standard brasileira das obras psicológicas de Sigmund Freud*, Rio de Janeiro, Imago. No entanto, para facilitar o confronto com o texto original, mantivemos a referência do autor que remete à *Standard Edition*. Os textos de Freud foram traduzidos a partir das citações feitas pelo autor. (N. E.)

2. Carta a Oskar Pfister, de 3 de janeiro de 1926 (cf. H. Meng & E. L. Freud, 1963).

gou a tais concepções, e, assim, aproximou suas ideias a respeito de angústia e defesa de suas ideias a respeito de luto que, até então, embora proeminentes, haviam seguido trilhas diversas em seu pensamento. Um importante resultado de suas novas concepções foi, como ele próprio afirmou, o de colocar todas as coisas "novamente em movimento".

Embora Freud advogasse, em diversos períodos de sua vida, posições radicalmente diferentes, no que concerne à angústia, ao luto e à defesa – o que, aliás, também ocorreu com autores de várias escolas de pensamento que vieram em seguida –, cabe lembrar que cada uma das teorias formuladas assentava-se em dados colhidos por meio de um só método de investigação. Os dados são colhidos, no esquema de referência psicanalítico, a partir do estudo de uma personalidade mais ou menos desenvolvida e que age mais ou menos naturalmente; a partir desses dados, tenta-se reconstruir as fases da personalidade que precederam aquilo que está sendo observado no momento. Aos olhos de muitos comentadores, os trabalhos que daí resultam mostram-se tão frustrantes quanto estimulantes. De uma parte, esses trabalhos focalizam, claramente, problemas que qualquer clínico de sensibilidade aguçada reconhece como nucleares para compreender e auxiliar os seus pacientes; de outra parte, eles envolvem uma complexa rede de teorias rivais, muitas vezes incompatíveis, sem indicação de métodos que permitam a separação do trigo e do joio.

O que se procura fazer nesta obra é analisar prospectivamente os clássicos problemas da psicanálise. Os elementos primordiais são observações relativas ao comportamento de crianças de tenra idade, em situações bem definidas. À luz de tais dados, procura-se descrever certas fases iniciais da atuação da personalidade; com base nessas descrições, tenta-se, em seguida, realizar extrapolações com respeito ao futuro. Em particular, o objetivo desta obra é o de descrever padrões de reações que se manifestam regularmente na primeira infância a fim de, em seguida, identificar de que maneira padrões similares de reações serão percebidos em posterior atuação da personalidade[3].

....

3. O ponto de vista adotado está descrito de maneira mais ampla no primeiro capítulo do volume I.

Alguns dados essenciais, já descritos no capítulo anterior, podem ser apresentados como segue. Uma criança manifesta aflição, sempre que se separa, sem desejar, de uma figura materna a quem já teve ocasião de se apegar. Se essa criança é colocada em ambiente estranho e se vê atendida por uma série de pessoas desconhecidas, a aflição tende a intensificar-se. O comportamento da criança acompanha uma sequência típica. Inicialmente, ela *protesta* vigorosamente e tenta, por todos os meios ao seu alcance, recuperar a mãe. Em seguida, parece *desesperar-se* de reaver a mãe, preocupando-se, porém, com ela e mantendo-se atenta à espera de que retorne. Depois disso, a criança parece perder interesse pela mãe, tornando-se emocionalmente *desapegada*. Ainda assim, esse desapego não se prolonga indefinidamente, contanto que o período de separação também não se alongue demasiadamente. Mais cedo ou mais tarde, após voltar ao convívio da mãe, o apego volta a manifestar-se. Daí por diante, durante vários dias ou várias semanas (e, algumas vezes, por períodos ainda mais longos), a criança insiste em permanecer ao lado da mãe. Além disso, a criança demonstra aguda angústia ao suspeitar que voltará a perder a mãe.

Procurando analisar os problemas teóricos que envolviam tais observações, tornou-se evidente, para mim, que o primeiro passo a dar seria o de compreender melhor a ligação que une a criança à mãe. Tornou-se aparente, em seguida, que cada uma das três fases principais de reação da criança à separação estava associada a um ou outro dos temas nucleares da teoria psicanalítica. Assim, a fase de *protesto* coloca o problema da angústia de separação; o *desespero* coloca a questão do desgosto e do luto; o *desapego* correlaciona-se à defesa. Formulou-se, então, a tese (Bowlby, 1960a) de que os três tipos de reação – angústia de separação, desgosto e luto e defesa – são fases de um único processo, e só chegam a ter sua verdadeira significação compreensiva quando encaradas por esse prisma.

Um exame da literatura psicanalítica revela que, em geral, a angústia de separação, o desgosto e a defesa foram considerados independentemente. Isto se deve ao fato de ter sido inversa a ordem de descoberta de sua significação psicopatológica: a última fase foi reconhecida em primeiro lugar e a primeira fase foi compreendida em último lugar. Assim, a significação da defesa (em particular, da repressão) foi concebida por Freud nos primórdios de seu trabalho psicanalítico e forneceu a base de suas teorias iniciais: o seu primeiro artigo a respeito desse tema é de 1894 ("As neuropsicoses de defesa", *SE* 3)[4]. A esse tempo, as ideias de Freud a respeito do desgosto e da angústia de separação mostravam-se muito fragmentárias. Embora Freud tivesse, muito cedo, consciência da importância do luto na histeria e na melancolia (cf. nota de 1897 a Fliess, *SE* 14: 240), vinte anos se passaram antes de ele dar atenção sistemática ao problema, em "Luto e melancolia (1971*a*, *SE* 14). O mesmo ocorreu no caso da angústia de separação: embora Freud lhe dedicasse um parágrafo em *Três ensaios sobre a teoria da sexualidade* (1905*b*; cf. *SE* 7: 224) e três páginas em suas *Conferências introdutórias* (1917*b*; cf. *SE* 16: 405-8), foi somente em 1926, no revolucionário trabalho *Inibições, sintomas e ansiedade*, que o tema passou a ocupar um lugar de grande destaque – o lugar que, aliás, ocuparia na versão definitiva da teoria da angústia. "Sentir falta de alguém que se ama e se deseja", diz Freud nesse trabalho, "é o elemento-chave para a compreensão da angústia" (*SE* 20: 136-7)[5].

A razão que provocou a inversão das três fases é clara: na história da medicina, o que se nota em primeiro lugar é, costumeiramente, o resultado, o elemento final de sequência patológica. Apenas depois é que as fases preliminares são gradualmente identificadas e muitos anos podem passar-se até que se tenha possibilidade de compreender a exata sequência dos eventos que compõem o processo. Em verdade, o que mais custou a Freud foi, justamente, compreender de que modo os eventos se sucediam uns aos outros. A defesa viria antes da angústia, ou esta precederia aquela? Se a reação à separação manifesta-se como dor e desgosto, como pode ela ser também angústia (*SE* 20: 108-9 e 130-1)?

....

4. A abreviação *SE* remete à *Standard Edition of The Complete Psychological Works of Sigmund Freud*, em 24 volumes, distribuídos pela Hogarth Press Ltd., de Londres. Todas as citações de Freud aqui incluídas foram retiradas dessa edição.
5. Para uma explanação do desenvolvimento das teorias freudianas da angústia, cf. a introdução de Strachey à *Standard Edition de Inibições, sintomas e ansiedade* (1959, *SE* 20: 77-86); cf. também o Apêndice I, neste volume.

Segundo hoje se percebe, Freud, ao longo de trinta anos de importantes estudos psicanalíticos, percorreu a sequência às avessas, do resultado final para o momento inicial. Somente aos setenta anos chegou a notar, com clareza, que a separação e a perda eram as fontes mais notórias do processo que havia estudado durante toda a sua vida. Nesse momento, porém, várias de suas ideias já estavam firmemente estabelecidas. Em 1926, uma parte substancial da teoria psicanalítica já era ensinada. No que respeita à angústia, a angústia de castração e a angústia do superego haviam-se tornado elementos fundamentais da teoria e da prática – em Viena e em outros locais. A hipótese de Melanie Klein, associando a angústia à agressão, havia sido formulada pouco antes; correlacionada ao instinto de morte, essa hipótese viria a tornar-se, logo a seguir, conceito-chave de um novo e importante sistema. A compreensão cabal das ideias de Freud (concernentes à angústia de separação e suas relações com o luto) só foi alcançada posteriormente, deixando de afetar o desenvolvimento daquelas duas escolas de pensamento.

Descontando-se breve alusão feita por Hug-Hellmuth (1913) e ligeiro comentário de Bernfeld (1925), alguns anos deviam passar-se até que aparecessem artigos de caráter clínico em que se desse atenção à significação patogênica das experiências de separação. Alguns dos primeiros desses artigos, de Levy (1937), de Bowlby (1940; 1944) e de Bender & Yarnell (1941), continham evidência empírica capaz de sugerir uma relação etiológica entre certas formas de personalidade psicopática e a ruptura violenta das relações mãe/filho. Nessa mesma época, aproximadamente, Fairbairn (1941; 1943) procurava assentar a sua versão renovada da psicopatologia na angústia de separação – no que foi precedido por Suttie (1935) e seria acompanhado por Odier (1948). A essa altura, também, Therese Benedek (1946) descrevia suas observações com adultos, durante a Segunda Guerra Mundial, relativas à separação, ao retorno ao lar e à morte. Dorothy Burlingham & Anna Freud, nessa ocasião (1942; 1944), registraram também observações de primeira mão (já mencionadas no capítulo 1, acima) a respeito de como as crianças reagiam à separação. Além disso, estudos diversos, mas de mesma índole, a propósito de efeitos que a educação destituída de qualquer figura materna pode ter sobre as crianças de tenra idade, eram conduzidos por Goldfarb (1943 e posteriormente) e por Spitz (1946).

Além de todo esse grande número de trabalhos, a angústia de separação tardou a conquistar um posto de destaque na teorização psicanalítica. Na condição de participante do cenário vienense, Kris observou que, em 1926, quando Freud formulou suas concepções a respeito da angústia de separação, "os analistas não tinham consciência... da situação concreta e típica a que essa noção se aplicaria. Ninguém percebeu que o medo de perder o objeto e o amor do objeto eram fórmulas sujeitas a implementação, mediante uso de material que, agora, nos parece evidente e indiscutível" (Kris, 1956). Kris registra que ele próprio só viria a reconhecer a significação daquele medo na década de 1940. Poderia ter acrescentado que algumas escolas de pensamento analítico não haviam, mesmo em 1956, reconhecido a importância das ideias em tela. O prolongado ostracismo em que ficou a angústia de separação está claramente ilustrado em um importante levantamento "do conceito de angústia, visto à luz do desenvolvimento da psicanálise" (Zetzel, 1955), em que a noção nem sequer é citada; até mesmo em obra recente, de Rycroft (1968a), a angústia de separação só merece ligeira atenção.

Está claro, portanto, que algumas ideias de Freud, expostas em *Inibições, sintomas e ansiedade*, caíram em solo árido. Uma pena, porque nesse livro, escrito ao término de sua carreira profissional, Freud procurava libertar-se da perspectiva anterior – defesa, luto, angústia de separação –, tentando contemplar a sequência por um novo ângulo, em que a prioridade seria dada a essa angústia de separação. Nas páginas finais de seu livro, Freud esboça novos rumos; a dor do luto surge como reação à perda real do objeto; e a defesa manifesta-se como forma de enfrentar a angústia e a dor.

O trajeto afinal percorrido por Freud é, também, o trajeto que se acompanha em suas obras. Entretanto, por motivos que se tornarão mais claros no capítulo 5, o ângulo pelo qual aqui se contempla essa trajetória difere, em diversos aspectos, do ângulo adotado por Freud e pela maioria de seus continuadores. Uma das razões notáveis dessa diferença está em que adotamos, neste livro, uma perspectiva evolucionista, de tipo darwiniana, ao passo que Freud adota perspectiva que não tem esse caráter.

Angústia de separação e outras formas de angústia

O fato de Freud, em seus últimos anos, ter considerado a angústia de separação como fator-chave para o estudo de toda a problemática da angústia neurótica não quer dizer, naturalmente, que ele estivesse com a razão. O termo "angústia" foi utilizado de múltiplas maneiras, abrangendo o que, a rigor, pode ser toda uma gama de estados heterogêneos. O termo "angústia neurótica" também não recebeu definição clara e pode, analogamente, abranger uma ampla variedade de estados heterogêneos, possivelmente de origens diversificadas. Nesse complexo cenário, ainda não está bem definida a localização da angústia de separação. Em particular, não se sabe exatamente quão larga é a contribuição dessa angústia – em comparação com angústias e medos de origens diversas – para a formação de fontes de neuroses.

Embora se reconheça que os clínicos desejem ver o assunto esclarecido, tal clarificação está para além das fronteiras deste livro. Não se faz, aqui, nenhuma tentativa de apresentação de uma teoria geral da angústia. Também não se procura indicar em que medida o melhor entendimento da angústia de separação poderia contribuir para a formulação daquela teoria geral. São tarefas para outros estudiosos, em época futura.

O que se procura, nesta obra, é algo mais específico. Crianças de tenra idade ficam transtornadas, mesmo diante de breves separações, crianças um pouco maiores ficam transtornadas quando enfrentam separações mais longas. Adultos ficam transtornados quando a separação é prolongada ou permanente, como no caso de morte. Além disso, muitos relatórios clínicos (desde os primeiros estudos de histeria, conduzidos por Freud, até os numerosos estudos feitos nos anos recentes, cujo volume aumenta dia a dia) atestam que as experiências de separação e de perda, ocorridas no passado imediato ou em anos anteriores, desempenham relevante papel no surgimento de muitas condições clínicas. Aí estão os motivos que nos levam a delimitar a questão, para circunscrevê-la ao problema em foco.

O exame desse problema sugere, em verdade, que Freud estava provavelmente enganado ao afirmar que *o* elemento-chave para entendimento da angústia seria o sentir falta de alguém que se ama e se deseja. Possivelmente, não há um único fator em jogo:

medo e angústia manifestam-se em situações de diversos gêneros. Certo, entretanto, é que o sentir falta de alguém que se ama e se deseja aparece como *um* dos elementos de que se necessita; também é certo que a particular forma de angústia provocada pela separação e pela perda se manifesta muito comumente e, além disso, conduz a grande e amplo sofrimento. Assim sendo, apanhemos a nossa chave e observemos que porta ela permite abrir.

Um desafio para a teoria

Tendo consciência da forma das intensas reações que podem advir de uma separação que dura alguns dias ou se prolonga por mais do que isso, e notando como tais reações se encadeiam, estamos em condições de observar que forma tomam e como se encadeiam reações semelhantes, mas bem menos intensas, que se apresentam em crianças, no plano da vida cotidiana. Percebemos, por exemplo, que a criança pequena e o bebê ficam satisfeitos, usualmente, quando estão ao lado de uma figura materna receptiva; e percebemos que, habilitada a mover-se, tem a tendência de explorar, confiante e corajosamente, o mundo que a rodeia. Faltando, porém, essa figura materna, a criança, ao contrário, mais cedo ou mais tarde, tende a mostrar-se aflita; reage então, agudamente alarmada, diante de todos os tipos de situações ligeiramente estranhas e inesperadas. Além disso, quando a figura materna procura ausentar-se ou não é encontrada, a criança tende a agir no sentido de detê-la ou de encontrá-la; e manifesta angústia enquanto não atinge os seus objetivos.

Embora tais dados sejam elementares e qualquer mãe perceptiva os conheça, há um mundo de controvérsias nesta simples catalogação de sequências rotineiras de comportamento. Por que deveria a criança ficar aflita quando a mãe se ausenta? De que tem medo? Por que deveria manifestar angústia quando a mãe não pode ser encontrada? Por que teme que a mãe volte a deixá-la?

Estudiosos de psicanálise tentaram, com frequência, responder a essas perguntas, e formularam pelo menos seis diferentes tipos de teorias para explicar os fenômenos em tela. Duas teorias, a de Rank (1924), relativa ao trauma de infância, e a de Freud

(1926a), chamada teoria do sinal, foram criadas com o propósito explícito de explicar a observada angústia da criança abandonada pela mãe. Três outras, a antiga teoria de libido transformada[6], devida a Freud (1905b), assim como as duas teorias de Klein, da angústia persecutória e da angústia depressiva (1934; 1935), tiveram origens diversas, mas foram, posteriormente, aplicadas à questão da angústia de separação. Estas cinco teorias, contudo, são complexas, uma vez que os autores rejeitam a ideia de que a ausência da mãe, por si mesma, poderia tornar-se a causa real da aflição e da angústia observadas. Consequentemente, cada autor se vê compelido a buscar uma razão de espécie diversa ou aplica teorias desenvolvidas em outros contextos. Apenas de modo ocasional os estudiosos do problema aceitaram os dados – dando-lhes seu real valor – e formularam uma teoria de um sexto gênero: a aflição e a subsequente angústia são encaradas como reações primárias, irredutíveis a termos mais simples, e devidas simplesmente à natureza do apego que a criança tem pela mãe. Entre os autores que adotaram esse ponto de vista encontram-se Suttie (1935) e Hermann (1936), e, com algumas restrições, Fairbairn (1943; 1963) e Winnicott (por exemplo, 1952). Vale a pena lembrar que, um século antes, William James (1890) já escrevia: "A grande fonte de terror, na infância, é a solidão".

A citação que abre o próximo capítulo, contendo generalização muito semelhante, atesta que Freud já tinha consciência desses dados por volta de 1905. Em verdade (como Strachey deixa claro em sua introdução à edição padronizada de *Inibições, sintomas e ansiedade*; cf. SE 20: 77-86), Freud, a partir dessa data, mantém constantemente presente em seu espírito a angústia manifestada pela criança que se separa da mãe – tema ao qual retorna repetidamente, sempre que empenhado na resolução do problema da angústia. Não obstante, porque seus postulados básicos conduziram a sua teorização para outros rumos, Freud jamais chegou a acolher uma teoria do sexto gênero.

Essas várias tentativas de explicar o fenômeno da angústia de separação têm não apenas interesse histórico, mas, ainda, grande

....
6. O autor usa distintamente os termos *cathexis, libido* e *energy*, que receberam a tradução catexia, libido e energia, respectivamente. (N. T.)

importância prática, uma vez que cada tipo de teoria dá origem a uma psicopatologia e um funcionamento da personalidade diferentes e, consequentemente, a modos significativamente diversos de praticar a psicoterapia e a psiquiatria preventiva. Uma vez que as teorias psicanalíticas da angústia de separação continuam a ter viva influência, um levantamento de tais teorias é feito no Apêndice I; alguns pressupostos em que se baseiam são avaliados no capítulo 5, à luz dos atuais conhecimentos que dispomos de biologia e de etologia.

Antes, contudo, de dar prosseguimento à discussão teórica, parece oportuno considerar mais algumas observações a respeito do comportamento que se manifesta durante e após a separação – principiando com o comportamento de crianças e passando, a seguir, ao comportamento de filhotes de animais de outras espécies. Cumpre enfatizar que em todos os estudos descritos abaixo a mãe deixa o filho ou o filho é afastado, a contragosto, por assim dizer, de sua mãe. No primeiro volume deste livro (capítulo 13), assim como nos artigos de Anderson (1972*a*, *b*, *c*) e de Rheingold & Eckerman (1970), já se descreveu o comportamento bem diverso que se apresenta em situação contrária, ou seja, quando a mãe permanece em local conhecido, enquanto o filho realiza explorações. Desde que a criança tome a iniciativa, tendo certeza de onde encontrar a mãe, ela não só se sente feliz como, muitas vezes, se aventura. A palavra "separação", no que se relata em seguida, implica, invariavelmente, que a iniciativa é tomada pela mãe ou por terceiros.

Capítulo 3
Comportamento com e sem a mãe: caso dos seres humanos

> A angústia nas crianças nada mais é, originariamente, do que expressão do fato de estarem sentindo a perda da pessoa amada.
>
> SIGMUND FREUD (1905b)

Observações naturalistas

O capítulo 1 contém dados concernentes ao comportamento de crianças de tenra idade que são afastadas de suas casas e colocadas, por alguns dias ou algumas semanas, em uma creche ou em uma casa de adoção. Aqui, em contraste, estamos preocupados com situações de separação de duração relativamente curta. Principiamos com separações que duram apenas um dia ou algumas horas – notando, porém, que a criança é colocada em local estranho, está cercada por pessoas desconhecidas e não conta com atenções maternas substitutivas.

Alguns psicólogos elaboraram registros acerca do comportamento de crianças novas que, pela primeira vez, entravam numa escola maternal ou eram encaminhadas a um centro de pesquisa, para fins de exame. Embora esses psicólogos não tenham, em geral, agido com essa intenção, conseguiram reunir farta evidência atestadora de que a matrícula em escolas maternais, feita muito antes do terceiro ano de vida, é, para a maioria das crianças, uma experiência indesejavelmente estressante. Os registros, em verdade, deixam claro que o desconhecimento da história natural do comportamento de apego, associado a um mal controlado entusiasmo, responsável pelo desejo de que as crianças se tornem rapidamente independentes e "maduras", resulta em práticas que expõem as crianças e seus pais a uma dose exagerada de angústia e aflição desnecessárias. Para fins científicos, entretanto, os informes registrados apresentam uma grande vantagem: não há perigo de que o grau de transtorno tenha sido exagerado; ao contrário, provavelmente o oposto é que vale.

O primeiro e amplo estudo desse gênero parece ter sido realizado por Shirley, na Harvard School of Public Health (Shirley & Poyntz, 1941; Shirley, 1942). Os estudiosos observaram 199 crianças (101 meninos e 98 meninas), cujas idades oscilavam entre 2 e 8 anos, durante visita de um dia a um centro de pesquisas – período em que as crianças eram submetidas a diversos exames médicos e psicológicos, com intervalos para alimentação, descanso e brincadeiras. As crianças passavam o dia longe de suas mães. Segundo os autores, "as reações dessas crianças à separação das mães eram típicas das crianças que estão predominantemente sob os cuidados das mães no período pré-escolar".

Todas as crianças visitaram o centro a intervalos de seis meses; cada criança ali esteve diversas vezes, no correr de um período de aproximadamente três anos. Por ocasião das primeiras visitas, eram diversificadas as idades das crianças: 25 delas tinham 2 anos quando estiveram pela primeira vez no centro de pesquisas; 28 estavam com 2 anos e meio; outros grupos foram formados, a intervalos de meio ano, até o último, composto de crianças de pouco mais de 5 anos de idade. Em consequência, o número de crianças, em cada faixa etária, oscilou do mínimo de 25 (número das crianças que contavam 2 anos) ao máximo de 127 (número das crianças que estavam com 5 anos e meio). Os resultados foram expressos em termos percentuais, tendo em conta a quantidade de crianças que, em cada nível de idade, em consonância com o sexo, mostram-se perturbadas em cada uma das três situações enfrentadas durante o dia – deixar a mãe, brincar no centro de pesquisas e reencontrar a mãe, no fim da estada. Os informes publicados não estabelecem distinção entre as reações apresentadas pelas crianças na primeira visita ao centro e as reações apresentadas em visitas posteriores.

Cerca de metade do total das crianças[1] de 2 a 4 anos de idade, segundo o relato, perturbou-se no momento de deixar a mãe, no início do dia; metade, também, manifestou a mesma reação ao reencontrar a mãe, no fim do dia. A proporção da perturbação diminui entre as crianças dos grupos de maior idade, embora jamais se situe abaixo dos 30%, no caso dos meninos, no fim do dia. Mesmo no período de folguedos, na presença de uma adequada, mas desconhecida substituta da mãe, é substancial a quantidade de crianças que se perturba; essa quantidade varia de aproximadamente 40%, no grupo de crianças mais novas, até 20% no grupo de crianças de 4 anos e 15% no grupo de crianças mais velhas (5 a 7 anos):

... perturbações emocionais não foram, de modo algum, infrequentes, no período de recreio. As crianças manifestavam o seu constrangimento na sala de folguedos, por diversas vias – além das vias mais comuns, como chorar ou chamar a mãe. Algumas crianças limitavam-se, desconsoladas, a matar o tempo; outras alteravam o apoio de um para outro pé; algumas fitavam a rua pela janela, procurando desapontadas o familiar vulto do carro dos pais no fluxo do tráfego... Essas crianças ignoravam os brinquedos oferecidos e recusavam-se a acolher sugestões feitas no sentido de participação nos folguedos.

Algumas crianças ficavam distraídas, mexendo sem propósito num brinquedo ou peneirando areia entre os dedos. Das crianças mais novas, metade expressava, explicitamente, o desejo de estar com a mãe; das que tinham de 4 anos e meio a 6 anos, a proporção das que pediam pela mãe caía para aproximadamente um quarto do total.

Certas crianças que não se perturbaram durante as atividades do dia, assim ficaram ao reencontrarem suas mães:

Em geral, a criança que extravasa as suas emoções no choro era a que refreara bravamente as lágrimas e fizera grande esforço no sentido de superar os sentimentos de insegurança que a haviam

....
1. Uma vez que os resultados são expressos em termos percentuais e o número N varia para cada sexo e para cada grupo de idades, não é viável calcular porcentagens exatas, relativas a mais amplos conjuntos de crianças.

acompanhado durante o dia. Ao ver a mãe, desapareceram suas necessidades de autonomia e independência, voltando ela ao grau de infantilidade que havia sobrepujado durante a manhã.

Em cada faixa etária, as meninas mostravam-se claramente menos perturbadas do que os meninos. Além disso, quando havia perturbação entre as meninas, a intensidade e a duração desse sentimento eram menores do que a intensidade e a duração correspondentes, no caso dos meninos. É claro que os autores do estudo elogiam as meninas, afirmando que elas revelam possuir maior "maturidade" do que os meninos, cuja "infantilidade" é lamentada.

Os autores notam que as crianças de 3 anos de idade tendiam a tornar-se mais perturbadas do que as demais – menores ou maiores: "As crianças de 2 ou de 2 anos e meio não tinham muita consciência do que as esperava durante o dia; era pequeno o temor por antecipação". As crianças de 3 anos estavam "mais conscientes das tarefas a executar durante o dia, relutando em deixar seus lares". Isso acontecia, em especial, com as crianças que já haviam feito uma ou duas visitas prévias ao centro de pesquisa. É claro que os exames físicos e psicológicos foram realizados com maior gentileza possível. Distanciadas das mães, entretanto, as crianças não se habituavam aos exames, a cada seis meses, tornado-se, ao contrário, cada vez mais apreensivas: "O fato de terem se familiarizado com a situação, em uma ou duas ocasiões anteriores, parecia tornar as crianças ainda mais apreensivas", tendendo elas a manifestar maior contrariedade no início do dia (Shirley, 1942). Em oposição, as crianças com 5 ou mais anos de idade tendiam a mostrar-se calmas e algumas, segundo o relatório, pareciam apreciar o que deviam fazer.

Heathers (1954) descreve um estudo que acompanhou a linha de atuação da análise de Shirley, embora se haja confinado a uma diminuta parte da área examinada na investigação precedente. A faixa etária ficou restrita, considerando-se tão somente as crianças mais novas; além disso, o comportamento relatado foi apenas o da reação no momento de deixar o lar para ir à escola maternal.

Trinta e uma crianças, cujas idades oscilavam entre 23 e 37 meses, oriundas da camada de renda média, com inteligência acima do habitual, foram observadas durante os primeiros cinco dias de atividades de uma escola maternal. Nesses cinco dias, cada criança era recolhida por um estudante que não havia encontrado anteriormente, sendo conduzida de carro para a escola. A fim de atender às solicitações feitas pelos pesquisadores, "a mãe era convidada a despedir-se do filho na porta de casa, deixando que o observador o conduzisse até o carro". Embora as mães hajam tentado explicar aos filhos o que deles se esperava, é pouco provável que tais explicações tenham elucidado as crianças.

O comportamento observado foi confrontado com uma lista de dezoito itens, retrato vívido dos tipos de reações prováveis. A lista era esta:

Quando tirada da casa para o carro, a criança

1. chora
2. esconde-se ou tenta esconder-se etc.
3. não deixa que a vistam para ir
4. agarra-se à mãe
5. chama pela mãe
6. tenta voltar para casa
7. precisa ser carregada para o carro
8. não deixa que a levem para o carro

Durante os primeiros cinco minutos no carro, a criança

9. chora
10. chama pela mãe
11. busca segurança ou conforto
12. recusa segurança ou conforto
13. mostra-se tensa, alheia ou sem receptividade

Quando chega à escola e entra no prédio, a criança

14. chora
15. não deixa que a tirem do carro
16. precisa ser segurada e carregada
17. agarra-se ao observador que a acompanhou

18. fica imóvel, relutando em entrar no edifício da escola.

Os totais diários das 31 crianças, relativamente aos dezoito itens, oscilaram, nos primeiros cinco dias, entre zero e treze – o que atesta apreciável variação individual. A média, no primeiro dia, foi de 4,4. Embora o escore da perturbação manifestada por 21 das crianças fosse menor no quinto dia do que no primeiro, esse valor aumentou no caso de quatro crianças.

Vale a pena registrar que, no primeiro dia, as crianças mais velhas (cujas idades variavam de 32 a 37 meses) mostravam-se muito mais perturbadas do que as mais jovens (cujas idades variavam de 23 a 29 meses). Nos dias subsequentes, porém, não houve diferença entre as crianças desses dois grupos de idade. Segundo Heathers (que acompanha, aliás, o pensamento de Shirley), o fato de as crianças ligeiramente mais velhas mostrarem certa perturbação inicial poderia dever-se ao fato de, após as visitas prévias ao centro de pesquisas, para fins de teste, estarem em condições de antecipar o que lhes aconteceria.

Murphy (1962) realizou um terceiro estudo, nessas mesmas linhas adotadas por Shirley e por Heathers. Já falamos de seu trabalho no volume I desta obra (capítulo 11) e apresentamos um rápido apanhado de suas observações, relativas a crianças que visitavam um centro de pesquisas para participar de sessões de folguedos planejadas. No estudo conduzido por Murphy, os procedimentos empregados para recolher as crianças eram similares aos selecionados por Heathers; a separação da mãe, contudo, foi tratada por vias bem diversas. Embora as crianças fossem estimuladas a entrar no carro por conta própria, em companhia de outra pessoa, esta não lhes era inteiramente desconhecida. Além disso, não se impedia que a mãe acompanhasse o filho, se ela o quisesse ou se a criança protestasse. Não surpreende que apenas uma pequena minoria das quinze crianças (cujas idades variavam de dois anos e meio a quatro anos) se dispusesse a seguir sem a mãe. Chegando ao centro, porém, a mãe partia, deixando o filho sozinho. Os resultados encontrados pela dra. Murphy são compatíveis com os obtidos nos dois estudos anteriores. Em seus registros, relativos ao comportamento individual das crianças, há dados que deixam clara a determinação com que algumas crianças agiram, procurando fazer com que as mães as acompanhassem.

Há bons motivos para supor que essa reação é inteiramente natural e saudável em crianças de tenra idade que se vejam convidadas a acompanhar duas senhoras quase desconhecidas, rumo a um local ignorado. Janis (1964) fez um estudo descritivo pormenorizado do comportamento de certa menina que passou a frequentar a escola maternal dois períodos por semana, mal atingidos os 2 anos e três meses de idade. O estudo ilustra quanta angústia pode manifestar uma criança nessa idade, diante de tal experiência, e em que grau essa angústia pode permanecer oculta, ao menos por algum tempo.

A menina Lottie aparece como "criança normal, muito falante", a mais jovem das três filhas de um casal dedicado ao trabalho. Os pais são dados como "pessoas sensíveis às necessidades dos filhos, cientes da possibilidade de dificuldades decorrentes de uma separação". A escola maternal adotava a diretriz de conservar a mãe junto ao filho, até que ele parecesse preparado para ali permanecer sozinho.

A mãe de Lottie ficou junto dela, nas duas primeiras visitas. Na terceira ocasião, a menina, rindo, num momento em que a mãe a havia deixado, chamou repetidamente "Mamãe! Papai! Dorrie! Heidi!" (nomes das duas irmãs, de 5 anos e nove meses e de 10 anos e meio, respectivamente). Uma semana mais tarde, na quinta visita, Lottie insistiu em usar uma blusa semelhante à de Dorrie, a quem estava fortemente ligada. Na décima quarta sessão, a menina afirmava ser a irmã: "Eu sou Dorrie! Chame-me Dorrie".

Nas sessões seguintes, todavia, Lottie começou a protestar mais veementemente do que havia feito até então, contra a saída da mãe; ocasionalmente, chorava, reclamando a sua presença. Na véspera da décima oitava sessão, Lottie (em sua casa) seguiu insistentemente a mãe por todos os cantos, agarrando-se a ela. No dia seguinte, na escola maternal, "Lottie irrompeu em lágrimas quando a mãe se despediu. Chorou muito... com o rosto afogueado". Desse dia em diante, a menina deixou de julgar-se Dorrie.

Em vez do progresso gradual, previsto pela mãe quando Lottie reconheceu a escola maternal como sua, o comportamento da menina piorou. Não concorda com a saída da mãe; chora amargamente quando a mãe se retira; na escola, agarra-se cada vez mais à mãe, mostrando-se sempre menos capaz de brincar independentemente; suas brincadeiras são limitadas, regressivas, descontroladas e, às vezes, violentas; em sua casa, a menina perde o controle das vias urinárias, de maneira característica (alguns acidentes menores), embora já exercesse tal controle nos últimos seis meses.

Nesse período, além disso, Lottie demonstra, com intensidade crescente, o anseio de estar com a mãe, sempre que deixada em casa na companhia de alguma pessoa conhecida. Também se torna cada vez mais obstinada e desobediente.

Nas primeiras sessões do período escolar seguinte (iniciado quando ela estava com 2 anos e meio de idade), Lottie insistiu em conservar a mãe junto dela. Posteriormente, aceitando a ideia de que a mãe devia retirar-se, Lottie mostrou-se pouco atenta e indiferente aos folguedos; ao rever a mãe, sua primeira observação foi esta: "Eu não chorei". Ao cabo de um mês, entretanto, voltou a chorar quando a mãe se retirava; o choro persistiu até o final do período letivo. Em suma, Lottie só se ajustou à escola, dispensando a mãe, no terceiro período letivo, iniciado quando ela estava com 2 anos e nove meses de idade[2].

Embora os pais de Lottie tenham sido descritos como pessoas sensíveis às necessidades das filhas e o regime escolar tenha sido encarado como favorável, é evidente, a partir do registrado, que os pais de Lottie e o professor esperavam demais de uma criança tão pequena. É claro que muita pressão foi exercida sobre a menina para que não chorasse. Embora ela conseguisse controlar-se, muitas vezes a sua constante preocupação em evitar o choro, registrada em todo o relatório, é evidência da tensão a que foi submetida.

Seria dispensável apresentar tais dados de maneira minuciosa, não fossem tão numerosos os equívocos em torno das normas

....
2. Discutiremos no volume III os métodos utilizados por Lottie para enfrentar a ausência da mãe – afirmando, por exemplo, que é uma menina grande como a irmã.

de comportamento que cabe esperar das crianças deixadas, ainda que brevemente, em um local estranho, junto de pessoas desconhecidas. Entretanto, os equívocos continuam a manifestar-se, particularmente entre profissionais. Repete-se, com frequência, que uma criança normal e saudável não deveria perturbar-se quando a mãe se ausenta, afirmando-se que tal perturbação seria indício de mimos exagerados ou de angústia patológica. Espera-se que as reações sejam examinadas sob luz nova e mais realista, depois de compreender-se a história natural e a função do comportamento de apego.

Estudos experimentais

Considerando que não parece eticamente condenável submeter uma criança a breves separações, que durem alguns minutos, o comportamento que deflui de tais separações pode ser estudado em condições experimentais. As variáveis são, pois, controláveis, e a observação pormenorizada e sistemática torna-se relativamente simples. Além disso, é viável comparar o comportamento da criança, estando ausente a mãe, com o seu comportamento na presença da mãe, mantendo inalteradas as demais condições.

Arsenian (1943) foi o primeiro a realizar experimentos dessa natureza. Vários outros pesquisadores o imitaram, nos últimos anos; entre eles, Ainsworth (Ainsworth & Wittig, 1969; Ainsworth & Bell, 1970), Rheingold (1969), Cox & Campbell (1968), Maccoby & Feldman (1972), Lee, Wright & Herbert e Marvin (1972). O quadro geral que emerge, relativo ao comportamento de crianças, tal como se desenvolve do primeiro ano até o terceiro ano de vida, é um quadro coerente.

Já fizemos breve alusão ao trabalho de Ainsworth, no volume I desta obra (capítulo 16), ao considerar padrões de apego. Após a publicação desse primeiro volume, a dra. Ainsworth e suas colaboradoras divulgaram, em pormenor, observações feitas com amostra muito mais ampla de crianças; análise dos achados encontra-se em Ainsworth, Bell & Stayton (1974).

O estudo de Ainsworth reporta-se a 56 crianças, de 1 ano de idade, oriundas de famílias norte-americanas de camada de renda média; as crianças, de cor branca, foram educadas no seio de suas famílias segundo esquemas típicos dos anos 1960. Em subamostra, formada por 23 crianças, pormenorizadas observações foram feitas, ao longo de todo o primeiro ano de vida, tendo em conta o desenvolvimento de um comportamento social e dando especial atenção ao comportamento de apego. Com respeito às demais 33 crianças, as observações foram limitadas, tendo em conta o desenvolvimento a partir do nono mês de vida (Bell, 1970). Em seguida, o comportamento de todas as 56 crianças foi observado, na época em que completavam o primeiro ano de vida. A mãe de cada criança foi convidada a participar com o filho, por ocasião do primeiro aniversário[3], de alguns episódios experimentais – destinados a saber de que modo a criança viria a comportar-se em um ambiente adequado, embora ligeiramente estranho, primeiramente na presença da mãe e, depois, longe dela.

Com esse propósito, Ainsworth preparou uma sala, colocando aí três cadeiras e deixando, no meio, um espaço vazio. Uma das cadeiras, na ponta da sala, foi destinada à mãe; a segunda cadeira, na mesma ponta, mas no canto oposto, ficou reservada para uma pessoa estranha; a terceira, na outra ponta, abrigava alguns brinquedos. A situação foi planejada com o fito de tornar o ambiente suficientemente novo, a ponto de despertar a curiosidade da criança, mas sem torná-lo estranho a ponto de provocar medo. A entrada da pessoa estranha (do sexo feminino) seria controlada, visando-se fazer com que algum receio por ela provocado fosse atribuível à falta de familiaridade por parte da criança, mas não a qualquer comportamento abrupto ou alarmante. Havia oito episódios experimentais, de tal modo arranjados que os menos perturbadores ocorressem em primeiro lugar. Além disso, o conjunto desses episódios era similar, como um todo, a vários outros conjuntos que a criança, presumivelmente, viria a enfrentar em sua vida cotidiana. A mãe e a pessoa estranha foram antecipadamente advertidas, esclarecendo-se os papéis que lhes cabiam desempenhar. Os episódios foram sequencialmente dispostos como se descreve a seguir.

....

3. Trinta e três crianças tinham idades oscilando entre 49 e 50 semanas; 23 estavam com 51 semanas.

Em um *episódio preliminar*, a mãe, ao lado de um dos observadores, carregava o filho para a sala; o observador, em seguida, retirava-se.

No *episódio 2* (que durava três minutos), a mãe colocava o filho entre as duas cadeiras, destinadas aos adultos, sentando-se no local que lhe havia sido reservado. A mãe não devia participar das brincadeiras do filho, a menos que ele exigisse a sua atenção; mesmo assim, a sua participação devia restringir-se a um curto período.

Ao iniciar-se o *episódio 3* (que também durava três minutos), a pessoa estranha ingressava na sala. Durante o primeiro minuto, ficava em silêncio, na sua cadeira; no segundo minuto, conversava com a mãe; no terceiro, aproximava-se mansamente da criança, mostrando-lhe um brinquedo. Entrementes, a mãe permanecia sentada, em silêncio.

O *episódio 4* tinha início com a discreta saída da mãe – deixando, porém, a bolsa na cadeira que havia ocupado. Se a criança brincasse alegre, o estranho permaneceria calado; se ela, entretanto, ficasse inativa, procuraria fazer com que se interessasse por um brinquedo; se a criança ficasse aflita, o estranho procuraria, na medida do possível, distraí-la ou confortá-la. Esse episódio, como os anteriores, durava três minutos; mas era abreviado no caso de a criança afligir-se em demasia e não poder ser confortada.

O *episódio 5* tinha início com a volta da mãe e a subsequente saída do estranho. Ao ingressar na sala, a mãe parava no umbral da porta, verificando a espontânea reação do filho ao seu retorno. Daí por diante, a mãe podia agir como lhe aprouvesse – confortando o filho, se necessário, para deixá-lo brincando com os objetos ali deixados. Acalmada a criança, a mãe tornava a retirar-se, após dizer "tchau".

Durante o *episódio 6*, consequentemente, a criança permanecia sozinha na sala. Este episódio durava os costumeiros três minutos, salvo se abreviado por causa de manifestações de aflição.

Em seguida, ocorria o retorno da pessoa estranha e o retorno da mãe, tendo-se, desse modo, os *episódios 7 e 8*.

Enquanto os episódios se sucediam, alguns observadores – em sala vizinha, atrás de janela que permitia visibilidade unilateral – anotavam o comportamento da criança, da mãe e da pessoa estranha. Utilizando o registro desses observadores, duas medidas comportamentais foram obtidas para cada uma das crianças: (a) a frequência com que diversos tipos de comportamento eram exibidos em cada episódio; um comportamento que se manifestava durante quinze segundos recebia medida 1, de modo que cada comportamento, nos três minutos de duração do episódio, podia receber valores variáveis de zero a 12; (b) a intensidade de certos tipos de comportamento, exibidos em cada episódio; ao avaliar tais intensidades era preciso, muitas vezes, ter em conta a maneira de a mãe ou a pessoa estranha se comportar com respeito à criança.

O item para o qual se chama atenção, no presente capítulo, é o de que o comportamento das 56 crianças de 1 ano de idade diferia muito, comparando os episódios em que a mãe se achava ausente (episódios 4 e 6) e o episódio anterior (2), em que ela permanecia quieta em sua cadeira, junto ao filho. Todas as crianças exibiram comportamento de um tipo que cada um dos participantes descreveria como angustiado ou aflito, concordando em que tal comportamento se devia à falta que as crianças sentiam de suas mães.

No episódio 2, em que a mãe se achava presente, o retrato típico de uma criança era o de alguém que mantinha ativo interesse pelo cenário. Em geral, a criança movia-se livremente pela sala, divertindo-se com os brinquedos, lançando apenas um olhar ocasional para a mãe. Somente sete crianças (pequena minoria) se mostravam inativas, tendendo a permanecer no local em que haviam sido deixadas. Nesse episódio, era patente a ausência do choro – embora uma ou outra criança choramingasse alguns momentos.

Durante o episódio 3, no qual a pessoa estranha ingressava na sala, alterou-se de maneira substancial o comportamento de quase todas as crianças. Praticamente todas encararam a pessoa estranha; muitas aproximaram-se da mãe; a exploração e a brincadeira diminuíram em aproximadamente 50%, tendo em conta o que haviam sido até então. Algumas crianças manifestaram a tendência de chorar ou de se mostrar carrancudas. Em apenas cinco, o choro se apresentou com certa intensidade. Em geral, a pessoa estranha era tratada com interesse e, logo após, de maneira cautelosamente amistosa.

Durante o episódio 4, a criança ficava na sala, com o estranho, após a saída da mãe. Cinquenta por cento das crianças exibiram fortes tendências no sentido de procurar a mãe e a reação manifestava-se a partir do momento em que percebiam ter ela saído. Onze crianças seguiram a mãe até a porta ou tentaram fazê-lo; as demais contemplavam a porta com assiduidade ou por longos intervalos ou, ainda, buscavam a mãe na cadeira que havia ocupado. Houve muito choro e outros sinais de aflição. Considerando a totalidade, houve quatro vezes mais choro durante a ausência da mãe do que no episódio 3. Doze crianças choraram praticamente durante todo o episódio; outras treze choraram boa parte do tempo. No total, 39 crianças choraram ou procuraram a mãe – ou ambas (em treze casos). Isso nos deixa com dezessete crianças, substancial minoria, que nem chorou nem procurou a mãe.

O comportamento das crianças durante o episódio 5, após o retorno da mãe, será novamente examinado no capítulo 21. Nesse ponto, basta dizer que 28 crianças (metade do total) se aproximaram ativamente da mãe e exibiram claramente o desejo de ficar com ela, enquanto outras seis lhe fizeram um sinal ou dela se aproximaram de maneira menos deliberada. Treze das crianças mais ativas, após conseguirem manter contato físico direto com a mãe, procuraram sustentar esse contato, agarrando-se a ela e resistindo às tentativas feitas no sentido de fazê-las retornar ao chão. Todas as crianças que haviam chorado voltaram a ficar quietas, embora algumas, que haviam manifestado aguda aflição, demorassem a sentir-se confortadas.

Durante o episódio 6, após a nova saída da mãe, momento em que a criança era deixada sozinha, a busca e o choro manifestaram-se com maior índice e com maior intensidade do que haviam apresentado no episódio 4. Nessa ocasião, 44 crianças procuraram a mãe e 31 seguiram-na até a porta. Dessas 31, 14 bateram na porta ou tentaram abri-la, buscando inutilmente alcançar o trinco ou inserir os dedos na abertura que separa a porta do batente. Das doze crianças que não procuraram a mãe, algumas a haviam buscado no episódio da primeira separação e, agora, somente manifestavam aflição. Também houve boa dose de choro durante o episódio 6. Quarenta crianças choraram mais ou menos intensamente; nesse total estavam todas as que se haviam afligido no episódio anterior e muitas outras. Algumas sacudiam o corpo ou batiam os calcanhares no chão ou, ainda, movimentavam-se ao acaso, "como um pequeno bicho acuado". Apenas duas crianças não choraram nem procuraram a mãe; trinta procuraram e choraram.

O episódio 6 encerrava-se com o retorno da pessoa estranha, tendo início aí o episódio 7. Decorridos três minutos, período em que a criança permanecia apenas com o estranho, a mãe voltava, iniciando-se o episódio 8.

Durante o episódio 8, as crianças manifestaram, muito mais fortemente do que no episódio do primeiro reencontro, a tendência de agarrar-se à mãe e de resistirem à tentativa de colocá-las no chão. Nesta ocasião, 35 das 56 crianças procuraram ativamente a mãe e manifestaram, nitidamente, o desejo de manter um contato físico com ela; outras nove deram mostras de que desejavam esse contato ou se aproximaram da mãe de maneira menos deliberada. Duas crianças que não se aproximaram da mãe mantiveram com ela, a distância, um vivo intercâmbio. Digno de nota foi o fato de que um grande número de crianças (42) se empenhou em agarrar--se à mãe, resistindo às tentativas feitas no sentido de colocá-las no chão; três crianças não se agarraram à mãe, mas resistiram a tais tentativas.

Um pequeno grupo de crianças, considerado nos totais acima, demonstrou, em graus variados, sinais de ambivalência para com a mãe. Algumas crianças ignoraram a mãe, por um breve tempo, antes de se aproximarem dela; outras alternavam os comportamentos, aproximando-se da mãe e afastando-se dela. Algumas poucas, enfim, exibiram forte ambivalência, associando ativas tentativas de manter contato com a mãe a tentativas de se afastar dela.

Algumas crianças – pequena minoria de sete – se comportaram de maneira bem diversa; nem se aproximaram da mãe nem manifestaram o desejo de ficar com ela. Ignoraram-na, persistentemente, recusando-se a reagir quando chamadas. Algumas até evitaram olhar para a mãe.

Examinando o comportamento das crianças durante os episódios 4 e 6, nos quais a mãe se ausentava, nota-se que elas, com grande probabilidade, procuravam a mãe ou choravam ou faziam as duas coisas simultaneamente. A tabela a seguir exibe o número de crianças que reagiu de uma dessas três maneiras, em cada um dos episódios.

Comportamento	Episódio	
	4	6
Apenas choro	12	10
Apenas busca	14	14
Busca e choro	13	30
Total ($N = 56$)	39	54

Comparando os comportamentos de uma criança no episódio 4 e no episódio 6, têm-se as seguintes sequências:

– as crianças que choraram no episódio 4 tendiam a fazer o mesmo no episódio 6;
– as que haviam apenas buscado a mãe, no episódio 4, tendiam a procurá-la e a chorar, no episódio 6;
– as que haviam procurado a mãe e chorado, no episódio 4, tendiam a fazer o mesmo no episódio 6, embora algumas se limitassem a chorar.

As diferenças individuais, nas reações apresentadas pelas crianças, são de apreciável interesse; como veremos adiante (no capítulo 21), essas diferenças correlacionam-se aos diversos padrões de interação mãe-filho, observados no ano precedente. A esta altura, contudo, estamos interessados nos traços comuns existentes nas reações das crianças. O comportamento de cada criança alterou-se nas ocasiões em que a mãe saiu da sala, deixando-a com um estranho, na primeira vez, e sozinha, na segunda vez. A brincadeira e o comportamento exploratório decresceram ou cessaram por completo. Particularmente na segunda vez, todas as crianças, com apenas duas exceções, evidenciaram claramente que a situação lhes era desagradável e expressaram seus sentimentos ora procurando a mãe, ora chorando tristemente, ou fazendo as duas coisas. Foram consideráveis os graus de aflição e de angústia, durante a ausência da mãe – embora a sala e a colocação dos brinquedos não sofressem alterações.

Descrevendo amplos traços comportamentais, tomando a amostra como um todo, formulam-se com mais confiança as generalizações – embora, assim, elas se tornem ligeiramente impessoais. Com o propósito de ilustrar o que a sequência de episódios significou para um dos meninos e para a mãe, apresenta-se a seguir a descrição de um caso específico – que, aliás, poderá ser tão representativo quanto outro qualquer[4].

1. *Mãe, bebê, observador.* Brian estava com um braço no ombro da mãe, quando ambos ingressaram na sala; ele prendia-se à mãe, segurando uma dobra de sua blusa. Olhou em volta, de maneira sóbria mas interessada, fitando os brinquedos e o observador.

2. *Mãe, bebê.* Colocado no chão, Brian, de imediato, engatinhou em direção aos brinquedos e começou a examiná-los. Mostrou-se muito ativo, apanhando os brinquedos, deixando-os cair ou movimentando-os à sua volta, com gestos vigorosos. Engatinhou bastante pela sala, sobretudo no lado em que se encontrava a mãe. Embora a sua atenção estivesse voltada para os brinquedos, olhou seis vezes para a mãe, sorrindo em duas ocasiões. Ela olhou para o filho, de modo velado, algumas vezes, mas os olhares não pareceram cruzar-se. Num dado momento, ele atirou, ruidosamente, um dos brinquedos nos pés da mãe; ela empurrou o objeto em sua direção. Descontado esse gesto, não houve interação entre os dois. Quase no fim do período de três minutos, ele assoprou em um tubo de papelão, imitando o som de uma trompa; olhou, então, para a mãe, com um sorriso, parecendo esperar que ela o felicitasse pela proeza.

3. *Estranho, mãe, bebê.* Brian olhou para a senhora estranha, no momento em que ingressou na sala, com uma expressão alegre em seu rosto. Tornou a brincar com o tubo de papelão, emitiu o som, sorriu e virou-se para ver a mãe. Continuou brincando, olhando duas vezes para a estranha. Quando esta e a mãe começaram a conversar, Brian prosseguiu as suas explorações ativas, no canto da sala, olhando apenas uma vez para cima – e para a estranha. Quase no fim do minuto de conversação, Brian aproximou-se da mãe, er-

....

4. A presente descrição foi colhida em Ainsworth & Wittig (1969).

gueu-se e ficou uns momentos em pé, apoiando uma das mãos no joelho dela, enquanto, com a outra, segurava a sua blusa. Em seguida, voltou a brincar. Quando a senhora estranha iniciou a sua abordagem, inclinando-se para oferecer-lhe um brinquedo, ele engatinhou até ela, apanhou o objeto, colocando-o na boca. Ela lhe ofereceu o tubo de papelão e Brian tornou a assoprar numa das pontas. Num vaivém continuado, olhou para os brinquedos e para a estranha; não olhou para a mãe.

4. *Estranho, bebê.* Brian não percebeu que a mãe havia se retirado. Continuou a fitar a estranha e os brinquedos que ela manipulava. Subitamente, rastejou até a cadeira que a mãe havia ocupado, ficou em pé e contemplou a estranha. Ela tentou distraí-lo com um brinquedo de rodas. Brian aproximou-se do brinquedo e começou a movimentá-lo para a frente e para trás. Olhou de novo, contudo, para a cadeira que a mãe havia ocupado. Mostrou-se menos ativo do que estivera enquanto a mãe se fazia presente. Dois minutos depois, sua atividade cessou. Sentou-se e passou a chupar o cordão do brinquedo, olhando, sucessivamente, para a estranha e para a cadeira da mãe. Deu um gemido, fez cara de choro e, em seguida, começou a chorar. A estranha tentou distraí-lo, oferecendo-lhe um bloco; Brian apanhou o objeto e atirou-o longe, com um ar petulante. Deu, ainda, alguns gemidos chorosos, mas não chorou de maneira ostensiva.

5. *Mãe, bebê.* Quando a mãe abriu a porta da sala e ficou uns momentos ali parada, Brian olhou de imediato para ela e emitiu um som bem ruidoso, que tanto poderia ter sido um riso quanto um grito; aproximou-se dela rapidamente, engatinhando, para pôr-se de pé, com a sua ajuda, e agarrar-se em seus joelhos. Ela ergueu o menino e ele, de imediato, passou os braços pelo seu pescoço, encostou a face no seu ombro, abraçando-a com força. Deu-lhe, ainda, outro abraço forte, antes de a mãe colocá-lo no chão. Resistiu à tentativa feita no sentido de colocá-lo no chão; tentou agarrar-se à mãe e protestou veementemente. No chão, deixou-se cair, escondeu o rosto no tapete, chorando raivosamente. A mãe ajoelhou-se ao seu lado e tentou fazer com que voltasse a interessar-se pelos brinquedos. Brian parou de chorar e ficou vigilante. Depois de alguns instantes, a mãe ergueu-se e voltou para a sua cadeira. Brian, de imediato, atirou-se ao chão e tornou a chorar. Ela ajudou-o a levantar-se e o acarinhou. Por um momento, Brian retribuiu o carinho, mas voltou a jogar-se ao chão e a chorar. A mãe tornou a carregá-lo e procurou fazer que desse atenção a uma bola. Brian contemplou a bola, segurando a mãe, com um braço sobre seu ombro. Começou a brincar mas rapi-

damente voltou-se para a mãe, com um breve grito, agarrando-se a ela. Esse brincar e agarrar-se à mãe continuou por mais algum tempo. Quatro minutos e meio após, com o aparente desejo de não atrasar nosso trabalho, a mãe aproveitou um momento em que o filho se distraía com a bola e caminhou para a porta.

6. *Bebê sozinho*. Quando a mãe acenou, dizendo "tchau", o bebê olhou para ela, com um sorriso que, no momento, se transformou em choro antes mesmo de a porta fechar-se. Brian permaneceu sentado, chorando, balançando o tronco para a frente e para trás. Chorou fortemente; aquietava-se, de vez em quando, para olhar ao redor. O episódio foi encurtado e a estranha ingressou na sala um minuto e meio depois da saída da mãe.

7. *Estranho, bebê*. Brian acalmou-se ligeiramente, ao notar a estranha, mas não parou de chorar. Ela tentou distraí-lo; em seguida, estendeu-lhe os braços; ele reagiu, também estendendo os braços. Ela o ergueu e ele parou imediatamente o choro. Mantendo-o no colo, ela mostrou-lhe as fotografias que estavam presas nos bordos do espelho. Brian contemplou as figuras, com aparente interesse. Prendeu-se fortemente ao colo da estranha, segurando uma dobra de sua vestimenta. Soluçou, ocasionalmente, mas praticamente não chorou. Quando a estranha o colocou no chão, Brian gritou. Ela tornou a segurá-lo no colo e ele aquietou-se.

8. *Mãe, bebê*. Quando a mãe voltou, Brian chorava apaticamente. Não percebeu a mãe. A estranha voltou ligeiramente o corpo e apontou a mãe. Brian olhou para ela, ainda aos prantos e virou o rosto. Logo a seguir, porém, "dobrou-se". Olhou para a mãe, emitindo um grunhido de protesto. A mãe estendeu os braços. Ele procurou alcançá-la, sorrindo, inclinando-se em sua direção. A mãe o tomou. Ele atirou os braços em volta de seu pescoço, segurando-a com firmeza, excitado. A estranha procurou, então, captar a sua atenção. Brian não a notou até que o tocasse. Aí, agarrou-se à mãe, enterrando a face no seu ombro. A mãe continuou a segurá-lo; Brian aninhou-se, agarrado a ela – e o episódio encerrou-se.

Desde o momento em que Ainsworth relatou os seus achados, tiveram divulgação os resultados de inúmeros outros estudos. Em três deles (cf. Maccoby & Feldman, 1972; Marvin, 1972), as situações experimentais utilizadas foram planejadas de maneira que mantivessem estreito paralelismo com as situações escolhidas por Ainsworth. Em cada caso, porém, as crianças não eram tão jovens. Em dois outros estudos (Cox & Campbell, 1968; Lee et al.), as situações criadas diferiam das escolhidas por Ainsworth; em todo eles, entretanto, houve oportunidade para examinar as crianças em um ambiente experimental – primeiramente com a mãe presente, em seguida, com a mãe ausente. Pormenores aparecem na tabela que se encontra abaixo.

Autores	Amostras	Idade das crianças
Maccoby & Feldman	Norte-americanos, brancos, 30-60, longitudinal	2, 2 1/2, 3 anos
Maccoby & Feldman	Dos *kibutzim* de Israel, 20 corte transversal	2 1/2 anos
Marvin	Norte-americanos, brancos 3 x 16, corte transversal	2, 3, 4 anos
Cox & Campbell	Canadenses, brancos 2 x 20, corte transversal	14 meses, 24-37 meses
Lee et al.	Ingleses, camada de renda média, 27, longitudinal	1, 2, 3 anos

Convém iniciar a apresentação dos resultados considerando um dos dois últimos estudos – pois neles os dados permitem comparar comportamentos exibidos pelas crianças de 1 ano e comportamento exibido pelas crianças de mais de 2 anos.

Achados preliminares, divulgados por Lee e seus colegas, atestam o seguinte: embora o comportamento de apego ainda se mostre muito ativo na ocasião em que a criança completa o segundo aniversário, o sistema comportamental que governa aquele apego já sofreu alterações, por muitos prismas, desde o primeiro aniversário. Comparando o comportamento das mesmas crianças, em situações análogas, quando contam com 1 ano e quando contam com 2 anos, nota-se que, no segundo ano, as crianças, muito provavelmente,

– tenderão a manter *maior* proximidade com a mãe (um achado que já havia sido relatado por Anderson (1972*a*), com base em observações feitas em locais públicos);
– tenderão a hesitar mais, ao se aproximarem de estranhos.

Por outro lado, a criança de 2 anos de idade sente-se mais ou menos segura quando está perto da mãe e pode vê-la; a criança de 1 ano, porém, tende a exigir contato físico. As crianças de 2 anos protestam menos do que as de 1 ano, durante breves períodos em que ficam longe da mãe. De acordo com Lee, as crianças de 2 anos (comparadas às de 1 ano) dispõem de estratégias cognitivas mais sofisticadas para manter contato com a mãe; valem-se de olhar e da comunicação verbal e empregam imagens mentais de algumas formas que dificilmente são acessíveis às crianças de 1 ano. Consequentemente, o comportamento de apego é mais organizado e a maneira de manter a proximidade é mais eficiente quando a criança tem 2 anos do que quando tem apenas 1 ano de idade.

As alterações que se manifestam no comportamento, ao longo do terceiro ano de vida, observadas nas situações experimentais, aparecem, provavelmente, em boa margem, como decorrência dos desenvolvimentos da capacidade cognitiva da criança. No seu estudo longitudinal de crianças de 2 a 3 anos de idade, Maccoby & Feldman (1972) observam que as crianças de 3 anos dispõem de maior capacidade de comunicação com a mãe, ainda que a distância, e dispõem de capacidade crescente de compreender que a mãe voltará em breve, sempre que deixa a sala em que se encontram. Consequentemente, ao comparar as reações das crianças de 2 anos e as reações das crianças de 3 anos, diante de uma curta ausência da mãe, nota-se que o choro e a caminhada até a porta fechada diminuem sensivelmente com o aumento da idade. Além disso, as crianças de 3 anos, deixadas sozinhas, recuperam a serenidade quando alguém aparece, mesmo que seja pessoa estranha, ao passo que as crianças de 2 anos ficam tão agitadas na presença de estranhos quanto já estavam ao serem deixadas a sós.

As crianças observadas por Maccoby & Feldman, submetidas a teste quando estavam com 2 anos e meio de idade, considerando a mesma sequência de situações, eram, em linhas gerais, intermediárias entre as reações das crianças de 2 anos e as reações das crianças de 3 anos. Curiosamente, o comportamento das crianças dos *kibutzim* colocadas em situações similares, contando com 2 anos e meio de idade, pouco diferiu do comportamento de crianças norte-americanas de mesma idade. As semelhanças entre os grupos verificou-se tanto no que diz respeito às médias quanto no que diz respeito ao âmbito das variações individuais. Tais achados estão em consonância com outras observações que levam a sugerir não haver diferenças notórias no desenvolvimento do comportamento de apego, seja enquanto manifesto pelas crianças em *kibutzim*, seja enquanto manifesto pelas crianças criadas no seio de famílias tradicionais (cf. volume I, capítulo 15).

Embora o comportamento de apego se desenvolva, no que concerne a traços importantes, ao longo do segundo e do terceiro anos de vida, o comportamento de uma criança, nas situações experimentais descritas, quando a mãe está ausente, continua a ser bem diverso daquele que apresenta quando a mãe está ao seu lado. Por exemplo, Maccoby & Feldman notaram que o jogo manipulativo de crianças de 2 anos decresceu de aproximadamente um quarto quando elas foram deixadas em companhia de pessoa estranha e de aproximadamente metade quando deixadas sozinhas. Reciprocamente, a proporção de crianças que choravam aumentou enormemente, passando de 5%, na presença das mães, para 30%, na presença de estranhos, e para 53%, quando deixadas a sós. Alterações no comportamento de crianças de 3 anos, separadas das mães, foram menos intensas do que as observadas no caso das crianças de 2 anos, acompanhando, porém, a linha de crescimento. O jogo manipulativo decresceu de um sexto, quando elas foram deixadas em companhia de pessoa estranha, e de um terço quando deixadas sozinhas. A proporção de crianças que choravam subiu de zero para 5% e para 20%, respectivamente, nas duas situações em que a mãe se achava ausente.

Além do choro, após a saída da mãe, muitas crianças, em cada um dos níveis de idade, manifestaram o desejo de segui-la. Trinta por cento das crianças de 2 anos não somente foram até a porta, como, ainda, tentaram abri-la; além disso, outros 21% ficaram perto da porta ou nela se encostaram. Trinta e quatro por cento das crianças de três anos tentaram abrir a porta e quase 50% nela bateram vigorosamente. Além disso, em cada nível de idade, uma significativa minoria expressou sua raiva diante da ausência da mãe: 19% das crianças de 2 anos; 31% das crianças de 2 anos e meio; 14% das crianças de 3 anos.

Registrando a crescente atividade observada quando as crianças eram deixadas sozinhas, especialmente evidente na faixa dos 2 anos e na faixa dos 2 anos e meio, Maccoby & Feldman escreveram:

Essa atividade crescente tomou, frequentemente, a forma de busca angustiada e de movimento agitado. Ocasionalmente, diante do estresse da solidão, a reação assumia forma oposta: uma espécie de fria imobilidade... algumas crianças ficavam muito quietas. Isso acontecia perto da porta, parecendo que a criança aguardava o retorno da mãe, ou em outro ponto qualquer da sala. Em alguns poucos casos a criança distraía-se com os brinquedos, mas cada um de seus movimentos ocorria com acentuada redução de velocidade, como se a ação se apresentasse em câmera lenta. Além disso, também de modo ocasional, uma criança perturbada pela ausência da mãe alternaria momentos de atividade aumentada sem alvo definido e momentos de imobilidade.

Para a avaliação de tais observações talvez seja necessário recordar que a mãe, cada vez que se ausentava, não permanecia longe do filho por mais do que três minutos, voltando antes de decorrido esse tempo no caso de a criança demonstrar aflição; e talvez seja oportuno recordar, ainda, que a criança era deixada, nos primeiros dois afastamentos da mãe, em companhia de uma prestativa pessoa estranha, do sexo feminino, a quem conhecera em presença da mãe. Além disso, os brinquedos com que se entretinha a criança eram deixados na sala.

Os achados de um estudo transversal de amostras de oito meninos e oito meninas, em cada um dos três níveis de idade, conduzido por Marvin (1972) – com observações que se estenderam para o quarto aniversário –, estão em ampla concordância com os achados de Maccoby & Feldman. No estudo realizado por Marvin, os comportamentos de meninos e meninas tenderam a diferir. Os meninos de 2 anos mostraram-se tão perturbados quanto os de 1 ano investigados por Ainsworth. Os de 3 anos ficaram menos alterados do que os de 2 anos; os de 4 anos, por sua vez, foram relativamente pouco afetados por qualquer das situações. Em contraste, as meninas de 2 e de 3 anos foram apreciavelmente menos afetadas pelos acontecimentos do que as de 1 ano, ao passo que as de 4 anos ficaram muito mais perturbadas, particularmente quando deixadas sozinhas. Este último resultado, inesperado aliás, recebeu de Marvin a seguinte explicação: a menina de 4 anos fica muito perturbada com o comportamento aparentemente arbitrário da mãe, na situação de teste, surpreendendo-se com a sua falta de cooperação, especialmente diante do pedido que lhe faz, no sentido de que não a deixe sozinha. Embora, em linhas amplas, os resultados dos diferentes estudos se mostrem compatíveis, há numerosas diferenças de pormenor. Ainsworth, com as crianças de 1 ano, e Maccoby & Feldman, com as crianças de 2 ou de 3 anos, por exemplo, não encontraram diferenças de magnitude, no que concerne aos sexos; em oposição, Lee e seus colegas, com as crianças de 1 ou de 2 anos, e Marvin, com as crianças de 2, 3 ou 4 anos, impressionaram-se com as diferenças notadas no comportamento de meninas e meninos. Esta e outras discrepâncias nos resultados relatados em diferentes estudos não são facilmente interpretáveis. Não parece improvável que pequenas diversidades no arranjo do teste – por exemplo, no comportamento da pessoa estranha – afetem consideravelmente a intensidade (embora não a forma) de qualquer das reações exibidas.

A partir desses experimentos e de outros similares, de separações em miniatura, algumas conclusões podem ser obtidas:

a) Em situação favorável, mas ligeiramente estranha, as crianças cujas idades oscilam entre 11 e 36 meses, criadas no seio de suas famílias, notam rapidamente a ausência da mãe e, de hábito, revelam certa dose de preocupação – que varia de maneira considerável mas que, frequentemente, chega a uma angústia e a uma aflição óbvias e, em certos casos, intensas. A atividade lúdica decresce abruptamente e pode mesmo cessar. São comuns os esforços no sentido de encontrar a mãe.

b) Uma criança de 2 anos tende a ficar quase tão perturbada nessas ocasiões quanto uma criança de 1 ano; esteja com 1 ou com 2 anos, a criança não tende a recuperar-se prontamente quando do volta a encontrar a mãe ou se vê em companhia de pessoa estranha.

c) Uma criança de 3 anos tende a perturbar-se menos, em tais circunstâncias, sendo mais capaz do que as de 1 ou 2 anos de compreender que a mãe voltará brevemente. A sua recuperação é relativamente rápida quando volta a encontrar a mãe ou se vê em companhia de pessoa estranha.

d) Uma criança de 4 anos pouco se abala nessa situação ou, ao contrário, mostra-se muito aflita com o comportamento aparentemente arbitrário da mãe.

e) Crianças de mais idade estão capacitadas a empregar comunicação visual e verbal para manter contato com a mãe; caso fiquem aflitas quando a mãe deixa a sala, essas crianças de mais de 3 anos tentam, de maneira mais determinada, abrir a porta da sala para rever a mãe.

f) Cerca de 30% das crianças manifestam raiva pelo fato de a mãe deixá-las sozinhas em tais circunstâncias.

g) Em alguns estudos e em certas idades, não houve diferenças de comportamento, considerando as meninas e os meninos. Até onde as diferenças puderam ser estabelecidas, os meninos tendem a explorar mais, quando a mãe está presente, e tendem a ser mais vigorosos nas tentativas de encontrá-la, quando ela se ausenta; as meninas tendem a ficar junto da mãe e também fazem amizade mais rapidamente com a pessoa estranha.

Mais um achado, nesses experimentos-miniatura relativos à separação, que, aliás, se associa aos resultados de Shirley (1942) e de Heathers (1954) (cf. acima, no início do presente capítulo), foi recentemente relatado: quando uma criança de 1 ano, aproximadamente, se submete uma segunda vez ao teste da sequência de episódios, formulado por Ainsworth, poucas semanas após se haver submetido a esse teste uma primeira vez, fica muito mais perturbada e angustiada do que na primeira vez. Se a mãe está presente, a criança não sai de perto e a ela se agarra com firmeza. Se a mãe está ausente, a criança chora mais (Ainsworth, Blehar, Waters & Wall). Esses resultados emergem de um estudo de teste-reteste, em que se examinaram 23 crianças, observadas uma primeira vez, quando estavam com 50 semanas de idade, e uma segunda vez, duas semanas após. Partindo do pressuposto de que o aumento de sensibilidade não se deve tão somente à maturação (o que, aliás, seria improvável), tais resultados transformaram-se na primeira evidência experimental em favor desta ideia: no primeiro ano de idade, em situações que, de hábito, seriam vistas como suaves, uma separação que dure apenas alguns minutos tende a tornar a criança mais sensível do que era, antes da repetição da experiência.

Ontogênese das reações à separação

O primeiro ano

Considerando que as reações à separação – tão marcantes em crianças de 12 meses de idade ou mais – não se acham presentes por ocasião do nascimento, é claro que devem desenvolver-se durante o primeiro ano de vida. Infelizmente, estudos projetados com o objetivo de lançar luz sobre tal desenvolvimento são raros e se limitam a abranger crianças admitidas em hospitais. Sem embargo, a evidência disponível não encerra nenhuma ambiguidade. Está de acordo, além disso, com o já sabido a respeito do desenvolvimento do comportamento de apego e do desenvolvimento cognitivo em geral.

Descrevemos, no capítulo 15 do volume anterior, os passos que, nos primeiros meses de vida, conduzem o comportamento de apego de uma criança a centralizar-se, gradualmente, em uma determinada e preferida figura. O desenvolvimento pode ser assim resumido: antes das dezesseis semanas, as respostas diferencialmente dirigidas são pouco numerosas e só percebidas através de sensíveis processos de observação; entre dezesseis e 26 semanas, as respostas diferencialmente dirigidas são mais numerosas e mais claras; e podem ser facilmente constatadas na grande maioria das crianças de seis meses ou mais, educadas no seio de suas famílias. Não surpreende, pois, que a ampla gama de respostas à separação, descritas nas anteriores seções deste capítulo, deixe de ser notada em crianças com menos de seis ou sete meses de idade.

Schaffer estudou 26 crianças de várias idades, mas com menos de doze meses, internadas em hospital; nenhuma delas era anêmica, apresentava deformações ou, até onde se sabia, sofria de lesões cerebrais. Vinte e cinco delas eram sadias, internadas para fins de cirurgias eletivas. Enquanto permaneceram no hospital, as crianças foram observadas, nos três primeiros dias, em sessões de duas horas de duração (cf. Schaffter & Callender, 1959). As crianças estavam afastadas de suas mães e, além disso, mantinham pequena interação social com as enfermeiras.

As respostas apresentadas por essas 25 crianças sadias variaram muito, de acordo com a idade. O divisor era marcado pelas 28 semanas. Das dezesseis crianças com 28 semanas ou mais, quinze lamentaram-se impacientemente, debatendo-se, agitando-se e chorando como, tipicamente, as crianças de 3 anos de idade. Das nove crianças de 28 semanas ou menos, em oposição, sete, segundo o relato, parecem ter aceito a situação sem protestos ou impaciência: apenas um invulgar silêncio, com toques de perplexidade, indicava que tinham percepção das alterações havidas[5].

Schaffer sublinha que a transição de resposta em que há perplexidade para o protesto ativo e impaciente manifesta-se de súbito e com total intensidade quando a criança está com aproximadamente 28 semanas de idade. Assim, nas dezesseis crianças cujas idades oscilavam entre 29 e 51 semanas, a duração do período de impaciência e sua intensidade foram tão grandes quanto as observadas nas crianças de sete e oito meses e tão grandes quanto as notadas em crianças de onze e doze meses.

Além disso, também variaram, de modo igualmente súbito, nas proximidades das trinta semanas de idade, as reações aos observadores e à mãe, quando esta visitava as crianças:

> Quase todas as sessões de observação permitiam estabelecer que as crianças mais novas [28 semanas ou menos] eram normalmente receptivas, mesmo diante de pessoas completamente estranhas. Nesse rol estavam as enfermeiras que alimentavam e banhavam as crianças, bem como os observadores... De outra parte, a receptividade normal (ou seja, amistosa) faltava quase por completo nas crianças mais velhas; notou-se, na maioria das sessões de observa-

....
5. Uma das exceções foi uma criança que já estava com 28 semanas de idade.

ção, que tais crianças reagiam de maneira negativa, com medo, ao se verem abordadas por pessoa estranha – um tipo de comportamento inteiramente ausente no grupo de crianças menores (Schaffer & Callender, 1959).

Embora fossem poucas as observações – desautorizando comparações estatísticas a respeito da forma pela qual as crianças de diversas idades reagem ante uma visita da mãe –, elas apoiam a tese de que há uma alteração nítida no intervalo que vai das 28 às trinta semanas de idade. Crianças com mais de trinta semanas agarram-se, na maioria dos casos, com certo desespero, à mãe – um comportamento que contrasta fortemente com as respostas negativas aos observadores. Em oposição, as crianças de menos de 28 semanas de idade tendem a reagir semelhantemente à mãe e aos observadores, sem revelar que façam discriminação entre uma e outros. Analogamente, as crianças mais velhas choravam por longo tempo – e até de modo desesperado – quando a mãe se ausentava, ao passo que as mais novas não exibiam sinais de protesto.

Enfim, o comportamento das crianças também diferia grandemente, segundo o grupo etário, por ocasião da saída do hospital e do retorno ao lar. Quase todas as crianças de sete meses ou mais exibiram comportamento de intenso apego. Agarraram-se continuamente à mãe, choraram muito e demoradamente quando ela se afastou e se mostraram claramente com medo de estranhos. Até mesmo algumas figuras antes familiares, como o pai ou os irmãos, passaram a ser observados com suspeita. Em oposição, as crianças com menos de sete meses não apresentaram comportamento de apego ou o apresentaram em doses diminutas, nos primeiros dias após o regresso à casa. As mães dessas crianças descreveram-nas como "estranhas". De um lado, as crianças pareciam muito preocupadas com o ambiente, explorando-o vivamente; de outro, pareciam indiferentes aos adultos e chegavam, mesmo, a desviar o olhar quando por eles abordadas:

> Durante horas a fio, a criança ergueria o pescoço, examinando os arredores, sem, aparentemente, focalizar nenhum de seus aspectos específicos; deixaria os olhos percorrer os objetos, não dando atenção a nenhum deles. Em sua face notar-se-ia, em geral, um

vazio de expressão, embora, ocasionalmente, se notasse um olhar perplexo ou temeroso. As crianças – descontando o exame do ambiente – permaneciam inativas durante a fase em que essa síndrome atingia sua forma extremada; não emitiam sons, embora uma ou duas delas, segundo os relatos, tivessem chorado ou choramingado. A criança ignorava os brinquedos que estivessem junto dela.

Algumas dessas crianças mais novas pareciam inteiramente alheias às tentativas feitas pelos adultos, no sentido de manter contato com elas. Outras pareciam evitar os adultos; outras, enfim, pareciam ver "através" deles, com o mesmo olhar vazio que caracterizava o exame do ambiente.

Em um só aspecto as reações eram similares, nas crianças dos dois grupos de idade: o sono. Nos dois casos, o sono era agitado, sendo comum o choro.

É difícil saber como interpretar as respostas das crianças de menos de sete meses e como avaliar a sua significação para o futuro desenvolvimento dessas mesmas crianças. É claro, todavia, que as respostas dessas crianças mais novas, diante da separação, diferem muito, em cada fase, das respostas das crianças mais velhas; é claro, também, que apenas após o sétimo mês de idade se manifestam os padrões que neste livro procuramos estudar.

Discutindo os seus achados, Schaffer (1958) apoia-se nos trabalhos de Piaget, relativos ao desenvolvimento, na criança, do conceito de objeto (Piaget, 1937). De acordo com Piaget, é somente na segunda metade do primeiro ano de vida que a criança começa a mostrar-se apta a conceber um objeto como algo que existe independentemente dela, num contexto de relações espaciais e causais, mesmo quando esse objeto não se apresenta às suas percepções – podendo, pois, procurá-lo, caso note a sua ausência. Bell (1970) corrobora as descobertas de Piaget e, além disso, relata os resultados de um experimento planejado com o objetivo de saber se a criança desenvolve a capacidade de conceber uma pessoa como algo permanente antes ou depois de desenvolver a mesma capacidade com respeito a objetos inanimados. Conquanto os resultados obtidos pela dra. Bell atestem que a maioria das crianças desenvolve a capacidade primeiramente em relação a pessoas e só depois em relação a coisas, essa capacidade de conceber as pessoas como objetos permanentes não se manifesta antes do nono mês de idade – aparecendo, em uma pequena porção de crianças, algumas semanas depois. Por motivos que se associam ao desenvolvimento cognitivo, por conseguinte, os tipos de respostas à separação com os quais nos preocupamos neste livro não seriam esperados em crianças mais novas do que as crianças em que tais respostas se manifestam.

Alterações após o primeiro aniversário

A evidência recolhida sugere que, uma vez estabelecidos, os padrões típicos de resposta à colocação em ambiente estranho, junto das pessoas estranhas, não sofrem alterações acentuadas, seja na forma, seja na intensidade, antes do primeiro aniversário. Daí por diante, a intensidade começa a decrescer, mas de modo lento. Por exemplo, a alteração de sentimentos, quanto à ida à escola maternal, apresentada por Lottie, no início do terceiro período letivo, quando ela estava com dois anos e nove meses de idade (cf. p. 47), pode ser vista como traço característico de muitas crianças. Se tem conhecimento do paradeiro da mãe e tem bons motivos para supor que ela voltará em breve, a criança começa a aceitar outra pessoa familiar, mesmo que se encontre em ambiente razoavelmente estranho.

Tendo em conta os conhecimentos até hoje acumulados, os únicos fatores que reduzem apreciavelmente os efeitos da separação da mãe seriam: posse de objetos familiares; presença de outra criança conhecida; e (de acordo com as descobertas de Robertson & Robertson, 1971) cuidados maternais prestados por babá familiar e habilidosa. Em oposição, pessoas estranhas, locais desconhecidos e procedimentos inusitados sempre se mostram alarmantes; e particularmente alarmantes quando a criança está sozinha (cf. capítulos 7 e 8)*.

Como a aflição decorrente de separação não desejada de uma figura de apego sempre é uma parte inseparável do apego a alguém, as alterações que se manifestam (com o decorrer do tempo) na forma da resposta à separação acompanham, passo a passo, alterações que ocorrem na forma do comportamento de apego. Tais alterações foram esboçadas no volume I (capítulos 11 e 17) e não será preciso, agora, esmiuçá-las. Na medida em que o apego a figuras amadas é parte de nossas vidas, também o são a perspectiva de sentir aflição, se de tais figuras viermos a nos separar, e angústia, diante da possibilidade de separação. Eis um tema que nos acompanhará por todo este livro.

Entrementes – para que coloquemos as respostas à separação, observadas em seres humanos, em perspectiva mais abrangente do que a tradicional –, será interessante comparar reações de crianças e reações de animais de outras espécies. Ao fazer-se tal comparação torna-se evidente que as respostas à separação, exatamente como o comportamento de apego, se apresentam em formas bem similares em apreciável número de espécies de mamíferos e de aves. Mais uma vez, o homem não se apresenta como caso isolado.

Capítulo 4
Comportamento com e sem a mãe: caso dos primatas não humanos

Com todas as nobres qualidades que possui, a simpatia que sente pelos mais fracos, a benevolência com que trata os seus semelhantes e as mais humildes criaturas vivas, o seu espírito de traços divinos que chegou a penetrar nos mistérios da constituição e dos movimentos dos corpos do sistema solar – com todos esses exaltados poderes, o homem ainda guarda, no seu corpo, a marca indelével de sua primitiva origem.

CHARLES DARWIN (1871)

Observações naturalistas

Sabe-se, há muito, que os filhotes de muitas espécies de aves e de mamíferos, isolados ou separados de suas mães, sentem-se aflitos – uma aflição que se expressa em chamados e buscas. Exemplo conhecido é o do "pio tristonho" dos patinhos que se apegaram a uma figura materna e, de súbito, não a encontram. Outros exemplos familiares são os balidos de carneirinhos e os ganidos de cachorrinhos. Aproximando-nos do homem, há exemplos numerosos relativos a macacos e filhotes de símios cuidados por seres humanos. Todos os relatos concordam quanto à intensidade do protesto manifestado pelos filhotes de primatas, sempre que perdem a figura materna, bem como quanto à intensidade da aflição que surge a seguir, caso a figura materna deixe de ser encontrada. Os relatos também se mostram concordantes quanto à intensidade do agarramento que se observa no momento em que mãe e filho voltam a encontrar-se.

Bolwig (1963), por exemplo[1], em comentário a respeito de um macaco de quem cuidou, logo após o nascimento, afirma que o pequeno animal "não tinha medo das pessoas, chorando muito e entrando em pânico no momento em que era deixado sozinho...

---

1. Cf. volume I, capítulo 11.

Os gritos (com a boca muito aberta e a face distorcida) só eram ouvidos quando o observador não estava ao alcance da mão ou do olhar do animal. Nesses momentos, em geral, ele corria, cambaleante, para perto da primeira pessoa avistada". Logo o apego do animal centralizou-se no próprio dr. Bolwig; daí por diante (e até os três meses e meio de idade) ele podia tornar-se muito importuno, salvo se ficasse permanentemente junto de Bolwig. Por volta dos quatro meses, porém, o animalzinho fazia explorações cada vez mais distantes, e o dr. Bolwig deliberou

> deixá-lo com os outros animais de sua espécie, em uma jaula, algumas horas por dia. Essa decisão, entretanto, não foi coroada de êxito. Embora o pequeno animal conhecesse bem os demais companheiros e estivesse habituado a brincar com eles, entrava em pânico no momento em que percebia minha intenção de deixá-lo; gritava, agarrava-se desesperadamente a mim e tentava abrir a porta da jaula. Ficava sentado, a chorar, até que eu o deixasse sair. Em seguida, agarrava-se a mim, recusando-se a deixar-me fora de seu alcance visual pelo resto do dia. Durante a noite, acordaria e, com alguns gritos, agarrar-se-ia a mim, exibindo sinais de terror quando eu procurava livrar-me de seus abraços.

Dispomos de relatos em que o mesmo comportamento se descreve no caso de chimpanzés. Cathy Hayes (1951) nos conta como Viki, fêmea adotada quando contava três dias de idade, já com seus 4 meses, se agarrava à protetora

> do momento em que deixava seu "berço" até a hora de dormir... Ela sentava-se em meu colo enquanto eu estudava ou fazia minhas refeições. Pendurava-se nos meus quadris enquanto eu cozinhava. Se ela estava no chão e eu começasse a andar, abraçava minha perna, até que eu a apanhasse no colo... Se, num instante de distração, alguns metros nos separassem, ela transpunha o abismo, rapidamente, gritando com toda a força de que era capaz.

Os Kellogg – que adotaram Gua, uma fêmea de chimpanzé, quando ela já estava com 7 meses de idade e a criaram até que atingisse 16 meses – falam de um comportamento semelhante (Kellogg & Kellogg, 1933). Dizem que Gua manifestava um intenso e persistente impulso[2] de permanecer ao alcance vocal ou visual de algum amigo, protetor ou guardião. Ao longo de todos os novos meses... em casa ou fora, Gua quase nunca se afastava de alguém que conhecesse. Até onde nos foi dado apreciar, o maior castigo que lhe podíamos infligir era deixá-la sozinha em um quarto ou andar mais depressa do que ela. Gua, aparentemente, sofria quando deixada sozinha.

Comparando Gua ao filho do casal (que era apenas dois meses e meio mais velho do que ela), os Kellogg dizem que:

Os dois exibiam o que se poderia chamar comportamento angustiado (isto é, impaciência e choro), sempre que os adultos se entretinham de maneira clara com preparativos para deixar a casa. Isso levou, no caso de Gua, a uma prematura compreensão do mecanismo de abertura e fechamento de portas e a uma contínua observação das saídas próximas. Se ela estivesse de um lado de um umbral e os seus amigos do outro lado, Gua atravessaria correndo o pequeno espaço, aos gritos, toda vez que a porta – por iniciativa humana ou empurrada pelo vento – ameaçasse fechar-se.

Pormenorizadas observações feitas por Van Lawick-Goodall (1968), estudando chimpanzés da Reserva Gombe (na África Central), atestam que o comportamento angustiado e aflito, ante uma separação, também ocorre na selva (exatamente como se relata no caso de animais de cativeiro), e que, além disso, a aflição diante da separação continua a manifestar-se em toda a infância do animal. Em seu primeiro ano de vida, um filho raramente deixa de manter contato real com a mãe; após o primeiro aniversário, embora passe mais tempo sem manter esse contato direto, não deixa de manter-se próximo da mãe. Somente depois de quatro anos e meio é que vemos os animais a caminhar sem a companhia da mãe – mas, mesmo assim, apenas ocasionalmente[3].

....
2. As traduções para a língua inglesa não respeitam a diferença que Freud apontou entre *Trieb* (pulsão) e *Instinkt* (instinto). Mantive neste volume a opção do autor, traduzindo *drive* por pulsão, *instinct* por instinto e *impulse* por impulso. (N. T.)
3. Para uma breve descrição de como se desenvolve o comportamento de apego em chimpanzés, cf. volume I, capítulo 11.

Quando o filhote começa a deixar de manter contato direto com a mãe, a proximidade se mantém, em boa medida, por meio de sinais auditivos. A mãe ou o filho emitem um som lamuriento, a que o outro imediatamente responde:

> Quando o filhote... começa a afastar-se da mãe, emite invariavelmente este som no momento em que, por uma razão qualquer, não está em condições de voltar, de imediato, para junto dela. Até a época em que os padrões de locomoção dos filhos estejam razoavelmente desenvolvidos, a mãe normalmente reage dirigindo-se, de imediato, para perto deles. O mesmo som é usado pela mãe quando procura afastar o filhote de alguma situação potencialmente perigosa ou mesmo, ocasionalmente, quando, preparada para retirar-se, gesticula e o convida a agarrar-se a ela. O som lamuriento serve, pois, como sinal razoavelmente específico de restabelecimento de contato mãe-filho.

Outro sinal utilizado pelos filhotes é o grito; o grito emitido sempre que um filhote cai (ou quase cai) do colo da mãe ou quando fica assustado, em virtude de um ruído súbito e alto. Quando um filhote grita, a mãe, quase invariavelmente, o toma em seus braços e o embala: "Em diversas ocasiões, os filhotes gritaram muito quando as mães começaram a afastar-se sem os carregarem. Em cada uma dessas ocasiões, a mãe voltou, de imediato, e recolheu o filho. Na verdade, ao longo de todo o período de infância, o choro resulta, habitualmente, em retorno da mãe, que se apressa a socorrer o filho".

Os animais jovens, até 5 ou 6 anos de idade, também gritam quando se sentem perdidos ou em perigo; a mãe, em geral apressa-se em acudi-los:

> Em diversas ocasiões foram observados os filhotes que, acidentalmente, ficaram fora das vistas da mãe. Em cada caso, após examinarem algumas árvores próximas, lamentando-se e choramingando, os filhotes corriam – muitas vezes na direção errada. Nessas ocasiões, foi-me possível observar a reação da mãe; embora ela, aos gritos, corresse para junto do filho, não emitia som que indicasse a sua posição.

Em certa ocasião, uma jovem fêmea de 5 anos afastou-se da mãe ao anoitecer e, na manhã seguinte, ainda chorava e se lamentava. Em outra oportunidade, o filhote deixou de gritar antes que a mãe o localizasse, o que redundou em separação de várias horas. (Não há informações a respeito do comportamento do filho, após o encontro.)

Assim, na vida selvagem, o filhote mantém-se perto da mãe até a fase da pré-adolescência. As separações são raras, e, via de regra, interrompidas rapidamente, com auxílio de sinais vocais e de mútua busca.

Estudos experimentais antigos

Essas anotações naturalistas revelam, de modo claro, que o comportamento de apego dos primatas não humanos é muito semelhante ao comportamento de apego das crianças e, além disso, que as respostas à separação também são similares. Tendo em conta que as separações experimentais, no caso de seres humanos, não podem ser prolongadas, devendo durar apenas alguns minutos, e tendo em conta que o comportamento dos primatas não humanos é muito semelhante ao das crianças, vários cientistas realizaram experimentos com macacos. Diversos estudos, provenientes de pelo menos quatro centros de pesquisa, já foram divulgados. Os animais estudados eram filhotes de cinco espécies diferentes – *rhesus*, o *pigtail*, o *bonnet*, o *Java* e o *patas* –, cujas idades oscilavam entre dois e oito meses. Todas as espécies referidas são de macacos do Velho Continente, semiterrestres e que vivem em grupos[4].

As respostas à separação diferem de uma para outra espécie; as diferenças, porém, dizem mais respeito à intensidade do que ao tipo. No caso do *rhesus*, *pigtail* e *Java*, nota-se grande aflição durante o período de separação; depois constata-se acentuada tendência de agarramento à mãe, seguida de resistência a qual-

....
4. Os mais recentes experimentos com chimpanzés, divulgados em forma de relatórios, são os de Mason (1965); nesses estudos, porém, a separação deu-se entre companheiros de mesma cela e não entre mãe e filho.

quer tentativa de efetivar novas separações, por mais breves que sejam. No caso dos *bonnet* e dos *patas*, nota-se, também, grande aflição durante as primeiras horas de separação, mas que se atenua posteriormente; depois disso, a atividade diminui menos do que no caso das demais espécies de macacos e a perturbação é bem menor após o reencontro com a mãe. A redução das aflições, nos macacos *bonnet*, parece dever-se, em boa margem, ao fato de o filhote separado da mãe receber cuidados substitutivos de uma fêmea familiar do grupo.

Os relatos seguintes dão atenção aos estudos feitos com o *rhesus* e o *pigtail*, porque as respostas de filhotes dessas espécies se parecem muito com as respostas de seres humanos e porque tais estudos são mais numerosos e mais profundos (particularmente no caso do *rhesus*) do que os feitos com as demais espécies. Leitores que desejarem conhecer o comportamento do macaco *bonnet* poderão consultar o estudo de Rosenblum & Kaufman (1968; cf. também Kaufman & Rosenblum, 1969); os que desejarem conhecer o comportamento dos macacos *patas* poderão consultar o estudo de Preston, Baker & Seay (1970). Interessante análise dos estudos de separação é feita por Mitchell (1970).

Um antigo estudo experimental foi realizado por Jensen & Tolman (1962). Dois filhotes de *pigtail*, um deles com 5 e outro com 7 meses, criados pelas suas próprias mães, foram colocados, diversas vezes, por períodos de cinco minutos ou menos, nas jaulas da outra mãe. As observações foram levadas a cabo através de visor unilateral.

Lembrando que mãe e filho ficam fortemente abraçados, a separação só é conseguida enganando os animais ou usando força. Os protestos da mãe e do filho são intensos. Jensen & Tolman apresentam um relato muito vívido da situação:

> Separar mãe e filho, no caso dos macacos, é uma experiência extremamente estressante para os dois, assim como para os observadores e para todos os demais macacos que contemplam ou possam ouvir o que se passa. A mãe fica feroz, vigiando os observadores, e procura proteger o filho a todo custo. Os gritos do filho são ouvidos em quase todo o edifício. A mãe ataca os observadores que procuram retirar-lhe o filhote. Este agarra-se fortemente à mãe e a qual-

quer objeto que esteja ao seu alcance, tentando evitar que os observadores o segurem ou o levem. Quando o filho é retirado, a mãe percorre a jaula quase permanentemente, sacode-a ocasionalmente, morde-a e faz numerosas tentativas no sentido de escapar dali. Algumas vezes, emite sons de chamamento. O filho grita intermitentemente, lançando sons estridentes, de maneira quase contínua, durante todo o intervalo de separação.

Passados os cinco minutos, colocados um junto ao outro, mãe e filho aproximavam-se de imediato, mantendo o maior contato possível: "A mãe senta-se quieta, segurando o filho; se não há observadores nas proximidades, ela rapidamente se acalma e parece contente. Silêncio na sala. Não são ouvidos gritos agudos do filho nem sons emitidos pela mãe". O período de intenso agarramento, após a separação de cinco minutos, não durou menos de quinze minutos – e, em algumas ocasiões, atingiu quarenta minutos.

Outros estudiosos submeteram filhotes de macacos a separações muito mais longas – por períodos que variaram de seis dias a quatro semanas. Filhotes de *pigtail* e de *rhesus* (segundo todos os observadores) manifestam aflição extrema e ruidosa nas primeiras 24 horas, após a separação, a que se segue certa calma, durante uma semana ou mais, fase em que o pequeno animal, deprimido, permanece quieto, sentado, executando atividades e evitando as brincadeiras.

Harlow realizou dois de tais estudos. Em um deles (Seay, Hansen & Harlow, 1962), quatro filhotes de *rhesus*, com idades oscilando entre 24 e trinta semanas, foram separados das mães durante três semanas[5]. Colocados em jaulas vizinhas, separadas apenas por uma tela, mãe e filho podiam ver e ouvir um ao outro. As observações foram feitas durante nove semanas: as três que antecederam a separação, as três de separação e as três que se seguiram. Em cada caso, dois filhotes, já familiarizados entre si, eram simultaneamente separados de suas mães. Durante a fase de separação, esses filhotes tinham livre acesso ao companheiro. Por

....
5. Para uma explanação a respeito do comportamento de apego, tal como se apresenta em macacos *rhesus*, cf. capítulo 11 do volume I. O filhote de *rhesus*, na vida selvagem, conserva-se perto da mãe até aproximadamente o terceiro ano de vida.

conseguinte, na fase de separação, os quatro filhotes tinham companhia, dispunham de alimento e de água e mantinham contato visual e auditivo com as mães. Faltava tão somente o contato físico da mãe. Assim que a tela foi colocada, os quatro animais começaram a "protestar longa e violentamente". Gritos e choros em abundância. Várias tentativas no sentido de alcançar as mães – inclusive arremessando-se contra a tela. Movimentos desordenados na cela. Posteriormente, mais calmos, os animais aninharam-se junto à tela, mantendo a maior proximidade possível com as mães. Estas, de início, pareciam rugir e ameaçaram os pesquisadores. Suas respostas, porém, foram menos intensas e duradouras do que as dos filhos. Durante a fase de separação, os pares de filhotes brincavam pouco e cada um dos animais demonstrava pouco interesse pelo companheiro, contrariamente ao que havia acontecido antes da separação e viria a acontecer após a separação – períodos de intensa atividade lúdica. Nos dias subsequentes ao reencontro, houve marcado aumento da incidência do fenômeno de o filho agarrar-se à mãe e de manter, com ela, contato estreito – fenômeno que foi mais intenso nessa fase que na fase que precedeu a separação.

Num segundo e similar experimento, Seay & Harlow (1965) separaram oito filhotes *rhesus* de suas mães, quando eles estavam com trinta semanas de idade. A separação durou apenas duas semanas, mas as mães foram completamente afastadas dos filhos. Cada um dos filhotes ficou, meia hora por dia, ao lado de um companheiro igualmente separado de sua mãe. Os resultados obtidos foram semelhantes. No primeiro dia, "correrias sem rumo, saltos, gritos e choros" e reduzido interesse pelo companheiro de cela. Passada a fase de protesto (cuja duração não foi assinalada), os filhotes "entraram numa etapa caracterizada pela pequena atividade, pela ausência de brincadeiras (ou pouca brincadeira) e pelo choro ocasional". Os pesquisadores expressam a crença de que "esta segunda fase se assemelha, quanto ao comportamento, à fase descrita como desespero, no caso de crianças separadas de suas mães". Logo após o reencontro, houve, como antes, um período de forte agarramento mútuo entre mãe e filho.

Relatórios publicados em 1966 e 1967 contêm informações muito parecidas, obtidas por dois outros grupos de estudiosos,

Spencer-Booth & Hinde (que examinaram macacos *rhesus*, em Cambridge) e Kaufman & Rosenblum (que observaram, em Nova York, macacos *pigtail*). Os dois relatórios têm vários pontos de concordância e se mostram mais elucidativos do que os anteriormente citados. Nos laboratórios de Jensen e de Harlow, os filhotes foram criados apenas pelas mães, permanecendo, aos pares, em pequenas jaulas separadas. Nos laboratórios de Hinde e de Kaufman, mãe e filho viviam no seio de um grupo social estável, em jaulas relativamente amplas. Ao lado da mãe e do seu filho havia, ainda, um macho adulto, duas ou três fêmeas adultas e, frequentemente, outros filhotes. Nesses dois laboratórios, a separação era concretizada mediante afastamento da mãe – colocada em outra jaula. Significa isso que o filhote era deixado em um ambiente inteiramente familiar, com alguns animais conhecidos: a única alteração em sua vida consistia na ausência da mãe.

Uma segunda vantagem dos estudos de Hinde e de Kaufman está em que os resultados são relatados com minúcia, tanto no que concerne ao comportamento manifestado nos sete ou mais dias de separação, quanto no que diz respeito ao comportamento dos dois companheiros, examinados ao longo de vários meses após o reencontro com as mães – ao longo, aliás, de quase dois anos, no estudo de Hinde. As observações são de especial valia porque nos dão informações a respeito de efeitos da separação experimental.

No experimento realizado por Kaufman & Rosenblum (1967), foram observados quatro macacos *pigtail*, de idade entre 21 e 26 semanas. Em cada caso, a mãe era afastada da jaula por um período de quatro semanas. O comportamento exibido nessa fase de separação, de acordo com o relatório, se distribui em três fases: "de agitação, de depressão e de recuperação". Três dos filhotes atravessaram essas fases; um deles, porém, filha da fêmea dominante do grupo, não se mostrou muito deprimida, em comparação com os demais, passando boa parte do tempo com outras fêmeas adultas de seu grupo. O comportamento daqueles três filhotes foi descrito nestas palavras:

> Na primeira fase, pareceram constantes: as caminhadas de um para outro lado; o movimento de cabeça, inquisidor; a ida frequente até a porta e as janelas; os lances esporádicos e breves de brincadeiras

a esmo; alguns rápidos movimentos em direção aos demais membros do grupo. Frequentes foram os sons semelhantes a arrulhos e os chamados aflitos e lamentosos dos filhotes. Houve aumento de comportamentos auto-orientados, como chupar os dedos, colocar a boca em partes do corpo e tocar nessas partes – aí considerados os órgãos genitais. Tais reações foram observadas durante todo o primeiro dia, em que o filhote não dormiu. Passadas 24 a 36 horas, o padrão alterou-se nitidamente em três dos filhotes. Cada um deles ficou de cócoras, quase assumindo a forma de uma esfera, colocando a cabeça entre as pernas. Os movimentos foram raros, salvo quando o filhote era ativamente deslocado de um lugar para outro. Os raros movimentos efetivamente constatados fizeram-se como em câmera lenta, exceto nas ocasiões de receber alimentação ou de reagir a uma agressão. O filhote raramente reagiu a um convite de ordem social ou fez um gesto de cordialidade social, e as brincadeiras virtualmente cessaram. Ele parecia não se interessar pelo que acontecia ao redor, desvinculando-se do ambiente. Ocasionalmente levantava a cabeça e soltava um gemido. Depois de persistir por cinco ou seis dias, essa depressão começou gradualmente a desaparecer. A recuperação iniciou-se com a adoção de uma postura mais ereta e o reaparecimento do interesse pelos objetos circundantes. Com frequência crescente, apresentou-se a lenta tentativa de exploração. Aos poucos, o filhote começou também a interagir com o ambiente social, especialmente com os macacos de sua idade; as brincadeiras foram reiniciadas. A depressão continuou a manifestar-se, mas de maneira mais tênue. Períodos de depressão alternaram-se com períodos de brincadeiras e de exploração dos objetos. Os movimentos aumentaram – em quantidade e ritmo. No fim do período de um mês, o filhote parecia alerta e ativo, durante boa parte do dia, sem, no entanto, comportar-se da maneira que seria típica em filhotes da mesma idade.

O comportamento da mãe e do filhote foram registrados, ao longo dos três meses que se seguiram ao retorno daquela. Alterações significativas foram constatadas nos quatro casos – todas com direção análoga à das alterações observadas nos estudos anteriores:

Quando a mãe foi reconduzida ao grupo, outra alteração dramática teve lugar. Houve tremenda reafirmação da relação diádica, acentuando-se de forma clara, em todos os quatro pares, as várias medidas de proximidade. Agarramento, por parte do filho, abraço protetor, por parte da mãe, contato com as mamas, tudo isso aumentou significativamente no mês que se seguiu ao reencontro, tendo em conta a frequência de tais atos no mês que precedeu a separação. Ainda no terceiro mês após o reencontro essa tendência era manifesta. O significativo aumento das medidas de proximidade diádica é particularmente notável em vista do fato de que, em condições comuns, nas faixas de idade em pauta, esses comportamentos decrescem apreciavelmente. A proximidade crescente manifestou-se também por outras vias. Uma especial medida de separação mãe-filho, por nós julgada de grande valia em nossos estudos normativos, diz respeito às separações em forma de caminhadas (usualmente do filho) para outros cantos do viveiro. A frequência de tais separações, no mês que se seguiu ao reencontro, caiu em 20%, tomando por base a frequência anotada no mês que antecedeu a separação. Além disso, a duração média das separações caiu de 60,5 para 34,4 segundos.

Os filhos afastaram-se menos frequentemente e por períodos mais breves do que o faziam antes da separação e, além disso, as mães se mostraram mais tolerantes do que haviam sido, aceitando a persistente proximidade do filho, raramente desencorajada por uma rejeição ou por uma retirada.

Comparados aos quatro animais dos experimentos de Kaufman, os outros quatro, dos primeiros experimentos de Spencer-Booth e Hinde, eram de outra espécie (*rhesus* e não *pigtail*) um pouco mais velhos (trinta a 32 semanas de idade e não apenas 21 a 26 semanas). Além disso, as mães foram afastadas por um período mais curto: apenas seis dias e não quatro semanas. O comportamento observado, entretanto, seja na fase de separação, seja nos meses que se seguiram ao reencontro, foi muito semelhante aos anotados por Kaufman e seus colaboradores (cf. Hinde, Spencer-Booth & Bruce, 1966; Spencer-Booth & Hinde, 1967).

Depois da divulgação dos primeiros relatórios, Spencer-Booth e Hinde publicaram as conclusões de vários novos estudos em que a amostra inicial de quatro filhotes se transformou em amostra de 21; em que os animais de certas subamostras se viram submetidos a uma segunda separação; e em que outros seis filhotes foram expostos a uma separação mais longa, de treze dias.

Quase todos os animais foram estudados, a seguir, por um prazo de dois anos (até atingirem 2 anos e meio de idade) e o seu desenvolvimento foi comparado ao desenvolvimento de uma amostra-controle, constituída de oito filhotes que não se afastaram de suas mães. Interessante sumário de todos esses estudos encontra-se em Hinde & Spencer-Booth (1971).

Uma vez que os resultados obtidos por Spencer-Booth & Hinde em 1967 (estudando o comportamento durante a separação e nos meses subsequentes, mediante exame de quatro animais) foram amplamente corroborados no estudo posterior, de 1971 (com amostras de 21 animais), e que, além disso, o comportamento foi descrito de maneira pormenorizada naquele trabalho de 1967, é a ele que recorremos para formular a descrição abaixo. Embora os filhotes apresentassem – tal como no estudo de Kaufman – algumas variações em suas reações, houve um padrão geral comum.

No primeiro dia de separação, os quatro filhotes gritaram e gesticularam persistentemente. Embora os gritos e os gestos diminuíssem de intensidade nos dias subsequentes, continuaram a apresentar em grau muito maior do que se haviam apresentado antes da separação – e continuaram a se fazer presentes durante algumas semanas após o retorno da mãe. Em oposição ao que havia acontecido com os filhotes de *pigtail* examinados por Kaufman, os filhotes de *rhesus* ficaram visivelmente inativos logo após a saída de suas mães. Esse estado de relativa inatividade prolongou-se, no caso dos quatro filhotes, pelos restantes dias de ausência das mães: "De modo genérico, o comportamento dos filhotes, durante a ausência da mãe, só pode ser descrito como de depressão. Ficaram sentados, arqueados, adotando a atitude passiva do animal subordinado". No primeiro dia de separação, o jogo manipulativo e o jogo social diminuíram de forma considerável. Conquanto a atividade lúdica manipulativa sofresse algum acréscimo, a interação social continuou baixa e tendeu a diminuir progressivamente nos seis dias subsequentes.

A interação entre o filhote e o adulto macho ou uma das adultas fêmeas do grupo mostrou-se maior no período de separação do que nos períodos anterior e posterior à separação; ainda assim, representou apenas uma fração da interação a que o filhote se havia habituado a manter com a mãe. Nesse ponto, contudo, houve muita variação. Enquanto nunca se observou um dos filhotes sendo embalado ou se agarrando a um adulto, todos os outros foram observados nessa situação por até 20% do tempo de observação. Ainda assim, tais episódios foram, em geral, extremamente breves, particularmente se comparados aos longos períodos passados com a mãe, antes da separação. A situação normal não seria a de o filhote aninhar-se no colo, mas a de ficar sentado perto de uma tia ou do macho, tocando-os de leve ou neles quase se encostando; retirando-se o adulto, o filhote, frequentemente, gemia ou gesticulava. Dois filhotes, em particular, sentaram-se ao lado do macho do grupo, procurando proteção. Nota-se, pois, que os filhotes separados recebiam cuidados substitutivos dos adultos, mas tais cuidados representavam apenas uma pequena fração dos que lhes eram dados pela mãe.

O comportamento relativo à alimentação alterou-se também, nos filhotes separados – assemelhando-se, muitas vezes, ao de crianças separadas. No primeiro dia de separação, um dos filhotes quase não se alimentou. Posteriormente, os quatro exibiram tendência de aumentar o consumo de alimento.

Embora a perturbação aguda do primeiro dia amainasse, o comportamento de todos os quatro filhotes mostrou-se longe do normal nos cinco dias que se seguiram à separação.

O comportamento perturbado apresentou-se de modo claro nas semanas que se seguiram ao retorno da mãe. Depois que a mãe foi levada de volta para a jaula, os quatro "agarraram-se muito mais do que de costume antes da separação. Ficavam extraordinariamente coléricos ao serem rejeitados pelas mães; muitas vezes, atiravam-se violentamente ao colo das mães – ou, se por elas rejeitados, ao colo das tias". Em dois dos filhotes, "o efeito foi dramático e duradouro": dificilmente largavam as mães, no primeiro dia de reencontro.

Um traço característico especialmente notável, na primeira ou nas duas primeiras semanas após o reencontro, foi o modo pelo qual o filhote reagiu "passando de um estado de calma para um estado de muita agitação e de agarramento sem motivo perceptível". No segundo e no terceiro dias, após o reencontro, um filhote, de acordo com o relato, "deixou o colo da mãe, de maneira aparentemente calma, para, de súbito, entrar em pânico e atirar-se aos seus braços". Outro filhote (uma fêmea), no sexto dia após o reencontro, brincou calmamente durante meia hora e dormiu no colo da mãe por algum tempo; "ao acordar ela pareceu muito agitada e assustada, encolheu-se e raramente deixou a mãe". Logo em seguida, porém, pareceu calma, novamente, e começou a brincar.

O comportamento dos quatro pares de mães e filhos variou muito no intervalo dos primeiros quatro meses após o reencontro até o primeiro aniversário dos filhotes. Entretanto, comparando o comportamento dos quatro filhotes ao comportamento de oito outros, de um grupo de controle, que não sofreram a experiência da separação, foi possível notar que os quatro haviam sido afetados, "tomando a iniciativa de permanecer próximos de suas mães, muito mais (em comparação com o grupo de controle) do que era comum antes da separação". A tendência de agarramento e de permanência junto à mãe revelou-se muito acentuada: em um dos filhotes, persistiu durante a fase que foi dos quatro meses até os doze meses de idade; em outro, durou metade desse período.

As diferenças de comportamento – comparando os quatro filhotes separados de suas mães e os oito que compunham o grupo de controle – mostraram-se muito claras quando todos os animais foram submetidos a teste em situações ligeiramente estranhas, uma primeira vez na época dos doze meses, uma segunda vez na época dos trinta meses de idade. Os quatro que haviam sido separados tenderam, em comparação com os oito do grupo de controle, a evitar o observador que se aproximasse oferecendo-lhe alimento; tenderam a permanecer próximos de suas mães, sempre que transferidos para uma jaula nova; tenderam a encurtar as caminhadas por uma jaula em que se encontrassem objetos estranhos; e tenderam a mostrar-se menos ativos, sempre que assustados por um acontecimento qualquer, por insignificante que fosse (Hinde & Spencer-Booth, 1968).

Os resultados de tais experimentos, realizados quase dois anos após a separação – que durou apenas seis dias –, constituem evidência marcante de que a separação da mãe pode revelar-se traumática. Embora o comportamento dos filhotes que sofreram a experiência da separação se mostre similar ao comportamento dos filhotes do grupo de controle, ao longo de todo um dia sem acontecimentos dignos de registro, as diferenças aparecem no momento em que o ambiente se torna ligeiramente insólito: o comportamento dos primeiros filhotes é mais tímido e mais angustiado do que o comportamento dos filhotes do grupo de controle. O mesmo vale para crianças, como já foi constatado em diversas ocasiões pelo dr. Robertson (1953; 1958*b*) e pelo autor deste livro (Bowlby, 1951; 1960*a*).

De acordo com o assinalado acima, Hinde & Spencer-Booth realizaram muitos novos trabalhos, desde os seus primeiros estudos a respeito dos quatro macacos *rhesus* separados por seis dias, ampliando apreciavelmente as suas conclusões. Algumas de tais conclusões são apresentadas a seguir, dirigidas aos leitores interessados.

Novos estudos de Hinde e Spencer-Booth

Os amplos estudos realizados por Hinde & Spencer-Booth corroboram e ampliam dados anteriormente colhidos por eles, relativos aos efeitos que a separação da mãe, por um período de seis dias, pode ter sobre os filhotes de macacos *rhesus* e permitem, além disso, comparar esses efeitos com (a) os efeitos de uma segunda separação de seis dias e (b) os efeitos de uma única separação mais longa, de treze dias. Permitem, ainda, lançar luz sobre os fatores que seriam responsáveis pelo grau elevado de variação individual notada nas respostas.

Consideraremos, preliminarmente, os efeitos a curto prazo da separação sobre os filhotes afastados duas vezes; em seguida, os efeitos a longo prazo sobre os filhotes que foram separados uma ou duas vezes, por períodos de seis dias; e, enfim, os efeitos a curto prazo sobre os filhotes separados de suas mães por um período de treze dias. (Ainda não dispomos de informes a respeito das consequências a longo prazo dessas separações mais prolongadas.)

Consequências, a curto prazo, de uma segunda separação de seis dias

Onze filhotes, com idades oscilando entre 30 e 32 semanas, foram separados uma e apenas uma vez, por seis dias, de suas mães; e dez filhotes foram separados de suas mães pela segunda vez, também por períodos de seis dias. (Desses dez, cinco haviam sido separados uma primeira vez dez semanas antes; outros cinco haviam sido separados uma primeira vez cinco semanas antes.) Utilizando as medidas selecionadas, para aplicá-las durante a separação e no mês subsequente, não foram observadas diferenças entre o grupo de filhotes de mesma idade que se separavam pela primeira vez e o grupo de filhotes que se separavam pela segunda vez (Spencer-Booth & Hinde, 1971a). A evidência recolhida posteriormente, no acompanhamento, atesta porém que seria errôneo concluir que os efeitos de uma separação não diferem dos efeitos de duas separações.

Consequências, a longo prazo, de uma ou duas separações de seis dias

No relatório a propósito das consequências a longo prazo das separações de seis dias, Spencer-Booth & Hinde (1971c) comparam observações feitas em três amostras; filhotes do grupo de controle ($N = 8$); filhotes que foram separados de suas mães uma só vez, por seis dias ($N = 5$); e filhotes separados duas vezes, por seis dias em cada ocasião ($N = 8$)[6]. Os indicadores numéricos são parcos para efetuar algumas comparações; ocasionalmente, foi preciso agrupar dados relativos aos filhotes separados uma vez e separados duas vezes.

....
6. Dois filhotes separados pela primeira vez quando estavam com 21 semanas de idade, e um filhote separado pela primeira vez quando estava com 26 semanas, morreram antes de completar um ano; além disso, um filhote do grupo de 26 semanas também morreu logo depois de completar dois anos. Um filhote do grupo dos animais separados por prazos longos e mais três que estavam com dezoito semanas de idade no momento da separação também morreram antes de completar o seu primeiro ano de vida; todos estes foram desconsiderados. Não está claro até que ponto a experiência de ausência das mães pode ter contribuído para a morte desses filhotes.

De maneira breve, eis os resultados:

1. Examinados quando estavam com doze meses e quando estavam com trinta meses de idade, estabelecendo comparação com os elementos de controle, os filhotes anteriormente separados ainda revelavam "certa persistência dos sintomas de depressão que haviam sido claros durante o mês que se seguiu ao retorno da mãe".
2. As diferenças de comportamento, comparando filhotes anteriormente separados e filhotes do grupo de controle, eram muito mais óbvias quando o teste se realizava em ambientes estranhos do que quando se realizava no ambiente usual.
3. As diferenças mostraram-se bem menos acentuadas após trinta meses do que após doze meses; ainda assim, todas as diferenças significativas indicavam que os animais previamente separados exibiam comportamento mais "pobre" ou mais perturbado do que o comportamento exibido pelos animais do grupo de controle.
4. A maioria das diferenças dignas de nota se estabelecia entre o grupo de controle e o grupo dos filhotes separados duas vezes; os filhotes separados uma só vez ocupavam, em geral, um posto intermediário entre esses dois extremos.

Analisemos os achados, um a um.

No ambiente familiar, aos doze meses de idade, os animais previamente separados – dos dois grupos – tenderam, mais do que os animais do grupo de controle, a ficar menos tempo longe de suas mães e a executar um papel relativamente mais ativo, nessa busca de manter as mães nas proximidades. Poucas diferenças, entretanto, se mostraram significativas e nenhuma foi observada posteriormente, quando os filhotes estavam com dezoito ou com trinta meses de idade. Nas três idades, porém, foi significativa a tendência dos filhotes anteriormente separados de exibirem menor atividade locomotora e menor dose de interação social do que os filhotes do grupo de controle.

As diferenças de comportamento não foram notáveis quando os animais separados e os do grupo de controle permaneceram em ambiente com os quais estavam familiarizados; submetidos, entretanto, a testes em *ambientes estranhos*, as diferenças mostraram-se acentuadas. Dificilmente será possível exagerar a importância desses achados, tendo em conta as suas consequências de ordem clínica.

Cada filhote foi conduzido, aos doze meses de idade, em companhia de sua mãe, para uma nova jaula de laboratório que se ligava, através de uma passagem estreita – por onde passava o filhote, mas não a mãe –, a uma segunda jaula (jaula-filtro). O teste foi realizado em nove dias; consistia em deixar alimento ou um objeto estranho na jaula-filtro e observar a reação do filhote. Entre os objetos, um espelho, pedaços de bananas e uma bola amarela. Em quase todos os testes, foi significativa a tendência de os filhotes anteriormente separados (quando comparados aos filhotes do grupo de controle) aguardarem mais tempo, antes de se animarem a fazer, sozinhos, breves visitas à jaula-filtro, e de ali permanecerem por prazos mais curtos. Além disso, sempre que havia divergência entre dados relativos aos filhotes separados uma só vez e dados relativos aos filhotes separados duas vezes, a divergência quanto aos dados relativos aos filhotes do grupo de controle era mais acentuada no caso dos filhotes separados duas vezes. A tabela abaixo, que contém resultados de um teste realizado no sexto dia, ocasião em que uma bola amarela foi colocada na jaula-filtro, revela um padrão típico de diferenças:

Medida	Controle $N = 6$	Índices médios em minutos	
		Separados só uma vez $N = 5$	Separados duas vezes $N = 8$
Latência para entrada na jaula	0,1	0,1	0,7
Tempo total na jaula	7,0	3,9	3,0
Duração média da visita	0,5	0,3	0,2
Tempo gasto em brinquedos	2,3	0	0

Outro teste, aplicado quando os animais estavam com um ano de idade, que revelou significativas diferenças entre os filhotes anteriormente separados e os do grupo de controle, foi o teste em que o experimentador ofereceu vitaminas aos animais. Os animais previamente separados de suas mães mostravam bem menor disposição de se aproximarem do experimentador do que os animais do grupo de controle, mesmo quando o teste era realizado no ambiente que lhes era familiar. Uma possível explicação para esse fato está em que o experimentador havia tomado parte na operação de retirar as mães de perto dos filhos, no momento da separação.

Dezoito meses mais tarde, quando os filhotes estavam com trinta meses de idade, cada animal foi submetido a uma bateria de testes comparáveis. Nessa ocasião, os animais foram observados durante dezesseis dias, nos momentos em que se achavam sozinhos, numa jaula gradeada de laboratório. Apenas alguns testes conduziram a diferenças significativas; entre eles, o da oferta de vitaminas, lembrado acima. Outro teste que apontou diferenças significativas foi aplicado no segundo e no sexto dias, consistindo em colocar uma tâmara do lado de fora da jaula, de modo que não fosse alcançada pelo animal: os animais previamente separados demoraram mais do que os do grupo de controle para se animarem a apanhar o fruto, tentaram menos vezes e por menos insistiram na tentativa. (O número de animais disponíveis para o teste não permitiu diferenciar animais separados uma só vez de animais separados duas vezes.)

Consequências a curto prazo de uma separação de treze dias

Seis novos filhotes foram separados de suas mães por um período único, de treze dias, quando estavam com idades que oscilavam de trinta a 32 semanas (cf. Spencer-Booth & Hinde, 1971*b*). Permaneceram quase tão deprimidos e inativos durante a segunda semana quanto haviam estado na primeira. (Isto se opõe ao moderado grau de recuperação que Kaufman & Rosenblum notaram nos filhotes de *pigtail* após a primeira semana de separação.)

No mês que se seguiu à separação, de acordo com o observado, os filhotes que haviam sido separados por treze dias foram significativamente mais afetados do que os filhotes de qualquer dos dois outros grupos de animais separados. Durante pelo menos uma semana, após o reencontro, emitiram sons indicadores de maior aflição; e durante todo o mês mostraram-se mais deprimidos. No intervalo em que estiveram longe da mãe, ficaram sentados, inativos, por tempo maior do que ficavam sentados, inativos os demais filhotes separados; mesmo quando se mostravam ativos, a atividade era bem menor. No fim de um mês, após o reencontro, os filhotes separados uma só vez, por período de seis dias, estavam pelo menos tão ativos quanto haviam estado antes da separação; em contraste, o nível de atividade dos filhotes separados por períodos de treze dias ainda era significativamente reduzido. Nessa oportunidade, o nível de atividade dos filhotes separados duas vezes estava em ponto intermediário, entre o nível correspondente aos filhotes separados por um só período de seis dias e o nível correspondente aos filhotes separados por um período de treze dias.

A partir de todos esses achados é lícito concluir, confiantemente, que uma única separação, de não mais de seis dias, na época dos seis meses de idade, admite consequências perceptíveis que se manifestam dois anos mais tarde, no caso do macaco *rhesus* – notando-se que os efeitos da separação se mostraram proporcionais à duração desta separação. Uma separação de treze dias é pior do que uma de seis dias; duas separações de seis dias são piores do que uma única separação de seis dias. Por esses prismas, as consequências da separação assemelham-se às consequências do fumo ou da radiação. Embora os efeitos de pequenas doses pareçam desprezíveis, eles se mostram cumulativos. A dose de maior segurança é a dose zero.

Variações individuais nas reações

Há apreciável variação nas respostas que os filhotes *rhesus* oferecem à separação. Pequeno, entretanto, foi o efeito da idade, nas faixas etárias consideradas; não pareceu importar o fato de a separação de seis dias efetuar-se quando eles estavam com 21 a 22 semanas ou quando estavam com 25 a 26 semanas, ou, enfim, quando estavam com trinta a 32 semanas de idade. O sexo desempenhou um papel relativamente pequeno; os machos foram mais afetados do que as fêmeas, tanto na fase de separação quanto na fase posterior. O comportamento após o reencontro não foi afetado pelo fato de o animal poder ou não agarrar-se a outro, no período de separação; a possibilidade de agarrar-se, porém, reduziu a quantidade de chamados aflitos na fase de separação.

Os resultados mais surpreendentes que defluem da análise dos dados relativos às variações individuais das respostas dizem respeito às significativas correlações entre o grau de aflição apresentado por um filhote e certos traços da relação mãe-filho (Hinde & Spencer-Booth, 1970). Os filhotes que tendem a se mostrar mais aflitos no primeiro mês após a separação são, justamente, os mais frequentemente rejeitados pelas mães e os que mais se empenham em manter-se próximos delas. Notando que, por esse prisma, os dados são coerentes, no que concerne a cada par mãe-filho, ao longo do tempo (tendo em conta as medidas feitas pelas correlações de ordem de posto), não surpreende saber que o grau de aflição exibido após a separação está correlacionado à frequência com que a mãe rejeita seu filho no período que antecede a separação, assim como à frequência com que ela o rejeita no período que se segue ao reencontro. Em verdade, logo após o retorno da mãe, de acordo com o verificado, a correlação entre a aflição do filho e a frequência de rejeição materna antes da separação é maior do que a correlação entre a aflição do filho e a rejeição materna que se dá na ocasião. Posteriormente, o equilíbrio se altera e o grau de aflição passa a correlacionar-se mais com a frequência com que ela rejeita o filho no momento.

Hinde & Spencer-Booth (1971) sublinham que tais correlações não autorizam concluir que diferenças na relação mãe-filho provocam, obrigatoriamente, diferenças nas reações do filho à separação – embora acreditem que isto seja plausível.

Em experimento recente, Hinde & Davies (1972) alteraram as condições em que a separação ocorre: em vez de retirarem as mães da jaula, para colocarem-nas em locais estranhos, afastaram os filhos. Nos treze dias de separação, o comportamento dos cinco filhotes ajustou-se às expectativas. Conquanto as amplas diferenças individuais tornem difíceis as comparações, os filhotes, colocados em jaulas estranhas, pareciam ainda mais aflitos do que os filhotes deixados em suas jaulas, enquanto as mães eram afastadas. Após o reencontro com as mães, todavia, os filhotes que haviam sido transportados para jaulas estranhas mostraram-se *menos* perturbados do que os filhotes cujas mães haviam sido afastadas. Certas observações, focalizando o comportamento das mães, sugerem explicações para esse inesperado resultado. Durante o período em que ficaram longe de seus filhos, as mães levadas para jaulas estranhas se mostraram mais aflitas do que as mães conservadas em suas próprias jaulas, e, após o reencontro, estas agiram de maneira mais maternal e com menor dose de rejeição, restaurando, com maior rapidez, a interação mãe-filho. Esta conclusão tende a dar apoio à ideia de que um determinante notável do efeito da separação sobre um filhote *rhesus* é o comportamento da mãe após o reencontro.

O desapego (ou seja, a incapacidade de reconhecer a mãe ou de agir, diante dela, após o reencontro), que é extremamente comum em seres humanos depois de separação que dure uma semana ou mais – sendo a criança colocada em ambiente estranho e despojada de cuidados maternos substitutivos –, só uma vez foi presenciado em filhotes de macaco. Em estudo realizado por Abrams (descrito por Mitchell, 1970), 24 filhotes de *rhesus*, com idades oscilando entre oito e vinte semanas, foram separados de suas mães por um período de dois dias. No instante do reencontro, seis dos filhotes fugiram de suas mães quando elas se aproximaram; após uma segunda separação de dois dias, efetivada algumas semanas mais tarde, duplicou o número de filhotes que fugiram das mães. Hinde & Spencer-Booth jamais observaram desapego, embora procurassem constatar a sua presença; é possível, pois, que esse tipo de reação se manifeste apenas em filhotes muito jovens, tais como os examinados por Abrams. Mesmo assim, não está claro, ainda, se a reação observada por Abrams poderá ser considerada análoga à reação que se nota em seres humanos.

Os resultados relativos aos primatas foram descritos de modo minucioso porque não deixam dúvida quanto a observar-se, em filhotes de outras espécies, quase tudo o que se observa em seres humanos – durante e após as breves separações. As explicações que assentam as respostas humanas em processos cognitivos (especificamente humanos) são, pois, questionáveis.

Parte II
Enfoque etológico do medo humano

Capítulo 5
Postulados básicos das teorias da angústia e do medo

> Os paradigmas dão aos cientistas não apenas um mapa, como, ainda, algumas instruções essenciais para a elaboração de mapas. Quando assimila um paradigma, o cientista adquire, em inextrincável mistura, teoria, métodos e padrões... – Eis [uma] razão pela qual as escolas guiadas por paradigmas diversos sempre se mostram ligeiramente dissonantes.
>
> THOMAS S. KUHN (1962)

Angústia aliada ao medo

Embora os estudiosos do assunto venham afirmando, periodicamente, ao longo dos anos, que a principal fonte de angústia e aflição é a separação de figuras amadas (ou a ameaça de que tal separação se concretize), reluta-se muito em acolher uma fórmula tão simples como essa. As objeções têm raízes profundas e assentam-se em um conjunto de pressupostos que – sustentaremos a seguir – não mais merecem apoio.

Neste capítulo e nos capítulos seguintes defenderemos, novamente, a simples concepção mencionada acima. Considerando a incredulidade com que tem sido recebida e as ideias com que tem sido combatida, a concepção será apresentada de maneira pormenorizada. Examinaremos, preliminarmente, certos pressupostos usuais que se encontram nos alicerces da tradicional incredulidade e da costumeira oposição, aludindo, em especial, à influência exercida pelas primeiras teorias freudianas da motivação.

Em todas as discussões psicanalíticas e psiquiátricas da angústia admite-se que se achem intimamente relacionados os estados emocionais a que se alude com os termos "angústia" e "medo". A questão, entretanto, é a de saber de que modo aqueles estados se relacionam. Freud preocupa-se, repetidamente, com os dois estados, comparando-os e contrastando-os (cf., por exemplo, Adendo B, em *Inibições, sintomas e ansiedade*, SE 20: 164-8). Vários outros autores seguiram os passos de Freud. Lewis (1967), em artigo recente, examinando a confusa questão, enfatiza o seguinte: no amplo campo da psicopatologia, o vocábulo "angústia" tem sido usado, habitualmente, para aludir a "estado emocional em que se acha presente a qualidade subjetivamente experimentada do medo ou uma qualidade intimamente associada". Os dois vocábulos, aliás, são muitas vezes empregados como sinônimos. Em vista do íntimo relacionamento dos dois estados emocionais em tela, assim como o dos dois vocábulos correspondentes, não surpreende que as ideias a respeito das condições que geram um estado influenciem as ideias a respeito das condições que geram o outro.

Nessas teorizações confusas, contraditórias e divergentes, há, porém, um ponto em que todos se põem de acordo: conquanto a natureza e a origem da angústia sejam obscuras, são simples e inteligíveis a natureza e a origem do medo.

Nas teorias propostas neste livro há apenas um aspecto que se afasta dessa tradição. Tal como visto, os estados a que aludem as palavras "angústia" e "medo" são entendidos como estados intimamente relacionados. Além disso, também admitimos, como acima, que as ideias a respeito do que gera estados de um tipo associam-se intimamente a ideias a respeito do que gera estados do outro tipo. Os pensamentos divergem no que respeita à natureza das condições que podem gerar o estado presumivelmente mais simples de entender, ou seja, o medo.

Nos círculos psicanalíticos e psiquiátricos, segundo se sustenta, ainda predominam certos pressupostos errôneos acerca do medo e das condições que o geram. Tais hipóteses errôneas tiveram e continuam tendo um péssimo efeito sobre a nossa maneira de compreender as angústias e os medos aflitivos que acometem nossos pacientes.

Uma das mais importantes e abrangentes dessas errôneas hipóteses tradicionais é a de que somente a presença de alguma coisa capaz de ferir-nos ou prejudicar-nos cria situações em que o medo se manifesta. Como corolário, apresenta-se a ideia de que o medo surgido em qualquer outra situação deve ser, de alguma forma, um medo anormal – ou, pelo menos, um medo que exige explicação especial. Embora a hipótese possa parecer plausível, a um primeiro olhar, há dois modos diversos de estabelecer a sua falsidade.

Um erro diz respeito à natureza dos estímulos e dos objetos que nos assustam e nos leva a procurar refúgio. Muitas vezes – pode-se notar – tais objetos mantêm apenas relação *indireta* com aquilo que, efetivamente, se mostra perigoso. O outro erro é igualmente fundamental. Assustamo-nos não somente quando certos tipos de situação se fazem *presentes* (ou ameaçam fazer-se presentes), mas, ainda, quando certos outros tipos de situações se acham *ausentes* (ou ameaçam fazer-se ausentes).

Consideraremos, a seguir, alguns aspectos relativos à origem e aos efeitos desses dois tipos de enganos. Analisando-os, notaremos que se associam intimamente a certos pressupostos antigos de Freud, particularmente ao seu modelo de motivação. Aplicando um modelo diferente da motivação – como se faz neste livro – a perspectiva se altera.

Modelos de motivação e seus efeitos sobre a teoria

A longa tradição da teorização em torno do medo e da angústia sofreu a forte influência do modelo de motivação adotado por Freud em seus escritos mais antigos – modelo formulado antes de Freud perceber que os problemas de separação e perda são fundamentais para a psicopatologia e que foi preservado em toda a sua discussão metapsicológica. De acordo com esse modelo, os estímulos, de quaisquer espécies, são vistos como coisas de que o organismo precisa simplesmente livrar-se – escapando, sempre que possível, ou quando isso não é viável, atuando de alguma outra forma.

Considerando que nem sempre se tem clara ideia de quanto esse modelo influenciou as teorias psicanalíticas da angústia (aí incluída angústia de separação), é interessante reproduzir as palavras de Freud. Em "Os instintos e suas vicissitudes" (1915*a*), uma de várias publicações sucessivas em que discute suas ideias básicas, Freud mais uma vez assevera – aceitando a afirmativa como postulado fundamental, admitido e jamais analisado – que "o sistema nervoso é um aparato que tem por função livrar-se dos estímulos que o atingem ou reduzi-los ao menor nível possível; um aparato que, se isso fosse viável, manter-se-ia em condição inteiramente não estimulada". Segundo Freud, lida-se facilmente com estímulos externos através de afastamento. Os "estímulos instintuais" por outro lado, mantendo "um incessante e inevitável afluxo de estimulação", transformam-se em problema de maior gravidade: originando-se internamente, não há como fugir deles. A fim de enfrentar o seu incessante fluxo, diz Freud, o sistema nervoso entrega-se a um conjunto de "atividades que se altera de maneira que produza satisfação"; e a satisfação, continua Freud, "só pode ser alcançada removendo o estado de estimulação na fonte do instinto" (*SE* 14: 120, 122).

Em termos de sobrevivência da população da qual o indivíduo faz parte, nenhuma função biológica está associada às atividades em questão. O fato de não se ter apreciado a distinção entre causação e função, no tempo em que a teoria foi formulada, é o motivo da omissão.

O postulado básico – ou o modelo – a que Freud se refere em cada uma de suas discussões de metapsicologia, postulado que se coloca no alicerce de seu "ponto de vista econômico" (*SE* 14: 181), admite, como um de seus corolários, que nenhum objeto exterior é visto em si mesmo ou por si mesmo; em vez disso, é observado apenas na medida em que favoreça a eliminação do "incessante afluxo" da estimulação instintual. Assim, a mãe só é procurada na medida em que auxilie a reduzir o bloqueio provocado por tensões decorrentes de pulsões fisiológicas não satisfeitas; e sua ausência só é sentida quando se teme que tais tensões deixem de ser aliviadas.

Esse postulado ainda exerce grande influência no pensamento clínico. Por exemplo, foi ele que levou Freud, confiantemente (1926*a*), a concluir que "a razão pela qual o bebê deseja perceber a presença da mãe está apenas em que sabe, por experiência, que ela satisfaz, sem demora, todas as suas necessidades"; e levou Freud, além disso, à ideia de que a "situação de perigo", em última análise, é "uma situação reconhecida, relembrada, de desamparo" – uma situação que ele descreve como "traumática" (*SE* 20: 166).

De acordo com o nosso pensamento, essa conclusão – que, aliás, é compatível com uma teoria da pulsão secundária, pela qual se explica a ligação do filho à mãe – teve certos efeitos adversos.

Um dos maiores defeitos é a crença, ainda hoje comumente sustentada, de que a fonte principal do medo seria o desamparo, tornando-se, portanto, infantil reclamar a presença de uma figura amada e mostrar angústia ou aflição durante a sua ausência. Tais ideias, de acordo com o que se sustenta, não apenas estão erradas, mas estão longe de favorecer a maneira de tratar nossos pacientes.

Ora, nada existe de evidente em torno do postulado básico de Freud; além disso, cumpre lembrá-lo, o postulado não surgiu em decorrência de práticas clínicas[1]. Ao contrário, o postulado – como, de resto, qualquer postulado de outros ramos da ciência – é formulado apenas com o objetivo de permitir, aos cientistas, uma análise de seu poder explicativo. Nas palavras de Thomas Kuhn (1962), um postulado desse gênero fornece um paradigma, em termos do qual se formula uma teoria e se conduz a pesquisa. Sempre que estudiosos de um dado tema adotam paradigmas diferentes – como acontece de vez em quando – surgem apreciáveis dificuldades de comunicação.

No capítulo 1 do volume I desta obra, apresentamos as razões que nos levam a não acolher o modelo da motivação proposto por Freud; em capítulos posteriores (do 3 ao 8, inclusive) apresentamos um modelo diverso, aparentemente mais promissor, derivado da etologia e da teoria do controle. Esse modelo transforma-se, na área da psicanálise, em novo paradigma, diferente do freudiano e diferente, ainda, de outros paradigmas propostos por analistas (entre os quais, por exemplo, Klein). Em consequência, as dificuldades de comunicação tornam-se inevitáveis.

Uma das diferenças notáveis que se estabelecem entre o velho e o novo paradigma diz respeito ao modo pelo qual tais paradigmas se associam à teoria da evolução. Quando Freud apresentou o seu paradigma, na década que se iniciou em 1890, não havia

....

1. Esboço em que se delineiam as origens históricas do modelo básico de Freud, destacando-se, em particular, a influência de Fechner, acha-se no capítulo 1 do volume I. Cf. Schur (1967) para analisar as variantes de teoria obtidas por Freud, a partir de seu postulado básico, bem como para estudar as relações que tais teorias mantêm com os conceitos freudianos de prazer e desprazer. Uma crítica do postulado de Freud encontra-se em Walker (1956).

acordo quanto aos processos responsáveis pela ocorrência da evolução biológica – embora esse tema fosse amplamente debatido e se visse acolhida a sua realidade histórica. A teoria de Darwin – de acordo com a qual a evolução manifesta-se como consequência de certas variantes alcançarem maior êxito na reprodução do que outras – ainda era calorosamente debatida naquela época pelos cientistas, muitos dos quais defendiam teorias diversas. Em verdade, a teoria de Darwin (que, em sua forma generalizada, nos daria o paradigma para a biologia do século XX) não agradava a Freud. Ele preferia o vitalismo, advogado por Lamarck[2]. Os efeitos dessa preferência de Freud não foram benéficos para a psicanálise, uma vez que o paradigma por ele acolhido divorciou a psicanálise de outras ciências irmãs.

O paradigma adotado no presente livro apoia-se na teoria da evolução hoje aceita e é, portanto, o mesmo que a moderna biologia acolhe. Traços típicos do paradigma são traços inerentes ao modelo de motivação esboçado no volume anterior. Em resumo, eis os traços:

– o comportamento resulta da ativação – e, posteriormente, da finalização – de *sistemas comportamentais* que se desenvolvem e existem no organismo e que têm variados graus de organização e de complexidade;

– o comportamento que resulta da ativação e da finalização de certos tipos de sistemas comportamentais recebe, por tradição, o nome de *instintivo* porque se sujeita a um conhecido padrão, em quase todos os membros de uma dada espécie; admite consequências que, em geral, são de óbvio valor para a sobrevivência da espécie; e, em muitos casos, desenvolve-se ainda quando todas as oportunidades corriqueiras para aprendê-lo se ausentam ou se tornam exíguas;

– *os fatores causais* que ativam ou finalizam os sistemas responsáveis pelo comportamento instintivo abrangem níveis hormonais, a organização e a atuação autônoma do sistema nervoso

....
2. No Apêndice II desta obra descrevemos as concepções de Freud a respeito da evolução, tendo em conta as ideias debatidas na época em que ele escreveu.

central, alguns tipos especiais de estímulos ambientais e os estímulos proprioceptivos oriundos do organismo;

– *a função biológica* de um sistema responsável pelo comportamento instintivo é aquela consequência de sua atividade que promove a sobrevivência da espécie (ou da população) da qual o organismo é um membro, e atua em tal grau que os indivíduos dotados do sistema deixam mais descendentes do que os indivíduos que não têm o sistema;

– *o ambiente de adaptabilidade evolutiva* é o ambiente em que vivia uma espécie enquanto suas atuais características (aí incluídos os sistemas comportamentais) se desenvolviam; é o único ambiente em relação ao qual se pode ter alguma certeza de que a ativação de um sistema resultará, provavelmente, na realização de sua função biológica;

– os sistemas comportamentais desenvolvem-se em um indivíduo graças à interação, durante a ontogênese, de tendências geneticamente determinadas e de ambiente no qual o organismo vive; quanto mais os *ambientes de criação* se afastam dos ambientes de adaptabilidade evolutiva, tanto mais provável a possibilidade de os sistemas comportamentais do indivíduo adquirirem feições atípicas.

Note-se que, neste modelo, há uma clara linha demarcatória a separar, de um lado, os fatores causais que redundam em ativação e posterior finalização de um sistema comportamental; e, de outro lado, a função biológica atendida pelo comportamento. Fatores causais, indicados acima, abrangem níveis hormonais, ações do sistema nervoso central, estímulos específicos do ambiente; e o *feedback* proprioceptivo oriunda do organismo. As funções, em oposição, são determinadas consequências especiais que se manifestam quando um sistema se mostra ativo no ambiente de adaptabilidade evolutiva do indivíduo – e são, além disso, resultado do modo pelo qual é erigido o sistema. Tomando, a título de exemplo, o comportamento sexual, a distinção toma a forma que se passa a descrever. Estados hormonais do organismo e certas características do parceiro provocam, juntos, o interesse de ordem sexual e desempenham papel causal na eliciação do comportamento sexual; o *feedback* de estímulos surgidos na situação consumadora encerram o comportamento. Estes são fatores causais. A função biológica desse comportamento é outro assunto e deflui de certas consequências da atividade: a fertilização e a reprodução. É precisamente porque a causação difere da função, que se torna viável – evitando filhos – intervir entre o comportamento e a função.

Novas soluções tornam-se possíveis para os problemas relativos à angústia e ao medo quando se dispõe de um modelo de motivação que distingue a causação da função e se vê colocado num esquema de referência de tipo evolucionário. Apresentaremos, abaixo, soluções que derivam, de um lado, do modelo de motivação de Freud e, de outro lado, de um modelo compatível com a atual teoria da evolução.

Fobia enigmática ou medo natural

Quando Freud, em 1926, reconsiderou suas ideias a respeito da angústia, não deixou de acolher o seu antigo modelo de motivação e continuou a sustentar (sem deixá-lo explícito, embora o deixasse aparente, repetidas vezes) que a única situação verdadeiramente capaz de provocar medo em seres humanos seria a presença de algo em condições de feri-los ou de prejudicá-los. Entre as consequências mais importantes desse pressuposto acham-se as seguintes: (1) grande dificuldade, por parte de Freud, de entender por que o medo haveria de manifestar-se (tão comum e fortemente) em situações de outros gêneros; (2) utilização de várias teorias, nada simples, aliás, com as quais Freud e seus continuadores procuram explicar esse medo; e, enfim, (3) emprego de um critério errôneo para medir o saudável e o patológico.

Usando as palavras do próprio Freud, o argumento que ele apresenta em *Inibições, sintomas e ansiedade* resume-se nisto: "Perigo real é um perigo que ameaça a pessoa, partindo de um objeto exterior". Por conseguinte, sempre que a angústia "deflui de um perigo conhecido" ela pode ser vista como "angústia realística"; e sempre que "tem por fulcro um perigo desconhecido", pode ser vista como "angústia neurótica". Para Freud, o medo de certas situações – por exemplo, *o medo de ficar só, de ficar no escuro* ou *de ficar ao lado de estranhos* – é o medo de perigos desconhecidos e, portanto, há de ser julgado neurótico (*SE* 20: 165-7). Notando que todas as crianças têm medo de tais situações, diz-se que todas elas sofrem de neurose (p. 147-8).

Leitores dessa obra de Freud notarão os persistentes esforços que ele fez para resolver o problema das "fobias enigmáticas" (como as denomina) manifestadas por crianças – entre as quais inclui "medo de estar só ou no escuro ou junto de estranhos" (*SE* 20: 168) –, que, por sinal, em termos de seus pressupostos, são fobias difíceis de entender. A conclusão a que Freud se vê conduzido, tentando manter, coerentemente, o seu postulado básico, é a de que o medo, em cada uma daquelas situações corriqueiras, deve ser, de início, equiparado ao medo de perder o objeto; e, em última instância, ao medo de desamparo psíquico, diante de crescente estimulação instintual (p. 166). Observado por esse ângulo, o medo de tais situações, no entender de Freud, não só é infantil, mas, além disso, chega às fronteiras da patologia. De acordo com Freud, se o desenvolvimento é sadio, o medo de todas aquelas situações é logo abandonado: "As fobias de crianças de tenra idade, medo de ficar só ou no escuro ou ao lado de estranhos – fobias que quase poderiam ser denominadas normais –, desaparecem, em geral, com o tempo: a criança supera-as..." (p. 147). Se, no entanto, o desenvolvimento não é saudável, o que persiste é precisamente o medo de tais situações: "um grande número de pessoas continua a ter um comportamento infantil com respeito ao perigo e não sobrepuja os determinantes de angústia que se tornaram obsoletos... e são essas as pessoas que chamamos de neuróticas" (p. 148).

Klein, como quase todos os demais psicanalistas, aceita a concepção freudiana: o que a criança teme não deve ser entendido como "realístico", cabendo explicar tais temores por outras vias. Impressionada pelo comportamento agressivo dominante em crianças perturbadas, de dois anos ou mais, a dra. Klein propõe nova teoria: "Sustento que a angústia deflui da ação do instinto de morte sobre o organismo; a angústia é sentida como temor de aniquilamento (morte) e toma a forma de medo de perseguição" (Klein, 1946). Essa teoria é o fulcro do sistema kleiniano.

No que respeita a todos esses assuntos, a posição adotada neste livro difere radicalmente das posições de Freud, de Klein e de quase todos os demais psicanalistas. Longe de ter caráter de fobia ou de ser infantil, a tendência de temer todas aquelas situações corriqueiras – sustentamos nós – deve ser encarada como disposição natural do homem, disposição que, além disso, acompanha o ser humano, em certo grau, da infância até a idade madura e também se manifesta em animais de várias outras espécies. Há patologia quando a tendência está aparentemente ausente ou quando o medo se apresenta com inusitada rapidez e intensidade. De acordo com nossa argumentação, a existência e a prevalência de uma tendência ao medo, em todas as situações comuns referidas, são facilmente inteligíveis, em termos de valor de sobrevivência – caso as encaremos pelo prisma de uma nova teoria da motivação, adotando uma perspectiva evolucionária atualizada.

Uma perspectiva evolucionária

Estudos em que se faz comparação entre o comportamento do homem e o de outro mamífero geram um quadro das condições provocadoras de medo que difere muito do quadro obtido a partir dos pressupostos de Freud. Não infrequentemente, segundo se constata, as condições que dão origem ao medo mantêm relação regular, mas apenas *indireta*, como o que pode, em verdade, ferir-nos ou prejudicar-nos. Essa questão, aliás, já foi ligeiramente abordada no volume anterior (capítulo 15); deixou-se claro, ali, que o desconhecido é uma importante condição eliciadora de alarme e de fuga (em uma vasta gama de espécies animais, inclusive o animal humano). Outras condições importantes são o ruído e os objetos que se ampliam ou que se aproximam com rapidez; para certos tipos de animais (embora não para outros), a escuridão é outra condição importante. E o isolamento, mais uma.

Está claro que nenhuma dessas situações-estímulo é, de per si, perigosa. O papel que elas desempenham, entretanto, na promoção da sobrevivência, pode ser facilmente entendido se as observarmos através de lentes evolucionárias. O ruído, o desconhecido, a rápida aproximação, o isolamento, e, em muitos casos, a escuridão – tudo isso, em termos estatísticos, associa-se a um crescente risco de perigo. O barulho pressagia um desastre natural: fogo, inundação, deslizamento de terra. Aos olhos de um pequeno animal, o predador é objeto estranho que se aproxima rapidamente, talvez fazendo ruído, para atacar, frequentemente, na sombra da noite; o que provavelmente ataca sempre que a vítima potencial está sozinha. Em vista da associação ao crescente risco de perigo, por conseguinte, cada uma dessas condições atua como *indicador natural* de que há perigo rondando – e é nessa condição que os animais a utilizam. A longo prazo, portanto, a sensibilidade para com tais indicadores pode afetar a maneira pela qual os animais se desenvolvem. Segundo a teoria, os animais das espécies que sobreviveram (incluindo os seres humanos) estão geneticamente orientados de modo que desenvolvam comportamentos que tragam êxito de sobrevivência e de procriação, por conseguinte, desenvolveram-se de modo que reajam ao ruído, ao desconhecido, à aproximação súbita e ao escuro como se o perigo estivesse efetivamente presente – evitando ações ou fugindo. Reagem ao isolamento, de modo comparável, procurando companhia. As respostas de medo, provocadas por indicadores naturais de perigo, são parte do equipamento comportamental do homem.

Não deixa de ser interessante o fato de que Freud, reexaminando as noções discutidas nesse ensaio, concluísse que certas "fobias" enigmáticas podiam ter alguma função biológica: "... o medo de animais pequenos, de tempestades ou trovões etc. poderia, talvez, aplicar-se em termos de traços residuais da aptidão congênita de enfrentar perigos reais – aptidão que tão fortemente se desenvolveu em outros animais". Freud, entretanto, abandonou a ideia logo a seguir, sustentando, em vez disso, que "no homem, só se revela apropriada aquela parte dessa herança arcaica que diz respeito à perda do objeto" (*SE* 20: 168). Como já vimos, porém, mesmo essa parte é vista, por Freud, em perspectiva não evolucionária; ele a entende em termos de uma espécie de barreira protetora que impede o indivíduo de se ver exposto à excessiva estimulação provinda de dentro.

Na teoria aqui defendida, é aquela herança arcaica que ocupa, é claro, o centro do cenário. A tendência de reagir com o medo a cada uma das situações corriqueiras (presença de animais desconhecidos, aproximação rápida, escuridão, barulho e isolamento) é vista como algo que se desenvolve em virtude de inclinações geneticamente determinadas que, em verdade, culminam com "estado de alerta para enfrentar perigos reais". Além disso, tais tendências manifestam-se não apenas em animais irracionais, mas também no próprio ser humano, e se apresentam não apenas na infância, mas ao longo de toda a vida. Visto por esse ângulo, o medo de ver-se separado, contra a vontade, de uma figura de apego, em qualquer fase da vida, deixa de ser enigmático e se torna classificável como resposta instintiva diante de um indicador natural que assinale crescente risco de perigo.

Capítulo 6
Formas de comportamento indicativas de medo

> Enquanto alguns animais, capazes de executar movimentos rápidos, fugirão sob a influência do medo, outros, que se movimentam lentamente, ficarão imóveis, sob a mesma influência, ou, como acontece com a lagarta ou o porco-espinho, ficarão enrolados, em forma de espiral. O homem – a quem o medo não priva do poder de discernimento e de antecipar diferentes resultados – pode optar, fugindo, disfarçando-se ou escolhendo outra via para conseguir segurança.
>
> ALEXANDER F. SHAND (1920)

Um enfoque empírico

O tema deste capítulo e do próximo é que, para entender as situações-estímulo que levam os homens a se sentirem angustiados ou temerosos (ou, por contraste, a se sentirem seguros), é preciso abandonar todas as noções preconcebidas a respeito do que é "realista", "razoável" ou "apropriado" temer. Adotar-se-á, então, uma perspectiva empírica, estudando o que se sabe a respeito de situações reais em que há tendência para sentir medo e angústia (ou, alternativamente, segurança) – tendo em conta crianças, mulheres e homens. Somente depois de arrolar e compreender as condições naturais que despertam medo é que estaremos em posição favorável para reexaminar a natureza e a origem dos medos e angústias persistentes e intensificados que afetam nossos pacientes e são considerados neuróticos.

São numerosos os problemas terminológicos, que também invadem as muitas e diversificadas tentativas feitas com o propósito de distinguir angústia e medo. Considerando que algum acordo quanto à terminologia é essencial, neste momento da exposição, fornecemos, a seguir, explicação breve a respeito do emprego de certos termos; pormenorizada consideração desse tema fica, no entanto, para o capítulo 12, quando a evidência empírica já tiver sido apresentada e suas consequências teóricas, examinadas.

Acompanhando a prática usual, empregamos a palavra "medo" de um modo amplo, com diversos propósitos. Tal como acontece com os demais vocábulos indicativos de emoção, "medo" tem, na condição de referente, o que supomos sentir uma pessoa e o que prevemos venha a ser o seu comportamento (cf. volume I, capítulo 7). Há boas razões para admitir que pouca atenção se tem dado, até hoje, ao comportamento de medo – e este será o nosso ponto de partida.

Comportamento de medo

Examinemos as várias formas de comportamento que, na acepção comum, são indicativas de medo. Aí se incluem, naturalmente, formas iniciais de comportamento – postura, expressão e ação incipiente, por exemplo –, que nos levam a inferir estar o animal ou a pessoa com medo; e aí se incluem, ainda, formas de comportamento menos sutis e mais ativas que, em geral – mas não sempre –, acompanham aquelas formas iniciais.

Tanto na vida comum como na sistemática observação de campo, há uma ampla gama de distintas formas de comportamento que é usual agrupar, entendendo serem indicativas de medo. Aí se acham o olhar de cautela, associado a uma inibição da ação; uma expressão facial assustada, ao lado, talvez, de tremor ou de choro; a busca de abrigo; o ato de esconder-se; a fuga; e também a tentativa de manter contato com alguém e, talvez, agarrar-se a esse alguém. Indagando por que tais formas diversificadas de comportamento deveriam agrupar-se, notamos que há quatro razões para isso:

a) muitas dessas formas de comportamento (embora não todas) tendem a ocorrer simultaneamente ou em sequência);

b) eventos que provocam uma dessas formas de comportamento tendem a provocar as outras (ainda que não, obrigatoriamente, todas as outras);

c) a maioria desses comportamentos parece, de modo claro, ter uma única função biológica: a proteção;

d) pessoas que se comportam dessas maneiras costumam dizer (quando perguntadas) que se sentem com medo, angustiadas ou alarmadas.

Conquanto aí estejam bons motivos para agrupar tais diferentes formas de comportamento, há riscos quando assim se procede. Em particular, as condições que provocam uma forma de comportamento de medo podem diferir, em certos aspectos, das condições que despertam outra forma desse comportamento; e as respostas autonômicas que acompanham uma forma podem diferir das que acompanham outra. Nos animais, a especificidade das formas foi constatada experimentalmente. Hinde (1970) examina trabalhos de Hogan em que sugere o seguinte: pelo menos em filhotes de animais, paralisar-se e fugir não apenas podem ser sistemas separados de comportamento (provocados por diversos tipos de estimulação exterior) como, ainda, podem bloquear-se mutuamente. Evidência para isso apresenta-se no capítulo 8.

Ponto digno de atenção – e basilar para a nossa maneira de argumentar – é o de que, de acordo com o uso comum, as formas de comportamento reunidas sob o título de "indicativas de medo" admitem pelo menos três espécies diversas de resultados previsíveis: (a) imobilização, (b) distância crescente de um tipo de objeto e (c) proximidade crescente de outro tipo de objeto. O contraste entre os dois últimos resultados é de especial importância pois separa, de um lado, o comportamento que *aumenta* a distância entre pessoas e objetos encarados como ameaçadores e, de outro lado, o comportamento que *diminui* a distância entre pessoas e objetos vistos como capazes de fornecer proteção. É claro que esses dois tipos de comportamento não precisam, necessariamente, manifestar-se. Todavia, ocorrem juntos um número suficientemente grande de vezes para legitimar a combinação. Quando afugentamos um coelho, esperamos que se *afaste* de nós e, ainda, que *procure* o seu abrigo. Quando uma criança tem medo de um cão, esperamos que ela se *afaste* do animal e, ainda, que *procure* os pais.

Tem significado importante a prática usual de incluir numa só categoria (a de comportamento indicativo de medo) formas de comportamento que admitem resultados previsíveis diversos. Mas essa prática leva, muito facilmente, a confusões. Em particular, levou os psicólogos – e entre eles McDougall (1923) – e outros estudiosos a postular a existência de um único e abrangente "instinto de medo". Teoria alternativa – que, por sinal, está bem mais de acordo com os dados de observação – seria a de que estamos lidando não com uma só e ampla forma genérica de comportamento, mas com uma coleção heterogênea de formas interligadas de comportamentos, cada um deles provocado por um conjunto específico de condições causais e cada um deles produzindo um resultado diverso. No sentido definido na parte II do volume I, cada uma dessas formas pode ser entendida como um exemplo de comportamento instintivo.

A fim de distinguir essas diferentes formas de comportamento, um primeiro passo a dar é o do exame das relações entre comportamento de apego e comportamento de medo.

Comportamento de afastamento e comportamento de apego

Das três formas de comportamento usualmente encaradas como indicativas de medo (em que pesem os resultados previsivelmente diversos) uma é familiar – como já se deve ter notado. O comportamento que reduz a distância entre pessoas e objetos ou outras pessoas, vistos como algo capaz de fornecer proteção, nada mais é do que o comportamento de apego. Contemplado por este prisma, embora não por outros prismas, o comportamento de apego surge como um dos elementos das heterogêneas formas de comportamento usualmente agrupadas na categoria de comportamento de medo.

Desejando-se evitar confusões, é claro que nomes diversos serão necessários para quaisquer elementos da categoria de comportamento de medo que se vejam nitidamente identificados. Os termos "afastamento", "fuga", "evitação" parecem apropriados para aludir ao comportamento que tende a aumentar a distância entre pessoas e objetos vistos como ameaçadores. Outro componente importante e bem delineado daquela categoria é o comportamento que resulta em imobilidade; para ele, o termo usual seria "congelamento". Como esse congelamento quase não tem sido estudado, na esfera dos seres humanos, a discussão abaixo tem por núcleo as relações entre o comportamento de apego e o comportamento de afastamento.

Não deve provocar surpresa o fato de que os comportamentos de apego e de afastamento se encontrem frequentemente juntos, uma vez que ambos (tal como ressaltado no volume I) têm a mesma função – a da proteção – e, por conseguinte, muitas condições geradoras em comum. Além disso, quando os comportamentos se mostram ativos conjuntamente – o que se dá com grande frequência – é fácil compatibilizá-los: em geral, a retirada de um lugar e caminhada para outro lugar podem ser vistas em perspectiva unificadora, em termos de uma ação única. Justamente por isso, aliás, que os dois comportamentos são costumeiramente associados, colocando-se na mesma categoria do comportamento de medo.

Embora a similaridade seja apreciável, há bons motivos para manter traçada a linha divisória entre comportamento de apego e comportamento de afastamento. Eis um dos motivos: embora os comportamentos tenham muitas condições deflagradoras em comum, nem todas essas condições valem para os dois comportamentos. Exemplificando, o comportamento de apego pode ser ativado pela fadiga ou pela doença, tanto quanto pela situação que desperta medo. Outro motivo: quando as duas formas de comportamento atuam simultaneamente, a usual compatibilização pode falhar. O conflito pode surgir, digamos, quando uma situação-estímulo (geradora de comportamento de apego e de comportamento de fuga) se manifesta precisamente entre uma pessoa e a figura de apego dessa mesma pessoa; um exemplo familiar seria o caso do cão a ladrar entre a criança e a mãe.

Em situação de conflito desse gênero, há pelo menos quatro modos de o indivíduo amedrontado comportar-se – dependendo de saber se há equilíbrio entre comportamento de apego e comportamento de afastamento ou se um deles predomina sobre o outro. Exemplos de situações em que há equilíbrio são aqueles casos nos quais o indivíduo fica estático ou aqueles casos nos quais procura alcançar a figura de apego fazendo um rodeio que o afaste das coisas assustadoras. Exemplos de situações em que há predominância de um dos comportamentos são aqueles casos nos quais o indivíduo caminha mais ou menos diretamente para a sua figura de apego, apesar de, para isso, ter de passar nas proximidade dos objetos assustadores; ou aqueles nos quais o indivíduo foge de um objeto assustador, ainda que, desse modo, aumente a distância que o separa de sua figura de apego. Embora muito se tenha escrito a respeito de conflito "aproximação/evitação", é pouco provável que esta versão do conflito haja sido experimentalmente estudada com o objetivo de saber qual das soluções é favorecida, em diferentes condições, segundo a idade ou a espécie. Seria errôneo, entretanto, presumir que o comportamento de afastamento geralmente prevaleceria sobre o comportamento de apego. A experiência comum atesta, relativamente ao modo de agir de pequenos animais de numerosas espécies, que o comportamento de apego tem precedência sobre o de afastamento. A título de exemplo, note-se o comportamento dos carneirinhos, à beira da estrada, quando um carro se avizinha: surpreendido em um lado da estrada, quando a mãe se encontra no lado oposto, o carneirinho, assustado com o carro, corre em geral para perto da mãe, passando diante do veículo. Crianças tendem a proceder da mesma forma.

Estudos a respeito do comportamento humano durante e após certos desastres contêm vários relatos muito vívidos, mostrando que as pessoas de uma família não se acalmam – e, em verdade, não conseguem direcionar as ações para outro alvo – enquanto todos os parentes não voltam a se reunir. Tais estudos revelam o grande conforto que traz a presença de uma das pessoas da família; mostram ainda que, nas semanas que se seguem ao desastre, as pessoas tendem, em geral, a permanecer em estreito contato com figuras de apego. Vez após outra, o comportamento de apego tem precedência sobre o afastamento. Resultados de alguns desses estudos são mencionados no final do capítulo 10.

Caso particular, mas não incomum, de situação em que há conflito entre comportamento de apego e afastamento é aquele em que a figura de apego também é figura que provoca medo – possivelmente mediante ameaças de violência. Em tais condições, as criaturas jovens (humanas ou não) tendem a agarrar-se à figura ameaçadora ou hostil, em vez de fugirem dela (referências a esse respeito, no volume I, capítulo 12). Essa propensão deve estar atuante, pelo menos em parte, no caso dos pacientes chamados fóbicos, cuja incapacidade de deixar o lar se apresenta, muitas vezes, como resposta a ameaças feitas pelos pais (cf. capítulos 18 e 19).

As observações precedentes revelam que o comportamento de apego e o comportamento de afastamento são sistemas comportamentais diferentes que, no entanto, (a) têm a mesma função; (b) podem ser despertados por várias condições de um mesmo conjunto de condições; (c) são frequentemente passíveis de compatibilização; mas (d) podem, facilmente, conflitar. Havendo conflito, a investigação indicará qual dos dois comportamentos tem precedência – se é que um tenha, efetivamente, precedência sobre o outro.

Medo e ataque

Situações-estímulo que tendem a gerar medo, nos seres humanos, também podem evocar ataque, se as circunstâncias se alteram ligeiramente. O estreito laço que une as duas formas bem diversas de comportamento é considerado no capítulo 8 (caso dos animais não racionais) e no capítulo 17 (caso dos seres humanos).

Sentimento de medo e suas variantes:
sentimento de alarme e sentimento de angústia

Compatibilizados ou em conflito, o comportamento de apego e o comportamento de fuga são comumente provocados por muitos estímulos de um mesmo grupo de situações-estímulo e sempre têm, segundo se diz, a mesma função: proteger. Não desperta surpresa, pois, que, em algumas circunstâncias, as duas formas de comportamento se vejam na presença de experiências subjetivas similares. Enfrentando uma situação estímulo que nos leve a desejar fugir ou retirar-se, é provável que nos descrevamos sentindo medo, assustados, alarmados ou, talvez, angustiados. De maneira análoga, despertando o nosso comportamento de apego, talvez por uma situação do tipo semelhante, não nos sendo viável, por uma razão qualquer, alcançar a figura de apego, é provável que nos descrevamos empregando as mesmas palavras. Diremos, por exemplo, "Fiquei com medo que você tivesse ido embora" ou "Assustei-me quando não o encontrei" ou "Sua longa demora deixou-me angustiado".

Esse uso pouco rigoroso da linguagem é, a um tempo, revelador e causador de confusões. Sugere, por um lado, fortemente, que o comportamento de fuga e o comportamento de apego podem ter certas características fundamentais em comum. Por outro lado, pode levar o leigo a admitir que as coisas referidas seriam passíveis de tratamento indiferenciado, já que as palavras, na linguagem usual, são usadas sem a preocupação de estabelecer distinções. Além disso, o emprego não rigoroso das palavras torna difícil a tarefa de associar significados técnicos a qualquer vocábulo.

Já se notou quão relutantemente as ideias de Freud foram recebidas, embora ele não deixasse de insistir, com frequência crescente, no papel-chave que a angústia de separação possui, no quadro da neurose. A relutância deve-se, em parte, à influência de suas teorias anteriores e, em parte, à dificuldade que Freud e outros sentiram ao tentar compreender por que a separação, em si e por si mesma, geraria medo ou angústia. Rycroft, em recente livro a respeito da angústia (1968*a*), fala dessa dificuldade. Comentando o que diz esse autor, daremos prosseguimento à nossa discussão.

Depois de aludir a certo gênero de evidência (amplamente comentada nos capítulos 3 e 4 do presente volume), Rycroft afirma:

> Observações desse tipo, em animais e em crianças, fizeram supor que a angústia (ou, pelo menos, a angústia neurótica) é, em última análise, angústia de separação, ou seja, resposta à separação de um objeto protetor, que atua como pai ou mãe – e não propriamente reação a um perigo não identificado. Faço objeções a essa ideia. É ilógico ver como causa de angústia a ausência de uma figura conhecida e protetora e não a presença de uma situação desconhecida e ameaçadora. Pensar desse modo equipara-se a atribuir o enregelamento à ausência da roupa, em vez de atribuí-lo ao frio intenso.

Examinando melhor a questão, entretanto, nota-se que nada há de ilógico nas ideias que Rycroft rejeita. As condições causais que provocam o enregelamento incluem, *a um tempo*, o frio intenso *e* a vestimenta inadequada. É tão razoável, por conseguinte, supor que o enregelamento se deva a um dos fatores quanto supor que se deva ao outro[1].

Para nossos fins, contudo, parece melhor formular analogia diversa, ressaltando que duas condições podem mostrar-se igualmente relevantes. A segurança de um exército em campo de batalha depende não só de como se defende dos ataques diretos do inimigo, mas, ainda, de como se mantém em contato com a sua base de operações. Qualquer comandante sofrerá muito cedo o dissabor de uma derrota, se não der tanta atenção à base e às linhas de comunicação quanto deve dar ao *front* de ação. Eis a tese aqui advogada: é tão natural sentir medo quando as linhas de comunicação com a base estão comprometidas, como é natural sentir medo quando ocorre algo diante de nós que nos alarma e nos leva ao retraimento.

Embora a analogia seja útil, necessita de complementação. Via de regra, um comandante, chefiando as forças de combate no *front*, é, também, o responsável pela base. Qualquer coisa que ameace a base ou as linhas de comunicação deve provir, em geral, de fonte única: o inimigo. Imagine-se, todavia, que o general comandante das tropas não seja o responsável pela base, chefiada por outro general de posto não inferior ao posto daquele. Nesse caso, o comandante das tropas, na linha de combate, poderia perfeitamente enfrentar duas fontes de angústia: o possível ataque do inimigo e a possível deserção de seu colega, responsável pela base. Um tal acordo só dá resultados frutíferos quando os dois comandantes confiam integralmente um no outro.

....

1. Rycroft formula dois argumentos em defesa de sua posição. De um lado, assevera que "filhotes, de animais e de seres humanos, nem sempre ficam angustiados quando deixados sozinhos; podem ficar quietos e calmos, a menos que algum outro elemento perturbador se apresente". Essa ideia tem seu valor e será discutida adiante, no capítulo 12. De outro lado, diz que "só de maneira deliberada, em situação não natural, artificialmente criada, é que as crianças e os filhotes de animais se veem simultaneamente expostos ao estresse e ao isolamento". Isso não é verdade. Há ampla evidência de que o estresse e o isolamento – embora isso não ocorra com frequência – podem surgir juntos, para animais jovens e filhotes de animais em vida selvagem (cf. a propósito, as observações de Van Lawick-Goodall sobre os chimpanzés, que descrevemos brevemente na p. 73, capítulo 4).

Situação desse gênero, sustentamos nós, é a que vige entre uma pessoa e sua figura de apego. Cada um desses elementos está inerentemente dotado de inteira autonomia. Havendo confiança, o arranjo pode funcionar muito bem. A possibilidade de uma deserção da figura de apego pode originar, porém, angústia aguda naquele que se apegou. Se esta pessoa, ao mesmo tempo, fica alarmada, por uma razão qualquer, é provável que sinta um medo intenso.

No trabalho clínico, assevera-se, cabe dar tanta atenção às ameaças que nos aparecem pela frente quanto às ameaças que nos atacam pelas costas. Na parte III deste volume apresentaremos evidência em favor da seguinte ideia: as angústias agudas e crônicas de pacientes defluem tanto de colapso nas relações com a base quanto de todos os demais riscos reunidos. Um mérito especial de algumas escolas psicanalíticas é, precisamente, o de terem – ao estudar as diversas relações de objeto – dado especial atenção às relações mantidas com a base.

Deve-se enfatizar que há um ponto onde a analogia com a situação militar deixa de valer. Os generais estão preocupados com a avaliação de perigos reais; em contraste, os animais e as crianças (e, em boa medida, também os adultos) estão preparados para responder sobretudo a certas situações-estímulo de caráter simples – que atuam na condição de indícios naturais de que há um aumento do risco de perigo ou que há um perigo potencial próximo. Tais indícios estão apenas frouxamente associados aos perigos reais ou à segurança real. Este fato, muitas vezes negligenciado, foi ligeiramente examinado no final do capítulo anterior e será sistematicamente discutido nos capítulos 8, 9 e 10.

Terminologia

O fato de um mesmo vocabulário ser normalmente empregado para descrever tanto os sentimentos que temos quando nos vemos ameaçados por um ataque quanto os sentimentos que temos quando nossa base se vê em perigo, sugere que há semelhança de sentimentos nas duas situações. Não obstante, é provável que as experiências sentidas nas duas situações não sejam similares. Por essa razão, seria vantajoso poder dispor de palavras diferentes.

Discutindo o problema, seja em publicações anteriores (Bowlby, 1960a, 1961a), seja neste mesmo livro (volume I, final do capítulo 15), sugerimos a adoção de uma terminologia que não difere muito da que foi adotada por Freud em seus últimos trabalhos. Na medida em que procuramos, às vezes, retirar-nos ou fugir de uma situação, a palavra "alarmado" parece, por muitos prismas, apropriada para descrever nossos sentimentos. Na medida em que procuramos, às vezes, alcançar uma figura de apego, sem conseguir, no entanto, encontrá-la ou alcançá-la, a palavra "angústia" parece, por muitos prismas, apropriada para descrever nossos sentimentos. Esse emprego das palavras tem apoio nas suas raízes etimológicas, assim como na tradição psicanalítica. Argumentos adicionais aparecem no Apêndice III deste volume, defendendo o sugerido uso das citadas palavras.

Na terminologia aqui adotada, por conseguinte, o comportamento de medo e sentir medo são termos genéricos; termos que abrangem todas as formas de comportamento e que, no caso dos seres humanos, abrangem, ainda, todos os matizes de sentimento. Sempre que necessária uma discriminação mais apurada, os termos a empregar serão congelamento e comportamento de afastamento, ou de fuga, que acompanham o sentir-se alarmado; o comportamento de apego, cuja não terminação acompanha o sentir-se angustiado. Muitas vezes, é claro, uma pessoa procura, ao mesmo tempo, escapar de uma situação e, sem êxito, aproximar-se de outra. Em tais casos, a pessoa dir-se-ia simultaneamente alarmada e angustiada.

Capítulo 7
Situações que despertam medo em seres humanos

... certas *ideias* a respeito de forças sobrenaturais, acopladas a circunstâncias reais, provocam um especial tipo de horror, explicável, talvez, em termos de resultante da combinação de horrores menores. Para que o fantasmagórico terror atinja o máximo, diversos elementos comuns do pavor devem combinar-se: a solidão, a escuridão, sons inexplicáveis, o movimento de figuras mal delineadas..., e um estonteante malogro das expectativas. É muito importante este último elemento, de caráter *intelectual*.

WILLIAM JAMES (1890)

Difícil campo de estudos

Já falamos (nos capítulos 3 e 4) da aflição e da angústia que são provocadas quando filhotes de animais e crianças são afastados de uma figura a que se apegam e colocados junto a estranhos. Em tais circunstâncias, como se mostrou, o comportamento se direciona com o fito de reaver a figura familiar e de escapar da situação estranha e da pessoa estranha. Nos capítulos 3 e 4 deu-se atenção aos efeitos de uma só variável sobre o comportamento: a presença ou a ausência da mãe. Lançou-se luz, desse modo, sobre metade de nosso problema – uma parte que havia sido, até há pouco, seriamente negligenciada. É oportuno, agora, dar atenção à outra metade, bem mais familiar, de nosso problema: a natureza de certas variáveis que tendem a provocar alguma forma de comportamento de medo.

As formas de comportamento chamadas de medo são heterogêneas; além disso, como já vimos, também são heterogêneas as situações e os eventos imediatos que habitualmente provocam aquele comportamento de medo. Entre essas situações acham-se o estar alguém perdido ou sozinho, o ruído súbito, o movimento inesperado, a presença de pessoas e objetos estranhos, a presença de animais, de coisas muito altas, a aproximação rápida de alguma coisa, a escuridão e tudo aquilo que, segundo a experiência passada, está em condições de causar sofrimento e dor. A lista parece uma colcha de retalhos. Pior: nada há de certo quanto ao poder que tais eventos e situações possam ter, como elementos provocadores de medo. Uma pessoa pode sentir medo diante de algum desses eventos ou situações, ao passo que outra não o sente. A pessoa que não sente medo hoje poderá senti-lo amanhã – e vice-versa.

A todas essas concretas situações que tendem a despertar medo é preciso acrescentar, ainda, todas as situações potenciais que uma pessoa – com boas razões ou não – antevê como desagradáveis ou perigosas, aí incluídos todos os chamados medos imaginários.

A cena é, sem dúvida, muito confusa. Não admira que, na tentativa de melhor compreendê-la, muitas tenham sido as teorias formuladas – algumas com bases empíricas, outras de cunho especulativo; algumas passíveis de teste, outras não. Num extremo coloca-se a teoria simplista de J. B. Watson, de acordo com a qual as situações-estímulo de qualquer espécie, geradoras de medo, podem ser reconduzidas ao medo primário associado a duas situações-estímulo fundamentais: o barulho e a perda de apoio. No extremo oposto coloca-se o gênero de teoria formulada por Freud e aperfeiçoada por alguns de seus seguidores, de acordo com a qual as situações do mundo exterior, temidas pelo homem, são reflexos sobretudo de situações de perigo que ele encontra em seu mundo interior.

Não é preciso, entretanto, saltar de um para outro desses extremos. Reunindo a evidência empírica, gradualmente acumulada em estudos a respeito do homem e de outras espécies animais, as características das situações geradoras de medo tornam-se claras e, além disso, é fácil observar, em geral, o quanto as respostas a tais situações contribuem para a sobrevivência da espécie. Uma descoberta de grande importância para a defesa de nossa tese é esta: duas situações-estímulo que, isoladamente, despertam medo de baixa intensidade, provocam, reunidas, medo de alta intensidade. Outra descoberta, associada à anterior, é esta: a presença ou ausência de uma figura de apego ou de algum companheiro tem profunda influência na intensidade do medo provocado pelas situações. Somente quando se dá atenção a essas duas descobertas é que se tornam inteligíveis as situações capazes de eliciar medo intenso.

Analisaremos, neste capítulo, as situações que, em geral, despertam medo em seres humanos; no próximo capítulo, analisaremos, em linhas paralelas, as situações que costumeiramente provocam medo em animais. Nos dois capítulos, uma porção inicial volta-se para as situações-estímulo que parecem ter potencial inerente para despertar e provocar alguma forma de comportamento de medo; a porção final dedica-se ao exame dos intensificados efeitos observados quando um indivíduo enfrenta situação em que se associam duas ou mais condições que induzem ao medo, aí considerada a condição de estar o indivíduo sozinho.

Tendo em conta a imensa importância do medo na vida humana e, em especial, na esfera da doença psiquiátrica, surpreende que poucos pesquisadores se hajam dedicado ao estudo sistemático das situações que, de hábito, despertam o medo em seres humanos. É verdade que recentemente se deu novo impulso a tais estudos, investigando-se em termos empíricos o tipo de situação que gera medo no primeiro ano de vida. Nessa fase da vida a experimentação não é muito difícil, pois, na criança, o desenvolvimento cognitivo e a mobilidade estão limitados. Quando a criança ultrapassa esta fase, porém, torna-se cada vez mais difícil estudar o medo. Pouquíssimos estudos diretos foram realizados e divulgados; há grande tendência de confiar nos relatos feitos pelas mães. Embora tais relatos tenham algum valor, muitas são as razões que nos levam a considerar baixo esse valor.

Inadequação dos relatos maternos

As mães não são peritos em observação; e também não são imparciais. Segundo veremos, o estudo das situações que geram medo está cercado por muitas dificuldades de ordem técnica. Em primeiro lugar, é preciso chegar a um acordo, estabelecendo quais são e quais não são as formas de comportamento que devem ser vistas como indicativas de medo. Em segundo lugar, é preciso convir que a presença de um comportamento de medo sofre considerável influência das particulares condições ambientais e do estado em que se encontra a criança: se os pormenores não são fornecidos, torna-se difícil ou mesmo impossível interpretar resultados.

Além de enfrentar dificuldades para relatar o que seria de interesse, a mãe raramente age de maneira desinteressada e pode, muitas vezes, mostrar-se exageradamente tendenciosa. A mãe maximiza ou minimiza a intensidade das respostas de medo de seu filho, ou ignora ou inventa situações, que eliciam medo nele. É clara a possibilidade de a mãe atribuir ao filho medos que, em realidade, são apenas dela. Um obstáculo sério está em que a mãe ignora, de modo quase inevitável, aquilo que provoca ou deixa de provocar medo em seu filho.

Acentuadas divergências entre os relatos feitos pelas mães e, independentemente, pelos filhos, foram apontadas em um estudo conduzido por Lapouse & Monk (1959). Cento e noventa e três crianças, cujas idades oscilavam entre 8 e 12 anos, foram entrevistadas e indagadas acerca de situações que as deixavam com medo. As mães também foram entrevistadas, independentemente, reiterando-se as questões apresentadas aos filhos. As discrepâncias entre os informes variou de um índice baixo, de 7% relativo a algumas situações, até um índice alto, de 59%, relativo a outras situações. As respostas diferentes, vindas da mãe e do filho, deviam-se, frequentemente, ao fato de uma criança descrever-se como alguém que sentia medo de certa situação, ao passo que sua mãe a descrevia como alguém que não sentia medo daquela situação. Entre situações desse tipo, subestimadas pelas mães, achavam-se as seguintes: medo de perder-se ou de ser raptado; medo de estranho; medo de calamidades (fogo, inundações, guerras, assassinatos); medo que uma pessoa da família ficasse doente, sofresse um acidente ou falecesse; medo de adoecer[1]. Para cada uma dessas situações, constatou-se que havia contradição em 42% a 57% das famílias: a mãe dizia que seu filho não havia ficado com medo, ao passo que a criança contava ter ficado com medo. Em contraste, com respeito a essas mesmas situações, nunca mais de 10% das famílias permitiu identificação da posição oposta: a criança afirmando não ter sentido medo e a mãe dizendo que o filho havia sentido medo.

....
1. A incidência do medo da doença (na própria pessoa ou em pessoas da família) é bem maior nesse trabalho do que em outros. Isso se deve, provavelmente, ao fato de a amostra especial que levou a tais achados ter sido recolhida em "ambulatórios de dois hospitais e em consultórios de diversos pediatras".

Por todos esses motivos, é preciso muita cautela quando se analisam os relatos das mães. Tais relatos são úteis se dizem respeito às classes de situações que provavelmente serão temidas. Mas não apenas moderadamente dignos de crédito se dizem respeito ao cálculo da proporção de crianças que, em uma dada amostra, tendem, efetivamente, a sentir medo de uma situação específica. Em consequência, as anotações abaixo têm por base principalmente os resultados obtidos a partir de observação direta das crianças e de entrevistas com elas.

Psicanalistas e etologistas concordam em que um aspecto fundamental para a compreensão de qualquer espécie de comportamento é o seu estudo em termos de desenvolvimento. Em poucas áreas essa perspectiva é tão necessária quanto ao estudo do comportamento de medo dos seres humanos. Iniciamos, pois, examinando o medo na infância.

Situações que despertam medo: o primeiro ano

De início, durante a infância, as respostas que nos interessam consistem de pouco mais do que susto, choro e movimentos difusos. Se convém dar a isso o nome de medo é quase uma questão de gosto pessoal. Bronson (1968), notando que nos primeiros três meses de vida a percepção discriminadora e os movimentos organizados são limitados, sugere que aquelas reações recebam o nome de "aflição". O mesmo autor sugere, também (Bronson, 1972), que um pouco depois, entre o quarto e o sexto mês de vida – desenvolvendo-se a capacidade perceptiva –, é mais interessante falar da criança como alguém que é "desconfiado" ("*wary*").

Na segunda metade do primeiro ano, quando a percepção se torna mais discriminadora e as respostas se organizam melhor, o vocábulo "medo" se torna apropriado. Com eficiência de maior ou menor grau, a criança efetua movimentos que a afastam de certos tipos de objetos e eventos e que a aproximam de outros objetos e eventos. No final do primeiro ano, uma criança já aprendeu a prever a ocorrência de eventos desagradáveis, associados à ocorrência de certos indícios simples. Durante o segundo ano e, de modo mais claro, nos anos subsequentes, amplia-se apreciavelmente a capacidade de prever situações desagradáveis e de tomar medidas preventivas.

Situações e respostas precoces

Bronson (1968) fez um levantamento dos estudos de tipos de situações-estímulo que, nos primeiros meses de vida, provocam respostas indicadoras de aflição. Inicialmente, o desconforto, a dor, os sons agudos e súbitos perturbam os bebês e podem provocar choro, tensão muscular e movimento difuso. Em contraste, o bebê se aquieta quando embalado, acariciado ou quando chupa alguma coisa (ainda que não nutritiva) (cf., a propósito, volume I, capítulo 14). Imaginava-se que a visão desempenhasse pequeno papel, nos primeiros meses de vida, como elemento através do qual se poderia despertar medo; entretanto, experimento recente (Bower, Broughton & Moore, 1970) revela que o bebê de algumas semanas de idade retrai-se e chora toda vez que contempla um objeto que dele se aproxima. Além disso, o bebê começa, a partir do quarto mês, a distinguir o familiar e o estranho e a desconfiar de tudo o que não lhe é familiar. Em algumas crianças de aproximadamente sete meses de idade, e em quase todas com mais de nove ou dez meses, a visão de um estranho provoca, indubitavelmente, uma resposta de medo. Já aludimos, no volume I (capítulo 15), a essa resposta. De 1970 em diante, novos estudos a propósito da gênese dessa resposta foram realizados por Bronson e por Scarr & Salapatek, nos Estados Unidos, e por Schaffer, no Reino Unido. Ignorando as diferentes situações experimentais e os diferentes métodos utilizados pelos estudiosos, com o fito de avaliar as respostas, nota-se que as descobertas são altamente compatíveis entre si.

Medo de estranhos

Empregando videoteipe e sensíveis medidas de resposta, Bronson (1972) estudou em 32 crianças, nos seus ambientes familiares – na fase de desenvolvimento do terceiro ao nono mês de vida –, as reações apresentadas diante de pessoas estranhas. Bronson relata que quase todas as crianças – usualmente a partir do quarto mês – reagem *ocasionalmente*, diante de um estranho, com um grito, um lamúrio ou fazendo cara feia. Observa que essas respostas de desconfiança começam a aparecer na mesma época em que também começa a diminuir o indiscriminado sorriso diante de estranhos. No quarto e no quinto mês, todavia, a discriminação visual de estranhos ainda é lenta e incerta. Uma criança dessa idade pode passar longos períodos contemplando intensamente um estranho que se acha nas proximidades e demorar para responder; algumas vezes, a resposta consistirá em passar do sorriso para a cara feia. A desconfiança é determinada por algumas variáveis como as características visuais do estranho, a distância em que se encontra e a maneira pela qual se aproxima; não é muito importante, contudo, enquanto a criança não chega aos seis meses de idade (em oposição com o que acontece depois disso), saber se ela está ou não no colo da mãe ou saber se ela pode ou não ver a mãe. Nessa idade, além disso, as respostas das crianças não são estáveis.

Assim que as crianças têm seis meses, porém, as respostas se tornam, em geral, bem diferenciadas e, em relação a cada uma das crianças, muito mais facilmente predizíveis. A resposta é mais claramente aversiva, o que justifica o uso da palavra "medo". Além disso, a identificação perceptiva de estranhos não coloca tantos problemas como antes. Ainda assim, como lembra Schaffer (1971), as primeiras ocasiões em que o bebê revela ter medo de estranhos são ocasiões em que a mãe está presente, e o bebê, olhando de uma pessoa para outra, está em condições de comparar as duas figuras. Somente mais tarde a criança tem a capacidade de efetuar a comparação de modo rápido, com base em memória, estando ausente a mãe.

Quando a criança chega perto do final de seu primeiro ano de vida, suas respostas se tornam ainda mais predizíveis; ela pode revelar desassossego diante de uma pessoa específica ou diante de pessoas de um dado sexo.

Um ponto enfatizado no volume I é o de que o medo de estranhos varia enormemente, para cada criança, de acordo com as circunstâncias. É muito importante, por exemplo, saber se o estranho se aproxima da criança ou se chega a tocar nela; também é importante conhecer a distância que separa a criança de sua mãe. A significação dessas variáveis para a compreensão do medo é discutida neste capítulo e nos capítulos seguintes.

Medo de objetos estranhos

Na mesma época em que a criança começa a ter medo de estranhos ela tende, também, a temer situações novas e objetos estranhos. Exemplificando, Meili (1959), em estudo longitudinal, notou que muitas crianças têm medo, aos dez meses, aproximadamente, das caixas de surpresa. Apoio a esse dado vem de estudo realizado por Scarr & Salapatek (1970); estes autores, num estudo transversal, examinaram de que maneira o medo se manifesta em crianças de cinco a dezoito meses de idade, aproximadamente. Em cada uma das idades, entre nove e catorze meses, mais de um terço das crianças manifestou medo, no teste da caixa de surpresa e com a aproximação de um cão mecânico. Poucas crianças de menos de nove meses ou de mais de catorze meses manifestaram medo em tais situações.

Schaffer investigou o desenvolvimento de respostas diante de objetos desconhecidos. Em uma série de experimentos, Schaffer & Parry (1969; 1970) mostraram que as crianças de seis meses, embora capazes de perceber as diferenças que existem entre um objeto familiar e outro não familiar, aproximam-se dos dois tipos de objetos, sem nenhuma discriminação. A partir do oitavo mês, entretanto, as crianças começam a fazer discriminações nítidas. Daí por diante, um objeto familiar é abordado com inteira confiança, ao passo que objetos não familiares são tratados com cautela: nos experimentos, algumas crianças limitavam-se a contemplar o objeto estranho, outras pareciam congelar-se e outras, enfim, manifestavam aflição e afastavam-se. Mesmo depois de conhecer o objeto, essas crianças tocavam-no apenas ligeiramente e com certa desconfiança.

Observação interessante foi relatada por Schaffer (1971): a criança de 1 ano de idade, quando insegura, habitualmente se volta para a mãe; a criança de seis meses não age dessa maneira. Dois grupos de crianças, o primeiro formado com crianças de seis meses, o segundo formado com crianças de doze meses, foram postos diante de uma coleção de objetos-estímulo. Atrás de cada criança ficava sentada a sua mãe, com instruções para nada fazer ou dizer, a menos que o filho se mostrasse muito abalado. As crianças menores pareciam encantadas com os objetos, nem notando a presença das mães; as maiores olhavam frequentemente para as mães e para os objetos, e pareciam capazes de manter as mães em mente, mesmo quando visualmente fora de alcance. Assim, a criança de 12 meses é capaz de manifestar organizado comportamento de medo, tipicamente caracterizado por movimento de *afastamento*, em relação a objetos de certa classe, e de *aproximação*, em relação a objetos de outra classe. Na última seção do presente capítulo descreve-se, de modo pormenorizado, o desenvolvimento (durante a segunda metade do primeiro ano) da capacidade da criança de voltar-se para a mãe, quando sente medo, reconfortando-se com a sua presença.

Outras condições que habitualmente despertam comportamento de medo em crianças, durante a segunda metade do primeiro ano de vida, são constelações de estímulos visuais que atuam como indícios, de ocorrência natural, de que está iminente um dos dois perigos comuns da vida selvagem: o perigo de uma queda e o perigo de um ataque ou de uma colisão com objeto que se aproxima rapidamente.

Medo do penhasco visual

Walk & Gibson (1961) descrevem o comportamento de 36 crianças, cujas idades oscilavam entre seis e catorze meses, todas capazes de engatinhar, submetidas a teste em aparelho conhecido por "penhasco visual" (*"visual cliff"*). Consiste ele de uma tábua colocada sobre uma lâmina de vidro grosso, com um tecido estampado que fica imediatamente sob o vidro, numa das extremidades da tábua, e que cai verticalmente, ficando quase um metro abaixo da tábua, na outra extremidade. A criança é colocada no centro da tábua; a mãe fica em uma das extremidades, chamando o filho. Este, conforme o lado em que a mãe se coloca, parece estar sobre um sólida mesa ou diante de um profundo abismo. A mãe, alternando a posição, permitia, com facilidade, determinar se a criança estava com medo de cruzar o "abismo" coberto pelo vidro. Das 36 crianças submetidas a teste, apenas três (todos meninos) cruzaram o abismo para alcançar a mãe. As demais 33 recusaram-se a efetuar a travessia; algumas choraram, outras afastaram-se, para fugir do abismo; outras, enfim, olharam através do vidro ou o tocaram. Quando as mães se colocavam no lado "firme", quase todas as crianças percorriam a tábua, aproximando-se delas rapidamente. Na maioria dos casos, portanto, a discriminação era evidente.

Scarr & Salapatek (1970) repetiram o experimento com outra amostra, notando que quanto maiores as crianças, mais provável era que se recusassem a atravessar o abismo. Mais da metade das crianças de sete a onze meses andou pela tábua, em busca da mãe; todas as crianças de mais de treze meses se recusaram a fazê-lo.

Walk & Gibson realizaram testes com filhotes de várias espécies de animais, no penhasco visual. Foi-lhes possível, em vista disso, chegar a algumas conclusões amplas. Está claro que o medo decorrente da percepção de indícios indicativos de altura desenvolve-se bem cedo – certamente nas demais espécies, provavelmente na espécie humana. E esse medo aparece mesmo que o filhote não tenha tido prévia experiência de quedas. O indício perceptivo que parece deflagrar o comportamento de evitação é "perspectiva de movimento", ou seja, movimento diferencial de plano de fundo e de primeiro plano, produzido pelas ações dos próprios filhotes. Comparados a carneiros e cabritos – que desde cedo se mostram capazes de efetuar discriminações acuradas e dignas de confiança –, os seres humanos não merecem a mesma confiança e, além disso, mostram-se mais desajeitados em seus movimentos. Ainda assim, forte tendência de evitar o abismo apresentou-se, de modo evidente, em quase todos os casos.

Medo de um objeto que se aproxima (agigantamento)

Estímulo que parece despertar reação natural de medo em bebês, desde as mais tenras idades, é um estímulo visual que se expande com rapidez – habitualmente entendido, pelos adultos, como indicativo de algo que rapidamente se aproxima.

Há vários anos, Valentine (1930) notou que a aproximação provoca medo em bebês. Uma menina de catorze meses (relata ele) mostrava-se muito amedrontada quando um ursinho era empurrado para perto dela, embora o pegasse e o beijasse quando o brinquedo não se movia.

Em anos mais recentes, Bower et al. (1970) mostraram que as crianças de apenas duas semanas já exibem respostas de defesa diante de um objeto que se aproxima (contanto que estejam alertas, em posição vertical ou quase vertical). Estudando mais de quarenta crianças, os autores relatam que elas afastam a cabeça para trás, colocam a mão entre o rosto e o objeto e choram ruidosamente – sempre que um objeto macio (por exemplo, um cubo de espuma de borracha, de 20 cm de lado) se aproxima, chegando até a aproximadamente 20 cm do rosto delas, sem no entanto tocá-las. Quanto mais o objeto se aproxima, tanto mais a criança chora. Outros testes mostram que a resposta é semelhante, embora menos intensa, quando o estímulo consiste em sombra que se expande rapidamente em uma tela. Em oposição, não há resposta se o objeto se afasta da criança. No próximo capítulo ver-se-á que o filhote de macaco *rhesus* se comporta de maneiras similares.

No passado, parece que foi desprezada a capacidade de despertar medo dos objetos que se aproximam ou agigantam. Parece provável, além disso, que a aproximação de um estranho ou de um objeto desconhecido representou papel mais importante do que se havia imaginado – nos experimentos relativos às respostas de crianças diante de pessoas e de objetos estranhos.

Uma condição de estímulo relacionada à aproximação ou ao agigantamento é a escuridão. No primeiro ano de vida, o medo de escuro ainda não é claramente evidenciado, embora se torne comum posteriormente. Ainda assim, as crianças, quando chegam aos dez meses, tendem mais a deixar a mãe e a explorar quartos bem iluminados do que a explorar quartos fracamente iluminados (Rheingold & Eckerman, 1970).

Medo de uma situação prevista

Outra situação que desperta medo, observável nas crianças que atingem o fim do primeiro ano de vida – mas não antes –, ocorre quando elas antecipam alguma coisa desagradável, com base nos indícios disponíveis. Levy (1951) descreve o comportamento de bebês de variadas idades no momento em que notam o médico preparando a seringa para repetir uma injeção – primeiramente tomada algumas semanas antes. Apenas ocasionalmente uma criança de menos de onze meses reage com medo. Quando as crianças têm onze ou doze meses, entretanto, um quarto de amostra reage com medo. Em tais casos, como parece provável, ocorreu o aprendizado pela experiência.

* * *

No final do primeiro ano, portanto, um bebê afasta-se de modo organizado quando percebe uma de várias situações-estímulo que possam ser vistas como indícios naturais de situações potencialmente perigosas. Além disso, a criança aprendeu, a essa altura, muita coisa acerca de seu mundo perceptivo. Com respeito ao familiar e ao estranho, assim como com respeito ao já aprendido e reconhecido como agradável ou desagradável, a criança efetua algumas rudimentares discriminações. A criança aproxima-se do familiar e do agradável e evita o desconhecido e o desagradável.

Situações que despertam medo:
o segundo ano e os subsequentes

Fontes de dados

Já sublinhamos que são poucos os pesquisadores que estudaram de modo sistemático as situações que, em geral, despertam medo em seres humanos. Quase todos os dados publicados nas últimas décadas provêm de vários estudos longitudinais de desenvolvimento de crianças. Como exemplos, um estudo de McFarlane, Allen & Honzik (1954), abrangendo cerca de uma centena de crianças californianas, e um estudo de Newson & Newson (1968), tendo em conta setecentas crianças e seus pais, numa comunidade urbana da Inglaterra. O centro de interesse em tais estudos não foi, porém, a natureza das situações que despertam medo; além disso, a informação relatada, concernente a tais situações, não foi obtida por meio de observação direta ou por meio de entrevistas com as próprias crianças. Esta última restrição aplica-se, também, aos achados de um estudo transversal, abrangendo aproximadamente quinhentas crianças, realizado por Lapouse & Monk (1959), no estado de Nova York[2]. Em todos esses casos, a informação proveio apenas das mães.

Dada a pequena quantidade de dados recentes, é preciso retornar aos resultados de trabalhos relativos à pesquisa do desenvolvimento infantil, realizados há já algum tempo.

Há quarenta anos, um psicólogo norte-americano, A. T. Jersild, deu início a uma sequência de estudos em que procurou descrever os tipos de situação nas quais as crianças manifestam medo, bem como a maneira por que se alteram, à medida que a criança cresce[3]. Diferentes métodos de coleta de informações foram utilizados, em vários estudos. Os quatro métodos principais foram estes: registro diário dos pais; experimentos simples; entrevistas com as crianças, procurando saber de quais situações elas tinham medo no momento; distribuição de questionários entre adultos, indagando das situações que, segundo suas lembranças, lhes despertavam medo na infância. As pessoas envolvidas, nos diversos estudos, eram diferentes e foram selecionadas de diversas faixas etárias. Apesar de certas deficiências, os estudos são, até hoje, os mais amplos de que se tem notícia – e são, pois, uma fonte importante de dados. Os resultados ajustam-se ao sugerido pela expe-

....
2. Uma amostra representativa, diferente da amostra menor a que se fez alusão na p. 121.
3. Os principais estudos de Jersild foram divulgados na forma de monografias: Jersild, Markey & Jersild (1933) e Jersild & Holmes (1935*a*). Resumos desses e de outros estudos, com as completas indicações bibliográficas, acham-se no simpósio sobre *Child Behavior and Development*, organizado por Barker, Kounin & Wright (1943), e também em Jersild (1947).

riência comum; além disso, foram corroborados e ampliados com base em trabalho prévio (por exemplo, Hagman, 1932) e em trabalho posterior.

Resultados obtidos a partir dos registros feitos pelos pais e observadores in natura

O objetivo de um dos estudos de Jersild era o de obter minucioso registro das ocasiões e das situações em que crianças normais, no curso de suas vidas normais, manifestariam medo. Com esse propósito, convocou os pais de mais de uma centena de crianças, preparando-os para anotar o que ocorresse nas ocasiões em que – ao longo do período de 21 dias – os filhos demonstrassem medo. Formulários e instruções foram distribuídos. Em cada ocasião, manifestado o medo, os pais deviam: (a) indicar o comportamento exibido (por exemplo, sobressalto, afastamento, busca de um adulto, gritos ou outras vocalizações, palavras enunciadas); (b) indicar a situação em que esse comportamento ocorrera, anotando a causa aparente (estímulo específico) e o ambiente (local, momento, pessoas presentes, atos executados pela criança); e (c) indicar as condições do filho (bem de saúde ou adoentado, cansado ou bem-disposto).

Ao todo, 136 registros foram obtidos, relativos a crianças de doze a 59 meses de idade. (Registros relativos a crianças com menos de 1 ano ou com mais de 5 anos foram poucos, demasiado poucos para conduzir a resultados úteis.) A amostra foi tendenciosa, direcionada para a extremidade mais alta da escala socioeconômica. A maioria das crianças vivia em alguma grande cidade; mas também havia crianças de subúrbios, de pequenas cidades e de áreas rurais. A distribuição de acordo com a idade foi esta: 23 crianças que estavam no segundo ano de vida; 45 no terceiro ano; 46 no quarto ano; 22 no quinto ano de vida.

Os autores ficaram impressionados com o diminuto número de ocorrências registradas pelos pais das crianças desses grupos etários – sobretudo depois de compará-lo ao número de ocorrências anotadas quando algumas dessas mesmas crianças foram observadas em uma escola maternal. Ocorrências registradas durante as três semanas, relativas às crianças dos dois primeiros grupos de idade, chegaram, em média, à casa de seis por criança, ou seja, de duas por semana. Relativamente às crianças dos dois últimos grupos de idade, a média foi de três ocorrências e meia por criança, ou seja, pouco mais de uma ocorrência por semana. Com relação a cerca de um décimo do total de crianças, em cada um dos grupos de idade, nenhuma ocorrência de medo foi registrada no período de três semanas.

Embora esses índices sugiram que algumas ocorrências leves ou efêmeras de medo possam ter passado despercebidas, há evidências independentemente de que pelo menos algumas crianças raramente mostraram medo durante seu segundo ano de vida. Exemplificando, Valentine (1930), que mantinha registros diários do que acontecia, impressionou-se com o fato de raramente perceber respostas de medo nas crianças sob seus cuidados; descreve a sua surpresa ao notar a criança que acabara de levar um tombo e de machucar-se, dispor-se, de imediato, a subir novamente pelos móveis. Anderson (1972*a*), que observou 52 crianças, cujas idades oscilavam entre doze meses e 3 anos, durante dois meses num parque de Londres, também nota que raramente as crianças demonstravam medo. Manifestações de medo, diz ele, foram "incomuns e muito breves". Cumpre ressaltar, porém, que as crianças, nestes estudos, assim como no de Jersild, *não estavam sozinhas*. Não há como exagerar a diferença que se estabelece quando um adulto de confiança está ou deixa de estar presente (cf. a seção final do presente capítulo).

Dando atenção aos *tipos de situações* que despertam medo (de acordo com os relatórios disponíveis), nota-se que é muito diminuta a alteração entre o segundo e o quinto ano de vida. Dos relatos feitos pelas mães, recolhidos por Jersild, seis situações se destacam como prováveis causadores de medo – pelo menos ocasionalmente, em uma apreciavelmente ampla proporção de crianças em cada um dos níveis de idade:

– ruídos e eventos associados a ruídos;
– altura;
– pessoas estranhas ou pessoas familiares, mas disfarçadas;
– objetos e ambientes estranhos;
– animais;
– dor ou pessoas associadas a dor.

Em cada uma destas seis situações, cerca de 40% das crianças, de acordo com os registros, mostraram medo em algum momento do período de três semanas de observação. Quando, com a idade, houve diminuição das manifestações de medo, essa diminuição ocorreu após o terceiro aniversário[4].

Entre as muitas outras situações registradas como eliciadoras de medo, mas atingindo uma porcentagem menor das crianças em pauta, estavam os movimentos súbitos e inesperados – especialmente de objetos barulhentos em aproximação e, também, de luzes brilhantes etc. Reunidas, essas situações despertaram medo em aproximadamente 30% das crianças de 1 e de 2 anos de idade; mas despertaram medo em menos de 10% das crianças com mais de 1 ano de idade. O escuro (e, particularmente, o ficar sozinho no escuro) despertou medo em cerca de 10% das crianças no citado período de três semanas de observação; de acordo com os relatos, não houve alteração desse número com a idade. O medo de ser deixado sozinho ou de ser abandonado apareceu em aproximadamente 10% das crianças de cada nível de idade. Somente após o segundo aniversário as crianças manifestaram medo de criaturas imaginárias – na proporção de 6%, aproximadamente. A origem e a natureza desse tipo de medo são examinadas nos capítulos 10 e 11.

As *formas de comportamento* exibidas pelas crianças, quando amedrontadas, diferiam pouco entre as crianças mais novas e as mais velhas. O comportamento mais frequentemente registrado era o choro, sob várias formas, desde o choramingo até o grito, incluindo explícitos gritos de socorro. Em cada grupo de idade, não menos de um terço dos episódios registrados pelas mães foi assinalado pelo choro de algum tipo. Outra forma de comportamento frequentemente registrada era a procura de um adulto, com

---

4. Analisado em termos de idade, o quadro obtido a partir dessas seis situações é o seguinte: das crianças de 1 ano de idade, 60% mostraram medo de ruídos; 52%, medo de dor ou de dor potencial; 35% a 40% mostraram medo em uma das quatro outras situações (entre as quais se acha a presença de animais). Das crianças de 4 anos de idade, apenas 23% mostraram medo de ruídos e de eventos associados a ruídos; mas não menos de 40% mostraram medo de animais – a mesma porcentagem registrada para as crianças de 1 ano. Em cada uma das demais situações, porém, incluindo a possibilidade de dor, apenas 15% das crianças de 4 anos mostraram medo.

o olhar, ou a corrida em sua direção – com ou sem agarramento. Em cada grupo de idades, cerca de um sexto das situações despertadoras de medo provocou comportamentos desse gênero. Evitar ação ou correr foram fenômenos registrados em cerca de um quinto dos episódios. Nos demais, a presença de medo foi inferida a partir do fato de que a criança tremia ou pulava, escondia a cabeça, exibia temor em sua fisionomia ou ficava invulgarmente quieta. Ocasionalmente, uma criança mostrava-se agressiva ou adotava atitudes de proteção, cuidando de outra criança.

Nesta lista de formas de comportamento que as mães tomaram como indicativas de medo, as duas mais comuns, segundo se pode notar, seriam chorar por alguma figura protetora ou dirigir-se a essa figura. Essa constatação coaduna-se com a de Anderson (1972a), recolhida em entrevistas mantidas com mães de dezoito crianças londrinas de dois anos de idade. As formas de comportamento de medo mais comumente citadas, nessas entrevistas, eram o choro, a tentativa de alcançar a mãe, o agarrar-se à mãe, o seguir a mãe para ficar perto dela. Menos frequente era a atitude de afastamento em relação ao objeto causador do medo.

Quando Anderson observou diretamente o comportamento de medo em outra amostra similar, de crianças que passeavam com as mães num parque de Londres (cf. p. 133), diferentes formas de comportamento de medo foram identificadas.

Nos doze episódios observados, a fonte provocadora de medo foi (oito casos) um animal ou (três casos) uma criança que se aproximava ou, ainda (um caso), um ruído. Nesses momentos, a criança, com seu andar vacilante, interromperia subitamente a sua atividade; retrair-se-ia, tentando não chegar perto do que lhe despertava medo, mas sem deixar de fitar esse agente amedrontador; e, ao mesmo tempo, de maneira quase imperceptível, dirigir-se-ia para onde se achava a mãe. O choro não foi observado. Se o objeto provocador de medo se afastasse, a criança continuaria a caminhar mas sem tirar os olhos do objeto.

As diferenças nas formas de comportamento exibido dependem, presumivelmente, da intensidade do medo. Quando o medo é intenso, o choro e o agarramento são comuns; quando não muito intenso, o afastamento do objeto e a aproximação da mãe parecem comuns.

Uma restrição que pesa sobre registros mantidos pelos pais e também sobre as observações *in natura* como as de Anderson é o seguinte: quando a criança é dada como alguém que não manifestou medo de uma particular classe de situações, no período em que o comportamento foi registrado, não se sabe, ao certo, se a criança nunca tem medo em tais situações ou se simplesmente deixou de enfrentar tais situações enquanto observada pelos pais ou pelo pesquisador. Os experimentos criados por Jersild & Holmes ajudam a esclarecer o assunto – embora também sobre eles pesem algumas óbvias limitações.

Achados experimentais

É claro que as considerações éticas limitam severamente os tipos de experimento cuja aplicação é legítima, na investigação das situações que despertam medo em seres humanos, particularmente em crianças.

Jersild & Holmes tomaram diversas precauções em seus estudos experimentais com crianças de 2 a 6 anos de idade. Em primeiro lugar, cada criança permaneceu ao lado de um adulto experimentado, com o qual havia mantido, anteriormente, um contato amistoso. Em segundo lugar, cada criança enfrentou situações que, no entender de muitas outras crianças, não eram assustadoras. Em terceiro lugar, a criança entrava em contato com as situações por etapas, de maneira gradual e simples. Por fim, o experimento era encerrado se a criança se recusasse a prosseguir.

Havia oito situações potencialmente provocadoras de medo. Quatro eram apresentadas no primeiro dia, o que tomava aproximadamente quinze minutos; duas eram apresentadas no dia seguinte; as últimas duas eram apresentadas cerca de um mês depois. A criança estava autorizada a distrair-se com alguns brinquedos, durante uns poucos minutos, entre uma e outra situação despertadora de medo. Parece que as situações foram apresentadas na mesma ordem a cada criança; há pois grande possibilidade de que as respostas às situações posteriores tenham sido influenciadas pela experiência ganha nas anteriores – embora não seja simples determinar qual possa ter sido essa influência. De um lado, é possível que, através de habituação, as respostas às situações posteriores se hajam tornado menos intensas do que, de outra forma, o seriam. De outro lado, é possível que, progredindo a sequência de experimentos, uma criança se tenha tornado crescentemente sensível, revelando, pois, mais medo em alguma situação anterior do que, de outra forma, revelaria. A constatação de que maior porcentagem de crianças revelou mais medo nas situações experimentais posteriores do que nas anteriores é algo que se põe em consonância com esta última possibilidade.

As oito situações foram escolhidas porque já se havia determinado, em estudos anteriores, que eram prováveis despertadores de pelo menos uma pequena dose de medo, para uma substancial porção de crianças. Eis os pormenores:

1. *Ser deixada só*: A criança está sentada à mesa, divertindo-se com um brinquedo; o experimentador apresenta um pretexto para deixar a sala (que a criança, até aquele momento do experimento, não havia conhecido). O experimentador permanece dois minutos fora da sala. O comportamento da criança é registrado por observadores ocultos.

2. *Deslocamento súbito ou perda de apoio*: Usou-se um aparelho semelhante a uma ponte, constituído por duas tábuas com as extremidades ligadas, colocadas aproximadamente a 6 cm acima do chão. A primeira tábua está firmemente fixada, mas quando a criança caminha sobre a segunda – que é sustentada apenas no centro – a tábua se desloca e desce até o chão.

3. *Passagem escura*: Brincando com a criança, o experimentador, de modo aparentemente inadvertido, lança uma bola em uma passagem escura, de pouco mais de 5 metros de comprimento, cuja entrada está num dos cantos da sala. Pede-se que a criança apanhe a bola.

4. *Pessoa estranha*: A criança é retirada por alguns minutos da sala de experimentos; entra na sala, então, uma assistente – com longo casaco cinza, amplo chapéu preto e véu, que lhe encobre as feições –, que ocupa uma de duas cadeiras que se acham próximas da porta de entrada. A criança volta; suas reações são observadas quando nota a presença da estranha e quando lhe pedem que apanhe brinquedos colocados perto da cadeira ocupada pela estranha.

5. *Passagem alta*: Uma tábua de 36 cm de largura, 6 cm de espessura e 2,5 m de comprimento é firmemente fixada, nas extremidades, por meio de ganchos, podendo ocupar diversas posições, a diferentes alturas. Pede-se à criança que apanhe uma caixa contendo brinquedos coloridos, para o que será preciso andar pela tábua, de uma para outra das extremidades. A tábua é colocada, inicialmente, a 1,2 m acima do chão; subsequentemente, a alturas menores (caso a criança se recuse a atravessá-la) ou maiores (caso a atravesse na altura inicial).

6. *Som alto*: Um cano de ferro (60 cm de comprimento e 7 cm de diâmetro), suspenso do teto, em um canto da sala, escondido por um anteparo, recebe uma pancada com martelo, num momento em que a criança e o experimentador se encontram entretidos com brinquedos que se acham sobre a mesa. Observa-se a reação da criança, diante do inesperado ruído, proveniente de fonte invisível; em seguida, apontando para o anteparo, o experimentador pede: "Vá ver o que produziu esse ruído".

7. *Cobra*: Uma cobra, não venenosa, com cerca de 60 cm de comprimento, é colocada em uma caixa – suficientemente profunda para assegurar que dali não poderá sair, depois de removida a tampa. A caixa contém, além disso, um pequeno brinquedo colorido. Leva-se a criança a prestar atenção na caixa; retira-se a tampa; faz-se que a criança examine o interior da caixa. Se a criança pergunta alguma coisa, o experimentador se limita a dizer "É uma cobra" e em seguida pede à criança que apanhe o brinquedo colorido.

8. *O cão grande*: Enquanto a criança, sentada junto à mesa, se entretém com brinquedos, uma pessoa conhecida entra na sala, trazendo pela corrente um grande cão pastor. O cão fica em um ponto determinado na sala. Após alguns comentários preliminares feitos pelos experimentadores, convida-se a criança a acariciar o cão.

Os sujeitos da experiência foram 105 crianças, metade de uma escola maternal particular para famílias de rendas maiores, metade de escola maternal oficial para famílias de rendas menores. Havia 57 meninos e 48 meninas. Os testes só eram realizados quando as crianças estavam saudáveis, dispostas a cooperar, e de bom humor. Os experimentos nunca eram combinados com nenhum outro tipo de exame. Em cada ocasião em que os testes eram realizados, as crianças de 2 e de 3 anos de idade sempre estavam bem representadas (nunca menos de 21, usualmente 30 e até 45); havia, porém, poucas crianças de 4 e de 5 anos (o número destas crianças submetidas a teste variou de sete a catorze). Cada experimento, exceto o primeiro, era apresentado a uma criança em quatro etapas: em primeiro lugar, a criança recebia instruções a respeito do que fazer; em seguida, mostrando-se hesitante, era tranquilizada e encorajada; se ainda se mostrasse refratária, o experimentador se proporia a acompanhá-la nas tarefas; enfim, caso a relutância persistisse, o experimento era encerrado.

A atuação da criança recebia um grau, numa escala de cinco pontos:

0: a criança executa o que deve, sem hesitações;
1: executa após alguma hesitação – e com cautela;
2: executa sozinha, mas somente depois de protestar e buscar apoio;
3: recusa-se a fazer sozinha o que lhe pedem, mas dispõe-se a continuar em companhia do experimentador;
4: recusa-se a executar o que lhe pedem.

Boa confiabilidade foi alcançada com observadores independentes.

Apresentando seus resultados, Jersild & Holmes valem-se de critérios escritos para a avaliação do medo: somente a total recusa ou a recusa da atuação sem a companhia do experimentador (categorias 3 e 4) é que são julgadas, por esses autores, como respostas indicativas de medo. As porcentagens correspondentes às respostas indicativas de medo teriam subido de aproximadamente um terço, caso incluídas, também, as crianças da categoria 2 (que executaram as tarefas solicitadas, mas tão somente depois de buscar apoio). Os resultados aparecem na tabela seguinte.

A proporção de crianças que mostram medo, segundo estes critérios, nestes experimentos, difere pouco ao considerar as de 2 anos e as de 3 anos de idade. Após o quarto aniversário, porém, há uma apreciável redução, que se torna especialmente perceptível depois do quinto aniversário.

Lembrando que as situações experimentais foram apresentadas na mesma ordem a cada criança, é difícil avaliar de que maneira se comparam, umas às outras, na condição de situações despertadoras de medo. As três que se destacam, na sequência, como responsáveis pelo medo de elevada quantidade de crianças

Proporção de crianças que apresentam respostas de medo (categorias 3 e 4) em situações experimentais[a]

Situação	Idade: 2.0-2.11 N[b]: 21-33	3.0-3.11 28-45	4.0-4.11 7-14	5.0-5.11 12-13
	%	%	%	%
1. Ser deixada só	12	16	7	0
2. Perda de apoio	24	9	0	0
3. Passagem escura	47	51	36	0
4. Pessoa estranha	31	22	12	0
5. Passagem alta	36	36	7	0
6. Som alto	23	20	14	0
7. Cobra	35	56	43	43
8. Cão grande	62	43	43	sem teste

[a] Fonte: Jersild & Holmes (1935a).
[b] O número de crianças varia de um para outro experimento.

(até o quinto aniversário), são as de números, 3, 7 e 8: a passagem escura, a cobra e o cão. Em cada uma dessas situações, nunca menos de um terço do total de crianças recusou-se a agir só; em alguns grupos, mais da metade recusou-se a agir. Incluindo-se as crianças da categoria 2 (que só agiram depois de receber apoio e encorajamento), as porcentagens variam de 50% até 80%. Consideradas também as crianças da categoria 1 (que hesitaram e executaram as tarefas com certa cautela), uma esmagadora maioria teria apresentado algum traço de medo nas três situações em pauta. Consequentemente – ainda que se leve em conta a restrição relativa aos efeitos da ordenação dos testes –, os experimentos confirmam, em boa medida, a concepção usual de que as crianças tendem a sentir medo do escuro e dos animais.

Resultados de acordo com idades

Um exame dos dados até agora colhidos sugere o seguinte: deixando de lado o medo de separação (visto como problema especial), a variedade de situações que, de acordo com as constatações, despertam medo em crianças, nos primeiros cinco anos de vida, distribui-se em quatro categorias principais – com propriedades despertadoras de medo que variam, em certa proporção, com a idade das crianças:

a) Ruídos e situações associadas a ruídos; súbita alteração da iluminação e súbito e inesperado movimento; objeto que se aproxima; altura. Estas situações tendem, em especial, a despertar medo nas crianças de 1, 2 e 3 anos de idade.

b) Pessoas estranhas e pessoas conhecidas usando disfarces; objetos estranhos e locais estranhos. O desconhecido desperta medo, em especial, no último quarto do primeiro ano de vida, assim como no segundo e no terceiro anos de vida; desperta menos medo depois disso.

c) Animais: os animais despertaram medo, em geral, nas crianças de cada um dos grupos de idades para os quais os pais conservaram registros (35% no segundo ano e 40% ou mais nas crianças de mais de 2 anos); além disso, a presença de animais foi a situação experimental que mais frequentemente despertou medo. Todos os estudos de interesse (que descreveremos abaixo) registram alta incidência de medo de animais.

d) Escuro – particularmente ficar sozinho no escuro. Ocorrência de medo em tais situações foi registrada pelas mães para aproximadamente 20% das crianças de cada nível de idade; se alguma conclusão parece plausível, é a de que esse medo cresce com a idade. Além disso, o medo de escuro e o medo de ficar sozinho no escuro foi detectado em cerca de metade das crianças submetidas a teste nas situações experimentais. Tal como acontece com o medo de animais, este medo do escuro e de ficar sozinho no escuro é registrado em numerosos outros estudos.

As situações arroladas nas categorias (a) e (b) são simples e praticamente não requerem treinamento. Tendem a provocar medo nas crianças pequenas, mas essa tendência diminui à medida que a criança cresce. As situações das categorias (c) e (d) são mais complexas e podem incluir alusão a eventos potenciais. As propriedades despertadoras de medo nessas situações não decrescem nos primeiros anos da infância; ao contrário, em alguns casos, tendem a crescer.

As conclusões relativas às alterações que ocorrem com a idade assentam-se nos estudos transversais até aqui discutidos – em que os grupos de idade abrangem crianças diferentes. É confortador, pois, saber que os resultados são confirmados em estudo de um só grupo de crianças, acompanhadas longitudinalmente por um período de um ano ou mais.

Em outro de seus diversos estudos, Jersild & Holmes (1935b), aceitando informes fornecidos pelos pais, compararam alterações em situações despertadoras de medo, tendo em conta amostra de 47 crianças (33 com três ou quatro anos, 14 com 5 ou 6 anos de idade, no momento em que se iniciaram os trabalhos). O período de acompanhamento variou de 13 a 35 meses. À medida que as crianças cresciam, perdiam o medo de ruídos, de alteração súbita da estimulação, do desconhecido e de pessoas estranhas – segundo o relato dos pais. Reciprocamente, crianças cujos pais não haviam relatado casos de medo de escuro ou de medo de antecipação de eventos, passaram, posteriormente, a manifestar medo de tais situações. Tais alterações estão de acordo com as crescentes (embora limitadas) capacidades de a criança analisar eventos presentes em termos de sua significação futura – um tema que voltaremos a considerar no capítulo 10.

Nota sobre o medo de estranhos

Tem sido muito discutida a tendência de algo ou alguém estranho despertar medo. Saber se o medo aparece ou não aparece, em certas circunstâncias especiais, depende, é claro, de numerosas circunstâncias que ainda não estão inteiramente compreendidas. Em suas observações de crianças em fase de aprender a andar, que caminhavam pelo parque com as mães (cf. p. 133), Anderson impressionou-se com o fato de transeuntes estranhos praticamente passarem despercebidos pelas crianças. De outro lado, ao discutir com as mães de outro grupo de crianças (cf. p. 134), Anderson notou que oito das dezoito crianças haviam tido, em alguma ocasião, certo medo de estranhos. Essa informação foi espontaneamente fornecida pelas mães – que se haviam mostrado surpresas com o fato. A situação usual era a de algum conhecido ou amigo da mãe, familiar a ela, mas não à criança, visitar a casa. Diferentemente do que acontece com pessoas estranhas, que tendem a manter certa distância, os parentes e amigos aproximam-se da mãe e da criança com manifestações de entusiasmo que a mãe tende a retribuir. Possivelmente, em situações desse tipo, várias crianças ficaram atemorizadas. (Com certa frequência, algum aspecto insólito do visitante era lembrado – óculos, rugas, barba ou voz alta.) A conclusão de Anderson é a de que as crianças acham particularmente assustadora a combinação de aproximação e de estranheza (cf. os achados de Morgan & Ricciuti (1969), descritos no final deste capítulo).

Se essa conclusão está correta, ela explicaria, em boa medida, por que as crianças examinadas por Heinicke & Westheimer (1966), em uma creche de tempo integral, manifestaram ter medo do observador (cf. capítulo 1, p. 11-3). Em primeiro lugar, as crianças estavam longe das mães; em segundo, o observador era um estranho para elas; em terceiro, o observador "aproximou-se da criança com cautela, mas de modo decidido, com o objetivo de saber como reagiria".

Medo de animais e medo do escuro

É notável a regularidade com que se fala do medo de animais e do medo de escuro, nas crianças de 3 anos ou mais. No estudo longitudinal de McFarlane, por exemplo, mais de 90% das crianças da amostra, de acordo com o relato das mães, mostraram medo de alguma situação específica, em uma ou outra idade, no período em que foram estudadas – e que variou dos 21 meses até os 14 anos. A cada exame anual, até que as crianças atingissem

11 anos de idade, entre um terço e metade delas exibiram medo de alguma situação específica, segundo os relatos das mães; das situações com maior frequência indicadas como temidas, os cães e o escuro eram as mais comuns, particularmente nos grupos mais jovens (McFarlane, Allen & Honzik, 1954). Resultados parecidos, igualmente assentados em relatos feitos por mães, foram apresentados por Lapouse & Monk (1959), que realizaram estudo transversal de representativa amostra de 482 crianças do estado de Nova York, cujas idades variavam de 6 a 12 anos.
Resultados semelhantes emergem ainda de dois outros estudos realizados por Jersild. Em um desses estudos, Jersild e seus colegas entrevistaram cerca de 400 crianças cujas idades variavam de 5 a 12 anos (25 meninas e 25 meninos em cada um dos oito níveis de idades). Iniciando a entrevista com alguns tópicos neutros, o entrevistador passava, em seguida, a fazer perguntas a respeito das coisas que mais assustavam a criança. No segundo desses estudos, de Jersild, questionários foram remetidos a cerca de trezentos estudantes e professores, cujas idades oscilavam entre 17 e 35 anos (a maioria entre 18 e 26 anos). Os consultados deviam descrever situações que os haviam amedrontado na infância indicando, na medida do possível, a mais antiga das experiências de medo; a situação que havia provocado medo mais intensamente; a situação que, de modo mais persistente, havia provocado medo – não se olvidando que uma única situação poderia, por certo, ocupar os três postos.

As situações recordadas por esses adultos e vistas como responsáveis pelas manifestações do medo acompanharam, de maneira clara, as situações descritas pelas crianças de 5 a 12 anos de idade. Nos dois grupos, o medo de animais foi amplamente relatado. Entre as crianças, foi claramente maior entre os grupos de idade mais baixa: medo de animais foi descrito por 27% das crianças de 5 a 6 anos; por 22% das crianças de 7 a 8 anos; e por 11% das crianças de mais de 8 anos. Entre os adultos, cerca de um sexto relatou medo de animais como o tipo de medo mais antigo de que se podiam recordar e/ou o mais intenso e/ou o mais persistente.

O medo de escuro é, em geral, um misto de ficar com medo quando deixado sozinho no escuro (temendo, então, ruídos estranhos ou outros acontecimentos) e de ter medo de ser atacado no escuro (possivelmente por criaturas imaginárias, como, digamos, fantasmas ou personagens de ficção, ou, talvez, por ladrões e raptores). Esse tipo de medo, em tais situações, foi relatado por aproximadamente 20% das crianças de 5 a 12 anos; a incidência não mudou apreciavelmente com a idade e foi recordada por uma percentagem semelhante dos adultos mais jovens. Entre estes, aliás, o medo do escuro comparava-se ao medo de animais – sendo relembrado como intenso e muito persistente.

Medo de ferimento, doença e morte

Nas duas sequências, cerca de 10% dos envolvidos lembravam-se de haver sentido medo de ferir-se em um acidente ou em uma briga – embora medo de dor, como tal, raramente fosse mencionado.

O medo de ficar doente ou de morrer foi notável por sua infrequência. Não chegou a ser mencionado pelas duzentas crianças com menos de 9 anos e só foi citado por seis das duzentas crianças de 9 a 12 anos. Aproximadamente 3% dos adultos jovens lembravam-se do medo da doença ou da morte como um dos medos mais intensos e persistentes que haviam sentido. A ausência do medo da morte, em crianças com menos de 10 anos, está em consonância com os resultados obtidos pela dra. Anthony, relatados em *The Child's Discovery of Death* (1940). Depois de examinar as fases pelas quais a criança passa enquanto gradualmente chega a ter um conceito de morte, vista como partida irreversível, Anthony conclui que a morte adquire seu significado emotivo por se ver equiparada à separação (cf. Apêndice I, p. 455-6).

O medo de que um dos pais fique doente ou morra só raramente foi mencionado pelas crianças ou pelos adultos investigados por Jersild; a proporção foi de aproximadamente 3% em cada grupo.

É interessante notar que as situações que mais comumente despertam medo nos primeiros dois ou três anos de vida raramente são citadas pelas crianças maiores ou relembradas pelos adultos jovens. Nas duas sequências de pessoas investigadas, não mais de 5% relatam ou relembram ter tido medo de ruídos, de movimentos súbitos, de quedas, de objetos estranhos, de pessoas desconhecidas – em ambientes iluminados. Na escuridão, porém, como já foi dito, os resultados são bem outros.

Os clínicos mostram-se inevitavelmente céticos diante da possibilidade de entrevistas (ainda que muito bem conduzidas) ou questionários eliciarem, a partir de crianças ou jovens adultos, uma explicação acurada e ampla de todas as situações que as assustam ou tenham assustado. O fato de as crianças mais novas (5 a 6 anos) terem descrito menor número dessas situações do que as mais velhas indica, na verdade, que suas explanações eram especialmente inadequadas. Ainda assim, mesmo que algumas situações despertadoras de medo tenham sido, sem dúvida, subestimadas, parece provável que as informações positivas, na medida em que surgiram, podem ser vistas como válidas.

Neste capítulo, o que procuramos foi oferecer uma descrição das situações que costumeiramente despertam medo em seres humanos e dar uma indicação (não rigorosa) de como tais situações tendem a modificar-se, à medida que a criança, ao desenvolver-se, atinge a maioridade. Possíveis explicações dos resultados são deixadas para capítulos posteriores. Entrementes, há mais por dizer das próprias situações.

Situações compostas

Repetidas vezes se nota que uma criança ou um adulto se atemoriza em uma situação com duas ou mais características alarmantes; eis, a título de exemplo, algumas de tais situações: um estranho que se aproxima de modo súbito; um cão desconhecido que ladra; um inesperado ruído percebido no escuro. Comentando os registros elaborados por pais que, num período de 21 dias, examinaram as situações despertadoras de medo em seus filhos, Jersild & Holmes (1935a) afirmam que duas ou mais das seguintes características foram frequentemente dadas como atuantes em conjunto: ruído, pessoas estranhas, locais estranhos, escuridão, movimento súbito e inesperado, ficar sozinho. Enquanto as situações em que somente uma dessas características se apresenta podem provocar apenas um alerta, as situações em que várias delas atuam podem provocar medo de intensidade maior ou menor.

Considerando que a resposta a uma combinação de características é, muitas vezes, dramaticamente maior, ou diferente, do que a resposta a apenas uma dessas características, propõe-se aludir a tais situações denominando-as "compostas" – termo que evoca uma analogia com o que acontece na química. Segundo foi visto, as situações que tendem a despertar medo tanto na infância quanto mais tarde são as situações que envolvem animais ou escuridão. O fato de que esses dois tipos de situações geram medo explica-se, ao que tudo indica, em termos de serem, habitualmente, fontes de duas ou mais das características alarmantes consideradas. No final do capítulo 10 discutiremos como as respostas de medo a esses dois tipos de situação se desenvolvem nos primeiros anos de vida de um ser humano.

Ficar sozinho

A característica situacional de particular interesse, neste livro, é, naturalmente, o estar só. Nada, provavelmente, aumenta tanto a possibilidade do medo quanto isso. Poucas pessoas deixariam de sentir medo se estivessem sozinhas em um local estranho, talvez no escuro, e ouvissem, de repente, um som misterioso ou percebessem, de repente, um movimento súbito. Se essas pessoas tivessem um companheiro, pelo menos, talvez se mostrassem mais corajosas; e, se tivessem muitos companheiros, recobrariam rapidamente a coragem. Estar sozinho, como a consciência, "faz covardes todos nós".

Jersild & Holmes, como se há de notar, admitiram sem discussão, ao planejarem seus experimentos, que a presença de um adulto fazia apreciável diferença para a criança colocada em uma situação potencialmente atemorizadora. O experimentador estava com a criança em todas as situações (exceto a primeira) e, além disso, o sistema de atribuição de escores assentava-se no montante de apoio e encorajamento necessários para a criança executar as suas tarefas. Se o experimentador não estivesse presente, é claro que aumentaria apreciavelmente o número das crianças dadas como sujeitas a medo. Isso deflui do fato de muitas das crianças para as quais não se registrou medo só completarem as suas tarefas (por exemplo, apanhar a bola que havia sido jogada no corredor escuro ou acariciar o cão) depois de receberem muito apoio e encorajamento do experimentador. Além disso, quase todas as crianças para as quais se registrou a presença de medo – porque se recusaram a concluir as tarefas, apesar do encorajamento – mostraram-se dispostas a executá-las na companhia do experimentador.

Esses achados coadunam-se muito bem com os dados da experiência comum; é dispensável, pois, discuti-los mais a fundo. Contudo, há ampla evidência de que a significação desses fenômenos é gravemente subestimada sempre que psicólogos e psiquiatras teorizam a respeito do medo e de angústia. O mesmo é verdade para a maioria dos psicanalistas, sendo Freud uma das poucas exceções.

Comportamento de medo e desenvolvimento do apego

Já em 1920, Watson & Rayner relatavam que não era viável provocar respostas de medo (que haviam sido condicionadas em um rato branco) em um menino de 11 meses, Albert, desde que ele conservasse o polegar na boca. Em 1929, English descrevia como uma pequena de 14 meses deixava de manifestar medo de objetos estranhos, contanto que estivesse em sua cadeira, embora sentisse medo desses objetos quando retirada da cadeira e colocada no chão.

Outros estudiosos notaram o fenômeno. Valentine (1930) observa que "a presença de um companheiro é um eliminador de medo bem conhecido". A concepção de Freud, apresentada em *Três ensaios* (1905b, SE 7: 224) e citada no início do capítulo 3, não difere muito desta. Em tempos mais recentes, Laughlin (1956) cunhou novo termo, "soteria", que se prestaria como o inverso de "fobia", para denotar sentimento intenso de conforto que uma pessoa pode extrair de um "objeto amado", seja um brinquedo, seja um talismã.

Ainda não se sabe muito bem até que ponto, nas diferentes idades, a situação em que a criança se encontra, com respeito à sua figura de apego, afeta a maneira de ela reagir diante de estímulos potencialmente despertadores de medo. Um passo dado na direção correta, visando a um entendimento dessa questão, foi um trabalho de Morgan & Ricciuti (1969). Em um estudo do desenvolvimento do medo de estranhos, esses autores mostram que nos primeiros 8 meses de vida a forma ou a intensidade da resposta pouco variam, quer esteja o bebê no colo da mãe, quer esteja em uma cadeira, a poucos passos da mãe. Posteriormente, entretanto, e particularmente após o primeiro ano de vida, a proximidade em relação à mãe transforma-se em variável de grande importância.

Morgan & Ricciuti estudaram 80 crianças, distribuídas em cinco grupos de idades (4 meses e meio, seis meses e meio, oito meses e meio, dez meses e meio e doze meses e meio de idade). Cada criança foi submetida a teste com o objetivo de conhecer sua reação a um estranho (a) enquanto sentada no colo da mãe, (b) enquanto sentada em uma cadeira, a pouco mais de um metro de distância da mãe. Depois de ingressar na sala[5], o estranho comportava-se de acordo com plano preestabelecido. Ficava sentado em silêncio, mas sorridente, a dois metros e meio de distância da criança; falava com a criança; movia-se, chegando mansamente a uma distância de pouco mais de meio metro da criança, ajoelhava-se e falava com ela e tocava na sua mão. Após meio minuto de pausa, o estranho iniciava a saída, procedendo como antes, mas invertendo a ordem das atividades. O comportamento da criança era observado através de tela de visão unilateral. Pontos positivos eram atribuídos aos sorrisos, aos balbucios, à meiguice e às tentativas de alcançar o estranho com as mãos e os braços; pontos negativos eram atribuídos aos olhares carrancudos, ao beiço em sinal de amuo, às lamúrias, aos choros, aos gestos ou movimentos em busca da mãe e às tentativas de afastamento do estranho. Aos soluços e aos olhares inexpressivos, quer para o estranho, quer para a mãe, atribuía-se "nota" zero.

Três quartos do total de crianças dos dois primeiros grupos de idade (4 meses e meio e 6 meses e meio de idade) responde-

....
5. Cada criança foi submetida a teste com dois adultos, um do sexo feminino, outro do sexo masculino. Em cada um dos níveis de idade houve tendência de reagir menos amistosamente e mais temerosamente diante do adulto do sexo masculino. Não é possível determinar se a reação deveu-se apenas à diferença de sexo ou a alguma outra dissimilaridade entre os adultos.

ram calorosamente ao estranho, sorrindo, agindo com meiguice, procurando alcançá-lo; não fez diferença o fato de se acharem no colo da mãe ou em outro local. Apenas uma criança mostrou sinais de medo. Crianças dos três outros grupos de idade, entretanto, não apenas tenderam crescentemente a mostrar medo, como, ainda, se mostraram crescentemente preocupadas com a localização da mãe. Das crianças dos dois grupos intermediários (oito meses e meio e dez meses e meio), um quarto retirou-se ou exibiu algum outro sinal de medo; e das crianças de doze meses e meio, não menos da metade retraiu-se ou exibiu medo sob outra forma. O efeito da presença e das atividades da mãe sobre as respostas foi apenas aparente nos dois grupos intermediários; nas crianças de doze meses e meio, porém, tornou-se muito claro. Somente quando sentada no colo da mãe é que uma destas crianças recebeu o estranho com agrado; em oposição, quando sentadas a pouco mais de um metro de distância da mãe, todas demonstraram medo.

Resultados aproximadamente similares foram relatados por Bronson (1972) a partir de seu breve estudo longitudinal – a que já fizemos alusão acima (p. 124) –, em que examinou crianças cujas idades oscilavam entre três e nove meses. Bronson observou de que modo a resposta ao estranho seria afetada (a) pelo fato de a criança achar-se no colo da mãe ou (b) pelo fato de poder ver a mãe.

O fato de os bebês de quatro meses se acharem no colo da mãe não diminuiu a cautela com que receberam o estranho que ficava a meio metro de distância e os chamava. As crianças de seis meses e meio, porém, no colo das mães – assim como as de nove meses –, mostraram-se menos desconfiadas ao receber o estranho.

O fato de a mãe achar-se ao alcance dos olhos, a aproximadamente um metro e meio de distância, não alterou o grau de desconfiança mostrado pelas crianças de quatro meses e meio, ou de seis meses e meio, na presença do estranho. Quando os bebês alcançavam nove meses de idade, entretanto, o contato visual com a mãe reduzia a desconfiança ou o mal-estar provocado pela presença estranha. Nessa idade, não era incomum ver o bebê engatinhar para perto da mãe no momento em que o estranho se aproximava.

Pelo prisma dessas constatações, é útil considerar o muito citado caso de Albert, a que Watson & Rayner aludiram há cinquenta anos. Após uma sequência de experimentos, essa criança de onze meses de idade foi condicionada a ter medo de um rato branco – e a ter medo, em seguida, por via de generalizações, de um coelho, de um pedaço de pele de foca e de cabelos de seres humanos. O estímulo não condicionado era um som alto, produzido por uma martelada em uma longa barra de aço, logo atrás da criança. Estudiosos de teoria da aprendizagem afirmam que vários casos de fobia são compreendidos mediante identificação de condicionamento desse tipo.

Conclusões obtidas a partir do caso de Albert foram frequentemente postas em dúvida (por exemplo, cf. Marks, 1969). No contexto de nosso trabalho, alguns pontos merecem explícita menção. Em primeiro lugar, Albert foi "criado em um hospital, praticamente desde o nascimento" e foi selecionado para o experimento porque parecia "impassível e não emotivo". Em segundo lugar, o condicionamento se deu com Albert colocado em um colchão, sobre uma pequena mesa, sem figuras familiares a que pudesse recorrer. Algumas de suas respostas, sem embargo, foram as de uma criança que se volta em busca da figura materna – por exemplo, erguer os braços, como a criança que pede colo, ou, posteriormente, enterrar a cabeça no colchão. Além disso, cada vez que se aborrecia, Albert tendia a chupar o dedo. Para os experimentadores, isso era um transtorno, já que o menino parecia "imunizar-se contra os estímulos provocadores de medo no momento em que a mão chegava à boca. Repetidas vezes... tivemos de retirar o dedo da boca antes de obter a resposta condicionada". Constatando esses fatos, os próprios experimentadores chegaram a uma significativa conclusão: "o organismo... aparentemente desde o nascimento, quando está sob a influência de estímulos de amor, vê-se bloqueado para todos os demais estímulos".

Os resultados desse antigo experimento de Watson & Rayner, assim como os de experimentos mais recentes de Morgan & Ricciuti e de Bronson, são todos compatíveis com o retrato que fizemos, no volume I desta obra, do desenvolvimento do comportamento de apego. Também se mostram compatíveis com as duas descobertas feitas por Schaffer, descritas anteriormente; a primeira (relatada no capítulo 3) é a de que as crianças, antes de completar 28 semanas, não protestam, quando afastadas de suas mães e levadas para o ambiente estranho de um hospital, mas começam a protestar a partir dos sete meses. A segunda descoberta (mencionada neste mesmo capítulo) é a de que uma criança de doze meses, diante de objetos estranhos, volta-se constantemente para a mãe, se esta está sentada atrás dela, ao passo que a criança de seis meses parece ignorar a presença da mãe.

Em termos genéricos, portanto, cabe dizer que o apego a uma figura materna se torna regularmente mais organizado durante a segunda metade do primeiro ano de vida, e que o mesmo acontece com o afastamento diante de situações geradoras de medo. Além disso, porque o aparelho cognitivo da criança, aos doze meses, está suficientemente desenvolvido para permitir que ela compreenda a breve ausência de objetos e situações, a criança se torna capaz de organizar o seu comportamento para assegurar afastamento em relação a um tipo de situação e aproximação em relação a outro. Assim, a criança entra no segundo ano de vida equipada para reagir da maneira dual que é típica do comportamento de medo bem organizado. No próximo capítulo apresentaremos uma descrição de como os macacos passam por fases similares de desenvolvimento, porém de maneira mais rápida.

Medo de contingências futuras

No presente capítulo, demos atenção, sobretudo, à natureza de situações imediatas que, segundo se observa, despertam comportamento de medo em crianças. Contudo, ao longo da vida humana, as situações que tendem a despertar medo abrangem não apenas as que se acham efetivamente presentes, mas, ainda, situações mais ou menos percebidas que são previstas. Assim, crianças e adultos mostram-se muitas vezes apreensivos com respeito a eventos que acreditam possam ocorrer e com respeito a objetos e criaturas que suspeitam possam aparecer. Tal medo está associado a contingências futuras.

Em virtude do fato de que muitas situações temidas pelos seres humanos têm essa natureza, e de que tais situações se manifestam amplamente no trabalho clínico, é preciso examiná-las de modo pormenorizado. Isso é feito nos capítulos 10 e 11, logo após considerar, à luz da função biológica do comportamento, as situações imediatas que despertam medo.

Voltamo-nos, a seguir, para o que se sabe a respeito de situações que despertam medo em animais.

Capítulo 8
Situações que despertam medo em animais

Indícios naturais de perigo potencial

Embora as situações-estímulo que despertam medo em outras espécies não coincidam com as que despertam medo em seres humanos, há muita superposição. A superposição é evidente, aliás, no caso dos primatas não humanos, aos quais este capítulo se dedica.

Etologistas admitem que muitas situações-estímulo que despertam medo em animais podem ser vistas como indícios (que ocorrem comumente) de eventos que são potencialmente perigosos para a espécie em questão. Essa ideia aplica-se, em especial, às situações que despertam medo na primeira vez que o indivíduo as enfrenta.

Receptores que atuam a distância são costumeiramente utilizados para sentir ou perceber tais indícios de ocorrência natural. De acordo com a espécie, um animal pode depender sobretudo de indícios visuais e de receptores visuais; de indícios e receptores auditivos; de indícios e receptores olfativos; ou, ainda, de combinações de tais indícios e receptores[1]. Somente quando os receptores que atuam a distância deixam de detectar perigos potenciais a tempo é que os receptores proximais (associados à dor e ao tato)

....

1. Discussões em torno das respostas de medo apresentadas pelos animais encontram-se em Tinbergen (1957), Marler & Hamilton (1966) e Hinde (1970).

são chamados a intervir – e, nesse momento, a intervenção pode ser tardia. Consequentemente, ao eliciarem comportamento de medo, os indícios distais e os receptores que atuam a distância desempenham papel de grande relevo.

Há muitas situações-estímulo possíveis que podem atuar como indícios de perigo potencial e capazes de serem pressentidas a distância; algumas delas são exploradas por ampla gama de espécies. Entre as mais conhecidas estão a estranheza e a aproximação súbita – que regularmente provocam respostas de medo em pássaros e mamíferos. Outra seria o "penhasco visual", a que os filhotes de todos os mamíferos até agora submetidos a teste respondem com a interrupção da ação.

Situações de outros tipos, em contraste, despertam respostas de medo em animais de apenas algumas poucas espécies; ocasionalmente, despertam respostas de medo em uma única espécie. Por exemplo, a presença visual de pele de mamíferos desperta medo em algumas espécies de pássaros; em outras espécies, o medo é despertado pelo par de olhos atentos ou pela queda de algum objeto. Em certas espécies de mariposas noturnas, os chamados de localização, através do eco, produzidos pelos predadores, conduzem à fuga imediata ou, alternativamente, à "catalepsia".

Assim como acontece com as drogas, é possível, pois, classificar os indícios de ocorrência natural de perigo potencial em dois grandes grupos: os indícios de "espectro amplo", a que se mostram sensíveis os animais de uma ampla quantidade de espécies, e os indícios de "espectro limitado", a que só se mostram sensíveis os animais de algumas poucas espécies.

Muitos gritos de alarme, produzidos pelos pássaros e pelos mamíferos, atuam como indícios de espectro amplo, pois a eles reagem com medo não apenas os membros da espécie de quem emitiu o grito, mas, ainda, os membros de outras espécies. Em parte, isso se deve ao fato de que os gritos de alarme de diferentes espécies se tornaram parecidos, presumivelmente em decorrência de um processo de seleção natural.

No caso de certas espécies de animais, os estímulos olfativos são particularmente eficazes em eliciar comportamento de medo. Os "odores de advertência" defluem de duas fontes: de inimigos e de amigos. De um lado, como se sabe, o odor de um predador que se aproxima (homem ou lobo) pode provocar respostas de medo em uma ampla variedade de mamíferos, como as zebras, os antílopes e os ruminantes cervídeos. De outro lado, um "odor de alarme", produzido por animal assustado ou ferido, pode provocar respostas de medo em outros animais (exatamente como acontece com o chamado de alarme), mas nesse caso o efeito provavelmente ficará confinado aos membros da espécie do animal que produziu o odor.

Os animais de cada espécie, portanto, nascem com tendências genéticas de se desenvolverem de modo que respondam com uma ou outra forma de comportamento de medo sempre que enfrentam situação-estímulo que sirva como indício de ocorrência natural de algum perigo que afeta os membros de sua espécie. Uma vez que algumas categorias de perigo potencial são comuns a ampla variedade de espécies, os indícios correspondentes atuam na condição de indícios de espectro amplo. Uma vez que outros perigos potenciais afetam apenas algumas poucas espécies, os indícios correspondentes tendem a mostrar-se de espectro limitado.

São bem diversificadas, no homem, as formas de comportamento que podem, de maneira apropriada, receber o nome de comportamento de medo; o mesmo vale para as formas de comportamento em espécies não humanas. As respostas abrangem, de um lado, agachar-se, enrolar-se, permanecer quieto, procurar abrigo; e, de outro lado, chamar, escapar, buscar a companhia de semelhantes. A específica resposta apresentada em cada caso depende de inúmeros fatores: a espécie de animal, o sexo, a idade, a condição fisiológica e o especial tipo de situação despertadora de medo.

Exemplificando, Hinde (1970) fala de uma descoberta de Hogan: os pintinhos afastam-se diante de estímulos de grande intensidade (e de alguns outros estímulos), mas ficam estáticos diante de estímulos novos, estranhos, ou surpreendentes. Lorenz (1937) e Tinbergen (1957) também mostraram de que modo, em várias espécies de pássaros, situações diversas geram diferentes tipos de respostas. A galinha selvagem de Burma (assim como a galinha doméstica) é capaz de emitir dois chamados de alerta, um associado à visão do predador terrestre, outro à visão do predador aéreo. Se a galinha ouve o grito correspondente à presença do predador aéreo, desce de imediato, procurando, se possível, esconder-se sob algum abrigo. Se, ao contrário, ouve o grito associado ao predador terrestre, voa de imediato para uma árvore próxima. Esses distintos tipos de comportamento, respostas a chamados de alertas distintos, evidenciam, por outro ângulo, que estamos diante não de um único e abrangente "instinto de medo", mas – como sublinhamos no capítulo 6 – diante de uma heterogênea coleção de formas interligadas de comportamento cada uma delas provocadas por um tipo ligeiramente diferente de condições causais.

O comportamento de medo, como se enfatizou, não apenas pode afastar o animal de situações de certos tipos, mas, ainda, pode aproximá-lo de situações de outros tipos. Dependendo do grito de alarme que ouve, a galinha selvagem *entra* em um abrigo no chão, ou *voa* para uma árvore. O movimento que conduz um animal para perto de seus companheiros é uma forma de comportamento de animais de muitas espécies – e é forma de comportamento de especial interesse para a tese que advogamos. Quando um falcão sobrevoa, os galispos levantam voo e, além disso, procuram manter-se próximos uns dos outros; os estorninhos procedem de maneira semelhante. (Em oposição, nas mesmas condições, as perdizes se aninham no chão.) Quase todos os mamíferos que vivem em grupos também se juntam quando alarmados. Movimentos desse tipo são especialmente visíveis em filhotes de mamíferos: salvo raras exceções, correm para perto da mãe e ali permanecem.

Voltemos às situações que despertam medo. Quando um indivíduo de alguma espécie se encontrar, pela primeira vez, diante dos vários casos de situações distintas mencionadas até agora neste capítulo, é provável que reaja apresentando um ou outro tipo de comportamento de medo. Em tais casos, não são requeridas oportunidades especiais para aprender que a situação se mostra potencialmente perigosa. No caso de outras situações-estímulo, entretanto, a posição é diferente. Somente depois de a situação associar-se a algum outro indício de perigo potencial é que se manifesta a resposta de medo. A dor é um (embora não o único) desses indícios, universalmente reconhecida como capaz de conduzir a tais associações resultantes de aprendizado.

Os receptores da dor são proximais; consequentemente, o seu papel difere, por muitos prismas, do papel que cabe aos receptores distais. Em primeiro lugar, receptores da dor são usualmente chamados a intervir em última instância e apenas quando os receptores distais (ou as respostas de medo que possam ter provocado) deixaram de assegurar a retirada do animal. Em segundo lugar, a sensação de medo leva, habitualmente, a uma ação imediata e urgente. Em terceiro lugar, a sensação de dor pode significar que o perigo já se concretizou. Por esses motivos, é fácil supor que dor e perigo de alguma forma se identificam – o que, é claro, não é o caso (cf. o próximo capítulo) –, e dar assim à dor um posto exageradamente proeminente nas teorias do comportamento de medo.

Tendo em vista que por ser um indício proximal de perigo potencial a dor atua tardiamente, é de grande interesse biológico para o animal aprender a reconhecer situações potencialmente dolorosas a partir de correspondentes indícios distais. Pesquisas em torno desse aprendizado têm sido, há muito, um foco de atenção dos psicólogos experimentais, de modo que já dispomos de bons informes a respeito. Em particular, sabe-se, há muito, com base em experimentos de condicionamento nos quais um estímulo neutro é ligado a um estímulo doloroso, em uma ampla variedade de espécies de mamíferos, que uma resposta de medo a um estímulo anteriormente neutro se estabelece com rapidez e se torna difícil de eliminar.

Dando atenção às propriedades despertadoras de medo que a dor possui e dando atenção, ainda, ao aprendizado a que dá lugar, os estudiosos negligenciaram (tanto no caso dos homens como no caso de outros animais) o papel importantíssimo e prioritário dos indícios distais e dos receptores distais. Em decorrência disso, nem sempre se compreende, no caso de muitas espécies, que um novo indício distal de perigo potencial pode ser aprendido com a mesma rapidez, seja associando-se à dor, seja contemplando de que modo os companheiros de espécie reagem ao indício, para copiar-lhes a resposta. No caso dos mamíferos, em verdade, um importante meio para atribuir perigo potencial a certas situações novas – respondendo eles, portanto, com o comportamento de medo – é copiar atitudes de animais de idade mais avançada, particularmente os pais. Nos primatas, mais do que em outros tipos de mamíferos, esse comportamento imitativo desempenha um papel de grande relevo.

Comportamento de medo em primatas não humanos

Há alguns anos, em decorrência de longa experiência com chimpanzés criados em cativeiros, Yerkes & Yerkes (1936) escreveram: "Os traços de estímulos que cedo e tarde dominam na determinação de respostas de evitação são: movimento visual, intensidade, brusquidão, subitaneidade e rapidez de alteração de estímulo ou do complexo de estímulos". Conquanto a descrição necessite de alguns comentários, ela encerra os aspectos essenciais da matéria.

Observações de campo

Quem observa os primatas em ambientes naturais sabe perfeitamente que o ruído súbito ou o movimento súbito é de eficácia imediata no alarmar os animais, provocando o seu rápido desaparecimento. Descrevendo suas experiências com os semnopitecos (*langur monkeys*), observados nas florestas da Índia, Jay (1965) escreve: "Os grupos que viviam na floresta habituaram-se a me ver e pude, pois, acompanhá-los a uma distância de aproximadamente quinze metros. Todavia, se um movimento das folhas os sobressaltasse, eles imediatamente desapareciam de meu campo de visão". Ruídos súbitos tinham efeito similar.

Para uma espécie que vive nas florestas, como é o caso dos semnopitecos, a segurança está em qualquer ponto no topo das árvores. Para as espécies que vivem no chão, contudo, a segurança pode estar em um lugar único e muito especial. Na África Ocidental, por exemplo, nas proximidades do local em que vivem bandos de babuínos, deve ter no mínimo um grupo de árvores altas para onde os babuínos se encaminham sempre que alarmados – e onde, além disso, o bando dorme (DeVore & Hall, 1965). Mais ao norte, na Etiópia, famílias de babuínos da espécie Hamadria vivem perto de rochedos alcantilados, para onde podem fugir (Kummer, 1967). A localização de refúgio é um fator importantíssimo para a determinação do comportamento desses animais: "Onde os grandes predadores – leões, por exemplo – são numerosos... a ausência de árvores pode impedir os babuínos de ter acesso a ricas fontes de alimento quando forem raros os itens alimentícios em geral" (DeVore & Hall, 1965).

Estudos de campo até hoje publicados, relativos aos primatas não humanos, nem sempre dão atenção sistemática às situações que despertam comportamento de medo ou às formas que esse comportamento comumente assume. O estudo a longo prazo dos chimpanzés selvagens da Tanzânia, levado a cabo por Lawick--Goodall (1968), mais do que outros trabalhos congêneres, encerra pormenores de interesse.

Van Lawick-Goodall enfatiza, de início, que a forma de comportamento de medo "depende da situação e do indivíduo (ou indivíduos) em pauta". Quando um chimpanzé se assusta com um ruído súbito ou um movimento súbito, sua resposta imediata é a de esconder a cabeça e passar um ou os dois braços por sobre a face; alternativamente, pode lançar as duas mãos para o alto. Ocasionalmente, essas reações de surpresa são seguidas por movimento feito com o propósito de afastar o objeto com as costas da mão; ou são seguidas por fuga. Quando o objeto de alarme é um outro chimpanzé, mais dominador, a fuga se faz em meio a gritos altos; quando o objeto é outro, a fuga se faz em silêncio. Em vez de fuga, pode ocorrer também a saída cautelosa, combinada com alguns olhares de curiosidade.

De acordo com Lawick-Goodall, as situações que despertavam respostas de surpresa ou susto envolviam ruído súbito ou movimento súbito – como, por exemplo, o voo de um pássaro ou de um inseto grande ou o movimento de uma serpente. Respostas de medo ocorriam frequentes vezes em um chimpanzé quando um companheiro, mais dominador, lhe fazia gestos ameaçadores. Até que os macacos se habituassem a ela, a própria dra. Lawick--Goodall era uma fonte comum de medo e de fuga. Depois de um ano, aproximadamente, vários chimpanzés executavam normalmente as suas atividades, mesmo que ela estivesse apenas a dez ou quinze metros de distância. Os animais, contudo, ficavam irrequietos se a observadora os seguisse; muitas vezes ela foi obrigada a mascarar seu interesse, fingindo executar certas atividades como cavar o solo ou mastigar folhas.

Uma vez que animais de muitas espécies dão um grito de alarma quando assustados, Van Lawick-Goodall surpreendeu-se com o fato de os chimpanzés que ela examinou não terem gritado (salvo quando fugindo de um companheiro ameaçador). Em vez de gritarem, afastavam-se, cada um por sua conta, em silêncio. Não obstante, reagiam rapidamente e ficavam alertas diante do grito de alarme de animais de outras espécies; "estavam invariavelmente em estado de alerta com o grito de alarme dos babuínos e com os chamados de atenção emitidos por outros macacos, por antílopes e por algumas espécies de pássaros; ouvindo esses chamados, examinavam os arredores para conhecer a natureza da perturbação".

Tal como acontece no caso de outras espécies, o afastamento em relação a uma situação ou a um evento alarmante é, no caso dos chimpanzés, apenas metade do quadro do comportamento de medo. A outra metade é um movimento em direção a algum lugar considerado seguro ou um contato físico mantido com alguns companheiros. Esse último comportamento foi observado tanto em animais jovens como em animais adultos. Van Lawick-Goodall descreve de que modos os animais adultos, assustados, se aproximavam uns dos outros, abraçando-se. Esse comportamento, segundo a autora, é um prolongamento direto do que tão regularmente se nota nas crianças:

> Assim, o chimpanzé adulto pode abraçar, pode tentar alcançar ou pode subir nas costas de um companheiro, tal como, em condições semelhantes e de forma bem parecida, uma criança assustada ou apreensiva corre para abraçar ou ser abraçada pela mãe, estica o braço para agarrar o cabelo dela ou fica em pé, às suas costas, agarrando-se às suas ancas... pronta para subir, se a situação o exigir.

Os efeitos calmantes produzidos pelo contato com outro animal são discutidos de modo pormenorizado pela dra. Lawick-Goodall. Um toque, um tapinha, um abraço de animal dominador mostra-se eficaz para acalmar um subordinado. Ocasionalmente, o animal dominador também se reconforta com aqueles gestos, vindos do subordinado. Certo macho adulto encontrou paz ao abraçar uma fêmea de apenas três anos, logo após assustar-se ao ver sua imagem no espelho e, em duas outras ocasiões, logo após ser atacado por outro macho.

Observadores que estudam, em campo, o comportamento de outras espécies de primatas, notaram a forte tendência que manifestam, quando amedrontados ou agitados, de tocar em um companheiro ou de a ele se agarrarem. Exemplificando, Kummer (1967), na descrição que faz do comportamento de babuínos selvagens que vivem em unidades familiares estáveis, compostas de um macho, duas ou três fêmeas e as respectivas crias, nota que não só os filhotes, mas também os adultos, sob estresse, mostram-se fortemente dispostos a agarrar-se aos companheiros. Uma fêmea adulta, por exemplo, quando alarmada, agarra-se às costas do parceiro ou é por ele abraçada. Reciprocamente, se está sob estresse, durante uma luta, o macho tende a abraçar-se a uma de suas parceiras. Quando um animal deixa a mãe e não é, ainda, inteiramente adulto, procura o companheiro hierarquicamente superior de seu grupo, toda vez que se assusta. Considerando que frequentes vezes o medo desse animal imaturo foi provocado justamente pelas ameaças daquele companheiro, o resultado é paradoxal: o jovem corre justamente para junto do animal que lhe despertava medo e a ele se agarra. Entre os vários itens curiosos inseridos no trabalho de Kummer está a evidência que apresenta em favor da ideia de que, na espécie considerada, a relação mantida pelos dois elementos do casal tem muita semelhança com a relação mantida por mãe e filho.

O fato de que certos padrões de comportamento primeiramente constatados com maior intensidade na infância perduram e se prolongam pela vida adulta é algo que se apresenta, pois, como traço regular do repertório de comportamentos de outras espécies de primatas. Adverte-nos contra a suposição de que, se algo semelhante é observado nos seres humanos, como frequentemente acontece, esse algo deve ser visto como exemplo de regressão.

Não é possível estabelecer, com certeza, no estudo de animais selvagens, se eles reagirão com medo, diante de uma situação particular enfrentada, pela primeira vez, ou se apenas reagirão com medo depois de aprenderem a assim reagir. O medo de cobras é um caso que se coloca nesse quadro. Van Lawick-Goodall relata que os chimpanzés selvagens por ela observados revelavam medo tanto de uma cobra que se movesse com rapidez quanto de um píton prestes a morrer. Chimpanzés criados em zoológicos, porém, nem sempre revelam esse medo[2].

Constatações desse tipo, aparentemente contraditórias, não são difíceis de conciliar. Em espécies sociais, a tradição encarrega-se de propagar a resposta de medo que se aprendeu no passado. Essa questão é bem ilustrada pelas observações feitas no Parque de Nairobi por Washburn & Hamburg (1965). Cerca de oitenta babuínos estavam suficientemente domesticados para que deles se aproximassem observadores com carros. Em certa ocasião, dois dos animais foram mortos a tiros por um parasitologista da região. Daí por diante, os babuínos fugiam rapidamente de pessoas que se avizinhassem de carro; oito meses depois ainda era difícil chegar perto dos animais com o carro – embora, no intervalo, eles tivessem visto automóveis "inofensivos" praticamente a cada dia. Esse exemplo está em consonância com a constatação corriqueira de que não se apaga facilmente uma resposta aprendida em decorrência de uma experiência violenta. Ilustra, ademais, o fato de que a experiência pode atingir apenas alguns poucos animais do grupo, sem, por isso, deixar de atingir o grupo como um todo – já que é comum ver todos os elementos fugirem no momento em que ouvem um grito de alarma ou no instante em que percebem a fuga de um líder. Assim, acompanhando uma tradição assentada pelos antepassados, os elementos de um grupo tendem a considerar como potencialmente perigoso, ao longo de vários anos, tudo aquilo que tenha assustado – hoje ou no passado – um dos companheiros. Dessa maneira, pode implantar-se em um grupo – mas

....
2. Vários zoólogos, incluindo Charles Darwin, interessaram-se pela marcada tendência que os macacos e bugios apresentam de responder com forte medo diante de cobras, chegando muitas vezes ao pânico, de acordo com numerosas observações registradas. A evidência é analisada por Morris & Morris (1965), que também acrescentam notáveis observações feitas por eles mesmos. Embora não se possa ignorar uma dose de aprendizado, é claro que os macacos e bugios do Velho Continente apresentam pronunciada tendência de temer as cobras, tendência que é relativamente específica e que, se aprendida, mantém-se viva por períodos surpreendentemente longos, diante da ausência de novas experiências.

não em outro – a tradição de que as cobras, os homens ou os carros devem ser evitados.

Até há alguns anos havia a tendência de supor que a manutenção, em um dado grupo social, de certas formas de comportamento era apanágio dos seres humanos. Reconhece-se, agora, que as tradições culturais se apresentam em muitas outras espécies e afetam diversas formas de comportamento: como cantar (Thorpe, 1956), o que comer (Kawamura, 1963), onde nidificar (Wynne--Edwards, 1962). Não deve provocar surpresas, portanto, a constatação de que existem tradições culturais, em espécies de pássaros ou em espécies de mamíferos, relativas ao que deve ser evitado.

Discutiremos um pouco mais, no capítulo 10, o papel que desempenham, no desenvolvimento humano, os indícios culturalmente determinados de perigo potencial. A esta altura, note-se que estudos experimentais recentes, realizados com macacos, mostram, de maneira clara, que um animal pode aprender a temer uma situação simplesmente observando como um companheiro reage. Exemplificando, Bandura (1968) alude a um estudo feito por Crooks no qual se atesta o seguinte: macacos que brincavam alegremente com certos objetos, deixavam de fazê-lo após notarem outro macaco (aparentemente) emitir gritos de medo ao tocar nos objetos[3].

Estudos experimentais

Muitos outros estudos de animais em cativeiro, incluindo estudos de ordem experimental, completam o quadro de conhecimento que possuímos a respeito do comportamento de medo em primatas não humanos e a respeito das situações que tendem a evocar tal comportamento.

Duas situações visuais que despertam medo em jovens macacos *rhesus* são o estímulo do vulto que se agiganta e o do penhasco visual. As duas situações experimentais foram descritas no capítulo anterior, em que se discute a resposta de medo em crianças.

....
3. Na verdade, as vocalizações de aflição eram reproduzidas por um gravador toda vez que o macaco tocava em um objeto.

Schiff, Caviness & Gibson (1962) estudaram o comportamento de 23 macacos *rhesus*, de várias idades, quando confrontados com o estímulo do vulto que se agiganta (*looming stimulus*). Oito eram jovens, de cinco a oito meses de idade; os demais eram adolescentes ou adultos. Cada animal foi submetido a teste sozinho, em sua própria jaula, a uma distância de metro e meio da tela em que se projetava a sombra que se expandia. Com exceção de quatro, os animais pularam para o fundo da jaula, batendo, frequentemente, com as costas nas paredes. Outros animais, menos ativos, não deixaram, entretanto, de esconder a cabeça e a parte superior do corpo. Animais mais jovens também emitiram, frequentemente, gritos de alarme. (Admitiu-se que os quatro animais que deixaram de reagir estavam olhando em outra direção no momento em que o estímulo lhes foi apresentado.) Não houve diferenças quanto à idade. A velocidade e a forma do estímulo pareceram irrelevantes. Não se manifestou a habituação quando dois animais foram expostos, cada um deles, a uma série de quinze testes, a intervalos de dez segundos.

A resposta dos mesmos animais foi bem diferente quando submetidos a um teste de sombra em contração (em recessão). Com exceção de quatro, os animais permaneceram na frente da jaula e se mostraram interessados na sombra que diminuía. Também despertava interesse o aumento de brilho da tela. O escurecimento da tela não levou a resposta especial, salvo quando produzido após o estímulo de agigantamento; nessa ocasião, levou a alguns poucos e ligeiros recuos ou titubeios, muito mais brandos do que os provocados pelo agigantamento da imagem. Poucos foram os macacos *rhesus* submetidos ao teste do penhasco visual; as respostas, contudo, são destituídas de ambiguidade. Walk & Gibson (1961) falam de um filhote macho submetido a teste quando estava com dez dias de idade; e falam de uma fêmea, submetida a teste quando estava com doze e quando estava com 35 dias de idade. Na segunda semana de vida, os dois filhotes só se mostraram parcialmente confiáveis, no que diz respeito a evitar o "abismo". Com dezoito e 35 dias, respectivamente, os dois filhotes revelaram pronunciada discriminação e evitaram, efetivamente, o lado "profundo", em cada teste. Consequentemente, nesta espécie, evitar o lado profundo é algo que só se torna parcialmente eficaz quando principia a locomoção; todavia, é algo que se aperfeiçoa com rapidez. Experimentos similares, feitos com outra pequena população de filhotes de *rhesus*, relatados por Fantz (1965), levam a resultados análogos.

Enfrentar situações estranhas foi também algo que se usou, em muitos experimentos com primatas, como estímulo despertador de medo.

Harlow e seus colegas realizaram alguns experimentos relativos ao comportamento de medo de filhotes de macacos *rhesus*[4]. Antes de completar vinte dias de idade, o filhote de *rhesus* não mostra medo diante de estímulos visuais estranhos. Exemplificando, aproximar-se-á, confiantemente, de um brinquedo móvel que não havia visto anteriormente. Após os vinte dias, contudo, e especialmente após as seis semanas de idade, a presença desse brinquedo faz com que o filhote imediatamente se afaste dele. Filhotes criados por "mãe" de imitação, feita de pano, *fogem do* brinquedo e retornam prontamente *para junto dela*, a quem se agarram fortemente. Frequentes vezes, um filhote mais velho, de doze semanas ou mais, ao fugir de um brinquedo assustador, consegue acalmar-se depois de agarrar-se fortemente à mãe de imitação. Em seguida, chega a sair de perto dessa "mãe" para, cautelosamente, aproximar-se do brinquedo que o havia assustado – o qual, aliás, pode até mesmo explorar manualmente. O comportamento desse filhote é muito diferente, porém, quando a sua "mãe" de pano está ausente. Nesse caso, o filhote tende a enrolar-se, no chão, e a gritar (cf. adiante, p. 169).

Mason (1965) realizou experimentos similares com chimpanzés, valendo-se da estranheza como forma principal de situação-estímulo geradora de medo. Também nesta espécie o comportamento é bem diverso, de acordo com o fato de o animal encontrar-se sozinho ou em companhia de seus semelhantes. Isso nos leva a considerar os efeitos que as situações compostas têm sobre os primatas não humanos – particularmente os efeitos que se manifestam quando eles se encontram sozinhos.

....
4. Indicações a respeito dos experimentos de Harlow são dadas no volume I, capítulo 12. Cf. também Harlow & Zimmermann (1959); Harlow (1961); e Harlow & Harlow (1965).

Situações compostas

Bugios e macacos parecem-se com os homens, no sentido de que, enfrentando situação que tenha mais de um elemento assustador, tendem a exibir medo em grau maior do que exibiriam se tais elementos se apresentassem isoladamente. O medo manifestado, além disso, cresce apreciavelmente quando o animal está sozinho diante do estímulo provocador de medo.

Ficar sozinho

Um estudo experimental relatado por T. E. Rowell & R. A. Hinde (1963) contém dados quantitativos colhidos em amostra de dezessete macacos *rhesus* – treze adultos – (três machos e dez fêmeas) e quatro subadultos (dois de cada sexo). Esses animais viviam em grupos estáveis, formados por um macho, três ou quatro fêmeas e os filhos. Os testes, cada um com a duração de três minutos, envolviam situações de grande simplicidade. Em cada caso, o examinador, com o qual os animais estavam bem familiarizados, permanecia junto à jaula. Em um primeiro momento, oferecia pedaços de banana aos macacos; em um segundo momento, ficava em silêncio, observando, sem espalhafato; em um terceiro momento, vestindo capa e usando máscara, fazia alguns ligeiros movimentos. Antes do teste, cada animal era observado por trinta minutos, sendo registrado o seu comportamento. A seguir, eram realizados os três testes, separados por intervalos de cinco minutos.

Na primeira série de testes, os animais eram examinados enquanto viviam em seus grupos habituais. Havia, em cada aproximação do examinador, uma sensível alteração de comportamento dos animais – o comportamento passava a ser bem diverso do que havia sido antes do início do teste. Havia grande aumento de ruídos ameaçadores e de atividades que se associam ao estresse: estalar de lábios, coçar, bocejar. Além disso, os animais urinavam com maior frequência, mantinham os pelos eriçados e apresentavam expressão facial assustada. (Em algumas ocasiões, os machos adultos – mas não os demais macacos – tentavam atacar o experimentador.) Quase todas essas formas de comportamento tornavam-se mais evidentes quando o experimentador usava a máscara e a capa e se movia – diminuindo quando ele permanecia quieto. Das respostas vistas no teste da máscara, as que sofreram aumentos consideráveis de frequência foram os ruídos ameaçadores, os pelos eriçados, a micção, a apresentação de expressões assustadas e o bocejo. Em termos gerais, parece que o "ficar inquieto", notado enquanto o observador permanecia vigilante, em silêncio, era substituído por "alarma e raiva", quando o experimentador usava a máscara.

Em uma segunda série de testes, cada animal foi submetido a exame sozinho. Durante seis horas, antes do experimento, o animal em observação era deixado na sua jaula familiar, enquanto o resto de seu grupo era mantido em uma jaula interna. O animal observado podia ver e ouvir seus companheiros através de uma janela, de modo que, a rigor, não permanecia isolado. Não obstante, em cada caso as respostas de medo aos testes simples foram muito mais frequentes quando o animal estava só do que quando estava junto de seus companheiros. Os graus atribuídos cresceram de três até cinquenta vezes. A resposta que apresentou maior índice de aumento de frequência foi a de olhar pela janela, para ver os companheiros.

Resumindo seus achados, Rowell & Hinde escreveram:

> O isolamento, por conseguinte, não é meramente um fator adicional de produção de estresse, que atua uniformemente em todas as circunstâncias; é, ao contrário, fator que pode acentuar fortemente o efeito de outros agentes produtores de estresse, embora tenha pequeno efeito relativo sobre animais não perturbados. É como se o isolamento multiplicasse os efeitos desses agentes, em vez de apenas somar-se a eles.

Os resultados dos experimentos de Harlow, relativos aos filhotes de macacos *rhesus* criados com mães fictícias, feitas de pano, dão forte apoio a essa conclusão (Harlow & Harlow, 1965). Em uma série de experimentos, quatro filhotes, criados com essas mães fictícias, foram levados, um de cada vez, a um "quarto" estranho, quadrado, com quase dois metros de lado, contendo vários objetos que, sabidamente, despertam o interesse de jovens macacos. Semanalmente, dois testes eram aplicados em cada filhote. Em um desses testes, a mãe fictícia estava no quarto; no outro, estava ausente. O comportamento do filhote era completamente diferente nas duas situações.

Quando a mãe fictícia estava presente, o filhote, ao ser colocado no quarto estranho, corria para ela e a segurava com tenacidade. Logo após, o filhote se acalmava e, mostrando poucos sinais de apreensão, começava a subir na mãe e a manipulá-la. Depois de várias sessões similares, os filhotes usavam a mãe fictícia como base a partir da qual efetuavam explorações. Deixando a mãe, o filhote aproximava-se de um brinquedo, apanhava-o, examinava-o e voltava para a mãe. Em algumas ocasiões, o filhote trazia consigo o brinquedo examinado. A exploração de um objeto distante alternava-se aos rápidos retornos à base. Em todos os momentos, o filhote parecia confiante e descontraído.

Na ausência da mãe, o comportamento modificava-se inteiramente. O filhote enrolava-se no chão, balançando e chorando, ou então corria pela sala, agarrando o próprio corpo. A exploração dos objetos, caso chegasse a ocorrer, era "breve, errática e frenética". A impressão deixada no observador era a de uma criança em estado de aflição e desgraça[5].

Para a mesma direção apontam, ainda, os resultados dos experimentos realizados por Mason (1965). Em um desses experimentos, doze animais nascidos na África receberam, um de cada vez, choques elétricos nos pés, ora no colo de um observador, ora quando sozinhos. Quando o animal estava só, choramingava e gritava praticamente 60% do tempo; estando no colo do observador, ficava praticamente em silêncio. Resultados semelhantes foram obtidos

....

5. Filhotes criados juntos de mãe fictícia feita de arame pouco foram influenciados pela presença ou ausência dessa mãe. Nas duas situações os filhotes exibiram comportamento muito aflito; o nível de aflição, aliás, foi significativamente maior do que o correspondente nível apresentado pelos filhotes que haviam sido criados por mães fictícias de pano, na ausência dessas mães. Assim, a mãe de arame revelou-se inteiramente ineficaz como base a partir da qual fazer a exploração.

quando os animais, em vez de receberem choques, foram postos em situações novas.

Em outra série de experimentos, realizados por Gantt – e dentro de uma linha pavloviana de ação –, mostra-se que a ansiedade experimentalmente induzida em cães reduz-se de modo apreciável quando está presente um companheiro humano, especialmente se este companheiro é figura conhecida do animal. Tapinhas carinhosos e mimos são especialmente eficazes; e o efeito é mais pronunciado sobre animais previamente tornados "neuróticos" pela repetição frequente de procedimentos experimentais do que sobre animais normais. Os achados são discutidos em Lynch (1970).

Medo, ataque e exploração

Situações-estímulo que tendem a despertar medo em seres humanos e em outros animais também podem, alteradas as circunstâncias, provocar comportamentos de outros gêneros. O ataque é uma dessas formas diversas de comportamento; a exploração é outra.

O fato de um animal fugir de um objeto-estímulo, potencialmente gerador de medo, ou de, ao contrário, atacar esse objeto, depende de muitos fatores, alguns orgânicos, outro situacionais. Entre os fatores orgânicos, os de maior importância seriam a espécie de indivíduo, a idade e o sexo. Em muitas espécies, incluindo os primatas que vivem no solo, os animais velhos, particularmente os machos, tendem mais a atacar, ao passo que os animais imaturos e as fêmeas tendem a fugir. Má saúde e fadiga podem influir, levando a balança a desequilibrar-se em favor do afastamento. A fome desequilibra a balança para o lado do ataque. Quanto aos fatores situacionais, a estada em território familiar conduz ao atrevimento; a estada em território diferente conduz ao afastamento. Estando bloqueadas as saídas, a regra é atacar. Não infrequentemente, comportamento dos dois tipos são claramente despertados: mesmo atacando, o animal dá sinais de ter medo. Em vista da íntima associação que se estabelece entre ataque, ameaça, fuga e submissão, todos os comportamentos são agrupados pelos etologistas sob o nome comum de "comportamento agonístico"[6]. O fato de haver íntima associação entre essas formas de comportamento está em que muitas dessas formas dependem de suas condições causais necessárias (Hinde, 1970).

Esta circunstância explica também por que existe íntima associação entre afastamento e exploração – tal como discutidos no capítulo 13 do volume I. Sabe-se bem que um dado tipo de situação-estímulo – a saber, a novidade ou estranhamento – está em condições de provocar ou afastamento ou exploração ou, ainda, as duas coisas juntas. Em muitas espécies de animais, uma pequena alteração do ambiente provoca exploração, ao passo que uma ampla alteração provoca o comportamento de medo. Não infrequentemente, a aproximação cheia de curiosidade e o afastamento alarmado aparecem juntos ou em rápida sucessão. Qual dessas duas classes de comportamento vem a tornar-se dominante é algo que depende de inúmeros fatores – pormenores relativos ao estímulo novo, o ambiente em que ele é enfrentado (terreno familiar, presença ou ausência de companheiros), a idade e o sexo do indivíduo, suas condições hormonais e muitos outros fatores.

O fato de que pequenas alterações em uma situação podem ter grande influência sobre a forma de comportamento não pode ser superenfatizado. Se uma população de animais deve sobreviver na selva, cada um desses animais deve exibir, segundo a idade, o sexo e o status social, um justo equilíbrio entre prudência e bravura.

---

6. No original, "*agonistic behaviour*". (N. T.)

Capítulo 9
Indícios naturais de perigo e de segurança

> I left my darling lying here,
> a-lying here, a-lying here,
> I left my darling lying here,
> To go and gather blaeberries.
>
> I found the wee brown otter's track
> The otter's track, the otter's track,
> I found the wee brown otter's track,
> But ne'er a trace of baby-O
>
> I found the track of the swan on the lake,
> The swan on the lake, the swan on the lake,
> I found the track of the swan on the lake,
> But ne'er a trace of baby-O
>
> I found the trail of the mountain mist,
> The mountain mist, the mountain mist,
> I found the trail of the mountain mist,
> But ne'er a trace of baby-O[1]
>
> Do Gaélico

Antes seguro do que arrependido

Nenhuma das situações-estímulo até aqui consideradas — estranhamento, súbita alteração de estimulação, aproximação rápida, altura, ficar sozinho — é intrinsecamente perigosa. Cada uma delas não passa de um indicador potencial de perigo ou, melhor dizendo, de um risco aumentado de perigo; além disso, é um indicador de moderada acuidade. Consequentemente, muito medo é provocado em situações que, afinal, não encerravam perigo; em

....

1. Deixei meu amor deitado aqui,/Deitado aqui, deitado aqui,/Deixei o meu amor deitado aqui,/ Para viajar e colher amoras//Achei o minúsculo rastro da lontra,/O rastro da lontra, o rastro da lontra,/Achei o minúsculo rastro da lontra,/Mas nem um rastro de meu amor//Achei o traço do cisne lá do lago,/O cisne lá do lago, o cisne lá do lago,/Achei o traço do cisne lá do lago,/Mas nem um traço do meu amor//Achei o sinal da névoa da montanha,/Da névoa da montanha, da névoa da montanha,/Achei o sinal da névoa da montanha,/Mas nem um sinal de meu amor.

oposição, certos objetos e eventos verdadeiramente perigosos deixam de ser anunciados por indícios naturais despertadores de medo. Essa correlação imperfeita entre indícios naturais e perigos reais mostra-se confusa aos olhos de clínicos e uma armadilha para incautos teóricos.

O núcleo da teoria aqui exposta, diretamente derivada da etologia, é este: cada situação-estímulo que o homem está geneticamente inclinado a responder com medo tem o mesmo status de um sinal vermelho de trânsito ou de uma sirena de alarme usada para anunciar bombardeios aéreos. Cada uma das situações é sinal de perigo potencial; nenhuma delas é intrinsecamente perigosa. De modo análogo, cada uma das situações-estímulo que o homem, uma vez alarmado, está geneticamente predisposto a procurar ou apegar-se tem o mesmo status de um santuário ou de um terreno sagrado. Cada uma dessas situações é sinal de segurança potencial; nenhuma delas é intrinsecamente segura. Enquanto o valor de sinal da luz vermelha e do solo sagrado é resultante de convenção humana e se transmite por via oral, o valor dos indícios naturais é resultante de associações estatísticas e se transmite através dos genes. Tendências derivadas, geneticamente fortes, de responder de modo diferenciado a essas duas classes de indícios naturais – seja pelo afastamento, seja pela aproximação – transformaram-se, em vista de seu valor de sobrevivência, ao longo da evolução, em traço característico da espécie humana. Muito aparentes na infância e na velhice, algumas vezes disfarçadas ou atenuadas na vida adulta, essas tendências continuam conosco. Do berço ao túmulo, elas são uma parte intrínseca da natureza humana.

Essa teoria, como veremos, explica muito bem por que, na vida moderna, no Ocidente, o medo pode ser rapidamente despertado em situações que, na verdade, não são perigosas; e por que o medo pode ser rapidamente mitigado por meio de algumas ações como agarrar um ursinho de pelúcia ou sugar um cachimbo, ações que, de fato, em nada contribuem, de maneira efetiva, para o aumento da segurança. Aos olhos de um intelectual qualquer, esse comportamento pode parecer irracional e infantil; e pode, mesmo, ser atribuído a fantasias patológicas. Aos olhos de um biólogo, porém, esse comportamento encerra sabedoria profunda.

Estudos mostram, aliás, que confiar, de início, nos indícios de perigo e de segurança que se apresentam naturalmente, longe de ser irracional e temerário, é algo que corresponde a confiar em um sistema que se mostrou sensível e eficaz por alguns milhões de anos.

Em verdade, como cabe lembrar, dispomos de apenas uma vida. Embora corramos riscos, ocasionalmente, em busca de um proveito potencial ou talvez mesmo por prazer, é muito melhor, na vida diária, perceber os indícios naturais que nos levam, em 99 ocasiões, a uma ação que se mostra desnecessária, do que ignorar sistematicamente aqueles indícios para sucumbir na centésima. Se deixássemos regularmente de dar atenção aos sinais vermelhos de trânsito, é possível que escapássemos ilesos por algum tempo, mas os nossos dias estariam contados.

Um indício natural de perigo potencial apenas assinala um aumento de riscos de perigo, mas não dá informações a respeito do grau absoluto de risco. Para animais de espécies diversas, de diferentes idades e sexos, em diferentes ambientes, o risco absoluto indicado por um ou outro indício pode variar do muito alto ao muito baixo. Exemplificando, certos indícios naturais intimamente associados aos predadores, como os olhos arregalados, podem talvez, em certos ambientes naturais, ligar-se a um alto grau de risco, ao passo que, em outros ambientes, o risco pode ser baixo. Analogamente, outros indícios naturais, como o ficar sozinho, podem associar-se a um grau de risco alto ou baixo, dependendo do indivíduo e das circunstâncias. Contudo, seja qual for o nível absoluto de risco, um indício natural associa-se, em geral, a um *aumento* do grau de risco. O aumento pode oscilar do moderado ao muito alto ou, talvez, de praticamente zero para um mero um por cento. Sem conhecer a situação global, o grau absoluto de risco não pode ser determinado. O que parece claro, entretanto, é o fato de que, em qualquer caso, o grau de risco provavelmente sofrerá aumento.

A grande vantagem de estarmos condicionados a reagir, mediante pronto afastamento, aos indícios naturais de aumento de risco de perigo, está em que esses indícios, isoladamente, mas, de modo especial, em conjunto, atuam como indicadores de proporção muito elevada de todas as situações perigosas em que nos podemos envolver. Não importa que também abarquem um grande número de situações que não encerram perigo algum. Antes seguro do que arrependido*. De maneira análoga, também é vantajoso, quando nos afastamos de um perigo potencial, que nos aproximemos de um potencial porto seguro: no caso de pequenos animais, um abrigo no solo; no caso de macacos, o topo das árvores; no caso de espécies que vivem em grupos, o grupo social; no caso de animais fracos, os companheiros fortes. Não importa se a ação vier a mostrar-se necessária. Repetindo: antes ileso do que arrependido.

É possível que alguns de nossos leitores, a esta altura, se mostrem impacientes. Mesmo que os princípios delineados sejam válidos para os macacos e para os bebês da raça humana, os homens adultos são muito mais complexos, não se limitando a responder a indícios naturais. O medo humano contém elementos racionais e irracionais, conscientes e inconscientes, provindos do pensamento e da imaginação. Por que, pois, perder tempo com aqueles mecanismos primitivos? A razão, é claro, está em que muito da sofisticada superestrutura dos processos cognitivos e dos processos de sensação, típicos do homem do Ocidente, na esfera do medo, só se torna inteligível em termos de um desvio genético da base primitiva, a qual evoluiu em ambiente diferente e que partilhamos com outras espécies primatas. Erros na compreensão dessa base primitiva, afirmamos nós, levaram a muitos e sérios mal-entendidos. A influência desses processos primitivos se faz sentir não apenas sobre o comportamento de cada adulto humano, como também sobre suas mais sofisticadas estruturas cognitivas e suas mais delicadas formas de sentir. Esteja cronicamente angustiado ou fique subitamente alarmado, esteja temporariamente reconfortado ou regularmente confiante, o ser humano pensa e sente por vias que estão determinadas, em significativo grau, por aquelas fortes tendências genéticas de responder instintivamente aos indícios naturais.

Procuraremos mostrar, nos capítulos subsequentes, que a forte tendência de responder aos indícios naturais explica a maioria das situações elaboradas que o ser humano chega a temer; e explica, ainda, como os processos crescentemente refinados de avaliação conduzem a uma ampla gama de estados dos sentimentos humanos. Antes de prosseguir, contudo, consideremos um pouco mais a base de predisposição genética. Principiamos investigando o lugar especial ocupado pela dor física, na condição de indício natural.

As limitações da dor como um indício natural

No passado, alguns teóricos postularam que a dor física seria praticamente o único tipo de estímulo ao qual se associaria a predisposição genética de responder com medo; todos os demais estímulos derivariam suas propriedades de despertar medo do fato de se associarem à dor. Essa teoria é falsa; e um pouco de reflexão permitirá mostrar que dificilmente se tornaria plausível.

Como indício natural de perigo potencial, a experiência de dor física está colocada em uma categoria especial. Os indícios a que demos atenção até agora são indícios distais, percebidos por meio de receptores que atuam a distância: os olhos, os ouvidos, o nariz. Emitindo advertências, enquanto o perigo potencial ainda está mais ou menos longínquo, esses indícios capacitam um animal ou um ser humano a tomar precauções em tempo hábil. Em contraste, como foi visto no capítulo precedente, aguardar os eventos até que a dor seja sentida pode representar uma espera exagerada. Enquanto os receptores que atuam a distância podem ser comparados a observatórios avançados, a dor física adquire o status de última trincheira.

A dor tem uma propriedade peculiar: atuando tardiamente, obriga a uma ação imediata e urgente. A fase de alerta e cautela, tão característica de muitos animais logo após sentirem um indício distal, não se faz presente; em vez disso, há uma retirada imediata e irrefletida ou, alternativamente, o ataque.

Outra propriedade especial da dor é, naturalmente, seu poder de promover o aprendizado. Incontáveis experimentos mostram quão rápida e firmemente um animal aprende a reconhecer uma situação em que experimentou a dor, respondendo, daí por diante, de modo que evite esta situação. Depois desse aprendizado, o animal deixa de confiar nos casuais indícios proximais e, em vez deles, emprega algum indício distal que lhe dá tempo e espaço para tomar as devidas precauções. A vigilância antecipada é posta em ação com o fito de identificar e dar atenção a indícios novos.

A dor física não é infalível, embora possa estar mais altamente correlacionada ao perigo potencial do que vários outros indícios naturais. Exemplificando, os cuidados médicos podem mostrar-se dolorosos, mas não são, de hábito, perigosos; ao passo que uma condição verdadeiramente perigosa, como, digamos, uma hemorragia interna, pode manifestar-se sem dor que a acompanhe. Aí está apenas um exemplo de perigo sério que não possui indícios naturais ou é apenas anunciado por indícios tênues.

Perigos que não têm indícios naturais

Observamos, acima, que os indícios naturais a que reagimos com medo são, isoladamente, ou, de modo especial, quando reunidos, indicadores de elevada proporção de todas as situações perigosas em que nos podemos envolver. Sem embargo, há algumas situações perigosas para as quais inexistem indícios aos quais tenhamos a tendência de responder pela fuga. Algumas, aliás, nem emitem sinais que nossos órgãos dos sentidos possam detectar.

Entre os infortúnios que ocorrem naturalmente acham-se, digamos, as doenças infecciosas. Se a infecção é transmitida pelo ar, usualmente não há indício de ocorrência natural que estejamos em condições de sentir e do qual estejamos geneticamente inclinados a nos afastar. (Em oposição, as infecções transmitidas pela água ou pelos alimentos são muito menos silenciosas, pois produzem mau cheiro ou gosto ruim.) Nos tempos modernos, além disso, o homem criou vários perigos que também deixam de emitir indícios a que a natureza humana é sensível. Exemplos seriam o monóxido de carbono e os raios X. A evolução ainda não nos deu, por falta de tempo e de oportunidade, meios naturais para detectar perigos; somos obrigados, pois, a usar indicadores artificiais, produzidos pelo homem.

Explorando indícios naturais de perigo e de segurança, nossos dotes genéticos oferecem-nos meios de proteção que, embora apreciavelmente eficazes e sensíveis, estão longe da perfeição. Em incontáveis situações somos levados, desnecessariamente, a evitar situações inteiramente inofensivas; em várias outras, mergulhamos, erroneamente, em situações efetivamente perigosas.

O perigo potencial de estar só

Ficar sozinho é o indício natural de aumentado risco de perigo com o qual este livro mais se preocupa. Estatisticamente, estar sozinho é menos seguro do que estar acompanhado. Isso não é difícil de compreender, considerando a infância, a doença e a velhice. Mas pode parecer algo inesperado, a um primeiro olhar, considerando um ser humano adulto, de saúde normal. Há boas razões, contudo, para admiti-lo, particularmente em determinadas situações – embora tais situações sejam poucas e de risco absoluto não elevado, nos países do mundo ocidental. A tese desta seção, portanto, é a de que – tal como na vida anterior do homem – ainda hoje, em muitas circunstâncias, é tão conveniente evitar ficar só, como é conveniente evitar quaisquer outros indícios naturais de perigo potencial. Não surpreende, pois, que sejamos formados de maneira que encontremos conforto na companhia de outros, e procurá-la, e experimentemos uma grande angústia maior ou menor quando sozinhos.

No volume anterior (capítulo 4), sustentamos que, para entender o equipamento comportamental do ser humano, é necessário contemplá-lo à luz do que sabemos a respeito do ambiente de adaptabilidade evolutiva do homem. Posteriormente, acompanhando essa linha de raciocínio (capítulo 12), advogamos a tese de que, no ambiente de adaptabilidade evolutiva do homem, a função do comportamento de apego (que, obviamente, promove a proximidade em relação a companheiros particulares) é a proteção contra os predadores; e sustentamos que isso tanto vale para os seres humanos quanto para outras espécies de mamíferos e de pássaros. Para todos os primatas que vivem no solo, a segurança está no convívio com o bando. Separar-se do bando é tornar-se presa fácil de um leopardo atento ou de um grupo de cães caçadores[2]. No caso de elementos mais fracos, particularmente os filhotes e as fêmeas, os velhos e os doentes, a solidão equipara-se à aceleração da morte.

Pessoas de índole prática tendem a ver essa teoria como uma curiosidade acadêmica. Sim – concordarão –, pode ter havido um tempo da história em que a separação representava perigo diante de predadores. Mas isso aconteceu há muitos anos. Que as respostas ainda persistam nos tempos modernos não passa de irrelevante incômodo. É chegado o momento de nos livrarmos de tão arcaicas suposições.

Essa linha de pensamento contém numerosas falhas. Em primeiro lugar, ainda que o quiséssemos, tendências genéticas estabelecidas em milhões de anos não podem ser eliminadas de uma hora para outra. Em segundo lugar, a reflexão sugere que pode ser extremamente imprudente erradicar aquelas tendências. Com efeito, ainda é razoavelmente elevado o risco que se corre, em nosso mundo atual, quando se fica só; e mesmo nas sociedades ocidentais esse risco pode ser mais elevado do que habitualmente se gostaria de admitir.

Nos países ocidentais de hoje, é verdade, o ferimento e a morte não se devem mais a predadores. Mas há outros perigos. Em lugar dos predadores aí estão, fazendo vítimas, os carros e os equipamentos domésticos. As vítimas principais são as crianças que começam a andar e as pessoas idosas. Conquanto a experiência comum sugira, de modo insistente, que as crianças e os velhos, deixados sozinhos, são as pessoas sob maiores riscos, os pesquisadores preocupados com a prevenção de acidentes parecem ter dado pouca atenção a esse ponto. As estatísticas relativas aos acidentes de tráfego nos povoados ingleses e suecos, entretanto, são muito esclarecedoras.

....
2. Desde a publicação do volume I, novos informes foram colhidos a respeito do perigo que os leopardos representavam para o homem primitivo. Segundo Brain (1970), os ossos fossilizados do *Paranthropus robustus* encontrados em uma caverna do Transvaal estão fragmentados tipicamente como vítimas de leopardos. Um dos mais bem conservados crânios (de um jovem) apresenta dois orifícios que correspondem exatamente, no tamanho e na distância, aos dentes caninos de um leopardo.

Acidentes de tráfego envolvendo crianças

Em 1968, no bairro inglês de Southwark[3], 901 pessoas ficaram feridas em acidentes de tráfego, 27 das quais fatalmente. Das pessoas acidentadas, 411 (46%, quase a metade) eram crianças com menos de 15 anos de idade. Isso equivale a uma incidência de ferimentos que é três vezes superior à incidência de ferimentos em adultos.

O grupo etário mais vulnerável foi o das crianças cujas idades oscilavam entre 4 e 7 anos. Nessas idades, o risco de ferimento era cerca de cinco vezes maior do que o risco associado aos adultos. A incidência era apenas ligeiramente inferior para as crianças um pouco mais velhas (de 8 anos) e para as crianças um pouco mais jovens (de 3 anos). A distribuição de idades foi apresentada na tabela seguinte:

Idade em anos e meses	Número de ferimentos
0 – 2 e 11	14
3 – 5 e 11	125
6 – 8 e 11	124
9 – 11 e 11	81
12 – 14 e 11	67
Total	411

De todas as crianças feridas, quase dois terços (62%) estavam sozinhas. Mesmo no caso das crianças mais novas, mais da metade delas estava sozinha. Muitas das outras estavam em companhia de outras crianças, comumente não mais velhas do que elas mesmas. Apenas um oitavo das crianças feridas estava em companhia de um adulto.

Índices similares foram colhidos na Suécia (Sandels, 1971). A incidência de ferimentos em pedestres é particularmente alta

---

3. Os índices me foram fornecidos por V. E. Golds, responsável pela Road Safety do referido município – e a ele deixo consignados os meus agradecimentos.

em crianças cujas idades oscilam entre 3 e 10 anos. Um estudo especial de 177 acidentes que ocorreram com crianças de menos de 11 anos, em cruzamentos para pedestres, mostra que 44% das crianças acidentadas estavam sozinhas e que outras 34% achavam-se com outras crianças da mesma idade; apenas um quinto delas se achava com adultos.

Desses dados é possível concluir que o número excessivo de acidentes de tráfego envolvendo crianças (quando comparado ao número correspondente, associado a adultos) se deve ao fato de elas estarem nas ruas sozinhas ou na companhia de outras crianças[4]. Essa conclusão dificilmente parecerá surpreendente para quem já tenha cuidado de crianças pequenas em um distrito urbano.

Riscos para adultos

É fácil entender que é arriscado para crianças e pessoas idosas ficarem sós. Mas – vem o protesto – o mesmo não vale para os adultos saudáveis. Um pouco de reflexão, todavia, mostra que vale.

Parece muito provável que, se existissem os índices comparativos também para os adultos saudáveis dos países ocidentais, haveria muitas situações em que o risco de ferimento ou morte seria maior quando a pessoa estivesse sozinha do que quando na companhia de outras. Um caso ilustrativo seria a caminhada, à noite, pelas ruas de uma cidade. Não é por acaso que os patrulheiros andam aos pares. Pessoas que tomam parte em algum tipo de esporte sabem que o isolamento representa risco adicional. Escalando montanhas, nadando, explorando cavernas, navegando pelo

....

4. Estudos a respeito das famílias das crianças que se feriram em acidentes de tráfego (Backett & Johnston, 1959; Burton, 1968) lançam luz sobre as razões pelas quais essas crianças não eram cuidadas por um dos pais. Comparadas às crianças de um grupo de controle, nota-se que é maior, entre as crianças que sofreram acidentes, o número das que não são desejadas ou que não são amadas e que, além disso, têm mãe que, no momento do acidente, se preocupava angustiadamente com outros assuntos – por exemplo, sua própria saúde ou a saúde de familiares, irmãos menores, parentes idosos, ou mesmo gravidez. Achados similares acham-se em Martin (1970), relativos a crianças que sofreram queimaduras.

mar: estar só é perigoso, às vezes porque duas cabeças pensam melhor do que uma, na identificação do perigo, às vezes porque um ferimento enfrentado sem dificuldade por um par de pessoas pode tornar-se fatal para quem está sozinho. Outro risco envolve o homem tomado pela fadiga. Dormindo, não pode proteger-se, caso o perigo o ameace. Estando, ao contrário, na companhia de outros, cada uma das pessoas pode ficar vigilante durante algum tempo. A prática de alternar os períodos de vigilância em um navio, por exemplo, é, na verdade, versão humana e organizada de um padrão de repouso adotado por pássaros que ficam empoleirados juntos, em bandos, e também por primatas que dormem juntos, em grupos. Uma vez que cada um dos animais fica acordado durante uma parte da noite, a qualquer momento, embora a maioria dos animais esteja adormecida, alguns deles provavelmente estarão acordados, prontos para dar o alarma (Washburn, 1966).

É verdade que grandes feitos foram alcançados em anos recentes, por navegadores que singraram os mares sozinhos. O interesse geral no êxito dessas empreitadas revela que o público reconhece não apenas as dificuldades que os navegadores enfrentam, mas, ainda, os riscos a vencer. A segurança está na quantidade, especialmente na companhia de familiares.

Segurança potencial de companheiros conhecidos e do ambiente

Enfatizamos, em todo o presente capítulo, que o temido inclui não só a presença, real ou iminente, de certos tipos de situação, como, ainda, a *ausência*, real ou iminente, de certos tipos de situação. Durante a vida sentimos que somos atraídos por certas partes do ambiente animado e inanimado, sobretudo de pessoas e locais com que nos familiarizamos, e que somos repelidos por certas outras partes desse ambiente, especialmente as que apresentam um ou mais indícios naturais de perigo potencial. Uma vez que dois desses indícios que tentamos evitar são o estranhamento e o ficar sozinho, há marcada tendência, nos seres humanos, tanto quanto em animais de outras espécies, de permanecer em lugar específico, familiar, e na companhia de pessoas específicas, familiares. Tornou-se óbvio, há muito, que os animais de uma dada espécie tendem a restringir seus movimentos de modo que façam com que a espécie fique numa região a que se haja fisiologicamente adaptado. Essas regiões podem ser caracterizadas em termos de várias grandezas físicas (solo firme, água, ar, gradientes de temperatura, índices pluviométricos etc.) e biológicas (especialmente a presença ou ausência de certos materiais comestíveis). Regulando seus movimentos dessa maneira, os elementos de uma espécie estão capacitados a manter dentro de certos limites críticos as medidas fisiológicas de que depende a vida. Os tipos de sistemas comportamentais, cuja ativação ou finalização redunda na conservação da espécie em seu nicho ecológico, são da espécie tradicionalmente chamada instintiva.

As fronteiras ecologicamente traçadas podem impor severas limitações. Elas nada são, entretanto, comparadas com as limitações constantemente enfrentadas na natureza. Ainda não se compreendeu muito bem, talvez, que os indivíduos de uma espécie não vagueiam ao acaso pelas regiões que lhes são ecologicamente favoráveis, mas que, ao contrário, passam a vida em um restrito segmento dessas regiões, conhecido como "âmbito do lar" (*home range*)[5]. Exemplificando, uma ratazana vive em uma área de uma centena de metros quadrados em um bosque; uma tropa de babuínos vive em um trecho da savana, de aproximadamente vinte quilômetros quadrados; um grupo de seres humanos reúne-se e caça numa região de algumas centenas de quilômetros quadrados, na floresta ou nas planícies. Mesmo os bandos de pássaros migradores, capazes de voar centenas de quilômetros, desde os terrenos de acasalamento até os de abrigo de inverno, só utilizam pequenas porções desses terrenos: muitos pássaros constroem seus ninhos, a cada ano, bem perto dos locais em que nasceram.

....
5. O conceito de "âmbito do lar" abarca a ideia de território, mas é mais ampla. Enquanto muitas espécies de pássaros e de mamíferos revelam marcada preferência por um "âmbito" particular (cf. Jewell & Loizos, 1966), outras poucas mantêm e defendem um território exclusivo. Para uma discussão das funções que provavelmente possui a manutenção do território, funções que podem, aliás, diferir de uma para outra espécie, cf. Crook (1968).

De maneira similar, pássaros e mamíferos não se misturam indiscriminadamente com os seus companheiros de espécie. A regra é a do reconhecimento individual. Entre certos indivíduos, laços estreitos podem ser mantidos por longos períodos do ciclo de vida. Entre alguns outros o laço pode ser menos estreito, mas, ainda assim, duradouro. E certos indivíduos podem despertar pouco interesse ou mesmo ser cuidadosamente evitados. Assim, cada indivíduo possui o seu pequeno e específico ambiente pessoal a que se apega.

Não se questiona o valor de sobrevivência da predisposição de um animal para viver em um adequado ambiente ecológico; o que parece discutível, pelo menos a um primeiro olhar, é o valor de sobrevivência da forte tendência do animal de permanecer em seu próprio ambiente familiar. Exame da questão mostra, porém, que esse procedimento é, provavelmente, vantajoso para o animal, especialmente se ele enfrenta condições adversas. Permanecendo em um ambiente familiar, um animal ou um ser humano sabe, de imediato, onde encontrar alimento e água, não só nas diferentes estações do ano como, ainda, nos períodos anormalmente desfavoráveis que se apresentam de vez em quando; e sabe, também, onde abrigar-se do mau tempo, onde encontrar as árvores, os rochedos ou as cavernas que lhe propiciam segurança; sabe quais são os perigos mais comuns e de onde eles podem surgir. Permanecendo junto de companheiros conhecidos, o indivíduo tira proveito de costumes estabelecidos e, portanto, relativamente eficazes – como, digamos, preferências alimentares – e, além disso, quando ameaçado por predadores, beneficia-se da ação social coordenada. Assim, ficando em seu ambiente pessoal e familiar, o indivíduo permanece em uma arena relativamente segura e se mantém a salvo de muitos azares que, de outra forma, poderiam deixá-lo em perigo.

A permanência de um indivíduo em seu ambiente familiar – postulamos – é o resultado da ativação e da finalização de sistemas comportamentais que se mostram sensíveis a situações-estímulo, tais como estranhamento e familiaridade, estar só e estar acompanhado. De um lado, sistemas comportamentais mediadores do comportamento de medo tendem a afastar o indivíduo de situações potencialmente perigosas. De outro lado, os que medeiam comportamento de apego tendem a levar o indivíduo para situações potencialmente seguras ou tendem a fazer com que nelas o indivíduo continue. Isso nos devolve ao comportamento de apego. Os sistemas comportamentais que mantêm os jovens ou fracos perto de outros indivíduos discriminados e fortes podem ser vistos agora como partes de um mais amplo conjunto de sistemas cujo efeito é o de regular globalmente os movimentos dos indivíduos, fazendo com que permaneçam, via de regra, em um ambiente familiar. O apego a uma figura paterna (pai ou mãe), em quase todas as espécies, é ontogenicamente a primeira forma em que esse tipo de comportamento se desenvolve.

No próximo capítulo, assim como nos capítulos 18 e 19, ressalta-se que inúmeros problemas que perturbam as teorias psiquiátricas e psicanalíticas da angústia manifestaram-se por não se reconhecer, com a desejável clareza, que o ambiente pessoal e familiar de um indivíduo (aí incluídos os seus companheiros familiares) desempenha papéis importantíssimos na determinação dos estados emocionais desse indivíduo. Somente após compreender que o ambiente de um indivíduo lhe é peculiar, torna-se possível entender como ele se sente.

Manutenção de relação estável com o ambiente familiar: uma forma de homeostase

Estudiosos de fisiologia podem achar esclarecedora a ideia de considerar o comportamento em questão como homeostático. Enquanto os sistemas que importam aos fisiologistas mantêm dentro de certos limites algumas grandezas físico-químicas, próprias do organismo, os sistemas que medeiam o comportamento de apego e de medo mantêm todo o indivíduo dentro de uma definida parte do ambiente. No primeiro caso, os estados mantidos estáveis são estados interiores do organismo; no segundo caso, os estados mantidos em equilíbrio dizem respeito às relações entre o organismo e o ambiente.

Há uma vantagem ao formular-se a teoria do medo e da angústia aqui apresentada em termos de homeostase: assim procedendo, torna-se possível associá-la a dois outros corpos teóricos, ambos costumeiramente acoplados a princípios homeostáticos. De um lado, a teoria pode ser ligada a teorias do estresse e a doenças devidas ao estresse que, em sua maioria, empregam conceitos relativos à homeostase fisiológica. De outro lado, pode ser ligada a uma teoria de processos de defesa, os quais também, segundo a tradição, têm sido concebidos como elementos que contribuem para a manutenção de alguma forma de homeostase. Em lugar do postulado freudiano – a saber, o de que os processos de defesa ajudam a reduzir o nível de estimulação no aparelho psíquico, para mantê-lo em um equilibrado nível baixo – coloca-se, porém, na teoria aqui advogada, a ideia de que tais processos de defesa contribuem para a manutenção do que convenientemente se denominaria estado "representacional" de equilíbrio[6].

Segundo a concepção aqui apresentada, a manutenção de uma relação estável entre um indivíduo e seu ambiente familiar não é menos automática e irrefletida do que a manutenção dos estados fisiológicos estáveis. No caso de cada forma de homeostase, o indivíduo é visto como alguém que nasceu com fortes tendências genéticas para desenvolver sistemas biológicos que, por se mostrarem sensíveis a certos tipos de estímulos, passam a agir sempre que qualquer grandeza se desvia de certos limites fixados e que deixam de atuar no momento em que essa grandeza volta a manter-se naqueles limites. Assim, a teoria aqui proposta situa a manutenção de uma relação estável entre organismo e ambiente familiar a apenas um degrau abaixo do nível em que ficam situados os bem mais conhecidos estados fisiológicos de equilíbrio.

Além disso, os sistemas que mantêm cada uma dessas duas formas de homeostase são vistos como complementares. De fato, é claro que, sendo bem-sucedidos os sistemas que mantêm um indivíduo em seu ambiente familiar, aliviam-se as cargas postas sobre os sistemas que mantêm os estados fisiológicos de equilíbrio. Assim ocorre porque, ficando o indivíduo em seu ambiente físico

....
6. Uma teoria dos processos de defesa que incorpora essas ideias será esboçada mais adiante, no volume III deste livro. Aí também se fará comparação entre as ideias aqui discutidas e certos conceitos de homeostase que, vez por outra, têm sido advogados pelos psicanalistas.

familiar e permanecendo ele junto de seus companheiros, é mais provável que encontre alimento e água, e que obtenha continuada proteção contra os azares naturais – os predadores, a ingestão de material alimentar venenoso, a queda e o afogamento, o frio e o desabrigo. Reciprocamente, na medida em que são bem-sucedidos os sistemas responsáveis pela manutenção da homeostase fisiológica, mais saudável se torna o indivíduo, tornando-se mais fácil para ele a tarefa de manter-se em seu ambiente familiar. Vistos por esse ângulo, os sistemas reguladores que mantêm relação de equilíbrio entre um indivíduo e seu ambiente familiar podem ser encarados como um "anel exterior" de sistemas preservadores da vida, complementares ao "anel interior" dos sistemas responsáveis pela homeostase fisiológica.

Deve-se enfatizar, naturalmente, que, seja qual for a categoria de homeostase em consideração, os estados nunca são mantidos mais do que relativamente estáveis; além disso, com raras exceções, os pontos de equilíbrio e os limites de variação não permanecem inalterados ao longo do ciclo de vida. Em realidade, na medida em que a unidade de estudo é o indivíduo, os processos de crescimento apresentam-se como antítese dos processos de homeostase. O princípio de homeostase, portanto, é apenas um de vários princípios. O motivo de lhe emprestar certo realce, neste ponto, é o de que a homeostase tem sido vista, por muitos autores, como conceito-chave para a compreensão não apenas do medo, como, ainda, do desgosto e do luto.

Embora se dê atenção especial à tendência do indivíduo em manter equilibrada relação entre ele e seu ambiente familiar, não se esquecem os importantes papéis do comportamento exploratório e de investigação, que podem apresentar-se como antitéticos àquela tendência (cf. volume I, capítulo 13). Também não são esquecidas as alterações de desenvolvimento que ocorrem em regular sucessão, ao longo do ciclo de vida.

Capítulo 10
Indícios naturais, indícios culturais e avaliação do perigo

De modo inato, a angústia verdadeira, realista, não é comum nas crianças... Elas correm pelas bordas das águas, debruçam-se no peitoril das janelas, divertem-se com objetos pontiagudos e com fogo – em suma, fazem tudo que, em tese, poderia causar-lhes danos e preocupar quem delas cuida. Quando, mais tarde, a angústia realista se manifesta, deflui da educação, pois as crianças não têm permissão para realizar, elas mesmas, suas experiências instrutivas.

SIGMUND FREUD (1917b)

Indícios de três tipos

De início, durante a infância, as únicas situações-estímulo a que as crianças respondem com medo são os indícios naturais. Outras situações se juntam a estas, durante o segundo e o terceiro anos de vida – notadamente a presença de animais e o escuro (ao lado de acontecimentos correspondentes). Estas duas situações, na opinião geral, são rapidamente aprendidas em decorrência dos indícios naturais. A partir do segundo ano, acrescente-se, a criança sofre forte influência de alguns adultos, aos quais observa e procura imitar. Entre os muitos comportamentos que a criança aprende dessa maneira – todos culturalmente determinados – está o de responder com medo a uma gama de situações-estímulo que havia, anteriormente, encarado como neutras ou até mesmo interessantes. Estas novas situações-estímulo são inconvenientemente tratadas como "indícios culturais". Em vários casos, evidentemente, o comportamento imitativo de medo desse gênero não está associado a nenhuma percepção da natureza do perigo a evitar. Em virtude disso, o medo despertado por um indício cultural tem muitos aspectos em comum com o medo despertado por indícios naturais. Nos dois casos, porém, o medo não pode ser considerado "realístico", no sentido que Freud dá ao termo.

Apenas lentamente e à medida que se desenvolvem as suas capacidades cognitivas, uma criança pode começar a distinguir indícios naturais e culturais de perigos reais e começar a aprender métodos próprios de calcular os riscos envolvidos. Durante essa mesma fase de crescimento, seu comportamento se torna crescentemente organizado em termos de planos orientados para certos alvos e o mesmo acontece com o comportamento de medo. Em decorrência desse desenvolvimento associado, diz-se que o comportamento de medo vai-se tornando mais "racional" e "realístico". Daí por diante, durante a fase final da infância e a adolescência, bem como na vida adulta, aperfeiçoa-se regularmente a capacidade de avaliar o perigo real e de responder de modo apropriado.

Não obstante, por importantes que possam ser esses desenvolvimentos para a organização do comportamento de medo, persiste a tendência de responder com medo diante de indícios naturais e culturais. De fato, não só na infância como também na adolescência e na vida adulta, os indícios naturais e seus derivados continuam a figurar entre as mais efetivas situações-estímulo despertadoras de medo. Até mesmo as pessoas mais corajosas não ficam impassíveis diante de uma aparição extraordinária ou de algo que se aproxima com rapidez, ou ao ouvirem um grito penetrante, ou ao se acharem sozinhas no escuro, num local estranho.

São frequentemente olvidados, nos círculos intelectuais, tanto a persistente tendência de responder aos indícios naturais quanto o valor dessa tendência. Consequentemente, muitos aspectos do medo humano passam a ser contemplados por um falso ângulo. Arnold (1960), por exemplo, impressionado com o papel da avaliação na regulação do comportamento, chega ao ponto de asseverar que "o medo genuíno só se desenvolve quando a criança tem idade suficiente para estimar a possibilidade de dano". Em várias discussões sobre o medo em seres humanos é comum encontrar a suposição mais ou menos explícita de que, embora o medo de perigos reais seja resposta saudável e até desejável, o medo de qualquer outra coisa é infantil e neurótico. Esse pressuposto tem sido geral e de muita força, em toda a psiquiatria. Acha-se não apenas na tradição psicanalítica de Freud e seus continuadores (cf. capítulo 5), mas, ainda, em outras tradições da psiquiatria (cf. Lewis, 1967). Aí está uma das razões pelas quais, frequentemente, de maneira errônea, o medo de separação de uma figura amada ainda é visto como neurótico e infantil.

Uma tese importante deste livro é a de que está profundamente errada – conquanto possa parecer plausível – a hipótese de que os adultos só têm medo de perigos reais. É claro que os adultos fazem o possível para avaliar as perspectivas de perigos reais, tomando as precauções cabíveis. Não é simples, contudo, muitas vezes, avaliar tais perigos; em certas ocasiões, além disso, a avaliação pode exigir longos prazos, tornando-se, pois, muito arriscada. Em oposição, é muito simples e rápido responder aos indícios naturais e culturais. Além disso, a reação aos indícios naturais, particularmente quando duas ou mais pessoas atuam juntas, como se ressaltou no capítulo anterior, é um sistema eficaz, ainda que rudimentar, de tornar mínimo o perigo e máxima a segurança. Não admira, pois, que o adulto, ao lado de procedimentos sofisticados de avaliação de perigo, continue a reagir, pelo menos experimentalmente, a cada um dos indícios naturais – e a responder de modo especialmente forte quando enfrenta situações complexas.

Nos adultos, por conseguinte, o comportamento de medo vem a ser despertado por indícios que defluem de pelo menos três fontes:

– indícios naturais e seus derivados;
– indícios naturais aprendidos por observação;
– indícios que são aprendidos e utilizados de maneiras mais ou menos sofisticadas com o objetivo de avaliar o perigo e evitá-lo.

O comportamento que se assenta em indícios do primeiro tipo desenvolve-se muito cedo e tende a ser denominado "infantil" e "irracional". O comportamento assentado em indícios do terceiro tipo desenvolve-se mais tardiamente e é com frequência denominado "maduro" e "realístico". O comportamento assentado em indícios do segundo tipo ocupa uma posição intermediária: denominá-lo infantil ou maduro, racional ou irracional, é algo que depende do observador afeiçoar-se ou não à norma cultural refletida nesse comportamento. Exemplificando, o medo de fantasmas é julgado realístico pelo observador de uma dada cultura e infantil pelo observador de outra.

Uma correta avaliação do comportamento, feita com base nesses três tipos de indícios, conduz a um quadro bem diverso do quadro popularmente concebido. Os comportamentos assentados em indícios do primeiro e do segundo gêneros, tanto quanto os comportamentos assentados em indícios do terceiro, são perfeitamente compatíveis com o desenvolvimento normal e a saúde mental. Em pessoas saudáveis, na verdade, apresentam-se respostas aos indícios dos três tipos; e podem ocorrer simultaneamente ou em sequência, como podem mostrar-se compatíveis entre si ou conflitantes. Neste capítulo consideraremos o papel do comportamento provocado pelos três tipos de indícios. Como já se deu muita atenção aos indícios naturais, começamos considerando os métodos mais sofisticados de avaliar e evitar o perigo.

Perigo real: dificuldades de avaliação

Os psiquiatras falam, muitas vezes, como se fosse fácil avaliar o perigo real. Isso porém não acontece.

Na vida comum, tanto quanto na prática clínica, dois tipos distintos de problemas se apresentam. Um deles é a dificuldade que temos de avaliar o que é e o que não é um perigo real para nossos próprios interesses. Outro é a dificuldade que temos de avaliar o que é e o que não é um perigo real para os demais.

Enfrentamos dificuldades no momento em que tentamos definir o significado de "perigo real", para nós mesmos ou para outros. Há muitos problemas diante de nós. Um deles diz respeito às fronteiras do que seria julgado de interesse próprio. Outro diz respeito ao que, em nosso modo de entender, pode ou não pode provocar dano. Outro ainda diz respeito às variadas capacidades dos indivíduos de se protegerem e de protegerem seus interesses: enquanto um homem forte pode estar em condições de defender-se, em certa situação de perigo, uma pessoa mais fraca, uma senhora ou uma criança podem não estar em condições de proteger-se. Iniciamos com o problema de saber onde cada pessoa traça a linha fronteiriça, demarcatória de seus interesses. Obviamente, qualquer situação que nos pode ferir ou matar será classificada como perigosa. O mesmo vale para tudo aquilo que ameaça ferir ou matar os elementos da família ou os amigos mais chegados. Daí por diante, a definição torna-se mais difícil. Até que ponto ampliamos o círculo de amigos e conhecidos cuja segurança nos diz respeito? Até que ponto nos identificamos com a segurança e o bem-estar da empresa em que trabalhamos ou da associação recreativa a que nos filiamos? Como encaramos ameaças aos nossos pertences pessoais, à nossa casa e aos nossos ambientes prediletos?

A experiência nos mostra que o ser humano está constantemente com medo e se mostra angustiado diante de ameaças de danos a um círculo de pessoas, objetos e lugares que o rodeiam, colocados a certa distância de seu próprio corpo. Por esse motivo, é necessário incluir, no conceito de perigo real, ameaça de ferimento ou dano à própria pessoa e a toda sua vizinhança pessoal – nos moldes em que essa vizinhança foi definida no capítulo anterior.

Com exagerada frequência, não se reconhece a necessidade de considerar todo esse ambiente pessoal; se o princípio chega a ser aceito, não se conhecem, com a desejável propriedade, a natureza e a extensão do ambiente pessoal de cada indivíduo específico. Em consequência, pode passar despercebido, para o observador, o que seria verdadeiramente perigoso para uma dada pessoa.

Além disso, não somente a natureza da ameaça é relativa à pessoa em causa, mas, como já observado, os meios de proteção também são relativos à pessoa. Pessoas fortes e habilidosas estão capacitadas a proteger-se em situações nas quais as pessoas fracas e menos habilidosas não estão.

Ainda que se chegue a um acordo quanto à definição de perigo real, continuam presentes grandes dificuldades individuais para avaliá-lo. Por exemplo, para um indivíduo calcular quando, e em que grau, ele e seus interesses estão em perigo, é preciso que ele tenha um amplo conhecimento do mundo que o cerca e ser capaz de fazer previsões dignas de confiança. Quantos de nós estão, por esse prisma, habilitados? É fácil falar em perigos reais; difícil é estimá-los.

Em verdade, esquece-se com frequência este ponto importante: o que se imagina publicamente e permanentemente real não passa de alguma representação esquemática do mundo, talvez acidentalmente favorecida por um grupo social, em específico momento da história. É realista, para outras pessoas, em alguns períodos, temer fantasmas. É realista, para outra pessoa, em outros períodos, temer os germes. Em questões de realidade, todos enfrentamos o perigo de nos tornarmos arrogantemente provincianos. Isso não equivale a dizer, todavia, que tudo é subjetivo, que a realidade inexiste. A dificuldade no uso da realidade como critério está não no fato de inexistir realidade, mas no fato de ser imperfeita a nossa capacidade de entendê-la. Admite-se, em geral, sem discussões, que a criança tem uma imperfeita capacidade para entender o que é ou o que pode ser verdadeiramente perigoso. O que se tende a esquecer é que a capacidade do adulto é apenas uma fração maior do que a capacidade da criança.

Avaliar precisamente o risco de um perigo exige a consideração de muitos fatores. Imaginemos, por exemplo, a forma de calcular o risco de um ataque de determinado cão. O cão, via de regra, é uma criatura inofensiva e amistosa. No entanto, alguns cães são perigosos para algumas pessoas em alguns momentos. Que critérios aplicar? Pensando melhor no assunto, percebemos que são numerosos e complexos. Um prognóstico acurado depende, em parte, do tipo de cão que enfrentamos, e, em parte, da situação em que o encontramos; em parte, do comportamento que ele exibe, e, em parte, de como avaliamos as nossas próprias forças. Temos de levar em conta a idade e o sexo do cão, sua raça e, talvez, o treinamento que tenha recebido. Ao mesmo tempo, levamos em conta o fato de o cão achar-se em seu terreno ou em local que desconheça, bem como o fato de encontrar-se ou não ao lado de seu dono – e, tratando-se de fêmea, se está ou não com filhotes. Ao mesmo tempo, consideramos se o cão já nos conhece, como nos recebe e quanto nos julgamos eficientes para responder à ameaça com outra ameaça e para, se preciso, buscar uma proteção. É uma tarefa complicada, que exige um considerável conhecimento a respeito de cães e uma percepção acurada da situação enfrentada. Não é de espantar que vários adultos e crianças não se animem a realizá-la, comportando-se como se os cães fossem perigosos, até prova em contrário. Algumas pessoas,

simplificando a situação no sentido oposto, admitem o pressuposto contrário.
Consideremos, novamente, a dificuldade que cerca uma estimativa acurada de perigo de envenenamento alimentar. Tal estimativa depende de conhecimentos a propósito da origem do alimento, de quem o manipulou, se foi ou não cozido, bem como das capacidades de vários organismos de sobreviver, por tempo mais ou menos longo, a várias temperaturas. Não admira que a dona de casa assente seu comportamento em um reduzido número de indícios e de práticas culturalmente transmitidas.
A criança, como é óbvio, tem menos capacidade do que o adulto de avaliar e prognosticar um perigo real. A criança, provavelmente, dispõe de menor quantidade de informações do que o adulto e, além disso, como Piaget acentuou repetidas vezes (cf. Flavell, 1963), cresce lentamente a sua capacidade de ter em conta mais de um fator de cada vez. Felizmente, a criança reage rapidamente aos indícios naturais e culturais. Não fosse assim teria pequenas possibilidades de sobreviver.

Perigos "imaginários"

A avaliação do perigo toma sempre a forma de um prognóstico. Algumas vezes, a situação vista como perigosa é dada como iminente; outras vezes, é dada como remota. Em qualquer caso, há certa probabilidade de a situação concretizar-se. Situações perigosas que quase todos os adultos de uma sociedade dão como prováveis não apresentam problemas. Situações desafiadoras são justamente aquelas que quase todos os adultos vaticinam como altamente improváveis ou mesmo impossíveis. Com certa ironia, o medo oriundo de tais prognósticos é considerado "exagerado" ou "imaginário" – ou, em momentos de maior sobriedade, "inapropriado". Há muito que o medo dessas possibilidades se transformou em um dos principais enigmas de psicopatologia.
Os chamados medos imaginários passam a ser contemplados sob luz mais favorável e menos crítica no momento em que se compreende a dificuldade que cerca a tarefa de fazer prognósticos precisos de perigo e se percebe que a sobrevivência dos seres

vivos não admite amplas margens de erro em tais prognósticos. O fato de que as crianças – com seus imperfeitos modelos do mundo – às vezes subestimem acentuadamente um perigo, é um fato que nos alarma mas não nos surpreende. Também não surpreende, por esse mesmo prisma, que as crianças cometam o erro oposto, ou seja, o erro de ver perigo onde ele não existe. Quando a água do banho sai pelo ralo, como pode a criança saber que também não escorrerá pelo mesmo ralo? Mais tarde, ouvindo histórias a propósito de ladrões e piratas que assaltam carruagens e trens, como pode a criança saber que ela e a família estão imunes a esses tipos de ataques? A grande dificuldade que a criança enfrenta para apreciar precisamente o grau de um perigo a que, em qualquer momento, está sujeita, explica, segundo se afirma, a proporção muito maior do que frequentemente se supõe dos assim chamados perigos imaginários da infância.

Algumas vezes, o medo "imaginário" surge por causa de simples mal-entendido. Por exemplo, o caso do menino de 6 anos que, devendo posar para uma fotografia, abandonava apressadamente o local cada vez que o fotógrafo se preparava para apertar o botão da máquina; no dia seguinte, soube-se que o menino procurava salvar a sua vida, correndo sempre que ouvia o fotógrafo dizer "atirar" (no inglês, "*shoot*"). Tipo similar de mal-entendido levou um menino de 12 anos, acusado de roubo, a insistir em levar seis *pence* em seus bolsos ao ir à clínica; o mistério foi dissipado algumas semanas mais tarde: ele acreditava que "clínica" fosse uma espécie de estabelecimento penal e achava que, preso, poderia fugir, necessitando daquela quantia para voltar de ônibus para casa.

Em outras ocasiões, o medo "imaginário" é consequência de generalizações feitas a partir de amostras exageradamente pequenas. Se vovó pode falecer hoje, talvez mamãe e papai faleçam amanhã. Se a mãe perde um primeiro bebê, por que não temer a morte de um segundo?

Os exemplos até aqui citados são de prognósticos errôneos e desproporcionais de perigo, oriundos de dados não precisos ou inadequados. Até que se conheça a fonte dos prognósticos errôneos, a tendência de temer uma situação particular poderá parecer absurda a terceiros. E essa tendência pode ser duradoura. Uma vez conhecida a fonte, no entanto, a tendência deixará de parecer desarrazoada ou mal orientada; e surge a possibilidade de corrigi-la ou modificá-la.

Há outras explanações para certos casos de medo de algumas situações que, aos olhos de terceiros, pode parecer ridículo temer. Uma fonte de medo que tem sido grandemente subestimada, na literatura clínica, é o prognóstico de perigo que, de fato, tem base, embora pareça inexplicável a um estranho, porque é decorrente de informações secretas. Por exemplo, considere-se o caso da criança ou do adolescente que tem um pai acostumado a fazer ameaças – de suicídio, de abandono do lar ou mesmo de assassínio – nos momentos de explosão emocional. As ameaças, embora suficientemente reais no instante em que proferidas, são infrequentes e desajustadas aos procedimentos normais do dia a dia. Ainda que a criança ou o adolescente aceite as ameaças como algo sério, tenderão a negar ou a diminuir a importância de suas exclamações. O importante papel que tais situações familiares podem apresentar na explanação de intensificado grau de angústia de separação apresentada por alguns pacientes será tema de capítulos posteriores deste livro.

Outra fonte de medo aparentemente sem razão de ser é o prognóstico de perigo decorrente do conhecimento que o indivíduo possui, consciente ou inconscientemente, de alguns desejos que alimenta – por exemplo, intenções hostis em relação a uma pessoa amada. Nesse caso, como nos anteriores, o medo deixa de ser insensato, uma vez conhecidos os fatos.

Outras fontes de medo que é ou parece ser infundado encontram-se em processos de projeção e de racionalização – aos quais daremos ligeira atenção no capítulo seguinte.

Nos capítulos 18 e 19 daremos maior atenção a alguns dos chamados medos irracionais de crianças e adultos angustiados. Estes poucos parágrafos destinam-se apenas a mostrar que o enfoque teórico adotado está em condições de abranger, sem dificuldade, problemas clínicos que muito preocupam todos os profissionais e que a perspectiva biológica está longe de negar a descoberta extremamente importante de Freud de que o medo pode surgir não somente de prognósticos acerca do comportamento de pessoas e de coisas, como, ainda, de prognósticos acerca de nossos próprios atos.

É possível que a maior lição destinada a quem deseja entender a situação temida por outrem seja esta: prognósticos relativos a perigos futuros são, na maioria das vezes, de caráter estritamente individual. Embora alguns prognósticos, relativos a certos tipos de eventos, sejam públicos e partilhados com outras pessoas, há prognósticos, de outros tipos, que se revelam intrinsecamente pessoais e particulares. Em especial, os prognósticos às nossas relações pessoais são, provavelmente, muito mais importantes para nós mesmos do que para terceiros, e além disso assentam-se em experiências passadas e em informações atuais que são estritamente nossas e de ninguém mais. Assim, no que concerne ao futuro, cada um de nós faz seus próprios prognósticos a respeito do bem ou do mal que poderá advir. Esse é o mundo das expectativas futuras que cada um de nós carrega consigo. O assunto será retomado no capítulo 14, onde se dará especial atenção aos prognósticos feitos por uma pessoa, relativos ao provável comportamento de suas figuras de apego, e à grande influência que tais prognósticos têm sobre sua propensão a mostrar-se angustiada ou confiante.

Indícios culturais aprendidos com os outros

Suspeita-se, há muito, que as crianças tendem a "contaminar-se" com os medos dos pais. No entanto, pouco se sabe a respeito da correlação que existe entre o que é temido pelas crianças e o que seria temido por seus pais; além disso, foi somente na última década, aproximadamente, que se passou a dar atenção, de modo sistemático, à tendência básica para aprender através da observação.

Como resultado das pesquisas efetuadas, tem-se por bem estabelecido que a aprendizagem através da observação desempenha significativo papel no desenvolvimento comportamental de muitas espécies de pássaros e de mamíferos (Hinde, 1970). No caso dos seres humanos, Bandura (1968), figura exponencial do estudo de teoria da aprendizagem, assevera que praticamente tudo que se pode aprender através da experiência direta pode ser aprendido também de modo indireto, observando como outros se comportam em certas situações específicas e, em especial, analisando as consequências desses comportamentos para os seus respectivos agentes. Dessa maneira, adquirimos inúmeras habilidades. A aprendizagem pela observação nos fornece poderoso meio para a transmissão cultural de conhecimento relativo às situações que devem ser evitadas e às situações que podem ser dadas como seguras.

Estudiosos que dão atenção às crianças falam, algumas vezes, como se fosse preferível que não houvesse, quanto ao que temer, a influência dos pais[1]. Um instante de reflexão, todavia, mostra, ao contrário, que essa influência é uma sábia intercessão da natureza. Um bando de primatas não humanos amplia o alcance das situações-estímulo que evitam, imitando o comportamento de outros animais (cf. capítulo 8); o mesmo acontece com os seres humanos. Admite-se, é claro, que alguma situação inofensiva seria tratada, ocasionalmente, ao longo de várias gerações, como situação perigosa. Ainda assim, cabe supor que, frequentemente, a tendência de imitar implanta-se rapidamente nos indivíduos jovens e se transporta para a sabedoria tradicional do grupo, assim evitando os azares que, de outro modo, se mostrariam fatais.

Ao lado disso, aprender por imitação abrange, no caso do comportamento de medo, muito mais do que aprender a temer situações anteriormente não temidas. Pode ter, perfeitamente, um efeito oposto. Assim, as propriedades despertadoras de medo que uma situação apresenta para uma criança ou para um adulto podem ser apreciavelmente atenuadas, ou mesmo extinguidas, se essa criança ou esse adulto notar que outras pessoas enfrentam a situação sem medo e sem sofrer consequências danosas. A restrição que pesa sobre as situações despertadoras de medo é examinada no capítulo 13.

São surpreendentemente poucos os relatos a respeito de estudos em que se examine o grau de correlação entre situações temidas pelas crianças e situações temidas pelos respectivos pais. Podemos citar quatro de tais estudos. Observando setenta crian-

....
1. Aumenta a tendência, na literatura científica, de restringir o termo "imitação" aos casos em que se desenvolve novo padrão motor. No que segue, porém, o termo é usado com o sentido que adquiriu no discurso comum, denotando que uma pessoa observa as reações de outra, diante de certos estímulos, para, a seguir, responder de modo similar – mesmo que nenhum novo padrão motor esteja envolvido.

ças, em idade pré-escolar, de 2 a 6 anos, e observando as respectivas mães, Hagman (1932) notou uma correlação significativa entre crianças que temiam cães e mães que também os temiam; e entre crianças e mães que temiam insetos. Correlação havia, embora de menor grau, entre crianças e mães que temiam trovões. De modo não inesperado, a criança que tinha medo de certa situação, exatamente como a mãe, tendia a continuar temendo essa situação – muito mais do que a criança cuja mãe não temesse a referida situação. Em estudo comparável, mas realizado com maiores cuidados, Bandura & Menlove (1968) também acharam correlação significativa entre crianças em idade pré-escolar que temiam cães e pais (um ou ambos) que também os temiam. O terceiro estudo diz respeito ao medo do dentista. Shoben & Borland (1954) notam que os fatores determinantes mais importantes da reação de medo diante da perspectiva de passar por um tratamento dentário são a atitude e as experiências dos demais membros da família. O quarto estudo diz respeito a uma centena de crianças em idade pré-escolar, retiradas com as mães de uma área bombardeada durante a Segunda Guerra Mundial. John (1941) fala de correlação de 0,59 entre a intensidade do medo exibido pelas crianças, em momentos de bombardeio, e a intensidade do medo exibido pelas mães. (Embora a fonte primária de informações fosse, em quase todos os casos, a própria mãe, a existência de evidência independente, em alguns casos, permitiu ao investigador atribuir credibilidade aos achados.)

Embora ainda se tenha de pesquisar muito para conhecer algo a respeito da amplitude com que as situações despertadoras de medo tendem a manifestar-se em famílias e em comunidades, está hoje bem documentada a facilidade com que o medo de uma situação previamente neutra é indiretamente adquirido. Exemplificando, Berger (1962) e Bandura & Rosenthal (1966) descrevem experimentos que revelam como o som de uma campainha vem a despertar medo em uma pessoa, depois de ela observar que o som provoca, em outras pessoas, um doloroso choque[2]. De acordo com muitos, é extremamente desagradável a experiência de notar como

....
2. Nestes experimentos, o modelo observado não se expõe, de fato, aos choques. Em vez disso, age como se houvesse recebido o choque – por exemplo, flexionando subitamente o braço, deixando cair o lápis e estremecendo.

outras pessoas aparentemente levam um susto quando ouvem uma campainha. No experimento realizado por Bandura, alguns observadores procuraram diminuir seu desconforto dando atenção a outras coisas. Um desses observadores afirmou: "Ao notar quão penoso era o choque para ele, concentrei meu olhar em um ponto diferente para não focalizar, de modo direto, o rosto ou as mãos do observado". Não causa surpresa, portanto, o fato de alguns observadores também responderem com medo ao mesmo estímulo (como se verificou através de resposta galvânica da pele).

Nas situações experimentais descritas, pede-se que o sujeito observe o que está acontecendo. Na vida real temos liberdade: podemos observar ou não o que acontece à nossa volta. Embora poucos registros sistemáticos existam, parece provável que, estando em situação estranha ou potencialmente perigosa, observemos como os demais reagem, para, a partir deles, delinear nossas opções, particularmente quando os julgamos mais experientes do que nós. As crianças, pelo menos, procedem dessa maneira. No estudo acima citado (p. 200), Hagman (1932) realizou uma série de experimentos simples com a sua amostra de crianças em idade pré-escolar. Segundo o seu relatório, no momento em que se apresentava o estímulo despertador de medo, aproximadamente a metade das crianças olhava para o adulto que as acompanhava. Schaffer (1971), como se recordará, diz que o mesmo tipo de comportamento já se manifesta quando as crianças têm 12 meses de idade (cf. acima).

A área é ampla e tem sido inadequadamente explorada. É complexa, pois sabemos que está longe de mostrar-se perfeita a correlação entre as situações temidas pelas crianças e as temidas pelos adultos. A mãe pode temer, digamos, cães e cavalos, ao passo que a filha os encara sem medo. Um pai claramente destemido pode ter um filho tímido. Há muitos fatores em ação.

Ponto ao qual pouca atenção se deu, até o presente, nesta exposição, é que os indivíduos aprendem a temer situações de certos tipos muito mais facilmente do que aprendem a temer outras. Isso nos devolve aos indícios naturais.

Papel continuado dos indícios naturais

Neste capítulo e no anterior já enfatizamos que, ao longo de toda a vida, tendemos a responder com medo aos indícios naturais – ao estranho, à súbita mudança de estimulação, à rápida aproximação, à altura, ao estar só – reagindo de maneira particularmente forte diante de situações compostas, nas quais dois ou mais indícios naturais se combinam. Medo de animais e medo de escuro, ambos muito comuns, devem ser explicados, ao que parece, pelo fato de que animais e escuridão, frequentemente, constituem fontes de dois ou mais indícios naturais.

Medo de animais

Nos primeiros dezoito meses de idade, poucas crianças temem os animais. Daí em diante, porém, o medo se torna cada vez mais comum, de modo que do terceiro ao quinto anos de vida, a grande maioria das crianças tende a mostrar medo dos animais, pelo menos em algumas ocasiões. Embora a tendência de os animais despertarem medo diminua depois disso, continua a mostrar-se muito comum, tanto entre crianças de mais de 5 anos quanto em adultos. (Os achados foram relatados no capítulo 7.)

Ocasionalmente, é claro, uma criança pode ser atacada ou ameaçada por um animal, mas é pouco provável que tais acontecimentos sejam responsáveis por mais do que um pequeno grupo de crianças que desenvolvem medo dos animais. A evidência sugere que, em boa medida, a facilidade com que a criança desenvolve esse medo se explicaria pelo fato de os animais se revelarem, frequentemente, fonte de pelo menos três dos indícios naturais que despertam medo – a saber, a aproximação rápida, o movimento e o ruído súbitos. Isto se acha adequadamente ilustrado em uma observação feita por Valentine (1930), um dos primeiros autores a estudar a ontogênese das respostas de medo em seres humanos.

Valentine relata que um de seus filhos mostrou medo de um cão, pela primeira vez, quando estava com vinte meses de idade. Nessa ocasião, um cão tropeçou nos fios de um brinquedo da criança e ganiu. Assim procedendo, o cão representou combinação de aproximação, de movimento súbito (provocado pelo tropeço) e de ruído súbito (ganido). Diante disso, a criança chorou e, em seguida, passou a ter medo de cães.

No episódio relatado, o cão pertencia a um vizinho, de modo que devia ser familiar à criança. Em muitas ocasiões, entretanto, o cão que se comporta daquela maneira é estranho, caso em que mais um indício natural se junta aos já considerados. Não provoca surpresa, pois, o fato de os animais serem tão amplamente temidos.

Nos animais, por conseguinte, reúnem-se, muitas vezes, vários indícios naturais. Isso não nos deve fazer supor, contudo, que não possam ter algumas propriedades-estímulo que aumentam a probabilidade de as crianças, com base nelas, aprenderem a ter medo. O fato de os animais serem peludos seria uma de tais propriedades; outra, o de se movimentarem de modos típicos; outra, enfim, o de possuírem certos traços visuais.

Valentine ficou surpreendido pela facilidade com que as crianças parecem desenvolver medo de animais – comparada à facilidade com que desenvolvem outras características. Realizou, pois, um experimento simples, com uma de suas filhas, Y, "criança excepcionalmente sadia, forte e jovial", que contava, na ocasião, com 12 meses e meio de idade (Valentine, 1930). Num primeiro teste, sentada no colo da mãe, Y recebeu um binóculo, que em seguida foi colocado sobre a mesa que se achava diante dela. Cada vez que procurava alcançar o objeto, um apito de madeira era soprado atrás dela, emitindo um som alto. A criança, de cada vez, voltava-se mansamente para saber de onde viria o som. Em tais condições, o apito não despertava medo. Na mesma tarde, porém, repetindo o experimento, mas com uma lagarta no lugar do binóculo, Y imediatamente deu um grito e afastou-se da lagarta. O teste foi aplicado quatro vezes, sempre com o mesmo resultado. Depois, na mesma tarde, sentada ainda no colo da mãe, Y hesitava entre interessar-se pela pequena lagarta ou dela afastar-se. Quando a mãe apanhou a folha em que o animal se movia, a menina pareceu adquirir confiança, passando a examiná-lo. (Aí está, provavelmente, um exemplo de aprendizagem por observação.)

Desse experimento, Valentine obteve três conclusões. Na situação descrita:

– contemplar binóculo e ouvir o som do apito não eram alarmantes; e não havia motivo para supor que qualquer um desses dois fatores, isoladamente, fosse alarmante;
– a visão da lagarta despertou interesse, alternado com ligeiro medo;
– a visão da lagarta e o som do apito, juntos, eram alarmantes.

Com base em observações desse gênero, Valentine sugere que há uma tendência maior de desenvolver medo de lagartas do que de objetos como binóculo[3].

A grande facilidade com que o medo de cobras se desenvolve em macacos e bugios já foi assinalada (capítulo 8, p. 164). O mesmo vale para seres humanos. Recorde-se, como ficou registrado no capítulo 7, o caso dos experimentos realizados por Jersild & Holmes (1935a): de um terço a metade das crianças de 2 a 6 anos tiveram medo da cobra. Morris & Morris (1965) chegam a um resultado semelhante. Crianças inglesas foram convidadas a participar de um programa de TV, na Inglaterra, sugerindo temas para as sessões subsequentes. Prêmios eram oferecidos, mas para merecê-los as crianças deviam indicar o animal preferido e o animal menos apreciado. Aproximadamente doze mil crianças de mais de 4 anos participaram do concurso. A cobra apareceu em primeiro lugar, na lista dos animais menos apreciados, tendo sido apontada por 27% das crianças. As aranhas surgiram em segundo lugar, mas com menos de 10%; a seguir vieram os leões e tigres, que, em conjunto, foram indicados por 7% dos participantes, aproximadamente. Das crianças de menos de 9 anos de idade, pelo menos uma em cada grupo de três mostrava não apreciar as cobras. Considerando todas as idades, o número de meninas foi ligeiramente maior do que o número de meninos no total dos que não apreciavam cobras.

É provável que vários fatores se conjuguem para desenvolver o medo de animais e, em especial, de cobras. Em primeiro lu-

---

3. Um defeito desse experimento está em que, durante o segundo teste, quando a lagarta estava sobre a mesa e o apito soou, a menina Y estava sentada no colo do pai, e não no colo da mãe. É possível, pois, que uma alteração da pessoa encarregada de cuidar da menina tenha sido o fator responsável pelos resultados.

gar estão os indícios naturais comuns, inclusive, muitas vezes, o estranhamento. Em segundo lugar estão certos indícios naturais específicos, entre os quais figuraria o fato de esses animais rastejarem ou se retorcerem. Em terceiro lugar há que considerar o comportamento de terceiros. Os animais, em vista de aparência e de comportamento, aí incluída a vocalização, despertam vivo interesse e, ao mesmo tempo, incipiente medo. Assim, o comportamento de um companheiro tende a adquirir efeito máximo, desequilibrando a balança ou em favor de diminuição do medo e da aproximação ou, ao contrário, em favor do aumento do medo e do afastamento.

Medo do escuro

Os estudos realizados atestam que o medo da escuridão é tão comum quanto o medo de animais, e que durante a ontogênese caminha em linhas aproximadamente paralelas. Tudo indica que o desenvolvimento do medo do escuro deve ser explicado em termos similares aos que são usados para explicar o medo de animais, embora os indícios naturais correspondentes em geral não sejam os mesmos.

No escuro, os indícios naturais que se apresentam mais comumente são o estranhamento e o estar sozinho. Estímulos visuais que se manifestam à luz do dia como familiares, no escuro tornam-se frequentemente ambíguos e de interpretação difícil. Incontáveis exemplos ocorrem: o padrão dos movimentos da luz que passa pelas cortinas da janela; a forma das árvores de um bosque, contempladas à noite; os cantinhos sombrios de um porão pouco iluminado. Em cada um desses casos, os estímulos visuais disponíveis são pouco adequados para permitir percepção precisa, tornando-se comum, portanto, confundir um objeto familiar com algo desconhecido. Além disso, sem os indícios visuais, é mais difícil interpretar os sons de maneira precisa e digna de confiança. Assim, no escuro, muita coisa parece incerta ou estranha e, por conseguinte, alarmante.

Entretanto, o estranhamento despertaria, provavelmente, por si mesmo, pouco medo – não estivesse tão regularmente acompanhado de estar sozinho. Algumas vezes as pessoas encontram-se realmente sós; outras vezes, por não poderem ver o companheiro, sentem-se sozinhas. De qualquer modo, a situação é composta, combinando visões e sons de difícil interpretação com a situação de encontrar-se sozinho.

Freud, em nota interessante, revelou-se impressionado pelo modo através do qual a escuridão leva a criança a sentir-se sozinha. Em verdade, uma observação relativa ao comportamento de um menino no escuro, acoplada a certas inferências daí retiradas, constitui o núcleo da teoria da angústia formulada por Freud. Estamos, pois, em adequado ponto para comparar a teoria freudiana à teoria aqui formulada.

Em *Três ensaios* (1905*b*, *SE* 7: 224n), e, posteriormente, nas *Conferências introdutórias* (1917*b*, *SE* 16: 407), Freud conta a história de um menino de 3 anos de idade. Relata como chegou, certa vez, a ouvir a criança dizer, num quarto escuro: "Tia, fala comigo! Estou com medo, porque está muito escuro". A tia responde: "De que adianta falar? Você não pode ver-me". Ao que a criança retrucou: "Não faz mal; se alguém fala, há luz". Portanto, [comenta Freud] o que a criança temia não era o escuro, mas a ausência de uma pessoa que ela amava.

Refletindo a respeito, Freud concluiu que simplesmente a separação da mãe seria a situação prototípica despertadora de angústia nas crianças. A angústia neurótica, acrescenta Freud a seguir, seria mais bem compreendida como permanência, após a infância, da tendência de a pessoa ficar angustiada quando está sozinha – embora o medo de ficar só frequentemente apareça, mascarado, surgindo, digamos, na forma de medo do escuro. Por todos esses prismas, a teoria aqui proposta é muito semelhante à de Freud. As duas diferem, contudo, porque Freud não reconhece que a estranheza é intrinsecamente amedrontadora ou que a estranheza e o estar só podem ser vistos como dois elementos de uma classe de indícios de aumento de risco de perigo. Em consequência, Freud sustentava que o medo manifestado quando a pessoa está só (e também quando diante de qualquer dos demais indícios naturais) é irracional e neurótico; em oposição, na teoria aqui formulada, o medo, nas condições indicadas, é visto como algo que tem função adaptativa.

Medo de ficar só

Insistiu-se repetidamente neste capítulo que o estar só é um dos vários indícios naturais de aumento de risco de perigo, um indício que ocorre muito comumente como componente de situação composta. Esse indício não apenas ocorre em combinação com outros indícios naturais como, ainda, pode ocorrer ao lado de indícios culturais e em situações realisticamente avaliadas como perigosas. Assim, ao longo da vida, estar só é uma condição que estimula o medo ou intensifica, apreciavelmente, o medo despertado por outras vias. Concomitantemente, estar em companhia de alguém é algo que diminui apreciavelmente o medo. Em nenhuma situação o efeito tranquilizador da presença de companheiros é tão evidente quanto durante e depois de um desastre.

Comportamento em desastres

O papel desempenhado por um companheiro na redução da intensidade do medo das crianças é óbvio e, aliás, perfeitamente reconhecido pelas próprias crianças. Os adultos, porém, mostram-se mais relutantes em reconhecer esse papel. Durante e após um desastre, todavia, as pessoas mostram-se menos reticentes (Baker & Chapman, 1962).

Diante do impacto do desastre, as pessoas de uma família, em geral, se aproximam umas das outras.

Soando as sirenes, anunciando o desastre, os espíritos se voltam para as pessoas queridas. As mães, estando próximas, correm para junto dos filhos, com o objetivo de protegê-los; os homens procuram as suas famílias. As pessoas se aproximam umas das outras e dão-se mútuo apoio, enquanto dura o estresse. Acalmadas as coisas, procuram recuperar-se e cuidam dos que amam (Hill & Hansen, 1962).

Wolfenstein (1957) descreve de que modo uma senhora relatou a sua experiência, ao ser apanhada, em companhia de sua filha de 15 anos, por um tufão:

Ela disse "Mãe, está chegando – um ciclone". E eu respondi "Mary, receio que sim. Mas...", acrescentei, "estamos juntas". E ela disse "Mãe, eu gosto de você e estamos juntas". Jamais esquecerei essas palavras. E nós tínhamos os braços enlaçando uma à outra. E eu disse "Aconteça o que acontecer, Mary, fiquemos abraçadas".

Sempre que os elementos de uma família estão separados, no momento do impacto, é difícil que se acalmem enquanto não voltem a se encontrar. E o abraço, nesse caso, é a reação mais comum. "Estar com o outro é muito importante após o impacto, mesmo em famílias cujos elementos mantenham ligações frouxas" (Hill & Hansen, 1962).

Sobreviventes afirmam que estar só, durante um desastre, é extremamente assustador, ao passo que a chegada de um companheiro, mesmo inadequado, tende, em geral, a transformar o cenário. Wolfenstein relata outro episódio, em que dois feridos, após uma explosão, viram-se obrigados a rastejar, afastando-se da fábrica em chamas. Descrevendo suas experiências, um dos feridos, com a perna quebrada, explicou:

Então Johnny e Clyde chegaram. Eu disse: "Johnny, ajude-nos – não podemos caminhar". Seus braços estavam quebrados e ele disse: "Não posso ajudá-los, mas ficarei com vocês. Se vocês podem rastejar, eu os guiarei". Que disposição! Isso me ajudou – mais do que qualquer outra coisa – ele dizer "Ficarei com vocês".

Os membros de uma família ou de outros grupos sociais tendem, fortemente, a permanecer juntos, no ápice dos desastres; essa tendência, além disso, perdura, provavelmente, por vários dias ou várias semanas, após o desastre. Essa elevada tendência para o comportamento de apego é comentada em diversos trabalhos.

Exemplificando, Bloch, Silber & Perry (1956) estudaram os efeitos que exerceu um ciclone que atingiu certa cidade do Mississipi sobre algumas crianças que se achavam num cinema. Em geral, os informes foram obtidos em entrevistas, realizadas nas semanas subsequentes, com os pais de 185 crianças, cujas idades oscilavam entre 2 e 12 anos.

Cerca de um terço das crianças, de acordo com os relatos, mostrava sinais de crescente angústia que tomava, de maneira típica, a forma de agarramento ou de proximidade com relação aos pais – desejando dormir em companhia destes. As crianças ficavam angustiadas com os ruídos e tendiam a evitar situações associadas ao ciclone. Crianças de 6 a 12 anos mostraram-se mais perturbadas do que as menores. Razão possível para que assim ocorresse está em que maior número delas estaria na área do impacto. Outra razão (que não chegou, porém, a ser considerada pelos pesquisadores) está em que as crianças mais velhas teriam probabilidade mais elevada de se acharem longe de seus pais do que as mais novas. Os meninos foram tão afetados quanto as meninas.

Experiências significativamente associadas ao aumento da angústia foram a presença da criança na área de impacto do ciclone, ferimentos sofridos no próprio corpo e morte ou ferimento em pessoa da família. Não inesperadamente, a reação das crianças refletia a reação dos pais. Em nove casos, os pais descreveram a si mesmos como "despedaçados", afirmando que procuraram apoio nos filhos em vez de lhes dar esse apoio. Oito dessas crianças ficaram perturbadas; acerca da nona criança, não se conseguiu induzir a mãe a falar. O tema da inversão das relações pais/filhos e da influência que tal inversão exerce sobre as angústias das crianças será retomado nos capítulos 18 e 19. Vários casos diagnosticados como fobia da escola e agorafobia podem ser entendidos como casos em que ocorreu esse tipo de inversão.

Relatos a respeito dos efeitos do ciclone de 1953, no Mississippi (Bloch et al., 1956), e do terremoto de Los Angeles, em 1971 (*Time*, 8 de março de 1971), deixam claro que, após um desastre, os pais estão quase tão angustiados quanto os filhos, desejando mantê-los perto de si tanto quanto eles desejam ficar perto dos pais. Como essas respostas têm caráter adaptativo, é lamentável que, para explicá-las, se tenha tantas vezes recorrido ao conceito de regressão. As pesquisas atestam – tanto nos casos vulgares quanto nos casos de pós-desastres – que há, sob o comportamento pelos clínicos denominado regressivo, algumas situações que, uma vez trazidas à tona, explicam, de imediato, por que uma criança ou um adulto haveria de agarrar-se inflexivelmente a outro elemento de sua família.

Capítulo 11
Racionalização, erro de atribuição e projeção

> All round the house is the jet-black night;
> It stares through the window-pane;
> It crawls in the corners, hiding from the light,
> And it moves with the moving flame.
>
> Now my little heart goes a-beating like a drum,
> With the breath of the Bogie in my hair;
> And all round the candle the crooked shadows come,
> And go marching along up the stair.
>
> The shadow of the balusters, the shadow of the lamp,
> The shadow of the child that goes to bed –
> All the wicked shadows coming, tramp, tramp, tramp,
> With the black night overhead[1].
>
> ROBERT LOUIS STEVENSON,
> *A Child's Garden of Verses*

Dificuldades para identificar situações que despertam medo

Quando uma pessoa está com medo e afirma que algo, em especial (por exemplo, um trovão ou o latido de um cão), a deixou nesse estado, ficamos em dúvida, algumas vezes, quanto à correta identificação da situação-estímulo. Essa dúvida é comum quando o medo se apresenta (ou é relatado) em crianças ou em adultos emocionalmente perturbados. Entre psicanalistas, é comum dizer: o que alguém teme de fato é muito diferente do que afirma temer. Em verdade, a teoria psicanalítica da angústia e do medo reflete uma prolongada busca de alguma situação primitiva de perigo, julgada fonte de uma angústia e de um medo primitivos[2]. Decorrendo dessa tradição temos, também, a prática de invocar o pro-

---

1. Em volta de toda a casa, a noite escura,/Que me vigia pela vidraça,/Que se arrasta pelos cantos, fugindo da luz,/E que se move quando se move a chama.// Meu coração bate como um tambor,/E o sopro dos duendes passa pelos meus cabelos;/Em volta da vela se acumulam sombras retorcidas,/Que marcham escada acima.//A sombra dos móveis, a sombra da lâmpada,/A sombra da criança que vai dormir –/Todas as maldosas sombras se aproximam, bam, bam, bam,/Envoltas pela noite.

2. Cf. capítulo 5 e Apêndice I.

cesso de projeção toda vez que um medo parece desajustado à situação em que se viu gerado.

Pelo prisma aqui adotado (tanto quanto pelos prismas tradicionais), o erro de atribuição é considerado algo muito comum. A diferença está na maneira de explicar por que ocorrem os erros de atribuição. O conceito de perigo primitivo torna-se dispensável e a projeção também perde muito de seu valor explicativo. A solução se encontra na relação que os indícios naturais mantêm com o perigo e a segurança.

O mal-entendido e o erro de atribuição defluem do fato de que o medo é despertado, nos seres humanos, não por qualquer avaliação racional do perigo, mas por situações-estímulo que não passam de indícios de um crescente risco de perigo. Com efeito, como já ficou esclarecido, um indício natural não é, em qualquer sentido, inerentemente perigoso. Em vista disso e em vista do fato de que na cultura ocidental (e, talvez, em outras) se espera que o homem só tenha medo de perigos reais, manifesta-se a forte tendência – tanto em quem sente medo quanto em quem observa a pessoa amedrontada – de atribuir a resposta de medo a algo diverso do indício natural. Exemplifiquemos. Como parece absurdo ter medo de trovão, isso é "explicado" em termos de um medo real de ser atingido pelo raio. Analogamente, como é absurdo ter medo de um cão, isso se "explica" em termos de medo real de ser mordido pelo cão.

Racionalizações desse gênero são, sem dúvida, muito comuns. Elas são comentadas por todos os estudiosos que examinaram o problema do medo, independentemente de suas preferências teóricas. Assim, Marks (1969) sugere que o medo que a criança tem de monstros, quando no escuro, pode não passar de racionalização de medo do escuro, genuína racionalização de medo irracional, nas mesmas linhas em que se racionaliza qualquer sugestão pós-hipnótica. Newson & Newson (1968) sublinham que tais racionalizações são fácil e frequentemente encorajadas por outras crianças e mesmo por adultos – que ficam infernizando uma criança, assustando-a com imagens do que poderia vir a enfrentar, caso se animasse a andar sozinha em locais escuros. Por seu turno, Jersild (1943) nota que a criança já assustada, por uma razão qualquer, "pode formular seu medo em termos de um perigo imaginário ou antecipado" – corporificando-o em criminosos ou outros personagens sinistros que tenha encontrado, ou, mais provavelmente, a respeito dos quais haja lido alguma coisa.

Embora racionalizações simples como essa ocorram com frequência, é mais comum, talvez, a atribuição errônea ou tendenciosa resultante de propriedades especiais de situações compostas. Nestas situações compostas, duas ou mais condições-estímulo, apresentando-se juntas, provocam medo mais intenso do que o medo oriundo, separadamente, de cada uma das situações. Em tais casos manifesta-se a tendência de isolar um dos elementos da situação composta e atribuir-lhe o papel de provocador do medo, ignorando, naturalmente, os demais elementos. Exemplifiquemos. Uma pessoa está sozinha no escuro e ouve ruídos estranhos. Conquanto as três condições (estar só, estar no escuro, ouvir ruídos estranhos) possam mostrar-se necessárias para explicar o aparecimento do medo, é provável que a atenção se concentre apenas nos ruídos, para quase ignorar as outras duas condições. Além disso, é simples dar um passo a mais e racionalizar o medo – provocado de fato pelo que não passa da combinação de dois ou três indícios naturais – e afirmar que ele se deve ao temor a ladrões ou fantasmas.

É preciso examinar, em cada caso, qual dos componentes atuantes em uma situação composta é tomado como o provocador de medo e quais os que são negligenciados. Presumivelmente, o elemento selecionado é, em geral, aquele que mais prontamente se interpreta como indicador de perigo real. Admitindo que assim seja, o fato de alguém estar sozinho será, normalmente, negligenciado ou, pelo menos, será colocado em posição subordinada. É isso, aproximadamente, o que Freud pensava, embora formulasse suas concepções em termos da teoria da libido e não em termos da teoria do apego.

Em 1917, no final de uma discussão a propósito da psicopatologia das fobias, Freud resumiu a sua posição:

> A angústia infantil tem pouco a ver com a angústia real; de outro lado, porém, está intimamente associada à angústia neurótica dos adultos.

Como esta última, é derivada de libido livre[3] e substitui o objeto de amor ausente por um objeto exterior ou por uma situação (1917*b*, *SE* 16: 408).

Uma vez que Freud encara a libido livre como perigo interior, sua formulação é a de que o medo de um perigo interior se vê substituído por um perigo exterior. Maneira diversa de escrever a sua concepção seria esta: quando uma criança ou um adulto tem medo de algum objeto exterior ou de alguma situação exterior, o que teme, realmente, é a ausência de alguém que ama. Nos capítulos 18 e 19 (onde se debate, de modo mais amplo, a questão dos erros de atribuição) apresentaremos razões que nos levam a crer que numerosos medos intensos, atribuídos a muitas espécies de situações comuns e chamados fobias, podem ser mais bem entendidos como algo que surge em situações compostas – em que o elemento principal é a expectativa de haver separação com respeito a uma importante figura de apego. Muito apropriado é o famoso caso do "Pequeno Hans" (que tanta influência teórica exerceria), que tinha medo de ser mordido por um cavalo (Freud, 1909, *SE* 10). Evidenciaremos (no capítulo 18) que o medo de separação desempenhou, nesse caso, um papel muito maior do que o admitido por Freud.

Erro de atribuição e papel da projeção

Em algumas escolas psicanalíticas, o conceito de projeção foi usado amplamente na tentativa de explicar qualquer tipo de medo que não se torna imediatamente inteligível como resposta a um perigo real. Como o termo é usado de vários modos diferentes, a teoria que daí resulta é um tanto confusa.

De acordo com uma das maneiras de empregar o termo, projeção denota nossa propensão a perceber um objeto em função de alguma noção preconcebida. Dito de outro modo, denota a tendência de "projetar sobre" o objeto certas características que ima-

---

3. No original, *unemployed libido*. Como o autor usa distintamente *libido, energy* e *cathexis*, optei pela expressão libido livre. (N. T.)

Enfoque etológico do medo humano   215

ginamos que ele tenha, embora não sejam aparentes aos órgãos dos sentidos e, na verdade, possam inexistir. Esse procedimento é normal, na medida em que faz parte de qualquer percepção. Conquanto o percepto resultante seja, de hábito, razoavelmente válido, há ocasiões em que os perceptos resultantes são inteiramente falsos.

De acordo com outra maneira de usar o termo, projeção denota o processo por meio do qual uma pessoa atribui a outra algumas características que, na verdade, são suas – particularmente aspectos de que não gosta ou de que tem medo. Esse processo deve, de modo quase inevitável, levar a atribuições falsas e desfavoráveis, no que concerne a esta outra pessoa e a seus motivos.

Há duas razões que nos levam a restringir o uso do termo projeção, dando-lhe este segundo sentido. Primeira razão: o termo "assimilação", introduzido, há alguns anos, por Piaget, mereceu ampla acolhida e denota nossa propensão a perceber qualquer objeto em termos de algum modelo já adotado por nós, mesmo que esse modelo se ajuste apenas imperfeitamente ao objeto. Diz-se, então, que o novo objeto de percepção foi assimilado ao modelo existente. Segunda razão: em várias correntes psicanalíticas, o termo projeção é mais frequentemente empregado para denotar a propensão que nos leva a atribuir nossas falhas a terceiros e que nos impede de ver as falhas em nós mesmos – a tendência de perceber grãos de poeira nos olhos dos outros, sem notar as verdadeiras vigas que se acham nos nossos olhos.

Empregando o termo com este segundo sentido, notamos que o processo de projeção é muito frequentemente lembrado pelos estudiosos de psicanálise com o objetivo de explicar por que as crianças e os adultos temem (como realmente temem) uma ampla gama de situações que nada têm, intrinsecamente, de perigoso. Essa linha de raciocínio foi levada ao extremo por Melanie Klein; ela postulou que o processo de atribuir aos outros as nossas próprias características indesejáveis ou assustadoras ocorre em larga escala durante as primeiras fases do desenvolvimento normal, com efeitos consideráveis sobre a personalidade posterior. Em seu primeiro ano de vida, segundo a visão kleiniana, uma criança atribui, normalmente, às figuras de genitores, certos impulsos que, na realidade são seus; em seguida, introjeta (ou seja, cria modelos funcionais de) figuras de genitores já distorcidas por aquelas atribuições errôneas. Segundo a concepção kleiniana, portanto, o motivo que leva a criança a criar modelos funcionais de pais hostis, rejeitadores e não receptivos ("objetos maus introjetados") não está em que tenha tido experiência real de tratamento adverso ou destituído de simpatia; está, em vez disso, em que, de partida, suas projeções dos pais foram gravemente distorcidas pelas suas próprias projeções anteriores. De acordo com Klein, o instinto de morte é faceta especial do eu que é projetado nos primeiros meses de vida; isso leva a autora a uma teoria da angústia, que resume nesta sentença: "Sustento que a angústia nasce da atuação, no próprio organismo, do instinto de morte; é sentida como um medo de aniquilamento (morte); e toma a forma de medo de perseguição" (Klein, 1946).

Nota-se que esta aplicação abrangente do conceito de projeção não se coaduna com o enfoque por nós utilizado. O sistema kleiniano está assentado em um paradigma não evolucionário, desvinculado da biologia moderna; além disso, provoca, no trabalho clínico, um efeito que impede a boa prática, a saber, a de afastar a atenção das experiências reais, passadas e presentes, de uma pessoa, para tratá-la como se fosse um sistema fechado, que pouco sofre a influência do ambiente. Outro efeito infeliz resultante da aplicação do conceito de projeção desta maneira não crítica é o de lançar descrédito sobre um conceito útil. Em vista disso, analisemos novamente o problema.

Não é raro ver pessoa com medo de que alguém pretenda fazer-lhe mal, embora aos olhos de terceiros essa expectativa seja infundada. Em tais circunstâncias, como vimos, os psicanalistas tendem a postular que a pessoa amedrontada está projetando sobre outras as intenções hostis que se acham nela mesma – embora esta pessoa negue que existam essas intenções. Não há dúvida de que isso pode ocorrer; mas ocorre muito menos frequentemente do que habitualmente se imagina.

De fato, uma situação do tipo descrito é explicável de pelo menos quatro maneiras; e é necessário examinar a evidência em cada caso antes de decidir qual das explicações se aplica – ou de decidir, talvez, que duas ou mais explicações se aplicam em conjunto. Eis as possibilidades:

1. A pessoa percebe, corretamente, intenções maldosas de outra e, ao percebê-las, revela-se mais sensível do que os demais espectadores.
2. A pessoa aprendeu, na infância, que muitas pessoas são hostis, mesmo quando proclamam boas intenções; habilita-se, pois, através de um processo de assimilação, a supor que figuras encontradas durante a vida se mostrem hostis, mesmo que não o sejam.
3. A pessoa, ciente de que não é amiga de outra, e ciente mesmo de que está disposta a prejudicá-la, espera, com naturalidade, que haja reciprocidade das más intenções.
4. A pessoa, sem consciência de suas más intenções, sustenta que, embora aja amistosamente com relação a outra pessoa, esta lhe é hostil.

Dessas quatro possíveis explanações, apenas o processo postulado na quarta é que mereceria, com propriedade, o nome de projeção – se o termo é usado com o sentido estrito de atribuir a outros certas indesejáveis características que existem em nós. Não há dúvida de que o processo pode tornar-se fonte de erros de atribuição. Depende de investigação, naturalmente, saber quão ampla é a quantidade de erros de atribuição que tiveram essa origem.

O caso Schreber: um reexame

A necessidade de reexaminar, por ângulos novos, toda essa área da psicopatologia é ressaltada pelas descobertas de Niederland (1959*a* e *b*), resultantes de novo enfoque dado ao caso de que deriva toda a teoria em torno da paranoia e dos sintomas de paranoia. O estudo original de Freud, relativo ao caso Schreber, assentado apenas nas memórias publicadas pelo paciente, foi publicado em 1911 (*SE* 12: 9-82). Freud publicou, posteriormente, vários trabalhos a respeito da paranoia; de acordo com Strachey (1958), porém, não modificou jamais, de maneira apreciável, as suas antigas concepções.

Daniel Paul Schreber nasceu em 1842, segundo filho de eminente médico e educador. Em 1884, atuava como juiz. Desenvolveu, então, certa moléstia psiquiátrica, da qual se recuperou alguns meses após. Reassumiu seu cargo, mas voltou a adoecer oito anos depois. Ficou, desta vez, em um asilo, onde permaneceu por nove anos (1893-1902). No final desse período, escreveu as suas memórias. Em 1903, pouco tempo depois de receber alta, as memórias foram publicadas e se tornaram, desde logo, matéria de interesse psiquiátrico. Um tema importante, nos escritos de Schreber, são certas experiências corpóreas, extremamente penosas e humilhantes. Tais experiências, Schreber as concebe em termos de "milagres" praticados por Deus, por meio de "raios":

> Desde os meus primeiros contatos com Deus até hoje, meu corpo tem sido alvo constante de milagres divinos... Dificilmente um dos meus membros ou órgãos deixou de ser temporariamente afetado pelos milagres; dificilmente um só dos músculos de meu corpo deixou de ser distendido pelos milagres... Mesmo hoje, os milagres que experimento a cada hora ainda são de tal ordem que assustariam mortalmente qualquer outra pessoa[4].

A análise de Freud, sobre os delírios de perseguição de Schreber, assenta-se apenas nas memórias que este nos deixou. Freud salienta que os sentimentos de Schreber, com respeito a Deus, são extremamente ambivalentes; de um lado são críticos e rebeldes; de outro, são dóceis – traduzidos em reverência diante de alguém que se admira. Freud chama a atenção para a atitude francamente homossexual que Schreber assume, algumas vezes, para com Deus – incluindo a crença de que ele devia desempenhar o papel de mulher, para satisfação de Deus. Partindo de material desse gênero, Freud postula que o delírio de perseguição é tentativa de contradizer a proposição "Eu (um homem) amo-o (outro homem)", a fim de substituí-la por "Eu não o *amo*, eu o *odeio*" e, posteriormente, por "Eu o *odeio* porque ele me persegue".

....
4. Ao lado do artigo de Freud e da nota do editor, de Strachey, na *Standard Edition*, temos, agora, uma tradução inglesa das memórias de Schreber, bem como uma tradução inglesa de um artigo de Baumeyer (1956) em que ele sumariza e cita, a partir do original, registros de caso da doença de Schreber. A bibliografia elaborada por Niederland dá referências bibliográficas aos trabalhos acima e às obras publicadas do pai de Schreber.

Uma percepção interior é suprimida e, em vez dela, seu conteúdo, após sofrer um certo tipo de distorção, ingressa na consciência sob a forma de percepção exterior. Em delírios de perseguição, a distorção consiste na transformação do afeto; o que deveria ser interiormente sentido como amor é percebido exteriormente como ódio.

A esse processo Freud dá o nome de *projeção* (*SE* 12: 63-6).

Em seu reexame do caso, Niederland (1959*a* e *b*) observa que o pai de Schreber defendia alguns pontos de vista incomuns a respeito da educação física e moral dos jovens, tendo publicado vários livros em que descrevia seus métodos. Ressalta, nesses livros, a vital importância de iniciar regimes prescritos já na infância; e sublinha, repetidamente, que havia aplicado seus métodos aos próprios filhos. Parece lícito concluir, portanto, que Schreber (filho) foi submetido aos métodos educacionais de seu pai desde a mais tenra infância.

Os métodos físicos, com a recomendação de que deveriam ser aplicados diariamente, durante toda a infância e adolescência, envolvem certos exercícios e "arreios" destinados a controlar a postura. Um exemplo de arreio, concebido com o propósito de impedir que a cabeça de uma criança se inclinasse para os lados ou para a frente, era uma tira presa nos cabelos e na cueca – que puxaria os cabelos, no caso de a criança não se manter ereta. Em virtude de o dispositivo poder levar a criança a ficar exageradamente rígida, recomendava-se que não fosse usado mais do que uma ou duas horas por dia. Exemplo de ginástica era colocar duas cadeiras uma em frente da outra, com um vão de separação; a criança deveria formar uma ponte, colocando os pés em uma das cadeiras e a cabeça em outra, mantendo-se por algum tempo nessa posição. Os calamitosos efeitos que Schreber (pai) associava à má postura incluíam o bloqueio da circulação sanguínea que conduziria, posteriormente, à paralisia de braços e pernas. A respeito de um de seus aparelhos (barra de ferro em cruz, destinada a garantir que a criança ficasse sentada em posição ereta), Schreber diz que trazia benefícios físicos e atuava como eficiente corretivo de ordem moral.

Schreber (pai) advoga concepções rígidas de disciplina moral. Encarava os maus elementos do espírito como "ervas daninhas" que deviam ser "exterminadas". Descreve as ameaças e os castigos com os quais, a partir do momento em que a criança atingia cinco ou seis meses de idade, um pai se certificaria de que haveria de tornar-se "governante eterno de seu filho". A impressão de que Schreber (pai) era um psicótico tem apoio em nota redigida por um psiquiatra do hospital em que se internou o filho, e decorre, como se imagina, de informação prestada por pessoa da família ou por alguém que a esta se ligava de maneira íntima. Diz a nota que o pai do paciente "sofria de ideias obsessivas, com impulsos assassinos".

Niederland compara a descrição que o filho faz dos pavorosos "milagres" que devia padecer, nas mãos de Deus, com as prescrições do pai, relativas ao modo de tratar crianças, visando ao seu bem-estar físico e moral. Ponto a ponto, as similaridades são traçadas. O filho se queixa de milagres de frio e calor. O pai prescreve que, para tornar rija a criança, ela deve ser banhada, a partir dos três meses, em água fria, submetendo-se, ainda, a várias aplicações locais de água fria. O filho se queixa de que seus olhos e cílios são alvo constante de certos milagres. O pai prescreve repetidos exercícios visuais e recomenda que os olhos sejam borrifados com água fria, sempre que irritados ou fatigados, após estimulação demasiada. O filho descreve um milagre no qual toda a parede do peito se vê comprimida. O pai prescreve o uso de um aparelho – uma barra de ferro que pressiona a clavícula – para manter a cabeça em posição ereta.

Em vista dessas notáveis semelhanças, a hipótese de Niederland – em consonância com a segunda das quatro explanações apresentadas acima (p. 216-7) – é a de que as crenças delirantes de Schreber, concernentes ao modo pelo qual Deus o tratava, defluíam de lembranças relativas ao modo pelo qual o pai o havia efetivamente tratado quando criança. O caráter delirante das crenças é então visto como algo que se deve (a) ao fato de o paciente atribuir a origem de seus sofrimentos a certas atividades de Deus, executadas naquele momento, em vez de atribuí-las a atividades do pai, executadas no passado e (b) do fato de imaginar que o mecanismo de seus sofrimentos seriam "raios" e milagres, em vez de manipulações de figuras paternas. Como o próprio Niederland (1959*a*) enfatiza, a hipótese coaduna-se com ideias que Freud viria a defender no final de sua vida (e que ainda não foram devidamente exploradas). Nas alucinações, sugere Freud (1937), "alguma coisa experimentada na infância e posteriormente esquecida retorna...". Adotando essa maneira de interpretar os delírios paranoides, muitos problemas ficam em aberto, aguardando solução. Por que o paciente não se lembra de como os pais o trataram na infância? Por que as experiências infantis são deslocadas no tempo e se erra na identificação do agente responsável por tais experiências? Respostas viáveis para essas questões invocam hipóteses relativas aos tipos de injunções, explícitas ou implícitas, que um pai pode impor a um filho – fazer com que a criança conceba como benefício tudo aquilo que lhe aconteça; fazer com que ponha os pais a salvo de quaisquer críticas; fazer com que não perceba nem recorde certos atos que testemunhou ou experimentou. Essas hipóteses, com muitas evidências de que se aplicam ao caso Schreber, são formuladas, em artigo recente, por Schatzman (1971). Todavia, há mais uma hipótese, não aventada por Schatzman; a saber, a de que os filhos desejam ver seus pais sob luz favorável e, em virtude disso, distorcem com frequência as suas percepções.

No capítulo 20, os temas aqui examinados serão novamente abordados. Entrementes, já se disse o bastante com o propósito de mostrar que os medos patológicos de um adulto podem ser, muitas vezes, contemplados por ângulos radicalmente novos, toda vez que conhecidas e passíveis de se verem tomadas em conta as experiências reais que esse adulto sofreu na infância. Sintomas paranoides encarados como autógenos e imaginários passam a ser respostas inteligíveis, conquanto distorcidas, de eventos históricos.

Capítulo 12
Medo de separação

Hipóteses relativas ao desenvolvimento do medo de separação

É chegado o momento de reunir as ideias relativas ao medo de separação e ao modo pelo qual esse medo se desenvolve. Salientamos, no final do capítulo 1, que os termos "presença" e "ausência" são termos relativos que podem suscitar mal-entendidos. A palavra "presença" significa "acessibilidade rápida"; por seu turno, "ausência" indica "inacessibilidade". As palavras "separação" e "perda", tendo em conta o uso que delas fazemos neste livro, implicam que a figura de apego é inacessível, temporariamente (separação) ou permanentemente (perda). Por conseguinte, estaremos preocupados, doravante, com os processos de desenvolvimento que levam uma criança de tenra idade a responder com medo quando nota ou acredita que sua figura de apego está inacessível.
Eis algumas das muitas questões levantadas e que ainda continuam sem resposta:

1. A inacessibilidade da mãe é, de per si, uma situação que desperta o medo em crianças, sem a necessidade de uma prévia aprendizagem?
2. Ou esse medo manifestar-se-ia em um indivíduo apenas depois de ele ter associado a inacessibilidade da mãe a alguma experiência aflitiva ou assustadora?

3. Prevalecendo esta última situação, qual seria a natureza de uma tal experiência aflitiva ou assustadora? E qual seria o tipo de aprendizagem que associaria essa experiência à separação?

Não nos importemos com as soluções que venham a ser oferecidas para essas questões. O fato é este: o animal que está sozinho corre maiores perigos, particularmente quando se trata de filhote ou de um animal fraco; em vista disso, a reação de medo, diante da inacessibilidade da mãe, pode ser vista como resposta adaptativa fundamental, ou seja, como resposta que, em termos de evolução, veio a tornar-se parte integrante do repertório de comportamentos do homem, em virtude de sua contribuição para a sobrevivência da espécie.

Sendo assim, não há razão, *a priori*, para admitir que o medo provocado pela inacessibilidade da mãe só possa vir a ser entendido em função do fato de o indivíduo ter experimentado, longe dela, um tipo de aflição ou de medo – uma hipótese, aliás, que tem sido comumente defendida. Ao contrário, é perfeitamente possível que a resposta à inacessibilidade da mãe se desenvolva durante a ontogênese, sem a participação de nenhum tipo de aprendizagem. Indiquemos esta hipótese por A.

Está em aberto a questão de saber se a hipótese A se aplica ou não ao caso dos seres humanos. De fato, lembrando o que foi reiteradamente ressaltado no volume I, há muitas formas de comportamento que (exatamente como acontece neste caso) valeria a pena considerar instintivas, mas que só se desenvolvem, funcionalmente falando, quando o ambiente abre margem para aprendizagens de certos tipos específicos. Dito de outra maneira, ao advogar a hipótese de que é instintivo o comportamento de medo decorrente de inacessibilidade da mãe, não se afasta de modo algum a possibilidade de certa forma de aprendizagem mostrar-se necessária para que aquele comportamento se desenvolva. O que a tese requer é isto, apenas: supor que quando um indivíduo cresce no ambiente de adaptabilidade evolutiva da espécie, está sempre presente a oportunidade para que a necessária aprendizagem ocorra.

Um pouco de reflexão mostra que há pelo menos três hipóteses dignas de atenção que se mostram compatíveis com esse requisito. Vamos chamá-las de hipóteses B1, B2 e B3.

A primeira hipótese, B1, é a de Freud, formulada em 1926, de acordo com a qual se postula o seguinte: o medo de que a mãe se ausente resulta do fato de a criança aprender que, na ausência da mãe, as suas necessidades fisiológicas não são atendidas; e de aprender, ainda, que isso redunda em acumulação, no organismo, de perigosas "quantidades de estimulação" que, não "eliminadas", conduzem a uma "situação traumática". Uma vez que, além disso, a criança deixada sozinha não se considera em condições de eliminar aquelas acumulações, ela passa, intrinsecamente, a temer uma situação de perigo, "uma situação reconhecida, lembrada e esperada de desamparo"[1].

As razões que nos levam a não aceitar a hipótese de Freud já devem ter-se tornado aparentes. Uma delas: a hipótese está imersa em um paradigma inteiramente diverso do paradigma aqui advogado (cf. capítulo 5). Outra: a hipótese de Freud parece postular um grau de *insight*, relativo às ideias de causa e efeito, que não só é improvável nas crianças com aproximadamente um ano de idade, como, além disso, desnecessário para explicar aquilo que se constata. O fato de muitas respostas exibidas pelas crianças separadas das mães também se apresentarem em filhotes de primatas não humanos atesta, segundo entendemos, ser perfeitamente possível que tais respostas sejam mediadas a um nível primitivo e presumivelmente infrassimbólico.

Objeções do mesmo gênero aplicam-se às teorias formuladas por Klein – que, aliás, pressupõem operações cognitivas ainda mais sofisticadas (cf. Apêndice I).

A segunda hipótese, B2, não muito diferente da hipótese de Freud, porém mais simples e sem implicar aprendizagem por *insight*, mostra-se compatível com a teoria de comportamento de apego apresentada no volume I desta obra. No capítulo 14 do volume I, discutiram-se as condições que, nos primeiros meses de vida, levam à finalização do choro:

... quando um bebê não tem fome, frio ou dor, os finalizadores mais eficazes do choro são, por ordem ascendente, o som da voz, a suc-

....
1. As citações foram retiradas de *Inibições, sintomas e ansiedade* (*SE* 20: 137-8 e 166). A teoria de Freud é mais amplamente descrita no Apêndice I.

ção não nutritiva e o embalo. Estas conclusões explicam facilmente por que se diz que os bebês choram em decorrência da solidão e têm o desejo de serem tomados nos braços. Embora atribuir tais sentimentos a bebês nos primeiros meses de vida seja quase certamente injustificado, essas conclusões contêm, apesar de tudo, uma boa dose de verdade. Quando não são embalados e nem se fala com eles, os bebês podem começar a chorar; quando embalados e se lhes fala, param de chorar e mostram-se contentes. E, de longe, o mais provável agente para embalar e falar com um bebê é a sua figura materna.

Em vista do exposto, cabe dizer, uma criança aprende que a presença da mãe se associa ao conforto, ao passo que a sua ausência se associa à aflição. Assim, por meio de um processo bem simples de aprendizagem associativa, uma criança liga a ausência da mãe à aflição; e, consequentemente, passa a temer a sua inacessibilidade. Essa hipótese está próxima da que foi formulada por Kessen & Mandler (1961).

A terceira hipótese, B3, deriva do fato de que, diante das situações provocadoras de medo (como, por exemplo, a existência de objetos estranhos, os ruídos, a aproximação súbita de alguma coisa), a criança sente muito mais medo quando a mãe está ausente do que quando ela está presente. Poder-se-ia postular, então, que, depois de algumas dessas experiências, a ausência da mãe bastaria para despertar o medo, novamente por meio de um processo de aprendizagem associativa. Esta hipótese é semelhante à que foi sugerida pelo dr. Rycroft (1968*a*), conforme já dito acima, no capítulo 6.

A evidência hoje disponível não permite opção; todas as três hipóteses, B1, B2 e B3, são plausíveis.

Não é simples submeter a teste a hipótese B1, segundo a qual uma resposta de angústia à inacessibilidade da mãe desenvolver--se-ia durante a ontogênese, sem necessidade de qualquer tipo de aprendizagem. Além disso, se a hipótese fosse verdadeira, não tornaria irrelevantes as hipóteses B2 e B3 – já que a aprendizagem dos tipos propostos por estas duas hipóteses ainda poderia ocorrer e adquirir grande significação ao explicar graus de angústia de separação que se colocassem para além de um grau mínimo.

Saber se a hipótese B1 é válida ou não é algo que, no momento, não parece ter grande importância clínica. Isso porque, se as formas de aprendizagem postuladas pelas hipóteses B2 e B3 ocorrem, de fato – como é provável –, devem ocorrer na segunda metade do primeiro ano e durante o segundo ano de vida da criança; e, exceto no caso de a criança não dispor de uma figura materna, essas formas de aprendizagem tornar-se-iam virtualmente inevitáveis. Em consequência, na posição de situação que desperta medo, a separação em relação a uma figura de apego seria quase universal – quase tão universal como seria se a hipótese B1 viesse a se aplicar.

A ideia de que existe aprendizagem associativa dos gêneros postulados pelas hipóteses B2 e B3 encontra apoio em estudos de diferenças individuais no que concerne à suscetibilidade à resposta de medo, particularmente diante da separação. Tais estudos (como veremos, em pormenor, nos capítulos subsequentes) mostram que as crianças bem cuidadas – e que, provavelmente, foram protegidas contra a experiência da aflição intensa ou do medo intenso – são as menos suscetíveis de reagir com medo diante de situações de variados tipos, inclusive a separação. E mostram, ao lado disso, que as crianças que tiveram experiências intensamente aflitivas e amedrontadoras, em momentos de ausência das mães, são justamente as que tendem a exibir crescente suscetibilidade ao medo, particularmente ao medo de voltarem a separar-se das mães.

Se essas duas formas de aprendizagem associativa ocorrem, de fato, na infância – como parece provável –, seus efeitos sobre o desenvolvimento da personalidade devem ser bem distintos. Exemplifiquemos. Se uma criança, em virtude de suas experiências particulares, associa a ausência da mãe a um alto grau de desconforto e aflição, essa criança crescerá, talvez, respondendo à separação e à perda, efetiva ou antevista, com dificuldades psicossomáticas e tensão generalizada; de outra parte, se uma criança, em virtude de suas próprias experiências, vier a associar a ausência da mãe a uma condição de medo intenso, essa criança crescerá inclinada a responder a qualquer situação provocadora de medo com uma dose de medo maior do que a apresentada por outros indivíduos. Saber se diferenças desse gênero ocorrem ou não é um problema que só poderá ser resolvido com pesquisas adicionais.

Necessidade de duas terminologias

Nos últimos capítulos, traçamos uma clara linha divisória entre situações que despertam medo e situações que se mostram intrinsecamente perigosas. As situações que despertam medo podem ser vistas em termos de indícios naturais ou culturais de um risco aumentado de perigo; mas não são, entretanto, indicadores infalíveis da existência de perigos reais. O modo como nos sentimos em uma situação mantém apenas uma relação indireta com o grau de risco efetivamente apresentado pela situação. Considerando que o mundo refletido nos sentimentos difere do mundo real (embora a ele se associe), duas terminologias se impõem.

No final do capítulo 6, três termos – "angustiado", "alarmado" e "amedrontado" – foram introduzidos, esclarecendo-se os significados que adquiriram neste livro. Os termos dizem respeito ao mundo como ele se vê refletido nos sentimentos. Em oposição, o termo "perigoso" diz respeito ao mundo real.

Torna-se necessário, a esta altura, escolher termos analogamente distintos, por meio dos quais se possa aludir, de um lado, a um estado de sentimento antitético ao sentir medo e, de outro lado, a uma situação antitética à de perigo[2]. A etimologia sugere "sentimento de segurança" ("*feeling secure*"), num caso, e "situação de segurança" ("*situation of safety*"), no outro.

O significado original, em inglês, do adjetivo *secure* é "livre de cuidados, de apreensões, angústias ou alarma" (cf. *Oxford English Dictionary*). Historicamente, pois, *secure* aplica-se ao mundo tal como refletido nos sentimentos, e não ao mundo tal qual é. Em oposição, o significado original de *safe* seria "livre de dor ou de danos". Com tal significado, o termo aplica-se ao mundo tal qual é, não ao mundo tal como refletido nos sentimentos. A distinção aparece claramente ilustrada em um dito popular do século

....

2. A distinção proposta por Bowlby assenta-se na diferença entre "*safe*" – estar seguro – e "*secure*" – sentir-se seguro. Uma roda-gigante pode ser segura ("*safe*"), embora não me sinta seguro ("*secure*") quando me sento em um de seus bancos. Em nosso idioma, falando palavras apropriadas correspondentes, a distinção se estabelece insistindo em uma "segurança *de facto*" (própria das coisas) e em uma "sensação de segurança" (um sentimento que alimentamos). (N. T.)

XVII, citado pelo *OED*. "The way to be safe is never to bee [*sic*] secure", ou seja, "Para estar a salvo, nunca se sinta seguro".

Utilizando os termos com seus significados originais é possível formular sentenças como as que aparecem abaixo, que em inglês são acuradas e despidas de ambiguidade:

– embora a situação se mostrasse bastante segura (isto é, *safe*), ele ficou com muito medo; ou,

– percebi que a situação era de perigo, mas o comportamento do capitão contribuiu para que eu me sentisse seguro (ou seja, *secure*).

A distinção aqui traçada entre *"feeling secure"* ("sentir-se seguro") e *"being safe"* ("estar seguro") nem sempre é adotada, de modo que vários termos comumente usados na literatura não se ajustam ao que propusemos. Em especial, isso vale para a expressão *"haven of safety"* ("porto seguro"), de Harlow (que aqui preferimos substituir por "base segura"), e para a expressão *"feeling of safety"*, usada por Sandler (1960), que aqui preferimos substituir por *"feeling of security"*.

O emprego da palavra *secure*, com o sentido proposto, já se tornou comum na prática clínica. Por exemplo, com respeito a estados de sentimentos, as crianças e os adultos são habitualmente descritos como seguros ou inseguros. Note-se que uma pessoa que atua como figura de apego para outra pode ser encarada como alguém que dá a essa outra pessoa uma sensação de segurança; em vista disso, é conveniente, muitas vezes, descrever a figura de apego como figura de segurança ou como pessoa que fornece uma base segura. Cumpre enfatizar, ao mesmo tempo, que uma base segura – ainda que leve alguém a sentir-se seguro – não é garantia de que haja segurança (*safety*) real. (Em certos comparativos, um indício natural, por mais aterrador que possa parecer, não precisa, obrigatoriamente, ser um indicador de perigo.) Como guia para saber o que é perigoso e o que é seguro (*safe*), o tipo de sensação despertado pela situação não passa de indício imediato e sem rigor.

Parte III
Diferenças individuais na suscetibilidade ao medo: apego com angústia

Capítulo 13
Algumas variáveis responsáveis pelas diferenças individuais

Variáveis constitucionais

Dizer que os indivíduos diferem enormemente em sua suscetibilidade de reagir com medo, diante de certas situações, é um lugar-comum. Mas continua enigmática a razão de tão extremadas diferenças. Neste e nos próximos capítulos tenta-se identificar algumas das muitas variáveis que atuam no caso. O ponto focalizado, naturalmente, será o do papel desempenhado pela relação entre a pessoa e sua(s) figura(s) de apego. Afirmamos que essa relação é difusa e ainda está por ser mais bem compreendida. Consideremos, de início, algumas outras variáveis.

Deve-se admitir que as diferenças genéticas têm alguma importância ao explicar a variação entre indivíduos, com respeito à suscetibilidade ao medo. Pouco se sabe, porém, acerca do papel que tais diferenças desempenham no caso dos seres humanos, embora esse papel esteja bem documentado no caso de outros mamíferos, entre os quais, digamos, os cães (Scott & Fuller, 1965; Murphree, Dykman & Peters, 1967).

Uma diferença de suscetibilidade entre seres humanos que provavelmente é geneticamente determinada, pelo menos em parte, é a que se traçaria com respeito a mulheres e homens.

Diferenças de sexo

Em que pese a opinião de feministas, acredita-se, comumente, que há certas diferenças na suscetibilidade ao medo entre homens e mulheres. Esta concepção é plausível e há alguma evidência em seu apoio. Ao mesmo tempo, no que concerne ao tema, é claro que há muita superposição entre qualquer população de mulheres e uma comparável população de homens. A cultura, por seu turno, está em condições de minimizar tais diferenças, ou, ao contrário, de exagerar as diferenças potenciais que possam existir – sancionando, por exemplo, a expressão de medo por parte de elementos de um sexo, mas não sancionando a do outro sexo.

Dados de quatro fontes apoiam a ideia de que há uma diferença na suscetibilidade ao medo entre os sexos:

1. Nos experimentos com crianças em escolas maternais, levadas a efeito por Jersild & Holmes (1935*a*), descritas no capítulo 7, o medo manifesta-se em maior porcentagem entre meninas do que entre meninos. As situações em que a diferença se tornou marcante foram a do corredor escuro e a da aproximação dos animais (a cobra e o cão). Nessas três situações as porcentagens de meninos que mostraram medo foram, respectivamente, 36, 40 e 46; as correspondentes porcentagens de meninas foram 48, 50 e 59.

2. Entrevistando mães de crianças de 6 a 12 anos, Lapouse & Monk (1959) notaram que as meninas têm mais medo de estranhos e de animais, particularmente de cobras, do que os meninos. Em dois outros estudos, nos quais crianças dessas mesmas idades foram diretamente entrevistadas, as meninas, mais do que os meninos, relataram situações de que teriam medo (Jersild, Markey & Jersild, 1933; Croake, 1969).

3. Em questionários entregues a estudantes, há certa coerência na tendência de as mulheres relatarem, mais do que os homens, situações temidas. Para referências e comentários, cf. Marks (1969).

4. Em estudos epidemiológicos de acidentes psiquiátricos, relata-se que as mulheres sofrem de estados de angústia quase duas vezes mais frequentemente do que os homens (Leighton et al., 1963;

Hare & Shaw, 1965). Dois terços dos pacientes agorafóbicos examinados por psiquiatras são mulheres (Marks, 1969).

Uma diferença no sentido oposto – de mulheres tenderem a mostrar menos medo do que os homens – não parece ter sido relatada até o momento. Contempladas por um ângulo evolucionário, esses achados não parecem surpreendentes. Tanto na maioria das raças humanas quanto em outras espécies de primatas que vivem no solo, os machos são maiores e mais fortes do que as fêmeas (Cole, 1963). Enquanto aos machos cabe a defesa contra predadores e, se necessário, o ataque, às fêmeas cabe a tarefa de proteger os filhotes, de modo que elas provavelmente evitam as situações perigosas, em vez de enfrentá-las. Seria estranho que tais diferenças entre os sexos, há muito existentes, no que respeita à estrutura do corpo e ao papel social, não se refletissem em correspondentes diferenças nas tendências comportamentais.

Lesões cerebrais mínimas

No capítulo 16 do volume I, apresentamos os resultados de um estudo longitudinal de vinte e nove pares de meninos (Ucko, 1965) mostrando o seguinte: as crianças que, ao nascer, sofrem de asfixia são muito mais sensíveis às alterações ambientais do que as crianças de um associado grupo de controle. Quando a família excursiona ou muda de residência, os meninos que haviam sofrido problemas de asfixia tinham maior tendência do que os meninos do grupo de controle para se sentirem transtornados ou agitados. O mesmo acontecia quando um elemento da família (pai, mãe ou irmão) se ausentava por algum tempo. Essas diferenças eram claras durante os três primeiros anos de vida (embora não tão significativas no terceiro ano de vida). Diferença comparável foi observada quando algumas dessas crianças ingressaram nas escolas maternais.

Logo após o quinto aniversário, cada criança ingressou na escola primária – o único evento comum a todas elas (embora, é claro, muitas delas se matriculassem em escolas diferentes). Também aqui a diferença entre os dois grupos era visível e significativa. Em uma escala de três pontos (reduzida a partir de escala de cinco pontos), as crianças distribuíram-se como se mostra no quadro seguinte.

	Asfixia ao nascer	Controle
Gostaram da escola de imediato ou, pelo menos, aceitaram-na	8	17
Ligeiro receio e algum protesto, que desapareceram após uma semana	8	10
Ligeiro receio ou acentuada perturbação que duraram mais de uma semana	13	2
Totais	29	29

Autismo infantil

O comportamento de uma criança autista revela completa ausência de apego, associada a muitas indicações de medo crônico. Tinberg & Tinberg (1972), adotando enfoque etológico, sugerem que a condição subjacente pode ser a de medo crônico e difuso que não pode ser atenuado pelo contato com uma figura de apego, pois a criança também teme os seres humanos. Assim sendo, a síndrome pode ser concebida como resultado de uma diminuição continuada do limiar dos estímulos despertadores de medo, combinada com desenvolvimento retardado do apego e/ou inibição desse apego. Fatores causais podem, então, incluir quaisquer dos itens seguintes: (a) fatores genéticos, (b) lesões cerebrais, (c) atenção maternal inadequada. A combinação de dois ou mais fatores parece provável. Clancy & McBride (1969) descrevem um plano de tratamento baseado em teoria desse gênero.

Cegueira

Nagera & Colonna (1965) relatam que as crianças cegas tendem, mais do que seria usual, a temer situações comuns despertadoras de medo, tais como os animais, os barulhos provocados mecanicamente, o trovão e o vento. Essas crianças tendem, ainda, a viver em estado de permanente alerta. Uma das principais razões para que isso aconteça, provavelmente, é o fato de que a criança, sendo cega, está muito mais frequentemente fora de contato com a sua figura de apego do que a criança de visão normal – e, portanto, é frequente estar efetivamente só quando algo assustador ocorre. A tendência de as crianças cegas permanecerem rigidamente imóveis, em certas ocasiões, ou de, em outras ocasiões, buscarem contato direto com o corpo de um adulto, está em consonância com a explanação apresentada.

Grandes dificuldades surgem para as crianças cegas após uma breve separação, pois não podem acompanhar visualmente as mães ou ficar junto delas, como usualmente acontece com as crianças de visão normal. Fraiberg (1971) descreve a aguda reação de um menino cego de catorze meses, logo após sua mãe ter-se afastado por três dias – período durante o qual ficou sob os cuidados de amigos e parentes. Na primeira quinzena após o retorno da mãe, o menino gritava, durante horas, emitindo sons agudos, "algo que ficava entre o terror e a raiva", ou bradava e cantava sem interrupções. Só havia pausas quando a mãe o segurava, ocasião em que ele se esfregava, inquieto, em todo o corpo dela. Como os gritos da criança eram aflitivos para a mãe, sugeriu-se que a criança recebesse algumas panelas e potes em que pudesse bater. A criança bateu com muito prazer nesses objetos, deixando então de gritar.

Fraiberg descreve também o comportamento de outra criança cega, um pouco mais velha, que recebeu os cuidados de avós enquanto a mãe ficava no hospital, dando à luz um novo filho. Voltando para junto da mãe, mostrou-se, de início, ambivalente; porém respondeu de imediato quando ela, mãe afetuosa, o tratou com muito carinho. A aguda reação do menino mais novo deve- -se, provavelmente, ao fato de sua mãe ser uma senhora perturbada, cujos atos maternais eram erráticos – antes e depois de sua ausência. Outro fator pode ter sido o fato de receber cuidados de várias pessoas no período de afastamento da mãe.

Alterações na suscetibilidade ao medo, durante o desenvolvimento da criança

Conquanto cada criança venha ao mundo com tendências de responder mais de algumas formas do que outras, o seu desenvolvimento transforma-se em processo de interação entre ela e o ambiente. No que concerne à suscetibilidade para responder com medo, há certas tendências de desenvolvimento que se acomodam às variações ambientais e deixam de ser percebidas na grande maioria dos indivíduos. Exemplificando (como relatado no capítulo 17), todos os estudos descritivos concordam quanto ao seguinte: nos primeiros dois anos de vida, a criança amplia o âmbito das situações que teme, para abranger, em especial, a estranheza, os animais, a escuridão e a separação; a partir do seu quinto ano de vida, muitas vezes antes disso, a criança tende a tornar-se continuadamente mais discriminadora quanto ao que teme, revelando-se mais confiante e competente ao enfrentar situações que anteriormente a assustavam. Uma vez que a alteração no sentido de maior discriminação e maior confiança representa a norma, consideremos, de início, a natureza das experiências e dos processos que são, possivelmente, responsáveis pela alteração. Consideraremos, em seguida, experiências e processos que têm efeito oposto (como, digamos, aqueles que interferem na tendência usual de diminuição da suscetibilidade ou mesmo que acentuam a suscetibilidade) e experiência e processos que têm o efeito de ampliar o âmbito das situações temidas.

Experiências e processos que reduzem a suscetibilidade ao medo

São de variados tipos as experiências e os processos que, na vida comum, tendem a reduzir a suscetibilidade que uma pessoa tenha ao medo. Um processo importante – confiança crescente na acessibilidade da figura (ou das figuras) de apego – será estudado no próximo capítulo. Dos demais processos, os mais notáveis podem ser facilmente descritos usando a linguagem cotidiana: habituar-se às situações que haviam sido alarmantes; descobrir que, em muitas situações, outras pessoas não sentem medo; aprender a enfrentar ativamente uma situação e, assim, descobrir que nada acontece. Na linguagem da teoria da aprendizagem, os processos seriam assim denominados:

– habituação;
– aprendizagem observacional que conduz à extinção vicariante;
– aprendizagem observacional associada à participação com ajuda.

É provável que outros processos atuem ao lado desses, embora não esteja clara a amplitude do papel que desempenhem, nas costumeiras fases do desenvolvimento. Exemplificando, é possível que ocorra com naturalidade alguma versão do procedimento desenvolvido pelos terapeutas comportamentais (e diversamente conhecido com os nomes de "inibição recíproca", "contracondicionamento" e "dessensibilização") em que se erige, gradualmente, uma associação entre uma certa situação-estímulo temida e algo que o sujeito ache prazeroso[1].

Eis outro processo facilmente negligenciado: à medida que um indivíduo cresce, torna-se mais forte e mais habilidoso, de modo que as situações que eram ou pareciam perigosas deixam de sê-lo.

O conhecimento de alguns desses processos foi apreciavelmente ampliado nos últimos anos, graças ao trabalho dos estudiosos da teoria da aprendizagem e da terapia comportamental. Marks (1969) acentua, constantemente, que uma boa porção desses estudos foi realizada com indivíduos sadios que têm medo intenso de alguma situação específica ou de algum objeto particular (como cobras e cães, por exemplo), e não com pacientes psiquiátricos que costumeiramente padecem de angústias generalizadas e, além disso, enfrentam, usualmente, dificuldades na área das relações pessoais e apresentam alguma tendência depressiva. Por essa razão, muitos clínicos suspeitam que os resultados obtidos pelos es-

....

1. Uma descrição completa da dessensibilização e de técnicas correlatas encontra-se em Marks (1969).

pecialistas em teoria da aprendizagem mostrar-se-ão de limitado interesse para a prática psiquiátrica. Entretanto, por essa mesma razão, é possível que tais resultados venham a ser, provavelmente, de grande relevância para compreender como a tendência de responder temerosamente diminui ao longo do desenvolvimento sadio normal.

Consideremos mais de perto os três processos já citados.

Habituação

Trata-se de um processo em que se aprende a *não* responder a uma situação, sempre que ela nada acarrete de importante. Desempenha, possivelmente, um papel de relevo sobre a tendência inicial da criança, que é de responder com medo a toda e qualquer estimulação forte ou súbita. Posteriormente, a habituação – talvez sob formas um pouco mais sofisticadas – também restringe o âmbito das situações a que se responde com medo em virtude da estranheza; com efeito, muito do que é estranho hoje torna-se familiar amanhã e, além disso, mostra-se não provocador de consequências desagradáveis. Assim, a habituação limita grandemente o âmbito das situações a que se responde com medo. Cumpre notar, além disso, que a habituação não afeta, de modo algum, a tendência básica de responder com medo, bem como com curiosidade, a tudo o que se percebe como estranho.

Aprendizagem observacional que conduz à extinção vicariante

Já se registrou que a aprendizagem observacional pode atuar em um de dois sentidos: o observador aprende a temer situações que não temia; ou aprende a não temer situações que temia. De acordo com os achados de Bandura (1968), o mais notável elemento da aprendizagem que leva a não temer o anteriormente temido é este: o observador deveria notar que a situação temida pode ser abordada e tratada sem que haja nenhuma consequência danosa. De muito menor significância mostram-se a pessoa observada (modelo) e o grau em que a ela o observador se identifica. Até mesmo a observação do que acontece em um filme pode ter efeitos tranquilizadores, desde que as ações do modelo sempre tenham consequências claramente retratadas.

Aprender que algo é inofensivo a partir da observação direta da experiência alheia é um processo bem diferente do processo de aprender que assim acontece a partir de informes prestados por terceiros. Todos os que estudaram sistematicamente o assunto afirmam que a explicação e a tranquilização têm efeito muito limitado – um achado que não provoca surpresa nos clínicos.

Afortunadamente, no curso normal dos eventos, a criança que se desenvolve no seio da família dispõe de incontáveis oportunidades para aprender, com base na observação, que muitas situações que a amedrontam são, em verdade, inofensivas. Pais, irmãos mais velhos, colegas e vizinhos estão continuamente, sem disso tomar ciência, dando à criança as informações indispensáveis.

*Aprendizagem observacional associada
à participação com ajuda*

Este método requer muito mais do modelo: não basta a simples oportunidade que se dá ao sujeito de aprender por simples observação. É evidente, contudo, que os pais sensíveis empregam esse método constantemente. Consiste em o modelo demonstrar, pela ação, que a situação temida não envolve perigo, e então encorajar a outra pessoa (criança ou adulto) a enfrentar por si mesma aquela situação. Uma vez mais, parece que a parte crucial do processo é esta: o aluno deve descobrir, por si mesmo, que enfrentar e lidar com a situação é algo que se faz sem provocar consequências desagradáveis. A eficácia do método foi comentada por diversos dos primeiros estudiosos que se preocuparam com o comportamento de medo das crianças (por exemplo, Jones, 1924*a*; Jersild & Holmes, 1935*a*); os achados desses estudiosos foram amplamente corroborados por Bandura et al., em alguns experimentos recentes.

Em um desses experimentos, relatados por Bandura (1968), realizou-se um estudo de um grupo de adolescentes e de adultos que tinham medo agudo de cobras. Os sujeitos foram distribuídos em quatro subgrupos:

a) Imaginar situações crescentemente alarmantes, envolvendo cobras, e, simultaneamente, executar exercícios de profundo relaxamento – como hoje se faz, ao adotar o procedimento padronizado de dessensibilização.

b) Observar um filme em que, por etapas, se mostram interações progressivamente mais despertadoras de medo entre crianças, adolescentes e adultos e uma grande cobra inofensiva.

c) Observar o terapeuta executar uma série cuidadosamente programada de atividades e, com seu auxílio, executar as mesmas atividades; o sujeito, aos poucos, passa da fase em que toca e acaricia a cobra, para a fase em que a segura pelo corpo (enquanto o terapeuta a sustenta pela cabeça e pela cauda) e, sucessivamente, para outras fases, até sentir-se capaz de deixar a cobra na sala, de retirá-la daí e, enfim, de deixá-la rastejar por seu corpo. (Somente após completar uma fase sem indícios de medo é que o sujeito se vê encorajado a passar à fase subsequente.)

d) Não receber tratamento, submetendo-se, porém, a testes (como nos demais casos) para verificação de medo de cobras, no início e no final do experimento – ingressando, assim, em um grupo de controle.

No final do tratamento, os sujeitos dos vários grupos foram convidados a executar algumas tarefas sucessivamente mais ousadas com as cobras; os que haviam observado o terapeuta interagir com a cobra, e haviam com ele tomado parte nos exercícios graduais, mostraram muito menos medo dos animais do que os sujeitos dos demais grupos. Sujeitos dos subgrupos (a) e (b) tinham menos medo do que antes, mas não se beneficiaram tanto quanto os do subgrupo (c). Enfim, os sujeitos do grupo de controle tinham, no final dos procedimentos, tanto medo das cobras quanto haviam tido no início desses procedimentos.

Comentando os resultados, Bandura sugere que a surpreendente eficácia (para esses sujeitos) da aprendizagem observacional associada à participação orientada assenta-se em duas características do método: primeira, o medo do sujeito é reduzido a ponto de capacitá-lo a iniciar um processo de interação com o objeto temido; segunda, após iniciar a interação, o sujeito descobre, por si mesmo, que não há consequências desagradáveis. Bandura enfatiza que, a fim de alcançar êxito, o método precisa ser meticulosamente dosado, assegurando que, em cada fase, o medo despertado não passe de um nível de moderada intensidade. No contexto do presente livro, o aspecto mais notável dos achados de Bandura seria o do papel-chave desempenhado, em sua técnica, por um companheiro em quem confiamos e que nos encoraja. O terapeuta não se limita a executar as tarefas despertadoras de medo; fica ao lado do sujeito, enquanto este procura, por si mesmo, repetir as ações, encorajando-o em cada momento de êxito e reconfortando-o após cada falha. Apenas na presença de um tal companheiro está o sujeito disposto a sentir-se confiante para enfrentar o problema de uma maneira ativa e, assim, descobrir por si mesmo quais são as consequências de certos atos.

Uma segunda lição valiosa que nos propicia o trabalho do estudioso de terapia comportamental é que é essencial fazer com que o trabalho prossiga em pequenas etapas, de modo que o medo despertado jamais ultrapasse o nível da baixa intensidade. Despertado um medo de alta intensidade, o sujeito pode voltar ao ponto de origem – como, aliás, foi constatado. É de interesse notar que a carreira dos homens que se transformam em astronautas parece construir-se de maneira similar, passando-se continuadamente de um pequeno êxito a outro (Korchin & Ruff, 1964). Os achados voltarão a ser objeto de atenção no capítulo 21.

Afortunadamente, quase todos os pais parecem saber, de modo intuitivo, que nenhum bem pode resultar de deixar-se uma criança agudamente atemorizada. Os pais também sabem que o que afasta o medo de seus filhos – mais do que qualquer outro fator – é a sua presença. Os Newson, comentando o que aconteceu às crianças de 4 anos da amostra por eles considerada, escrevem:

> Duas em cada três das crianças que consideramos têm definidos e repetidos medos que a mãe conhece. Percebendo que o filho está com medo, ela procura fazer com que esse medo desapareça, valendo-se, para isso, de vários meios – até encontrar aquele que se mostre adequado. A maior preocupação de quase todas as mães (já que poucas deixam de dar atenção ao medo de seus filhos) é a efi-

cácia do meio escolhido – mesmo que sua aplicação represente transtorno para os demais membros da família. Não há, porém, métodos que produzam resultados certos e alguns medos se mostram imunes a incontáveis expedientes engenhosos. Os pais, nesse caso, só podem esperar que a criança, desenvolvendo-se, acabe "superando os medos". Em geral, as mães tendem a adotar um misto de explicação e mimos simples que, se nem sempre eliminam o medo, têm pelo menos um efeito tranquilizador (Newson & Newson, 1968).

Experiências e processos que aumentam a suscetibilidade ao medo

Afirmamos, no capítulo 6, que "é tão natural sentir medo quando as linhas de comunicação com a base estão comprometidas, como é natural sentir medo quando ocorre algo diante de nós que nos alarma e nos leva ao retraimento". Consequentemente, a crescente tendência de um indivíduo responder com medo, diante de certas situações, pode aparecer como decorrência de um dos dois (ou talvez de ambos) tipos de experiências descritas a seguir. Experiências do primeiro tipo são aquelas que, em determinadas situações, levaram a pessoa a mostrar-se especialmente propensa a evitar aquelas situações ou a afastar-se delas. Experiências do segundo tipo são incertezas acerca da acessibilidade da figura (ou das figuras) de apego. Via de regra, uma experiência particularmente alarmante leva, provavelmente, a uma crescente suscetibilidade para responder com medo apenas naquela situação específica; já a incerteza acerca da acessibilidade das figuras de apego resulta em crescente suscetibilidade para responder com medo em uma ampla gama de situações – o que, aliás, faz da pessoa em questão um paciente ao qual se alude afirmando que sofre de "angústia flutuante" (*free-floating anxiety*).

Lembrando que os próximos capítulos desta obra estão voltados para a suscetibilidade à angústia acerca da acessibilidade da figura de apego, trataremos, neste capítulo, das experiências que aumentam a suscetibilidade de uma pessoa para temer situações específicas.

Experiências amedrontadoras

Jersild e seus colegas, bem como os Newson, apresentam evidência em favor da ideia de que, em muitos casos, quando uma pessoa mostra medo inusitado e intenso de uma situação particular, a origem desse medo pode ser atribuída a uma experiência específica associada àquela situação.

Descrevendo crianças de 4 anos, os Newson notam que, uma vez conhecidas as experiências passadas de uma criança, o seu medo é, muitas vezes, "razoável", ainda que pareça, agora, um tanto exagerado. Exemplificando, afirmam: uma criança que tinha intenso horror da lama depois de ter ficado presa em areia molhada, num passeio de verão, vendo-se impossibilitada de acompanhar os colegas que se afastavam; uma criança que não se aproximava da água, depois de ter caído, certa vez, em um rio; e uma criança que ficava aterrorizada ao ver uma pessoa de avental branco, fora agarrada à força, ouvira palavras ásperas enquanto se submetia a um exame de raios X (Newson & Newson, 1968).

Evidência parecida, de duas fontes distintas, é apresentada por Jersild & Holmes: (a) de pais, falando a respeito de fatores que poderiam ter contribuído para que os filhos desenvolvessem medo inusitadamente intenso de alguma situação particular (Jersild & Holmes, 1935*b*); e (b) de jovens adultos, discorrendo a respeito de fatores que, em sua opinião, seriam responsáveis pelo fato de eles mesmos desenvolverem medo intenso e/ou duradouro de alguma situação (Jersild & Holmes, 1935*a*). Por motivos óbvios, essas fontes não são adequadas, exigindo pesquisas aprofundadas.

Tal como os Newson, Jersild e Holmes descreveram alguns casos em que o medo de uma situação específica, manifestado pelas crianças, foi relatado por um dos pais segundo linhas que o tornavam inteiramente inteligível. Exemplos são a criança que tem medo de todos os objetos semelhantes a um balão (estejam no solo ou no ar), após uma operação durante a qual um balão de gás foi usado para a anestesia; a criança que tem medo de canário de estimação depois de assustar-se pelo súbito som emitido por uma coruja, no zoológico. Todos esses casos podem ser compreendidos em termos de generalizações que a criança faz com base em amostra exageradamente pequena.

Semelhantemente, os jovens adultos asseveram que, em muitos casos, o medo de uma situação particular havia-se seguido a alguma experiência alarmante da infância. Exemplos abrangem testemunhar um acidente, voltar para casa e constatar que foi assaltada, presenciar uma explosão e ficar doente.

Uma vez que nem todas as crianças ficam persistentemente com medo depois de alguma experiência alarmante, devem existir condições específicas, responsáveis pelo surgimento do medo. Entre tais condições específicas, as mais prováveis seriam as situações compostas – de que um elemento é o achar-se sozinho. Vale a pena observar, talvez, que não se esclarece, em nenhum dos exemplos acima, se a criança estava sozinha ou em companhia de alguém de confiança. Em estudos futuros de situações que, restrospectivamente, parecem ter sido traumáticas, será preciso, pois, ter em conta minúcias a respeito de todas as condições prevalecentes.

Há, naturalmente, ampla bibliografia relativa às experiências que levaram animais a ficar persistentemente amedrontados em certas situações específicas (Hebb, 1949). Os animais, entretanto, não podem ser atemorizados, como o são os seres humanos, pelas histórias que ouvem ou pelas ameaças que recebem.

Histórias ouvidas

Uma causa de persistente e/ou intenso medo (segundo relato de jovens adultos entrevistados por Jersild & Holmes, 1935*a*) é ouvir histórias lúgubres, algumas verdadeiras, outras fictícias. Outra evidência sugere que esta seria uma causa mais frequente do que se imagina de certas pessoas virem a temer determinadas situações. Exemplo dado por Jersild & Holmes (1935*b*) é o de vasto número de crianças que tiveram medo de lobos durante a fase em que se popularizou a canção "Quem tem medo do lobo mau?". Em vista da dificuldade que a criança enfrenta para distinguir fato e ficção, e para avaliar, de modo realista, um perigo potencial (como se deixou indicado no capítulo 10), esses informes não devem provocar muita surpresa. Parece provável que o medo decorrente de tais mal-entendidos, embora intenso na época em que se manifesta inicialmente, geralmente se modifica assim que a pessoa aperfeiçoa a sua capacidade de compreender o mundo.

Situações de vários tipos, temidas por algumas crianças e adultos, mas não por outros, podem ser vistas como culturalmente determinadas. Exemplificando, há estudos relatando diferença de incidência com respeito a medo de certas situações que dependem da camada socioeconômica. Sabe-se, a partir de entrevistas com quatrocentas crianças das vizinhanças da cidade de Nova York, cujas idades variavam entre 5 e 12 anos, que o medo de ladrões e de raptores, assim como de acontecimentos sobrenaturais, é maior entre os alunos de escolas públicas do que de escolas particulares (Jersild & Holmes, 1935a). Lapouse & Monk (1959), em estudo abrangendo 482 crianças de Buffalo, Nova York, cujas idades variavam entre 6 e 12 anos, incluíram, com base em entrevistas com as mães, que o medo de guerras, inundações, tufões, assassinatos, incêndios e raptos é maior entre brancos da camada socioeconômica baixa que entre os brancos da camada alta. Diferença de mesmo sentido é registrada por Croake (1969), que entrevistou 213 crianças, de 8 a 12 anos, na região de Dakota do Sul e Nebraska.

Muitas outras diferenças de incidência de medo entre os grupos sociais, relatadas em livros e revistas técnicas, também podem ser, provavelmente, atribuídas a fatores culturais.

Ameaças

Respondendo às perguntas do questionário elaborado por Jersild & Holmes (1935a), muitos jovens adultos mostraram-se incapazes de explicar, de maneira satisfatória, como ou por que haviam desenvolvido medo intenso e/ou persistente de alguma situação. Os pesquisadores, examinando as respostas oferecidas, surpreenderam-se com o papel que, em muitos casos, pareciam ter as ameaças de horríveis consequências. Algumas dessas ameaças haviam sido feitas por crianças mais velhas – para atazanar as demais ou, talvez, com intenções sérias. Outras ameaças provinham dos pais e, ocasionalmente, dos professores, e haviam sido feitas com fins disciplinares. Certas ameaças eram de punição física.

Mais frequentemente, eram uma exploração da tendência manifestada pelas crianças de temer um dos indícios naturais, especialmente a escuridão, a solidão ou o abandono.

Jersild e Holmes notaram que não era viável, infelizmente, contar com exatidão o número de "tentativas aparentemente deliberadas de amedrontar"; mas registram alguns casos extremos. A lista é perturbadora. Exemplifiquemos. Dando crédito às respostas dos questionários, o medo que a criança tinha do escuro havia sido explorado porque ela recebia punição, sendo confinada em um quarto escuro ou em um porão, ou porque era ameaçada de ver-se confinada em tais lugares. Em alguns poucos casos, o medo que a criança tinha do escuro era ampliado mediante alegação de que o quarto escuro estaria cheio de coisas como ratos violentos ou monstros terríveis.

Outro tipo de ameaça registrado por Jersild e Holmes, assim como pelos Newson (1968), empregada com propósitos disciplinares, é a da separação em relação aos pais. A ameaça toma variadas formas. Diz-se que a criança será mandada para outro local ou que alguma figura assustadora virá buscá-la, ou que a mãe irá embora, deixando o filho sozinho. Há motivos para supor que numerosas crianças estão sujeitas a ameaças desse gênero e que estas desempenham um papel muito mais importante do que imaginam os psiquiatras na suscetibilidade à angústia de separação. Evidências para tais afirmações são apresentadas em capítulos subsequentes (15, 18 e 19); algumas razões que explicam por que essas ameaças têm sido tão seriamente subestimadas são discutidas no capítulo 20.

O papel-chave da experiência

No âmbito da clínica, grande ênfase é dada, muitas vezes, à existência de casos em que a suscetibilidade muito desenvolvida para responder com medo em certas situações não pode ser explicada, aparentemente, em termos da experiência até agora examinada. Recorre-se, então, a explicações mais complexas, frequentemente assentadas no medo de "perigos internos". Para nós, tais explicações são precipitadas. Em alguns casos, experiências altamente relevantes não são conhecidas pelos pacientes nem pelos seus parentes; em outros casos são conhecidas, mas, por vários motivos, deixam deliberadamente de ser relatadas. Em outros casos, ainda, as experiências são conhecidas e deixam de ser relatadas porque não são vistas como relevantes ou porque o clínico parece desinteressado ou menos atencioso. E ainda em outros, as experiências são mencionadas, mas os clínicos não as registram porque subscrevem teorias nas quais elas não teriam uma posição definida. Enfim, não é incomum que o medo despertado em uma situação seja atribuído a outra situação – por engano do paciente ou do clínico.

Um tema central deste livro é o de que não se ignora nem se disfarça nenhuma situação despertadora de medo tanto quanto se ignora ou se mascara o medo de que uma figura de apego venha a tornar-se inacessível ou não receptiva.

Capítulo 14
Suscetibilidade ao medo e acessibilidade de figuras de apego

> Durante todo o período de sofrimento, o horror maior foi o isolamento, e não há palavras que descrevam o abismo existente entre estar só e contar com um aliado.
>
> G. K. CHESTERTON, *The Man who was Thursday*

Prognosticando a disponibilidade de uma figura de apego

Já se disse o bastante a respeito das condições que despertam medo a fim de deixar claro quanto é relevante a variável de estar sozinho ou dispor de um companheiro em que se confia. Na presença de alguém que merece nossa confiança, diminui o medo de situações de todas as espécies; se, em oposição, estamos sós, o medo de cada tipo de situação é ampliado. Considerando que, ao longo da vida, os companheiros que mais confiança merecem são as figuras de apego, segue-se que o grau de nossa suscetibilidade ao medo gira, em boa parte, ao redor da presença ou da ausência dessas figuras.

O homem, todavia, não vive inteiramente no presente. À medida que se desenvolvem, na criança, as capacidades cognitivas, ela se torna capaz de antecipar a possível ocorrência de muitos gêneros de situações, inclusive daquelas que reconhece como despertadoras de medo. Há muitas situações despertadoras de medo que as crianças – ou pessoas mais velhas – estão aptas a antecipar; nenhuma delas, porém, é mais aterradora do que a possível ausência de uma figura de apego ou, em termos gerais, a possível inacessibilidade dessa figura, no momento em que possamos precisar.

Já foi dito (no capítulo 1), em relação a uma figura de apego, que a presença deve ser entendida como implicando a rápida acessibilidade, e não a presença real e direta; e que a ausência deve ser entendida como implicando inacessibilidade. Pormenores devem ser considerados, a esta altura, porque a inacessibilidade, *per se*, não é suficiente. A figura de apego deve ser acessível; mais do que isso, contudo, deve estar disposta a responder de maneira adequada. Com relação a alguém que sente medo, isso quer dizer disposição para agir como protetor e provedor de conforto. Apenas quando uma figura de apego é acessível e se mostra potencialmente receptiva, tem sentido declará-la verdadeiramente disponível. No que vem a seguir, portanto, o vocábulo "disponível" deve ser entendido de modo que implique que uma figura de apego está acessível e é receptiva.

Neste capítulo, três proposições distintas serão apresentadas, cada uma delas fundamental para a tese deste livro. Primeira: quando uma pessoa tem confiança em que uma figura de apego estará disponível, ao dela necessitar, essa pessoa está muito menos sujeita a medo intenso ou crônico do que outra pessoa a quem falte, por qualquer motivo, a mesma confiança. A segunda proposição diz respeito ao período suscetível durante o qual se desenvolve uma confiança desse gênero. Eis o que postula: a confiança na disponibilidade de figuras de apego (ou a falta de tal confiança) erige-se lentamente nos anos de imaturidade – lactância, infância, adolescência –, e as expectativas desenvolvidas nesses anos tendem a permanecer relativamente inalteradas durante o resto da vida. A terceira proposição diz respeito ao papel da experiência real. Postula o seguinte: as variadas expectativas de acessibilidade e receptividade de figuras de apego que as pessoas desenvolvem nos anos de imaturidade são reflexos toleravelmente precisos das experiências que essa pessoa tenha realmente tido.

As três proposições são discutíveis e cada uma delas é mais controvertida do que as outras, por este ou aquele prisma.

A primeira proposição é bem familiar aos psicanalistas que adotam uma teoria da personalidade na linha das relações de objeto; em termos dessa teoria, a confiança que alguém possa ter (ou deixar de ter) na disponibilidade de uma figura de apego é vista como algo que resulta do fato de essa pessoa haver introjetado (ou deixado de introjetar) um objeto bom. Em oposição, para quem não conhece bem a teoria das relações de objeto ou, talvez, a etologia, a proposição poderá parecer nova e até surpreendente.

A segunda proposição situa-se em algum lugar entre, de um lado, uma concepção que atribui alto grau de plasticidade à estrutura da personalidade, mesmo em idade madura e, de outro lado, uma concepção, decorrente sobretudo dos trabalhos de Melanie Klein, em que se imagina a plasticidade da personalidade como algo que decresce rapidamente após os primeiros meses da lactância e que cai para um nível baixo assim que termina o primeiro ou o segundo ano de vida. A concepção aqui advogada contrasta com ambas. Sustentamos que o período em que o comportamento de apego se vê mais rapidamente ativado – dos seis meses aos 5 anos, aproximadamente – é, também, o mais suscetível com respeito ao desenvolvimento de expectativas de disponibilidade de figuras de apego; tal suscetibilidade, por esse prisma, todavia, persiste durante a década que se segue ao quinto aniversário, embora diminua gradativamente, à medida que se passam os anos da infância.

A terceira proposição, que diz respeito ao papel da experiência, pode parecer evidente a muitos. No entanto, tem-se mostrado bastante controvertida nos círculos psicanalíticos. Trata-se de questão crucial, já que em torno da resposta que se lhe dê giram não apenas as medidas preventivas como, ainda, as técnicas terapêuticas. Os pontos controversos serão repetidamente mencionados neste capítulo e em capítulos posteriores.

Essas três proposições, cada uma delas passível de teste, em princípio, nos dão os desdobramentos para o restante do presente volume. Afirmamos que cada uma das proposições é inerentemente plausível; que nenhuma delas foi contraditada por alguma evidência digna de nota; e que, em conjunto, dão à evidência disponível um padrão inteligível.

Modelos funcionais do eu e das figuras de apego

Os estados da mente que nos importam podem ser adequadamente descritos em termos de modelos funcionais ou de representação. Sugeriu-se, no volume I, ser plausível supor que cada pessoa constrói modelos funcionais do mundo e de si própria nesse mundo; com auxílio desses modelos, a pessoa percebe eventos, prevê o futuro e elabora seus planos. Nos modelos funcionais do mundo que cada pessoa constrói, um fator-chave é a ideia que faz de quem são suas figuras de apego, onde podem ser encontradas e como respondem. Analogamente, no modelo funcional do eu que cada pessoa constrói, um elemento-chave é a noção que tem de quão aceitável ou inaceitável ela é, aos olhos de suas figuras de apego. Na escritura desses modelos complementares assentam-se os prognósticos que a pessoa traça, relativos a quão acessíveis ou receptivas hão de mostrar-se as figuras de apego, caso a elas venha a recorrer, em busca de apoio. Em termos da teoria agora proposta, é da estrutura desses modelos que também depende o sentimento de confiança de que as figuras de apego estarão, em geral, prontamente disponíveis – como depende o medo, maior ou menor, de que tais figuras não estarão disponíveis (ocasionalmente, frequentemente, ou a maior parte das vezes).

Intimamente associada ao tipo de prognóstico feito pela pessoa, relativo à provável disponibilidade das figuras de apego, além disso, está a suscetibilidade para responder com medo, sempre que essa pessoa enfrenta, ao longo de sua vida, qualquer situação potencialmente alarmante.

A teoria proposta pode ser formulada em duas etapas: desde os primeiros meses e durante o resto da vida, a presença ou ausência real de uma figura de apego é uma variável importante que determina se a pessoa ficará ou não alarmada diante de qualquer situação potencialmente alarmante. Ainda desde os primeiros meses e também durante o resto da vida, a segunda variável importante é a confiança (ou a falta dela) que a pessoa tenha de que uma figura de apego, de fato ausente, estará, apesar disso, disponível – isto é, acessível e receptiva – caso ela, por alguma razão, o deseje. Quanto mais jovem a pessoa, tanto mais peso adquire a primeira variável: presença ou ausência afetiva; é a variável dominante, até por volta do terceiro aniversário. Depois do terceiro aniversário, tornam-se crescentemente importantes os prognósticos relativos à disponibilidade; após a puberdade, esses prognósticos se tornam, provavelmente, a variável dominante.

Embora os conceitos de modelo funcional de prognósticos deduzidos desses modelos possam ser conceitos não familiares, a formulação aqui adotada não passa de maneira de descrever, em termos que se mostrem compatíveis com a teoria de sistemas, algumas ideias tradicionalmente apresentadas nesses termos como "introjeção de um objeto" (bom ou mau) e "imagem do eu". As vantagens atribuídas aos conceitos agora introduzidos são as de que permitem maior precisão de descrição e fornecem um quadro de referência que se presta, mais de pronto, para o planejamento e a execução da pesquisa empírica.

Alguns momentos de reflexão permitem perceber que os modelos funcionais das figuras de apego e do eu podem variar em muitas dimensões. Uma delas é a da simplicidade, contraposta à sofisticação (cf. volume I, capítulo 17). Outra é a validade – que discutiremos ligeiramente neste mesmo volume (capítulo 20). Outra, ainda, é a da extensão em que se diferenciam, de um lado, os papéis das figuras de apego e, de outro, o eu. Consideremos esta última questão.

A confiança em que uma figura de apego, à parte ser acessível, se mostre, provavelmente, receptiva, poderá nos levar a pelo menos duas variáveis: (a) saber se a figura de apego é vista como pessoa que, em geral, responde a apelos de apoio e proteção; (b) saber se o eu é julgado ou não como sendo um tipo de pessoa a quem os outros (e, em especial, a figura de apego) provavelmente responderão de modo que ajude. Logicamente, as duas variáveis são independentes. Na prática, elas podem confundir-se. Em consequência, o modelo de figura de apego e o modelo do eu tendem a desenvolver-se de modo complementar e mutuamente corroborante. Assim, uma criança desprezada tende não apenas a sentir--se não querida pelos pais como, ainda, a crer que é essencialmente (ou seja, por todos) indesejada. Reciprocamente, uma criança muito amada pode crescer confiando não apenas no afeto dos pais como, ainda, confiando em que todas as pessoas a acharão digna de afeição. Conquanto estas generalizações se mostrem logicamente indefensáveis, elas retratam a regra geral. Uma vez que as adotemos, para colocá-las na tessitura dos modelos funcionais, elas não mais serão seriamente questionadas.

O bom senso pode sugerir que uma pessoa atuaria com base em modelos únicos de cada uma das figuras de apego e de si própria; a psicanálise, porém, desde Freud, reuniu evidências que são mais bem explicadas supondo não ser incomuns, para a pessoa, atuar simultaneamente com dois (ou mais) modelos funcionais das suas figuras de apego com dois (ou mais) modelos funcionais dela mesma. Quando múltiplos modelos de uma só figura atuam em conjunto, eles tendem a diferir com respeito à origem, à dominância e ao conhecimento que deles tenha a pessoa. Em uma pessoa que sofre de perturbação emocional, é comum notar que o modelo de maior influência em suas percepções e em seus prognósticos – e, pois, em seus sentimentos e em seu comportamento – é um modelo que se desenvolve durante os primeiros anos de vida e se constrói em linhas razoavelmente primitivas, mas que pode ser inteira ou relativamente desconhecido para a pessoa. Enquanto isso, simultaneamente, opera nela um segundo modelo, talvez radicalmente incompatível, que se desenvolveu mais tarde, que é muito mais sofisticado, do qual a pessoa está mais consciente e o qual ela poderá erroneamente supor que seja dominante.

Saber como e por que se originam e perduram os modelos múltiplos levanta questões difíceis de processos defensivos, aos quais será dada atenção no volume III. A hipótese dos modelos múltiplos (um dos quais é muito influente, mas relativa ou completamente inconsciente) não passa de uma versão, em termos novos, da hipótese freudiana do inconsciente dinâmico.

Em termos da presente teoria, muitos aspectos do trabalho de tratamento da pessoa emocionalmente perturbada podem ser considerados como consistindo em, primeiro, detectar a existência de modelos influentes (de que o paciente pode ter conhecimento parcial ou nenhum) e, segundo, convidar o paciente a examinar os modelos revelados, com o fito de considerar se ainda continuam a ter validade. Adotando tal estratégia, o analista constata que dois itens são particularmente valiosos para revelar a natureza e a atenção dos modelos funcionais que exercem influência dominante na vida do paciente; o primeiro desses itens é saber como o paciente percebe o analista; o segundo, saber que prognósticos o paciente faz a respeito de seus comportamentos prováveis. A maneira de o paciente perceber e conceber o analista é comumente chamada de *transferência*; isso se prende ao fato de que algumas daquelas percepções e alguns daqueles prognósticos parecem, ao analista, claramente assentados em preconcepções do paciente, preconcepções essas que derivam de modelos funcionais oriundos de experiências com outras pessoas nos primeiros anos de vida – e não de experiências presentes. Quando um analista interpreta a situação de transferência, ele está, entre outras coisas, chamando a atenção do paciente para a natureza e a influência desses modelos, e indiretamente está convidando o paciente a investigar a validade atual desses modelos para, eventualmente, submetê-los a revisões.

Visto à luz da teoria de Piaget, o conceito de transferência implica, em primeiro lugar, que o analista, em sua relação de cuidados para com o paciente, se veja assimilado a algum modelo prévio (talvez inconsciente) que o paciente possui, relativo ao modo pelo qual qualquer pessoa que lhe venha a prestar cuidados deverá com ele se relacionar; e, em segundo lugar, que esse modelo prévio de pessoas que prestam cuidados ainda não se adaptou (ou seja, ainda não sofreu modificações) a ponto de permitir explicar de que modo o analista efetivamente se comportou e ainda se comporta em relação ao paciente.

Alguns analistas defendem a ideia de que a noção de transferência deve ser usada apenas para aludir àquelas características do modelo que se mostrarem inadequadas à situação de momento. Na prática, todavia, é muito difícil, frequentemente, separar as partes de um modelo complexo que são erroneamente aplicadas ao analista das partes que, em certa medida, são corretamente aplicáveis. Em consequência, tem-se usado, tradicionalmente, o nome *transferência* para aludir a todos os aspectos da concepção que o paciente faz do analista, assim como às suas atitudes para com o analista. Talvez não haja mal nisso, desde que sempre se conserve em mente a questão de saber que partes do modelo não são aplicáveis ao analista e que partes são aplicáveis, em certa medida.

Não infrequentemente, um traço típico dos prognósticos do paciente é a forte expectativa de que seja abandonado pelo analista – expectativa de que, de modo algum, se torna sempre inteiramente consciente. Nos feriados e nos fins de semana e, especialmente, nas inesperadas separações provocadas por doença ou por alguma contingência qualquer, o comportamento do paciente e os pensamentos e sentimentos que ele expressa só podem ser inteligíveis com a hipótese de que ele prognostica que o analista não voltará e, muitas vezes, com a suposição de que o analista não mais deseja vê-lo. Não infrequentemente, ainda, esses prognósticos – conscientes, expressos em termos de medo, ou inconscientes, expressos em alguma forma distorcida – perduram apesar de reiteradas afirmações de que estão errados. Mais importante, contudo, é o fato de que perduram, muitas vezes, apesar de repetidos falseamentos, ocorridos na vida real[1].

Ao mesmo tempo que chama a atenção do paciente para os prognósticos que este parece fazer, o analista procura, também, juntamente com o paciente, compreender como se criaram os modelos em que aqueles prognósticos se baseiam. Nessa atividade nota-se, comumente, que um modelo ativo no presente, mas na melhor das hipóteses de validade duvidosa, se torna parcial ou completamente inteligível quando se chega a conhecer as experiências reais do paciente, em seu trato diário com figuras de apego, durante todos os anos de imaturidade. Isso nos devolve à controvertida questão de saber até que ponto a experiência real afeta o desenvolvimento de modelos funcionais do *self* e dos outros.

O papel da experiência na determinação de modelos funcionais

Houve tempo em que os psicanalistas eram avessos (tanto quanto o poderia ser um psiquiatra kraepeliano) à ideia de atribuir às experiências reais de um paciente os modelos desfavoráveis que ele pudesse ter de figuras de apego. Associar os modelos desfavoráveis à experiência real era tido como ingenuidade: subestimava-se o papel da projeção e deixava-se de atribuir peso adequado à contribuição que o próprio paciente havia dado e vinha

....
1. Embora respostas desses tipos sejam apresentadas em numerosos relatos de caso, não conheço nenhum registro sistemático, de cunho empírico, em que se descreva como um ou mais pacientes responderam às separações planejadas ou não, ocorridas durante o curso da análise.

dando à ocorrência de seus infortúnios. Hoje, todavia, graças à influência de Fairbairn, Winnicott e outros, poucos psicanalistas defendem essa concepção, que, segundo se afirma, só é aceitável se o clínico se limita a tratar de pacientes isolados, em geral adultos, não se interessando em considerar, de modo sistemático, as suas experiências reais – deixando, pois, de indagar em que medida e de que maneiras o paciente viu satisfeito o seu comportamento de apego, não apenas no início da lactância (período acerca do qual as informações, de hábito, são incertas e, muitas vezes, especulativas), mas em todos os outros anos da infância.

Provavelmente, nenhuma pessoa que tenha trabalhado por um razoável tempo em uma clínica familiar (em que sejam tratadas crianças perturbadas e seus pais) ainda se anima a sustentar a concepção tradicional que dá reduzida importância à experiência real. O trabalho executado nessas clínicas requer informações a respeito das experiências de interação entre uma criança e suas figuras paternas; tais informações geralmente provêm, em parte, de observações diretas das pessoas da família, entrevistadas em conjunto, e, em parte, da história familiar, reconstituída aos poucos, com base em variadas fontes. Obtidas as informações, nota-se que os prognósticos feitos pela criança, relativos ao modo de provável atuação das figuras de apego, não são extrapolações infundadas; ao contrário, são extrapolações assentadas em experiências da criança, relativas ao modo pelo qual aquelas figuras se comportaram no passado e, talvez, ainda se estejam comportando quando a ela se dirigem. Sejam quais forem as contribuições das tendências genéticas e dos traumas físicos para as variações da personalidade, não deixam de mostrar-se substanciais as contribuições do ambiente familiar.

Pelo prisma aqui adotado, a personalidade adulta é vista como produto das interações entre o indivíduo e certas figuras-chave, ocorridas em todos os anos de imaturidade; entre essas interações, particular realce é dado às que se processam com as figuras de apego. A pessoa que teve a sorte de crescer em um bom lar comum, ao lado de pais afetivos, sempre conheceu indivíduos dos quais pode esperar apoio, conforto e proteção, e sabe onde pode encontrá-los. Suas expectativas estão profundamente estabelecidas e se viram repetidamente corroboradas; por isso, como adulto, acha difícil imaginar mundos de outro tipo. Isso lhe dá uma quase inconsciente segurança de que, enfrentando dificuldades, não importa onde nem quando, sempre existirão figuras dignas de confiança dispostas a auxiliá-la. Essa pessoa enfrentará o mundo confiantemente e, diante de situações potencialmente alarmantes, tenderá a enfrentá-las de maneira efetiva ou tenderá a buscar ajuda para assim enfrentá-las.

Outras pessoas, que se desenvolveram em circunstâncias diferentes, podem não ter tido a mesma sorte. Algumas desconhecem por completo a existência de figuras em que possam buscar apoio e cuidados; algumas têm por incerto o paradeiro de tais figuras. Muitas outras estão convencidas de que é baixa ou mesmo nula a probabilidade de que alguma figura incumbida de lhes prestar cuidados possa responder com apoio ou proteção. Quando essas pessoas se tornam adultas, não têm confiança em que uma figura incumbida de lhes prestar cuidados possa, verdadeiramente, ter disponibilidade para elas – o que é de surpreender. Através de seus olhos, o mundo é despido de conforto e imprevisível; essas pessoas, consequentemente, fogem do mundo ou travam luta com ele.

Entre os grupos extremos – de boa e má experiência –, há grupos de pessoas com quase uma infinidade de experiências intermediárias, que crescem com as expectativas de enfrentar o mundo. Exemplificando, algumas pessoas aprendem que uma figura de apego responde de modo confortador apenas quando persuadidas a fazê-lo. Essas pessoas crescem supondo que todas as figuras precisam ser aduladas ou persuadidas. Outras podem ter aprendido, na infância, que a resposta desejada só deve ser esperada quando certas regras são obedecidas. Se tais regras foram moderadas e as sanções se mostraram suaves e previsíveis, a pessoa ainda poderá, confiantemente, acreditar que o apoio estará ao seu alcance, caso necessário. Se, porém, as regras foram muito estritas e as sanções decorrentes de sua inobservância se mostraram severas (incluindo, em especial, ameaças de retirada de apoio), a confiança tende a definhar.

Sanções do tipo danoso, usadas por muitos pais, envolvem recusa em oferecer resposta às aproximações da criança (por exemplo, mostrando zanga ou mau humor) e ameaça de deixar a casa ou de mandar embora a criança. Usadas repetidamente ou mesmo de modo ocasional, mas intenso, tais sanções ou ameaças de sanções podem ter efeitos sobre uma personalidade em desenvolvimento. Em particular, porque lançam, deliberadamente, algumas dúvidas graves sobre a disponibilidade de uma figura de apego, nos momentos em que ela se mostra necessária; tais ameaças podem aumentar grandemente o medo que a pessoa tem de ver--se abandonada – o que aumenta, ainda, apreciavelmente, a suscetibilidade dessa pessoa para responder medrosamente a outras situações.

Ainda é controvertida a questão da influência desses tipos de experiência sobre o desenvolvimento da personalidade e, em especial, sobre a suscetibilidade ao medo e à angústia. Evidência em favor da concepção aqui adotada, já introduzida no capítulo 16 do volume I, voltará a ser apresentada, em termos amplos, nos próximos capítulos. Espera-se que advogados de concepções rivais – por exemplo, os estudiosos que, no exame das variações de desenvolvimento da personalidade, só emprestam papel secundário às experiências dos tipos descritos – se disponham a apresentar as evidências em que fundamentam as suas ideias. Somente assim poder-se-á esperar progresso.

Nota sobre o uso dos termos "maduro" e "imaturo"

Em vários círculos clínicos, desenvolveu-se o hábito de se referir às personalidades como "imaturas" ou "maduras". Diz-se madura a pessoa que enfrenta o mundo confiantemente e que, diante das dificuldades, está disposta a voltar-se para figuras dignas de fé, em busca de apoio. Em oposição, diz-se imatura a pessoa que está cronicamente angustiada e permanentemente em busca de apoio ou que, ao contrário, jamais confia nos semelhantes.

A teoria subjacente a esse uso da noção de imaturidade é de que as estruturas da personalidade adulta descritas como imaturas são consequência de uma interrupção do desenvolvimento, tendo permanecido em um estado que, embora normal na primeira infância, é superado no decorrer de um crescimento sadio e deixado para trás.

A teoria aqui proposta – e mais amplamente discutida no capítulo final – é diferente. Contesta que os estados mentais de angústia crônica ou de persistente desconfiança sejam característicos de fases normais ou saudáveis de desenvolvimento. Sustenta, em vez disso, que a causa principal dos desvios desse gênero está em que, na infância, o comportamento de apego de uma pessoa recebeu resposta inadequada ou inapropriada, daí resultando, na vida posterior, que essa pessoa assenta os seus prognósticos acerca de figuras de apego na premissa de que pouco provavelmente elas estarão disponíveis.

Sustenta-se que é apenas superficial a semelhança que subsiste entre alguns desses tipos de personalidade e as personalidades típicas de crianças – especialmente na medida em que indivíduos de ambos os tipos requerem e, às vezes, exigem a constante presença e o constante apoio de figuras de apego. Uma criança pequena não tem meios para fazer prognósticos, salvo se alusivos a curtos períodos de tempo. Uma personalidade "imatura" dispõe, no entanto, de meios para fazer previsões e, efetivamente, as faz. Além disso, a previsão do "imaturo" é feita com a convicção de que as figuras de apego não lhe são acessíveis, a menos que se mantenha em estado de permanente alerta ou se disponha, constantemente, a adulá-las.

Assevera-se, pois, que é impróprio e enganador o modo comum de utilizar os termos "imaturo" e "maduro". Efeito particularmente adverso desse uso da noção de imaturidade é o de que pode induzir o clínico, algumas vezes, a adotar uma atitude protetora, em relação às pessoas em tela, em vez de fazê-las perceber que o comportamento delas é o produto legítimo de uma experiência amarga.

Capítulo 15
O apego com angústia e algumas condições que o favorecem

> Se os pais se desentendem ou o casamento é infeliz, está preparada a via para que os filhos mostrem intensa predisposição para um distúrbio do desenvolvimento sexual ou para uma enfermidade neurótica.
>
> SIGMUND FREUD (1905*b*)

"Superdependência" ou apego com angústia

Nas páginas iniciais deste livro, reproduzimos indicações (colhidas em Burlingham & Freud, 1944) relativas a crianças de 2 a 4 anos, internadas nas Hampstead Nurseries, que exteriorizavam comportamento intensamente possessivo com respeito a esta ou àquela enfermeira. De Jim, por exemplo, internado desde os dezessete meses, se disse que havia desenvolvido "forte apego" em relação a uma e, depois, a outra jovem enfermeira, que dele se haviam sucessivamente ocupado. Com respeito a uma e outra ele se mostrava agarrado e possessivo, negando-se a vê-las afastarem-se, ainda que por um minuto. Numerosos outros observadores e, entre eles, meus colegas Robertson e Heinicke notaram esse tipo de comportamento, surgido sempre que as crianças de uma creche encontram oportunidade para desenvolver apego com respeito a alguém que trabalhe no local; e o mesmo comportamento é mostrado com relação às mães, quando voltam para casa.

O comportamento de agarrar – literal ou figurativamente – é observado em todas as fases da vida, na infância, na adolescência, na idade adulta. Recebe denominações variadas. Dentre os adjetivos empregados para qualificá-lo estão "ciumento", "possessivo", "voraz", "imaturo", "superdependente", falando-se também no apego "forte" ou "intenso". Para fins científicos e clínicos, cada um desses termos apresenta inconveniências: porque implicam e decorrem de teoria ultrapassada, ou porque são ambíguos, ou – e talvez seja esse o ponto mais importante – porque encerram desfavorável aspecto de valor que se afirma ser impróprio e inútil.

Tanto "ciumento" quanto "possessivo", embora precisos, podem mostrar-se pejorativos. O mesmo se diga de "voraz", empregado principalmente por aqueles cujo pensamento continua sob influência do pressuposto de que o apego se prende a alimento e a ser alimentado.

É dúbio falar em apego "forte" ou "intenso": pode-se entender que ambos os adjetivos – especialmente o primeiro – subentendem satisfatório estado de coisas.

"Imaturo" prende-se a uma teoria de regressão que, tal como apontado no fim do capítulo anterior, é considerada em descompasso com a evidência.

Algumas das ambiguidades e falsos valores ocultos nos termos "dependência" e "superdependência" foram postos em relevo no volume I (capítulo 12)[1]. Examinemos mais profundamente as deficiências mencionadas e proponhamos outra adjetivação. Talvez não haja, na literatura clínica, palavras mais usadas do que "dependente" e "superdependente". Uma criança que tende a agarrar-se, um adolescente relutante em deixar a família, marido ou mulher que mantenha estreita relação com sua mãe, um inválido que exija companhia e tantos outros serão, mais cedo ou mais tarde, qualificados por um daqueles adjetivos. E o uso que deles se faz está sempre envolvido por uma aura de desaprovação ou descrédito. Consideremos mais de perto os comportamentos que os termos descrevem e cogitemos de como avaliar as pessoas a que eles se aplicam.

Da perspectiva deste livro, a maioria das pessoas que os clínicos dizem ser dependentes ou superdependentes é constituída por aqueles que exibem comportamento de apego mais frequente ou mais intenso do que o clínico pensaria apropriado. Ínsitos nos termos estão, portanto, as normas e os valores do observador que os emprega. Isso provoca muitas dificuldades. Uma delas está em

....

1. Discussão a respeito de como se relacionam os conceitos de dependência e de apego encontra-se em Ainsworth (1972); não é total a superposição de significados.

que normas e valores diferem muito, não apenas de pessoa para pessoa, mas de cultura para cultura e de subcultura para subcultura. Assim, comportamentos que, em algumas regiões do Oriente, passam despercebidos ou são estimulados, no Ocidente seriam vistos como infantilmente dependentes. Outra dificuldade está em que, mesmo no âmbito de uma dada cultura, não é possível fazer uma procedente apreciação do comportamento sem conhecer as condições do organismo e do ambiente em que ele se manifesta. Não saber a idade de uma criança, não saber se ela está bem ou está enferma, não saber se uma pessoa sofreu abalo recente são circunstâncias que podem levar o observador a julgamentos equivocados. Indivíduos que podem ser erroneamente considerados superdependentes são crianças que parecem mais velhas do que são, que estão cansadas ou indispostas, que recentemente viram nascer um irmão, e adultos que perderam parentes. Outro exemplo é o de uma mulher jovem, enquanto grávida ou com filho pequeno. Em todos esses casos, o comportamento de apego tende a ser mais frequente ou mais claro do que seria em outras circunstâncias. Dito diferentemente: em condições como as referidas, o comportamento pode perfeitamente estar dentro de limites normais, e não cabem conclusões desfavoráveis ao desenvolvimento da personalidade dos indivíduos em causa.

Há, entretanto, pessoas de todas as idades inclinadas a exibir, de modo inusitadamente frequente, comportamento de apego, e que assim agem persistentemente, sem que haja, aparentemente, condições concomitantes que expliquem tal comportamento. Quando essa propensão ultrapassa determinado grau é, via de regra, considerada neurótica.

Quando conhecemos uma pessoa desse tipo, logo se torna claro que ela não tem certeza de que as suas figuras de apego sempre estarão próximas e se mostrarão receptivas quando ela o desejar. Torna-se claro, também, que adota a estratégia de permanecer junto delas de maneira que se assegure, tanto quanto possível, de que as terá a seu alcance. Falar, no caso, em superdependência obscurece a questão. Não chega a ser ideal a expressão "angústia de separação". Melhor é recorrer à expressão "apego com angústia" ou "apego com insegurança". Assim se torna claro que o cerne da situação é o temor de que as figuras de apego se mostrem inacessíveis ou sem receptividade. Por essas razões e especialmente por caber esperar que ela mereça adesão, a expressão a preferir é apego com angústia. Essa expressão reflete a natural vontade de a pessoa manter estreita relação com a figura de apego e o temor de que a relação termine.

A tese deste livro é a de que, embora outros fatores causais possam atuar no surgimento da condição referida, aquelas a favor das quais fala hoje o peso da evidência maior são as experiências que abalam a confiança de alguém quanto a lhe estarem ao alcance, quando o deseje, as suas figuras de apego. Teorias outras, algumas há muito consagradas, serão objeto de exame no próximo capítulo.

As narrações seguintes, feitas por duas mães da classe trabalhadora, a respeito de ocasiões em que seus filhos pequenos atravessaram fase de "superdependência", revelam a condição de modo presumivelmente correto. As narrações constam de um levantamento de dados a respeito de setecentas crianças de 4 anos, feitos em Nottingham por Newson & Newson (1968).

Esclarecendo o porquê de sua filha reclamar carinho, a esposa de um mineiro disse:

> Desde que tive de deixá-la para internar-me em um hospital (dois períodos de dezessete dias cada um, tendo a criança 2 anos), ela não mais acredita em mim. Não posso ir a lugar algum – em casa de vizinhos ou em lojas – sem levá-la comigo. Não me deixa. Hoje, na hora do jantar, foi até a porta da escola. Voltou correndo como louca. E disse: "Ó, mãe, pensei que você tinha ido embora!". Não consegue esquecer. Rodeia-me o tempo todo.

Respondendo à mesma pergunta, a mulher de um motorista de caminhão, que fora abandonada pelo marido três meses antes, disse:

> Sim, a toda hora, ultimamente – desde que ele se foi. (E que faz você?) Bem, se não estou ocupada, sento-me e a ponho no colo, porque – sabe? – ela está sempre em volta e perguntando "Você gosta de mim? Você não vai me deixar, não é, mamãe?" – e por isso eu me sento e procuro conversar com ela, sabe, mas, por causa da idade dela [cerca de 4 anos], não se pode explicar as coisas. Ela

costumava se vestir sozinha, mas, desde que meu marido se foi, ela recorre a mim – tenho de fazer tudo para ela. Estou mais ou menos deixando que ela faça o que quiser. Isto é, ela ficou assustada e não quero assustá-la outra vez. Eu a pus em uma creche quando ele se foi, querendo que ela pensasse em outras coisas, mas a encarregada pediu que eu a retirasse, porque ela ficava sentada, chorando o dia inteiro. Porque o pai se foi e eu a levava à creche e a deixava lá o dia inteiro, acho eu, ela pensava que eu também a tivesse deixado. Só ficou na creche durante quinze dias, depois eu a tirei. Mas ela tem medo de ficar sozinha e, mesmo quando vou ao banheiro, preciso levá-la, porque ela não fica fora. Tem medo de ser abandonada.

Resumindo observações colhidas com respeito a crianças que mostravam superdependência e temiam separações, os Newson escrevem: "No tocante à maior parte dessas crianças, o temor de separação tem base na realidade, pois elas ou as mães estiveram hospitalizadas ou já houve alguma outra forma de separação". Contudo, havia crianças que tinham tido a mesma experiência e que aparentemente não mostravam uma angústia de separação, e crianças que experimentavam a angústia sem terem tido a experiência da separação. Assim, por importante que seja a real experiência de separação, está claro que variáveis de outros tipos também influem.

Entre essas outras variáveis de maior relevância colocam-se, é de supor, em primeiro lugar, as ameaças de abandonar a criança, feitas com o propósito de discipliná-la, e, depois, a percepção infantil de que as brigas entre os pais poderão levar um deles a afastar-se. À luz da evidência hoje disponível parece extremamente provável que, tal como há muito sugeriram Suttie (1935) e Fairbairn (1941), as ameaças de abandonar a criança constituem o fator mais importante. Apesar disso, não se deve esquecer que as ameaças só têm o poder de que dispõem porque, para a criança, a separação em si mesma é uma experiência ou perspectiva aflitiva e assustadora.

Em razão disso, retornamos, uma vez mais, a nosso ponto de partida – os efeitos que em uma criança provoca o fato de ela ver--se separada de sua figura materna.

Nas duas seções seguintes, consideraremos, de início, crianças criadas em estabelecimento residencial sem uma figura materna permanente e, em seguida, crianças criadas sobretudo em casa, junto da mãe, mas que, por uma ou outra razão e por períodos mais breves ou longos, dela foram separadas.

Apego com angústia de crianças criadas sem a presença de uma figura materna permanente

Foram levantados, por Tizard & Tizard (1971), os mais sistemáticos dados de que dispomos a respeito do comportamento de apego e do medo em crianças criadas sem a presença de uma figura materna permanente. Aqueles autores comparam o desenvolvimento social e cognitivo de crianças de 2 anos, criadas em creches inglesas e criadas em famílias comuns.

Houve, recentemente, grandes transformações na organização das creches britânicas de caráter residencial. Não somente são estimuladas as relações com as famílias das crianças, como também, na própria creche, há esforço em proporcionar condições de vida que hoje, mais do que no passado, se aproximam das condições comuns da vida em família. Excluídos os bebês de menos de 1 ano, que são alojados em unidade separada, as crianças de até 5 ou 6 anos vivem em grupos de seis, em acomodação "privada", sob os cuidados de uma enfermeira e de sua assistente. Além disso, em algumas creches, vige sistema por força do qual cada enfermeira é estimulada a dedicar especial atenção a uma ou duas crianças, em geral do grupo diverso do seu; passeia com elas, compra-lhes pequenos presentes, põe-nas para dormir e leva-as para passarem o fim de semana em sua casa.

Conquanto esse tipo de regime traduza grande avanço sobre os impessoais regimes do passado, a experiência mostra que, no concernente a cuidados maternos, ainda fica muito aquém do que acontece em um lar comum da classe trabalhadora, na Londres de hoje.

Para o estudo projetado, Tizard & Tizard selecionaram quinze meninos e quinze meninas (dez brancos e cinco negros, em cada grupo) de 2 anos de idade, nascidos a termo; que sempre tiveram boa saúde; que entraram na creche antes de completarem quatro meses e lá permaneceram desde então. Apenas uma criança era ilegítima. Metade delas recebia visitas das mães, que ainda esperavam poder criá-las; as demais tinham sido oferecidas para adoção, mas por este ou por aquele motivo, a adoção não ocorrera. Um grupo de controle, apresentando a mesma composição quanto à idade, ao sexo e à saúde, mas formado apenas por crianças inglesas brancas, foi selecionado a partir de crianças da classe operária, que viviam em suas próprias casas e em famílias intactas. Por conveniência da pesquisa, foram excluídas todas as crianças cujas mães trabalhavam fora em tempo integral ou que tinham um irmão mais velho, ainda não em idade escolar.

O objetivo do estudo era comparar as crianças dos dois grupos, quanto a desenvolvimento cognitivo e social. Vários testes cognitivos foram ministrados[2], usou-se a oportunidade para observar a resposta das crianças quando um estranho chegava e quando a encarregada de cuidar do grupo se afastava por algum tempo. Além disso, para recolher mais informações relativas ao comportamento de apego, as encarregadas respondiam a uma série de minuciosas indagações em torno do assunto e em torno de particularidades relativas à experiência das crianças com pessoas vistas como potenciais figuras de apego e com outras pessoas. Ambas as pesquisadoras associadas ao projeto eram mulheres.

Ao relatar resultados, convém começar aludindo a aspectos particulares das oportunidades que tinham as crianças de cada grupo de desenvolver comportamentos de apego. A comparação mostra que as diferenças eram muito grandes.

Em relação às trinta crianças que viviam em casa, a mãe era a principal figura de apego para vinte delas; o pai, para quatro; os dois genitores, para cinco. Em um dos casos, ausente o pai, a figura de apego era um tio materno. O número total de pessoas em relação às quais havia o apego era estritamente limitado: em média, quatro por criança do grupo. Observou-se que, exceto em quatro casos, acompanhar uma figura de apego pela casa era uma atividade normal das crianças.

....

2. Resultados de testes cognitivos mostram que a média relativa às crianças de creches está dois meses abaixo da norma e três meses acima da média relativa às crianças criadas em família. A inferioridade das crianças de creches deveu-se, principalmente, às falhas nos subtestes verbais (Tizard et al., 1972).

Em contraste com esse quadro de apego dirigido, o comportamento de apego das crianças de creche mostrou-se difuso. A maioria delas mostrava aquele comportamento, em algum grau, com respeito a um grande, de fato a um indeterminado, número de pessoas, entre as quais normalmente estavam incluídos "todos os que a criança conhece bem". A despeito disso, entretanto, cada uma das crianças tinha uma preferência. Contanto que a mãe natural visitasse a criança uma ou mais vezes por semana, era sempre ela a figura preferida: "a criança se excitava ao esperá-la e mostrava-se aflita depois da visita". Analogamente, quando a criança tinha uma "enfermeira especial" que a levava a passear (e não existia mãe que a visitasse regularmente), essa enfermeira era sempre a figura preferida pela criança, a despeito do fato de só se encontrarem uns poucos minutos, na maior parte dos dias. Assim, enquanto as crianças de família tinham contato quase constante com as preferidas figuras de apego, as crianças da creche pouco viam as suas figuras de apego. Além disso, não se permitia a estas últimas crianças que saíssem do aposento em que se encontravam para acompanhar uma pessoa que o deixasse.

A despeito dos esforços dos administradores da creche para dar estabilidade às relações sociais das crianças, os resultados foram desapontadores. Desde o ingresso na instituição, vinte meses antes, a maioria das crianças da creche havia recebido cuidados de pelo menos vinte pessoas, por períodos de uma semana ou mais; em oposição, as crianças de família só haviam sido cuidadas por duas pessoas, em média. Mesmo durante uma única semana, as crianças da creche eram atendidas, em geral, por seis enfermeiras. Além disso, os membros da administração da creche surgiam e desapareciam dos olhos das crianças em intervalos irregulares, ausentando-se, por vezes, durante dias ou semanas e, por vezes, não voltando.

Feita a comparação de dados relativos aos comportamentos de apego e de medo, as crianças da creche mostraram-se significativamente mais angustiadas[3] em seus apegos e significativamente mais temerosas de estranhos.

....
3. No relatório apresentado, Tizard & Tizard referem-se à "intensidade" do comportamento de apego das crianças da creche como sendo "muito maior" do que a demonstrada pelas crianças de família.

Informações prestadas pelas enfermeiras mostraram que o comportamento de apego das crianças da creche, tanto com referência à figura preferida como com respeito aos demais membros da administração, era muito mais angustiado do que o das crianças de família (conforme relatado pelas mães). Por exemplo: 24 entre as trinta crianças da creche choravam quando se afastava da sala a pessoa que delas tomava conta, e o mesmo só acontecia com treze das trinta crianças de família; e o número das que choravam constantemente era, nos mesmos grupos, de dez e dois, respectivamente. Quando a funcionária retornava, todas as crianças da creche, exceto duas, corriam para serem postas no colo (e a maioria delas assim procedia habitualmente), e isso ocorria com apenas quatro das crianças de família (e não habitualmente). Assim, enquanto cerca de dois terços das crianças de família encaravam com naturalidade o fato de as mães entrarem e saírem da sala, quase todas as crianças da creche mostravam intranquilidade quando uma figura de apego saía e procuravam o seu colo quando ela retornava.

Para medir o medo de estranhos, adotou-se um procedimento-padrão aplicável a cada grupo. Cada criança era avaliada em seu próprio aposento, presente a pessoa que dela cuidava (mãe ou enfermeira). Durante os primeiros cinco minutos, a criança ficava no colo daquela pessoa, com quem o pesquisador se punha a conversar. Em seguida, o pesquisador praticava uma série de atos padronizados: cumprimentava a criança, convidava-a para ver as gravuras de um livro e, afinal, para sentar-se em seu colo. A reação da criança era avaliada em uma escala que admitia sete graduações.

Quando, durante a segunda fase, o pesquisador convidava a criança, apenas quinze das trinta crianças da creche aceitavam – e 26 dentre as crianças de família. Só oito crianças da creche se dispunham a ir ao colo do pesquisador, enquanto seis choravam e fugiam; o mesmo convite era aceito por dezesseis das crianças de família e nenhuma delas fugia.

Depois desses procedimentos padronizados, o pesquisador conversava mais alguns minutos com a pessoa que cuidava da criança e então pedia-lhe que saísse da sala por alguns instantes, deixando a porta aberta. A reação da criança recebia uma de quatro graduações. Próximo do fim da sessão, pedia-se novamente que a pessoa encarregada da criança saísse e avaliava-se novamente a resposta da criança. Na primeira ocasião, quando deixadas sozinhas com o pesquisador, seis crianças da creche correram para fora da sala; e mesmo na segunda ocasião, cinco daquelas crianças relutaram em ficar com o pesquisador. Em ambas as ocasiões, todas as crianças de família mostravam disposição de ficar com o pesquisador. No término da sessão, o pesquisador voltava a convidar as crianças a se sentarem em seu colo. As crianças da creche, embora mais à vontade, mostravam maior hesitação do que as de família. Duas das crianças da creche continuaram a chorar e a fugir; e nenhuma delas sorria e conversava como as crianças de família, quando o pesquisador as punha no colo.

Embora todos os achados até agora lembrados falem em favor de nossa hipótese, há uma ou duas que falam contra. O medo de cachorro, por exemplo, segundo o relato de mães e enfermeiras, atingia as crianças dos dois grupos "com igual frequência". Considerando a diferença das reações apresentadas pelas crianças diante do estranho-pesquisador, talvez caiba questionar a validade da última informação, oferecida por pessoas cujos padrões possivelmente não seriam comparáveis.

É de interesse, neste contexto, um caso relatado por Schnurmann (1949). Descreve ele a maneira como uma menina de 2 anos e meio, vivendo nas Hampstead Nurseries, adquiriu medo de cachorros e de ir para a cama. Conquanto os sintomas sejam descritos como de fobia e o autor procure explicá-los em termos de angústia de castração decorrente de a criança haver observado as diferenças de sexo, a narração deixa claro que o surgimento dos sintomas se relaciona intimamente, no tempo, com o fato de a mãe ter deixado de visitá-la todas as tardes; e deixa claro, ainda, que os sintomas se abrandaram com o reinício das visitas. A relação entre sintomas fóbicos e apego com angústia é longamente examinado nos capítulos 18 e 19.

Considerando que são muito diferentes as explicações tidas por crianças de família e crianças de creches, não surpreende que o comportamento de apego destas últimas seja mais angustiado nem que elas se mostrem mais inclinadas a recear pessoas estranhas. Também não surpreende que haja substancial diferença entre os modelos funcionais de figuras de apego construídos pelas crianças dos dois grupos e por elas utilizados como base de suas futuras predições acerca da acessibilidade e da receptividade dessas figuras. Com efeito, enquanto crianças de família vivem em um mundo estável e previsível, povoado de figuras de apego que, via de regra, se mostram acessíveis e receptivas, as crianças de uma creche, ainda que em uma creche moderna, vivem em um mundo altamente imprevisível no qual a sua figura de apego preferida é, frequentemente, inacessível, ao passo que figuras subsidiárias vão e vêm quase ao acaso.

O apego com angústia após um período de separação ou de cuidados de terceiros

Depois de um período de separação, especialmente se passado junto a pessoas estranhas, é comum que crianças pequenas, criadas em família, demonstrem maior grau de angústia e de agarramento do que antes. Esse fato, que está entre os dados básicos sobre os quais se assenta nossa tese e que é bem ilustrado pelos dois exemplos (colhidos em Newson & Newson, 1968) apresentados na primeira seção deste capítulo, talvez já não mais admita controvérsia. Discutíveis são os fatores que levam uma criança a recuperar a confiança e outra a não recuperá-la*.

Efeitos de uma breve permanência em hospital

Um estudo de Fagin (1966), acerca do comportamento de dois grupos de crianças que retornaram ao lar após breve estada (de um a sete dias) em hospital, lança alguma luz sobre esse problema. As mães de trinta crianças ficaram no hospital, fazendo-lhes companhia; as mães das trinta outras apenas as visitaram diariamente. As crianças foram agrupadas por idade, entre dezoito e 48 meses, mas não por sexo. Entrevistas feitas com as mães, antes da hospitalização, revelaram que não diferia o modo de as mães criarem as crianças integrantes dos dois grupos; além disso, todas as mães manifestaram o desejo de permanecer no hospital, acompanhando os filhos.

Em relação a cada criança, comparou-se o seu comportamento (conforme relato da mãe) uma semana e um mês após o retorno ao lar com o comportamento que (de acordo com a mãe, no momento da hospitalização) exibia antes da internação. Tanto uma semana como um mês após o retorno à casa, o comportamento das crianças que haviam ficado desacompanhadas foi dado como bem mais desassossegado do que antes da internação. Diferenças significativas ocorrem em todos os campos comuns. Em particular, uma breve separação perturbava essas crianças muito mais do que antes da hospitalização, e elas foram consideradas mais "dependentes". Nenhuma dessas alterações adversas foi observada nas crianças cujas mães as acompanharam ao hospital. Os relatos das mães mostraram que as crianças se desenvolveram favoravelmente sob aqueles aspectos, sugerindo isso – como MacCarthy et al. (1962) descobriram – que a presença da mãe, em uma ocasião potencialmente perturbadora, dera à criança a confiança de que, em situação difícil, ela teria a sua assistência[4].

Essas constatações estão em consonância com as de estudos semelhantes. De particular interesse no estudo de Fagin é o efeito diferencial que sobre as crianças dos dois grupos exerceu o fato de elas terem mães que o entrevistador considerou "irascíveis". Sobre as crianças acompanhadas com mães irascíveis a permanência no hospital não exerceu efeito adverso; de outra parte, as crianças desacompanhadas que tinham mãe irascível mostraram-se

....

4. São insuficiências do estudo de Fagin o fato de os dados terem sido colhidos exclusivamente a partir de relatos das mães e o fato de que, quanto à doença e ao período de permanência no hospital, não havia equilíbrio entre os grupos. Vinte e uma das crianças acompanhadas sofreram operação de hérnia ou de amídalas e só permaneceram no hospital por dois dias. Só nove das crianças desacompanhadas tiveram experiência semelhante; treze tinham sofrido infecção alimentar ou respiratória e permaneceram internadas de três a cinco dias. Portanto, é possível que essas diferentes experiências expliquem algumas das discrepâncias observadas no subsequente comportamento das crianças, embora os dados de MacCarthy, Lindsay & Morris (1962) não admitiam essa interpretação.

mais afetadas pela experiência da internação do que as crianças cujas mães foram consideradas mais equilibradas.

Alguns outros estudos falam a favor da afirmativa de que uma separação tem efeito especialmente negativo sobre as crianças cujos pais se mostram hostis a elas ou costumam ameaçá-las com separações, ou, ainda, cuja vida familiar é instável. Acumulam-se, rapidamente, provas de que as relações pais-filhos, antes e depois do evento, desempenham papel importante ao explicar resultados diferenciais de uma separação.

Efeitos de períodos em que a criança permanece em casa sob cuidados de estranhos

Moore (1964; 1969a e b) relatou algumas constatações de muito interesse para a tese por nós defendida. Em estudo longitudinal de crianças londrinas – 223 casos na época do nascimento, que estavam reduzidos a 167, seis anos depois –, Moore examinou os efeitos que, a curto prazo, sobre aquelas crianças exerciam as separações e outras interrupções nos cuidados a elas dedicados; e examinou, também, as diferenças de comportamento que, aos 6 ou 7 anos, mostraram crianças que, durante os anos anteriores, haviam tido diferentes espécies de experiência. Informações acerca do comportamento foram obtidas a partir de (a) entrevistas com as mães (duas antes de a criança nascer; cinco durante seu primeiro ano de vida; quatro durante os dois anos seguintes; e, daí por diante, uma por ano); (b) testes psicológicos e observações a que as crianças foram submetidas, no Centro de Estudos; e (c) entrevistas com os dirigentes e servidores das creches ou escolas maternais frequentadas pelas crianças. A maior parte dos resultados está expressa em termos de diferenças entre as frequências médias de comportamentos das crianças, numa série de amostras em que se diversificava a experiência prévia.

Algumas crianças haviam passado períodos de uma ou duas semanas com parentes, em razão de férias da própria criança, dos pais ou de ambos. O comportamento mais comum no reencontro com a mãe, tratando-se de crianças com menos de 3 anos de idade, era o de manterem-se à sua volta, por vezes após um tempo inicial de reserva. Embora esse girar em torno da mãe geralmente cessasse após dois ou três dias, em 30% dos casos persistiu durante semanas. Moore (1969b) conclui: "É claro que, para a maioria das crianças novas, separar-se da mãe constitui uma experiência estressante", e que as crianças mostram-se especialmente vulneráveis durante o segundo e terceiro anos de vida.

Moore aponta evidências que confirmam que o fato de as perturbações continuarem ou não depende, em boa porção, da estabilidade do lar e das atitudes dos pais. Pormenores aparecem em três de suas comparações:

a) Seis crianças, entre as idades de nove e trinta meses, haviam tido a experiência de uma ou mais permanências em creche residencial. Todas (exceto uma, que era deficiente mental) perturbaram-se com a volta à casa, "mostrando-o através de comportamento agressivo, de bater a cabeça, de medo de estranhos e/ou crescente dependência da mãe". Quatro outras crianças haviam tido experiência semelhante antes da idade de nove meses; duas delas se mostraram igualmente perturbadas. Quando essas crianças chegaram aos 8 anos, duas eram "razoavelmente bem ajustadas" e as outras oito não. Observou-se que as duas primeiras vinham de lares onde eram boas as relações familiares, ao passo que as oito, nas quais se notavam dificuldades (em especial de tipo agressivo, descontrolado), provinham de famílias que se estavam desfazendo (dois casos) ou nas quais, por outros motivos, as relações estavam conturbadas.

b) Quinze crianças provindas de lares estáveis haviam enfrentado separações periódicas durante os primeiros quatro anos de vida. As separações haviam ocorrido em situações e por períodos diferentes. Em muitos casos, a criança ficava aos cuidados de parentes, em outros, ficava em hospital ou creche. Somados os períodos de separações, eles se estendiam, para cada criança, de cinco a 23 semanas. Não apenas as crianças provinham de famílias estáveis mas também, exceto durante as separações, sempre haviam sido cuidadas pela mãe. Ao atingirem a idade de 6 anos, comparou-se o comportamento delas com o das crianças de dois grupos semelhantes:

1) crianças cuidadas pela mãe e nunca dela separadas;
2) crianças que não apenas haviam conhecido a experiência de várias separações, mas, ainda, cuja vida familiar fora intranquila, com frequente mudança da pessoa a cujo cuidado ficaram na fase pré-escolar.

1) Com base no relato das mães, as crianças de lares estáveis, que só haviam conhecido separações episódicas, eram menos dadas a buscar atenção do que as crianças nunca afastadas do lar. Sugere isso que, em relação a crianças em geral criadas pela mãe, em um lar estável, as separações episódicas, do tipo e duração descritos (embora perturbadoras quando ocorreram), não produzem óbvios efeitos adversos sobre o posterior comportamento de apego. Contudo, é necessário ter cautela ao tirar conclusões, pois não sabemos como reagiriam essas crianças a uma nova situação capaz de inspirar-lhes medo. As constatações de Hinde & Spencer-Booth, por exemplo, acerca dos efeitos que, dois anos depois de uma semana de separação, produziu, sobre jovens macacos *rhesus*, uma situação atemorizadora (cf. capítulo 4), são um alerta contra a confiança prematura.

2) Conquanto as crianças de lares estáveis, expostas a separações episódicas, parecessem ter-se desenvolvido normalmente, o mesmo não ocorreu com as crianças de lares instáveis. Observou-se que estas, aos 6 anos de idade, mostravam muitos sinais típicos de insegurança: superdependência, angústia, dificuldade de dormir e tendência de roer as unhas.

Efeitos de a criança estar entregue, diariamente, aos cuidados de terceiros

Moore (1969*a*) trata, com algum pormenor, dos efeitos que, sobre o comportamento de uma criança de 6 anos, produziu o fato de ela ter estado, antes dos 5 anos, sob cuidado diário de diferentes pessoas. Cerca de metade das mães da amostra em causa havia trabalhado fora de casa durante pelo menos três meses, antes de a criança haver atingido 5 anos; contudo, variaram muito os padrões de trabalho materno e de cuidados recebidos pelas crianças. Em um extremo, havia mães que, contando o filho com 4 ou 5 anos, trabalhavam em tempo parcial, enquanto a criança passava a frequentar a escola maternal; no outro extremo, havia mulheres que trabalhavam o dia inteiro, ou quase o dia inteiro, desde os primeiros dias de vida da criança, que era posta em uma creche durante o dia ou ficava sob os cuidados de uma babá. Inevitavelmente, as variáveis confundiram-se. Na maioria dos casos em que, desde cedo, a criança era entregue aos cuidados de terceiros, esse cuidado era instável e a criança via-se ora sob os cuidados de um grupo de pessoas, ora sob os cuidados de outro. Reciprocamente, quando a criança só passava aos cuidados de terceiros após 3 anos de idade – geralmente, em uma escola maternal –, tais cuidados tendiam a estabilizar-se. Fator de complicação, não surpreendente, é o fato de que a instabilidade dos acertos para os cuidados das crianças tendiam a corresponder a uma instabilidade da personalidade dos pais.

A despeito desses problemas, Moore teve como identificar duas amostras, cada uma formada por cerca de quinze crianças, comparáveis quanto ao sexo e razoavelmente semelhante sob outros aspectos, tendo todas estado, por algum tempo antes da idade de 5 anos, sob cuidado diário de terceiros. O cuidado substituto fora estável em uma amostra e instável em outra. Para cada amostra, a idade em que a criança passara a receber cuidados diários de terceiros variava de umas poucas semanas a três anos.

Amostra sujeita a cuidado diário instável de terceiros: As quinze crianças que haviam recebido cuidado diário instável de terceiros – em geral iniciado antes dos 2 anos de idade – mostraram-se notavelmente inseguras e presas de angústia em anos posteriores. Segundo relato das mães, quando as crianças tinham 6 anos revelaram

> comportamento de agarramento marcado por dependência muito maior querendo colo, opondo-se a que a mãe saísse, perturbando-se quando ela, a mãe, se mostrava aborrecida, reclamando atenção na hora de dormir... Esse comportamento foi claramente observado no Centro, onde o grupo atingiu os maiores níveis em dependência e

nervosismo e os menores em ajustamento inicial à situação. As crianças mostraram receios maiores, especialmente de médicos, de hospitais e do escuro... (Moore, 1969a)

Além de terem recebido cuidado diário instável da parte de terceiros, essas quinze crianças haviam passado maior tempo em hospitais e outros lugares do que as crianças da segunda amostra. Além disso, parte do apego com angústia que exteriorizavam era provavelmente atribuível ao tratamento que haviam recebido dos pais, muitos deles considerados "personalidades instáveis".

Amostra sujeita a cuidado diário estável de terceiros: Em reduzido número de casos, o cuidado diário proporcionado por terceiros se havia iniciado antes de a criança atingir 2 anos, mas fora estável. Aos 6 ou 7 anos, as crianças tendiam a procurar atenção extra das mães; algumas das mães não haviam conseguido estabelecer relação íntima com os filhos.

De outra parte, as crianças só entregues ao cuidado diário de terceiros após os 3 anos de idade não revelaram, aos 6 anos, de modo claro, dificuldades emocionais. Essa constatação está, é claro, em consonância com a experiência de todos os dias. Durante o tempo em que permaneceram afastadas das mães, essas crianças frequentaram a escola maternal ou estiveram sob os cuidados de outra família, procedimentos que não somente são comuns àquela idade, mas, ainda, que as crianças normalmente apreciam e que, aparentemente, jamais deram causa a dificuldades[5].

Contudo, outra constatação, decorrente de posterior estudo de Moore (1975), foi a de que algumas crianças cuidadas pelas mães até os 5 anos, sem nunca terem frequentado escola maternal ou grupo de folguedos, tendiam, mais tarde, a mostrar sensibilidade exagerada à crítica e timidez diante dos companheiros. Esse achado, se confirmado, empresta apoio à opinião comum de que, após os 3 anos, é benéfico para a criança brincar com outras crianças em ambiente organizado, e isso especialmente quando a

....
5. Notar o caso de Lottie que, aos 2 anos e três meses de idade, começou a frequentar a escola maternal (cf. capítulo 3).

alternativa é o confinamento em espaço urbano limitado e, comumente, como no caso referido por Moore, ao lado de mãe possessiva e controladora.

As constatações do estudo de Moore dão, assim, forte apoio à teoria segundo a qual o apego com angústia desenvolve-se não porque a criança tenha sido excessivamente mimada, como algumas vezes se diz (cf. capítulo seguinte), mas porque as experiências a levaram a construir um modelo de figura de apego que vem a mostrar-se inatingível e/ou não receptivo quando a criança o procura. Quanto mais estável e previsível o regime a que a criança é submetida, tanto mais seguro tende a ser o seu apego; quanto mais descontínuo e imprevisível o regime, tanto mais angustiado seu apego.

A essa conclusão, façamos uma restrição importante. Algumas crianças submetidas a um regime imprevisível parecem desesperar-se. Em vez de desenvolverem apego com angústia, tornam-se mais ou menos desapegadas, aparentemente não confiando nos outros, nem com eles se importando. Com frequência têm comportamento agressivo, são desobedientes e prontas ao revide. Isso ocorre muito mais frequentemente com meninos, não obstante o agarramento com angústia seja mais comum nas meninas.

O fato de as separações e descontinuidades da atenção maternal levarem a resposta de tipos opostos – apego com angústia e desapego agressivo – e, por vezes, a uma combinação delas, é algo perturbador, como é também perturbadora a constatação de que essas reações variam com o sexo. Não obstante, essa constatação põe-se de acordo com a incidência diferencial, em um e outro sexo e na vida adulta, de certos tipos de desordem de personalidade. A angústia, como sintoma neurótico, é mais comum em mulheres do que em homens; a delinquência, por outro lado, é mais comum em homens do que em mulheres.

Investigações feitas após terem as crianças atingido os 11 e os 15 anos revelaram que o padrão de comportamento de apego firmado durante os primeiros cinco anos de vida tendia a permanecer – fosse um apego seguro, um apego com angústia ou um certo grau de desapego (Moore, 1975)*.

O apego com angústia após ameaças de abandono ou de suicídio

Em capítulos anteriores já se fez referência aos efeitos que tem sobre uma criança o fato de os pais declararem que não mais gostarão dela ou que a abandonarão se ela não for boa. A experiência clínica sugere que ameaças dessa espécie e, em particular, ameaças de abandono e de suicídio são muito mais largamente responsáveis do que se diz pela provocação de apego com angústia. Frequentes vezes se tem dito, é certo, que ameaças feitas pelos pais de abandonarem a criança, se ela não se portar bem, desempenham importante papel na gênese da angústia. Em *Inibições, sintomas e ansiedade* (1926a), Freud examinou essas questões. Não obstante, e apesar de a ameaça de perda de amor não ser de importância desprezível, não há dúvida de que a ameaça de abandonar a criança tem peso imensamente maior. Nos relatos de casos, raramente se alude a essas ameaças e são poucas e esparsas, na literatura, as sugestões no sentido de que elas desempenhem papel significativo. Aparentemente, jamais se fizeram objeto de estudo e exame sistemáticos. Explicação para o fato de serem relativamente esquecidas é, quase certamente, o fato de os pais se mostrarem avessos a falar no assunto.

A ameaça de abandonar a criança pode ser expressa de vários modos. Um deles consiste em dizer que, se a criança não se portar bem, será mandada, por exemplo, para um reformatório ou para uma escola de crianças de mau comportamento, ou que será entregue à polícia. Um segundo modo, também com feição disciplinar, está em dizer que o pai ou a mãe abandonarão a criança. Um terceiro modo, também provocador de angústia, está em dizer à criança que, se ela não se portar bem, o pai ou a mãe adoecerá ou morrerá. Um quarto modo, provavelmente de grande importância, é a ameaça irada e impulsiva de abandonar a família, feita, em geral, por um dos pais em desespero e, não raro, acompanhada de ameaça de suicídio. Finalmente, há o caso da angústia provocada na criança que ouve os pais brigando e teme, naturalmente, que um deles abandone a casa.

A evidência sugere que ameaças desses tipos, casuais ou de intuito punitivo, não são raras e quase sempre exercem efeito extremamente atemorizador sobre uma criança.

Comecemos com ameaças feitas com propósito disciplinar. O número de pais que recorre a esse tipo de ameaça varia, sem dúvida, de cultura para cultura e de subcultura para subcultura. Estudando setecentas crianças e seus pais, em Nottingham, Newson & Newson relatam que *não menos de 27% dos pais entrevistados admitiram usar a ameaça de abandono como via disciplinar*. A incidência menor foi observada nas camadas I e II, a dos profissionais liberais e administradores, onde ficou em 10%. Em pais pertencentes às demais camadas girou em torno de 30%. Os Newson surpreenderam-se com o fato de que os comerciários e o pessoal burocrático de nível mais alto mostrassem, quanto ao ponto, incidência (34%) pelo menos tão alta e talvez mais alta do que a verificada na classe dos trabalhadores manuais qualificados, semiqualificados e não qualificados.

Claro está que pode variar o grau de seriedade com que essas ameaças são feitas e recebidas. Algumas vezes, têm o único propósito de irritar. Mas, provavelmente, diante de entrevistadores como os Newson, que indagavam acerca de técnicas disciplinares, os pais dificilmente se refeririam àquelas ameaças, se não as usassem a sério e não acreditassem na sua eficácia. De qualquer modo, as crianças alcançadas pelo estudo tinham apenas 4 anos e, para uma criança dessa idade, pouco é preciso para que a ameaça pareça de alta gravidade. Alguns pais, entretanto, pretendendo dar uma lição aos filhos, rodeavam as ameaças de uma impressionante encenação, como os exemplos abaixo, colhidos em registros dos Newson, permitem ver.

Em resposta a indagações relativas a técnicas disciplinares que usava para com seu filho de 4 anos, a mulher de um empacotador disse:

> Eu costumava ameaçá-lo com o asilo de Hartley Road, que não é mais asilo; agora, já não posso fazer essa ameaça; mas sempre posso dizer que irei à cidade e providenciarei, você entende? E Ian diz "Bem, se eu for com Stuart (7) eu não me importo"; e eu digo, "Ora, vocês vão para lugares diferentes – você vai para um e *você*, para outro". Mas ele realmente se preocupa, sabe? Certo dia eu o vesti e pensei em dar uma volta com ele, *como se fosse...*, você sabe, e ele *ficou* preocupado. Tive de voltar para casa, ele começou a chorar. Ele viu que eu estava falando sério – *pensou* que eu esta-

va. E agora basta ameaçar. Eu digo "não vai demorar muito e vou vestir você".

Diante da mesma pergunta, a mulher de um mineiro começou negando que ameaçasse sua filha; depois, corrigiu-se:

Não – oh, minto, uma vez ameacei – e ela ficou tão assustada que nunca mais ameacei. (Que disse você?) Bem, ela estava discutindo comigo e disse "Você não mora aqui! Vai embora!". E eu disse, "Muito bem, já vou! Onde está meu casaco? Já vou!". Peguei o casaco, saí e fiquei do lado de fora e ela começou a chorar amargamente. Logo que eu entrei, abraçou minha perna e não me largou. *Nunca* mais direi isso.

Outra mulher de mineiro também se arrependeu de usar esses métodos com uma criança de 4 anos:

Eu disse que se ele me aborrecesse com travessuras eu iria embora e ele não teria mais a mãezinha para tomar conta dele e teria de viver com outra pessoa. Sei que era errado, mas fiz assim. O pai disse para ele: "Arrume as suas coisas, pegue a mala, ponha seus brinquedos dentro e vá embora". Certa vez, o pai colocou algumas roupas e alguns brinquedos na mala – e ele quase ficou louco. Isso me preocupou, mas eu não quis, você sabe, me intrometer. E depois eu lhe disse: "*Não* faça mais isso, eu não gosto, ele se sente inseguro, e é tão da casa quanto nós. Procure outro castigo. Esse eu não quero". Penso que estava indo longe *demais*.

Neste último caso, embora achasse que o pai não devia passar de certo ponto, a mãe estava pronta a fazer a ameaça de que adoeceria e teria de afastar-se.

Como as mais completas notícias acerca do uso das ameaças de abandonar uma criança provêm de estudo feito pelos Newson na Inglaterra, há o risco de que cidadãos de outros países desdenhem de suas constatações. Inclinação à complacência não é o que se recomenda em algumas respostas dadas por pais, em estudo de âmbito mais limitado, realizado na Nova Inglaterra.

Ao entrevistarem algumas centenas de mães a propósito de como tratavam seus filhos, Sears, Maccoby & Levin (1957) notaram tal relutância nas genitoras em reconhecer que ameaçavam os filhos de passar a negar-lhes amor ou de abandoná-los, que metade das informações colhidas pelos autores foi tida como inadequada. Quanto à metade restante, que se supunha conter informação adequada, de cada dez mães, duas foram classificadas como fazendo parte das que recorriam amplamente à ameaça de negar amor ao filho e/ou abandoná-lo; outras três, de cada dez, foram classificadas como pessoas que recorriam moderadamente àquelas ameaças. Tomados em conjunto, esses casos correspondiam à metade dos que puderam ser avaliados. Exemplos de crianças de 5 anos de idade que, ameaçadas de serem expulsas de casa – por exemplo, mandadas de volta ao hospital onde nasceram –, se tornavam, nas palavras das mães, "histéricas" ou choravam "rios de lágrimas", não diferem dos exemplos dados pelos Newson.

O fato de, hoje, em uma representativa amostra de famílias de renda média e da classe operária da região central da Inglaterra, 30% das mães admitirem que ameaçam seus filhos de abandono e outras 12% admitirem que os ameaçam de não mais amá-los, se eles não se comportarem bem (e, para a Nova Inglaterra, as porcentagens parecem semelhantes), talvez surpreenda pessoas que foram criadas em famílias de profissionais liberais, onde ameaças dessa ordem são muito menos comuns[6]. Contudo, uma vez identificados a frequência e os efeitos dessas ameaças, tornam-se inteligíveis muitos casos de angústia de separação e de apego com angústia, casos esses que, de outra forma, seriam inexplicáveis. Além disso, torna-se fácil compreender por que tantas crianças que devem ir ao hospital ou permanecer em uma creche residencial têm razões de supor que para tais lugares estão sendo mandadas em caráter de punição.

Claro está que a maioria dos pais não ameaça seus filhos de abandono e, como os Newson verificaram, evita, por princípio, assim agir. Como observou a mulher de um hoteleiro: "Isso deixa as crianças inseguras. Nós somos a segurança delas e não devemos privá-las disso". Contudo, os Newson também encontraram

....
6. Não são desconhecidas, porém, as sanções de ostracismo profissional com que os mais velhos coagem os mais novos e mais fracos a aceitarem as teorias por eles professadas.

mães que, embora sabendo serem erradas as ameaças, admitiram recorrer a elas, uma ou outra vez, quando zangadas.

Por trás do envergonhado reconhecimento de que assim procedem, os pais podem estar admitindo que estejam usando as mais intimidadoras ameaças. Há, sem dúvida, minoria de pais que, em momentos de exasperação e raiva, dizem coisas horrorosas – de que depois muito se arrependem. Ameaças de deixar a casa e/ou de cometer suicídio, talvez só feitas a longos intervalos, mas com irada veemência, podem provocar efeito inteiramente desproporcional à frequência com que ocorrem. Além disso, o efeito cresce, caso o genitor (o pai ou a mãe) posteriormente se mostre tão envergonhado de haver feito a ameaça, que nem saiba o que disse ou o quanto pode ter assustado o filho. Em tais casos, a criança não tem como avaliar seus inevitáveis temores contra os riscos reais, sejam estes quais forem.

E mais: quando ocorrem esses casos em famílias que buscam uma clínica psiquiátrica, é pouco provável que os verdadeiros fatos venham à tona. Torna-se fácil dar como causa dos temores da criança as suas próprias fantasias culposas ou o fato de ter ela projetado em outros os seus desejos culposos. O fato de ser tão fácil, até mesmo para clínicos experientes, desorientar-se em tais circunstâncias sugere que, no caso de um adulto ou uma criança mostrar medo inexplicável, é sempre conveniente presumir que algum motivo existe.

Como a forma de um pai tratar o filho é, em geral, calcada no modo como seus pais o trataram quando criança, é quase inevitável que o recurso a ameaças marque certas famílias. Isso tornou-se dramaticamente claro durante o tratamento a que foram submetidos certa mãe agudamente angustiada e deprimida e seu pequeno filho.

Um caso ilustrativo

Teve-se conhecimento da sra. Q. e de seu filho Stephen quando este, aos dezoito meses, recusava-se a comer e apresentava peso muito abaixo do normal. Logo se tornou claro que a sra. Q. vivia um estado crônico de angústia e depressão, iniciado quando do nascimento do filho. A sra. Q. passou a fazer terapia de orientação analítica uma vez por semana e mostrou boa recuperação. Quando a mãe deixou de constantemente obrigá-lo a comer, Stephen começou a aceitar alimentos e, após um ou dois meses, ganhava peso satisfatoriamente. Por ser grave seu estado, a sra. Q. continuou, por alguns anos, a receber tratamento semanal. Seu pai era um hábil artesão aposentado; seu marido, bilheteiro de estrada de ferro. Ela, de sua parte, era mulher inteligente que cedo se havia afastado da escola para empregar-se, mas que, posteriormente, se tornara uma técnica bem-sucedida. A versão que apresentou de sua infância caracterizou-se por lucidez e coerência, embora por meses, e mesmo anos, tenha tido a maior dificuldade em revelar os aspectos mais aflitivos e alarmantes.

Reunidos, esses aspectos compuseram o quadro que se passa a descrever. O pai da sra. Q. havia lutado na Guerra de 1914-1918, tornando-se inválido por "neurose de guerra". Cabe supor que sua neurose tenha aparecido depois de seu grupo haver sido dizimado em uma ponte, deixando-o como único sobrevivente. Daí por diante, ele atravessou longas fases de depressão e irritação, durante as quais tratava a família extremamente mal. A mãe da sra. Q. era mulher ativa e capaz, de opiniões firmes, e sua avó materna fora alcoólatra por muitos anos. Durante a infância da sra. Q., seus pais tinham brigas violentas, durante as quais coisas horrorosas eram ditas e feitas. A louça era quebrada, facas apareciam, peças de mobília era jogadas. A sra. Q. recordava-se de longas noites passadas em claro, ouvindo a batalha e temendo o resultado. Entretanto, na manhã seguinte, tudo estava calmo. Esquecendo os horrores da noite anterior, a mãe entregava-se ao trabalho doméstico encarnando figura de tranquila respeitabilidade. De modo algum deviam estranhos conhecer o que se passava na casa; e insistia-se em que a sra. Q. não os comentasse – nem com vizinhos, nem com professores ou colegas. Isso explica por que, durante longo tempo, ela escondeu do terapeuta o horror da situação.

Em várias ocasiões, a mãe da sra. Q. tentou suicidar-se e, em muitas outras, ameaçou fazê-lo. Duas vezes, chegando em casa, a sra. Q. encontrou a mãe inalando o gás do fogão e, em certa oportunidade, achou-a desfalecida, após haver ingerido desinfetante doméstico. Não raro, a mãe, após a ameaça de abandonar a família ou de suicidar-se, desaparecia. Às vezes saía e só voltava depois de meia-noite. Outras vezes, escondia-se em um armário. Em face disso, não surpreende que, jovem, a sra. Q. se tenha tornado vítima de forte angústia, constantemente receosa de afastar-se de casa, experimentando espasmos de cólera violenta[7].

Embora parecesse evidente que a razão da cólera era a violência do comportamento dos pais, especialmente da mãe, a sra. Q., durante o tratamento, resistiu a aceitar essa explicação. Afirmou, por muito tempo, não só que seus sentimentos para com a mãe eram de amor, o que se justificava, pois a mãe tinha muitas qualidades, mas também que tais sentimentos excluíam o ódio. Entretanto, quando mais confiante no terapeuta, a sra. Q. recordou-se de que, na infância, após desentendimento com a mãe, às vezes se recolhia ao quarto e despejava sua violência nas bonecas, atirando-as contra as paredes ou pisoteando-as.

Dentro desse contexto, os problemas da sra. Q. com Stephen tornaram-se inteligíveis. Após o nascimento da criança, a sra. Q. havia sentido forte impulso de atirá-lo pela janela e – o que seria de esperar – passou a viver estado de intensa angústia, temerosa de que Stephen morresse. Seus furiosos e inúteis esforços para levá-lo a comer eram disso resultado direto. Parecia evidente que a hostilidade da sra. Q., ainda frequentemente provocada pela mãe, voltava-se (deslocada) para Stephen. Mesmo durante o tratamento, a sra. Q. admitia envergonhadamente que tinha ocasionais ímpetos de violência, quebrando louças, amassando panelas, danificando o carrinho de passeio do próprio filho. Nem sempre ficava clara a razão desses ímpetos, porque a sra. Q. se apressava a esquecê-los e, durante longo tempo, no curso do tratamento, a eles não se referiu.

Quando Stephen atingiu 7 anos e meio, a sra. Q. disse que, por vezes, ele se dizia temeroso de que ela morresse e tinha medo de ir à escola. Durante meses, a origem desse medo permaneceu

....
7. Em sua relação com a mãe e com o filho, a sra. Q. revelou todos os traços que Melges (1968) considerou típicos nos casos de distúrbio pós-parto. Entre eles, forte conflito com a própria mãe, repúdio da mãe como pessoa a ser imitada e acentuada tendência a nunca assemelhar-se a ela.

obscura. Depois, a solução apresentou-se clara. Tendo ela própria crescido em meio a circunstâncias tão perturbadoras, a sra. Q. havia decidido que seu filho teria sorte melhor. Tudo tinha feito para que a vida de Stephen se rodeasse de segurança e felicidade e, sob vários aspectos, havia conseguido o que se propusera. Entretanto, quando ocorriam os ímpetos de violência, as boas resoluções se desvaneciam. Nessas ocasiões – agora ela o admitia – dizia coisas terríveis, as mesmas coisas, em verdade, que, sendo ela menina, sua mãe lhe dissera. O fato de Stephen temer que sua mãe morresse era reflexo direto das ameaças de suicídio que ela fazia durante as explosões de ira, que eram relativamente raras, mas de intensidade alarmante.

    Conhecidos os fatos, tornou-se possível promover alguns encontros em que a mãe, com real remorso, reconhecia ter feito ameaças e Stephen explicava o quanto elas o haviam assustado. A mãe garantia a Stephen que jamais faria o que ameaçava fazer. Nem tudo se resolveu daí por diante, mas a verificação de que os temores de Stephen eram fundamentados e o começo de comunicação entre mãe e filho abrandaram as dificuldades.

    Não há dúvida de que muitos pais se mostram relutantes em admitir, diante de um profissional, que ameaçam seus filhos da maneira referida. Muitos sabem que é incorreto proceder assim e se envergonham. Outros têm ideias confusas a respeito do assunto, mas sabem que os profissionais desaprovariam o procedimento. Por esses motivos, dificilmente os pais fornecem espontaneamente esse tipo de informação, só o fazendo depois de adquirirem confiança no terapeuta, negando-a antes, mesmo que perguntados. As crianças, em geral, acompanham os pais e também mostram relutância em dizer a verdade. Com mais de 30 anos, a sra. Q. continuava a inclinar-se a proteger a reputação de sua mãe. A criança não só tem medo do que os pais dirão ou farão se souberem que ela os "delatou", mas também hesita em admitir, mesmo para si própria, que o pai ou a mãe é capaz de comportar-se daquela maneira. Dessa forma, as crianças frequentemente aderem à conspiração de silêncio, embora possam, ao mesmo tempo, estar desejando intensamente a ajuda de alguém.

Incidência da "tentativa" de suicídio dos pais

É baixa a taxa de suicídio de genitores com menos de 18 anos, pois a maioria dos suicídios se registra em faixas etárias mais avançadas. A chamada "tentativa" de suicídio entre genitores desta categoria é relativamente alta, pois tais atos são mais frequentemente praticados, por ambos os sexos, entre as idades de 20 e 30 anos. No título desta seção, colocou-se a palavra "tentativa" entre aspas, pois, na maioria dessas tentativas, não se quer a morte, mas apenas amedrontar ou coagir alguém[8].

Durante a última década, foram registradas, na cidade de Edimburgo, as tentativas de suicídio e, a partir daí, defluem algumas estimativas grosseiras[9]. Consideradas as mulheres entre 15 e 34 anos, houve média anual de aproximadamente 0,3% de tentativas de suicídio, e há motivo para crer que essa porcentagem se aplica, indiferentemente, a mulheres com filhos e sem filhos. Durante os vinte anos ao longo dos quais as crianças chegam do nascimento à idade adulta, cabe admitir que 4% das mães terão tentado o suicídio e 1/3 dessa porcentagem o terá feito mais de uma vez. Com respeito aos homens, a taxa de incidência é mais baixa e, dentro do mesmo período de vinte anos, parece estar entre 2% e 2,5%. Admitida a possibilidade de que, em algumas famílias, tanto a mãe quanto o pai tentarão o suicídio, não menos do que uma, em cada vinte crianças crescidas em Edimburgo, em anos recentes, terão enfrentado a experiência de ver um genitor tentar suicídio. Na maioria dos casos, a tentativa ocorrerá antes de a criança completar 10 anos.

A incidência de tentativas de suicídio não atinge igualmente a totalidade da população, de sorte que, em algumas camadas, mantidos constantes idade e sexo, a taxa é várias vezes superior à

....

8. Diante da situação, Kreitman et al. (1969) propuseram a expressão "parassuicídio", mas Walk (1972) levantou sérias objeções de caráter etimológico.
9. Devo a Norman Kreitman, diretor da Unidade MRC de Estudos Epidemiológicos em Psiquiatria, a gentileza de permitir-se consulta a alguns dados recentes. Devido aos índices crescentes, as estimativas referentes a pais e mães, ao longo de um período de vinte anos, deixou muito a desejar. Calculei-as – por elas sou o único responsável – com o objetivo de mostrar a magnitude do problema.

de outras. Enquanto nas camadas socioeconômicas I, II e III da população de Edimburgo a incidência é inferior à média, na V é muito superior. Crianças de certos grupos subculturais correm alto risco de se verem expostas a tentativas de suicídio de seus pais. Há também evidência de que, em certos grupos familiares, a elevada taxa de tentativas de suicídio dever-se-á, talvez, ao fato de estas tentativas se haverem tornado maneira aceitável de comunicação social. Mulheres com menos de 35 anos mostram-se particularmente suscetíveis à influência desses padrões de família (Kreitman, Smith & Tan, 1970). Como não há números indicativos da incidência das *ameaças* de cometer suicídio, só podemos especular. Presumivelmente, muitas das crianças que enfrentaram tentativa de suicídio dos pais enfrentaram também ameaças. A sra. Q. é um exemplo. Além disso, muitas crianças, como Stephen Q., terão enfrentado ameaças sem enfrentar tentativas. Tanto o senso comum quanto a experiência clínica sugerem não apenas que tais pessoas terão tendência superior à normal de mostrar angústia com respeito à acessibilidade das figuras de apego, durante a infância, como, ainda, que continuarão, por longo tempo, a sentir o mesmo, na idade adulta.

Surpreendente é que psicanalistas, psiquiatras e especialistas ligados à psiquiatria infantil tenham dado tão pouca atenção às ameaças de suicídio e às tentativas de suicídio dos pais, fontes de elevada suscetibilidade à angústia.

Medo de que um dos pais abandone o lar após um desentendimento

Quando os pais se desentendem fortemente, há sempre o risco de que um deles abandone o lar. Não raro, aliás, esse risco é tornado explícito. Nessas ocasiões, as crianças geralmente ouvem muito mais do que os pais gostariam de imaginar. Assim, embora sejam diferentes o tipo de situação que leva a criança a temer ver-se abandonada e o tipo de situação em que as ameaças de abandoná-la têm o objetivo direto de puni-la, os efeitos podem ser, em qualquer caso, desestabilizadores.

Também com referência ao assunto ora em pauta, é comum que os especialistas consultados pelos pais com respeito ao comportamento dos filhos não sejam informados do que se passa em casa, e não é fora do comum que esses profissionais, ignorando o que se passa no lar, recorram a interpretações "profundas", invocando projeções e o mundo íntimo para explicar os sintomas da criança. Na prática de atendimento psiquiátrico à criança e à família, ou trabalhando com adolescentes e adultos, é sempre oportuno admitir que só após alguns meses de tratamento com toda a família se terá obtido um quadro razoavelmente preciso de como os familiares agem entre si e do que dizem. Quando, com muita paciência, é alcançado conhecimento dos fatos, torna-se, via de regra, muito menos difícil entender como uma criança veio a apresentar distúrbios e a temer o que teme.

Anteriormente, nesse mesmo capítulo, assinalamos que, no passado, em estudos a respeito dos efeitos da separação sobre a criança, houve dificuldade em identificar os fatores que levam tais efeitos a persistir em certos casos e não em outros. A revisão da evidência hoje existente sugere que podemos estar mais próximos de uma solução. Podemos, sem dúvida, admitir que, se uma criança é ameaçada de abandono pelos pais (seja como castigo, seja porque os pais se desentendem), os efeitos decorrentes de uma efetiva separação não somente serão de grande intensidade, como tenderão a persistir.

Quando tomamos em conta a alta incidência dessas ameaças e os efeitos cumulativos das separações efetivas, das ameaças de separação, da constante mudança de pessoas sob cujos cuidados as crianças ficam e da instabilidade da vida familiar, torna-se explicável que muitas dessas crianças cresçam para se tornarem vítimas do apego com angústia. E, à luz dessas constatações, numerosas síndromes clínicas são mais bem entendidas (cf. capítulos 18 e 19).

Capítulo 16
"Superdependência" e a teoria da criança mimada

A criança é tanto mais agarrada quanto mais tenha a convicção íntima de que a separação se repetirá.

BURLINGHAM & FREUD (1944)

Algumas teorias contrastantes

Após apresentação de parte da evidência em que se apoia a posição teórica adotada neste livro, convém examinar rapidamente o rol das hipóteses já propostas para explicar por que certa pessoa está sujeita a alto grau de superdependência ou de angústia de separação – expressões com as quais normalmente se designa o apego com angústia. As hipóteses sugeridas por psicanalistas e por outros profissionais obedientes à tradição psicanalítica emprestam peso variável aos fatores constitucionais e ambientais, e, além disso, dentro de cada uma dessas classes, fazem referência a fatores diferentes e, sob certos aspectos, contraditórias. As cinco principais hipóteses, todas elas contando com adeptos, são brevemente resumidas abaixo.

Duas colocam ênfase em fatores *constitucionais*, nos termos seguintes:

1. Algumas crianças, mais do que outras, têm, em sua constituição, maior parcela de exigências libidinosas e, assim, mostram maior sensibilidade quando privadas daquilo que lhes é agradável (Freud, 1917b).

2. Algumas crianças, mais do que outras, têm, inerentemente, instinto de morte mais aguçado, que se manifesta através de angústia persecutória e depressiva anormalmente intensa (Klein, 1932).

Três colocam ênfase em fatores *ambientais*:

3. Diversidades no processo de nascimento e traumas severos durante as primeiras semanas de vida pós-natal podem acentuar a resposta de angústia (orgânica) e elevar a angústia potencial, provocando reação mais intensa em fase de posteriores perigos (psicológicos) enfrentados na vida (Greenacre, 1941; 1945).

4. Algumas crianças são "estragadas" pelo excesso de prematura satisfação libidinosa; pedem mais e, quando não recebem, ressentem-se mais (Freud, 1905*b*; 1917*b*; 1926*a*).

5. Algumas crianças tornam-se excessivamente sensíveis à possibilidade de separação ou perda de amor, em razão de terem tido a efetiva experiência da separação (Edelston, 1943; Bowlby, 1951) ou sofrido ameaça de abandono ou de perda de amor (Suttie, 1935; Fairbairn, 1941).

Convém notar que as hipóteses 1, 4 e 5 foram elaboradas para explicar, em particular, a tendência a um alto grau de angústia de separação; as hipóteses 2 e 3 pretendem explicar a tendência a um alto grau de qualquer espécie de angústia.

Não há evidência capaz de confirmar ou refutar as primeiras duas hipóteses, pois, com as atuais técnicas de pesquisa, faltam meios para determinar diferenças daqueles níveis no todo constitucional. Não é fora de propósito imaginar que diferenças herdadas desempenhem algum papel no determinar por que certas pessoas, quando adultas, são portadoras de maior angústia que outras; é duvidoso, porém, que a natureza da diferença, formulada seja por Freud, seja por Klein, venha a mostrar-se útil.

Clara evidência em prol de uma hipótese do terceiro tipo surge dos trabalhos de Ucko (1965), a quem coube demonstrar que as crianças atingidas por asfixia neonatal mostram tendência incomum de reagir com angústia diante de separações ou de outras alterações ambientais. Os achados da dra. Ucko foram descritos no capítulo 13. Embora deem apoio à terceira hipótese, não contrariam as demais.

A quarta e quinta hipóteses – por levantarem questões imediatas e práticas acerca de como tratar as crianças – são as mais controversas, especialmente porque recomendam que as crianças sejam tratadas de maneiras exatamente opostas.

A quarta hipótese, a de que o excesso de afeto dos pais estraga a criança, tornando-a excepcionalmente exigente e incapaz de resistir à frustração, teve ampla aceitação durante a primeira metade deste século e continua a ter alguns defensores. Freud não só comprometeu-se com ela no início de seus trabalhos, mas sempre a sustentou firme e coerentemente. Como esta posição de Freud teve influência profunda e duradoura sobre a teoria e a prática psicanalíticas, certas citações vêm a propósito.

A primeira referência de Freud à criança mimada aparece em *Três ensaios sobre a teoria da sexualidade*, publicados em 1905. Após louvar a mãe que acaricia, embala e beija o filho e, assim, o ensina a amar, Freud previne contra o excesso: "... o excesso de afeto dos pais é prejudicial por trazer maturidade sexual precoce e porque mimar a criança torna-a, posteriormente, incapaz de ficar sem amor, ou de se contentar com uma quantidade menor de amor" (*SE* 7: 223). O mesmo tema acompanha a ideia de Freud acerca do "Pequeno Hans" (1909), embora, paradoxalmente, seja na discussão desse caso de angústia de separação enfrentado por um menino que ele mais se aproxima da posição aqui defendida. Freud atribui parte da angústia ao fato de o Pequeno Hans ter sido separado da mãe quando do nascimento de sua irmã menor (*SE* 10: 114 e 132). Contudo, nem nas *Conferências introdutórias* (1917b; *SE* 16: 408) nem em seu último livro, *Inibições, sintomas e ansiedade* (1926a), Freud faz referências àquelas causas; em lugar disso, adota explicitamente a teoria da criança mimada:

> O indesejável resultado de "mimar" uma criança é fazer crescer a importância do perigo de perder o objeto (objeto que é proteção contra todas as situações de desamparo) em comparação com qualquer outro perigo. Estimula o indivíduo a permanecer no estado de infância... (*SE* 20: 167)

O contexto teórico dentro do qual Freud manifestou essas ideias é referido em capítulo anterior (capítulo 5) e mais amplamente apresentado no Apêndice I.

A despeito de sua larga popularidade, nunca foi trazida substancial evidência em favor da teoria de que o apego com angústia é decorrência de excesso de afeto dos pais. Como já indicado, a evidência aponta em outro sentido*. Surge, portanto, a questão de saber por que Freud (e muitos outros) teriam apoiado a teoria. Possíveis respostas aparecem no fim deste capítulo. Antes, examinemos mais longamente a quinta espécie de teoria, aquela que agora preferimos.

Por impositiva que seja a evidência de que alguns casos de apego com angústia são consequência de uma separação ou de ameaças de abandono ou do risco de perder um dos pais (risco presente quando eles se desentendem), continua a ser possível que nem todos os casos se expliquem desse modo. Haverá, talvez, casos que derivam de outras causas que não as até aqui examinadas? Para responder, é necessário considerar resultados de estudos levados a efeito segundo linhas diversas das até agora mencionadas.

Estudos de "superdependência" e seus antecedentes

Embora a literatura clínica faça referências constantes à "superdependência", aparentemente são poucos os estudos em que um clínico tenha selecionado amostra de pacientes adultos a partir do critério da superdependência, passando, então, a examinar as experiências familiares que essas pessoas tiveram na infância para, depois, compará-las com as experiências tidas pelos integrantes de um grupo de controle adequadamente selecionado. Alguns relatos acerca da agorafobia são relevantes (capítulo 19), conquanto o critério de seleção de pacientes – a saber, o medo de sair sem companhia – tenha sido claramente outro.

Estudos acerca do passado familiar das crianças consideradas superdependentes são também escassos em número. Aliás, com respeito a estas, uma dificuldade que não deve ser esquecida é a da ambiguidade da palavra "superdependente", empregada em dois sentidos: para abranger crianças que demonstram tipicamente apego com angústia e para abranger crianças menos hábeis do que outras da mesma idade na execução de tarefas comuns – como se alimentarem ou se vestirem sozinhas – e que, por isso, buscam o auxílio materno.

Essa distinção aparece claramente em um estudo feito por Stendler (1954). Verificou-se que um grupo de vinte crianças de 6 anos de idade, consideradas superdependentes por seus professores, compunha-se de dois subgrupos. De um lado, colocavam--se seis crianças que para tudo recorriam às mães. De outro, havia um grupo de catorze crianças que não encontravam dificuldade em fazer as coisas por si mesmas, porém que se perturbavam com a ausência das mães e que faziam cenas quando deixadas sozinhas. Como de esperar, as experiências familiares desses dois subgrupos diferiam radicalmente.

As seis crianças que recorriam constantemente às mães provinham de lares estáveis. Todas, entretanto, tinham mães excessivamente protetoras que tendiam a desencorajar os filhos de aprenderem a fazer as coisas por si mesmos.

Das catorze crianças que mostravam apego com angústia, onze haviam tido vida familiar muito instável. Em geral, eram entregues aos cuidados de pessoas diferentes – a mãe, a avó e, de novo, a mãe –, tinham um pai que ia e vinha, passavam por constantes mudanças de residência e instabilidades semelhantes. Tomadas as catorze crianças como um grupo, era de 52 – média de quase quatro para cada criança – o número de descontinuidades ocorridas no período de nove meses a 3 anos de idade. Para um grupo de controle – vinte crianças da mesma escola –, o total de descontinuidades era de 26, com a média de 1,3 por criança.

Até onde valem, os resultados desse pequeno estudo são compatíveis com a concepção de que a maioria, senão a totalidade, dos casos de apego com angústia pode ser entendida como consequência de uma sucessão de separações e de experiências similares. Estudo muito mais amplo, realizado por McCord et al. (1962), dá forte apoio a esse tipo de hipótese.

Nesse estudo, McCord et al. examinaram registros pormenorizados de cerca de 255 meninos, com idades entre 9 e 17 anos, que formavam o "grupo de tratamento" do projeto Cambridge--Sommerville. Todos viviam em área densamente industrial e, em geral, pertenciam à classe trabalhadora. Cinquenta por cento desses meninos, quando tinham entre 9 e 13 anos, haviam sido considerados, por professores e outras pessoas, delinquentes potenciais. A outra metade foi selecionada de modo similar e constava de meninos que se desenvolviam de maneira relativamente normal. A todos esses meninos e às suas famílias foram dados o apoio e a ajuda possíveis, com o objetivo de evitar a delinquência. Como o trabalho de apoio se prolongou por cinco anos, muitas informações foram obtidas, a respeito dos meninos e de suas famílias[1]. Alguns anos depois, as informações foram apreciadas por avaliadores que não haviam tomado parte no estudo. Para os fins da análise, identificou-se uma subamostra de 43 meninos que apresentavam "comportamento superdependente" e uma segunda subamostra de 105 meninos que apresentavam, sob esse aspecto, o padrão de comportamento culturalmente esperado e tido por normal.

Três quartos dos superdependentes mostraram comportamento marcantemente dependente em relação a adultos e, quase certamente, cabe considerá-los angustiadamente apegados. Onze (uma minoria) só mostraram comportamento dependente em relação a colegas e tinham pouco acesso a adultos; não se sabe se tal comportamento pode ser considerado de apego com angústia. Contudo, na apresentação de resultados, não se distingue entre constatações ligadas à maioria e à minoria.

Comparados com o grupo de controle, os meninos superdependentes mostraram maior tendência de expressar sentimentos de inferioridade (51% contra 12%) e maior inclinação a "temores anormais" (56% contra 36%), embora infelizmente esses temores não tenham sido especificados.

Comparados os antecedentes e as atitudes familiares dos pais dos meninos dos dois grupos, chegou-se a um conjunto de constatações de alta coerência. Quase o dobro de meninos dependentes, em relação aos do grupo de controle, foi considerado rejeitado pelo pai (51% contra 28%) e/ou pela mãe (39,5% contra 20%). Verificou-se que não menos de 56% dos dependentes eram constantemente comparados, em termos desfavoráveis, com seus ir-

....
1. Foi incluído no estudo um par de amostras semelhantes, a que não se prestou ajuda. Pouca informação foi conseguida a propósito deles e de suas famílias, razão por que esses casos não entram na presente análise.

mãos; essa proporção, no grupo de controle, foi de apenas 17%. Em quase todos os casos dos integrantes da subamostra dos dependentes havia brigas entre os pais e acusações recíprocas; deve-se admitir, no entanto, que nas famílias do grupo de controle, do mesmo meio operário, também havia uma alta incidência de fatos semelhantes. Como era de se esperar, os sentimentos expressos por alguns desses meninos superdependentes, com respeito a suas mães, eram o inverso da afeição: um terço deles manifestou, em relação à mãe, forte desagrado ou medo ou desprezo.

As constatações até agora mencionadas mostraram coerência com as evidências de que se dispõe, relativas a condições ligadas à superdependência ou ao apego com angústia. Exemplificando: no capítulo anterior, foi feita referência a dois estudos que focalizam o comportamento dos pais quando as crianças têm 4 ou 5 anos de idade e descrevem a variedade e a frequência de uso de diferentes métodos de criação de crianças em dada comunidade – são os estudos de Newson & Newson (1968) acerca de famílias da região central da Inglaterra, e de Sears, Maccoby & Levin (1957) acerca de famílias da Nova Inglaterra. Embora nenhum desses estudos esteja diretamente voltado para o exame dos efeitos que as diferentes experiências em família têm sobre as crianças, ambos contêm dados relevantes para o problema que nos ocupa.

As constatações dos Newson a propósito de superdependência foram referidas no capítulo anterior. A maioria das crianças que aos 4 anos tinha medo da separação já a havia experimentado: essas crianças ou suas mães haviam estado hospitalizadas ou enfrentado alguma outra forma de separação.

Sears, Maccoby & Levin (1957) relatam o resultado de entrevistas com 379 mães de crianças de 5 anos que frequentavam jardins de infância nos subúrbios de uma grande área metropolitana da Nova Inglaterra. Entre as perguntas feitas acerca dos filhos, quatro pretendiam obter informações acerca da "dependência". Não se achou prova de que a separação tenha exercido qualquer influência no desenvolvimento daquelas crianças que, segundo o relato de suas mães, eram muito dependentes; contudo, os autores assinalam que a incidência de separações era, naquele grupo, muito baixa.

A principal constatação a que chegou Sears, em seu estudo, foi a de que quanto mais irritadiça, repreensiva e impaciente a mãe se mostrava quando o filho a ela se agarrava ou pedia atenção, mais "dependente" ele provavelmente se tornava. Esta correlação significativa cresce apreciavelmente no caso de mães que, de início, rejeitavam a criança, para, depois, deixar de fazê-lo. Os pesquisadores também encontraram uma correlação significativa entre um alto grau de dependência e pais que utilizam a negação do amor como recurso disciplinar, aqui incluídas as ameaças de abandonar a criança. Essas constatações são compatíveis com a hipótese ora em causa.

Outras verificações, entretanto, poderiam ser invocadas para dar apoio à teoria da criança mimada. Um pequeno grupo de mães foi considerado "extremamente demonstrador" de afeto, e era de se esperar que tais mães, mais do que outras, tivessem filhos dados por "muito dependentes"; a correlação resultou baixa, mas significativa.

Explicação não descabida que se pode dar desse fato está em que as crianças consideradas superdependentes pelos pesquisadores dividem-se, como as de Stendler, em dois grupos: as que demonstram apego com angústia e as que pedem à mãe para que faça tudo por elas. Se assim é, e se confirmadas as constatações de Stendler, então algumas mães estudadas por Sears et al. e tidas como extremamente demonstradoras de afeto haveriam de revelar-se não apenas carinhosas, mas também inclinadas a desestimular os filhos de agir por si mesmos.

Outra e substancial evidência que dá grande apoio à hipótese aqui defendida e que, ao mesmo tempo, se torna forte desafio para a teoria da criança mimada provém de estudos acerca de antecedentes familiares de pessoas que, adultas, se mostram notavelmente autoconfiantes. Essa questão é examinada no penúltimo capítulo.

Por que, então, Freud teria adotado a teoria da criança mimada? Além da possibilidade de que ele estivesse mais influenciado do que percebia pela opinião de seu tempo, há alguma evidência de que ele se deixou iludir pelas demonstrações de afeto e superproteção que tão frequentemente surgem como supercompensação da hostilidade inconsciente dos pais para com o filho, ou como parte do desejo dos pais de se agarrarem ao filho. Essa explicação é sugerida por um trecho de *Três ensaios* imediatamente seguinte ao citado anteriormente, no qual Freud se refere a "pais neuropáticos, inclinados, em geral, a demonstrar afeto excessivo, [como sendo] aqueles que, por suas carícias, mais provavelmente provocarão a inclinação infantil para uma doença neurótica" (*SE* 7: 223). De fato, quando esses casos são investigados em uma clínica (para famílias) de orientação psicanalítica, é verificado, quase invariavelmente, que a elevada angústia da criança por motivo de separação ou negação de amor não é reação a nenhum real "excesso de afeto dos pais", mas a experiências de tipo quase oposto. De um lado, estão as ameaças de um genitor, relativas à negação do amor ou ao abandono, ameaças que, já se observou, tendem a permanecer em segredo. De outro lado, estão os casos em que os pais exigem, aberta ou encobertamente, que a criança cuide deles, invertendo, assim, os papéis normais de pais e filhos. Em tais casos, são os pais, e não os filhos, os superdependentes ou, para usar expressão melhor, os angustiadamente apegados. Casos dessa espécie são examinados nos capítulos 18 e 19.

A alguns parecerá absurdo ir a tais extremos para demonstrar que a incerteza relativamente à acessibilidade de uma figura de apego resulta, comumente, em apego com angústia. Contudo, enquanto expressões como "superdependentes", "criança mimada" ou "criança estragada" forem usadas para descrever pessoas em causa, e enquanto for corrente uma teoria que atribua a condição dessas pessoas a um excesso de satisfações durante os primeiros anos de vida, crianças e, em especial, adultos que exibem esse tipo de comportamento contarão com pouca simpatia e escassa compreensão. Uma vez reconhecido que a condição é de angústia relativa ao acesso e à receptividade de figuras de apego, e reconhecido que essa condição se manifesta como resultado de amarga experiência, abre-se boa perspectiva não só para ajudar os que se tornaram adultos inseguros, como também para evitar que o mesmo aconteça com outros.

Capítulo 17
Raiva, angústia e apego

Raiva: uma resposta à separação

Em capítulos anteriores, fizeram-se repetidas referências à raiva dirigida contra uma figura parental, devido à separação ou à ameaça de separação. É tempo de considerar mais sistematicamente essa reação e de indagar quais as suas relações com o apego e com o medo.

Apresentamos, no capítulo 1, um resumo do sistemático estudo realizado por Heinicke & Westheimer (1966) a propósito de dez crianças, de treze a 22 meses de idade, durante e após a permanência delas – ao longo de duas ou mais semanas – em uma creche. Feitas comparações entre essas crianças separadas e um grupo de controle, formado por crianças que haviam permanecido em casa, manifestou-se a clara tendência de as primeiras responderem agressivamente. Exemplificando: durante a permanência na creche, as crianças separadas dos pais foram submetidas a um teste de brincar com bonecos, teste aplicado pelo menos duas vezes, com intervalo de oito dias; ao mesmo teste, com o mesmo intervalo, foram submetidas, em casa, as crianças do grupo de controle. Em ambas as ocasiões, episódios de comportamento hostil ocorreram com frequência quatro vezes maior entre as crianças da creche. Os objetos mais comumente atacados eram os bonecos-pais. Oito das crianças da creche maltrataram bonecos antes por elas identificados como boneco-pai ou boneca-mãe; nenhuma das crianças de casa procedeu dessa maneira.

Seis semanas depois de as crianças que haviam permanecido na creche retornarem a suas casas, o grupo formado por elas e o grupo de controle foram novamente submetidos ao teste dos brinquedos com bonecos; e os testes se repetiram dez semanas mais tarde. Em nenhuma dessas ocasiões, houve, entre os grupos, diferença no grau de hostilidade. A razão esteve em que, seis semanas (e mais) após o retorno para casa, as crianças que dela haviam se afastado já não se mostravam especialmente agressivas em seus jogos – alteração para melhor, por si mesma significativa.

Apesar disso, soube-se, a partir de relatos das mães, que, meses após o retorno para casa, certo número de crianças continuava a comportar-se de maneira hostil, particularmente em relação a elas, mães. Entre a segunda e a vigésima semana após a volta para casa, seis das dez crianças que haviam estado na creche comportavam-se, em relação às mães, com uma intensidade de ambivalência não assinalada com respeito às crianças que não se tinham afastado do lar.

Outros observadores a notarem comportamento notavelmente agressivo e/ou tendência de destruição, *durante* o período de afastamento de casa, foram Burlingham & Freud (1944), Robertson (1958b), Bowlby (1953), Ainsworth & Boston (1952) e ainda Heinicke em trabalho anterior (1956), no qual comparou a conduta de pequena amostra de crianças, durante o curto período em que estiveram numa creche de tempo integral, com a conduta de um grupo similar que só frequentava a creche durante o dia.

Entre os observadores que notaram comportamento intensamente ambivalente na criança *após* sua volta para casa incluem-se Robertson (1958b), Robertson & Robertson (1975) e Moore (1969b; 1975).

Raiva: funcional e disfuncional

Embora, por vezes, o comportamento agressivo de uma criança que teve experiência de separação pareça dirigir-se contra todos, não é raro, como na brincadeira com bonecos, referida atrás, que o comportamento tenha por objeto um dos pais e seja expressão da raiva sentida pela criança, devido à maneira como foi tratada. Às vezes é raiva de esperança; às vezes, raiva de desespero. Em certas ocasiões, a hostilidade da criança em relação aos pais toma a forma de censura, por terem estado ausentes quando eram desejados. Robertson (1952), por exemplo, descreve as iradas censuras de Laura, de 2 anos e 4 meses, filmada por ele quando a criança permaneceu no hospital durante oito dias, para uma operação simples. Seis meses depois de Laura voltar para casa, Robertson mostrava aos pais, para comentário, a primeira versão de seu filme, enquanto Laura estava no quarto, dormindo; acontece que ela acordou, entrou na sala sem ser percebida e viu os últimos minutos do filme, onde era mostrada sua saída do hospital – de início embaraçada e chamando pela mãe; depois, quando lhe trouxeram os sapatos, deliciada com a ideia de voltar para casa; finalmente, saindo do hospital com a mãe. Terminado o filme, acesas as luzes, Laura afastou-se da mãe, procurando o pai. E olhando reprovadoramente para a mãe, perguntou: "Onde *esteve* você, mamã?" "Onde *esteve* você?". Analogamente, Wolfenstein (1957), em estudo a respeito de reações a calamidades, relata o caso de uma menina pequena que, afastada do pai durante um tufão e depois novamente reunida a ele, bateu-lhe raivosamente e o censurou por ter ficado longe dela.

Ambas essas meninas pareciam estar agindo com base no pressuposto de que os pais não devem ausentar-se quando a criança está amedrontada e os quer junto dela; e tinham, possivelmente, a esperança de que uma advertência violenta garantiria que os pais não voltassem a falhar.

Em outros casos, a raiva da criança é a raiva do desespero. No capítulo 1, por exemplo, aparece a descrição (colhida em Burlingham & Freud, 1944) de Reggie, que estava entregue aos cuidados das Hampstead Nurseries e que, aos 2 anos e meio, já havia tido várias figuras maternas. Dois meses depois, a enfermeira a quem ele se havia apegado deixou a instituição para casar-se. A partida pôs Reggie "perdido e desesperado", e ele recusou-se a olhar para a enfermeira quando, quinze dias depois, ela o visitou. Durante a noite posterior à saída da enfermeira, ouviu-se Reggie dizer: "Minha Mary-Ann! Mas eu não gosto dela".

No caso presente, estamos em face de reação não a uma separação única e temporária, mas a separações repetidas e prolongadas, cada uma delas equivalente a uma perda. Embora perda seja o tema do nosso volume III, convém, a esta altura, violar por tempo curto essa fronteira.

Em diversos trabalhos (por exemplo, Bowlby, 1960b; 1961b; 1963), este autor chamou a atenção para a frequência com que a raiva surge após uma perda – e isso não só em crianças, mas também em adultos – e indagou a respeito de qual seria sua função biológica. A resposta sugerida é a de que, sendo a separação apenas temporária – como se dá na grande maioria dos casos –, a raiva tem as duas seguintes funções: pode auxiliar a vencer possíveis obstáculos ao reencontro; segundo, pode desencorajar a pessoa amada de afastar-se novamente.

Quando a perda é definitiva, como no caso de afastamento sem volta, a raiva e a conduta agressiva ficam despojadas de função. O fato de, apesar disso, se manifestarem com frequência, mesmo no caso de morte, está em que, durante as primeiras fases, a pessoa enlutada não acredita que a perda possa ser permanente; continua, portanto, a agir como se ainda fosse possível encontrar e recuperar a pessoa perdida e reprová-la pelo que tenha feito. Com efeito, a pessoa perdida é, não raro, tida como responsável, ao menos em parte, pelo ocorrido – isto é, por haver desertado. Em consequência, a raiva começa por dirigir-se contra a pessoa perdida, bem como contra outras que se julgue haverem concorrido para a perda ou para impedir o reencontro.

Pesquisa mais ampla acerca de reações à perda corrobora esta linha de raciocínio. Estudando as reações de crianças e adolescentes à morte de um dos pais, Wolfenstein (1969) confirma que a raiva se manifesta muito comumente (certamente em crianças perturbadas) e endossa a concepção de que a raiva se liga à intensa esperança de recuperar a pessoa perdida. Analogamente, Parkes (1970), estudando a maneira de as viúvas reagirem à morte do marido, verificou ser comum, embora não geral, a raiva. E o pesquisador a encara como parte integrante da tentativa de recuperar a pessoa perdida.

Assim, quando uma separação foi temporária ou quando se acredita que será temporária, é comum surgir a raiva dirigida contra a pessoa ausente. Nesta forma funcional, a raiva se manifesta como comportamento reprobatório e punitivo, que tem como fins o de auxiliar no reencontro e o de desestimular nova separação. Consequentemente, embora dirigida contra o outro, essa raiva atua no sentido de promover a ligação, e não de rompê-la.

O comportamento comandado pela raiva e posto a serviço de uma ligação afetiva não é coisa incomum. Surge quando a mãe, cujo filho atravessa descuidadamente a rua, ralha com ele e o pune, com raiva nascida do medo. Surge quando um parceiro sexual recrimina o outro por ser ou parecer infiel. Surge, em algumas famílias, quando as tentativas de aproximação feitas por um dos membros encontram, da parte de outro, silêncio fechado (Heard, 1973). Nota-se, também, em primatas não humanos: quando um babuíno chefe de grupo avista um predador, pode comportar-se agressivamente em relação a um integrante de seu próprio grupo que esteja afastado e correndo risco; assustado, esse integrante vê estimulado o seu comportamento de apego e retorna ao grupo, conseguindo, assim, a proteção inerente à proximidade (Hall & DeVore, 1965).

Raiva disfuncional

Os clínicos tendem a dar pouca atenção à conduta que, ditada pela raiva, tem função coercitiva e é compatível com uma ligação próxima. Com toda probabilidade, assim ocorre porque tal raiva pode facilmente tornar-se disfuncional, e são as formas disfuncionais da raiva que, via de regra, chegam aos clínicos.

A raiva disfuncional ocorre sempre que uma pessoa, criança ou adulto, é possuída tão intensa e/ou persistentemente de raiva para com um parceiro, que a ligação entre eles tende a enfraquecer-se e não a fortalecer-se, e o parceiro é afastado. A raiva para com um parceiro torna-se também disfuncional quando pensamentos e atos de caráter agressivo ultrapassam a tênue barreira entre serem dissuasivos e vingativos. É também nesse ponto que o sentimento deixa de ser o "desagrado quente" da raiva, para adquirir a "malevolência" do rancor[1].

....
1. Definições registradas no *Oxford English Dictionary*.

A experiência clínica sugere que as situações de separação e perda – temas deste livro – tendem a resultar em raiva dirigida contra uma figura de apego, raiva que, intensificada, se torna disfuncional. As separações, quando prolongadas ou repetidas, têm dupla consequência: de uma parte, surge a raiva; de outra parte, atenua-se o amor. Assim, o comportamento de raiva descontente pode não apenas afastar a figura de apego, mas, ainda, provocar na pessoa uma alteração na balança de sentimentos. Em vez de um afeto fortemente enraizado e ocasionalmente mesclado de "desagrado quente" – como o que se desenvolve na criança educada por pais afetivos –, cresce um ressentimento profundo, só parcialmente posto em xeque por um afeto incerto e angustiado.

As reações disfuncionais mais violentamente marcadas pela raiva são, provavelmente, eliciadas em crianças e adolescentes que não apenas sofreram repetidas separações, mas que são expostos a constantes ameaças de abandono. No capítulo 15, descreve-se a intensa aflição que essas ameaças provocam em crianças pequenas, especialmente quando as ameaças têm ar de veracidade. Durante o tratamento da sra. Q., verificou-se que, aparentemente, nada lhe havia causado maior dor e aflição do que as genuínas ameaças que sua mãe fazia de abandonar o lar ou de cometer suicídio. Do experimentar tal sofrimento intenso ao sentir raiva furiosa pela pessoa que o provoca há apenas um passo. Foi a essa luz que mais prontamente se compreendeu a intensidade da raiva que a sra. Q. sentia pela mãe.

À mesma conclusão chegou, há poucos anos, Stott (1950), psicólogo britânico que viveu quatro anos em uma escola, onde estudou as personalidades e antecedentes familiares de 102 adolescentes (entre 15 e 18 anos) para lá mandados por terem cometido repetidas infrações. As informações por ele colhidas derivaram de longas entrevistas com os próprios rapazes e com seus pais, e de contatos não formais que teve com aqueles moços durante o tempo em que permaneceram na escola. Verificou ele que os jovens eram muito inseguros e que, em muitos casos, as infrações praticadas pareciam atos de pura bravata. Como é comum em tais casos, foram constatadas atitudes antagônicas dos pais e relações comprometidas, imaginando-se que explicassem, em grande parte, o sentimento de insegurança dos rapazes. Contudo,

O que mais impressionou Stott foi a evidência de que as mães (muitas vezes) e os pais (poucas vezes) haviam usado a ameaça de abandono como recurso disciplinar e o quanto de angústia e de raiva essas ameaças haviam provocado nos rapazes. Embora forneça pormenores de certos casos típicos, Stott hesita em fornecer números; em parte, porque só no fim da investigação se deu conta de quão importantes aquelas ameaças provavelmente haviam sido; em parte, porque havia alguns casos em que, no seu entender, as ameaças tinham desempenhado importante papel, embora rapazes e pais o negassem energicamente.

Stott chama atenção para a combinação de angústia intensa e intenso conflito que inevitavelmente deflui de ameaças da espécie mencionada. Com efeito, se, de uma parte, a criança se toma de raiva furiosa ante ameaça de abandono feita pelos pais, ela, de outra parte, não ousa expressar em raiva, pois pode levar os pais a executarem a ameaça. Essa é a principal razão por que, sugere Stott, a raiva dirigida contra os pais é reprimida e, então, procura outros alvos. É também a razão por que uma criança ou adolescente, aterrorizado pela ameaça de abandono, tende a queixar-se de medo de alguma outra coisa – do escuro, do trovão ou de um acidente. Nos dois capítulos seguintes, recorre-se exatamente a uma mudança dessa espécie para explicar a sintomatologia de grande número de pacientes, cujo diagnóstico havia sido fobia.

Não parece improvável que numerosos indivíduos dados como portadores de inclinações homicidas em relação aos pais tenham chegado a esse ponto como uma forma de reação a ameaças de abandono repetidas, incansavelmente, ao longo de anos. Exemplificando: em um trabalho onde chama a atenção para os traumatizantes efeitos da separação, Kestenberg (1943) fala-nos de uma menina de 13 anos que havia sido abandonada pelos pais e cuidada, sucessivamente, por várias pessoas. Não tinha confiança em pessoa alguma e a todo desapontamento reagia com um ato de vingança. Durante o tratamento, essa menina imaginou-se adulta e, portanto, capaz de vingar-se da mãe, matando-a. Analistas que tenham tratado pacientes com o mesmo histórico poderão citar exemplos semelhantes.

Em trabalho que também relaciona a raiva à separação, Burnham (1965) faz breve alusão a dois pacientes que chegaram ao matricídio. Um deles, adolescente, após matar a mãe, disse: "Não podia suportar que me deixasse". Outro, um jovem que pôs uma bomba na bagagem da mãe, que viajaria de avião, explicou: "Decidi que ela nunca me deixaria de novo". A hipótese explicativa apresentada torna essas declarações menos paradoxais do que parecem.

Os casos relatados não passam, reconhecidamente, de ilustrações clínicas desacompanhadas de adequada referência a prévias relações familiares. Além disso, tanto quanto se saiba, após Stott, nenhum pesquisador se dedicou a estudo sistemático para determinar possível nexo causal entre a raiva extremada, dirigida contra uma figura de apego, e uma história de sujeição a repetidas ameaças de abandono feitas por essa mesma figura. De momento, portanto, a sugerida relação não passa de conjetura; mas, como linha de pesquisa, parece promissora.

Um teste para avaliar reações à separação

Por muitos anos, os psicanalistas e outros estudiosos que adotam o enfoque relação de objeto encaram o equilíbrio de uma disposição da pessoa para amar, para ter raiva e para odiar a figura de apego como o principal critério de avaliação clínica daquela pessoa. Recentemente, Hansburg (1972), tomando como ponto de partida certas medidas de como uma pessoa reage à separação, começou a dar ao assunto fundamento mais sistemático.

O teste desenvolvido por Hansburg abrange doze ilustrações, das quais todas menos três pintam situação em que uma criança está se afastando dos pais ou um dos pais está se afastando da criança. Algumas das situações – a criança saindo para ir à escola ou a mãe deixando a criança na cama, para dormir – são de espécie com a qual cabe esperar que toda criança de mais de 6 anos esteja familiarizada. Outras são de feição mais perturbadora. Incluem um quadro em que a mãe está sendo levada ao hospital, em ambulância; e outra em que a criança está deixando a casa em definitivo, para residir com a avó. Sob cada ilustração, há uma legenda, tornando claro o que ela representa.

Em sua presente forma, o teste é aplicável a crianças e a adolescentes entre 10 e 15 anos. Hansburg relata que, apesar da natureza perturbadora de algumas cenas, o teste não tem criado dificuldades. Se o teste vir a mostrar-se tão útil quanto promete ser, poderão facilmente surgir versões adequadas para crianças mais novas e para adolescentes mais velhos.

Ao apresentar cada um dos quadros, o clínico pergunta inicialmente à criança: "Isto já aconteceu com você?", e se a resposta é "Não", indaga: "Você pode imaginar como se sentiria, se acontecesse?". À criança é apresentada uma série de dezessete enunciados indicativos de como uma criança poderia sentir-se em situação semelhante; ela é convidada a assinalar tantas quantas julgue apropriadas. Embora os dezessete enunciados referentes a cada ilustração sejam redigidos em termos ligeiramente diferentes, sempre se abrange a mesma gama de sentimentos. A segunda seleção de oito enunciados exemplifica parte da gama de sentimentos abrangida:

"só fica arrasado"
"pesaroso com respeito aos pais"
"não se importa com o que acontece"
"fará o que puder para arranjar-se sozinho"
"com raiva de alguém"
"se fosse um bom filho, isso não teria acontecido"
"a casa passará a ser um lugar assustador de se viver"
"não está acontecendo, é somente um sonho"

Variações preliminares mostram, entre outras coisas, que crianças de famílias estáveis dão respostas que exprimem aflição e preocupação em número três vezes superior ao das respostas que exprimem raiva e atribuição de reprovação. De outra parte, crianças intranquilas, que já experimentaram separações longas e/ou repetidas, e que, em muitos casos, provêm de famílias que as rejeitam, dão pelo menos tantas respostas que expressam raiva e reprovação quantas respostas que expressam aflição e preocupação. Esta acentuada diferença nas respostas é especialmente evidente com respeito a ilustrações que representam uma ruptura mais séria dos laços que ligam a criança aos pais; com respeito a ilustrações que mostram separações comuns e transitórias, a diferença entre as respostas dos dois tipos de crianças é menos evidente.

Outra diferença de interesse, também notada em relação a respostas diante das gravuras que representam separações sérias, é a proporção de respostas através das quais a criança mostra que fará o possível para arranjar-se sozinha ou que se sentirá mais feliz após o evento. Embora essas formas correspondam apenas a uma pequena minoria das respostas dadas por crianças de lares estáveis, surgem com muito maior evidência entre as respostas dadas por crianças que já experimentaram separações longas e repetidas ou que provêm de famílias infelizes. Pode-se crer que a maioria de tais respostas é expressão de forçada e prematura tentativa de autonomia, que se mostrará efêmera – condição a que Winnicott (1955a) deu o nome de "falso eu". Algumas características de pessoas que, por contraste, exibem uma autonomia estável, e as condições em que se desenvolve essa autonomia, são o tema do capítulo 21.

Raiva, ambivalência e angústia

Segundo o esquema apresentado, um período de separação ou ameaças de separação e outras formas de rejeição provocam, em criança ou adulto, comportamento marcado pela angústia e pela raiva. Os dois tipos de comportamento se dirigem contra a figura de apego: o apego com angústia destina-se a manter o máximo de acessibilidade dessa figura; a raiva é uma repreensão pelo que aconteceu e, também, um obstáculo que volta a acontecer. Assim, amor, angústia, raiva e, por vezes, ódio são despertados pela mesma pessoa. E conflitos dolorosos tornam-se inevitáveis.

Não causa surpresa que um único tipo de experiência desperte angústia e raiva. No fim do capítulo 8, notou-se que estudiosos do comportamento animal observaram que, em certas situações, ambas as formas de conduta podem surgir, e que se o animal reage através do ataque ou da fuga, ou de uma combinação de uma e outra atitude, depende de vários fatores que inclinam a balança de um ou de outro modo. Entre o apego com angústia e o apego com raiva parece haver um análogo tipo de equilíbrio. Uma criança que, em certo momento, mostra raiva furiosa em relação a um dos pais estará, no instante seguinte, buscando nele apoio e conforto. Sequência similar observa-se nas briguinhas de amor. Não é por acaso que no inglês as palavras "angústia" (*anxiety*) e "raiva" (*anger*) brotam da mesma raiz (Lewis, 1967)[2].

Há muito os psicanalistas vêm mostrando interesse especial pelas inter-relações entre amor, medo e ódio, pois é comum, no trabalho clínico, conhecer pacientes cujos problemas emocionais parecem brotar da tendência de reagirem contra a figura de apego com uma turbulenta combinação dos três elementos: possessividade, angústia e raiva intensas. Não raro, surgem os círculos viciosos. Uma casual separação ou rejeição desperta a hostilidade da pessoa e a leva a pensamentos e atos hostis, e pensamentos e atos hostis dirigidos à figura de apego aumentam seu medo de ver-se rejeitado ou de perder completamente a figura amada.

Para explicar as íntimas relações entre apego, angústia e raiva, numerosas hipóteses foram formuladas. Algumas se baseiam no pressuposto de que o componente agressivo é reação contra um tipo qualquer de frustração; outros sustentam que os impulsos agressivos aparecem e encontram expressão quase independentemente de quais experiências tenha tido o indivíduo. Entre psicanalistas eminentes que encaram a ambivalência com respeito à figura amada como questão-chave em psicopatologia e para ela propuseram soluções, Fairbairn (1952) advoga uma hipótese do

....

2. É interessante observar que, em um dos relatórios referentes a um bebê chimpanzé criado por humanos, essa mesma mistura de raiva e angústia é descrita como decorrente de ameaças de separação (Kellogg & Kellogg, 1933). Os autores, que passaram a cuidar de uma fêmea de chimpanzé, Gua, de sete meses de idade, examinam o que comumente se denomina "acessos de mau humor" e as situações que os provocam. E escrevem: "Mais frequentemente surgia o acesso quando ela era deixada só ou quando... estava momentaneamente impossibilitada de buscar os braços protetores de um de nós... A mais violenta espécie de acesso ocorreu certa ocasião em que nos afastamos correndo mais depressa do que Gua, que, não nos podendo acompanhar, pareceu ficar 'cega de medo', passando a emitir guinchos vibrantes e estridentes... Começou a correr sem direção, batendo a cabeça em arbustos e outros obstáculos. Por fim, caiu e ficou a arrastar-se na areia". Os Kellogg ficaram em dúvida sobre se o acesso exprimia raiva ou medo. A versão por eles apresentada sugere que ambos os elementos estavam presentes.

tipo frustração-agressão, enquanto Melanie Klein (1932; 1948*b*) sustenta que todos os sentimentos e comportamentos agressivos são expressão de um instinto de morte que, surgido do interior, busca expressão exterior.

Dada a grande influência de Melaine Klein sobre muitos psicanalistas e psicoterapeutas de crianças, suas concepções serão examinadas em primeiro lugar.

O fenômeno clínico a que Klein dirigiu especial atenção durante as décadas de 1920 e 1930 foi o de algumas crianças apegadas à mãe com intensidade incomum mostrarem-se, paradoxalmente, possuídas de forte e inconsciente hostilidade, também dirigida contra a mãe. Em suas brincadeiras, essas crianças manifestam violência contra uma figura materna e, então, mostram-se preocupadas e angustiadas, receosas de haverem destruído ou afastado a própria mãe. Frequentes vezes, depois de uma explosão emocional, a criança afasta-se correndo da sala de análise, não apenas temendo consequências por parte do analista mas também, admite-se, para assegurar-se de que a mãe está viva e continua a amá-la. Observações dessa espécie estão, hoje, amplamente confirmadas; e muitas outras evidências demonstram, para além de qualquer dúvida, que a presença de impulsos hostis, conscientes ou inconscientes, dirigidos contra uma figura amada pode fazer crescer, em muito, a angústia. (Relembre-se a aguda angústia de que se sentiu possuída a sra. Q. quanto ao bem-estar de seu filho, angústia nascida de seus próprios impulsos de atirá-lo pela janela – tal como se referiu no capítulo 15.) Assim, permanecem relevantes numerosas observações de Klein, aceitemos ou não suas ideias com respeito à origem da raiva e da agressão.

É importante, entretanto, lembrar que tal hostilidade dirigida contra a figura amada pode aumentar a angústia, e esta aumenta a hostilidade – especialmente quando ligada ao fato de uma figura de apego mostrar-se inacessível ou não correspondente. É de grande importância teórica e prática determinar como se iniciam esses círculos viciosos. A elevada angústia precede a elevada hostilidade ou vice-versa? Ou ambas se originam de uma fonte comum? Quando olhamos para trás, a partir dos dados proporcionados por um paciente em análise, é reconhecidamente difícil precisar a sequência, tal como, há anos, fez notar Ernest Jones (Jones,

1929); e essa dificuldade não é menor quando estão em tratamento crianças pequenas e não pacientes mais velhos. Negligenciar essa dificuldade metodológica e dar insuficiente atenção às relações familiares levaram Klein, segundo se afirma, a conclusões tendenciosas.

Do ponto de vista lógico, é claramente possível que a angústia intensa preceda, em alguns casos, a intensa hostilidade, assim como é possível que, em outros casos, a sequência se inverta e, ainda, que angústia e hostilidade nasçam de uma única fonte. Essas possibilidades não são, entretanto, admitidas por Klein. Sua afirmação básica é a de que a angústia elevada é, em todos os casos, precedida e causada por uma hostilidade elevada; e não admite que a angústia possa, em dadas circunstâncias, independer de hostilidade, provocá-la e, muitas vezes, resultar da mesma situação que provoca a hostilidade.

Fairbairn preocupou-se com o mesmo problema clínico enfrentado por Klein, formulando, porém, solução muito diferente. Se não houver frustração, afirma ele, uma criança não se voltará agressivamente contra o objeto de amor. O que a leva a agredir é "privação e frustração de relações libidinais – e mais particularmente... o trauma de ver-se separada da mãe" (Fairbairn, 1952).

A posição coerente adotada pelo autor desse livro (por exemplo, Bowlby, 1944; 1951; 1958a) e, como já se terá tornado claro, também adotada na presente obra, aproxima-se da de Fairbairn[3]. Raiva e hostilidade voltadas contra uma figura de apego, em uma criança ou em um adulto, podem encontrar a melhor explicação, é o que sustentamos, se entendidas em termos de reação a uma frustração. A frustração pode, é certo, afetar quaisquer sistemas de motivação. Cabe crer, porém, que os sistemas de motivação com os quais este livro se preocupa, ou seja, os que levam a um comportamento de apego, são, na maioria dos casos, de frustração severa e persistente, os que vêm a ser afetados, especialmente quan-

....
3. Importante diferença está em que, em boa porção de sua obra, Fairbairn tende a identificar o apego à alimentação e à oralidade, dando, mais do que o autor deste livro, importância proporcionalmente maior aos primeiros ou aos dois primeiros anos de vida de uma criança.

do o agente da frustração é, deliberadamente ou não, a própria figura de apego.

O motivo por que a angústia e a hostilidade para com a figura de apego comumente coexistem é que – como então se conclui – ambos esses tipos de reação defluem de situações da mesma classe; e, em grau menor, porque, uma vez intensamente provocada, cada reação tende a agravar a outra. Daí que, em consequência de repetidas separações ou ameaças de separação, seja comum uma pessoa exteriorizar, simultaneamente, comportamento caracterizado por apego possessivo e com angústia e, ao mesmo tempo, raiva dirigida contra a mesma figura de apego; e, não raro, aqueles sentimentos se combinam com uma preocupação, também cheia de angústia, pelo bem-estar daquela mesma figura[4].

O padrão e o equilíbrio das reações dirigidas contra a figura de apego se emaranham e se complicam devido a vários motivos, entre os quais se contam a tendência de reprimir a raiva e a hostilidade dirigidas contra uma pessoa amada e/ou de redirecioná-las (deslocamento); ou de atribuir a raiva a outros e não a si mesmo (projeção). Além disso, considerando que os modelos de figuras de apego e as expectativas acerca de como se comportarão são criados na infância e tendem a permanecer inalterados, o comportamento de uma pessoa, hoje, pode ser explicável não em termos da situação atual, mas de experiências vividas muitos anos antes. É, sem dúvida, em razão dessas complexidades que a natureza e a origem de nossos sentimentos e nossos comportamentos são, frequentemente, obscuras, não só para os outros, mas também para nós mesmos. O assunto será amplamente examinado no volume III.

....

4. Frustrações de outra espécie, capazes de gerar raiva contra um dos pais, ocorrem quando um genitor, invertendo os papéis normais (como anteriormente se notou), exige que o filho cuide dele.

Capítulo 18
Apego com angústia e "fobias" da infância

> Mais tarde, a querida Tia muitas e muitas vezes perguntou por que eu nunca dissera a ninguém como havia sido tratado. As crianças contam pouco mais do que os animais, pois aceitam o que lhes acontece como se estabelecido desde a eternidade.
>
> RUDYARD KIPLING, *Something of Myself*

Fobia, pseudofobia e estado de angústia

Sustentou-se, neste mesmo livro (capítulo 14), que a suscetibilidade de um indivíduo a experimentar medo quando enfrenta uma situação potencialmente alarmante é determinada, em boa porção, pelo tipo de previsão que ele faz quanto à probabilidade de se acharem acessíveis as figuras de apego; e acrescentou-se que essas previsões prendem-se à estrutura dos modelos de figuras de apego e do eu com que o indivíduo está operando. No mesmo capítulo, argumentou-se ainda que, provavelmente, esses modelos são construídos ao longo dos anos de infância e adolescência e tendem, depois, a permanecer relativamente estáveis; foi dito, finalmente, que as específicas formas assumidas pelos modelos funcionais de uma pessoa são reflexo razoavelmente fiel das experiências tidas nas relações com figuras de apego durante aqueles anos – e com as quais ela talvez continue a relacionar-se. Evidências relativas à natureza das experiências que fazem elevar a suscetibilidade ao medo foram examinadas nos capítulos 15 e 16.

Neste capítulo e no próximo, procura-se ilustrar a utilidade potencial da teoria através de sua aplicação a certas síndromes clínicas em que se tornam ostensivos a angústia manifesta e o medo. As condições selecionadas são as que normalmente se colocam sob o rótulo "fobia", rótulo que, tal como correntemente empregado por psiquiatras e psicólogos (por exemplo, Andrews, 1966; Marks, 1969), inclui ampla gama de condições cujos principais sintomas são a angústia e o medo. Os exemplos a que se dará atenção maior são os de "fobia de escola" e "agorafobia". Quando a condição é de surgimento recente, alguns pacientes respondem bem a uma terapia simples (por exemplo, Friedman, 1950; Kennedy, 1965); outros provocam problemas de maior seriedade. A maioria daqueles que vivem a condição há longo tempo sofre também – segundo hoje se admite – de larga variedade de outras perturbações emocionais. Boa parte dessa maioria é constituída de indivíduos tímidos, inclinados não só a recear situações de várias ordens, mas a se tornarem presa de depressão e suscetíveis a apresentar variados sintomas psicossomáticos. Em todos esses casos, o traço a que o termo fobia se aplica – por exemplo, medo de ir à escola (fobia de escola), medo de lugares em que se reúnem muitas pessoas (agorafobia) – corresponde apenas a pequena e, por vezes, desprezível parte de uma enraizada perturbação de personalidade existente há muitos anos.

Há, contudo, pequena maioria de casos de fobia de longa duração que parece ter diferente feição. Os indivíduos atingidos, a que Marks (1969) deu atenção, mostram intenso medo de um determinado animal, sendo, sob todos os demais aspectos, personalidades estáveis, não dadas a distúrbios psicológicos. Marks oferece a evidência de que, relativamente ao funcionamento da personalidade e às respostas psicofisiológicas, esses indivíduos não somente se assemelham às pessoas psiquiatricamente sadias, como diferem acentuadamente das consideradas agorafóbicas. Destas diferem também quanto à idade em que o problema surge. Enquanto sintomas de agorafobia geralmente aparecem após os 10 anos de idade, a específica e restrita fobia de um animal normalmente se apresenta desde os 7 anos. A fobia específica parece dever-se ao fato de a tendência de temer animais – que normalmente se encontra nos primeiros anos de infância, mas que geralmente se reduz a proporções moderadas ou desprezíveis, antes ou durante a adolescência – estender-se por anos posteriores.

Nossa preocupação se concentrará no grupo majoritário, ou seja, no das pessoas que exibem arraigados distúrbios de personalidade. O grupo minoritário, constituído por aqueles que sofrem de específicas fobias em relação a animais, apresenta, provavelmente, problema de diferente espécie e só merecerá curta referência. Nas páginas seguintes, a palavra fobia só é usada porque a literatura especializada coloca sob essa denominação o material descritivo de que nos ocuparemos. A palavra aparece entre aspas no título deste capítulo para traduzir nossa convicção de que, ao aplicá-la aos pacientes do grupo majoritário, estamos a aplicá-la mal. Outros autores já sustentaram que muitos dos casos rotulados de fobia estão mal rotulados. Brun (1946) distingue um grupo que ele denominou "pseudofóbico" e aí inclui todos os casos de agorafobia. Snaith (1968) também afirma que a agorafobia é uma pseudofobia (embora não use esse termo com o mesmo sentido que lhe dá Brun). Neste livro, sustenta-se que não só a agorafobia, mas também a fobia de escola, é mais bem considerada como pseudofobia. De outra parte, o intenso medo que alguém (dotado, sob os demais aspectos, de personalidade sadia) mostre por um determinado animal ou diante de uma situação específica pode, por vezes, ser encarado como um caso de fobia verdadeira.

Distinção entre as duas condições é facilmente perceptível à luz da teoria aqui apresentada. No caso de fobia, o mais temido é a *presença* de uma situação que a pessoa se esforça por *evitar* ou da qual rapidamente *se afasta*, e que terceiros julgam muito menos amedrontadora. No caso da pseudofobia, o mais temido é a *ausência* ou *perda* da figura de apego ou de alguma outra base segura, *em direção* à qual a pessoa portadora daquela condição normalmente *se dirigiria*. Enquanto no caso de fobia o clínico identifica a situação temida, no caso de pseudofobia é frequente que a verdadeira natureza da situação temida não seja identificada e o caso venha a ser erradamente diagnosticado como fobia.

Embora o rótulo pseudofobia auxilie a chamar a atenção tanto para o problema em si mesmo como para as abundantes e equivocadas concepções acerca de uma subjacente psicopatologia, não merece uso regular. Maneira muito mais adequada de lidar com as pseudofobias é dá-las simplesmente como estados de angústia, associando-as, dessa maneira, aos muitos casos em que se diz que a angústia é "flutuante". E isso porque os casos de pseudofobia e os estados de angústia não apenas surgem dentro dos mesmos limites de idade, como também "se superpõem amplamente no que tange a traços clínicos" (Marks, 1969). Com efeito, uma vez bem compreendido o papel que o apego com angústia desempenha no conjunto daquelas condições, torna-se claro que tanto as pessoas que padecem de angústia flutuante como as que aqui são dadas como portadoras de pseudofobia estão em estado de angústia, agudo ou crônico, em relação à possibilidade de ter a seu alcance as figuras de apego*.

Para fundamentação de nossa tese, devotamos a maior parte deste capítulo a um exame da fobia de escola, em torno da qual existe bibliografia ampla e esclarecedora; em seguida, voltaremos a estudar dois casos de fobia infantil, há muito considerados clássicos no domínio, respectivamente, da psicanálise e da teoria da aprendizagem. Atenção especial será dada aos padrões de interação que, aparentemente, caracterizavam as famílias das crianças. No capítulo seguinte, examinaremos a agorafobia à luz do que tenhamos dito a propósito da fobia de escola.

"Fobia de escola" ou recusa à escola

Nos últimos quinze anos, surgiu ampla bibliografia acerca de uma condição via de regra denominada fobia de escola (Johnson et al., 1941) ou, e melhor, recusa à escola (Warren, 1948). Esses termos se aplicam quando as crianças não só se recusam a frequentar a escola, mas são tomadas de grande angústia, se pressionadas a ir. A não frequência é conhecida pelos pais, e a maioria das crianças permanece em casa durante o período escolar. Não raro, a condição é acompanhada de (ou mascarada por) sintomas psicossomáticos quaisquer – por exemplo, anorexia, náusea, dor abdominal, sensação de desmaio. Surgem muitos tipos de medo – medo de animais, do escuro, de ser maltratado, de ser abandonado. Ocasionalmente, a criança parece tomar-se de pânico. Geralmente, trata-se de crianças bem-comportadas, cheias de angústia e inibidas; em geral, vêm de lares estáveis, não têm experiência de longos ou repetidos afastamentos de casa e têm pais que se preocupam com seu filho e com a sua recusa de frequentar a escola. As relações entre pais e filhos são estreitas, às vezes sufocantes.

Sob todos esses aspectos, a situação é diferente da de cabular as aulas. Quem cabula não expressa angústia quanto à freqüência, não vai à casa durante as horas de escola e, em geral, dá a entender aos pais que está comparecendo normalmente às aulas. Os gazeteiros muitas vezes praticam furtos ou incidem em outras formas de delinquência; comumente, provêm de lares instáveis ou desfeitos e experimentam longas e/ou repetidas separações de casa ou mudança da figura materna. As relações entre um gazeteiro e seus pais tendem a ser difíceis ou distantes.

A validade da distinção entre os que demonstram fobia de escola e os que cabulam aulas está bem esclarecida, graças, especialmente, ao estudo de Hersov (1960a), que estabeleceu comparação entre cinquenta casos de recusa à escola com um correspondente grupo de cinquenta cabuladores e um terceiro grupo de controle, também saído da mesma população clínica. Embora vários outros estudos examinem casos chegados à prática clínica, em nenhum deles há tratamento estatístico dos resultados. Em vez disso, as observações são apresentadas descritivamente e mescladas, em medida maior ou menor, de interpretação teórica. Entre esses estudos, cada um deles tomando como base uma série de vinte e trinta casos, estão os de Talbot (1957), Colidge et al. (1957; 1962), Eisenberg (1958) e Davidson (1961). Em dois trabalhos, Sperling (1961; 1967) relata experiências com 58 crianças, algumas das quais sujeitas a longo tratamento analítico. Kennedy (1965) apresenta cinquenta casos de surgimento recente e agudo, tratados por métodos enérgicos simples. Weiss menciona o tratamento e acompanhamento, durante alguns anos, de catorze adolescentes e crianças internadas (Weiss & Cain, 1964; Weiss & Burke, 1970). Vários artigos, de base empírica, acerca de antecedentes de familiares de gazeteiros, estão publicados nos *Smith College Studies in Social Work* e resenhados por Malmquist (1965). Um livro de Clyne (1966), fundamentado em 55 casos, proporciona viva descrição dos muitos e variados quadros clínicos surgidos. Entre outras publicações, estão os primeiros trabalhos de Broadwin (1932) e E. Klein (1945), um livro de Kahn & Nursten (1968), resenhas de Frick (1964), Andrews (1966) e Berecz (1968), assim como artigos relativos a um pequeno número de casos tratados por este ou aquele método, sendo alguns deles por terapia de comportamento (por exemplo, Lazarus, 1960; Montenegro, 1968).

No âmbito empírico, há grande concordância entre esses diversos autores, tanto no que respeita às personalidades, sintomas e comportamento apresentados pelas crianças, quanto às personalidades, sintomas e comportamentos apresentados pelos pais. Além disso, existe um ponto no qual há concordância generalizada: a criança não teme o que acontecerá na escola; teme sair de casa. Com exceção de Frick (1964), que expressa dúvidas, quase todos os estudiosos do problema concluem que aspectos desagradáveis da escola, como, por exemplo, o professor severo, provocações e caçoadas de colegas, são pouco mais que racionalizações. Em apoio dessa maneira de ver, Hersov (1960*b*) constatou que só algumas das cinquenta crianças que se recusavam a frequentar a escola e que foram por ele estudadas fizeram queixas de professores ou de colegas. Muitas dessas crianças declararam que, uma vez na escola, sentiam-se em segurança. Assim, diversamente do que se verifica em casos genuínos de fobia, a exposição à situação que a provocaria não exacerba o medo. Vários outros autores confirmam essa constatação e concordam em que o pico do medo é atingido antes de a criança sair de casa ou no caminho para a escola. Pacientes objeto de um estudo de acompanhamento feito por Weiss & Burke (1970), olhando retrospectivamente para o problema enfrentado, confirmaram que este surgia de dificuldades nas relações de família.

Uma vez que a situação temida é a de sair de casa, a expressão fobia à escola é obviamente inadequada[1]. Para dar ênfase à dinâmica que, tal como a outros, lhe parece da maior importância, Johnson abandonou a expressão fobia de escola, que havia defendido em 1941, e substituiu-a por "angústia de separação" (Estes, Haylett & Johnson, 1956). Como denominação de uma síndrome clínica, entretanto, essa expressão é inapropriada. De todas as de-

....
1. No início da década de 1920, a expressão fobia de escola foi aplicada por Burt, e bem aplicada a uma condição muito diversa, qual seja, a de crianças temerosas de ir à escola, por terem sido a ela recolhidas durante bombardeios aéreos (citado por Tyerman, 1968).

nominações ora em uso, "recusa à escola" é, provavelmente, a melhor, por ser, a um tempo, a mais amplamente descritiva e a menos comprometida com a teoria. Ao longo desses estudos empíricos, considerável corpo teórico foi elaborado. Três influências principais se fizeram claras. Uma, derivada do clássico trabalho de Freud acerca da análise de uma fobia de que foi paciente uma criança de 5 anos conhecida como Pequeno Hans (Freud, 1909), está enunciada em termos de psicopatologia individual da criança e atribui papel central ao processo de projeção. Dentro dessa linha, conceitos frequentemente invocados são os de dependência e superdependência, excesso de agrados e mimos, associados, via de regra, à teoria da fixação a um ou outro nível de desenvolvimento psicológico ou à teoria da regressão a um desses níveis. Sperling (1967), por exemplo, lembra o estágio erótico-anal (especialmente, sádico--anal) de desenvolvimento da libido, e Clyne (1966) aponta para o conceito de Winnicott a propósito de um estágio de transição infantil ao desenvolvimento de relações de objeto.

A segunda influência importante exercida sobre a teoria deriva de um estimulante trabalho de Johnson et al. (1941). Assentando suas concepções na experiência proporcionada pela prática da psiquiatria da criança e da família, os autores emprestam especial importância às interações de família e ao papel que um ou outro dos pais desempenha no instigar e manter a condição. Referem-se a genitores que, por motivos de ordem emocional, agarram-se ao filho e, em verdade, impedem-no de ir à escola.

A terceira influência importante é a exercida pela teoria da aprendizagem, concebida, à semelhança da psicanálise tradicional, em termos de psicopatologia individual. Contudo, como observa Andrews (1966), os adeptos da teoria do comportamento dão, com frequência, muito mais importância do que seria de esperar às relações interpessoais e à dinâmica familiar.

Quatro padrões de interação familiar

Uma leitura dos trabalhos clínicos mostra que, embora os estudiosos abordem de diferentes ângulos teóricos o problema da recusa à escola, tendem à concordância quando chegam à avaliação dos casos a cujas características dão atenção. Torna-se possível, consequentemente, considerar razoavelmente bem validado o conjunto de constatações clínicas e examinar a questão de entendê-las em termos da teoria do apego com angústia apresentada nos capítulos anteriores.

À luz daquela teoria, a maioria dos casos de recusa à escola pode ser vista como produto de um ou mais dos quatro seguintes e principais padrões de interação familiar:

Padrão A – a mãe (ou, mais raramente, o pai) padece de angústia crônica relativamente a figuras de apego e retém a criança em casa, para servir-lhe de companhia

Padrão B – a criança teme que alguma coisa ruim aconteça à mãe (talvez ao pai), enquanto está na escola, e assim permanece em casa para impedir a ocorrência

Padrão C – a criança teme que alguma coisa ruim aconteça a ela própria, caso esteja longe de casa, e assim fica em casa, por cautela

Padrão D – a mãe (ou, mais raramente, o pai) teme que alguma coisa ruim aconteça à criança na escola, e por isso a conserva em casa

Embora, na maioria dos casos, domine um ou outro desses padrões, eles não são incompatíveis entre si e ocorrem combinações. O padrão A é o mais comum e pode combinar-se com qualquer dos outros.

Interação familiar de padrão A

É hoje amplamente reconhecido o padrão familiar em que a mãe (ou o pai) sofre de angústia em relação a uma figura de apego e retém o filho em casa para servir-lhe de companhia. Na maioria dos casos, a mãe é o agente principal; por isso, e para simplificar a exposição, passaremos a fazer referência apenas às mães.

Não esqueçamos, porém, que o pai pode igualmente ser o principal agente da condição: Eisenberg (1958), Choi (1961), Clyne (1966) e Sperling (1967) descrevem casos ilustrativos. A mãe que retém o filho em casa para servir-lhe de companhia talvez aja deliberada e conscientemente, ou talvez não tenha consciência do que e por que está fazendo.

Exemplo do primeiro caso é a mãe de um menino de 10 anos que o havia retido em casa por mais de um ano, quando a família foi encaminhada a uma clínica. Embora, de início, a mãe insistisse em que pressionava seu filho para ir à escola, veio a admitir, após alguns meses de tratamento, que não queria que ele fosse. Em um impulso de sinceridade, explicou que, na infância, havia permanecido por muitos anos em uma instituição, sem ninguém a quem dedicar amor, que o filho era a primeira pessoa que chegara a amar e não poderia permitir que ele se afastasse. O pai estava a par de tudo, mas preferia não interferir, para não perturbar a esposa. Também o filho, verificou-se, estava ciente da situação[2].

É mais frequente que a mãe não se dê ou só parcialmente se dê conta das pressões que está exercendo sobre o filho; e que acredite, com maior ou menor sinceridade, estar agindo em benefício dele. Em alguns casos, a cadeia de eventos se inicia quando a criança contrai um mal sem importância e a mãe o trata como se fosse algo muito mais sério. A criança é mantida em casa, aparentemente para convalescença; gradualmente, porém, lhe apresentam um quadro de si mesma em que surge como alguém incapaz para o áspero mundo da escola e, portanto, como pessoa constantemente necessitada de cuidados da mãe. Professores severos, colegas intimidadores e um mal crônico passam a ser os vilões da peça. Esse padrão e suas muitas variantes – mãe que explora uma temporária perturbação ou angústia do filho – são descritos em quase todos os trabalhos a respeito do assunto. Eisenberg (1958) pinta retratos de mães que, chegando à escola com o filho, hesitam em deixá-lo e portam-se de tal maneira que ele desenvolve angústia em relação à escola, talvez sentindo-se culpado por apreciar a companhia de outros que não a mãe. Weiss & Cain (1964)

....
2. Registro agradecimento a meu colega, dr. Marion Mackenzie, por informações acerca dessa família.

descrevem mães que, embora proclamando estar a proteger o filho dos horrores do mundo, não somente o sobrecarregam com suas aflições pessoais e conjugais, mas dele querem apoio contínuo. Clyne (1966) descreve casos em que a mãe passa a exibir sintomas psicossomáticos depois de o filho retornar à escola. Outros autores (Estes, Haylet & Johnson, 1956) observaram casos em que, após um dos filhos libertar-se das garras dos pais, outro era tolhido e retido.

Sempre que presente este padrão familiar, verifica-se que a mãe mostra intensa angústia quanto a ter a seu alcance figuras de apego e inconscientemente inverte a normal relação mãe-filho, pois quer que o filho assuma a figura de genitor, enquanto reserva para si a figura de filho. Assim, espera-se que o filho cuide da mãe e esta procura ser cuidada e confortada pelo filho. Via de regra, a inversão aparece disfarçada. A mãe afirma que a pessoa necessitada de proteção e cuidados é o filho e que ele os está recebendo; e um clínico sem experiência no trato com famílias pode chegar a acreditar que as dificuldades surgem porque a criança está sendo "mimada", tendo atendidos "todos os seus caprichos". Em verdade, o que acontece é muito diferente e mais deplorável. Sem saber, a mãe (ou o pai) busca tardia satisfação do desejo de atenções que nunca recebeu quando criança ou que perdeu, e ao mesmo tempo impede a criança de tomar parte em folguedos e atividades escolares, em companhia de seus colegas. Assim, longe de serem "acarinhadas em excesso", essas crianças estão cronicamente frustradas e, porque supostamente tudo se lhes dá, não têm liberdade para reclamar. Durante o tratamento, um menino de 9 anos ilustrou o que sentia, enrolando o cordão da cortina em si mesmo e dizendo: "Estou em uma teia de aranha e não posso sair" (Talbolt, 1957). Outro menino, com 11 anos, apontou um cão que uma senhora conduzia em trela curta e deixou claro que o cão era ele, furioso por sentir-se atrelado à mãe (Colm, 1959)[3].

....
3. Por vezes, usa-se o termo "simbiose" para indicar essas relações sufocantemente estreitas entre mãe e filho. Entretanto, o termo não é feliz, uma vez que em biologia a palavra é empregada para denotar parceria entre dois organismos, contribuindo cada um deles para a sobrevivência do outro – enquanto a relação de que nos ocupamos no texto não traz vantagem para o filho e, frequentemente, também não traz vantagem para a mãe.

Apresentar o quadro dessa maneira pode parecer parcial, envolvendo injusto preconceito contra os pais. Todavia, se examinarmos os problemas desses pais e buscarmos a sua origem nas infâncias perturbadas que eles tiveram, não somente se torna inteligível o comportamento que exteriorizam como passam eles a contar com simpatia de nossa parte. Repetidamente se comprova que o comportamento patológico da mãe é reação contra uma relação profundamente perturbadora que ela teve e talvez continue a ter com seus próprios pais – ou é reflexo, ou resíduo dessa relação. Reconhecer esse ponto equivale a prontamente afastar qualquer disposição de ver a mãe como vilã, ainda que a maneira de ela tratar o filho seja transparentemente patogênica. A mãe passa a ser encarada como produto de um lar infeliz e, consequentemente, como uma pessoa que é mais vítima do que ré.

Para adequada compreensão da dinâmica e das origens históricas de famílias em que um genitor inverte a relação com o filho, exigindo cuidados dele, necessitaríamos de dados sistemáticos muito mais numerosos dos que os existentes, relativamente à história da infância dos pais e dos avós em causa. Não há registro de dados a respeito de avós, a não ser ocasionalmente. Com referência aos pais, não só são escassos os dados sistemáticos relativos a amostras representativas de pais de crianças que rejeitam a escola, como ocorre que os dados existentes não distinguem entre pais pertencentes a cada um dos quatro padrões de interação familiar aqui mencionados. Dados sistemáticos dessa ordem só passaram a existir após estabelecidos os quatro padrões (cf. p. 443).

Não é difícil, contudo, à luz da teoria esboçada, discernir os principais traços da *psicopatologia de genitores em famílias do padrão A*. Ainda uma vez, convém lembrar que, embora continuemos a referir-nos a mães e avós maternas, uma dinâmica praticamente igual pode ocorrer, envolvendo, nos papéis principais, o pai e a avó paterna – ou também com um ou outro avô (paterno ou materno).

Muito comumente, a mãe que inverte sua relação com o filho teve e talvez continue a ter, com sua própria mãe, relação estreita e marcada pela angústia e pela ambivalência. Em tais casos, a mãe acredita – não raro com procedência – que ela não foi querida ou foi menos querida que um de seus irmãos. Em consequência, sentiu que sempre tinha de lutar por afeto e aceitação. Contudo, apenas em uns poucos casos filiados ao padrão A a mãe foi rejeitada. Em geral, o sentimento da avó materna em relação à sua filha é ambivalente; e não raro, a ela faz exigências estritas, insistentes e injustificadas. Assim, se por um lado a mãe jamais teve a afeição e o carinho espontâneos que uma criança deseja e, em geral, recebe, por outro lado ela está coagida a proporcionar cuidados à sua própria mãe exigente e dominadora. Em resposta a essas pressões, a mãe dá atendimento aos reclamos de sua própria mãe, porém ao preço de sentir-se amargurada e tomada de sufocado ressentimento contra ela.

Ter-se-á, talvez, notado que a relação intensamente ambivalente entre mãe e avó, nos termos acima referidos, é um exemplo de uma relação mãe-filho invertida. Com efeito, em muitos casos, a avó materna está exigindo de sua filha exatamente aquele tipo de afeto e carinho maternais que a mãe, por sua vez, está exigindo de seu filho que se recusa a frequentar a escola. Que isso verdadeiramente ocorre em algumas ocasiões é demonstrado pelo fato de que, em todas as séries de casos estudados, há exemplos de mães (ou pais) que, em criança, recusaram a escola. Em um estudo de Goldberg (1953) relativo a dezessete casos, cerca de metade dos pais havia mostrado, na infância, sintomas idênticos aos que apareciam nos filhos. Em um estudo de Davidson (1961) com trinta casos, três mães haviam, na infância, recusado a escola, e três outras se haviam visto obrigadas a permanecer em casa para cuidar da mãe doente ou de irmãos menores. Sperling (1967) relata o caso de um pai que passou a submeter-se a análise, em razão de angústias fóbicas, na ocasião em que o filho passou a recusar-se a ir à escola. Embora, de início, parecesse que John se estava agarrando ao pai, logo se tornou claro estar o pai exigindo que o filho lhe fizesse companhia. Durante a análise, o pai começou a reconhecer que seu próprio pai o havia tratado exatamente como ele estava tratando o filho, usando-o, provavelmente, na tentativa de enfrentar as suas próprias dificuldades. É portanto desejável, sempre que possível, explorar em estudos futuros a história da infância e a psicopatologia dos avós.

As relações entre os pais de crianças que se recusam a ir à escola são, em geral, muito difíceis – e isso não surpreende. As formas de dificuldade são muitas, e expor-lhes a variedade nos afastaria de nosso tema. Uma das formas frequentemente referidas é a da esposa que mantém relações mutuamente ambivalentes, com sua mãe e com seu filho que se recusa a ir à escola, e cujo marido, passivo, tende a abdicar de seus papéis de marido e pai. Essa relação não surge por acidente. Poucos homens – a não ser os do tipo passivo – dispõem-se a desposar e a permanecer casados com uma mulher que não apenas dá constante preferência às intermináveis exigências de sua mãe, como, além disso, tenta dominar o marido nos mesmos termos em que é dominada pela mãe. Tal como disse a sra. Q., que evidentemente teve muitos admiradores quando moça, só seu marido, entre todos, dispôs-se a tolerar a intensidade com que ela se via diariamente enredada por sua transtornada mãe e a enfrentar as explosões histéricas – provocadas pelas relações entre a sra. Q. e sua mãe – que ela tinha o costume de sempre descarregar em seus namorados.

Não há dúvida de que a imagem especular dessa relação – o caso em que o marido se envolve com sua mãe e a esposa é a parte passiva – também ocorre. Em ambas as hipóteses, as relações sexuais costumam rarear ou cessar.

Voltemos ao assunto principal: relação entre um dos pais, geralmente a mãe, e a criança que não quer ir à escola. Examinando o assunto, constata-se, repetidamente, que a mãe trata o filho como se ele fosse uma réplica de sua própria mãe, a avó materna da criança. Ela não apenas procura receber do filho o cuidado e o conforto que procurou talvez em vão junto da sua própria mãe, como também pode chegar a comportar-se como se ele fosse a figura dominante. Em certo momento, ela manifestará ressentimento ao que imagina ser uma repulsa do filho – como faz em relação às repulsas da mãe – e, no momento seguinte, vai tratá-lo com a deferência angustiada que mostra para a mãe idosa que governa a família apoiada em sua invalidez.

Exemplos de pais integrantes de família que apresenta uma outra variante do padrão A são comuns na literatura especializada. Talbot (1957) chama atenção para a mãe que admite ser dominada pelo filho nos mesmos termos em que sempre foi dominada por sua mãe. No relato do caso de um menino de 9 anos, Johnson et al. (1941) descreve uma mulher cuja mãe afetada por uma desordem histérica havia permanecido no leito por vários anos, sempre exigindo as atenções da filha. A mãe do menino em causa mostrava traços de hipocondria em relação a ele, fazendo que se submetesse a intermináveis exames médicos; por outro lado, à guisa de acreditar que necessitasse de maior amor do que seus irmãos, exigia muito dele. Na fase final de tratamento, essa mãe mostrou-se capaz de reconhecer o quanto ela própria sempre havia buscado amor, o quanto se sentira incapaz de dar amor, o quanto lutava com seu filho por atenção. Descrevendo outra variante do padrão, Davidson (1961) lembra uma mãe que se referia à filha que se recusava a ir à escola, dizendo "pequena e clara como a avó". Weiss & Cain (1964) observaram uma mãe inclinada a ter o filho como confidente no que dizia respeito às suas difíceis relações familiares, enquanto o filho correspondia adotando inapropriada maneira adulta diante de parentes e estranhos.

Conquanto, em tais casos, possa parecer, à primeira vista, que a atitude da mãe para com o filho que se recusa a ir à escola seja atitude de vivo amor, mais aprofundado conhecimento da família revelará outro ângulo. Clyne (1966), que escreve baseado em experiência clínica geral, nota que, enquanto a "necessidade de dependência" por parte da mãe permanece mais ou menos constante, a reação do filho sofre variações: por vezes ele se mostra agarrado, por vezes faz esforços para conseguir independência. Diante desta última hipótese, a mãe pode reagir de várias maneiras: agarrando-se mais intensamente ao filho, induzindo-o a sentir-se culpado, zangando-se com ele e até mesmo rejeitando-o. Conhecidos os fatos, constata-se, eventualmente, não apenas que a relação entre mãe e filho é de forte ambivalência, mas, ainda, que ela o vem tratando muito mais violentamente do que se poderia imaginar. Talbot (1957) descreve uma mãe que passava de um extremo a outro no modo de tratar o filho, beijando-o em um momento e espancando-o no momento seguinte. Com efeito, e como veremos ao estudar os padrões familiares B e C – muitas vezes coexistindo com o padrão A –, muitas crianças que se recusam a ir à escola são tratadas com muita severidade.

Antes de considerar aqueles outros padrões, convém relacionar alguns dos processos que, isoladamente ou combinados, explicam o tratamento severo que é dispensado por um dos pais emocionalmente perturbado a muitas crianças que se recusam a ir à escola.

A conduta hostil da mãe, diante de criança que se recusa a frequentar a escola, pode ser entendida como consequência de um ou mais de pelo menos três processos estreitamente correlacionados:

a) redirecionar (deslocar) a raiva, provocada inicialmente pela própria mãe, contra o filho;
b) atribuir erradamente ao filho as características de exigência e/ou rejeição que estão presentes na própria mãe e proceder com raiva;
c) copiar do comportamento irado mostrado pela própria mãe o comportamento irado que terá em relação ao filho.

Consideremos cada um desses processos.

a) É inevitável que mãe criada em uma família cheia de problemas se veja presa na teia que eles formam e se ressinta fortemente do pouco afeto que sua mãe lhe dedica e das intensas exigências que lhe são feitas. Ao mesmo tempo, entretanto, ela se sente incapaz de expressar raiva abertamente, seja porque temerosa da reação da mãe ou porque temerosa de que a mãe adoeça. Seja o que for, o ressentimento não expresso ferve dentro dela e mais cedo ou mais tarde será descarregado em alguém. Não raro o alvo é o filho que se recusa a ir à escola.

b) Em alguns casos, torna-se claro que as acusações feitas pela mãe contra o filho são réplicas das que, aberta ou encobertamente, faz contra sua própria mãe (a avó). Pode ocorrer, por exemplo, que a mãe comece por dizer que o filho lhe faz exigências tremendamente desarrazoadas e então o fustigue por essas supostas exigências – e, contudo, aos olhos de um observador externo, o comportamento do filho é pouco diferente do comportamento de crianças da mesma idade, em circunstâncias semelhantes. De maneira análoga, a mãe pode injustamente acusar o filho de rejeição ou de ingratidão. Essas acusações injustas podem ser vistas como consequência de a mãe tratar o filho como uma figura de apego e, assim agindo, aproximar o comportamento do filho do modelo de comportamento que ela atribui às figuras de apego. Esse processo é idêntico ao que ocorre na relação de transferência em um tratamento psicanalítico (cf. capítulo 14).

c) No capítulo 15 foi descrito o processo pelo qual a mãe, involuntariamente, vem a pautar seu comportamento para com o filho segundo o modelo de tratamento que recebe da própria mãe (avó). Para ilustração, foi descrito o caso da sra. Q., que, em explosões histéricas, dirigiu a seu filho, Stephen, as mesmas e terríveis ameaças que ouvia de sua mãe. Nos trabalhos de que é objeto a recusa à escola, e particularmente no de Estes, Haylett & Johnson (1956), evoca-se aquele processo para explicar por que o comportamento irado da mãe se exterioriza da forma citada.

Nas famílias de crianças que se recusam a ir à escola, são comuns as ameaças da mãe contra o filho ou contra outros membros da família. Uma vez apreciados a frequência e os efeitos dessas ameaças, estas passam a servir de chave para a compreensão da maioria dos problemas clínicos apresentados por famílias de padrões B e C.

Interação familiar de padrão B

Em famílias de padrão B, a criança teme que algo ruim aconteça à mãe, ou ao pai, enquanto estiver na escola, e permanece em casa para impedir o acontecimento. Depois do padrão A, é este o que mais frequentemente se apresenta e ocorre muitas vezes conjugado ao padrão A.

Estudos empíricos mostram ser comum a criança declarar que não vai à escola por medo do que possa acontecer à mãe, durante a sua ausência de casa. Talbot (1957), em estudo acerca de 24 crianças, escreve: "Repetidamente ouvimos das crianças estudadas, tenham elas 5 ou 15 anos de idade, que temem que alguma coisa ruim possa acontecer à mãe ou a outro parente próximo, como à avó ou ao pai". Hersov (1966*b*), em seu cuidadoso exame de crianças entre 7 e 16 anos, relata que o temor de algum mal que a mãe venha a sofrer é a explicação mais comum que as crianças fornecem para o fato de não frequentarem a escola; foi dada por dezessete entre cinquenta crianças. Entre outros a se ocuparem do assunto estão E. Klein (1945), Lazarus (1960), Kennedy (1965), Clyne (1966) e Sperling (1961; 1967).

Embora o ponto não seja mais posto em dúvida, continua a haver larga discordância quanto ao motivo de a criança temer ocorrências como as referidas. Há explicações de dois tipos. Embora os processos a que cada tipo recorre sejam muito diversos, não são incompatíveis e isso torna possível que, em alguns casos, ambos os tipos de explicação procedam.

O primeiro tipo de explicação, normalmente oferecido por psicanalistas, é o de que a criança abriga, inconscientemente, desejos hostis contra a mãe e teme que esses desejos se concretizem. A essa explicação dão explícito apoio Broadwin (1932). E. Klein (1945), Waldfogel, Coolidge & Hahn (1957), Davidson (1961), Clyne (1966), Sperling (1967) e os que aceitam as ideias de Melanie Klein.

A segunda explicação está mais ligada ao dia a dia: atribui os temores da criança às experiências que ela teve. Uma criança pode, por exemplo, passar a temer que sua mãe adoeça ou morra depois de saber da doença ou morte de um parente ou vizinho, especialmente se a mãe tem má saúde. Ou a criança pode passar a temer algum desastre, após ouvir a mãe referir-se alarmadamente ao que lhe poderia acontecer em certas circunstâncias. Por exemplo: se o filho não fizer o que lhe pede, ela adoecerá; ou, porque "as coisas em casa vão mal", deixará a casa ou cometerá suicídio.

A escassa evidência existente admite ambos os tipos de explicação; mas é demasiado imprudente adotar explicação exclusivamente firmada em termos de desejo inconsciente antes que uma explicação em termos da experiência tenha sido exaustivamente examinada, revelando sua inadequação. Com efeito, a evidência sugere que, em esmagadora maioria de casos, os males que a criança teme podem ser explicados total ou pelo menos parcialmente em termos das experiências que teve. Em que extensão os desejos hostis e inconscientes podem estar influindo torna-se, pois, matéria a investigar em cada caso.

As experiências capazes de levar uma criança a temer que algo ruim aconteça a sua mãe são de duas espécies principais: em primeiro lugar, fatos, como doenças ou mortes; em segundo lugar, ameaças. Não raro, os efeitos de ambas se entrelaçam. Com respeito a fatos, muitos estudiosos têm observado que a recusa de ir à escola se inicia, frequentes vezes, quando a mãe adoece, quando morre parente ou amigo ou logo após um evento dessa ordem. Talbot (1957) cita o caso de uma adolescente que, ao beijar sua avó antes de sair para a escola, percebeu de repente que ela estava morta. Sperling (1961) relata casos semelhantes. Lazarus (1960), escrevendo pelo prisma de um terapeuta do comportamento, considerou típico o caso da menina de 9 anos cujo medo básico era o de perder a mãe por morte e cuja recusa de ir à escola fora precedida de não menos que três mortes – a de um colega, por afogamento; a de uma vizinha, por meningite; e a de um homem em um acidente de automóvel, diante de seus olhos. Hersov (1960b) indica "a morte, o afastamento ou a doença de um dos pais, em geral da mãe" como o fator causal em nove entre os cinquenta casos de recusa à escola por ele examinados. A dra. Davidson (1961), que deu especial atenção ao fator causal, relata que, em trinta casos por ela estudados, seis eram de grave doença da mãe e outros nove eram de morte de parente ou amigo íntimo, ocorrida uns poucos meses antes de a criança começar a recusar-se a ir à escola. Assim, metade de seus casos tinha sido precedida de eventos desse gênero[4].

Davidson adota a teoria desejo/realização, a propósito dos temores da criança, e para fundamentá-la apoia-se em constatações próprias. Uma doença efetiva da mãe ou a morte de um amigo, sustenta ela, acentua na criança os temores de que seus desejos hostis e inconscientes se estejam tornando ou possam tornar-se realidade. Veremos, contudo, que os fatos não são menos compatíveis com uma teoria de segunda espécie. Se a mãe está doente, não é fora do natural a criança temer que ela piore. Quando uma avó ou vizinho morre subitamente, não é fora do razoável a criança temer que a mãe também morra subitamente. Assim, tanto fatores internos como fatores externos à criança haverão sempre de ser considerados.

....
4. Davidson acentua como é fácil um clínico inexperiente desprezar informações importantíssimas. Não só os pais deixam, com frequência, de adiantar informação acerca de doença ou morte que pode, posteriormente, mostrar-se de grande relevância, como podem negar essas ocorrências quando indagados pela primeira vez a respeito delas.

Embora seja razoável que a criança experimente medo quando a mãe está doente ou quando um parente morre de súbito, e especialmente quando eventos dessa ordem ocorrem juntos, importa reconhecer que nem todas as crianças expostas a essas experiências desenvolvem intenso ou prolongado temor de que a mãe venha a sofrer um mal; e não é comum ficarem em casa para impedir que ela o sofra. Claro, portanto, que outros fatores influem. Conquanto, em alguns casos, permaneçam no interior da criança, há evidências de que, em numerosíssimas circunstâncias, esses fatores que explicam o intenso e prolongado temor de que a mãe venha a ser atingida por um mal derivam da experiência da criança.

Um desses fatores serão as inadequadas tentativas de esconder da criança a gravidade da doença da mãe ou a verdade acerca da morte de um parente ou amigo. Quanto mais se esconde, mais a criança se preocupará. Tanto Talbot (1957) quanto Weiss & Cain (1964) fazem observações a propósito do quão dissimulados e esquivos podem ser os pais de crianças que recusam a escola. Como disse um dos pacientes dos dois últimos autores: "Na minha família, nunca sei em quem acreditar. Há muitas mentirinhas. Tenho de ficar atento e ouvir quando não sabem que estou por perto".

Outro fator capaz de elevar a um grau muito mais alto a angústia da criança acerca de um mal que atinja a mãe é o fato de haver sido ameaçada de que, não se comportando bem, a mãe adoecerá ou morrerá. Em um caso desses, a doença da mãe parece comprovar claramente o que ela sempre disse que aconteceria; e a morte de um amigo é prova de que as previsões da mãe não são vazias – doença e morte são reais e a qualquer momento a mãe pode ser atingida.

Já se afirmou no capítulo 15 que a alta incidência e os efeitos assustadores das ameaças dos pais têm sido fortemente negligenciados como possíveis explicações dos temores da criança; e o caso de Stephen Q., que por algum tempo recusou a escola, foi relatado para mostrar quão fácil é os pais e as crianças esconderem do clínico informações da maior importância. Quanto a esse ponto, as posições adotadas por Talbot (1957) e por Weiss & Cain (1964) – que estão entre os poucos a fazer referência a ameaças nos casos de recusa à escola – são as que mais se aproximam da acolhida neste livro. Talbot, em particular, aponta as muitas e variadas ameaças feitas a uma criança – a mãe a espancará, matará, abandonará; ou, de outra parte, a criança, por seu procedimento perverso e sem consideração, será a morte da mãe. "Minha mãe quer que eu fique em casa, mas diz que eu a estou matando" – essa a maneira de uma menina descrever sua embaraçosa situação.

Um caso de prolongada recusa à escola, no qual estavam presentes ameaças de várias espécies e, entre elas, a de a mãe abandonar a casa, foi recentemente relatado por dois de meus colegas em Tavistock, Paul Argles & Marion Mackenzie (1970). Identificando a questão como de relações familiares perturbadas e tratando-a como tal, os clínicos não somente puderam ajudar a família a reorganizar o modo de vida como também puderam ter acesso a informações cruciais acerca das interações patológicas que ocorriam.

A família, cheia de problemas, era, há anos, frequentadora de serviços públicos de caráter médico e social. Ao tempo em que se iniciou o trabalho terapêutico sistemático, Susan, então com 13 anos, recusava-se, havia ano e meio, a frequentar a escola. Vivia com a mãe – de 47 anos, que havia trabalhado como faxineira, mas agora, com as pernas ulceradas, estava afastada do serviço – e com Arthur, irmão mais novo, de 11 anos. O pai, que sempre havia padecido de uma crônica incapacidade física, morrera de câncer em casa, no ano anterior. Do primeiro casamento, a mãe havia tido dois filhos, já com mais de 20 anos. Pouco antes de Susan começar a recusar a escola, provocando conflitos, a mãe havia expulsado de casa o filho mais velho, sua esposa e dois filhos pequenos.

Anteriormente à morte do pai – ocorrida pouco antes de o tratamento começar – tinham fracassado todas as tentativas feitas no sentido de levar Susan de volta à escola. Entretanto, na ocasião da morte do pai, uma nova tentativa foi feita, em termos de intervenção na crise (Caplan, 1964). Essa tentativa encontrou recepção promissora. A essa altura, a funcionária responsável por Susan conseguiu que os três membros da família estivessem presentes quando um grupo clínico lhes visitou o lar para conhecer o caso e, se possível, planejar um programa terapêutico.

Durante a entrevista, a mãe fez amargas recriminações a Susan, por não ir à escola, e observações no sentido de a menina ser responsável pelos males físicos sofridos por ela, mãe. Muitas outras observações reciprocamente depreciativas foram feitas, e só no fim da entrevista, graças à habilitada assistência do grupo clínico, foi possível aos membros da família descrever a solidão e angústia que experimentavam e a preocupação que tinham um com o outro. Concordaram em receber visita semanal do encarregado do caso, por um período de três meses, e prometeram estar todos presentes nessas ocasiões. Tanto no estabelecimento desse programa quanto no trabalho subsequente, o encarregado desempenhou papel muito ativo.

Ao longo das primeiras seis sessões, durante as quais o encarregado teve de deixar claros os problemas brotados a partir da doença e da morte do pai, o padrão de interação familiar veio à tona. Ostensivas, dentro desse padrão, eram as ameaças que explicavam a recusa à escola, da parte de Susan. Frequentemente, quando procurava impor disciplina, a mãe culpava as crianças pela morte do pai e deixava implícito que o mesmo aconteceria com ela, se os filhos não se comportassem. Admitiu também a mãe que ameaçava abandonar os filhos e que, para dar realismo às ameaças, punha o casaco e saía de casa. Reagindo às ameaças, ambos os filhos se tornaram mais desafiadores e desobedientes. Durante as mencionadas sessões, não só cada um dos membros da família mostrou forte hostilidade para com os outros dois, como também, por vezes, os três se juntavam e se voltavam com raiva contra o encarregado do caso.

Da sétima sessão, Susan, pela primeira vez, ausentou-se. Soube-se que ela tinha ido à escola, mas que Arthur não estava bem e ficara em casa. Aos poucos, percebeu-se que, há um ano ou mais, as crianças se vinham revezando junto da mãe, para ter certeza de que ela não os abandonaria. Susan ficava em casa durante o dia e, à noite, visitava amigos, enquanto Arthur ia à escola durante o dia e depois permanecia em casa. Muitas das brigas entre os irmãos – motivo de amargas queixas da mãe – diziam respeito a quem deveria fazer-lhe companhia.

Certa vez, tornou-se claro que o fato de Susan recusar-se a ir à escola era uma reação às ameaças de abandono da mãe, e fez-se possível discutir com a família as consequências que essas ameaças estavam exercendo sobre as crianças, muito alteradas. Na oitava sessão, soube-se que, pela primeira vez, em dezoito meses, ambas as crianças estavam frequentando a escola. Enquanto a sessão se realizava, Arthur voltou da escola e mostrou-se muito preocupado em saber o que se passara com a mãe, deixada só; e ela o sossegou. Um mês depois, no fim dos combinados três meses de trabalho conjunto, Susan estava indo à escola três ou quatro dias por semana. Em visita feita seis meses mais tarde, durante as férias de verão, encontrou-se a família em muito melhor estado. As ulcerações da mãe haviam sarado e ela renovara contato com o filho casado. Arthur estava ajudando a mãe a redecorar o apartamento; Susan gozava férias, com parentes. Quando as aulas se reiniciaram, ambos os irmãos passaram a frequentá-las com regularidade.

Esse e outros casos mostram como, tão logo se adota a prática regular de entrevistas com a família, afloram as origens de muitos e difíceis problemas ligados à infância. Enquanto cada membro da família é olhado isoladamente, padrões de interação de grande significado patogênico podem permanecer ocultos. Técnicas clássicas inadequadas, associadas a uma teoria rígida, que não permite a consideração dos efeitos da patologia familiar, explicam amplamente por que, com poucas exceções, os que exercem a psiquiatria e a psicanálise infantis mostraram-se tão lentos em reconhecer que, em sua maioria, crianças dadas como portadoras de problemas psiquiátricos estiveram e, com frequência, continuam expostas a fortes influências patogênicas dentro de suas famílias.

O reconhecimento do papel fundamental que as ameaças dos pais desempenham em muitos casos de recusa à escola torna possível que muitos dos casos estudados sejam vistos a uma nova luz. Em alguns desses casos, como, por exemplo, nos referidos por E. Klein (1945), são descritas crianças cujos pais (um ou outro) ameaçavam abandonar o lar ou diziam que o mau comportamento do filho os levaria à doença ou à morte – contudo, a despeito da evidência surgida, ao examinar-se a psicopatologia da condição da criança, dá-se pouco ou nenhum peso às ameaças. Em outras publicações, são discutidos casos em que procederia pensar que a mais provável explicação de a criança ter medo de ver um mal atingir sua mãe é o fato de essa criança ter ouvido ameaças de abandono ou de que a mãe cometeria suicídio – contudo, nota-se que a possibilidade jamais foi considerada pelo clínico, mesmo quando a criança lhe estava oferecendo indícios explícitos. Exemplificando: certo autor faz interessante relato a propósito de um menino de 10 anos de quem ouviu, "muito confidencialmente", que uma das razões de sua ocasional relutância em ir à escola era a de não querer deixar a mãe sozinha, pois "seria possível que ela fugisse" e ele não a encontraria quando voltasse – e, contudo, a possibilidade de que o menino tivesse ouvido a mãe fazer ameaças jamais ocorreu ao espírito daquele autor. Outro autor fala-nos de um menino que, ao ouvir uma música que lhe lembrou o enterro de um vizinho que se suicidara enquanto o filho estava na escola, sentiu-se, de repente, "esquisito" e triste, e teve irresistível vontade de ver a mãe. Esse autor, após confiantemente explicar o medo em termos da teoria desejo/realização, acrescenta, quase que como uma ideia ocorrida à última hora: "Houve a forte possibilidade de que Peter tivesse percebido o estado depressivo da mãe e que a súbita fobia fosse também uma espécie de maneira eficaz de protegê-la". Falemos sem rodeios: parece mais do que possível que Peter tenha ouvido da mãe ameaças de suicídio.

Até agora, no exame de casos de padrão B, tanto a evidência quanto os argumentos apresentados dão apoio à concepção de que, em tais casos, a recusa à escola é, antes de tudo, uma reação a eventos ocorridos no lar. Significa isso que a teoria desejo/realização está completamente afastada? Ou terá ela alguma aplicação, embora limitada?

Os que defendem a mencionada teoria apontam para o fato de muitas das crianças que se recusam a ir à escola guardarem sentimentos hostis para com seus pais. E cabe admitir que, na medida em que isso acontece, há razões válidas para esperar um aumento da angústia da criança com respeito à segurança dos pais. Em alguns casos, portanto, a teoria desejo/realização poderia trazer explicação parcial. Contudo, mesmo nesses casos, fazem-se necessárias evidências mais amplas, pois não é sem razão que as crianças se tornam hostis para com os pais.

Em casos em que o filho mostra angústia com respeito à segurança da mãe, os que adotam a teoria desejo/realização não só podem desprezar a parte desempenhada pelas ameaças maternas, como podem também deixar de perceber a imensa frustração e provação sofridas pela criança que se recusa a ir à escola. Sentir-se obrigada, dia após dia, a permanecer em casa para evitar que a mãe abandone o lar ou se suicide é, para uma criança, a maior das tensões; e, quase inevitavelmente, gera sentimentos de raiva. Esse ponto é repetidamente acentuado por Johnson. Em um de seus trabalhos (Johnson et al., 1941), é descrito o tratamento de um menino de 9 anos de idade e de sua mãe. Durante o tratamento, Jack mostrou muita raiva pela mãe, pelas exigências que lhe fazia e pelo ressentimento que expressou ante os esforços que ele fazia para tornar-se independente. Quase simultaneamente, a mãe reconheceu que as raivas do menino eram réplica exata da maneira de ela própria reagir ante as insistentes exigências feitas por sua mãe, que sempre relutara em admitir que ela fizesse as coisas por si mesma.

Em conclusão, cabe dizer: sempre que uma criança mostra angústia quanto à presença ou segurança da mãe, é possível tratar-se de resposta direta a eventos ocorridos na família; e, na medida em que um crescente grau de angústia brota do medo de que desejos hostis e inconscientes se materializem, é de supor que esses desejos surjam em resposta a eventos ocorridos na família. Por esses motivos, os eventos familiares devem ser o primeiro alvo de atenção do clínico.

Os dois outros padrões de interação familiar ocorrem, provavelmente, com frequência menor do que os padrões A e B, podendo, pois, ser objeto de consideração mais breve.

Interação familiar de padrão C

Em famílias de padrão C, a criança receia sair de casa por temor do que possa acontecer a ela própria se assim o fizer. Também aqui, a explicação dos casos está em ameaças feitas pelos pais, aberta ou encobertamente.

Wolfenstein (1955) oferece versão viva de um caso em que as ameaças de afastar a criança eram claras e, a seu ver, explicavam os sintomas apresentados.

Tommy, de 6 anos, recusava-se a permanecer na escola maternal ou, de qualquer outra forma, afastar-se da mãe. Por ocasião de seu nascimento, a mãe perdera seus pais e, uns meses depois, foi abandonada pelo marido. Daí por diante, mãe e filho viveram juntos e isolados. Nesse entretempo, a mãe hesitava entre manter a criança com ela ou colocá-la em um lar adotivo: "Ao mesmo tempo que pensava em livrar-se de Tommy, a ele se agarrava desesperadamente. Ele era, como dizia a mãe, 'tudo o que tinha, toda sua vida'". As relações dessa mãe com sua própria mãe haviam sido extremamente difíceis; evidência interna sugere que ela sofrera ameaça de abandono.

As ameaças de a mãe abandonar Tommy não eram segredo: "Tommy não só ouviu a mãe discutir o assunto com vizinhos, como repetidamente fazia ela essa ameaça, quando ele se comportava mal". A reação de Tommy traduzia-se em intensa angústia combinada com um comportamento extremamente ativo e provocador e com um riso héctico. Durante o tratamento, ele muito se preocupava com ser mandado para longe, e frequentes vezes encenava uma brincadeira em que abandonava a terapeuta. Para com os professores, ele era ocasionalmente violento e lhes gritava "Saiam daqui!". Sob ambos esses aspectos, seu comportamento parece claramente ter sido modelado pelo comportamento da mãe para com ele. Wolfenstein não tem dúvida de que "a angústia central e predominante" na vida de Tommy "era o fundado temor de ser abandonado pela mãe". A recusa à escola era, assim, reação simples e inteligível.

Robert S. Weiss (comunicação pessoal), que vem estudando mães que lutam por criar um filho sem a ajuda de um parceiro, informa que larga proporção delas admite haver pensado, em momentos de excepcional angústia ou depressão, em abandonar o filho. Assim sendo, não parece improvável que, em instantes de desespero, muitas delas expressem essas ideias, sendo ouvidas pelos filhos e gerando, dessa maneira, angústias profundas. A menos, porém, que deposite confiança no entrevistador, a mãe não admitirá ter proferido ameaças.

Cabe, com efeito, suspeitar de que, tal como em casos de padrão B, haja muitas crianças sendo submetidas a ameaças que são mantidas em segredo inacessível àqueles que poderiam ajudá-las. Exemplo de divulgação do segredo por uma criança sob efeito de droga é dado por Tyerman (1968):

Eric tinha 13 anos, era aluno aplicado de uma escola técnica, apreciado por professores e colegas. Com seus pais, frequentava a igreja e era benquisto no clube juvenil. Repentinamente, passou a recusar-se a ir à escola, dizendo temer que, no caminho, seu coração parasse e ele morresse... Tinha lido nos jornais, disse ele, a respeito de pessoas que tombavam mortas na rua e receava que isso lhe acontecesse. Segundo informou sua mãe, ele comia e dormia normalmente, mas nada o interessava, apenas preocupado com a morte. Seus pais pareciam dar-se bem e amá-lo. O lar se afigurava feliz e não se descobria fonte de tensão. Não havia sinais de hostilidade contra Eric nem no lar e nem na escola, e seu comportamento continuava um mistério. Nem o fenobarbital, nem conversas com o psiquiatra e comigo trouxeram melhoria; por isso, o psiquiatra consultor recorreu a uma ab-reação com pentotal sódico.

Durante a ab-reação, Eric mencionou um fato perturbador ocorrido cerca de uma semana antes de ele começar a manifestar temor de morte. Aparentemente o pai o acusara de furtar-lhe dinheiro dos bolsos. Quando Eric negou, o pai disse que o puniria – não pelo furto, mas pela mentira. Eric disse ao psiquiatra que não furtara, mas que havia confessado tê-lo feito, para não ser surrado. Feita a confissão – que era a única mentira –, o pai disse que ele precisaria ser punido. Redigiu um documento onde se dizia que ele e a mulher renunciavam irrevogavelmente a todos os direitos em relação a Eric e que desejavam vê-lo internado pelo funcionário competente em um reformatório. Em seguida, entraram com Eric no carro e saíram à procura daquele funcionário. Era hora do almoço e a repartição estava fechada. O menino, chorando e quase histérico, foi várias vezes levado do carro ao escritório e de volta ao carro, até que o pai lhe disse que ele parecia arrependido e podia, portanto, continuar em casa.

Os pais não aceitaram convite para novas entrevistas e, assim, o relato do menino ficou sem corroboração. Não obstante, os que têm experiência do assunto admitirão que o relato retratava a verdade, ao menos em essência.

Tyerman observa que nem os pais, nem o menino haviam feito referência ao incidente em entrevistas anteriores, talvez porque os pais se envergonhassem da ação e o menino receasse contá-la. Se estamos certos ao admitir que no relato se continha a verdade, o caso ilustra, ainda uma vez, como é fácil que mesmo clínicos experimentados se enganem quando supõem que os temores de uma criança não têm base concreta. E nos oferece razão importante para compreender por que os clínicos tão facilmente recorrem a teorias que invocam desejos inconscientes, fantasias e projeções, e por que se mostram tão hesitantes no reconhecer o papel dos fatores situacionais, atuais ou passados.

Interação familiar de padrão D

Em famílias que se enquadram neste padrão, a mãe – e mais raramente, o pai – teme que algo ruim aconteça ao filho e, por isso, o retém em casa. Em muitos desses casos, o temor se mostra exacerbado pelo fato de a criança haver estado doente – às vezes, gravemente, mas, em geral, apenas ligeiramente.

Explicações acerca do porquê dos temores maternos dividem-se, também aqui, em duas classes. A primeira, tradicionalmente adotada pelos psicanalistas, está ligada à teoria desejo/realização, ou seja, a mãe teme que se torne realidade seus próprios e inconscientes desejos hostis em relação ao filho. A segunda classe é a das explicações segundo as quais a mãe se preocupa anormalmente com perigos que ameacem o filho porque se recorda de alguma tragédia ocorrida no passado.

Como vimos ao examinar situação oposta – a do filho que teme pelos pais –, as duas teorias não são incompatíveis. Aplicam-se a qualquer dos casos e a ambos.

Muitos são os registros envolvendo famílias de padrão D em que a angústia da mãe brota de um evento passado. Eisenberg (1958), por exemplo, descreve um pai cuja angústia com respeito à segurança do filho estava intimamente ligada à súbita morte de um irmão seu, aos 17 anos de idade, morte pela qual ele se sentia responsável. Outros exemplos são dados por Davidson (1961). Em um deles, o caso de uma menina de 11 anos, tornou-se claro, após dez meses de tratamento, que a irmã da mãe havia morrido aos 11 anos. A própria menina apresentou essa explicação do porquê sua avó materna ter se tornado subitamente tão exagerada e superprotetora. Talbot (1957) menciona pais ainda preocupados com mortes na família ocorridas anos antes. Quase todos os que se dedicam à psiquiatria das famílias e se mantêm alertas para esse ponto terão encontrado situações análogas.

Não obstante, há casos em que a teoria desejo/realização é, indubitavelmente, aplicável. Exemplo retirado de minha própria experiência é o da sra. Q., que mostrava intensa preocupação com a possibilidade de Stephen morrer, preocupação que se verificou ser reação contra seu impulso de lançar a criança pela janela, impulso de que tinha consciência e que a horrorizava. O que a sra. Q. provavelmente desconhecia era o fato de sua hostilidade para com Stephen haver nascido, muito provavelmente, de ela ter redirecionado (deslocado) para seu filho os sentimentos de raiva nela inicialmente provocados pela maneira como sua mãe se comportava.

Genitores de crianças que recusam a escola: resultados de exames psiquiátricos

À vista do exposto, não surpreende que, submetida a exame psiquiátrico uma amostra de pais de crianças que recusam a escola, se revele alta a incidência de distúrbios psiquiátricos e que – excetuados os casos menos graves – a desarmonia conjugal seja regra.

Das cinquenta mães estudadas por Hersov (1960*b*), oito haviam sido submetidas a tratamento psiquiátrico (cinco por depressão e três por condições histéricas), tendo-se constatado que outras dezessete sofriam de angústia e depressão em acentuado grau. Da série de trinta mães estudadas por Davidson (1961), doze mostravam sintomas de depressão e duas delas tinham estado hospitalizadas. Examinando dezoito casos de crianças que exibiam forte angústia diante de uma separação, Britton (1969) anota que dez das mães se haviam submetido a tratamento psiquiátrico e outras seis apresentavam sintomas psiquiátricos.

Entre os pais, a incidência de distúrbios é menos frequente, embora não desprezível. Dos cinquenta pais estudados por Hersov (1960*b*), oito mostravam sintomas psiquiátricos: dois haviam sofrido severas depressões com tentativas de suicídio, dois haviam sofrido depressão menos intensa e quatro apresentavam sintomas de angústia. Davidson (1961) relata que onze, entre trinta pais, apresentavam sintomas neuróticos.

Em sua valiosa resenha bibliográfica, Malmquist (1965) faz muitas referências do mesmo gênero; insiste em que o problema envolve toda a família e protesta contra a tendência de dar atenção muito reduzida ao papel do pai.

Assim se completa o apanhado do que se sabe a respeito de famílias das crianças que se recusam a sair de casa para ir à escola. Considerados os casos à luz dos quatro padrões de interação familiar acima descritos, nota-se, em primeiro lugar, que, uma vez conhecidos os fatos e o padrão familiar, o comportamento da criança torna-se, via de regra, prontamente inteligível em termos da situação em que ela se encontra; e, em segundo lugar, que muitos dos juízos formulados por clínicos a respeito dessas crianças – que foram mimadas, que têm medo de crescer, que são exageradamente vorazes, que desejam permanecer infantis e ligadas à mãe para sempre, que são regredidas e fixadas – são juízos errôneos e injustos.

Dois casos clássicos de fobia infantil: uma reavaliação

À luz do exame dos padrões familiares que se apresentam em quase todos os casos de fobia de escola, torna-se de interesse reexaminar dois casos clássicos de fobia infantil que, relatados no primeiro quarto deste século, deram forma a todas as teorizações posteriores. Dentro da tradição psicanalítica, o caso clássico é o do Pequeno Hans, de 5 anos, descrito por Freud (1909). Dentro da tradição da teoria da aprendizagem, um caso clássico é o de Peter, de 2 anos e 10 meses, descrito por Mary Cover Jones (1924b), aluna de Watson.

À vista do papel central que o apego com angústia desempenha – segundo este livro – em todos os casos de fobia infantil até agora examinados, haverá evidência, perguntamos, de que também tenha tido parte naqueles dois famosos casos? Nas linhas seguintes, sustenta-se haver, em ambos aqueles casos, clara evidência presuntiva em favor do ponto por nós defendido; e aspectos aos quais se dá importância neste livro foram desprezados ou relegados a posição inferior devido ao fato de as expectativas teóricas de cada um dos pesquisadores anteriormente referidos os terem levado a concentrar atenção em outros prismas dos casos. Em ambas as crianças, havia fobia de um animal. O padrão de interação familiar no primeiro caso era, cabe imaginar, o padrão B, e no segundo caso, o padrão C.

O caso do Pequeno Hans

Trabalho importantíssimo no desenvolvimento da teoria psicanalítica foi um estudo de Freud acerca da fobia que um menino de 5 anos demonstrava por cavalos. A teoria sugerida por Freud naquele trabalho (1909) foi a de que o Pequeno Hans sentia receio de ser mordido por um cavalo em razão de haver reprimido e, depois, projetado seus impulsos agressivos, que eram de hostilidade em relação ao pai e de sadismo em relação à mãe. E, posteriormente, concluiu: "A força motivadora de repressão foi o temor da castração" (1926a, SE 20: 108). Embora a origem da hostilidade – edipiana ou pré-edipiana – tenha sido posta em discussão por outros psicanalistas, as linhas gerais da teoria persistiram e permaneceram como base de toda a posterior teoria psicanalítica relativa a fobias.

Que evidência há, cabe perguntar, de que a angústia acerca da acessibilidade das figuras de apego influiu sobre a condição de Hans mais seriamente do que Freud percebeu?

Quando o relato é lido à luz das considerações por nós feitas em torno da recusa à escola, parece provável que o apego com angústia teve muito a ver com o problema do Pequeno Hans. Sua angústia se devia em grande parte, é o que sugerimos, às ameaças de abandonar a família, feitas pela mãe. Tal sugestão tem dois fundamentos:

– a sequência em que os sintomas se manifestaram e as declarações do próprio Pequeno Hans (SE 10: 22-4);
– relato paterno segundo o qual a mãe costumava fazer ameaças alarmantes para disciplinar o menino, inclusive ameaças de abandoná-lo (SE 10: 44-5).

Embora o título do trabalho seja "Análise de uma fobia em um menino de 5 anos", Freud só viu a criança uma vez e a "análise" foi feita pelo pai de Hans. O trabalho publicado abrange as notas estenográficas do pai, acompanhadas de comentário e de longas considerações conclusivas devidas a Freud.

Os pais tinham sido, por alguns anos, adeptos de Freud (Jones, 1955), e Freud tratara de uma neurose da mãe, antes de ela se casar. E havia a irmã mais moça, Hanna, nascida três anos e meio depois de Hans e de quem ele tinha ciúmes.

Hans tinha 4 anos e 9 meses quando começou a preocupar o pai, que consultou Freud. Tal como apresentado, o problema era o de que Hans temia vir a ser mordido por um cavalo na rua. O pai relatou que, uns poucos dias antes, Hans havia ido a Schönbrunn com a mãe, o que habitualmente gostava de fazer. Na última vez, entretanto, não tinha querido ir, havia chorado e, no caminho, mostrou medo na rua. Na viagem de volta, "ele disse à mãe, após muita luta interna: *'tinha medo de que um cavalo me mordesse'*". Naquela noite, antes de deitar-se, disse com apreensão: "O cavalo entrará no quarto."

Como era de esperar, os sintomas não haviam brotado do nada. Segundo o relato do pai, Hans se mostrara preocupado durante toda a semana anterior. Tudo começara quando Hans, certa manhã, acordara em lágrimas. Perguntaram-lhe o porquê do choro e ele respondeu à mãe: "Dormindo, eu imaginei que a senhora tinha ido embora e eu não tinha mãe para brincar". (*Brincar* era a palavra usada por Hans em vez de *abraçar*.) Alguns dias depois, a governanta, como de hábito, levou-o ao parque. Na rua, ele começou a chorar, querendo voltar para casa e dizendo que queria "brincar" com a mãe. Naquele mesmo dia, perguntado por que não fora ao parque, nada respondeu. À noite, voltou a mostrar medo e chorou, pedindo a companhia da mãe. No dia seguinte, a mãe, desejosa de saber o que não andava bem, levou-o a visitar Schönbrunn – e foi quando a fobia de cavalos se tornou, pela primeira vez, notada.

Reexaminando a história passada, ficamos sabendo que não havia sido na semana anterior à manifestação da fobia que Hans expressara, pela primeira vez, medo de ver a mãe desaparecer. Seis meses antes, durante férias de verão, ele havia dito coisas como

"Imagine que eu não tivesse mamãe" ou "Imagine que você fosse embora". Recuando mais ainda no tempo, o pai de Hans recordou que, ao nascer Hanna, Hans, então com 3 anos e meio, havia sido afastado da mãe. Na opinião do pai, "a atual angústia de Hans, que não lhe permite afastar-se das redondezas da casa, é, na verdade, o anseio [de ficar com a mãe] que ele, então, sentiu". Freud endossa tal opinião e fala da "afeição enormemente aumentada" do menino pela mãe, dando-a como "o fenômeno fundamental de sua condição" (*SE* 10: 24-5; também 96 e 114).

Assim, tanto a sequência de eventos que levaram à fobia quanto as próprias palavras de Hans tornam claro que, *antes e independentemente de temer cavalos*, Hans temia que sua mãe se afastasse e o deixasse. Como, à luz dos conhecimentos atuais, a expressão desse medo nos alerta para a possibilidade de a mãe haver feito ameaças implícitas ou explícitas de abandonar a família, torna-se de interesse indagar se ela realmente fez aquelas ameaças.

Já no princípio do relato percebe-se que a mãe é inclinada a fazer ameaças assustadoras. Exemplo: quando Hans tinha 3 anos, ela lhe disse que, se ele tocasse o pênis, seria levado a um médico para cortá-lo (*SE* 10: 7-8). E sabemos também que cerca de um ano depois, quando a fobia veio à baila pela primeira vez, a mãe continuava a tentar tirar-lhe o hábito de tocar o pênis (p. 24). Sabemos que ela "preveniu o menino" de que não o tocasse, embora não saibamos que palavras tenha usado.

Três meses depois, profundamente absorvido no registro "analítico", Hans ergue a cortina. Certa manhã, na cama do pai, conversando, disse-lhe: "Quando você está longe, tenho medo de que não volte para casa". O pai protesta: "E já o ameacei de não voltar para casa?" "Você não", replica Hans, "mas a mamãe sim. Mamãe disse que não voltará". O pai admite: "Ela disse isso, porque você foi desobediente". "Sim", concorda Hans (*SE* 10: 44-5).

Na passagem seguinte, o pai registra razoável reflexão: "O motivo que ele tem para apenas sair de casa, sem afastar-se, retornando ao primeiro sinal de angústia, é o medo de não reencontrar seus pais em casa, de eles terem desaparecido". Logo depois, entretanto, se volta a uma explicação presa a linhas edipianas.

O medo que Hans tinha de que um cavalo viesse a mordê-lo está em consonância com a concepção de que o afastamento da mãe era a principal fonte de sua angústia. Isso se torna claro com a menção de um incidente ocorrido nas férias de verão do ano anterior, incidente ao qual Hans se referiu para refutar o pai, que tentava dizer-lhe que os cavalos não mordem. Quando a pequena Lizzi, uma menina que estava hospedada na casa vizinha, foi embora, sua bagagem foi levada à estação em um carro puxado por um cavalo branco. O pai de Lizzi estava presente e preveniu-a: "Não ponha o dedo no cavalo ou ele a morderá" (*SE* 10: 29). Vemos assim que o medo de ser mordido por um cavalo estava estreitamente ligado, no espírito de Hans, à partida de alguém. E há outra evidência aproximando cavalos e partidas (por exemplo, p. 45).

A propósito de todos esses pontos, é evidente que Freud pensava segundo linhas muito diversas das aqui propostas. O desejo insistente por parte de Hans de permanecer junto à mãe não é visto em termos de apego com angústia, mas como expressão de amor por ela, amor que se afirma ser de caráter genitalmente sexual, tendo atingido extremo "grau de intensidade" (*SE* 10: 110-1). E sustenta-se que o fato de ele haver sonhado que sua mãe se afastara e o abandonara não é expressão do receio que Hans pudesse ter de ela concretizar a ameaça de abandonar a família, mas expressão do medo de ser punido em razão de seus desejos incestuosos (*SE* 10: 118). O episódio em que Hans ouve a advertência de que o cavalo branco poderia morder é referido a um postulado desejo de que o pai se afastasse, e não ao temor de que a mãe o abandonasse. As mostras de afeição da mãe em relação a Hans, e o fato de ela permitir que ele estivesse no mesmo leito, são vistos não simplesmente como natural e confortadora expressão de carinho materno, mas como ações que podem ter estimulado, de maneira assaz lamentável, os desejos edipianos de Hans (*SE* 10: 28).

Uma última observação, que tende a dar apoio à hipótese por nós defendida, é a de que, posteriormente aos eventos citados, os pais de Hans se separaram e vieram a divorciar-se (*SE* 10: 148). (O fato de Hans ter-se afastado da irmã mais moça sugere que a mãe talvez tenha ficado com a menina, deixando Hans com o pai.)

A esta altura, devemos suspender as considerações, pois não há como saber qual das duas interpretações propostas está mais próxima da verdade. À luz da evidência, colhida no caso e em outros casos de fobia infantil anteriormente relatados, a hipótese aqui sugerida não parece menos plausível que a acolhida por Freud: não é menos cabível admitir que os sintomas identificados no caso do Pequeno Hans possam ser mais bem entendidos em termos de interação familiar de padrão B.

O caso de Peter

Na bibliografia relativa à terapia do comportamento, o caso de outro menino, Peter, de 2 anos e 10 meses, também experimentando intenso medo de animais, alcançou alguma fama, por ser o primeiro caso em que se registra temor de ser descondicionado. Embora a terapeuta, uma aluna de Watson, presuma que a criança veio a ter medo de animais por haver sido, em algum momento, condicionada a temê-los, explícita evidência quanto à maneira de a mãe tratar o filho sugere que as ameaças feitas por ela desempenharam, provavelmente, papel central.

"Quando começamos a estudá-lo", escreve Mary Cover Jones (1924*b*), "ele tinha medo de um rato branco e esse medo se estendia a um coelho, a um casaco de pele, a penas, lã de algodão etc., mas não a blocos de madeira e brinquedos semelhantes." À vista de um rato branco em seu berço, "Peter gritava e jogava-se de costas, em um paroxismo de temor" e mostrava ter medo ainda maior de coelhos. Como outras crianças da mesma idade não mostravam medo especial daqueles animais, os pesquisadores decidiram verificar se poderiam ajudar a diminuir os receios de Peter.

O principal processo usado para "descondicionar" Peter foi o de fazê-lo brincar todos os dias com três crianças escolhidas "pelo fato de terem atitudes onde estava inteiramente ausente o medo de coelhos" – e um coelho era trazido durante o período de brincadeira. Após cerca de nove sessões, um novo procedimento foi acrescentado ao anterior: todas as vezes antes de o coelho aparecer, Peter e seus colegas recebiam doces. Foram realizadas mais ou menos 45 sessões, ao longo de aproximadamente seis meses, tendo havido uma interrupção de dois meses, período durante o qual Peter esteve hospitalizado, com escarlatina. De tempos em tempos, para avaliar o progresso do tratamento, apresentava-se um coelho a Peter, estando ele sozinho. No final do processo, Peter já não tinha medo de coelhos ou de penas e receava muito menos os ratos e os casacos de pele.

Do ponto de vista expresso neste livro, dois aspectos do caso exigem atenção. Primeiro, assinala-se que Peter provinha de família cheia de problemas, vivendo em condição de pobreza. Aparentemente, ao longo de todo o tratamento, ele esteve internado em uma creche ou hospital[5]. A mãe é descrita como "pessoa altamente emotiva, que não chega ao fim de uma entrevista sem derramar lágrimas". A irmã mais velha de Peter havia morrido e, a partir daí, os pais, segundo se disse, tiveram para com ele "afeição desmedida". A disciplina era "imposta ocasionalmente" e, nas tentativas de exercer controle sobre o menino, diz-se que a mãe recorria a ameaças. O exemplo dado foi "Venha, Peter, senão vão roubar você". O padrão de interação familiar que essas breves separações sugerem é o padrão C.

O segundo ponto de interesse foi o efeito que sobre o processo de descondicionamento produziu a presença ou ausência de um determinado assistente-aluno de que Peter gostava e ele dizia ser seu pai. Em duas ocasiões, presente essa pessoa, Peter mostrou menos medo, embora o assistente não fizesse observações explícitas. A respeito desse ponto, Jones comenta: "Talvez sua presença contribuísse para Peter experimentar uma sensação grande de bem-estar, afetando assim, indiretamente, suas reações".

Fobia de animais na infância

Não pretendemos sustentar que todos os casos de fobia de animais, na infância e na vida adulta, sejam apenas a ponta de um *iceberg*, cuja grande massa é formada pelo intenso medo de perder uma figura de apego. Em certas pessoas, não há dúvida de que a fobia de um animal se desenvolve porque, em criança, elas tiveram alguma experiência atemorizadora, sofrendo ataque de

....

5. Embora não se declare explicitamente que Peter residia na creche em que se processou o descondicionamento, uma frase (no fim do trabalho), "foi para casa, enfrentar um ambiente difícil", sugere que assim ocorria.

animal daquela espécie. Em outros casos, dir-se-á que tenham sido testemunhas ou ouvido falar de tais ataques, ocorridos talvez em circunstâncias dramáticas e quando estavam em idade que leva facilmente aos mal-entendidos e às generalizações equivocadas. Em outros casos, ainda, o prolongado convívio com pais ou com pessoas adultas que sentem medo de uma particular espécie de animal explicará o medo da criança. Seja qual for a causa, Marks (1969) apresenta evidências que sugerem haver pessoas que, muito receosas de uma determinada espécie de animal, não apresentam nenhuma outra forma de distúrbio emocional.

Contudo, embora possam existir casos de verdadeira e limitada fobia de animal, parece acertado que, em relação a muitas crianças e provavelmente em relação a muitos adultos que mostram, por animais, medo superior ao normal, a causa principal da angústia está no lar e não fora dele. Já se sugeriu que os casos de Peter e do Pequeno Hans podem ser esclarecedoramente considerados a essa luz. Adicional e importante evidência em favor desse ponto decorre da constatação de que – já o mencionamos – muitas das crianças que recusam a escola apresentam, entre heterogêneos sintomas, o medo dos animais. Além disso, essa espécie de medo é esquecida, tal como é esquecido o temor de ir à escola, assim que a situação problemática da família é identificada e enfrentada. Por ser desse modo e por serem, via de regra, mantidas em segredo as dificuldades familiares, sempre convém, quando surge um paciente que demonstra fobia de animais, examinar cuidadosamente o padrão de interação da família de que esse paciente provém.

A conveniência desse procedimento é bem ilustrada por um caso de fobia de animal em paciente adulto, caso relatado por Moss (1960). A paciente era uma mulher de 45 anos que, desde menina, tinha grande medo de cachorros. Tendo visto um filme (*The Three Faces of Eve*), em que se tratava de fobia por meio de hipnose, buscou o tratamento hipnótico para si mesma.

Durante o tratamento, a paciente recordou-se de um trágico evento ocorrido quando tinha 4 anos de idade. Ela brincava no quintal da casa quando o cão da família, Rover, derrubou sua irmã mais nova. Uma farpa entrou no rosto da menina, houve infecção e, alguns dias depois, a criança morreu. A paciente recordou-se de que sua mãe a acusara de haver provocado a queda da irmã e a responsabilizara pela morte; e recordou-se de que, daí por diante, Rover lhe causara aversão e passara a temer todos os cães. Anos mais tarde, depois do nascimento de outra irmã, a paciente receou que também esta viesse a ser atacada por um cão.

Após ter-se a paciente recordado de que a mãe a culpara pela morte da irmã, muitas coisas em sua vida pareceram adquirir sentido. O episódio explicava, por exemplo, pelo menos em parte, por que sempre se sentira incompreendida pela mãe, por que sofrera de um crônico sentimento de culpa e de uma compulsiva vontade de agradar, e por que suas relações com a mãe haviam sido tão fortemente ambivalentes.

Quando o evento que o paciente relembra ocorreu muitos anos antes, é extremamente difícil saber quão válidos são os pormenores lembrados. No caso em pauta, foi possível obter parcial corroboração do relato feito. Um irmão mais velho confirmou a existência de Rover e disse que, por ocasião do acidente fatal, as duas meninas estavam sós, porque ele e outro irmão, aparentemente encarregados de vigiá-las, tinham-se afastado para ver um incêndio. A irmã mais nova da paciente lembrou-se de que esta, nos anos seguintes, a havia exageradamente protegido contra todo e qualquer cão que se aproximasse. Não se constatou, entrementes, que a mãe houvesse culpado a paciente pelo ocorrido, e a mãe, ainda viva, negou que o tivesse feito.

No campo da psiquiatria familiar sabe-se, entretanto, que quando morre uma criança pequena não é raro que um dos pais, aturdido pelo que ocorreu, e talvez sentindo-se culpado por não ter adotado certa precaução, impulsivamente atribua culpa a uma criança mais velha. Em algumas famílias, essa criança mais velha torna-se um bode expiatório; em outras, os pais, depois de se haverem recomposto do choque, esquecem e, posteriormente, negam ter feito a acusação. Em qualquer caso, entretanto, a acusação fere fundo, mesmo quando sua lembrança é reprimida.

Foi isso o que aparentemente ocorreu no caso descrito. E se assim foi, pouco surpreenderá o fato de a criança ter vindo a odiar e temer o animal que ela acreditava responsável por sua desgraça. E nem surpreende que ela, daquela ocasião em diante, achasse que sua mãe e quaisquer outras pessoas em quem buscasse conforto e apoio a repudiariam e desprezariam.

Já se disse, provavelmente, o bastante para mostrar que a teoria do apego com angústia, esboçada em capítulos anteriores, pode esclarecer muitos casos em que uma criança teme, intensa e persistentemente, uma situação, em circunstâncias que desconcertam todos os que a rodeiam e, talvez, a própria criança. No próximo capítulo, e à luz da mesma teoria, examinaremos o problema da agorafobia em adultos.

Capítulo 19
Apego com angústia e "agorafobia"

> Decorre da natureza dos fatos... que, no histórico de nossos casos, devemos prestar tanta atenção às condições puramente humanas e sociais de nossos pacientes quanto aos dados somáticos e aos sintomas de distúrbio. Antes de tudo, nossos interesses se voltarão para as circunstâncias familiares dos pacientes...
>
> SIGMUND FREUD (1905a)

Sintomatologia e teorias da "agorafobia"

Quando um psiquiatra habituado a trabalhar com crianças e famílias examina o problema da "agorafobia"[1], é, de imediato, surpreendido pela semelhança desta com a fobia de escola. Em ambos os casos, o paciente revela receio de ir a um lugar onde se encontram muitas outras pessoas; em ambos os casos o paciente mostra tendência de recear várias outras situações; em ambos os casos, o paciente mostra-se suscetível a ataques de angústia, revela depressão e apresenta sintomas psicossomáticos; em ambos os casos, não é raro que a condição seja desencadeada por uma doença ou morte; em ambos os casos, o paciente é "superdependente", é filho de pais que sofrem (um deles ou os dois) de longa neurose e, frequentes vezes, encontra-se sob o domínio da mãe "superprotetora". E, por fim, um número significativo de pacientes de agorafobia mostrou, em criança, recusa à escola.

Embora a agorafobia, em grau reduzido, seja provavelmente comum e, quando de origem recente, apresente alto índice de re-

----

1. A condição em debate aparece na literatura sob diferentes denominações, entre as quais histeria de angústia, neurose de angústia, estado de ansiedade, angústia fóbica-síndrome de despersonalização (Roth, 1959). Hoje, a denominação mais amplamente adotada é agorafobia (Marks, 1969). Como os critérios usados para a seleção de casos difere de estudo para estudo, continua a haver dúvida quanto à extensão em que as constatações são comparáveis.

missão (Marks, 1971), os pacientes que despertam a atenção do psiquiatra são, via de regra, os atingidos crônica e severamente ou os que sofrem ataque agudo. Em geral, o paciente mostra-se muito angustiado; pode entrar em pânico, se não retornar rapidamente à sua casa; e tem receio de uma gama extraordinariamente ampla de situações (tipicamente, de multidões, da rua, de viajar) e de sofrer colapso ou morrer quando fora de casa e sozinho. Da heterogênea e variada coleção de situações temidas é, entretanto, possível indicar duas que se repetem em praticamente todos os casos e que mais apavoram. São elas, em primeiro lugar, o afastar-se de locais familiares e, em segundo, estar sozinho, especialmente quando fora de casa. Como a posição aqui defendida afirma que o temor de tais situações está no cerne da síndrome, examinemos as evidências.

Durante a década passada, os psiquiatras do Reino Unido revelaram grande interesse pela síndrome. Roth et al., em Newcastle upon Tyne, descrevem duas séries de casos, cada um deles com número superior a cem (Roth, 1959; 1960; Harper & Roth, 1962; Roth, Garside & Gurney, 1965; Schapira, Kerr & Roth, 1970). Aspectos especiais da condição que os interessou foram: a alta incidência de eventos traumáticos na origem da condição (particularmente, doença física real ou suposta morte ou doença da família); alta incidência de despersonalização; e estreita relação entre a condição e estados de angústia e depressão. Outro programa de pesquisa, em torno da mesma condição, com especial referência à eficácia de deficientes métodos de tratamento, foi desenvolvido no Maudsley Hospital, em Londres, por Marks e Gelder (e os numerosos trabalhos escritos estão indicados em Marks, 1969 e 1971). Terceiro e valioso estudo foi o de Snaith (1968), que relata 48 casos de fobia em pacientes adultos, 27 dos quais tipicamente agorafóbicos.

Embora nenhum desses pesquisadores aborde o problema do ponto de vista sequer semelhante ao aqui acolhido, todos endossam a opinião de que uma característica fundamental da condição é o medo de sair de casa. Roth (1959) fala de "uma temerosa aversão a afastar-se de locais familiares"; Marks (1969) sustenta que "o medo de sair é, provavelmente, o mais comum sintoma, a partir do qual outros se desenvolvem". Snaith (1968) constata que, em 27 dos 48 casos, a principal fonte de medo é deixar a casa e arredores. E acrescenta duas observações: quanto mais angustiado se torna o agorafóbico, tanto mais cresce o seu medo de sair de casa: tornando-se mais angustiado, seu medo de sair de casa aumenta com intensidade desproporcional em relação ao medo de qualquer outra coisa. Essas verificações levaram Snaith a sugerir que a condição não é uma verdadeira fobia e que a denominação mais apropriada seria "temor de insegurança não específica". Na mesma linha de Snaith coloca-se o critério que Roberts (1964) estabeleceu para incluir o caso entre os que estudaria, ou seja, incapacidade de o paciente sair de casa sem companhia.

Não apenas verificaram esses pesquisadores que o medo de sair de casa sem companhia é o traço principal da agorafobia, como também assinalaram que os pacientes, em maioria, haviam sido angustiados durante toda a vida: alguns, por décadas, se haviam sentido mal, ao saírem sós (Marks, 1969). E sabe-se que 50% a 70% dos pacientes haviam sofrido de temores e fobias durante a infância (Roth, 1960; Roberts, 1964; Snaith, 1968). Em recente levantamento de 786 casos por meio de questionários, de um sexto a um quinto dos consultados declararam ter tido, em algum grau, "fobia de escola" (Berg, Marks, McGuire & Lipsedge, 1974).

Embora os psicanalistas que trabalham ao longo de linhas clássicas enfoquem a questão de um prisma diverso do adotado pelos pesquisadores citados, e diferente também do prisma aqui adotado, fazem relatos muito semelhantes. Abraham (1913), por exemplo, descrevendo o caso de um menino pequeno, relata que este "não fala do medo, mas do desejo de estar com a mãe". E isso leva Abraham à conclusão de que o problema básico em pacientes que sofrem de agorafobia é o de que "seus inconscientes... não lhes permitem manter-se afastados daqueles em que suas libidos se fixaram".

Deutsch (1929) e, em anos recentes, Weiss (1964) acompanham Abraham. Weiss assinala que a angústia do paciente aumenta à medida que ele se afasta de casa, e isso o leva a definir a agorafobia como "reação de angústia devida ao abandono de um ponto fixo de apoio".

Dessa forma, a despeito da grande diversidade dos planos de abordagem e das concepções desses vários pesquisadores, as constatações que fazem são de acentuada coerência. Diferenças e dificuldades só surgem quando há tentativa de acomodar as constatações a um esquema teórico.

Três tipos de teoria

Aqui, tal como frequentemente acontece com respeito a outras questões, as duas teorias rivais que dominam o campo são a teoria psicanalítica e a teoria da aprendizagem. No caso da agorafobia, entretanto, um terceiro tipo de teoria tem sido proposto, ou seja, a teoria psicossomática de Roth, que invoca processos psicológicos e neurofisiológicos (Roth, 1960). De maneira surpreendente, a despeito de tudo quanto se diz acerca da importância das relações intrafamiliares do paciente, é de notar, por sua ausência, um quarto tipo de teoria, aquele que vê os padrões patogênicos de interação familiar como principal agente etiológico.

1. As *teorias psicanalíticas* relativas à agorafobia abrem-se em duas variantes principais, conforme enfoquem o medo de estar na rua ou o medo de sair de casa.

Freud tende a concentrar-se no medo de estar na rua, que ele encara como um deslocamento para o exterior do medo que o paciente tem de sua própria libido. Embora, em 1926, Freud tenha começado a rever suas concepções, concluindo que "a chave para a compreensão da angústia" é "a falta de alguém amado e almejado" (cf. capítulo 2), nunca aplicou essa teoria nova à agorafobia[2]. Em consequência, sua hipótese primeira continua a ser invocada por numerosos psicanalistas que ainda enxergam a tentação sexual, sob esta ou aquela forma, como a situação que o paciente agorafóbico teme em especial (por exemplo, Katan, 1951; Friedman, 1959; Weiss, 1964).

Outros psicanalistas tomam como base de suas especulações o medo que o paciente demonstra de sair de casa e, assim agindo,

....

2. Em uma de suas últimas obras, *Novas conferências introdutórias* (1933), Freud escreve: "o paciente agorafóbico... teme as tentações que nele desperta o encontro com outras pessoas, na rua. Em sua fobia, ele efetua um deslocamento e, a partir daí, teme uma situação externa" (*SE* 22: 84).

constroem teorias muito semelhantes às propostas por seus colegas para explicar medo semelhante demonstrado por crianças em quem se diagnostica a fobia de escola. Deutsch (1929), por exemplo, assinala que a razão de um paciente agorafóbico sentir-se compelido a permanecer junto da mãe (ou outra pessoa amada) está em ele possuir desejos hostis e inconscientes em relação a ela e, assim, ter de permanecer junto dela para assegurar-se de que seus desejos não se concretizarão. Para Weiss (1964), a necessidade de o paciente permanecer em casa há de ser compreendida à luz de uma "regressão a necessidades de dependência não resolvidas". Tal é também a maneira de ver de Fairbairn (1952), embora, em seus relatos clínicos, ele atribua papel causal à infância insegura vivida por seus pacientes.

Em nenhuma dessas formulações psicanalíticas, excluídas, talvez, a de Fairbairn, há sugestão de que o fato de o paciente recusar-se a sair de casa seja reação ao comportamento de um de seus pais, não apenas comportamento passado, mas comportamento que possa estar sendo observado na ocasião.

2. Por volta da última década, surgiu nova proposta de entendimento teórico das condições fóbicas de toda espécie, proposta agora feita pelos *teóricos da aprendizagem*; e surgiram formulações para explicação de cada uma das situações temidas. Embora esse enfoque possa ajudar-nos a compreender algumas fobias de animais determinados, é duvidoso que contribua para levar-nos à compreensão da agorafobia. Descrevendo o atual estado de coisas, tal como a seus olhos aparece, Marks (1969) – que estudou especialmente a agorafobia – faz ressalvas amplas à teoria da aprendizagem e escreve:

> Certas fobias, especialmente a agorafobia, surgem comumente aliadas a muitos outros sintomas, tais como a angústia difusa, os ataques de pânico, a depressão, a despersonalização, as obsessões e a frigidez. A teoria da aprendizagem não explica por que esses sintomas se desenvolvem, por que se combinam, nem por que se associam mais frequentemente à agorafobia do que a outros tipos de fobia.

Além disso, para Marks, "a origem dos pânicos, da depressão e de outros sintomas não é esclarecida pela teoria da aprendizagem" (p. 93).

O modo como os pânicos e as depressões se originam é, para Marks, o mais intrigante aspecto da condição. Em sua opinião, nem a teoria da aprendizagem, nem nenhuma outra podem explicá-lo (p. 93). Admitindo a perplexidade, Marks deixa a questão em aberto, mas inclina-se pela opinião de que os ataques de angústia têm, provavelmente, origem fisiológica desconhecida. Em momento algum, ele considera que possa originar-se de situações familiares provocadoras de aflições psicológicas.

Tendo honestamente reconhecido a dificuldade de explicar totalmente os sintomas agorafóbicos em termos da teoria da aprendizagem, Marks acredita, entretanto, que essa teoria tenha muito a oferecer. E adianta a hipótese – baseada em ideia sugerida pela teoria da aprendizagem – "de que os ataques de pânico e a depressão [podem agir] agem como super-reforço que facilita o condicionamento fóbico", sempre que um paciente sujeito a tais comoções saia de casa. Essa linha de reflexão conduz Marks a sugerir que, no desenvolvimento da agorafobia, primeiramente surgem os ataques de angústia; as situações que o paciente diz temer vêm a ser temidas apenas mais tarde, seja como resultado de um efeito de condicionamento secundário, seja como consequência de racionalização. Nesse contexto, sustenta-se que tanto o medo de sair de casa como o medo de separar-se de uma companhia (os dois mais característicos sintomas de agorafobia) desenvolvem-se a partir de um processo de condicionamento secundário.

Paralelamente a essa hipótese, Marks expressa muito ceticismo com respeito ao papel causal de fatores desencadeantes, afirmando que estes, provavelmente, agem apenas como "intensificadores não específicos em um paciente já sujeito à desordem... já estando a desordem presente, mas oculta, até que o intensificador a faça eliciar ou a exacerbe". Justificando sua posição, ele põe muita ênfase na afirmativa de que "não poucas fobias surgem subitamente, sem nenhuma alteração clara na situação de vida do paciente" (p. 128).

Tanto a sequência de eventos que Marks postula quanto a fraqueza de sua posição são ilustradas pela descrição, por ele feita, do caso da mulher de 33 anos que buscou tratamento por estar acometida de depressão e de ideias suicidas. A versão por ela oferecida foi a de que, dez anos antes, começou a sentir angústia, suores e tremor nas pernas quando ia ao trabalho, viajando de trem. Depois, percebeu que se sentia melhor se acompanhada pelo marido e, assim, buscou trabalho na firma em que ele estava empregado. Uns meses mais tarde, passou a temer separar-se dele, tinha de saber exatamente onde ele estava e telefonava-lhe repetidamente. Se por qualquer razão falhasse o contato imediato, entrava em pânico, sentia-se perdida e tinha vontade de gritar.

A única informação prestada por Marks a respeito da infância da paciente é a de que "quando pequena, costumava assustar-se quando os pais saíam e, em certa ocasião, fez que seu irmão menor saísse para procurá-los. Tinha, esporadicamente, vontade de gritar e era difícil impedi-la. Essa vontade desapareceu antes de ela atingir os 20 anos".

A despeito da discutível validade dos dados retrospectivos, Marks põe fé na sequência dos sintomas: "Primeiramente, surgiu a fobia de viagens e a despersonalização; depois, a descoberta do alívio representado pela presença do marido, que se tornou indispensável. E, finalmente, a paciente se apresentou para tratamento da angústia de separação". Diante dos sintomas, Marks sugere duas diferentes patologias. De um lado, está a agorafobia; de outro, a angústia provocada por separação, para a qual, crê ele, a paciente adquiriu sensibilidade em criança. De diferentes origens, as duas patologias, afirma ele, vieram posteriormente a interagir.

Há vários pontos fracos na posição adotada por Marks. Em primeiro lugar, à luz da história da infância da paciente, é difícil aceitar sua confiante asseveração de que a agorafobia precedeu a angústia de separação. Em segundo lugar, aceitando prontamente a versão dessa e de outros pacientes, de acordo com a qual o acesso inicial de angústia "brotou do nada", ele não leva em conta a circunstância de o paciente, deliberadamente ou não, suprimir informações – o que sabemos ser extremamente comum – e, com frequência, ocultar indicadores essenciais para entendimento da condição em que se encontra. Em terceiro lugar, postular duas patologias distintas para explicar um par de sintomas que habitualmente se somam[3] está longe de ser parcimonioso. E, por fim, tal como o próprio Marks admite, ele não tem explicação do como ou do porquê esse (ou qualquer outro) paciente começou a experimentar angústia e sofrer acessos de pânico.

Hipótese alternativa para explicar os sintomas da paciente referida é ter ela, durante a infância, ter-se visto exposta a repetidas e sérias ameaças de abandono, de sorte que, na vida adulta, continuou extremamente sensível a perigos dessa espécie. Voltaremos ao assunto mais adiante.

Com respeito ao papel que os pais do paciente desempenham na gênese da agorafobia, os teóricos da aprendizagem, à semelhança dos psicanalistas tradicionais, pintam o mesmo retrato obscuro. Embora nenhum dos grupos atribua grande importância ao comportamento dos pais, ambos, na medida em que o fazem, invocam a teoria da criança mimada. Como assinala Andrews (1966), Wolpe (1958) e Lazarus (1960), dois eminentes adeptos da teoria da aprendizagem, encaram as tendências de o paciente recolher-se à sua casa e de ali permanecer como respostas aprendidas durante a interação com os pais superprotetores. Marks (1969), discutindo a forma de prevenir o surgimento da condição, admite, implicitamente, o mesmo processo. Alguns anos antes, Terhune (1949), psiquiatra cuja orientação é, sob vários aspectos, semelhante à dos modernos seguidores da teoria da aprendizagem, escreveu confiantemente: "A pessoa fóbica é a que foi superprotegida, criada 'na maciota'".

3. A terceira principal colocação teórica a respeito da agorafobia, cujo início se encontra nos trabalhos de Roth (1959; 1960), considera a condição como sendo verdadeiramente *psicossomática*. Apresentando a teoria, Roth chama atenção para as vulneráveis personalidades de seus pacientes, para o papel provocador dos eventos marcados pela tensão e para a despersonalização, que é, a

....

3. Marks apoia seu argumento na constatação de que cerca de 5% de pacientes de agorafobia não sentem alívio por estarem acompanhados, preferindo viajar sós (Marks, 1969: 98). Na maioria das síndromes, entretanto, ocorrem casos em que estão ausentes um ou mais sintomas típicos; um exemplo é o de sarampo em erupção. Esses casos típicos requerem atenção especial.

seu ver, o sintoma nuclear da síndrome. Os fatores psicológicos por ele enumerados envolvem, de um lado, situações que, operando talvez desde a primeira infância, são tidas como capazes de contribuir para o desenvolvimento de uma personalidade dependente e angustiada, e, de outro lado, eventos causadores de estresse – como o falecimento ou a doença – que parecem atuar como provocadores da condição. Após examinar certos distúrbios da percepção e da consciência apresentados pelos pacientes, em combinação com sintomas que atribui à disfunção do lobo temporal, Roth conclui que a patologia somática deve, provavelmente, ser explicada por algo que afeta os mecanismos reguladores da apreensão de conhecimento, que ele postula estarem cronicamente perturbados. Embora dê poucos esclarecimentos acerca de como uma infância difícil e situações estressantes da vida posterior interagem para produzir uma síndrome agorafóbica, o enfoque de Roth não é incompatível com o apresentado neste livro.

Passaremos, agora, a considerar um quarto tipo de teoria, ou seja, a que se apresenta quando o problema da agorafobia é encarado da perspectiva teórica exposta nesta obra.

Ao longo das linhas seguintes, importa ter em mente que, tal como hoje admitem todos os especialistas, o sintoma central da condição que examinamos é o medo de sair de casa.

Padrões patogênicos de interação familiar

Dúvida também existe quanto a saber se a teoria do apego com angústia, já aplicada a problemas de fobia de escola, pode ajudar a resolver problemas de agorafobia. E isso porque, excluídas algumas observações escassas e imperfeitas, há poucos dados a respeito dos padrões de interação da família de origem do paciente agorafóbico. Quase todos os dados conhecidos foram fornecidos pelo próprio paciente ou derivam de uma única entrevista mantida com um parente, aberta às muitas distorções e omissões que sabemos típicas desse procedimento clínico. Carecemos, e muito necessitamos, de observações diretas acerca de como o paciente e seus pais estão, no momento, se comportando um em relação aos outros. Ausentes esses dados, só resta chamar atenção para certas constatações razoavelmente bem confirmadas que são, pelo menos, consoantes com a concepção de que muitos casos de agorafobia, senão todos, podem ser entendidos como produto de padrões patológicos de interação familiar.

São muitas as evidências de caráter geral que, embora forneçam poucos esclarecimentos acerca de padrões específicos de interação, indicam alta incidência de distúrbios nas famílias de que os pacientes agorafóbicos provêm. Antes de examinar padrões específicos, consideremos essa evidência de feição geral.

Os relatos, em sua maior parte, mostram que a maioria dos pacientes agorafóbicos provém de lares intactos, no sentido de que há pais vivendo continuamente juntos. Contudo, há também significativa evidência de que, nesses lares, as relações, frequentes vezes, estão longe de ser harmônicas; e assinala-se, repetidamente, que os pais dos pacientes são neuróticos ou sofrem de alguma outra perturbação. Tomando como critério um claro colapso neurótico em parentes de primeiro grau, Roth (1959) aponta incidência de 21%. E não se deve esquecer que uma minoria de pacientes – 25%, em um certo estudo – se origina de lares destruídos por morte, divórcio ou outra causa.

Em estudo recente, feito por M. S. Lipsedge, a propósito de 87 pacientes londrinos, assinala-se alta porcentagem de distúrbios nas famílias de origem. As idades dos pacientes variavam de 22 a 64 anos; catorze eram homens e 73 eram mulheres. Quase todas as informações foram obtidas dos próprios pacientes durante a entrevista inicial, sendo essas informações ocasionalmente complementadas pelas de um clínico geral. Embora esse método seja inadequado para obter as informações necessárias, é pouco provável que tenha exagerado a incidência de distúrbios nas famílias de que os pacientes provinham.

Com base nessas informações, as famílias dos pacientes podem ser divididas, muito grosseiramente, em três categorias:

I. famílias intactas e razoavelmente estáveis;
II. famílias intactas, nas quais há muita desavença, violência e alcoolismo e/ou quase completa ausência de afeto;
III. famílias que se romperam por morte ou divórcio, ou em que um dos pais é doente crônico, e/ou casos em que o paciente sofreu separação da figura parental, ou mudanças da figura parental.

O número e a proporção de pacientes integrantes de cada uma dessas categorias aparecem na tabela seguinte:

Categoria da família	N.º de pacientes	% de pacientes
I	37	42
II	26	30
III	24	28
Total	87	100

Categoria I: Integrada por 37 pacientes que disseram ter vivido em lar feliz ou que não deram informações desfavoráveis acerca da vida familiar. Porém, dois desses pacientes declararam ter tido pais (um pai e uma mãe) agorafóbicos e dois outros disseram ter sido "superprotegidos". Dez dos pacientes relataram ter sido extremamente medrosos na infância; desses, um havia manifestado recusa à escola e o outro havia sido agorafóbico. Dessa forma, perturbação neurótica de uma ou outra espécie atingiu membros de cerca de um terço dessas famílias não explicitamente afetadas por distúrbios.

Categoria II: Incluiu 26 pacientes de lares aparentemente intactos, mas que se descreveram como tendo tido, quando crianças, vida familiar extremamente infeliz. Dezoito pacientes declararam que seus pais se empenhavam em brigas intermináveis, inclusive com violência, exacerbando-se a situação com frequência, devido ao álcool. Outros oito queixaram-se de ausência de afeto e/ou de terem sido rejeitados. Em três dos 26 casos, as mães dos pacientes haviam sofrido de agorafobia. Dois dos pacientes haviam, na infância, se recusado a ir à escola.

Categoria III: Dos restantes 24 pacientes, havia 21 cujas vidas familiares haviam sido rompidas por morte, divórcio ou abandono e/ou que haviam experimentado muitas mudanças de figura materna. Entre eles, dez pacientes haviam perdido um dos pais ou ambos, por morte, antes de completar 10 anos de idade (em seis casos, o pai; em três, a mãe; em um, ambos). Em cinco casos, a mãe havia abandonado o lar e, em pelo menos um, o pai deixara a casa. Dois pacientes haviam sido afastados de Londres, por vários anos, devido à guerra; um desses pacientes, a partir de 3 anos, e o outro, a partir de 4 anos de idade. Algumas das crianças haviam sido criadas por parentes. Além dos 21 pacientes que haviam tido a experiência do rompimento de vínculos afetivos, três haviam sido criados por mães que sofriam de doenças crônicas – em um caso, a mãe padecera de esclerose múltipla, a partir dos 7 anos do paciente. Do total de 24 pacientes, três haviam convivido com agorafóbicos: em um caso, o pai; no outro, a mãe; e, no terceiro, a avó, com quem a paciente vivia. Oito pacientes disseram que, na infância, haviam sofrido de angústia – entre eles, dois se haviam recusado a ir à escola e o terceiro era agorafóbico.

A despeito da manifesta limitação das evidências, há boa razão para acreditar que, em cerca de metade dos casos (a saber, os das categorias II e III), tinha havido ampla perturbação da vida familiar durante a infância do paciente. Cerca de um terço da minoria que se declarou originária de lares estáveis apresentava clara evidência de distúrbios dissimulados.

Alguns padrões específicos

Uma vez que, como já se observou, há impressionante semelhança entre os casos de agorafobia em adultos e de recusa à escola em crianças, também há forte base *prima facie* para suspeitar de que padrões particulares de interações presentes nas famílias dos agorafóbicos possam ser iguais ou similares aos que se encontram nas famílias das crianças que se recusam a ir à escola. A despeito da baixa qualidade da evidência existente, essa evidência, tal como existe, dá apoio àquela expectativa.

Os três padrões de interação, referidos a seguir e comumente encontrados nas famílias das crianças que recusam a escola, são, provavelmente, os que surgem com frequência nas famílias dos pacientes agorafóbicos.

Padrão A – mãe, ou mais raramente o pai, que sofre de angústia crônica em relação a figuras de apego e que reteve ou ainda retém o paciente em casa, para fazer-lhe companhia

Padrão B – o paciente receia que algum mal atinja a mãe (talvez o pai) na ausência dele, paciente; por isso, permanece com ela em casa ou, sempre que sai, insiste em que ela o acompanhe

Padrão C – o paciente receia que algum mal lhe ocorra fora de casa e, assim, permanece em casa para impedir o mal

Tal como no caso das famílias de crianças que recusam a escola, esses diferentes padrões de interação não se mostram incompatíveis entre si; e são provavelmente comuns os casos em que eles se combinam.

O quarto padrão de interação encontrado nas famílias das crianças que se recusam a frequentar a escola, o padrão D – um dos pais teme pela segurança do filho e, por isso, o conserva em casa –, não é diretamente notado nas famílias dos pacientes agorafóbicos, mas evidência indireta indica a probabilidade de sua ocorrência.

Interação familiar de padrão A

Muitas indicações sugerem que o padrão A – um dos pais retém o filho em casa para servir-lhe de companhia – é comum nessas famílias. Com efeito, o papel dominante e controlador que os pais – geralmente as mães – tenham desempenhado e possam estar desempenhando nas vidas de seus filhos é realçado em quase todos os estudos. Roth (1959) descreve as relações de seus pacientes com as respectivas mães como tendendo a ser "íntimas e intensas", excluindo, com frequência, contatos para além do imediato círculo familiar. Uma jovem, "emocionalmente imatura", que Roth apresenta como caso típico, foi levada por sua "mãe despoticamente dominante" a romper noivado com um tranquilo clérigo e, assim, continuar em casa. Snaith (1968) relata que em pelo menos sete de seus 28 casos havia clara evidência de "superproteção". Webster (1953), que estudou 25 casos, diz que todas as mães dos pacientes, com uma só exceção, eram dominadoras e inclinadas à superproteção. Terhune (1949), examinando 86 casos, conclui que a síndrome fóbica surge "quando uma pessoa apreensiva, dependente, emocionalmente imatura põe-se a tentar realizar a ambição de transformar-se em membro independente da sociedade".

A despeito dessas coerentes constatações, nenhum dos estudiosos da síndrome parece ter, até hoje, buscado saber por que a mãe trata o filho dessa maneira dominadora e possessiva ou através de que técnicas mantém controle sobre ele. Em caso integrante da literatura psicanalítica relatado por Deutsch (1929), encontramos, entretanto, evidência de que a mãe da paciente fazia insistentes exigências no sentido de que esta lhe servisse de companhia e cuidasse dela. Mas Deutsch não examina o porquê de a mãe agir assim.

Ao apresentar o caso – uma moça de 21 anos apresentando típicos e intensos sintomas de agorafobia –, Deutsch diz que a mãe da paciente era "altamente neurótica" e havia, desde o início, "concentrado toda a sua insatisfeita libido na filha", que era única. Em contraste, a mãe tratava o marido como se ele não existisse. Embora a mãe afirmasse que, "desde o nascimento da filha, havia sido sua escrava" e que a filha não tolerava seu afastamento, a evidência sugere fortemente que, tal como em casos similares de recusa à escola, a versão apresentada pela mãe retratava o inverso do que a relação havia sido e continuava a ser. Em outras palavras, cabe supor que exigisse muito da filha, conquanto dissesse que a filha dela muito exigia. Apoio para esta interpretação advém do estudo não publicado de Lipsedge, já referido. Dos 87 pacientes por ele examinados, não menos de oito disseram que um dos pais era agorafóbico.

Reconhecidamente, as constatações referidas não passam de evidência presuntiva da presença do padrão A em numerosas famílias de pacientes de agorafobia. Quando menos, indicam a necessidade de pesquisa sistemática, não apenas com respeito às relações entre um paciente e seus pais, mas também com respeito a relações entre pais e avós. Para alcançar adequada compreensão da psicodinâmica desta condição, tal como se transmite de uma geração a outra, é essencial que se olhem, de maneira compreensiva, as dificuldades neuróticas dos pais dos pacientes, no contexto de suas experiências quando crianças. E é também necessário examinar a relação entre o paciente agorafóbico e seu cônjuge. Fry (1962) aponta sete pacientes cujos maridos eram também agorafóbicos, embora veladamente. Em alguns desses casos, o marido insistia em que a esposa o queria junto dela, embora exame da questão houvesse revelado que a exigência de companhia era mais dele do que dela.

Interação familiar de padrão B

Na literatura concernente à agorafobia raramente se relata caso de paciente receoso de que algum mal atinja um de seus pais. Embora isso possa significar que receio dessa espécie é realmente incomum, pode também significar que apenas a ele não se faz referência, seja porque os pacientes se mostram incapazes de falar sobre a situação temida, seja porque os psiquiatras, ignorando o significado da interação familiar, deixam de fazer indagações a esse respeito[4].

Lipsedge traça um quadro tal da integração perturbada presente em muitas das famílias de pacientes agorafóbicos que não surpreende que eles tenham vivido, na infância, com o medo crônico do que poderia acontecer a um dos pais ou a ambos. Onze dos 87 pacientes declararam que um ou ambos os pais eram dados a comportamento violento, e outros sete falaram de perpétuas discussões entre os genitores. Todos os que tenham conhecido crianças ou adultos criados em tais lares sabe o quanto as crianças se aterrorizam com a violência dos pais ou com as brigas entre eles. Em primeiro lugar, porque os atos violentos podem parecer

....

4. Outra possibilidade é a de que o psiquiatra, sem preparo para reconhecer os padrões patogênicos da interação familiar, deixa de apontar as situações que o paciente diz temer, assinalando apenas que ele sofre de "temores irracionais", categoria em que são frequentemente incluídas indicações que estão entre as mais esclarecedoras para entendimento da condição de um paciente. De trinta pacientes agorafóbicos estudados por Harper & Roth (1962), dezenove são dados como atingidos por medos irracionais.

de intenção assassina; em segundo, porque as ameaças pronunciadas enchem a criança de horror, e isso porque, em briga entre os pais, as ameaças de suicídio ou de abandono do lar serão provavelmente muito comuns. O constante receio de perder um dos pais – por assassínio ou suicídio –, que marcou a vida da sra. Q. em criança, é descrito no capítulo 15.

Além das ameaças dirigidas ao cônjuge, há as ameaças feitas pelos pais como forma de disciplinar os filhos. É importante lembrar que as ameaças – por exemplo, a de que a mãe se suicidará, ou adoecerá, ou morrerá, se o filho não se comportar bem – podem continuar ao longo da adolescência e da vida adulta desse filho e, sistematicamente feitas, chegam a colocá-lo em estado de permanente intimidação.

É plausível acreditar que uma situação familiar dessa espécie esteja na base de um dos casos de agorafobia já referidos, o da moça de 21 anos em quem, nas palavras de Deutsch, a mãe "havia concentrado toda a sua libido". Aprofundemos a consideração do caso.

O principal sintoma apresentado pela moça era o medo de que algum mal atingisse a mãe. Quando a mãe saía, receava que fosse atropelada; sempre ficava na janela, a esperá-la angustiadamente, e dava suspiros de alívio ao vê-la retornar sã e salva. E, de outro lado, a paciente temia que, ausentando-se de casa, algum mal acontecesse à mãe, antes de seu retorno.

Discorrendo sobre a origem dessa angústia, Deutsch acolhe, sem discussão, a hipótese que, a seu ver, seria acolhida por todos os versados em trabalho de análise: a "exagerada angústia afetiva" da paciente é compensação dos desejos inconscientes hostis contra a mãe; e esses desejos hostis derivam do complexo de Édipo. Embora muitos psicanalistas ainda aceitassem essa hipótese (atribuindo a hostilidade a uma fase pré-edipiana e não edipiana), outros, dada a experiência conseguida no campo da psiquiatria da família, admitiriam várias possibilidades diferentes. Uma dessas possibilidades é a de que a mãe "altamente neurótica" fosse inclinada a ameaças de suicídio. Outra, que concorda com a opinião de Deutsch de que a paciente receava a concretização de seus impulsos hostis em relação à mãe, é a de que a mãe haja despertado aqueles desejos, devido ao muito que, insistente embora despercebidamente, exigia da filha, ano após ano. Além disso, inclinados como são os filhos a adotar os padrões dos pais, cabe lembrar que a paciente, ao desenvolver o desejo de empurrar sua mãe sob as rodas de um bonde (desejo que Deutsch diz ter ela desenvolvido), talvez tenha tido a inspiração de agir assim por ouvir a mãe fazer repetidas ameaças de lançar-se embaixo de um bonde.

À vista do que sabemos que pode acontecer no interior de uma família, embora do acontecido raramente se dê notícia, nenhuma dessas ideias é fantasiosa. Contudo, frequentemente, essas possibilidades não chegam sequer a ser imaginadas por um clínico, porque a teoria por ele aceita não tem lugar para elas. Só quando o caso é reexaminado, com o conhecimento do papel que as influências familiares podem desempenhar, avançamos no caminho da compreensão e da ajuda aos pacientes.

Interação familiar de padrão C

O medo de que algum mal os atinja enquanto fora de casa é sintoma extremamente comum em pacientes agorafóbicos. Os principais temores são os de morrer e de ficar incapacitados. Não raro, o temor se liga a vários sintomas físicos sentidos pelos pacientes – palpitações, tontura, enfraquecimento das pernas – e por eles interpretados como sinais de iminente incapacitação ou morte. Por outros pacientes o temor é descrito como uma opressiva sensação de insegurança.

Embora os temores sejam frequentemente considerados, sem maior aprofundamento, irracionais, o conhecimento do que temores semelhantes podem ocultar, no caso de crianças que recusam a escola, deveria alertar-nos para a possibilidade de um paciente agorafóbico estar sendo ou ter sido exposto a ameaças de abandono ou expulsão da família. Tal como se dá em relação a crianças que recusam a escola, já se conhece o bastante para saber que nesses casos uma investigação sistemática se impõe.

Na maioria dos estudos mencionados, é transparente que aos pesquisadores jamais ocorreu a possibilidade de os sintomas apresentados pelos pacientes serem reação a ameaças de abandono ouvidas durante os muitos anos de infância e adolescência. Exemplo do tipo de caso que deveria ser examinado a essa luz é o da paciente agorafóbica mencionada por Marks (1969), já referida neste capítulo, que se lembrava de, em criança, assustar-se quando seus pais saíam e de, certa vez, ter feito que seu irmão mais novo fosse procurá-los.

Entre os muitos trabalhos já publicados acerca da agorafobia, apenas um, ao que parece, menciona ameaças, às quais atribui papel causal na condição dos pacientes. É o estudo de Webster (1953), que relata observações a respeito de 25 mulheres casadas e agorafóbicas, todas elas submetidas a psicoterapia por um mínimo de três meses. Usando como dados as anotações do clínico, Webster classificou as atitudes que as mães das pacientes tinham em relação a elas. Das 25 mães, 24 foram dominadoras e superprotetoras. Para a classificação, Webster adotou como critério básico o de a mãe "ser muito solícita quanto ao bem-estar da filha, premiando-a com frequência e sem muito motivo ou rejeitando-a, ameaçando rejeitá-la ou dizendo-lhe declaradamente que não mais lhe dedicaria amor, se ela não se comportasse bem". E Webster sugere que a sensação de insegurança das pacientes era provavelmente um resultado direto de haverem sido tratadas da referida maneira[5].

Há algum tempo, tive uma paciente de 20 e poucos anos com típicos sintomas de intensa agorafobia. Embora por um ano ou mais ela insistisse em dizer que sua mãe era a melhor das mães, veio, depois, a descrevê-la como "irascível", sempre recorrendo e continuando a recorrer às mais assustadoras e violentas ameaças, inclusive a de abandono, para conseguir o que queria. O pai, disse ela, tinha medo da esposa e permanecia, quanto possível, fora de casa; a paciente gostava do pai e dele tinha pena. A coerência da narração e, principalmente, a maneira violenta e ameaçadora de a paciente, frequentes vezes, comportar-se em relação ao analista, sugeriam que a maneira de ela retratar a mãe não era, provavelmente, exagerada. Se eu ainda estivesse tratando essa paciente,

....
5. Webster não examina a possibilidade de algumas dessas mães haverem ameaçado abandonar ou expulsar de casa suas filhas.

daria muito mais atenção do que dei ao papel que agora creio terem desempenhado as ameaças da mãe, tanto na etiologia quanto na permanência da condição.

Apoio para a ideia de que substancial porção de agorafóbicos esteve sujeita a áspero tratamento na família decorre, como vimos, de um trabalho de Lipsedge. Snaith (1968) também apresenta evidência de que, se algumas mães de agorafóbicos protegem demais, outras rejeitam os filhos: na série de 27 pacientes por ele examinados, sete haviam sido superprotegidos e oito haviam sido rejeitados[6].

É possível, entretanto, que essas categorias sejam demasiadamente grosseiras e não façam justiça aos fatos. Não raro, um pai, que dá a impressão de ser constantemente inclinado à superproteção, tem comportamento inverso; e um pai que parece constantemente rejeitar o filho pode, ocasionalmente, mostrar-se afetivo. O comportamento de muitos pais de agorafóbicos (e de crianças que recusam a escola) é, provavelmente e com frequência, ambivalente. Em ambos os tipos de caso, o comportamento dos pais é, em geral e sem dúvida, herança de comportamento semelhante que seus pais (os avós) tiveram para com eles.

Interação familiar de padrão D

O padrão D surge quando um dos pais teme que o filho venha a ser vítima de um mal; assim, para preservar-lhe a segurança, conserva-o em casa. No caso de crianças que recusam a escola, uma razão importante para o temor dos pais é a lembrança de algum acontecimento trágico ocorrido em suas próprias vidas.

Não há registro deste padrão em famílias de agorafóbicos, embora a repetida referência à superproteção por parte dos pais torne possível a sua ocorrência.

....
6. Nos doze casos restantes, a evidência não permitiu conclusões ou sugeriu que as relações eram "normais"; entretanto, em vista de outras constatações, parece discutível que assim ocorresse.

Completa-se, desta maneira, nossa tentativa de descobrir até que ponto características clínicas da agorafobia podem ser compreendidas em termos de um ou outro dos quatro padrões de interação familiar perturbada, que tão claramente afloram de nosso estudo acerca de recusa à escola. Conclusões devem permanecer em aberto, pois os dados existentes acerca de agorafóbicos não são definitivos. É de esperar, porém, que o estudo feito por nós assegure que, em futuros trabalhos a propósito da síndrome, atenção especial se dê à interação no âmbito das famílias dos pacientes, estudando-a, sempre que possível, durante pelo menos duas gerações. Só com base em dados especialmente colhidos para esse fim será possível aprofundar o exame do conjunto de hipóteses esboçadas e, no devido tempo, sujeitá-las a teste sistemático.

"Agorafobia", perda por morte e depressão

Há pelo menos mais um aspecto sob o qual se nota acentuada semelhança entre adultos agorafóbicos e crianças que recusam a escola: em alta proporção (em ambas as condições), os sintomas agudos são desencadeados por uma perda por morte, uma doença grave (de parente ou do paciente) ou por alguma outra grande alteração na vida familiar. Na maior parte dos relatos clínicos há menção apenas passageira de tais eventos. Entretanto, no trabalho de Roth (1959; 1960), são fornecidas estatísticas relativas aos eventos precipitadores.

Em 37% dos 135 casos de agorafobia que Roth estudou, faz-se referência a uma perda por morte ou a doença súbita que atinge parente próximo, "geralmente um dos pais, de que o paciente muito dependia". Em outros 15% de casos, tinha havido quebra de vínculos familiares ou alguma crise doméstica. Doença do paciente ou intenso perigo a ameaçá-lo foram notados em 31% dos casos. Isso nos dá 83% de casos em que um evento desencadeador pode ser identificado. Entretanto, além da anotação da similaridade entre essas constatações e as que podemos fazer com respeito aos casos de recusa à escola, não há muito a dizer, enquanto não dispusermos de pormenores clínicos mais amplos do que os até agora existentes. Em particular, o material que Roth reuniu não esclarece a possível maneira de os eventos registrados atuarem.

Contudo, já existe evidência de que na psicopatologia da agorafobia a perda por morte desempenha papel específico e não apenas eventual, como está Marks inclinado a sustentar (cf. p. 361). Valendo-se de um teste projetivo especialmente elaborado, consistindo em sete figuras difusas e mal estruturadas, cada uma delas – sugere o aplicador – representando uma pessoa que "esteve em dificuldade" em uma ou outra ocasião, Evans & Liggett (1971) verificaram que uma amostra de dez pacientes agorafóbicos tendiam a identificar a "dificuldade" como uma perda por morte (significativamente mais vezes do que pacientes atingidos por uma ou outra forma de fobia) e tendiam também, com maior frequência, a ver-se como a pessoa que sofrera a perda da figura.

Aprofundar a relação entre angústia e perda por morte nos conduziria para além dos propósitos deste livro. Cabe notar, entretanto, que estudos acerca de pessoas que sofreram perda por morte, como, por exemplo, os estudos feitos por Parkes (1969; 1971a) mostram que é muito comum elas sofrerem ataques de pânico e outros sintomas de angústia. Essas constatações sugerem haver um espectro de casos em um de cujos extremos se colocam os pacientes que os psiquiatras dizem agorafóbicos, colocando-se no outro extremo a proporção mais ampla de pessoas que apresentam sintomas menos intensos ou menos duradouros e que, portanto, jamais chegam a um psiquiatra.

Também relevante para a linha de pensamento defendida neste livro é a estreita vinculação que existe entre agorafobia e depressão. Ocorre, em primeiro lugar, que os sintomas de agorafobia e de depressão tendem a alterar-se simultaneamente e no mesmo sentido – de melhora ou de agravamento da condição (Roth, 1959; Snaith, 1968). Em segundo lugar, os pacientes de agorafobia estão expostos, mais do que outras pessoas, ao risco de contrair moléstias depressivas (Schapira, Kerr & Roth, 1970). No volume III desta obra, espera-se examinar em minúcia essas relações e suas consequências.

Nota sobre a reação ao tratamento

Em uma revisão atenta, Andrews (1966) assinalou que, na maneira de tratar os pacientes agorafóbicos, terapeutas de escolas muito diferentes se aproximam mais do que imaginam. Tanto na linha da terapia do comportamento quanto em algumas linhas psicanalíticas (por exemplo, Freud, 1919; Fenichel, 1945; Alexander & French, 1946), acredita-se desejável que a relação entre o paciente e o terapeuta se desenvolva em duas fases. Na primeira, o paciente busca o apoio do terapeuta. Na segunda, o terapeuta vale-se dessa relação para forçar o paciente a enfrentar a situação que ele mais teme[7]. Como a técnica da confrontação foi levada ao extremo pelos terapeutas do comportamento, que a dão como propiciadora de algum êxito, convém examinar as implicações que daí decorrem para a teoria.

Em anos recentes, ensaios em torno da eficácia de diferentes formas de tratamento psicológico foram realizados por Marks e Gelder, no Maudsley Hospital, em Londres. A terapia do comportamento foi aplicada sob duas formas: (a) retreinamento gradual combinado com dessensibilização sistemática na imaginação; e (b) *flooding*, técnica em que o paciente é estimulado a visualizar suas mais temidas imagens fóbicas, repetidamente e sem descanso ao longo de uma sessão de cinquenta minutos, enquanto o terapeuta fala constantemente acerca das fobias e esforça-se por manter a angústia a nível máximo. Após a quinta e sexta sessões, o paciente, na companhia do terapeuta, passa mais uma hora a expor-se às situações que ele considera as mais assustadoras.

Em recente relatório acerca dos resultados de uma tentativa de combinar os dois tratamentos (Marks, Boulougouris & Marset, 1971), aponta-se melhora do paciente, notada imediatamente após o tratamento e mantida doze meses depois. No caso de nove pacientes agorafóbicos, a combinação dos dois tratamentos redu-

....

7. Em trabalho a respeito da técnica, Freud (1919) recomenda expressamente que, no tratamento de pacientes de agorafobia, o analista deve "induzi-los, por influência da análise... a ir às ruas e lutar contra a angústia, enquanto fazem a tentativa" (*SE* 17: 166).

ziu o nível dos sintomas, que passaram de intensos ou muito intensos para moderados ou brandos. Das duas técnicas, a mais eficaz é a *flooding*. Cabe, porém, indagar se esses resultados são compatíveis ou incompatíveis com as hipóteses propostas neste capítulo.

Quando o tratamento começou, a média de idade dos pacientes era de 33 anos, e eles apresentavam os sintomas há mais ou menos doze anos. Todos queriam o tratamento. Muitos deles encararam o método de *flooding* como um desafio para provar que poderiam enfrentar a situação fóbica, e, para alguns deles, era a primeira vez, em anos, que se expunham a isso. Com base na teoria proposta, o benefício que os pacientes colheram da experiência é atribuível a duas circunstâncias:

a) As situações fóbicas – por exemplo, sair sozinho ou viajar em transportes públicos – não correspondiam ao núcleo das situações que os pacientes receavam ou haviam receado, mas eram situações periféricas em que a atenção do paciente e de sua família se havia concentrado. Assim, embora o paciente de fato receasse as situações, descobria, ao enfrentá-las, que não eram, afinal, tão atemorizadoras.

b) Nos casos em tela, os sintomas agorafóbicos se haviam manifestado cerca de doze anos antes, quando os pacientes tinham pouco mais de vinte. Fosse qual fosse a situação familiar a que o paciente estivesse, então, respondendo, é de imaginar que ela se houvesse alterado durante o período. Assim, para alguns e, talvez, para todos os pacientes, a situação que se postula haver provocado os sintomas pode ter deixado de existir. Portanto, uma vez resolutamente enfrentados, era de esperar que se reduzissem muitos dos sintomas.

Se a última dessas explicações viesse a ser reconhecida como válida, isso implicaria que os sintomas fóbicos, uma vez que se desenvolvam por completo, podem, em alguns casos, persistir até muito depois de alterada a situação que os produziu. Essa possibilidade é admitida por nossa teoria. Contudo, como a teoria estabelece que os modelos infantis de figuras de apego persistem, ela prevê que os pacientes continuarão a mostrar-se especialmente sensíveis tanto à perda de uma figura de apego como a qualquer situação que entendam ser presságio de perda. Continuariam assim predispostos a desenvolver sintomas de angústia. Não é certo que assim ocorra.

A conclusão é, pois, a de que, aparentemente, pouco há nos resultados do tratamento referido que se mostre incompatível com a teoria proposta. Ao mesmo tempo, não se afirma que os resultados corroborem a teoria. Seja como for, passar de resultados de tratamento para teorias de etiologia é sabidamente perigoso.

Capítulo 20
Omissão, supressão e adulteração do contexto familiar

Suppressio veri suggestio falsi.

Os adeptos da concepção proposta neste livro – segundo a qual a recusa à escola, a agorafobia e algumas espécies de fobia de animal são mais bem compreendidas em termos de um apego com angústia brotado de uma interação familiar perturbada – estão obrigados a dar resposta a duas indagações que a teoria coloca. Em primeiro lugar: de que modo chega um paciente fóbico a temer ou, pelo menos, a julgar que teme tantas situações – escolas, multidões, animais – que nada têm a ver com a relação entre eles e seus pais? Em segundo lugar: se o problema básico de um paciente fóbico está em suas relações com os pais, como pode ocorrer que o fato passe tantas vezes despercebido e que se venha a pensar que o problema é outro?

Não é difícil esboçar respostas a tais perguntas. Operam, ao que parece, vários processos que ocultam e distorcem as situações verdadeiramente responsáveis pela condição, fazendo que surjam, em lugar delas, outras situações.

Quando uma pessoa insegura, com dúvida sobre se suas figuras de apego se mostrarão acessíveis, compreensivas ou estarão vivas, se vê diante de uma situação potencialmente provocadora de medo, ela responderá com medo – e com medo intenso – com maior probabilidade do que uma pessoa que se sinta segura e confiante com relação a suas figuras de apego. Assim se explica, de imediato, a crescente propensão de uma pessoa insegura para temer todas e cada uma das múltiplas situações capazes de provocar medo, que surgem em sua vida fora da família. Permanece inexplicado, entretanto, o porquê de comumente a sua preocupação se concentrar estreitamente no medo de situações extrafamiliares, esquecendo-se do medo que sente pelo que possa estar acontecendo a suas figuras de apego.

No capítulo 11, assinalou-se que, seja qual for o caso, está longe de constituir tarefa simples a identificação da natureza das situações-estímulo que provocam o medo em uma pessoa. Para explicar a dificuldade, são aventadas várias razões. Uma delas está ligada às propriedades das situações complexas. Sempre que o medo é provocado por uma situação complexa, há marcada tendência de apontar um de seus elementos como o responsável pelo despertar do medo e ignorar outro(s). Exemplo é o da pessoa que sente medo quando, só e no escuro, ouve ruídos estranhos. Embora caiba supor que, em tal situação, a intensidade do medo é resultado das três condições simultaneamente presentes, é de se esperar que a atenção se concentre em um deles, enquanto os outros dois são vistos como de caráter complementar ou são totalmente desprezados. Que componente será escolhido ou esquecido é algo determinado pelas várias predisposições da própria pessoa e dos que a rodeiam.

Nas culturas ocidentais, pelo menos, há a predisposição de dar atenção para o componente mais facilmente reconhecido como anúncio de real perigo – no caso, os ruídos estranhos –, desprezando os demais. Por contraste, pouco peso se dá ao componente "estar só". Em nossa cultura, alguém confessar que tem medo de estar sozinho é algo que envergonha ou parece tolice. Consequentemente, manifesta-se generalizada tendência de desprezar, nas situações capazes de provocar medo, exatamente o componente que o estudo de pacientes com angústia sugere ser, via de regra, o mais importante.

No entanto, é difícil admitir que as predisposições culturais, sozinhas, sejam capazes de explicar a acentuada tendência – não apenas dos pacientes e de seus parentes, mas também dos clínicos – de identificar mal as situações que provocam medo no paciente. Em muitos casos, operam também outros fatores mais específicos. Entre os que requerem atenção, incluem-se: omissão do contexto familiar em que os sintomas do paciente se desenvolveram e se mostram; supressão do contexto familiar; e adulteração desse contexto.

Já se sublinhou a acentuada tendência de os pais dos pacientes (jovens e velhos) silenciarem quanto ao papel que desempenham ou desempenharam. Informação acerca de desentendimento entre os pais, de ameaças que tenham feito de separar-se, de abandonar os filhos, de expulsá-los de casa ou de praticar suicídio só raramente é dada, de maneira espontânea, ao clínico que buscar ser útil. Algumas vezes, a informação não é dada porque os pais não a consideram importante ou porque o clínico parece desinteressado. Outras vezes, é claro, a omissão tem um motivo. No exercício da psiquiatria familiar, ocorre, por exemplo, que, obtida a confiança dos pais, eles admitem com franqueza que, ao darem a versão inicial dos eventos, suprimiram ou deliberadamente adulteraram informação-chave. Com frequência o fazem, dizem eles, pelo receio de serem criticados – e isso é, certamente, verdade, em muitos casos. Contudo, em muitos outros casos, a supressão e a adulteração de informações têm raízes mais profundas.

Em certas famílias torna-se claro, à medida que o trabalho prossegue, haver preocupação dos pais, às vezes a qualquer custo, de apresentar o comportamento do paciente como sem sentido e incompreensível e eles, como pessoas razoáveis que fizeram o possível para ajudar. Um clínico perspicaz perceberá quão sensíveis se mostram esses pais diante de qualquer crítica a eles dirigida – especialmente se feita pelo paciente – e quão determinadamente procuram fugir a reconhecer que tiveram papel no surgimento do problema. O comportamento do paciente, afirmam, há de ser compreendido apenas em termos do paciente: ele está emocionalmente perturbado, doente, louco ou mal[1].

De outro lado, sempre que os problemas do paciente podem ser plausivelmente atribuídos a uma situação extrafamiliar, os

....

1. Scott apresenta provas de que, em alguns casos, os pais adotam essa atitude porque se alarmam e receiam ser, eles próprios, julgados mentalmente enfermos (Scott, Ashworth & Casson, 1970). Em outros casos, a maneira de os pais encararem o paciente e se comportarem em relação a ele está marcada pelo temor de que este (o paciente) venha a ter o destino de um parente que se tornou psicótico no tempo da infância dos pais (Scott & Ashworth, 1969).

pais acolhem avidamente tal explicação. Professores intolerantes, colegas agressivos, cães ameaçadores, o risco de um acidente de trânsito – a tudo se invoca esperançosamente para explicar a condição do paciente. Assim nascem as fobias; e como frequentemente proporcionam conveniente escapatória para a família, crescem e adquirem vida própria.

Se correta esta análise, concluiremos que é dominante a influência dos pais sobre o surgimento e desenvolvimento de uma condição plausivelmente diagnosticada como fóbica[2]. Há contudo, em cena, duas outras partes ativas: o paciente e o clínico. Ambos, é evidente, desempenham, com frequência, importantes papéis secundários.

Varia enormemente, ao que parece, o grau em que os pacientes aceitam a maneira de os pais explicarem a situação em que se encontram. Não poucos pacientes a repelem, total ou parcialmente. Assim, e tal como se fez notar em capítulos anteriores, só a minoria das crianças dadas como tendo fobia à escola chega a queixar-se de professores ou de colegas. Concorrentemente, estudos acerca de pacientes agorafóbicos mostram, repetidamente, que esses pacientes receiam, acima de tudo, sair de casa, e não o que lhes possa acontecer fora de casa. Se receberem compreensão e estímulo, e às vezes sem isso, muitos pacientes, sejam criança ou adulto, descreverão corretamente as situações que mais temem. Muito frequentemente, entretanto, o clínico não chega a perceber a relevância das declarações do paciente e a história se perde ou é ignorada.

Importa reconhecer, entretanto, que muitos outros pacientes parecem acreditar honestamente em que a raiz de suas preocupações está no temerem, sem motivo lógico, alguma situação extrafamiliar e que farão grande esforço para negar qualquer sugestão de que haja dificuldade em sua casa. Podemos perguntar: como isso ocorre? E, mais uma vez, podem estar em cena vários processos que potencialmente interagem.

Em primeiro lugar, criança alguma se inclina a admitir que um dos pais está cometendo erro sério. É intensamente doloroso

....
2. Dessa generalização podem ser excluídas certas fobias restritas a animais.

reconhecer que a mãe, no interesse de seus próprios fins, a explora, ou que o pai é injusto e tirano, ou que nenhum deles jamais gostou do filho. Além de doloroso, é amedrontador. Havendo meio, portanto, a criança buscará ver o comportamento dos pais por uma luz mais favorável. E é fácil explorar essa tendência natural das crianças.

Não se dá apenas que as crianças, em sua maioria, desgostem de ver os pais sob prisma negativo, mas há pais que tudo fazem para assegurar que os filhos não os vejam assim ou, pelo menos, que não transmitam essa visão. Quando a sra. Q. ainda era menina, lembremos, sua mãe lhe dizia terminantemente que, em caso algum, deveria ela aludir às terríveis brigas que os pais travavam. Em consequência, a sra. Q. nada disse a vizinhos, professores ou colegas; e teve grande dificuldade de fazer revelações ao terapeuta que a atendia, já adulta – pois, mesmo para um adulto, não é fácil desobedecer a um pai dominador e tirano.

Assim, sentindo-se ameaçado por sanções, caso diga a verdade (como a vê), o paciente, via de regra, torna-se conivente no apresentar o quadro da família a uma luz falsamente favorável. Entretanto, no íntimo, sabe suficientemente bem qual é a verdade e, tendo apoio, reunirá coragem para relatá-la.

Esse estado de espírito é muito diferente de um outro, com ele aparentado, no qual o paciente traça um quadro enganador da família, porque não sabe onde está a verdade. Isso ocorre, ao que parece, quando a pessoa, desde a infância, recebe sistematicamente informações falsas acerca das figuras da família, de seus motivos e das relações entre elas. O ponto requer mais extensa consideração.

No capítulo 14, foi dada explicação acerca de como a criança, ao longo de seu desenvolvimento, constrói, para seu uso, modelos funcionais de suas figuras de apego e de si mesma em relação a tais figuras. Os dados reunidos para a construção dos modelos provêm de múltiplas fontes: das experiências do dia a dia, do que os pais dizem e de informações fornecidas por terceiros. Em geral, os dados vindos dessas diferentes origens são razoavelmente compatíveis entre si. Por exemplo: a criança considera seus pais acessíveis, atenciosos, corteses – e informações de fora corroboram amplamente essa maneira de ver. Outros lhe dizem que ela é afortunada por ter pais amorosos; e seus pais lhe dizem que têm por ela muito amor. De outro lado, tanto a experiência que a criança tem de seus pais quanto as informações que recebe deles e de outras pessoas podem apontar, convergentemente, para o fato de não ser amada. E cabe imaginar muitas relações mais complexas. Contanto, porém, que, em cada caso, as informações recebidas pela criança, de várias fontes, sejam razoavelmente compatíveis, os modelos que ela construir dos pais e de si mesma serão coerentes em si mesmos e complementares um do outro. Dessa forma, os modelos refletirão, com precisão razoável, a espécie de pessoa que os pais são, a maneira como veem o filho e como provavelmente o tratam. Assim, sejam as relações fáceis ou não, a criança é capaz de fazer previsões sólidas e precisas e, sobre essa base, traçar planos de ação que, com grande probabilidade, se mostrarão eficazes.

Para uma minoria de crianças, entretanto, os dados recebidos de diferentes fontes podem mostrar-se contínua e persistentemente incompatíveis entre si. Eis um exemplo real e não extremado: uma criança pode achar que a mãe não lhe dá atenção e não a quer, daí inferindo, corretamente, que jamais a quis e jamais a amou. E, contudo, a mãe insistirá sempre em que lhe tem amor. E se houver atrito entre as duas, como inevitavelmente haverá, a mãe dirá que isso resulta de a criança ter nascido com temperamento contrário ao seu. Quando a criança procura a atenção da mãe, esta a considera insuportavelmente exigente; quando a interrompe, é intoleravelmente egoísta; quando se irrita por não merecer cuidados, diz-se que tem mau gênio ou que está possuída de um espírito mau. E diz a mãe que a criança nasceu má. E, apesar disso, graças a um bom destino que não merece, a criança recebeu, abençoadamente, mãe amorosa que, a despeito de tudo, a ela se devota.

Em tal caso, as informações que a criança recebe dos pais é sistematicamente distorcida e se põe em claro conflito com o que lhe diz a experiência direta. Se aceitasse como correta a maneira de ver da mãe, o modelo que a criança construiria, refletindo o comportamento e os motivos maternos, e o modelo que de si própria construiria, refletindo seu comportamento e seus motivos, seriam tais e tais; entretanto, se aceitasse a maneira de ver derivada de sua própria experiência, os modelos a construir seriam exatamente opostos. Em tal situação, a criança se vê diante de grande dilema. Aceitará o quadro que vê? Ou aceitará o que os pais insistem ser verdadeiro? Há várias maneiras de fugir desse dilema. Uma é a criança aderir a seus próprios pontos de vista, mesmo a risco de rompimento com os pais. Não é fácil assim proceder, especialmente se os pais exigem que o filho aceite a versão que oferecem, ameaçando abandoná-lo ou expulsá-lo, ou adoecer ou cometer suicídio. Sempre que uma criança ou um jovem escolhe o caminho mencionado, o rompimento entre ele e os pais será sério, abrindo fosso talvez intransponível. Uma segunda e oposta possibilidade é a submissão completa à versão dos pais, a custo de repudiar a sua própria. Ambas as partes passarão a dar uma interpretação ao comportamento do filho e dirão que o modo de ele sentir-se é explicável por sua perturbada condição, e inteiramente ininteligível em termos do contexto familiar, tal como por eles visto e apresentado. Uma terceira, e talvez comum, possibilidade é a de um ajuste instável, procurando o filho dar crédito a ambos os pontos de vista e passando a oscilar, incomodamente, de um para outro. Uma quarta possibilidade é a da tentativa desesperada de combinar as duas maneiras de ver, tentativa que, por serem aquelas visões incompatíveis, está fadada ao fracasso e pode levar a um colapso cognitivo. Se correta a formulação dada por Schatzman ao caso de Schreber (cf. capítulo 11), a condição de Schreber seria um exemplo dessa quarta possibilidade.

Hoje, muitos psiquiatras, entre eles o autor deste livro, acreditam que muitas desordens graves podem ser explicadas a partir de conflito cognitivo da espécie referida[3]. Aqui, entretanto, só é neces-

....

3. A maioria das pesquisas que provêm desse ponto de vista refere-se à interação em famílias de pacientes esquizofrênicos. Nessa linha colocam-se os trabalhos de Bateson et al. (1956), Lidz et al. (1958), Wynne et al. (1958), Laing & Esterson (1964) e Scott, Ashworth & Casson (1970). As conclusões a que esses e outros estudos levam são, em primeiro lugar, a de que o potencial patogênico da supressão e da adulteração que se manifestam no interior de uma família é tão grande quanto o potencial patogênico da repressão e da cisão que se manifesta no íntimo de uma pessoa; e, em segundo lugar, que processos dos dois tipos interagem. Voltaremos ao assunto no volume III. Pesquisa bem planejada, com o objetivo de estudar essa interação, deverá proporcionar *insights* do maior significado para a psicopatologia.

sário examinar duas possibilidades – a segunda e a terceira mencionadas nas quais a criança, crescendo, continua a aceitar a versão dos pais acerca do quadro familiar, seja com ressalvas, seja sem elas. Se assim ocorrer, a criança, transformando-se em adulto, continuará a aceitar o retrato que a mãe traça de si mesma, atribuindo-se os traços de mulher devotada e sacrificada, quando, aos olhos de estranhos, apareceria como exigente e possessiva; e continuará a aceitar o retrato que de si mesma traçou, aparecendo aos próprios olhos como egoísta e inclinada a estar mal-humorada, quando, a olhos estranhos, pareceria pateticamente submissa. Se o filho, a qualquer tempo, mostrar sinal de pôr em dúvida a versão materna acerca das relações existentes, a mãe recorrerá a ameaças para sustentar aquela maneira de ver. Se o filho amedrontar-se, temendo que a mãe concretize as ameaças, ela dirá que jamais as fez. E, se parecer plausível atribuir a angústia do filho a alguma situação extrafamiliar, a mãe se apressará a valer-se desse recurso. Exposto a todas essas pressões, não surpreende que o filho perca as esperanças de estabelecer sua própria interpretação dos fatos e passe a admitir a versão da mãe, relutante ou convictamente.

É gravemente patológico o fato de os pais, sistematicamente, suprimirem ou adulterarem os papéis que desempenham na vida familiar. E, contudo, a maneira de eles contarem sua história poderá ser tão convincente que as pessoas não alertadas para a possibilidade de distorção sistemática se iludirão; e isso é especialmente de se esperar quando o paciente endossa a versão dos pais. Muitos clínicos, imbuídos, infelizmente, de teorias irrelevantes, e despreparados no campo da psiquiatria familiar, veem-se tristemente mal equipados para perceber o que está ocorrendo. Em consequência, a escapatória da família do fóbico atinge o *status* de diagnóstico psiquiátrico.

Não se dá apenas que os clínicos, em maioria, estejam despreparados no que diz respeito às questões em pauta, mas ocorre ainda que se mostram tendenciosos. Por vezes, a tendenciosidade é a favor dos filhos, contra os pais. Mais frequentemente, opera em sentido contrário. Via de regra, os clínicos são pais e inadvertidamente se identificam, desde logo, com o ponto de vista dos pais. Admite-se que os pais sejam experimentados e sensíveis; os pacientes, ao contrário, são jovens e, talvez, vistos como dados a exagerar e a inventar. Falando, os pais podem parecer mais lúcidos e coerentes do que os filhos. Além disso, os pais são cidadãos respeitados, talvez conhecidos ou amigos, cuja versão dos fatos o clínico reluta em questionar. Talvez não seja coincidência os pais do Pequeno Hans terem estado entre os "maiores adeptos" de Freud (*SE* 10: 6). Ocupando a cena e influenciando todos os participantes está o velho e consagrado mandamento "Honrarás pai e mãe".

Outro fator que inclina a balança no mesmo sentido é a tendência, notada nos clínicos e nos leigos, de reificar as emoções, especialmente as mais desagradáveis. Em vez de descrever a situação em que a pessoa experimenta medo, diz-se que a pessoa "tem" medo. Em vez de descrever a situação em que a pessoa fica irritada, diz-se que ela "tem" mau gênio. Diz-se, analogamente, que a pessoa "tem" uma fobia ou que "está tomada" de angústia ou agressividade[4]. Uma vez reificada a emoção, o indivíduo não tem mais o trabalho de indagar o que está fazendo que ele sinta raiva ou medo, e não dá atenção ao fato de o contexto familiar estar sendo suprimido ou omitido. O clínico que pensa ao longo dessas linhas aderirá à afirmativa dos pais, de que o comportamento do filho é desconcertante e ininteligível, e consequentemente atribuirá o comportamento a alguma anomalia psicológica ou fisiológica própria da criança. A preocupação com entidades nosológicas ou anomalias bioquímicas produz o mesmo efeito. Muito da teorização atual, psicanalítica e não analítica, é desse tipo.

Como resultado do conjunto de tais influências, que, tal como afirma Scott (1973*a* e *b*), convergem para formar a imagem cultural da doença mental, a tendência dominante em psicanálise e psiquiatria é a de dar crédito às informações dos pais e pôr em dúvida as do filho. As discrepâncias são prontamente atribuídas aos deformadores efeitos dos sentimentos e das fantasias da criança, e só relutantemente aos deformadores efeitos dos sentimentos e das fantasias dos pais.

Em outros círculos, entretanto, pensa-se de outra maneira. Para os que se opõem à psiquiatria, o paciente está certo; errados

....

4. A tendência a reificar emoções é mais amplamente examinada no Apêndice III.

ou doentes são os pais. Infelizmente, algumas dessas posições têm sido tão extremadas e contrárias aos pais, que a perspectiva da família se torna desacreditada e perdem-se de vista os pontos válidos. A posição aqui adotada é a de que, embora entendendo desempenharem os pais importante papel no levar o filho a desenvolver aguçada sensibilidade para o medo, tal comportamento é encarado não sob o prisma da condenação moral, mas como decorrente das experiências que esses pais tiveram quando crianças. Uma vez obtida e rigorosamente observada essa perspectiva, o comportamento dos pais, que tem as mais graves consequências para os filhos, pode ser compreendido e tratado sem que entre no palco a censura moral. Nisso reside a esperança de impedir que o comportamento indesejável continue a transmitir-se de geração para geração.

Capítulo 21
Apego seguro e desenvolvimento da autoconfiança

> As pessoas são muito mais generosas e muito mais fortes do que supomos, e quando uma tragédia inesperada ocorre... vemo-las, muitas vezes, ganhar estatura para muito além do que imaginamos. Devemos lembrar que as pessoas são capazes de grandeza e de coragem, mas não no isolamento... Precisam das condições próprias de uma unidade humana solidamente entrelaçada, onde cada um esteja preparado para assumir responsabilidade pelos outros.
>
> ARCEBISPO ANTHONY BLOOM[1]

Desenvolvimento da personalidade e experiência na família

Ao longo dos últimos seis capítulos, concentramos a atenção em condições que, dentro da família, levam uma criança em desenvolvimento a crescer propensa, mais do que o habitual, a tornar-se presa de angústia e medo. No penúltimo capítulo, examinamos condições que levam a um resultado oposto e mais feliz. E assim como verificamos haver fortes razões para aceitar que a principal causa de uma personalidade instável e angustiada é a incerteza torturante quanto a se mostrarem as figuras de apego acessíveis e receptivas, verificamos haver também fortes razões para acreditar que o alicerce sobre o qual se constrói uma personalidade estável e autoconfiante é a certeza descuidada de contar com a presença e o apoio das figuras de apego.

Claro está que um enunciado dessa espécie requer elaboração. A experiência familiar daqueles que se criam angustiados e medrosos é caracterizada, segundo se constata, não apenas pela incerteza acerca do apoio dos pais, mas, frequentes vezes, pelas pressões encobertas, mas perturbadoras, que estes exercem: pressão, por exemplo, para que a criança passe a cuidar de um dos pais, ou para que adote e, desse modo, corrobore falsos modelos

---
1. David Kissen Memorial Lecture, 26 de março de 1969.

que os pais construíram – de si próprios, dos filhos e das relações entre uns e outros. De outra parte, a experiência familiar daqueles que se tornarão pessoas relativamente estáveis e autoconfiantes é caracterizada não apenas pelo apoio infalível dos pais, quando a eles se recorre, mas ainda por um estímulo gradual e constante à crescente autonomia, notando-se ainda que os pais transmitem modelos funcionais – de si próprios, da criança e de outros – que são toleravelmente válidos, francos, abertos ao questionamento e à revisão.

E os padrões de interação se transmitem, mais ou menos fielmente, de geração para geração, porque, sob todos os aspectos referidos, as crianças tendem, involuntariamente, a identificar-se com os pais e, portanto, a adotar para com seus filhos, quando se tornam pais, os mesmos padrões de que tiveram experiência na infância. Assim, a herança da saúde mental ou da enfermidade mental, transmitida através da microcultura familiar, não é menos importante e talvez seja muito mais importante do que a herança transmitida através dos genes.

São, sem dúvida, insuficientes as provas dessas proposições. Cabe contestar os critérios que, nos estudos a respeito do assunto, são adotados para decidir se a pessoa é ou não é estável e autoconfiante; pode ser criticada a procedência dos métodos empregados para coletar informação acerca do comportamento dos pais; podem ser questionados os pressupostos relativos à continuidade da organização da personalidade; e o fato de as amostras estarem restringidas às culturas ocidentais lança dúvidas quanto à extensão com que admitem generalização. Ainda assim, impressiona a coerência dos dados até agora mencionados. Isso significa que aqueles que tendem a desafiar as evidências ou as conclusões a que isso leva têm uma questão a resolver. E as objeções só poderão ser tomadas a sério se apresentarem dados que, para eles, apontem direção diferente.

Nas páginas seguintes serão relatados cerca de doze estudos, todos realizados depois de 1960. Não se trata de uma relação exaustiva e, infelizmente, é confinada a trabalhos levados a efeito nos Estados Unidos. Todavia, tanto quanto se sabe, os achados não são contraditados por nenhum outro estudo. E, por certo, o conhecimento de como o desenvolvimento da personalidade se relaciona com as experiências no seio da família (conhecimento nos termos em que o têm os que, no Reino Unido, trabalham profissionalmente com famílias) em nada conflita com as constatações dos norte-americanos.

Estudos setoriais acerca do ciclo da vida

Com as facilidades de que presentemente dispomos, não é possível estudar os seres humanos ao longo de todo o seu desenvolvimento, do berço ao túmulo, fazendo-se necessário focalizar setores isolados do ciclo de vida. Cabe esperar – depois de feito suficiente número desses estudos – que, ajustando as conquistas umas às outras, à guisa de mosaico, aflorará um quadro de classificação de padrões de personalidade, e cada um dos quais será visto como se desenvolvendo ao longo de linhas típicas, dentro do contexto do ambiente familiar que, para bem ou para mal, tende, inexoravelmente, a suscitá-lo. Neste capítulo, tentaremos esboçar esse mosaico.

O mais estudado setor do ciclo de vida é o que vai dos 10 aos 20 e poucos anos de idade. Tipicamente, a amostra escolhida é representativa de alunos de certas escolas ou de estudantes de certas faculdades. Conquanto, na maioria dos estudos – isto é, os de Bonfenbrenner (1961), Grinker (1962), Rosenberg (1965), Coopersmith (1967), Megargee, Parker e Levine (1971) –, as informações concernentes à personalidade e à família se refiram a um ponto isolado da história da vida, há uns poucos trabalhos em que as pessoas são acompanhadas ao longo de alguns anos. Exemplos de estudos desta espécie são os de Peck & Havighurst (1960), em que o acompanhamento se fez dos 10 aos 17 anos; de Offer (1969), com acompanhamento dos 14 aos 18 anos; e o de Murphey et al. (1963), com acompanhamento durante o último ano de colégio e o primeiro ano de faculdade. Quanto ao tamanho, as amostras vão de umas poucas dúzias a várias centenas de pessoas, para, ocasionalmente, abranger milhares. A quantidade de informação obtida a propósito de cada indivíduo varia enormemente e, como seria de se esperar, varia inversamente ao tamanho da amostra.

Embora as amostras incluam, via de regra, moças e rapazes, algumas abrangem apenas rapazes.

Os dados reunidos pelo conjunto de estudos que se concentram na faixa pré-adolescência/primeiros anos de vida adulta propiciam ponto de observação valiosíssimo para contemplarmos os primeiros e os últimos setores do ciclo da vida. Olhando em uma direção, vemos aparecerem os resultados de três estudos acerca do desenvolvimento da personalidade e das experiências em família, cobrindo, respectivamente, o quarto e o quinto anos (Baumrind, 1967; Heinicke et al., 1973) e os dois primeiros anos (Ainsworth e colaboradores). Voltando-nos para a outra direção, encontramos os dados de um estudo acerca de homens extremamente eficientes e autoconfiantes, que tinham, na ocasião, 30 e poucos anos (Korchin & Ruff, 1964). E dispomos também de dados acerca de quase cem adultos, também de 30 e poucos anos, acompanhados desde a primeira infância, em estudo extensivo (Siegelman et al., 1970).

Entre os variados objetivos desses muitos trabalhos, um é comum: relacionar os diferentes graus e formas de organização de personalidade sadia e/ou de desempenho eficaz a diferentes tipos de experiências no contexto familiar. Como, na maioria dos estudos, o interesse principal é examinar a natureza e as condições de um desenvolvimento favorável, muitas das amostras são deliberadamente falseadas, de modo que excluem ou só incluem poucos representantes de indivíduos emocionalmente perturbados ou delinquentes. Desse modo é contrabalançado o falseamento, ainda mais comum, de reunir amostras que incluam predominantemente, ou apenas, indivíduos perturbados ou delinquentes.

Fontes de informação

Informações a respeito do desenvolvimento da personalidade, sua organização e desempenho podem provir de pelo menos quatro fontes principais:

– da própria pessoa, durante entrevistas ou em resposta a questionários e escalas de autoavaliação;

– de informantes que conhecem a pessoa, especialmente pais, professores e companheiros;
– de inferências, a partir de respostas dadas pela pessoa durante entrevistas ou testes projetivos;
– de observação direta de comportamento, seja em ambiente natural – por exemplo, em casa ou na escola –, seja em laboratório.

De forma semelhante, com respeito à experiência em família, as informações podem provir de pelo menos quatro fontes principais:

– dos pais ou irmãos da pessoa, durante entrevista ou em resposta a questionários ou escalas de autoavaliação;
– da própria pessoa;
– de inferências, a partir de respostas dadas pelos pais durante entrevistas ou testes projetivos;
– da observação direta da interação em família, seja no lar, seja em clínica ou laboratório.

Para colherem informações a respeito de um ou de ambos esses campos, poucos pesquisadores recorrem tão somente a uma fonte e, dessa forma, tornam possível o estudo de ampla amostra. Em sua maioria, entretanto, os pesquisadores recolhem informações de várias fontes, mas, assim agindo, limitam o estudo a amostras reduzidas. O fato de os dados desses diversos tipos de estudo virem a confirmar-se uns aos outros aumenta a confiança no que eles nos dizem.

Critérios de avaliação

Dificuldade intrínseca a qualquer estudo da espécie que nos interessa está em fixar os critérios para avaliar a estrutura da personalidade. Quais os critérios a utilizar – cabe a indagação – para dizer que certas pessoas são e outras não são bem integradas, seguras e mentalmente sadias? Até que ponto são válidos esses critérios? Julgaremos favoravelmente certas características de personalidade, ao limitarmo-nos a aplicar padrões de classe média em área onde não têm relevância? Haverá perigo de que, na melhor das hipóteses, tenham aplicação restrita e, na pior das hipóteses, sejam francamente enganosos? Como críticas desse gênero são feitas frequentemente (por exemplo, Spiegel, 1958; Miller, 1970; Bronfrenbrenner, 1970), impõe dar-lhes resposta.

Antes de tudo, os critérios empregados estão longe de ser uniformes. Em alguns estudos, o principal critério é o do *desempenho habilidoso* no ambiente social da casa, da escola ou do trabalho. Exemplos são os estudos de Bronfrenbrenner (1961) acerca de alunos de colégio classificados por seus professores; estudos de Megargee et al. (1971) acerca de estudantes universitários classificados pelos pesquisadores, com base em informações dadas pelos próprios estudantes; e os estudos de Korchin & Ruff (1964) acerca de astronautas em treinamento. Em outros trabalhos, o critério principal é o da *autoestima*, apreciada, principalmente, em termos de como a pessoa diz sentir-se em relação a outros. Exemplos são o trabalho de Coopersmith (1967), acerca de estudantes de 10 a 12 anos; e de Rosenberg (1965), acerca de alunos de colégio, com idades entre 16 e 18 anos. Em outros estudos, como o de Grinker (1962), acerca de estudantes universitários, os critérios aplicados foram complexos e *derivados da prática psiquiátrica*. Em diversos estudos – entre eles os feitos por Grinker (1962), Peck & Havighurst (1960), Offer (1969) –, vários critérios são usados combinadamente. A multiplicidade dos critérios aplicados pelos diferentes pesquisadores representa, até certo ponto, salvaguarda contra falhas involuntárias.

Uma segunda razão para depositar confiança nos critérios é a de que, em vários trabalhos, surge evidência de que os critérios empregados para avaliar um desenvolvimento sadio se correlacionam negativamente com outras medidas, destinadas a avaliar a má saúde mental. Rosenberg (1965), por exemplo, mostra que sua medida de autoestima tem correlação negativa com a tendência à depressão, com a tendência a sentir-se solitário e em isolamento, com a inclinação a apresentar sintomas psicossomáticos. Medida de autoestima assaz semelhante, utilizada por Coopersmith (1967), mostrou-se negativamente correlacionada com a angústia medida em testes clínicos e, também, com a manifestação de problemas emocionais ou de comportamento destrutivo (tal como relatado pela mãe da pessoa em causa).

Terceira razão para ter confiança nos critérios reside no fato de que eles, aplicados à amostra, levam a uma graduação de personalidades que só fracamente se correlaciona com as classes sociais de que as pessoas provêm – por exemplo, Peck & Havighurst (1960), Rosenberg (1965), Coopersmith (1967). Isso significa que, pelo fato de certos valores – concernentes à personalidade e às relações de família – estarem especialmente associados às classes médias, é errado afirmar que não são admitidos também por membros das classes trabalhadoras (embora se reconheça que por uma proporção bem menor delas). De outra parte, não cabe admitir, como frequentemente se faz, que esses chamados valores da classe média sejam totalmente alheios à condição de saúde mental. Ao contrário, é plausível a suposição de que certos – embora não todos – valores e atitudes psicossociais de uma família, que levam a criança a modestos graus de êxito educacional, social e econômico, são os mesmos que lhe asseguram saúde mental superior à média. A procedência dessa maneira de ver se reforça quando se expressa de forma complementar, isto é, quando mostra que certos valores e práticas psicossociais de uma família que levam a criança a ter saúde mental inferior à média são os mesmos que a levam a falhar no campo educacional, social e econômico. Com efeito, os que estudam as causas da pobreza insuperável, bem como os que estudam as causas da má saúde mental, defrontam-se com certos padrões adversos e autopreservadores da microcultura familiar, havendo razão para acreditar que sejam os agentes causais de ambas as condições (pobreza e saúde).

Trata-se de questões complexas difíceis, às quais se voltará adiante, neste capítulo. Entrementes, basta o que ficou dito para mostrar por que não é aceitável a objeção segundo a qual os dados apresentados não valem, por estarem permeados de involuntários preconceitos próprios da classe média.

Todos os critérios usados nesses estudos, admite-se, relacionam-se estreitamente uns com os outros, e todos são medidas, embora grosseiras, de uma característica possível de denominar "adaptabilidade". Ou seja, capacidade de se adaptar com sucesso – e, portanto, sobreviver longamente – em todo um amplo espectro de ambientes físicos e sociais, especialmente quando a sobrevivência se transforma em cooperação com outros. Em princípio, essa capacidade poderia ser avaliada por teste empírico, mas, na prática, não é fácil efetuá-lo. Entretanto, para ilustrar o conceito, cabe recorrer a um experimento imaginário: o experimentador comporia vários grupos de indivíduos não familiarizados uns com os outros e faria cada grupo visitar ambientes estranhos e difíceis – alguns estranhos e difíceis por motivo de estrutura social e costumes, outros por motivo de acidentes geográficos. Caberia prever que um grupo de indivíduos considerados de elevada adaptabilidade teria mais possibilidade de alcançar êxito e de sobreviver, nesses ambientes, por períodos mais longos do que indivíduos a eles equivalentes sob outros aspectos, mas de menor adaptabilidade.

Assim, o critério de adaptabilidade se distingue do critério de "ajustamento ao *status quo*", que eu relutaria em usar neste contexto. Distingue-se também do critério que estabelece se uma pessoa tende a aceitar, criticar ou rejeitar o *status quo*. De fato, os modos pelos quais as personalidades com alto escore de adaptabilidade podem contribuir, positiva ou negativamente, para a vida política das sociedades em que vivem são pouco conhecidos; e elucidar esses modos é tarefa para a qual o psiquiatra não está qualificado.

Está, pois, claramente reconhecido que os correlacionados critérios com que este capítulo se preocupa são apenas alguns entre os muitos aplicáveis para avaliação de personalidade. Outros – grau de originalidade, de espírito criativo, de capacidade de inovação – se distinguem dos critérios de adaptabilidade e saúde mental e talvez com eles só se relacionem em reduzido grau. Deve-se, portanto, acentuar que, aceitando um conjunto de critérios e excluindo outros, não se está afirmando que os escolhidos sejam os únicos importantes. A razão que leva a escolhê-los é que, na prática da psiquiatria, as questões que mais preocupam são as relativas à saúde e à doença mentais. Na medida em que, em nossas ações, aplicarmos outros critérios, nós o faremos simplesmente como adeptos de uma ética profissional ou pessoas comuns.

O leitor interessado em considerar problemas relativos a critérios poderá valer-se de Grinker (1962), Heath (1965), Douvan & Adelson (1966) e recorrer a uma ampla resenha feita por Offer & Sabshin (1966).

Estudos sobre adolescentes e adultos jovens

O estudo de Peck & Havighurst

Sabendo que os clínicos são tradicionalmente céticos quanto aos resultados relativos a grandes amostras estudadas por métodos que eles julgam inadequados, partiremos de um exame pormenorizado e cuidadoso de 34 crianças, 17 meninos e 17 meninas, criadas em uma pequena cidade do meio-oeste norte-americano cujo codinome é Prairie City. Esse trabalho realizado por Peck & Havighurst e publicado em 1960 é parte de um estudo mais amplo, começado na década de 1940, acerca da vida social e psicológica da cidade. Quando escolhida, a cidade tinha população de aproximadamente 10 000 pessoas, 90% das quais eram naturais do lugar e predominantemente de origem norueguesa ou polonesa. Os homens dedicavam-se à agricultura ou à indústria local. Havia pouca separação de zonas residenciais por classe social e inexistiam áreas sem organização social.

A amostra de crianças era uma subamostra de todos os nascidos na cidade no ano de 1933. Todas as crianças do grupo – em número de 120 – foram inicialmente examinadas em 1943, quando tinham 10 anos de idade. Nessa ocasião, viram-se submetidas a testes de inteligência e personalidade, e classificadas pelos professores e pelos colegas quanto a características de personalidade. Como consequência dessa seleção preliminar, foram escolhidas 34 crianças, representando (a) todas as gamas de caráter moral e (b) a estrutura de classes sociais da cidade. Daí por diante e até 1950, quando as crianças atingiram os 17 anos, elas e as famílias em que viviam constituíram objeto de intenso estudo.

Como ambos os critérios usados – "caráter moral" e "classe social" – podem, como vimos, gerar controvérsia, convém discorrer a propósito do lugar que cada um deles tem no estudo.

Embora, ao selecionarem a subamostra, Peck & Havighurst tenham usado um critério definido em termos de caráter moral, a leitura do material que oferecem torna claro existir alta correlação entre juízos fundados em tal critério e juízos baseados no grau em que o indivíduo é uma personalidade bem organizada, capaz de eficiente desempenho no campo do trabalho e das relações humanas e de boa reputação entre os colegas. Na verdade, portanto, a escala usada quase equivale a escalas que podem ser construídas para medir, por exemplo, "integração de personalidade", "força do ego", "segurança emocional", "saúde mental" ou adaptabilidade, tal como definida neste livro[2].

Com respeito à questão de classe, uma vantagem desse estudo, em relação a muitos outros, é que a amostra selecionada é, em linhas gerais, representativa de toda a população de Prairie City e, como tal, proveio principalmente da metade inferior da escala socioeconômica. É o que mostra o quadro abaixo. A crítica de que as constatações são enganosas porque entrelaçadas com valores da classe média teria, portanto, reduzido valor neste contexto.

Classe socioeconômica	Amostra estudada			População da cidade
	Meninos n.º	Meninas n.º	Todas as crianças %	Todas as idades %
Superior	0	0	0	3
Média superior	1	0	3	11
Média inferior	4	5	26	31
Baixa superior	9	10	56	41
Baixa inferior	3	2	15	14
	17	17	100	100

Muitos dados foram reunidos a propósito de cada uma das 34 crianças estudadas, vários deles fornecidos pela própria criança – a partir de entrevistas, testes padronizados, questionários e testes projetivos. Outros dados provieram de medidas sociométricas aplicadas a todo o grupo de 120 crianças, ou de apreciações feitas pelos professores. Tais dados foram objeto de análise e ava-

....
2. Com efeito, logo no começo de seu trabalho, Peck & Havighurst substituem o critério de "caráter moral" pelo de "maturidade de caráter". Razões por que, nesta obra, não se acolhe o último desses conceitos já foram mencionadas no fim do capítulo 14 e serão mais amplamente expostas no capítulo final.

liação em vários níveis. De início, os dados oriundos de cada fonte eram analisados separadamente. Depois, convocava-se uma reunião clínica e os dados eram combinados para se chegar a um retrato da estrutura da personalidade. Em um terceiro passo, cada pesquisador classificava cada personalidade, usando uma série de escalas preparadas para medir diferentes aspectos da estrutura do caráter; e cada criança tinha seu perfil de personalidade traçado. Por fim, com base nesses perfis, as crianças eram agrupadas no que empiricamente vieram a ser oito categorias, de acordo com o grau de maturidade apresentado – dimensão que, neste livro, denomino adaptabilidade. Breve descrição desses oito tipos de caráter é feita a seguir, indicando o número de crianças incluídas em cada uma e começando pelas "menos maduras".

I. *Os amorais*: cinco crianças caracterizadas por

> percepção imprecisa das situações sociais, de outras pessoas e de si mesmas; reduzida capacidade de se proporem objetivos claros, realistas, possíveis de atingir; comportamento mal adaptado para alcançarem quaisquer fins que tenham em mente, reduzido controle sobre os impulsos que interferem na boa adaptação ao mundo social, mesmo no sentido de procurar compensação puramente pessoal e egoísta.
> Mostraram-se hostis e emocionalmente imaturas. Exibem um padrão de estabilidade emocional infantil e imprópria, que mobiliza energia excessiva e impõe severa tensão sobre um autocontrole já fraco. A natureza comum dessas emoções é o negativismo e a hostilidade. Essas pessoas não se dispõem a aceitar autorrestrições ou preceitos positivos que a sociedade sugira...
> Sofrem de sentimento de culpa primitivo, mas ineficaz e de pouca utilidade para o controle de seu comportamento. Isso indica vivo conflito íntimo e falta de um sadio autorrespeito ou autoconsideração...
> A consequência é a de não estarem em paz consigo mesmas nem com o mundo, embora possam negá-lo desafiadoramente, diante de qualquer representante da cultura que tão fortemente rejeitam.

II. *Um tipo intermediário entre o amoral e o oportunista*: três crianças (não descritas em pormenor).

III. *Os oportunistas*: estas quatro crianças se caracterizavam por "escolher a saída fácil".

A quase exclusiva forma de oportunismo a que recorrem é... não tanto uma tentativa ativa de manipular pessoas e fatos em benefício próprio, mas esforço por obter tanta vantagem pessoal quanto possível, acomodando-se ao mundo, quando a acomodação se impõe, e fugindo tanto quanto possível às exigências sociais que as obrigariam a agir de maneira positivamente socializada.

O fato de ora aceitarem, ora repelirem as forças sociais que as cercam só as leva à ausência da imoralidade ativa... Isto requer delas suprimirem parte dos impulsos egoístas espontâneos, tornando-as tensas, inquietas, insatisfeitas consigo mesmas...

Aspiram a ser hedonistas... mas aparentemente, a inevitável realidade dos fatos da vida social faz a felicidade depender de relações com terceiros, ativamente amistosas e reciprocamente calorosas. Como lhes falta capacidade para esse tipo de relação, os esforços para alcançar prazer hedonista desembocam em satisfações vazias. Procuram, mas não acham, porque são incapazes de reconhecer o calor humano e a aprovação que, de maneira vaga mas intensa, desejam.

IV. *Os impulsos dominados por sentimento de culpa*[3]: dois meninos, caracterizados por uma "consciência rude, primitiva", a qual eles repelem.

Assim, não são "senhores em suas próprias casas". Reagem aos impulsos ou princípios morais íntimos, irracionalmente sustentados, nos quais pessoalmente não acreditam... Não se importam muito com outras pessoas e julgam-se maus. Não têm grande consciência da própria culpa, uma vez que se protegem contra reconhecer sua autoestima basicamente baixa, pintando de si próprios, conscientemente, um retrato de linhas favoráveis, mas não realista. Ainda assim o conflito íntimo é demasiado intenso para que possa ser ignorado. Tentam encontrar, mas não encontram satisfação real na vida.

....
3. Peck & Havighurst usam apenas letras para designar esse tipo de personalidade; a denominação aqui usada é do autor deste livro.

Diferenças individuais na suscetibilidade ao medo **401**

V. *Os conformistas*: oito crianças caracterizadas por acentuada tendência à hostilidade, eficazmente controlada por uma consciência punitiva.

Duas dessas crianças, ambas meninas, são descritas como incapazes de expressar espontaneamente os próprios desejos e obtendo pouca satisfação da vida.

Sentem culpa intensa, crônica, em razão dos "maus impulsos", conquanto raramente os exprimam de forma ativa. Os superegos são quase inteiramente compostos de "Nãos", os quais são incorporados sem discussão. Consideram-se maus e nos outros não veem muito o que apreciar. São incapazes de colocar frente a frente de modo racional e direto as vozes punitivas da própria consciência (que são, ao que parece, quase eco de severas censuras dos pais) e a realidade da vida diária. Mostram-se, em resumo, deprimidas, apáticas, infelizes e incapazes de enfrentar o mundo, ainda que para se colocarem em antagonismo com ele.

Algumas das outras crianças consideradas "conformistas" são apresentadas como "afáveis, na aparência, e relativamente em paz consigo mesmas". Considerou-se, entretanto, que lhes falta diretriz interior e que se curvam muito passivamente às exigências dos que as rodeiam.

VI. *Os conscienciosos-irracionais*: três crianças tidas como

> exemplos ambulantes de "consciência puritana..." exibem apreciável grau de hostilidade generalizada. Isso provoca um certo sentimento de culpa, mas este não é intenso, pois as crianças são inteiramente guiadas por diretivas do superego. Automaticamente, comportam-se de maneira responsável, "leal", honesta, "agradável", mais por hábito do que por deliberação. Exigem tanto dos outros quanto de si mesmas, em termos de moralidade convencional.
> No entanto, a ausência de uma forte e genuína preocupação com os outros como indivíduos – para não falar na hostilidade reprimida, mas clara – torna-as muito prosaicas e rígidas em sua retidão, sendo difícil a convivência com elas...
> Encontram fria satisfação em observar rigorosamente a letra da lei. Vai até aí, aproximadamente, a satisfação que encontram na vida... Os colegas as respeitam, mas não as apreciam.

VII. *Tipo com boa integração, porém menor do que a do tipo VIII*: cinco crianças que apresentam "alto grau de racionalidade, simpatia e impulsos altruísticos... grande autonomia e boa integração das propensões mais fortes". São "inteiramente espontâneas", apreciam outras pessoas e são por elas apreciadas. Embora não lhes faltem princípios morais, são tidas como muito inclinadas a conceder primazia à própria satisfação, não sendo possível, por isso, colocá-las na categoria VIII. Apesar disso, frequentemente mostram consideração pelos outros.

VIII. *Os altruísticos-racionais*: quatro crianças, enfim, foram consideradas "bem integradas" e "emocionalmente maduras", possuindo "princípios morais firmes e interiorizados" que aplicavam com discernimento.

> Gozam ampla e ativamente a vida, tendo sadio respeito por si mesmas e pelos outros. E nisso não há falso orgulho. Simplesmente têm lucidez precisa e clara de suas próprias naturezas e capacidades. Libertas de conflitos sérios e de necessidade irracional de observar cegamente as convenções em nome da "segurança", sentem-se livres para fazer uso de quase toda a energia emocional de que são dotadas.

* * *

Esses juízos acerca das crianças, que os pesquisadores formularam em termos de "desenvolvimento moral" e depois equipararam com nível de "maturidade", corresponderam de perto aos juízos que, acerca das mesmas crianças, emitiram colegas, em termos de critérios mais simplistas. Verificou-se, dessa forma, que as nove crianças classificadas, por nível de maturidade, nas duas categorias mais altas, eram em quase todos os casos bem consideradas por seus colegas, por serem amistosas e alegres, com boa participação em empreendimentos de conjunto, capazes de autocontrole e de liderança. De outro lado, as oito crianças classificadas, por nível de maturidade, nas duas categorias mais baixas, eram tidas em mau conceito por seus colegas. As dezessete crianças colocadas, pelos pesquisadores, nas quatro categorias intermediárias, ocupavam também posições intermediárias aos olhos de seus colegas. Os únicos desacordos disseram respeito a três crianças, das quais uma foi classificada como "oportunista" e duas como "conformistas", pelos pesquisadores, mas eram mais bem conceituadas por seus colegas. E não se sabe qual o grupo de juízes mais perceptivo.

Leitores de inclinação crítica discordarão, certamente, dos julgadores, com respeito a certas questões e a certas crianças; pode-se objetar, por exemplo, contra o avaliar o desenvolvimento moral (ou "maturidade" do desenvolvimento) segundo uma única dimensão. Contudo, os leitores, em maioria, reconhecerão que as estimativas amplas acerca da "maturidade" das crianças correspondem, de perto, à avaliação de saúde mental a que a maioria dos clínicos haveria de chegar. Além disso, as constatações do estudo que põem o desenvolvimento da personalidade em correlação com a experiência familiar não se prendem a detalhes de método.

Voltemo-nos, agora, para as famílias das quais as crianças provinham: por feliz acaso, um grupo independente de pesquisa, trabalhando em Prairie City, havia colhido informação acerca das famílias, quando as crianças estavam com 13/14 anos, e essa informação se conserva intocada. Isso tornou possível – através da comparação de dados recolhidos de maneira inteiramente independente – verificar se a estrutura de personalidade se relaciona ou não com padrões de interação familiar. Os resultados indicam correlações significativas na direção que nossa teoria levaria a apontar.

Cada uma das 34 famílias havia sido classificada pelo grupo independente segundo escalas que, submetidas à análise dos fatores, puseram em evidência quatro dimensões de interação familiar. Verificou-se que duas dessas dimensões correlacionavam-se positivamente entre si e mostravam forte correlação com a classificação das crianças em termos de nível de maturidade, tal como reconhecido pelo grupo principal[4]. Essas duas dimensões familiares e os componentes que as integram são os seguintes:

....
4. As outras duas dimensões de interação familiar, a saber, "democracia *versus* autocracia" e "severidade da disciplina paterna", não se correlacionavam significativamente com o nível da maturidade dos caracteres das crianças.

Confiança e aprovação mútuas entre a criança e seus pais:

– os pais aceitam a criança como é, dedicam-lhe muito afeto e elogios;
– os pais confiam nos juízos do filho e não insistem em exercer supervisão próxima;
– a criança sente-se livre para discutir com os pais;
– os pais estimulam a criança a fazer amigos e recebem bem esses amigos;
– as relações entre os pais são de afinidade e entendimento.

Estrutura da vida familiar:

– regularidade da rotina diária;
– previsibilidade, quanto a natureza e tempo, dos métodos de controle adotados pelos pais;
– frequente participação dos membros da família em atividades comuns.

Quando examinamos a experiência familiar das nove crianças com escores mais altos em termos de maturidade, verificamos que as respectivas famílias, com uma só exceção, tinham escores mais altos com respeito a ambas aquelas dimensões. Inversamente, todas as famílias – menos uma – das oito crianças tidas por menos maduras tinham baixa classificação com respeito àquelas duas dimensões.

Os padrões familiares considerados característicos das crianças de cada um dos cinco grupos principais são a seguir apresentados.

Famílias de crianças amorais: "O mais notável traço dessas famílias é o de, sem exceção, serem acentuadamente mal estruturadas e [com uma exceção] desconfiarem muito de seus filhos e os desaprovarem. Meninos e meninas cresceram recebendo pouco amor, pouca segurança emocional e sem conhecer forma coerente de disciplina." Sem surpresa, portanto, ficamos sabendo que a criança desse tipo demonstra "ódio ativo pela família e por quase todos as outras pessoas".

Famílias de crianças oportunistas: Essas crianças vêm de um "lar *laissez-faire*, onde os pais lhes dão indiscriminada liberdade para tomar as próprias decisões, dão-lhes aprovação e são tolerantes e inconstantes em matéria de disciplina...". Conquanto essas crianças recebam "grande apoio dos pais...", esse apoio está penetrado de incoerência, irregularidade, tolerância, [e por isso] não contém reconhecimento e preocupação pela criança como indivíduo".

Sem surpresa – de novo – ficamos sabendo que uma criança desse tipo guarda poucos sentimentos pelos pais e está pronta a rejeitá-los quando isto lhe convier.

Famílias de crianças conformistas: Estas crianças, em maioria, provêm de lares fortemente autocráticos, inclinados à punição, onde está presente a desconfiança. Quando os pais são incoerentes, a resultante estrutura do caráter da criança muito se aproxima da estrutura do caráter de crianças "amorais". Quando há maior coerência e menos desconfiança, a estrutura do caráter da criança caminha para o lado do tipo "consciencioso-irracional".

Famílias de crianças conscienciosas-irracionais: Três crianças, todas meninas, tinham pais severos ou muito severos quanto à disciplina. Em caso algum havia confiança na família com escore alto e, em um caso, a classificação era muito baixa. A coerência variava de média a alta.

Famílias de crianças altruísticas-racionais: Os traços distintivos dos pais das crianças desse grupo com escore alto são o de aprovarem seus filhos, suas atitudes e seus amigos, de os acompanharem nessas atitudes e de haver harmoniosa relação entre si. A rotina da casa é regular, sem ser rígida. Os pais confiam no filho. Em questão de disciplina, há coerência de procedimento, mas "a tolerância prevalece sobre a severidade". As crianças têm sentimentos fortes e positivos em relação aos pais, sentimentos que, posteriormente, estendem a outros. Padrões de comportamento, nunca duramente impostos, são suscetíveis de discussão; e podem ser, mais tarde, aplicados de maneira que se adapte aos traços especiais de uma situação.

Da relação entre "maturidade" de caráter e experiência familiar, um caso se mostrou como notável exceção àquilo que, em outra circunstância, seria uma correlação quase perfeita. É o caso de um menino que, em termos de maturidade, foi altamente classificado pelos pesquisadores e também altamente conceituado pelos colegas, mas cuja família tinha recebido baixa classificação nas várias escalas aplicadas. Quando a casa desse menino foi pela primeira vez visitada, registrou-se: "lar de classe trabalhadora, tratado com desleixo, no qual o entrevistador notou pouca ordem e regra". No entanto, convém notar que, alguns anos depois, outro visitador assinalou que as relações do menino "com a família e parentes são de mútua aceitação e apoio", embora, segundo se acreditava, privadas de afeto caloroso. Uma maneira de explicar esse caso aparentemente anômalo, explicação que Peck & Havighurst tendem a adotar, consiste em dizer que o primeiro pesquisador se impressionou demasiado com o claro desmazelo em relação à casa e pouco se deu conta dos menos evidentes, mas muito mais importantes, vínculos que existiam na família e o mútuo apego que os membros davam uns aos outros.

Sendo esses 34 adolescentes e suas famílias observados e estudados por sete anos, tornou-se possível que os pesquisadores avaliassem o quanto (ou o quão pouco) se alteraram, durante esse tempo, as personalidades dos sujeitos e as características familiares. E os pesquisadores se surpreenderam com o alto grau de coerência que adolescentes e famílias deixaram transparecer. Assim, "... as avaliações e os históricos sugerem que provavelmente uma criança apresentará, no fim da adolescência, o comportamento e a estrutura de caráter que apresentava aos dez anos de idade". Mais ainda, tanto quanto os dados esclareceram a respeito do desenvolvimento anterior, cabia dizer que as crianças mantinham os mesmos padrões de caráter e comportamento. Analogamente, verificou-se que "os pais, como os filhos, tendem a exibir coerência ao longo dos anos – particularmente nas relações com determinado filho".

Essa coerência por um período de sete anos – do começo ao fim da adolescência – é de relevo para nossa tese, por dois motivos. Em primeiro lugar, empresta crédito à escolhida estratégia da pesquisa, qual seja a de levantar retratos das estruturas da personalidade, à medida que se desenvolvem ao longo do ciclo da vida, juntando, como em um mosaico, as constatações a que tenham levado os estudos relativos a diferentes aspectos dessa mesma personalidade. Em segundo lugar, dá apoio à concepção (a ser examinada no último capítulo) segundo a qual os diferentes tipos de personalidade adulta serão mais bem avaliados em termos de desenvolvimento ocorrido ao longo de um ou outro de inúmeros caminhos distintos e divergentes do que em termos de desenvolvimento que se fixou em um ou outro ponto, de um conjunto de pontos considerados como ocorrendo de tempos em tempos, ao longo de um caminho único de desenvolvimento.

Estudos de amostras representativas amplas

Nesta seção, que apresenta, de maneira muito mais breve, algumas conclusões alcançadas em vários outros estudos feitos acerca de adolescentes e jovens adultos, coloca-se ênfase na regularidade com que as conclusões apontadas têm semelhança ou compatibilidade com as de Peck & Havighurst, a despeito de os outros pesquisadores terem examinado amostras diversamente estruturadas e terem utilizado critérios diversos para avaliar o desenvolvimento do caráter e diversos índices para medir o padrão de vida em família.

Por terem Peck & Havighurst estudado uma amostra pequena, convém considerar estudos que, por terem focalizado amostras representativas amplas, puderam examinar aspectos diferenciados da vida familiar. Entretanto, ao ter em conta as constatações a que se chegou nestes estudos, convém lembrar que, na maioria deles, as informações acerca das famílias são prestadas pelos próprios sujeitos e hão, portanto, de ser vistas com cautela.

Em dois estudos de amostragem ampla, aflora uma relação clara entre padrões de desenvolvimento de personalidade e certos traços fundamentais dos lares de que os sujeitos provêm.

Um desses estudos é o de Rosenberg (1965), cuja amostra abrangeu nada menos que 5 024 rapazes e moças, com idades entre 16 e 18 anos; estavam eles matriculados em dez colégios públicos do estado de Nova York e foram selecionados de modo que assegurassem que estivessem representadas todas as comunidades. Como critério de personalidade, recorreu-se à autoestima, que pode ser definida em termos de como uma pessoa se sente em relação a si mesma e, principalmente, de como se sente em comparação com outras. Rosenberg mediu-a por meio de dez perguntas que deviam ser respondidas em uma escala de cinco pontos, que ia de "forte concordância" a "forte discordância". Essa escala para avaliação da autoestima fazia parte de um questionário muito mais amplo. Uma parte indagava acerca da família do adolescente, e outra parte, acerca de como ele via a si próprio, seus sentimentos e sintomas psicossomáticos que lhe parecessem presentes. O questionário era ministrado por professores e preenchido durante horas de aula. Das informações colhidas é possível retirar dois tipos de correlação: (a) correlações entre a autoestima de um dos sujeitos e outras informações por ele dadas a seu próprio respeito; (b) correlações entre a autoestima de um dos sujeitos e a estrutura de sua família.

Com respeito às correlações do primeiro tipo, Rosenberg constatou que baixa autoestima se correlaciona significativamente com várias medidas relativas a deficiência psiquiátrica potencial, como, por exemplo, sentimentos de solidão, sensibilidade à crítica, angústia, depressão e sintomas psicossomáticos. De outro lado, a alta autoestima se correlaciona com a confiança em outras pessoas, participação social ativa e possibilidade de se tornar líder.

Com respeito a correlações do segundo tipo, Rosenberg constatou que, em matéria de autoestima, os filhos de pais divorciados tendem a comparar-se desfavoravelmente com filhos de famílias em que a união se manteve. Esses baixos níveis de autoestima surgem principalmente em filhos de mães que se casaram jovens, logo tiveram filhos e se divorciaram antes dos 24 anos. Analogamente, os filhos de mulheres que enviuvaram jovens também mostram tendência a baixa autoestima. Esses efeitos negativos não são notados em filhos nascidos de mulheres mais velhas ou que mais velhas perderam os maridos, por morte ou por divórcio. Rosenberg explica esses fatos postulando, muito aceitavelmente, que o divórcio ou a viuvez precoces coloca a mãe de filhos pequenos em posição difícil e vulnerável, levando-a frequentemente a sentir-se insegura, angustiada e irritada, o que, por sua vez, afeta o desenvolvimento da personalidade da criança. Outro fator, não mencionado por Rosenberg, é que filhos pequenos de mães sós estão mais sujeitos a ver-se cuidados por terceiros, durante certos períodos e de maneira instável.

Em outro estudo de amostragem ampla, abrangendo 488 universitários (280 homens e 208 mulheres) com idade média de 19 anos, Megargee, Parker & Levine (1971) apontam sistemática relação entre uma das medidas de socialização e o estado do casamento dos pais. A medida de socialização usada, a California Personality Inventory Socialization Scale, é considerada instrumento válido padronizado que permite a identificação de grupos masculinos e femininos caracterizados como superiores ou inferiores com respeito às normas nacionais (norte-americanas). Nessa escala, grupos de adolescentes afetados por alguma perturbação ou delinquentes registram resultados baixos.

Divididos os 488 estudantes em quatro grupos, conforme os seus escores, notou-se que o gradiente dos escores se correlacionava positivamente com os seguintes traços da vida familiar:

– convívio com ambos os pais naturais;
– casamento dos pais classificado pelo estudante como excelente;
– infância do estudante por ele considerada feliz.

De outra parte, o gradiente se correlacionava negativamente com pais divorciados.

Na tabela a seguir, aparecem apenas os resultados referentes a estudantes que alcançaram os mais altos ou mais baixos escores nos quatro grupos. Em todos os casos, os resultados dos dois grupos intermediários se correlacionavam com gradientes também intermediários. Considerados em separado os resultados relativos a cada sexo, não se nota diferença relevante. Os resultados são apresentados em termos de porcentagem dos estudantes que, em cada grupo, diziam provir de famílias com as características indicadas.

Experiência familiar	% do grupo de escores mais altos N = 51	% do grupo de escores mais baixos N = 110
Convívio com ambos os pais	95	78
Casamento dos pais considerado excelente	85	29
A própria infância considerada feliz	85	42
Pais divorciados	2	19

Nesse estudo não se constatou correlação entre a morte de um dos pais e o índice de socialização. Como apenas cerca de 7% da amostra havia perdido um dos pais, é possível que a ausência de correlação fosse parcialmente devida ao fato de ter chegado à universidade menor proporção de adolescentes órfãos do que não órfãos.

Um terceiro estudo de larga amostragem é relatado por Bronfenbrenner (1961). Teve ele o propósito de investigar a base familiar de rapazes e moças de 16 anos de idade, cujos professores os haviam classificado segundo dois critérios: (a) na medida em que, na escola, se mostravam líderes ou seguidores; e (b) na medida em que se podia ou não confiar em que executassem suas obrigações. Informações acerca das famílias foram colhidas por meio de um questionário, preenchido pelos próprios sujeitos, visando medir vinte diferentes aspectos das relações pai-filho.

A amostra estudada inclui 192 sujeitos, igual número de rapazes e moças, igual número de integrantes das quatro classes socioeconômicas, sendo escolhida com base no grau de educação recebida pelo pai.

Os resultados foram apresentados separadamente – para rapazes e moças e segundo cada um dos dois critérios. Os rapazes tenderam a classificar-se quanto à liderança e as moças, quanto à responsabilidade. Segundo ambos os critérios, classificaram-se melhor os filhos de pais com mais alto grau de educação. Outras constatações importantes foram as de que o adolescente com inclinação para a liderança provém de lares em que os pais lhe dedicam muito tempo e afeto e lhe dão grande apoio; o adolescente que mostra senso de responsabilidade provém normalmente de lares em que os pais exercem forte autoridade, antes por via de argumentação e recompensa do que por via de punição. Liderança e responsabilidade nas crianças relacionam-se positivamente com afeto e autoridade em casa.

Nos extremos superiores das escalas, e segundo os dois critérios, notou-se existirem certas diferenças na experiência familiar de rapazes e moças. Enquanto os rapazes aparentemente se beneficiavam com um alto nível de apoio e controle dos pais, havia, aparentemente, algum risco em as moças terem apoio ou controle em demasia.

Em contraste, nos extremos inferiores das escalas de avaliação, não foram notadas diferenças relevantes, quanto ao ambiente familiar, entre rapazes e moças. E, mais ainda, se o adolescente recebia baixa classificação em liderança ou responsabilidade, o quadro familiar que surgia era o mesmo: indiferença ou rejeição dos pais, como regra. O rapaz (ou moça) em causa tendia a descrever os pais como pessoas que dele se queixavam, que o ridicularizavam, que o comparavam desfavoravelmente com outros jovens, que lhe dedicavam pouco tempo ou lhe evitavam a companhia. A disciplina faltava ou era aplicada através de punições arbitrárias e excessivas. Com respeito a uns poucos adolescentes mal classificados quanto à liderança, aflorou quadro muito diferente: longe de serem esquecidos, tinham pais que eram acentuadamente inclinados a superprotegê-los.

Em um quarto estudo, apoiado em amostra bastante ampla e relatado por Coopersmith (1967), as informações acerca da família foram obtidas diretamente, embora apenas da mãe. A amostra se limitou a famílias brancas em que o casal permanecia unido.

A amostra de Coopersmith abrangia 85 meninos, de 10 a 12 anos, que frequentavam escola em duas cidades de tamanho médio, na região da Nova Inglaterra. Não provinham eles de classes econômicas altas, nem baixas. A amostra, selecionada a partir de um número de crianças muito maior, foi distribuída em função de dois critérios: (a) autoavaliação em teste destinado a medir a autoestima; e (b) avaliação dos meninos, feita pelos professores, em termos de comportamento. Tal como no estudo de Rosenberg, a baixa autoestima se correlacionou fortemente com a angústia revelada por testes clínicos; correlacionou-se também, embora menos marcadamente, com problemas emocionais referidos pela mãe.

As informações concernentes às famílias dos meninos provieram de (1) questionário preenchido pela mãe; (2) entrevista de duas horas e meia, mantida com a mãe, por um entrevistador que desconhecia a classificação do filho em termos de autoestima; e (3) respostas dos meninos a uma série de questões referentes a atitudes e hábitos de pais e mães. Os pais não vieram à cena.

Examinando suas constatações, Coopersmith realça, antes de tudo, o alto nível de carinho materno, encontrado em famílias a que pertenciam meninos de elevado grau de autoestima: "Há coerência entre todos os dados, independentemente do instrumento ou fonte de informação. Revelam que as mães de meninos com alto grau de autoestima são mais amorosas e têm proximidade maior com os filhos do que as mães de meninos com baixo grau de autoestima". Além disso, com respeito às formas muito diferentes de disciplina usadas pelos pais de meninos com alto e com baixo grau de autoestima, as constatações de Coopersmith aproximam-se sensivelmente das de Peck & Havighurst e das de Bronfenbrenner, embora fossem muito diversos, nesses três estudos, os critérios de avaliação de um desenvolvimento favorável da personalidade. No estudo de Coopersmith, os pais dos meninos com elevado grau de autoestima não só esperavam que eles atingissem padrões altos, como exerciam seu controle com cautela, respeito, firmeza, recorrendo antes a recompensas do que a punições. De outra parte, notou-se que os meninos com baixo grau de autoestima pouco recebiam dos pais em matéria de cuidados e orientação, sendo frequentemente submetidos a castigos severos e injuriosos, que incluíam a negação de amor.

Desenvolvimento da personalidade, métodos disciplinares e classe social

É surpreendente a coerência com que se mostram as diferenças entre os modos de disciplinar e de orientar as crianças que têm desenvolvimento favorável e desfavorável. Surpreende, igualmente, a coerência com que essas mesmas diferenças se ligam à classe social. Assim, notou-se que os pais menos educados e pertencentes à classe operária inclinam-se, mais do que pais educados e de classe média, a recorrer a punições severas e arbitrárias e a afastar ou rejeitar o filho; e pais pertencentes à classe operária inclinam-se menos do que os pais da classe média a desenvolver atividades em companhia de filhos adolescentes (cf. considerações de Bronfenbrenner, 1958). Combinadamente, essas constatações relativas a (a) métodos disciplinares e desenvolvimento da personalidade e a (b) métodos disciplinares e classe social dão apoio à hipótese já apresentada de que a correlação positiva, embora fraca, entre sadio desenvolvimento da personalidade e altas classes sociais pode ser explicada, em parte, pelas diferenças de tratamento que dão a seus filhos os pais pertencentes a diferentes classes sociais.

Cabe recorrer aos dados que Bronfenbrenner colheu em seu estudo empírico (1961) para ilustrar um conjunto de correlações que se afiguram típicas:

– a baixa classificação das crianças no que diz respeito a liderança e responsabilidade associa-se a pais que demonstram pouco interesse pelos filhos e que ou adotam métodos disciplinares arbitrários e punitivos, ou dão a esses filhos pouca orientação;
– os métodos disciplinares arbitrários, chegando ao castigo físico e à exposição ao ridículo, tendem a ser aplicados antes por pais de menos educação do que por pais mais bem-educados;
– os filhos de pais menos educados tendem, em matéria de liderança e responsabilidade, a classificar-se abaixo de filhos de pais de melhor nível de educação.

Rosenberg aponta conjunto similar de correlações entre o nível de autoestima, a parcela de atenção e cuidados que os pais dedicam aos filhos e a classe social. Outras evidências, compatíveis com a hipótese em exame, já foram apresentadas no capítulo 15, onde se discutiu a relação entre os sintomas de angústia presentes em uma criança e as ameaças, feitas pelos pais, de abandoná-la ou cometer suicídio. A essas ameaças, observou-se, recorre maior porcentagem de pais pertencentes à classe trabalhadora e à classe média baixa do que pais integrantes de classes sociais mais altas. Seria impróprio, entretanto, aprofundar, neste livro, o exame dessas questões complexas e delicadas.

Outro assunto amplo e difícil, que não se pretende discutir neste contexto, é o relativo à diferente influência que sobre o desenvolvimento dos filhos exercem o pai e a mãe, com referência especial à influência de cada um sobre meninos e meninas. Os interessados buscarão o estudo de Bronfenbrenner (1961) e de Douvan & Adelson (1966), que examinam em profundidade as diferenças de padrão de desenvolvimento notados em meninos e meninas de 12 a 18 anos.

Alguns estudos com amostragem reduzida

Passemos à consideração de trabalhos que abrangeram períodos de tempo mais reduzidos e analisemos os resultados de três projetos em que foram estudadas amostras pequenas de homens ou jovens, especialmente selecionados por aparentarem boa saúde e bem integrado desenvolvimento de personalidade, que estiveram sujeitos a observação e exames clínicos intensos durante pelo menos um ano. Em ordem decrescente de idade dos sujeitos, o primeiro estudo é de astronautas em treinamento, o segundo é de universitários e o terceiro é de vestibulandos.

Com respeito às linhas de desenvolvimento das personalidades e à vida familiar dos sujeitos, no passado ou na ocasião, os resultados a que os três estudos chegaram foram concordantes; e concordantes também com os de Peck & Havighurst. Em primeiro lugar, as personalidades bem adaptadas mostravam equilíbrio entre iniciativa e autoconfiança e, além disso, capacidade de buscar e fazer uso de auxílio, quando a ocasião o exigisse. Em segundo lugar, um exame do desenvolvimento dos sujeitos evidenciou haverem eles crescido em famílias unidas, nunca deixando os pais, aparentemente, de lhes dar apoio e estímulo.

Até o ponto em que chega, cada estudo nos proporciona o mesmo quadro, o de uma base familiar sólida, a partir da qual primeiro a criança, depois o adolescente e finalmente o adulto jovem se lança a uma série de excursões sempre mais amplas. Embora as famílias encorajem evidentemente a autonomia, não a forçam. Os passos se seguem uns aos outros com naturalidade. E conquanto os laços familiares se atenuem, não se rompem.

Os astronautas obtêm alta classificação como homens autoconfiantes e capazes de viver e trabalhar eficientemente em condições de perigo e tensão potenciais. Tiveram o desempenho, a personalidade e o histórico estudados por Korchin & Ruff. Em dois artigos (Korchin & Ruff, 1964; Ruff & Korchin, 1967), esses autores deram a conhecer resultados colhidos a partir de uma amostra de sete astronautas.

Embora esses homens tendam a ser individualistas e mostrem "elevado grau de autoconfiança e clara preferência pela ação independente", todos "se sentem bem quando necessário depender de outros" e têm "capacidade de *confiar* quando as condições poderiam levar a *desconfiar*". O desempenho da tripulação da Apolo 13, que enfrentou um acidente em voo para a Lua, é testemunho da capacidade de manter a confiança. Não somente operou com eficiência em condição de grande perigo, mas continuou a cooperar eficiente e confiantemente com os companheiros da base na Terra.

Examinando-lhes os históricos de vida, nota-se que:

cresceram em comunidades relativamente pequenas e bem organizadas, havendo grande solidariedade familiar e forte identificação com o pai... tema comum de muitas entrevistas foi a lembrança agradável de excursões com o pai... O ambiente não os desafiou para além de suas capacidades. Frequentaram escolas e universidades onde podiam sair-se bem... Notou-se um padrão de desenvolvimento relativamente suave, que lhes permitiu enfrentar os desafios surgidos, elevar os níveis de aspiração, obter êxito e ganhar maior confiança e, dessa maneira, ver crescerem as aptidões... Tinham, a respeito de si próprios, conceitos bem firmados e os valores profissionais estavam clara e marcadamente definidos.

Ao avaliar esses resultados e as conclusões que sugerem, é necessário levar em conta em que extensão a história familiar, a identificação com o pai e os graduais padrões de desenvolvimento constituíram critérios que levaram a selecionar os sujeitos para o treinamento de astronautas. Como, sem dúvida, esses fatores desempenharam algum papel, há risco de círculo vicioso. No entanto, cabe lembrar que, antes da seleção, esses homens já se haviam revelado excelentes pilotos de prova[5]. Quando menos, o estudo demonstra, portanto, que o ambiente e a experiência familiares descritos por Korchin são altamente compatíveis com o desenvolvimento de uma personalidade estável em que a autoconfiança se combina com a capacidade de apoiar-se confiantemente nos outros.

O segundo estudo, relatado por Grinker (1962), envolveu jovens universitários que os professores consideravam dotados de boa saúde mental e de estabilidade, podendo-se esperar que viessem a ser líderes e trabalhar em prol da comunidade. A amostra considerada abrangeu mais de uma centena de estudantes. Embora também aqui exista o risco de cair em círculo vicioso ao tirar conclusões, esse risco se reduz pelo fato de ser possível comparar os quadros familiares dos membros de três subamostras que se diferenciam pelo grau de integração e de saúde mental de seus membros.

O estudo se iniciou quando Grinker e seus colaboradores buscavam indivíduos saudáveis, com o fim de realizar pesquisa de caráter psicossomático. Nas entrevistas iniciais, Grinker impressionou-se profundamente com o quanto os sujeitos pareciam livres de dificuldades neuróticas e decidiu estudar todos os indivíduos do sexo masculino que ingressassem na universidade no ano seguinte. As principais constatações foram conseguidas a partir de extenso questionário preenchido por oitenta estudantes. A elas se acrescentou amplo material resultante de entrevistas psiquiátricas a que se submeteram, voluntariamente, 34 integrantes da amostra e 31 estudantes que tinham sido examinados no ano anterior. Serão apresentados, inicialmente, os resultados da entrevista; em seguida, os do questionário.

A faculdade em causa é mantida pela Associação Cristã de Moços e tem por objetivo o preparo de jovens – homens e mulheres – para o desempenho de trabalho consoante com os objetivos da Associação. Os alunos vêm de todas as regiões dos Estados Unidos e do Canadá, havendo preponderância dos que provêm do meio-oeste, das comunidades rurais e cidades pequenas. Muitos ingressam "com forte convicção e motivação, atraídos pelo trabalho

....
5. Conquanto menos pormenorizado do que os trabalhos de Korchin & Ruff, um estudo de Reinhardt (1970) acerca de 105 proeminentes pilotos de jato da marinha norte-americana sugere que a população de pilotos bem-sucedidos – da qual se colhem os astronautas – tem, quanto à personalidade, ao ambiente familiar e, especialmente à relação com o pai, muito em comum com os próprios astronautas.

da ACM, pela ideia de fundação de instituições educativas, de lazer etc.". Os requisitos para admissão não são tão severos como os de muitas outras faculdades e o currículo tende a ser menos acadêmico. Os estudantes, em maioria, mostram inclinação por atividades práticas e distinguem-se em jogos; os QI vão de 100 a 130. Para a grande maioria, há coincidência entre seus próprios valores e objetivos, os dos pais e os da direção da faculdade. Os diplomados têm excelente reputação e são muito procurados por empregadores.

Entre os 65 estudantes entrevistados, Grinker identificou apenas alguns como possuidores de uma estrutura de caráter neurótica. A grande maioria constituía-se de jovens corretos, honestos, precisos na sua autoavaliação, "capazes de relações humanas estreitas e profundas... com membros de suas famílias, colegas, professores e com o entrevistador". Os relatos que fizeram acerca de situações em que enfrentaram angústia ou tristeza sugeriram que tais sentimentos se haviam manifestado em situações próprias, não sendo intensos nem prolongados. Grinker assinalou, de maneira especial, ter a maioria deixado claro que, de um lado, apreciava e buscava responsabilidade e, de outro, continuava a procurar conselhos em questões importantes. Assim, nada há de incompatível, concluiu Grinker, entre estar preparado para buscar ajuda alheia em circunstâncias adequadas e desenvolver independência.

Com respeito à experiência de vida familiar, o quadro geral pintado pelos estudantes é notavelmente semelhante ao traçado pelos astronautas. Em quase todos os casos, ambos os pais continuavam vivos. O quadro típico era o de um lar tranquilo e feliz no qual os pais partilhavam responsabilidades e interesses, sendo vistos pelos filhos como amorosos e dedicados. A mãe surgia como, de alguma maneira, mais estimuladora, mais carinhosa e mais próxima do que o pai. A disciplina, especialmente a imposta pelo pai, foi considerada coerente e justa, consistindo principalmente em repreensões, castigos físicos moderados e privação de privilégios. Só raramente se mencionou que um dos pais houvesse ameaçado retirar o afeto.

Os estudantes disseram que, na infância, haviam sentido, acima de tudo, segurança junto da mãe. Ao mesmo tempo, haviam se identificado fortemente com o pai. Tão impressionado ficou Grinker com essa identificação com a figura paterna que se viu tentado a concluir que, em rapazes, essa identificação é "fator extremamente significativo no processo de tornar-se e manter-se [mentalmente] são".

Tais conclusões encontram forte apoio no estudo dos resultados dos questionários preenchidos pelo total de oitenta estudantes admitidos, para os quais foi possível conseguir um grupo de comparação. Com base nas respostas às questões, os estudantes foram divididos em três subgrupos, de acordo com o grau em que a personalidade se mostrasse livre de traços neuróticos. Os estudantes colocados no subgrupo mais sadio eram os que tinham relações mais íntimas e satisfatórias com ambos os pais, enquanto os do subgrupo menos sadio tinham com a família relações distantes ou difíceis – e eram estes os de que mais cabia esperar o relato de episódios de tensão, angústia e conflito durante a adolescência. Resumindo suas constatações a propósito dos estudantes mais bem integrados e sadios, Grinker utiliza palavras muito semelhantes às usadas por Korchin em relação aos astronautas. Impressiona-o a orientação direta das linhas de desenvolvimento seguidas pelos estudantes, o caráter gradual das transformações ocorridas no desenvolvimento das personalidades e no ambiente que as rodeou, e a quase completa ausência de tensões, conflitos e desapontamentos.

Grinker examina algumas das objeções que podem ser levantadas contra seu estudo e contra suas conclusões. Está ciente, por exemplo, de que os críticos podem alegar que esses jovens são conformistas e apáticos, faltando-lhes espírito criador e capacidade de inovação. Ainda que assim fosse – e o ponto é discutível –, a crítica não seria relevante. E isso porque, tal como antes anotado, na condição de psiquiatras, estamos preocupados com o desenvolvimento de personalidades que têm escores altos quanto à saúde mental e à autoconfiança, e não quanto a quaisquer outros critérios aplicáveis à avaliação da personalidade. E, tal como observa Grinker – defendendo os estudantes das críticas fáceis de profissionais voltados para a inovação e para carreiras competitivas –, a inovação constante e a competição intensa podem ser sintomas de neurose e agentes de sua aparição. A população sadia talvez represente aquele firme núcleo de estabilidade, sem o qual tudo seria um caos.

Grinker mostra-se também ciente de que as informações acerca do histórico dos estudantes podem ser questionadas, uma vez que foram fornecidas por eles próprios. Sabe, ainda, não ter meios de avaliar em que medida os sujeitos que se desenvolviam saudavelmente contribuíram para a estabilidade e harmonia de seus lares. Essas deficiências tornam-se, entretanto, compensadas, quando verificamos que os dados e as conclusões de Grinker são pouco diferentes daqueles que constam nos estudos em que as informações relativas aos pais foram obtidas diretamente, tal como ocorreu nos trabalhos de Peck & Havighurst (1960) e de Coopersmith (1967) no trabalho a seguir referido.

Este é um trabalho acerca de estudantes em fase de passagem da escola secundária para a superior, realizado em Washington D. C. por Hamburg et al. (cf. Murphey et al., 1963). Os dezenove estudantes, de ambos os sexos, foram selecionados no último ano de colégio, com base nos registros escolares e em uma entrevista, e escolhidos por mostrarem alto grau de aptidão – avaliado em termos de resultados nos estudos, íntimo e satisfatório relacionamento com os colegas e capacidade de participar de grupos. Os estudantes foram entrevistados não menos de sete vezes nos últimos seis meses de colégio e quatro vezes durante o primeiro ano de escola superior. Os pais foram entrevistados três vezes, antes de os estudantes irem para a faculdade, durante as férias de fim de ano, e com os filhos, quando estes concluíram o primeiro ano de faculdade.

Cada estudante, no fim da pesquisa, viu-se avaliado segundo dois critérios: (1) grau de autonomia que demonstrava, definido em termos de capacidade de escolher por si e assumir responsabilidade pelas decisões e (2) na medida em que se mostrava capaz de manter ou aumentar relações mutuamente satisfatórias com os pais. Com base em tais critérios, os estudantes foram divididos em quatro subgrupos:

a) os bem classificados em autonomia e relações familiares: nove estudantes;
b) os bem classificados em autonomia e mal classificados em relações familiares: seis estudantes;
c) os mal classificados em autonomia e bem classificados em relações familiares: um estudante;
d) os mal classificados em autonomia e relações familiares: três estudantes.

Os nove estudantes do subgrupo (a) estavam conseguindo o melhor sob os dois aspectos: eram autoconfiantes e aplicados na escola e gozavam de crescente intimidade com os pais durante as férias. Lembram o grupo bem-ajustado de Grinker. Os do subgrupo (b) também estavam tirando proveito das oportunidades na escola superior, mas as relações com os pais se tornavam distantes ou hostis. Os quatro estudantes reunidos nos subgrupos (c) e (d) mostravam reduzida capacidade de orientar-se por si mesmos ou de organizar a própria vida. Verificou-se, pois, com base na evidência colhida ao longo de um ano, que apenas a metade dos estudantes da amostra conseguiam corresponder às elevadas expectativas daqueles que os haviam selecionado.

As entrevistas com os pais, inclusive uma entrevista com a presença do filho, mostraram haver considerável diferença na maneira de os estudantes dos diferentes subgrupos serem tratados pelos pais.

Verificou-se que os pais dos estudantes do subgrupo (a) tinham valores e padrões claramente definidos e capacidade de comunicá-los aos filhos. Ao mesmo tempo, davam grande importância ao fato de o filho desenvolver autonomia e a estimulavam. No caso de o filho (ou filha) necessitar de ajuda ou conselho, estavam prontos a corresponder, mas evitavam adiantar-se quando não procurados. Tratavam o filho com respeito e lhe davam as boas e más notícias, acreditando-o suficientemente maduro para aceitar a responsabilidade. Em uma palavra, encorajavam o filho a desenvolver vida e personalidade próprias, gozavam de sua companhia durante as férias e estavam prontos a ajudá-lo, se procurados.

Os pais dos seis estudantes do subgrupo (b) – bem classificados em autonomia e mal classificados em relações familiares – mostravam-se capazes de propiciar aos filhos muitas das condições propiciadas pelos pais dos estudantes do subgrupo (a). A maior diferença estava em que esses pais do subgrupo (b) tendiam a apontar, para o filho, um caminho mais de acordo com o interesse deles, pais, do que com os do filho ou filhas. Como consequência, obtida uma condição de vida independente, os filhos quebravam os laços com o lar e seguiam o próprio caminho. Não se podia saber se os conflitos persistiriam e isso parecia depender de os pais admitirem ou não a vida que os filhos haviam escolhido.

Os três estudantes do subgrupo (d) – mal classificados em autonomia e em relações familiares – tinham pais incertos quanto aos que fossem e representassem. A comunicação, nessas famílias, deixava a desejar e os conflitos de opinião, quando surgiam, conservavam-se latentes e indefinidos. Após fazer uma escolha, o estudante podia sentir-se inseguro quanto a tê-la feito ele próprio ou ter sido manipulado por um dos pais.

Assim, e tal como no trabalho de Grinker, uma comparação intra-amostra revela que os estudantes mais capazes de atender aos requisitos iniciais são os que provêm de lares em que aos filhos se dá maior apoio, em que é mais aberta a comunicação entre pais e filhos, em que mais se confia nos filhos e mais se lhes dá responsabilidade. Parece clara a conclusão. Quando um estudante tem segurança de que as relações familiares são sólidas, base de apoio e de estímulo, torna-se fácil para ele retirar o máximo proveito das novas oportunidades que a escola superior oferece. Esse mesmo padrão de crescente autoconfiança, brotado de sólida ligação a uma figura de apego e presente nos estudos até agora examinados, estará também presente nos primeiros anos de vida.

Estudos sobre crianças

Embora haja outros estudos acerca de adolescentes e suas famílias, em particular o de Offer (1969), cujos resultados dão apoio à tese que defendemos, é tempo de nos voltarmos para outro segmento do ciclo da vida. Que evidência existe, cabe perguntar, de que o tipo de experiência familiar associado a adolescentes bem integrados e adaptáveis é também o tipo de experiência familiar associado a crianças que, tanto quanto se pode prever, prometem desenvolver-se ao longo de linhas idênticas ou semelhantes? Um estudo realizado por Baumrind (1967) a respeito de crianças de uma creche e um estudo de Ainsworth et al. (1971) a respeito do desenvolvimento de crianças até o fim de seu primeiro ano de vida são instrumentos de que nos podemos valer para dar resposta a essa pergunta.

Crianças de escola maternal

A fim de obter amostra para um estudo sistemático, Baumrind examinou o total das 110 crianças que frequentavam uma das quatro seções da escola maternal de uma universidade. Tinham elas 3 ou 4 anos e pertenciam a famílias de classe média. Com o objetivo de assegurar que as crianças escolhidas para o estudo se dividissem em três grupos, cada um dos quais formado por sujeitos claros e padrões coerentes de comportamento interpessoal, a seleção foi feita em duas fases. Inicialmente, ao fim de catorze semanas de observação, professores e psicólogos classificaram as crianças segundo cinco aspectos do comportamento. A segunda fase ocorreu imediatamente depois: 52 crianças, sempre classificadas em nível alto ou baixo segundo aqueles aspectos, foram estudadas em situação experimental em que, a cada uma delas, foram propostos três problemas, de dificuldade crescente, para ver como se comportavam em situações de êxito fácil, provável êxito e falha certa. Com essa base, foram formados três grupos, com o total de 32 crianças.

As crianças do grupo I – sete meninos e seis meninas – tinham alta classificação na escola maternal e no laboratório, com respeito a características como: intensa e alegre participação nas atividades escolares; disposição para enfrentar incumbências novas e difíceis; ativa exploração do ambiente; capacidade de fazer esforços, de se questionar e de observar as regras da escola; capacidade de se orientarem sozinhas; e disposição de buscar a ajuda de adultos, quando necessário.

As crianças do grupo II – quatro meninos e sete meninas – tinham baixa classificação quanto aos pontos mencionados. Em particular, falhavam quanto à exploração do ambiente, a fazer frente a tarefas novas e difíceis e a cooperar com outras crianças; havia períodos em que se mostravam agressivas e teimosas ou amedrontadas, entediadas ou controladoras.

As crianças do grupo III – cinco meninos e três meninas – eram também vistas com restrições. Em particular, classificavam-se mal quanto à participação em atividades e exploração do ambiente; à capacidade para fazer esforço, questionar-se e observar as regras da escola; e também à capacidade de se orientarem por si mesmas, traçando o próprio caminho.

Enquanto as crianças do grupo I podem ser consideradas bem integradas e adaptáveis para a idade, o desenvolvimento das crianças dos grupos II e III coloca-se abaixo do ótimo, à luz de quase todos os critérios.

Informações relativas ao quadro familiar de cada criança derivavam de três fontes: (a) duas visitas à residência, cada uma de aproximadamente três horas de duração, sendo uma delas feita ao entardecer, quando é máxima a tensão familiar; (b) observação estruturada de mãe e filho, no laboratório; (c) entrevista com cada um dos pais, em separado.

Durante a visita à residência, um observador anotava todas as interações do pai (ou mãe)-filho em que um dos membros do par tentava influir sobre o comportamento do outro. Para medir a confiabilidade da observação, oito famílias foram observadas por dois observadores. Os registros foram codificados. Posteriormente, o pai e a mãe de cada criança foram classificados em quatro categorias que podem ser assim resumidas:

modo de criação: na medida em que os pais se preocupam com o bem-estar físico e emocional do filho, dão-lhe atenção, expressam afeto e sentem orgulho e prazer por suas realizações;
requisitos de maturidade: na medida em que os pais esperam que o filho se mostre autoconfiante e se desempenhe de acordo com suas capacidades;
controle: na medida em que os pais buscam alterar a forma de comportamento do filho, seja exercendo pressão, seja resistindo à pressão;
modo de comunicação: na medida em que os pais ouvem as opiniões do filho, levam em conta seus sentimentos, usam a razão e recorrem a técnicas de controle abertas e claras, em oposição a técnicas manipuladoras.

A segunda fonte de informação acerca do quadro familiar da criança proveio de observações relativas à mãe e à criança, em condições de laboratório. A interação entre elas foi observada e anotada por psicólogos. A sessão se dividia em duas fases: primeiro, pedia-se à mãe que ensinasse ao filho conceitos elementares, usando bastões de diferentes comprimentos e cores; depois, pedia-se à mãe que permanecesse com o filho, enquanto este brincava. A mãe era livre para brincar ou não com o filho, mas, em qualquer caso, recomendava-se que ela o mantivesse dentro de certos limites estabelecidos pelos experimentadores. Nessas condições, foi possível observar de que maneira a mãe assistia e auxiliava o filho, o que esperava dele, o modo como se valia do elogio e da desaprovação, o seu modo de fazer que as regras fossem observadas, o seu modo de ensinar e sua capacidade para assegurar a colaboração do filho. Posteriormente, as mães foram classificadas nos termos das mesmas escalas usadas para classificar os pais após as visitas às residências.

A coerência dos resultados relativos ao comportamento de cada mãe em casa e no laboratório foi de molde a sugerir que as observações permitiam traçar um retrato válido (embora importe reconhecer que os dois conjuntos de escalas não eram inteiramente independentes um do outro).

Quando comparado o comportamento dos pais, relativamente aos três grupos em que seus filhos foram inicialmente colocados, as diferenças foram exatamente do mesmo tipo que os estudos referentes a adolescentes e seus pais nos levaram a esperar. Os pais e as mães do grupo I tiveram alta classificação em cada uma das quatro escalas referidas anteriormente. Os pais das crianças dos grupos II e III sempre se classificaram mais abaixo nessas escalas. Os pais das crianças do grupo II tiveram classificação especialmente baixa em modo de criação; os das crianças do grupo III classificaram-se particularmente mal em controle e em requisitos de maturidade.

Retratos típicos do quadro familiar das crianças dos três grupos, traçados com base nas três fontes de informação, ou seja, incluindo as entrevistas, são os seguintes:

Quadro familiar das crianças do grupo I: Em casa, os pais dessas crianças ativas, controladas e autoconfiantes eram firmes em orientá-las, amorosos e conscienciosos nos cuidados que lhes dedicavam. Respeitavam-lhes os desejos, mas podiam também manter as próprias decisões. Apresentavam razões para se opor aos desejos dos filhos e estimulavam a troca verbal de opiniões. Em laboratório, mostraram controle firme, esperavam muito dos filhos, mas também lhes davam apoio. Davam a conhecer claramente o que queriam.

Quadro familiar das crianças do grupo II: Tanto em casa quanto no laboratório, notou-se que os pais dessas crianças angustiadas e agressivas lhes davam pouca atenção, afeição ou apoio. Embora exercessem controle firme, não o justificavam. Davam pouco estímulo e aprovação a seus filhos. Na entrevista, a mãe relatou que usava medidas disciplinares que envolviam amedrontar a criança.

Quadro familiar das crianças do grupo III: Notou-se que os pais dessas crianças apáticas e inativas eram recolhidos e inseguros e não muito eficientes na orientação do lar. Nenhum dos pais exigia muito do filho e tendiam a mimá-lo. A entrevista mostrou que as mães tendiam a usar a negação do amor e a ridicularização como recursos disciplinares.

Outro estudo objetivando esclarecer a relação entre o quadro familiar e o comportamento de crianças em escolas maternais está sendo realizado em Los Angeles por Heinicke. As crianças estão sendo estudadas longitudinalmente, a partir do momento em que entram na escola, aos 3 anos de idade, e pelos quatro anos seguintes. Além de periódica avaliação de desempenho em tarefas educacionais, o dia a dia do comportamento social e emocional é registrado em pormenor, com particular atenção para as experiências que têm com seus professores e pais. Quando os diferentes padrões de comportamento anotados na escola são correlacionados com as diferentes maneiras que a mãe pode adotar no trato com o filho, surgem os mesmos tipos de associação apontados por Baumrind. Em comunicação preliminar, Heinicke et al. (1973) ilustram os resultados através da descrição do contrastante desenvolvimento de duas crianças e suas famílias. Na medida em que se verifica ser o comportamento na escola uma reação à experiência que a criança tem em casa, especialmente quanto a ter ou não ter ela figuras de apego, é forte o apoio à tese deste livro.

No entanto, importa registrar que as crianças estudadas por Baumrind e Heinicke já tinham 3 ou 4 anos, idade em que já ocorreram complexas interações entre pais e filhos e considerável desenvolvimento da personalidade da criança. Cabe, portanto, indagar o que sabemos dos padrões de personalidade e das condições em que se desenvolvem em estágio ainda anterior do ciclo de vida. Para esclarecimento desse ponto, recorremos ao trabalho de Ainsworth et al., acerca de 23 crianças e suas mães, observadas durante o primeiro ano de vida dessas crianças.

Crianças de um ano de idade

No capítulo 3, descreveu-se o método adotado por Ainsworth para observar uma mãe e seu filho de doze meses, estando eles, inicialmente, em situação estranha, porém agradável, e, posteriormente, depois de a mãe deixar a sala por alguns instantes e voltar. Do total de 56 crianças brancas, de classe média, com doze meses de idade, estudadas por Ainsworth, foi colhida uma subamostra de 23, que foram observadas, juntamente com as mães, em suas próprias casas, durante o primeiro ano de vida.

As casas das crianças da subamostra eram visitadas a cada três semanas por um observador, que lá permanecia por uma longa sessão de aproximadamente quatro horas, durante a qual se pedia à mãe que procedesse como de costume. Anotações cuidadosas eram feitas durante as visitas e, a partir de tais anotações, uma narrativa acerca do comportamento da criança e das interações havidas entre ela e a mãe era ditada e transcrita. Entre os dados que essa subamostra oferece, nosso objetivo exige que nos concentremos em três aspectos:

– comportamento da criança tal como observado aos doze meses de idade, quando em situação experimental e na companhia da mãe;
– comportamento da criança tal como observado aos onze e doze meses, quando em casa, na companhia da mãe;
– comportamento da mãe em relação à criança, tal como observado durante as visitas à casa, ao longo do primeiro ano de vida da criança.

Um exame dos resultados, relatados por Ainsworth, Bell & Stayton (1971), mostra que, com poucas exceções, têm muito em comum a maneira como a criança de doze meses se comporta, com e sem a mãe, em sua própria casa, e a maneira como se comporta, com e sem a mãe, em uma situação de teste ligeiramente estranha. Com base em observação de comportamento em ambas as situações, tornou-se possível classificar as crianças em cinco grupos principais, a partir de dois critérios: (a) quanto e como a criança explora o ambiente em situações diversas; e (b) a maneira de ela tratar a mãe – quando a mãe está presente, quando sai e quando volta[6].

Os cinco grupos, com o número de crianças pertencentes a cada um, são os seguintes:

Grupo P: O comportamento exploratório de uma criança deste grupo varia conforme a situação e é mais acentuado na presença da mãe. Ela usa a mãe como referência, acompanha-lhe os movimentos e com ela troca olhares. De tempos em tempos volta para a mãe e mostra prazer no contato com ela. Quando a mãe retorna, após breve ausência, é recebida calorosamente. Não se nota ambivalência em relação a ela. $N = 8$.

Grupo Q: O comportamento destas crianças muito se assemelha ao comportamento das crianças do grupo anterior. Difere em que, primeiro, a criança deste grupo tende a explorar mais ativamente a situação estranha e, segundo, tende a ser algo ambivalente em relação à mãe. De um lado, se ignorada por ela, a criança pode tornar-se muito exigente de sua atenção; ou pode, por outro lado, es-

....
6. A classificação aqui apresentada com base no comportamento de *ambos* os tipos de situação é versão ligeiramente alterada da apresentada por Ainsworth et al. (1971), para a qual *somente* se levou em conta o comportamento da criança em sua própria casa. As crianças agora colocadas nos grupos P, Q e R são as anteriormente classificadas nos grupos I, II e III; as agora colocadas no grupo T são as anteriormente classificadas no grupo V, com exceção de uma que, embora passiva em casa, mostrou-se acentuadamente independente na situação de teste, sendo, portanto, transferida para o grupo T; as crianças do grupo S são as mesmas do antigo grupo IV, mais a criança transferida. A reclassificação aqui feita mereceu aprovação da professora Salter Ainsworth.

quecê-la ou evitá-la. No entanto, em outras ocasiões, o par é capaz de feliz intercâmbio. $N = 4$.

Grupo R: Uma criança deste grupo explora com intensidade, esteja a mãe presente ou ausente, seja a situação familiar ou estranha. Tende a dar pouca atenção à mãe e, com frequência, não mostra interesse em que ela a pegue. Em outras ocasiões, especialmente após a mãe tê-la deixado sozinha em ambiente estranho, comporta-se de maneira contrária e, alternadamente, a procura e a evita, ou aproxima-se para, em seguida, escapar. $N = 3$.

Grupo S: O comportamento das crianças deste grupo é incoerente. Mostram-se, por vezes, independentes, embora, em geral, por períodos breves; em outras ocasiões revelam marcada angústia quanto aos movimentos da mãe. São claramente ambivalentes quanto ao contato com a mãe, contato que buscam frequentemente – embora não pareçam sentir prazer quando o encontram – ou que chegam a repelir fortemente. De maneira surpreendente, em situação estranha, tendem a esquecer a presença da mãe, evitando-lhe a proximidade e o contato. $N = 5$.

Grupo T: As crianças deste grupo tendem a ser passivas, em casa e em situação estranha. Mostram comportamento exploratório pouco intenso, mas intenso comportamento autoerótico. Acompanham com angústia os movimentos da mãe e choram muito em sua ausência; e, no entanto, quando de seu retorno, podem mostrar-se marcadamente ambivalentes em relação a ela. $N = 3$.

Quando se procura analisar esses padrões de comportamento como indícios do futuro desenvolvimento da personalidade, as oito crianças dos grupos S e T surgem como as *menos* capazes de desenvolver uma personalidade bem integrada, na qual a autoconfiança se combine com a confiança em outros. Algumas são passivas em ambas as situações observadas; outras exploram, mas apenas por breve tempo. A maioria parece acompanhar angustiadamente os movimentos da mãe, e as relações com ela tendem a ser extremamente ambivalentes.

As três crianças do grupo R são mais ativas na exploração e parecem muito independentes. No entanto, suas relações com as mães são cautelosas e mesmo algo distantes. Ao clínico dão a impressão de serem incapazes de confiar nos outros e de haverem desenvolvido independência prematura. As quatro crianças do grupo Q são as mais difíceis de avaliar. Parecem ficar a meio caminho entre as do grupo R e as do grupo P.

Se correta a maneira de ver adotada nesta obra, as oito crianças do grupo P seriam as de quem mais se poderia esperar o desenvolvimento de uma personalidade bem integrada, a um tempo autoconfiantes e confiantes nos outros; e isso porque passam livre e confiantemente de um ativo interesse pela exploração do que as cerca, pelo conhecimento das pessoas e coisas que aí estão, a um íntimo contato com a mãe. Verdade que, frequentemente, mostram menos autoconfiança do que as crianças dos grupos Q e R e que, em situação estranha, são mais afetadas pela breve ausência das mães do que as crianças desses grupos. Não obstante, suas relações com a mãe parecem sempre marcadas por alegria e confiança, sejam expressas em abraços afetuosos, em troca de olhares e vocalizações a distância – e isso se afigura promissor para o futuro.

Quando passamos a considerar o tipo de tratamento dado pelas mães às crianças dos cinco grupos – e o fazemos com base nos dados obtidos nas longas visitas dos observadores às famílias –, as diferenças e correlações são, ainda uma vez, do mesmo tipo das apontadas em estudos concernentes a crianças mais velhas e a adolescentes.

Para avaliar o comportamento da mãe em relação ao filho, Ainsworth recorre a quatro diferentes escalas de nove pontos: escala de aceitação-rejeição, escala de cooperação-interferência, escala de acessibilidade-desprezo e uma escala para medir o grau de sensibilidade que a mãe revela para captar sinais vindos da criança. Como as classificações em todas essas escalas se correlacionam fortemente, resultados em pormenor só são apresentados com respeito à última escala, a de sensibilidade ou insensibilidade para captar sinais ou comunicações feitos pela criança. Enquanto a mãe sensível parece estar permanentemente "sintonizada" para receber sinais da criança, interpretá-los corretamente e a eles responder pronta e apropriadamente, a mãe insensível frequentemente deixará de notar os sinais do filho, não saberá interpretá-los bem quando os notar e responderá tardia e impropriamente, ou não responderá.

Examinando a classificação das mães das crianças pertencentes a cada um dos cinco grupos, nota-se que as mães das oito crianças do grupo P colocam-se, uniformemente, em altas posições da escala (de 5.5 a 9.0), as mães das onze crianças dos grupos R, S e T colocam-se, uniformemente, em baixas posições (de 1.0 a 3.5) e as mães das quatro crianças do grupo Q, em posições intermediárias (de 4.5 a 5.5). As diferenças são estatisticamente significativas. Além disso, as classificações das mães nas outras três escalas indicam, entre os grupos, diferenças de igual sentido e aproximadamente da mesma ordem de grandeza.

Em posterior análise dos dados (Bell & Ainsworth, 1972) notou-se que quanto melhor a mãe correspondia ao choro da criança durante os primeiros meses de vida, menos frequentemente a criança chorava durante os últimos meses de seu primeiro ano.

Discutindo essas constatações, Ainsworth et al. acentuam que

> mães que, durante os primeiros meses de vida do filho, lhe propiciam contato físico relativamente grande... têm crianças que, no fim do primeiro ano, não apenas sentem prazer em uma interação afetuosa ativa quando há contato, mas também gostam de ser postos no chão e entregam-se alegremente a explorar e brincar... [Este contato] não faz que [o bebê] se torne uma criança de um ano apegada e dependente; ao contrário, facilita o gradual despertar da independência. As crianças que só ficam no colo por breves períodos são as que tendem a protestar quando colocadas no chão e que também não recomeçam a brincar sozinhas imediatamente*...

Certamente, muito estudo adicional será necessário antes que seja possível tirar conclusões com elevado grau de confiabilidade. No entanto, os padrões gerais de desenvolvimento de personalidade e a interação mãe-filho perceptível aos 12 meses, ao que se nota, são, quanto a esses pontos, muito semelhantes, em anos posteriores, e permitem acreditar que uns anunciem os outros. Quando menos, as constatações de Ainsworth mostram que uma criança cuja mãe é sensível, acessível, dá-lhe respostas, aceita seu comportamento e a ajuda ao tratar com ela está longe de transformar-se na criança exigente e infeliz, como algumas teorias parecem sugerir. Ao contrário, comportamento materno daquela ordem é evidentemente compatível com uma criança que, à altura de seu primeiro aniversário, vem desenvolvendo limitada medida de autoconfiança combinada com alto grau de confiança na mãe e com o prazer de sua companhia.

Autoconfiança e confiança em outros

No capítulo 14, foram introduzidas três proposições relativas ao funcionamento e desenvolvimento da personalidade. Primeira: sempre que um indivíduo tem a certeza de que uma figura de apego estará acessível quando a desejar, esse indivíduo será menos sujeito a medo intenso ou crônico do que um outro indivíduo que, por esta ou aquela razão, não tem a mesma certeza. Segunda: a confiança ou falta de confiança em que a figura de apego estará acessível e corresponderá desenvolve-se lentamente, durante os anos de imaturidade, e, uma vez desenvolvida, as expectativas tendem a persistir mais ou menos inalteradas pelo resto da vida. Terceira: as expectativas referentes à acessibilidade das figuras de apego são reflexos relativamente precisos das experiências afetivas individuais. Tão somente pelo fato de cada uma dessas proposições ser ou, pelo menos, ter sido tão debatida é que pareceu necessário apresentar, com tanta minúcia, a evidência que lhes serve de base.

Embora as proposições tenham surgido a partir de tentativas de compreender e tratar crianças com distúrbios – especialmente distúrbios surgidos após uma separação –, entende-se que tenham aplicação mais ampla. Hoje é admitido que não apenas crianças, mas pessoas de todas as idades são mais felizes e mais capazes de melhor exercitar seus talentos quando seguros de que, atrás de si, há uma ou mais pessoas em que confiam e que lhes darão ajuda em caso de necessidade. A pessoa em quem se confia representa base segura para a ação. E quanto mais digna de confiança essa base, mais é tida como certa; e, infelizmente, quanto mais se conta com ela, mais sua importância é desprezada ou esquecida.

Paradoxalmente, a pessoa realmente autoconfiante, quando vista sob esta luz, mostra que de maneira alguma é tão independente quanto os estereótipos culturais supõem. Elemento essencial é a capacidade de apoiar-se confiantemente em outros quando a ocasião o exija e saber em quem confiar. Uma pessoa saudavelmente autoconfiante é, assim, capaz de mudar de papel quando a situação se altera; ora está proporcionando a base segura a partir da qual o companheiro pode agir, ora alegra-se de recorrer a este ou àquele companheiro que lhe proporcionará essa base.

Capacidade para desempenhar um ou outro papel, conforme a alteração das circunstâncias, é ilustrada pela mulher que se mantém saudavelmente autoconfiante, durante sucessivas fases que a levarão da gravidez ao parto e ao exercício das tarefas de mãe. Mulher capaz de enfrentar vantajosamente essas mudanças é apontada por Wenner (1966)[7]: mulher em condições de, durante a gravidez e o puerpério, expressar desejo de conseguir apoio e ajuda e de dirigir o apelo, de maneira direta e efetiva, à figura apropriada. Sua relação com o marido é íntima e ela se mostra pronta a confiar no apoio dele e sente-se contente com isso. De outra parte, é capaz de dar-se espontaneamente a outros, inclusive ao filho. Em oposição, diz Wenner, a mulher que encontra dificuldades emocionais maiores durante a gravidez e o puerpério não tem facilidade em confiar nos outros. Revela-se incapaz de expressar o desejo de receber apoio ou o faz de maneira exigente e agressiva; em ambos os casos, o comportamento reflete a falta de confiança em que a ajuda será dada. Frequentemente está insatisfeita com o que lhe é dado e é incapaz de dar-se espontaneamente aos outros.

....

7. Wenner (1966) relata resultados preliminares de um estudo acerca de 52 mulheres casadas, durante e depois de uma gravidez. Eram norte-americanas da classe média, com 20 anos ou mais, primíparas e multíparas. Durante a gravidez haviam sido encaminhadas a um psiquiatra, em razão de possíveis problemas emocionais, e submeteram-se a entrevistas terapêuticas semanais até pelo menos três meses após o parto. Algumas delas enfrentaram dificuldades emocionais maiores durante a gravidez, mas isso não aconteceu com a maioria delas.

Um estudo de Melges (1968) mostra que mulheres com tais problemas quase sempre têm, com a mãe, relações profundamente ambivalentes.

Concordância quanto a alguns princípios fundamentais

A posição teórica adotada neste livro tem muito em comum com posições adotadas por numerosos psicanalistas, especialmente os que atribuem importância substancial à influência do ambiente sobre o desenvolvimento.

Na Grã-Bretanha, por exemplo, Fairbairn (1952), insistindo em que "uma teoria acerca do desenvolvimento do ego só será satisfatória se concebida em termos de relações com objetos", postula que, durante o desenvolvimento do indivíduo, "um estado original de dependência infantil... é abandonado em prol de um estado de dependência amadurecida, ou adulta...". Segundo Winnicott:

> A maturidade e a capacidade de estar só supõe que o indivíduo tenha tido a oportunidade, graças a cuidados maternos adequados, de adquirir confiança em um ambiente benigno... Gradativamente, o ambiente de apoio para o ego é introjetado e se incorpora à personalidade do indivíduo, de modo que faça surgir a capacidade de estar só. Ainda assim, teoricamente, há sempre a presença de alguém, alguém que, em última análise e inconscientemente, é equiparado à mãe... (Winnicott, 1958)

Nos Estados Unidos, uma tradição teórica semelhante tem mostrado influência há muitos anos e é bem analisada em trabalho recente de Fleming (1972). Benedek (1938; 1956) acentua que a confiança na existência de figuras que ajudam deriva de experiências repetidas e gratas que, na lactância e infância, a pessoa tenha tido com a mãe; e acrescenta que, em consequência, desenvolve-se um ego forte, capaz de manter integridade e autorregulação durante períodos em que lhe falte apoio. Mahler (1968), baseando-se em estudos acerca de crianças psicóticas ou com sérios distúrbios, chega a conclusão semelhante. A autoconfiança, a autoestima e o prazer na independência, conclui ela, se desenvolvem a partir da crença e confiança em outros. Essa crença é construída na lactância e infância, através da experiência que tenha a criança de uma pessoa maternal que sirva como "ponto de referência" para suas atividades e, ao mesmo tempo, lhe dê liberdade suficiente para habilitá-la a vencer a fase de desenvolvimento que Mahler denomina "separação-individuação". Fleming (1972), depois de estudar por muitos anos os problemas de pacientes adultos que, na infância ou adolescência, enfrentaram um processo de separação, endossa tal maneira de ver e insiste em que, mesmo na vida adulta, "nunca estamos completamente livres da necessidade de que exista uma pessoa a qual acreditamos que nos ajude e que pode ser chamada, se necessário".

Assim, embora as fontes de observação em que diferentes clínicos apoiem suas conclusões sejam distintos bem como, com frequência, os quadros teóricos dentro dos quais as analisam e as fontes de observação e do modelo teórico a que se recorrem nesta obra também o sejam, há forte concordância quanto a certos princípios básicos. Uma bem fundada autoconfiança – torna-se claro – não apenas é compatível com a capacidade de confiar em outros, mas brota dessa capacidade e é dela complementar. Além disso, ambas são produto de uma família que dá a seus filhos forte apoio, que lhes respeita as aspirações pessoais, o senso de responsabilidade e a capacidade de lidar com o mundo. Dessa forma, longe de comprometer a autoconfiança de uma criança, muito estimulam a base segura e o forte apoio proporcionados pela família.

Capítulo 22
Caminhos para o desenvolvimento da personalidade

> Organismo e ambiente não são duas coisas distintas, cada uma com suas características próprias, que se reúnem em inter-relação tão pouco essencial quanto a de uma peneira com os seixos nela atirados. Os traços essenciais do organismo são propriedades duradouras que podem ser vistas como um conjunto de caminhos alternativos de desenvolvimento.
>
> C. H. WADDINGTON (1957)

A natureza da variação individual: modelos alternativos

Durante a maior parte do século atual, o mais prestigiado modelo de desenvolvimento da personalidade enxergou-a como algo que avançasse ao longo de uma série de estágios de uma trilha única, a caminho da maturidade. Os vários tipos de personalidade perturbada são, nesses termos, atribuídos a uma pausa em um ou outro desses estágios. Essa pausa, admite-se, pode ser mais ou menos completa. Na maior parte das vezes, acredita-se, é pausa apenas parcial. Assim sendo, imagine-se que o desenvolvimento prossiga de maneira aparentemente satisfatória, embora, em condições de tensão, o desenvolvimento esteja sujeito a entrar em colapso. Nesse caso entende-se que a personalidade regride para o estágio em que se deu a pausa parcial ou fixação. Em alguns dos mais conhecidos sistemas teóricos baseados nesse modelo, como, por exemplo, o de Abraham (1924), cada forma de desordem de personalidade, neurose ou psicose é associada a certa quantidade de fixação ocorrida nesta ou naquela fase do desenvolvimento. Deste modelo deriva o emprego dos qualificativos madura e imatura às personalidades saudáveis e às perturbadas, respectivamente (cf. capítulo 14).

Um sistema teórico recentemente proposto por Anna Freud (1965), conquanto mais refinado do que o de Abraham, continua a apresentar os mesmos traços essenciais: as diferenças individuais ainda são medidas em termos de graus de progressão, fixação ou regressão, que se supõem manifestos. O traço novo e essencial é o de que enquanto o modelo de Abraham considera apenas as fases de desenvolvimento da libido, o modelo de Anna Freud leva em conta fases de desenvolvimento que se postula ocorrerem em diferentes áreas de funcionamento da personalidade, por exemplo, no desenvolvimento dos modos de comer e das relações objetais. Assim, introduz-se o conceito de "linhas de desenvolvimento", ao longo de cada uma das quais se espera que progrida uma personalidade sadia, de maneira relativamente equilibrada, harmoniosa e proporcional à idade cronológica. E as diferentes formas de perturbação psicológica passam a ser explicadas em termos de um perfil, definido pelo fato de algum grau de fixação ou regressão haver ocorrido durante o desenvolvimento, ao longo de um ou mais dos caminhos mencionados.

Modelos alternativos de desenvolvimento da personalidade foram pouco discutidos nos meios clínicos. Um desses modelos alternativos que, sustenta-se, interpreta muito mais adequadamente do que o modelo tradicional as evidências hoje existentes é o que concebe a personalidade como uma estrutura que se desenvolve incessantemente ao longo de uma ou outra das várias discretas e possíveis linhas de desenvolvimento. Imagina-se que todas essas linhas se iniciem umas nas proximidades das outras e, assim, desde o início, o indivíduo tem acesso a uma larga escala de linhas e pode caminhar ao longo de qualquer uma delas. E, segundo se afirma, a linha escolhida conduz, em todos os estágios da jornada, a uma interação entre o organismo, tal como se desenvolveu até aquele instante, e o ambiente em que ele então se encontra. Assim, na concepção, o desenvolvimento é a interação entre o genoma recém-formado e o ambiente intrauterino; por ocasião do nascimento, é a interação entre a constituição fisiológica, incluída a estrutura mental incipiente, do recém-nascido e a família ou não família que o recebe; e a cada idade, sucessivamente, é a interação entre a estrutura da personalidade do momento e a família e, posteriormente, entre essa estrutura de personalidade e círculos sociais mais amplos.

Na época da concepção, as diversas linhas potencialmente abertas ao indivíduo são determinadas pela constituição do genoma. À medida que o desenvolvimento prossegue e as estruturas se diferenciam progressivamente, diminui o número de linhas ainda acessíveis.

Esses dois modelos teóricos alternativos podem ser comparados a dois tipos de sistema ferroviário. O modelo tradicional assemelha-se a uma única linha-tronco, pontilhada de estações. Em qualquer delas, cabe imaginar, pode o trem deter-se temporária ou permanentemente; e quanto mais longe se detém, maior sua inclinação de retornar a essa estação quando enfrenta dificuldade em ponto mais avançado da linha.

O modelo alternativo lembra um sistema que se inicia com linha única, a partir de uma grande cidade, em certa direção, para logo abrir-se em vários troncos. Embora cada um desses troncos até certo ponto se afaste dos outros, de início a maioria deles segue direção não muito diversa da direção da linha única. Entretanto, quanto mais um tronco se afasta da cidade, mais se abre em ramais e maior é o grau de divergência de direção. Contudo, embora alguns desses ramais se afastem cada vez mais da direção original, outros podem convergir para tal direção, de modo que, finalmente, dela muito se aproximem ou a ela se mantenham paralelos. Nos termos desse modelo, os pontos críticos são os entroncamentos onde as linhas se abrem, pois, uma vez colocado em determinada linha, o trem sofre pressões que nela o mantêm; não obstante, e contanto que a separação não seja muito grande, haverá possibilidade de o trem, ao atingir o entroncamento seguinte, passar por um desvio que o faça convergir para a direção primitiva.

São significativas as diferenças que desses modelos decorrem quando passamos para o campo da pesquisa e da prática. Com respeito à pesquisa, o modelo tradicional postula que todas as formas de desordem de personalidade apresentadas por adultos têm por modelo uma forma de estrutura de personalidade que é normal e sadia em determinada fase da vida, e que geralmente se imagina manifestar-se nos primeiros anos ou meses. Aceitando essa presunção, traça-se esquema que atribui às sucessivas fases de uma infância saudável traços que, na vida posterior, são características desta ou daquela forma de desordem da personalidade. Assim, exige-se uma psicologia desenvolvimentista que toma, como dados primários de cada forma do desenvolvimento inicial, as observações acerca da maneira de esta ou aquela forma de personalidade perturbada se manifestar em fases posteriores do ciclo da vida.

São muito diferentes as consequências que para a pesquisa decorrem do modelo alternativo, postulador da existência de um conjunto de divergentes linhas de desenvolvimento. Tal como ponderado no final do capítulo 14, este modelo contesta a noção de que estados desordenados de personalidade adulta sejam reflexo de anteriores estados de desenvolvimento sadio e considera gravemente equivocadas as tentativas de erigir, sobre essa base, uma psicologia de desenvolvimento. Sustenta, em vez disso, fazer-se necessário que as muitas e, por vezes, divergentes linhas de desenvolvimento potencialmente acessíveis ao ser humano devem ser descritas em conexão com as variações orgânicas e ambientais que obrigam o indivíduo a tomar esta e não a outra linha. Essa descrição, insiste o modelo, só pode ser feita através do estudo das personalidades tal como se desenvolvem no particular ambiente em que se acham mergulhadas. Somente dessa maneira será possível ganhar compreensão das sequências de interação entre personalidade e ambiente que resultam nessa personalidade que cresce ao longo daquela linha específica.

Linhas de desenvolvimento e homeorese

Esse modelo alternativo, que encara as diferenças de estrutura de personalidade como consequência de o crescimento ter ocorrido ao longo de diferentes e divergentes linhas de desenvolvimento, tem por modelo a teoria da epigênese, proposta por Waddington (1957) e hoje amplamente acolhida pelos biólogos desenvolvimentistas. Segundo essa teoria, os processos que determinam o desenvolvimento do organismo e, em particular, a medida em que cada aspecto do desenvolvimento é sensível ou insensível às variações ambientais são vistos como governados pelo genoma. Os aspectos do desenvolvimento relativamente insensíveis às alterações do ambiente são denominados "ambientalmente estáveis", e os relativamente sensíveis àquelas variações, "ambientalmente instáveis" (cf. capítulos 3 e 10 do volume I).

Waddington examina as vantagens e desvantagens que, em termos de sobrevivência, decorrem, para uma espécie, do fato de ser maior ou menor o grau de sensibilidade que os membros dessa espécie mostram à variação ambiental durante o desenvolvimento. De um lado, baixo grau de sensibilidade à variação ambiental assegura desenvolvimento adaptável a ambientes muito diversos, mas o preço de total incapacidade de adaptação no caso de o ambiente alterar-se para além de certos limites. De outro lado, alto grau de sensibilidade garante ao organismo a possibilidade de variar seu desenvolvimento de acordo com o particular ambiente em que esteja, havendo boa perspectiva de, assim, o adulto adaptar-se melhor a tal ambiente. O alto grau de adaptabilidade assegura também que o patrimônio genético da espécie venha a contar com uma reserva de capacidade de adaptação de sorte que, se houver grandes mudanças no ambiente, será sempre de esperar que alguns elementos da população sejam capazes de acomodar-se e sobreviver. Essa flexibilidade está, entretanto, exposta ao risco de que, em vários ambientes, o desenvolvimento de muitos indivíduos ocorra extraviadamente e as formas resultantes se adaptem perigosamente mal a qualquer e, talvez, a todos os ambientes. Em razão desse risco, nenhuma espécie permite a seus indivíduos, durante o desenvolvimento, mais que limitado grau de sensibilidade às flutuações do ambiente.

Em sua evolução, as diferentes espécies adotaram diferentes estratégias com respeito ao grau de sensibilidade ao ambiente que é permitido durante o desenvolvimento. Dado que os extremos, seja de sensibilidade, seja de insensibilidade, acarretam sérios perigos para a sobrevivência, todas as espécies acabam por definir certo equilíbrio entre essas duas propriedades. É provável que, em todas as espécies, a sensibilidade epigenética seja maior no início da vida e, depois, diminua.

Para limitar a sensibilidade epigenética e, assim, garantir desenvolvimento harmonioso apesar das alterações ambientais, são desenvolvidos processos fisiológicos e comportamentais que protegem o indivíduo em desenvolvimento contra o impacto do ambiente. Atuando combinadamente, esses processos tendem a manter o indivíduo na linha de desenvolvimento em que já se encontra, alheio à maioria das alterações possíveis de ocorrer no ambiente em que o desenvolvimento posterior se dará. Waddington denomina "homeorese" essa forte propriedade autorreguladora de que esses processos são agentes.

Aplicados os conceitos de Waddington ao desenvolvimento da personalidade humana, o modelo postula que os processos psicológicos dos quais resulta a estrutura da personalidade possuem razoável grau de sensibilidade ao ambiente, em especial ao ambiente familiar nos primeiros anos de vida, diminuindo essa sensibilidade durante a infância e sendo muito pequena no fim da adolescência. Concebe-se, pois, o processo de desenvolvimento como capaz de variar seu curso, procedendo em termos de maior ou menor adaptação durante os primeiros anos de vida, conforme o ambiente em que o desenvolvimento esteja ocorrendo; e, posteriormente, com a redução da sensibilidade ao ambiente, o processo de desenvolvimento vê-se crescentemente obrigado a observar a linha especial de desenvolvimento já escolhida.

A experiência comum sugere que a sensibilidade ao ambiente, presente durante as fases iniciais do desenvolvimento da personalidade, leva a uma facilidade de adaptação, no sentido de que a personalidade adulta resultante mostra-se capaz de bom desempenho dentro do espectro culturalmente determinado de ambientes sociais e de família em que possivelmente virá a encontrar-se. Apesar disso, como vimos, essa sensibilidade inicial não é garantia de posterior adaptação; com efeito, quando o ambiente em que se dá o desenvolvimento ultrapassa certos limites, a sensibilidade do organismo a tal ambiente poderá levar a personalidade em desenvolvimento não apenas a enveredar por uma linha mal adaptada, mas também, devido à crescente homeorese, a confinar-se mais ou menos permanentemente a essa linha. Exemplo desse tipo de mau desenvolvimento da personalidade é a personalidade psicopática, resultante do fato de o desenvolvimento, ao longo dos três primeiros anos de vida aproximadamente, haver ocorrido em ambiente familiar intensamente atípico.

Outra forma de o desenvolvimento da personalidade tomar um curso que leva à má adaptação da vida adulta é esse desenvolvimento seguir caminho que resulta em uma personalidade razoavelmente bem adaptada ao ambiente em que o indivíduo cresce, deixando essa boa adaptação de existir com relação aos ambientes em que é de se esperar que ele venha a se encontrar na vida adulta. Exemplo deste outro tipo de mau desenvolvimento é o da personalidade fortemente obsessiva e submissa, que floresce em ambiente social bem estruturado, mas é incapaz de adaptar-se a alterações.

Pressões homeoréticas sobre o desenvolvimento da personalidade

Passemos a ocupar-nos brevemente da natureza dos processos que tendem a manter uma personalidade em desenvolvimento na linha em que já se encontra. Há duas espécies de pressão: as que derivam do ambiente e as que derivam no interior do organismo. Dada a constante interação entre elas, é imenso o efeito combinado de tais pressões.

As pressões ambientais devem-se, em grande parte, ao fato de o ambiente familiar em que a criança vive e cresce tender a manter-se relativamente inalterado, tal como assinalam, entre outros, Peck & Havighurst. Significa isso que tendem a persistir as pressões que levaram o desenvolvimento de uma criança a seguir determinada linha, mantendo o desenvolvimento nessa mesma linha. Daí por que tendem a fracassar as tentativas de alterar a estrutura de personalidade de uma criança por meio de psicoterapia, sem se alterar, concomitantemente, o meio doméstico por meio de terapia familiar.

Não são só as pressões ambientais que tendem a manter o desenvolvimento em determinada linha. Os traços estruturais de personalidade, uma vez desenvolvidos, dispõem de meios próprios de autorregulação que também tendem a manter a adotada direção de desenvolvimento. Exemplificando: as estruturas cognitivas e comportamentais do momento determinam o que é percebido e o que é ignorado, como é interpretada uma situação nova e que plano de ação possivelmente surgirá para lidar com ela. Além disso, as estruturas do momento determinam os tipos de pessoa e de situação a buscar e a evitar. Dessa maneira, o indivíduo influi na escolha de seu próprio ambiente; e dessa forma se completa o círculo. Ocorrendo que esses fortes processos autorreguladores se manifestam em todos os indivíduos, tendem também a insucesso as medidas terapêuticas dirigidas a alterar o ambiente familiar ou social de um paciente – estudante, adolescente ou adulto –, se não houver simultânea tentativa de alterar a estrutura de personalidade desse mesmo paciente.

Assim, uma vez que as pressões homeoréticas dos dois tipos – ambientais e orgânicas – se reforçam constantemente e mantêm o desenvolvimento na linha já adotada, as medidas terapêuticas de que mais se pode esperar efeito são as que se propõem a lidar, concomitantemente, com esses dois tipos de pressão. E, com efeito, muitos psiquiatras de orientação dinâmica vêm dedicando atenção ao aperfeiçoamento da combinação dessas técnicas terapêuticas.

Os processos psicológicos e as formas de comportamento correspondentes à contribuição que o organismo dá à homeorese estão entre aqueles há muito considerados "defensivos" na tradição psicanalítica. No volume III desta obra, tenciono examinar, deste ponto de vista, os processos e o comportamento defensivos.

O caminho de uma pessoa: alguns determinantes

Cabe dizer, acompanhando Waddington, que as características fundamentais da personalidade são propriedades duradouras possíveis de encarar como um conjunto de linhas alternativas de desenvolvimento. Que linha seguir desse grande e particular conjunto inicialmente oferecido a cada um de nós depende de uma quase infinidade de variáveis. Além disso, entre essas muitas variáveis, algumas são mais facilmente perceptíveis do que outras, pois têm efeitos de maior alcance. E sustenta-se que variável alguma tem mais profundos efeitos sobre o desenvolvimento da personalidade do que as experiências infantis no seio da família: a começar dos primeiros meses e da relação com a mãe, passando pelos anos de infância e adolescência e relações com ambos os pais, o indivíduo constrói modelos de como as figuras de apego provavelmente se comportarão com respeito a ele, em uma variedade de situações; e nesses modelos apoia todas as suas expectativas e, portanto, todos os planos para o resto da vida.

Separar-se o indivíduo, por breve ou longo tempo, de uma figura de apego, perdê-la ou ver-se ameaçado de separação ou abandono – tudo isso age, agora o vemos, para desviar o desenvolvimento de uma linha que está dentro de limites ótimos, levando a outra que talvez esteja fora deles. Voltando à analogia com a estrada de ferro: essas experiências agem de forma que os pontos de um entroncamento se deslocam, sendo o trem desviado da linha principal para uma secundária. Felizmente, muitas vezes o desvio não é grande nem demorado, tornando-se fácil o retorno à linha principal. Outras vezes, porém, o desvio é maior e mais longo, ou é repetido, tornando o retorno mais difícil e talvez impossível.

Não se deve, contudo, supor que separações, ameaças de separação e perdas sejam os únicos agentes capazes de desviar o desenvolvimento de uma linha ótima para um linha subótima. Se correta a tese neste livro defendida, o mesmo pode resultar de muitas outras limitações e imperfeições dos genitores. Além disso, os desvios podem decorrer de qualquer evento causador de estresse ou crise, especialmente quando atinge indivíduo imaturo ou alguém que já se encontre em linha subótima. Assim, como eventos capazes de desviar o desenvolvimento, as experiências de separação, de perda e as ameaças de abandono são apenas alguns dos muitos exemplos descritos como causadores de mudanças importantes no espaço vital (Parkes, 1971*b*). Nessa mesma categoria estão incluídos eventos que, em certas situações, podem influir sobre o desenvolvimento para aperfeiçoá-lo.

São muitas as razões para termos concentrado atenção em experiências de separação e perda e em ameaças de abandono, excluindo outras experiências. Antes de tudo, trata-se de eventos facilmente detectáveis, com efeitos facilmente observáveis a curto prazo – e com efeitos também facilmente observáveis a longo prazo, quando o desenvolvimento prossegue ao longo de linha fortemente desviada. Propiciam, assim, aos pesquisadores, valioso ponto de partida com base no qual elaborar projetos dirigidos e lançar claridade sobre o campo imensamente complexo e ainda muito obscuro que é o do desenvolvimento da personalidade e das condições que o determinam.

Em segundo lugar, e em parte porque os efeitos desses eventos não atingem apenas o homem, mas estendem-se a outras espécies, surge oportunidade para tentar uma reformulação da teoria do desenvolvimento da personalidade e seus desvios, a ela incorporando ideias que provêm tanto da tradição psicanalítica como da etologia e da biologia desenvolvimentista. Em terceiro lugar, esses eventos ocorrem tão frequentemente na vida de crianças, adolescentes e adultos, e correspondem a tão alta proporção dos principais causadores de estresse por nós conhecidos, que uma clara compreensão de seus efeitos proporciona imediata ajuda aos clínicos, aos quais cumpre a tarefa de compreender a incapacidade psiquiátrica, tratá-la e, sempre que possível, preveni-la.

Contudo, e por mais útil que se mostre esse esforço, trata-se apenas de um começo. A personalidade humana é, talvez, o mais complexo de todos os sistemas complexos que existem na Terra. Descrever os componentes principais desse todo, compreender e predizer como atua e, acima de tudo, apontar as numerosíssimas e intrincadas linhas ao longo das quais pode uma pessoa desenvolver-se, todas essas são tarefas para o futuro.

Apêndice I
Angústia de separação: revisão da literatura[1]

Um exame da bibliografia mostra que o problema da angústia de separação foi abordado de seis pontos de vista principais: três deles são reproduções – embora nem sempre as reproduções necessárias – de teorias pertinentes à natureza do apego da criança com relação à mãe. São referidas a seguir, na ordem em que receberam a atenção dos psicanalistas.

1. A primeira, proposta por Freud em *Três ensaios* (1905b), é um caso especial da teoria geral da angústia, por ele defendida até 1926. Como consequência de seus estudos acerca da neurose de angústia (1895), Freud havia formulado a ideia de que a angústia patológica é devida a transformações da excitação sexual de origem somática (que não pode ser descarregada) em angústia. Exemplo disso, afirma Freud, é a angústia que se manifesta quando um bebê é separado da pessoa a quem ama, já que, em tais circunstâncias, a libido da criança permanece insatisfeita e sofre transformação. A essa teoria podemos denominar teoria da "libido transformada".

2. A angústia demonstrada por crianças pequenas, quando se separam da mãe, é uma reprodução do trauma do nascimento, pois

....

[1]. Uma versão desta recapitulação foi publicada no *Journal of Child Psychology and Psychiatry*, vol. I, 1961. Poucas alterações foram feitas; trabalhos publicados após 1960 não são examinados tão sistematicamente quanto os antes publicados.

a angústia do nascimento é o protótipo de todas as angústias de separação posteriormente experimentadas. Segundo Rank (1924), cabe falar em teoria do "trauma do nascimento". É a reprodução da teoria do anseio de retorno ao ventre, solicitada para explicar os vínculos da criança.

3. Na ausência da mãe, um bebê ou uma criança jovem vê-se exposta ao risco de uma experiência psíquica traumatizante. Por esse motivo desenvolve um dispositivo de segurança que a leva a manifestar comportamento de angústia quando a mãe se afasta. Esse comportamento tem uma função: permite assegurar que o seu afastamento da mãe não será prolongado. Esta é a teoria comumente denominada teoria do "sinal", expressão cunhada por Freud em 1926. Admite variantes, na dependência de como se conceba a situação traumática a ser evitada.

As variantes principais são: (a) a situação traumática é um distúrbio econômico, provocado quando se desenvolve um excessivo acúmulo de estímulos nascidos de necessidades corporais insatisfeitas (Freud, 1926a); (b) a situação traumática liga-se à iminência da total e permanente extinção da capacidade de prazer sexual, ou seja, afanise (Jones, 1927; quando pela primeira vez sugerida por Jones para explicar a angústia, a teoria da afanise não foi relacionada com a angústia de separação; entretanto, dois anos depois, o autor fez adaptações para acomodá-la às concepções posteriores de Freud); (c) variante proposta por Spitz (1950) e apresentada por Joffe & Sandler (1965) dentro dos quadros de outro modelo teórico é a de que a situação traumática a evitar é a ferida narcísica. Na história do pensamento de Freud, a teoria do sinal brota – e, sob certos ângulos, é a contrapartida – da teoria que explica o vínculo da criança com a mãe em termos de pulsão secundária. A variante que entende ser a ferida narcísica como o trauma a recear também nasce da tradição da pulsão secundária.

4. A angústia de separação resulta de a criança jovem acreditar que, se a mãe desaparece, é porque ela a engoliu ou, de algum outro modo, a destruiu, consequentemente perdendo-a para sempre. Tal crença, afirma-se, brota de sentimentos ambivalentes da criança em relação à mãe, ambivalência inevitável, dado o fato de existir,

em seu íntimo (da criança), um instinto de morte. Proposta por Melanie Klein (1935), a teoria pode ser denominada "angústia depressiva", seguindo sua terminologia.

5. Como resultado de projetar sua agressão, um bebê enxerga em sua mãe um perseguidor, o que o leva a interpretar o afastamento da mãe em função de ela estar zangada ou desejar puni-lo. Por isso, sempre que a mãe o deixa, o bebê acredita que ela não mais voltará ou que se afastou com disposição hostil, o que explica o surgimento de sua angústia. Mais uma vez, acompanhando Melanie Klein (1934), falamos na teoria da "angústia persecutória".

6. De começo, a angústia é uma resposta primária, não redutível a outros termos e devida apenas à ruptura do apego que liga a criança à mãe. É o que se pode chamar teoria do "apego frustrado". Trata-se da contrapartida das teorias que entendem experimentar a criança, com a presença da mãe, prazer tão primário quanto o proporcionado pelo alimento ou pelo calor. Teoria dessa espécie foi sugerida por James (1890), Suttie (1935) e Herman (1936), mas nunca mereceu muita atenção em círculos psicanalíticos. Teoria dessa ordem foi por mim proposta em trabalho anterior (Bowlby, 1969*a*), quando a relacionei com uma outra variante da teoria do sinal. A teoria exposta neste livro (capítulo 12) é também combinação de dois tipos, o terceiro e o sexto. Considera que a separação de uma criança de uma figura de apego é uma experiência aflitiva por si mesma, conduzindo a uma situação em que um medo intenso pode surgir prontamente. Em consequência, quando uma criança antecipa outra separação, alguma quantidade de angústia ressurge nela.

No capítulo 5 deste volume, chamei atenção para o fato de que quase todas as teorias psicanalíticas acerca de angústia e medo são concebidas em termos de um paradigma biológico que precede a moderna teoria da evolução. Isso explica, segundo se crê, as numerosas, conflitantes, complexas e contraditórias teorias que se encontram na literatura.

Concepções dos principais autores

Sigmund Freud

Vimos que somente em 1926, com 70 anos, Freud deu atenção sistemática, em *Inibições, sintomas e ansiedade*, à angústia de separação. Antes, havendo prestado pouca atenção ao apego do filho à mãe – e é ele quem o afirma (Freud, 1931) –, pouca atenção havia prestado à angústia nascida do afastamento da mãe. Não havia, entretanto, deixado de percebê-la. Tanto em *Três ensaios* (1905*b*) quanto em *Conferências introdutórias* (1917*b*), ele chamou atenção para o assunto e lhe emprestou grande importância[2].

Em *Três ensaios*, após uma seção dedicada às primeiras relações objetais, ele abre espaço para ocupar-se da "angústia infantil" (*SE* 7: 224). Aí, adianta a ideia de que "a angústia, em crianças, não passa, originalmente, de expressão do fato de sentirem falta da pessoa amada". E logo acomoda essa ideia à hipótese que havia proposto para explicar a angústia neurótica em adultos. Por essa época, Freud ainda entendia que quando a descarga da excitação sexual é insuficiente, a libido se transforma diretamente em angústia. E o mesmo, acreditava ele, ocorre em crianças. Porque "as crianças... desde cedo se comportam como se sua situação de dependência em relação às pessoas que delas se ocupam tivesse a natureza do amor sexual", e porque, ocorrida uma separação, a libido da criança fica insatisfeita, Freud conclui que ela enfrenta a situação tal como um adulto o faria, ou seja, "transformando sua libido em angústia". Quatro anos mais tarde, continua a explicar desse modo o primeiro sintoma de angústia de separação apresentado pelo Pequeno Hans: "Foi esse maior afeto pela mãe que repentinamente se transformou em angústia..." (*SE* 10: 25).

O mesmo raciocínio é desenvolvido em *Conferências introdutórias* (1917*b*). Chamando a atenção mais uma vez para a angústia decorrente da ausência da mãe, conclui que "a angústia infantil pouco tem a ver com a verdadeira angústia, mas, de outra

....
2. Separação entre filho e mãe, como tema central e repetido no pensamento de Freud acerca da angústia, é posto em clara evidência na preciosa introdução escrita por Strachely para a *Standard Edition* de *Inibições, sintomas e ansiedade* (Strachey, 1959).

parte, aproxima-se da angústia neurótica dos adultos. Assim como esta, deriva de uma libido livre..." (*SE* 16: 408). Isso, observe-se, equivale a identificar a angústia neurótica dos adultos à angústia de separação nas crianças, semelhança que ele já havia assinalado em 1905[3].

Embora em *Conferências introdutórias*, por motivos que parecem inadequados, Freud complique sua teoria, postulando que a essência da angústia é uma repetição do afeto experienciado no nascimento (*SE* 16: 396), o certo é que, a partir de 1905, nos trabalhos dedicados à angústia infantil, a angústia provocada pela separação da mãe e empiricamente observada passa a ocupar o centro das especulações teóricas de Freud. A angústia que aparece no nascimento, por ele postulada alguns anos antes (1910, *SE* 11: 73), passa a ser apenas um adendo especulativo à teoria. E conquanto, gradualmente, alcance *status* igual, jamais rouba o lugar da angústia ligada ao afastamento da mãe. Este é um ponto importante, pois mais de um analista mostrou-se inclinado a dar-lhe precedência em sua teorização[4].

A referência seguinte à angústia de separação aparece em *Além do princípio de prazer* (1920), onde Freud relata (segundo Jones, 1957: 288) o conhecido incidente do carretel que ele havia

....

3. "... um adulto que se tornou neurótico devido à libido insatisfeita comporta--se, em sua angústia, como uma criança: começa por amedrontar-se quando está só... e busca vencer o medo através dos recursos mais infantis (*SE* 7: 24).
4. Em *Conferências introdutórias*, Freud refere-se a uma criança a quem falta "a visão de uma figura familiar e amada – em última análise, da mãe" como a "situação que é o protótipo da angústia infantil" (*SE* 16: 407). Julga ele, entretanto, que, em tal situação, possa também estar presente uma reprodução da angústia ligada ao nascimento. Entretanto, em *Inibições, sintomas e ansiedade*, a angústia ligada ao nascimento é dada como prototípica. No entanto, em um dos adendos à obra, esclarece que não pôde avançar com as ideias de Rank acerca do papel primário do trauma de nascimento e, referindo-se a suas próprias conclusões, observa que a significação do nascimento se "reduz a essa relação prototípica para com o perigo" (*SE* 20: 162). Essa é também a posição que adota em *Novas conferência introdutórias* (1933), onde repete a opinião de que "uma determinante particular da angústia (ou seja, a situação de perigo) se liga a cada fase do desenvolvimento como própria dele" (*SE* 22: 88). À situação de perigo, que é o nascimento, e ao risco de perda do objeto ou do amor é aqui atribuído, aparentemente, o mesmo *status*. Cf. também as observações de Jones (1957: 274-6) e de Strachey (1959: 83-6). Strachey assinala que, nos últimos trabalhos de Freud, somente a forma assumida pela angústia há de ser entendida como derivada da experiência do nascimento.

presenciado em Hamburgo, cinco anos antes. O neto de Freud, com 1 ano e meio de idade, apanhava toda espécie de pequenos objetos e os jogava nos cantos ou embaixo da cama, com a expressão de quem dissesse "sumiu". E isso aparentemente se confirmou mais tarde, quando o menino conseguiu um carretel preso à extremidade de uma corda e passou à dupla brincadeira de lançá-lo para longe, com uma expressão "sumiu", e puxá-lo de volta, com um alegre "apareceu". Essa brincadeira simples, aliada ao fato de o menino "ser muito apegado à mãe", levou Freud a uma interpretação da brincadeira... relacionada com uma grande realização cultural do menino – a renúncia instintual (isto é, renúncia a uma satisfação instintual), que se fizera ao permitir que sua mãe se afastasse, sem ele protestar. E, por assim dizer, compensava-se, encenando o desaparecimento e a volta de objetos que achava a seu alcance (*SE* 18: 14-5).

Quão firme foi essa conquista cultural nunca saberemos, mas, se o neto de Freud seguiu curso comum de desenvolvimento, é pouco provável que se tenha mantido. Há muitas crianças de 1 ano e meio que, sem chorar, permitem o afastamento da mãe por cerca de uma hora, mas que, em meses posteriores, consideram o afastamento intolerável e inquietam-se muito com isso. Seja como for, a observação do mencionado incidente, e sem dúvida de outros semelhantes, esclareceu a percepção de Freud quanto ao vínculo entre filho e mãe e levou-o a maior reflexão em torno da teoria da angústia – exemplo do valor da observação direta.

Foi a publicação de *Trauma of Birth*, de Rank, em 1924, que – relata Freud em adendo a *Inibições, sintomas e ansiedade* (1926*a*) – "outra vez me obrigou a rever o problema da angústia". Em seu livro, Rank acolheu a sugestão que, como vimos, havia sido inicialmente rejeitada por Freud, "segundo a qual a angústia é uma consequência do evento do nascimento e uma repetição da situação então experimentada". "Mas", continua Freud, "eu não conseguia avançar a partir da ideia de que o nascimento é um trauma, os estados de angústia, uma reação de descarga a ele, e todas as subsequentes manifestações de angústia, uma tentativa de ab-reagir a ele cada vez mais completamente" (*SE* 20: 161). O que Freud faz em sua corajosa revisão da teoria é voltar à base segura da observação empírica – o que o leva de volta, uma vez mais, à angústia de separação.

Lendo *Inibições, sintomas e ansiedade*, notamos que Freud, ao longo de sete capítulos, lutou com os problemas teóricos relativos à angústia, vindo a abandonar uma hipótese que lhe era cara, ou seja, a de que a angústia representa uma transformação direta da libido. A razão para assim agir está em seu reconhecimento de que embora houvesse imaginado ser a angústia consequência da repressão, o exame de material clínico veio sugerir-lhe que, ao contrário, a repressão é consequência da angústia (*SE* 20: 109). Assim, ao iniciar o capítulo 8, Freud conclui pesarosamente: "Até agora, só chegamos a concepções contraditórias acerca da angústia... Proponho, portanto, um procedimento diferente. Proponho reunir, sem discriminação, todos os fatos conhecidos acerca da angústia, sem esperar atingir nova síntese" (p. 132). Após breve digressão, prossegue:

> Só conseguimos compreender umas poucas manifestações de angústia em crianças, e a estas devemos limitar nossa atenção. Ocorrem, por exemplo, quando a criança está só ou no escuro ou quando em companhia de uma pessoa desconhecida, e não de alguém com quem esteja acostumada – a mãe, digamos. Esses três exemplos podem ser reduzidos a uma instância única – a ausência de alguém que é amado e querido. Aqui, penso eu, está a chave para compreender a angústia... a angústia manifesta-se como reação à sentida perda do objeto (p. 136-7).

Até este ponto, Freud trabalha com dados empíricos, dados aliás hoje amplamente confirmados. Continua, entretanto, com dificuldades, que outros também sentiram, para explicar as observações feitas. Por que a reação de angústia? "Tem ela toda a aparência", observa Freud, "de ser uma expressão do sentimento de perplexidade da criança, como se, ainda não desenvolvida, a criança desconhecesse meio melhor de enfrentar sua catexia de anseio" (p. 137). Hoje é possível traçar uma teoria mais aperfeiçoada do comportamento instintivo, elaborando uma hipótese que vê a "catexia de anseio" como a essência do problema. Há cinquenta anos, entretanto, essas ideias acerca do comportamento instintivo ainda não haviam surgido; ao contrário, Freud julgava que o apego da criança só poderia ser entendido em termos de pulsão secundária e que as necessidades primárias eram apenas as do corpo.

E, assim, prossegue Freud:

A criança de colo quer perceber a presença da mãe porque sabe, em razão da experiência, que a mãe satisfaz, sem demora, todas as suas necessidades. A situação em que vê "perigo", e contra a qual quer preservar-se, é a de não satisfação, de uma *tensão crescente devida à necessidade*, contra a qual está indefesa.

Isso, continua ele, é

análogo à experiência de nascer... Ambas as situações têm em comum a perturbação econômica causada pelo acúmulo de quantidades de estímulos de que é necessário livrar-se. Esse, portanto, é o fator correspondente à real essência do perigo...

e que ele denomina "situação traumática". Para evitá-la, a criança, através de um processo de aprendizagem, desloca

o perigo que teme... da situação econômica para a condição determinante de tal situação, ou seja, a perda do objeto. A ausência da mãe passa a ser o perigo; e tão logo o perigo surge, a criança dá sinal de angústia, antes que a situação econômica temida se instale (p. 137-8).

Considerando os diversos modos de Freud enfocar o problema da angústia, importa ter em mente que, desde os primeiros dias de seu teorizar psicanalítico, ele adota como postulado básico que a função do sistema nervoso é a de livrar-se de estímulos e que, para tal sistema, a maior catástrofe é ver-se sobrecarregado de estímulos (cf. capítulo 5 deste volume). Essa teoria constitui o que Freud denomina ponto de vista econômico, por vezes apresentado em termos de energia psíquica que se forma e que é descarregada durante a ação ou represada; outras vezes, é apresentado em termos de excitação e estimulação que também varia em quantidade. A "situação econômica temida", que Freud acredita atemorizar a criança afastada da mãe, não passa de representamento de energia psíquica que não encontra descarga.

Em decorrência do reexame do problema, Freud conclui que a angústia tem duas fontes. A primeira aparece como "fenômeno automático" com traços fisiológicos que Freud acredita poderem ser parte da resposta adequada à situação de nascimento. Tal angústia se manifesta sempre que uma situação traumática "se estabelece no id", ou seja, "em situações de não satisfação, quando a quantidade de estimulação ascende a alturas desagradáveis, sem ser possível dominá-las psiquicamente, nem descarregá-las..." (*SE* 20: 137-41). Tais situações traumáticas são sempre caracterizadas pelo desamparo. Na formulação que Freud dá a essa fonte de angústia percebemos ligação direta com sua teoria inicial, proposta em seu trabalho "Neurose de angústia" (1895), onde postulou que a neurose se desenvolve quando o sistema nervoso se revela incapaz de lidar com grande quantidade de excitações.

A angústia derivada da segunda fonte, sugere Freud, constitui "sinal de socorro", destinado a apontar presença de perigo. Como requer capacidade prospectiva, tal angústia "só pode ser experimentada pelo ego" (*SE* 20: 140). Cabe ao ego, sem dúvida, captar antecipadamente a situação de perigo, de sorte que reduza "a experiência aflitiva a mera indicação, a um sinal" (p. 162). Freud passa a relacionar situações de perigo, cada uma correspondente a uma fase especial do desenvolvimento e que, permitido este desenvolvimento, conduziriam a uma situação traumática: entre elas estão o nascimento, a perda de objeto (a saber, a mãe), medo do pai, medo do superego (p. 146-7).

Explicando esta segunda fonte de angústia, Freud põe grande ênfase sobre os elementos previsão e expectativa: "O indivíduo terá obtido grande avanço em sua capacidade de autopreservação se pode prever e esperar uma situação traumática... que implica desamparo, em vez de simplesmente esperar que ela ocorra" (p. 166). Bom grau de desenvolvimento cognitivo se faz necessário, portanto, antes que a angústia possa brotar desta fonte.

Embora, como foi dito, Freud entenda que a angústia de separação é apenas um sinal que se desenvolve através de um processo de aprendizagem – se de fato é necessário e baseado na previsão –, não há dúvida de que ele não se satisfaz com essa conclusão. No fim do livro (*SE* 20: 168), volta às "fobias perturbadoras da primeira infância" e sugere que talvez, como se dá em outras espécies, o temor de perder o objeto possa ser uma resposta construída internamente – é assim que se refere à "herança arcaica" e aos "resquícios de preparo congênito para enfrentar perigos reais". Essas reflexões e outras similares, que se referem aos "vínculos da criança" (que podemos encontrar em *Esboço*, 1940) e foram mencionadas no apêndice do volume I deste livro, sugerem que, aproximando-se do fim da vida, Freud caminhava no sentido de uma formulação não muito distante desta apresentada aqui.

Muito mais importante, porém, é o fato de que, em suas últimas obras, Freud esclarece o que sustento constituir a verdadeira relação entre a angústia de separação e o luto e as defesas. Antes, como honestamente admite, sentira-se confuso. Não somente havia imaginado que a repressão precede a angústia, mas também encontrara dificuldade em acreditar que a angústia e o desgosto (*grief*) podem ser resposta à perda do objeto. Depois, percebe claramente a sequência: angústia é a reação ao perigo de perder o objeto, a dor do luto é a reação à perda verdadeira do objeto e as defesas protegem o ego contra as exigências instintivas que ameaçam sobrecarregá-lo e que podem prontamente manifestar-se na ausência do objeto (*SE* 20: 164-72). Essa fórmula não foi comumente adotada por teóricos posteriores.

Ernest Jones

Quando Jones (1927) propôs a teoria da afanise, desconhecia as últimas orientações do pensamento de Freud, o que se evidencia por não haver referência a *Inibições, sintomas e ansiedade*. Há evidência também de que desconhecesse a importância do apego à mãe (independentemente do sexo da criança). Importa, pois, notar que a teoria da afanise – de que "o medo fundamental é o da total e permanente extinção da capacidade (incluída a oportunidade) de gozo sexual" – foi proposta sem nenhuma alusão ao tema da angústia de separação. A única menção à angústia de separação se fez com respeito ao desmame como precursor pré-genital da castração e ao medo que sente a menina de separar-se do pai.

Dois anos depois, entretanto, Jones (1929) esforça-se por acomodar sua teoria da afanise à teoria de Freud da angústia como sinal. A união não é fácil e a teoria resultante é muito mais complexa do que qualquer uma das duas anteriores. Uma das várias dificuldades está em Jones continuar desconhecendo o vínculo da criança à mãe, independentemente do seu sexo[5]. Como pouco se tem invocado a teoria combinada, é desnecessário esboçá-la. Em termos amplos, cabe dizer que Jones acolhe a concepção de Freud, relativa à angústia como sinal, acreditando ser ela "propositadamente provocada pelo ego, de modo que advirta a personalidade" da possível aproximação de sérios perigos; depois, descrevendo esses perigos, acrescenta sua noção de afanise à concepção de Freud acerca do que constitui uma "situação traumática".

Melanie Klein

Se Jones desenvolveu sua teoria da angústia independentemente da de Freud, buscando, posteriormente, casá-las, Melanie Klein também teorizou sem considerar a doutrina de Freud e tem frequentemente assinalado diferenças entre as duas concepções. A angústia, segundo ela, há de ser entendida em termos do instinto de morte (a que Freud jamais aludiu neste contexto) e, pois, em termos de agressão. Seus pontos de vista sobre angústia em geral – delineada entre 1924 e 1934 – e a angústia de separação vêm amplamente expostos em seu trabalho "On the Theory of Anxiety and Guilt" (1948b, em Klein et al., 1952). Corresponde à única formulação feita por um psicanalista e é, ao mesmo tempo, substancialmente diversa das formulações examinadas por Freud e de grande influência sobre a teoria e a prática.

Em *Inibições, sintomas e ansiedade*, prosseguindo numa linha de argumento já proposta em *Conferências introdutórias* (*SE* 16: 407-8), Freud rejeitou explicitamente a noção de que o medo da morte seja uma angústia primária, concluindo que é medo posterior e aprendido[6]. Melanie Klein discorda: "Não partilho dessa

....

5. Cf., por exemplo, a referência que fez ao perigo externo que brota do afastamento do objeto, "por exemplo, a mãe, no caso do *menino*" (p. 311, grifo meu).
6. É interessante notar que Sylvia Anthony (1940), em estudo acerca da gênese da ideia de morte em crianças, chegou a conclusão semelhante. Acredita ela que quando equiparada com a separação é que a morte adquire significado emocional: "A morte equivale à partida... Para a criança, no contexto da partida, morte significa morte da mãe – e não a sua".

concepção, pois minhas observações analíticas mostram que há, no inconsciente, o medo de aniquilação da vida". Esse terror, presume ela, deve ser resposta ao instinto de morte: "Assim, a meu ver, o perigo anunciado pela atividade interior do instinto de morte é a primeira causa da angústia" (Klein et al., 1952: 276). O temor, sugere ela, é sentido pela criança "como ataque avassalador, como perseguição", e uma perseguição, além disso, pela primeira vez experimentada por ocasião do nascimento: "Cabe presumir que a luta entre os instintos da vida e da morte já ocorra durante o nascimento e acentue a angústia persecutória provocada por esta dolorosa experiência". Deste argumento retira ela importante conclusão concernente às primeiras relações de objeto da criança: "Dir-se-ia", escreve ela, "que essa experiência [ou seja, o nascimento] tem o efeito de fazer parecer hostil o mundo externo, incluído o primeiro objeto exterior, o seio materno" (1952: 278). Em outro artigo (1946), ela sintetiza seu ponto de vista em uma sentença: "Sustento que a angústia brota da atuação do instinto de morte no interior do organismo, é sentida como temor de aniquilação (morte) e assume a forma de medo de perseguição" (Klein et al., 1952: 296). É contra esse pano de fundo – o de que a angústia é consequência da atividade perpétua do instinto de morte, que já pesa sobre o recém-nascido como angústia persecutória – que Klein apresenta suas concepções a propósito da angústia de separação.

Partindo da distinção feita por Freud entre angústia objetiva (aparecendo em conexão com um perigo externo conhecido) e angústia neurótica (aparecendo em conexão com um perigo interno e desconhecido) (Freud, 1926a, SE 20: 165 e 167), Klein (1948b) entende que ambos concorrem para que se instale na criança o medo da perda. Segundo ela, a angústia objetiva brota "da completa dependência da criança, em relação à mãe, para satisfação de suas necessidades e alívio de tensão"; a angústia neurótica "deriva da apreensão da criança de ter destruído ou poder destruir a mãe querida – por seus impulsos sádicos –, e esse medo... contribui para a criança sentir que a mãe jamais voltará". Se Klein postulasse que essa angústia depressiva só se desenvolve em uma fase posterior da infância, não estaria divergindo da concepção de Freud, mas apenas lhe acrescentando algo em um ponto importante. Tal não é, porém, sua posição. Enfatiza que, a seu ver, ambas as fontes de angústia estão presentes desde o início e em constante interação. Em razão disso, "nenhuma situação de perigo brotada de fontes externas poderia apresentar-se à experiência da criança como perigo puramente externo e conhecido" (Klein et al., 1952: 288). Quanto a esse ponto, ela e seus colegas manifestam-se nos mesmos termos. Discutindo o incidente do carretel, Klein afasta-se explicitamente de Freud e conclui: "Quando [uma criança] dá por falta [da mãe] e não vê satisfeitas as suas necessidades, a ausência é sentida como resultado de seus impulsos de destruição" (p. 269-70). No mesmo livro, Susan Isaacs afirma que

> o sofrimento mental sempre tem um conteúdo, um significado, e implica fantasia. Segundo a concepção aqui apresentada, 'ele se comporta como se jamais fosse ver a mãe de novo'[7], e o significado de sua fantasia é que sua mãe foi destruída pelo seu ódio ou voracidade e perdida para sempre (Klein et al., 1952: 87).

Esses trechos parecem indicar que, explicando a angústia de separação, Melanie Klein et al. entendem que a angústia depressiva é seu componente virtualmente único. Não é bem assim, entretanto, pois, alhures, acentuam que a relação para com a mãe é

> uma primeira medida de defesa... A dependência com respeito à mãe e o medo de perdê-la, visto por Freud como a mais profunda fonte de angústia, já é, do nosso ponto de vista (a autopreservação), uma defesa contra um perigo maior (o de desamparo contra a destruição interior) (Joan Riviere in Klein et al., 1952: 46-7).

"Desde o início", escreve ela, "as forças internas do instinto da morte e da agressão aparecem como o perigo maior a ameaçar o organismo" (p. 44). Como essas forças se libertam durante uma experiência de separação, a angústia de separação é vista, em última análise, como uma resposta à ameaça de destruição interior. Indubitavelmente, essa teoria é muito diversa da de Freud e da aqui proposta. Enquanto Freud dá primazia à angústia que brota de "um acúmulo de quantidade de estimulação" concebido como

....

7. A citação de Isaac de *Inibições, sintomas e ansiedade* foi retirada da tradução inglesa, datada de 1936 (Londres: Hogarth, p. 167).

decorrente da separação, Melanie Klein et al. emprestam primazia à angústia persecutória.

Importa, entretanto, acrescentar que, em vários trechos, também Klein se refere ao nascimento como correspondendo a um trauma provocador de angústia e, por vezes, parece endossar a teoria segundo a qual o trauma do nascimento explica a angústia de separação. Assim é que, após passagem já citada (1952: 296), Klein escreve: "Outras importantes fontes de angústia primária são o trauma do nascimento (angústia de separação) e a frustração das necessidades corporais". Contudo, embora admitindo essas fontes adicionais de angústia, a autora rapidamente as transfere para o âmbito da angústia persecutória, de vez que atribui à criança a tendência de sempre supor que o medo é despertado por um objeto. Depois de haver opinado que "o medo do impulso de destruição parece ligar-se, de pronto, a um objeto", completa esse enunciado dizendo, a propósito do trauma do nascimento e da frustração das necessidades corporais, que

> também essas experiências são vistas, de começo, como sendo causadas por objetos[8]. Ainda que se entenda tratar-se de objetos externos, eles, por introjeção, transformam-se em perseguidores internos e reforçam o medo do impulso destrutivo interior (p. 296).

Ao avaliar as concepções de Klein é essencial ter presente que sua principal visão teórica foi elaborada em anos anteriores à publicação de *Inibições, sintomas e ansiedade* e que, ao contrário de Freud, cuja formulação teórica final tomou como ponto de partida a angústia que brota da experiência de separação, ela já havia desenvolvido uma teoria da angústia antes de dar qualquer atenção à separação da mãe como uma situação provocadora de angústia. A primeira vez que a considera é no trabalho "The Psychogenesis of Manic-depressive States", de 1935.

Quando voltamos aos primeiros trabalhos de Melanie Klein, impressionamo-nos com o fato de ela observar que frequente-

....
8. Freud não dá apoio a esse tipo de teoria. E escreve: "Uma criança desconfiada dessa maneira e sentindo-se aterrorizada diante do instinto agressivo que domina o mundo é uma construção teórica, mal-sucedida" (*SE* 16: 407).

mente coexistem a angústia e a agressão inconsciente, em particular quando uma pessoa se apega a outra de modo anormalmente intenso e angustiado. A meu ver, entretanto, ela admitiu apressadamente que a agressão conjuntamente precede e causa angústia, e assim, em vez de reconhecer a agressão consciente e inconsciente como uma resposta comum à separação e como importante e frequente condição para a *exacerbação* da angústia de separação, veio a considerar a agressão como a fonte única da angústia. Além disso, identificando o vínculo que liga a criança à mãe com oralidade, foi levada a fazer presunções implausíveis acerca da vida mental da criança durante seus primeiros meses de vida, daí criando uma superestrutura teórica longe de ser convincente. E surgiram duas infelizes consequências. De uma parte, alguns de seus críticos não souberam apreender o valor de certos aspectos de suas ideias; de outra parte, seus seguidores tardaram a reconhecer que, embora as angústias depressiva e persecutória se mostrem, por vezes, significativas, é impossível compreender a angústia de separação nestes termos. E, o mais importante, tardaram também a reconhecer que as perturbações na relação mãe-filho, surgidas no segundo ano de vida da criança e em anos subsequentes, podem encerrar potencial de largo alcance no que se refere a um desenvolvimento patológico.

Anna Freud

Se Malanie Klein escreveu muito acerca da angústia da separação, embora tenha feito poucas observações acerca de como as crianças se comportam em situações de separação, Anna Freud foi das primeiras a registrar tais observações, muito embora, até anos recentes, só tenha feito exame surpreendentemente escasso das implicações teóricas do material recolhido. Tal como no caso de Klein, parece que uma razão importante para assim haver ocorrido foi o fato de sua orientação teórica ter se definido antes de Freud ter apresentado sua nova maneira de ver a natureza e gênese da angústia. *Inibições, sintomas e ansiedade* não é citado no livro de Anna Freud, *The Psychoanalytical Treatment of Children* (1946), datado de 1926, 1927 e 1945; e, conquanto haja um capítulo dedicado aos processos de defesa em relação a fonte de angústia ou perigo, não há menção, em *The Ego and Mechanism of Defence* (1936), à angústia de separação nem à perda de objeto. Antes de realizar experiências com recém-nascidos e crianças pequenas, nas Hampstead Nurseries, durante a guerra, Anna Freud parece ter dedicado pouca atenção a essas questões.

Nos dois modestos volumes que publicou com Dorothy Burlingham (Burlingham & Freud, 1942; 1944), a observação é penetrante e as descrições são esclarecedoras. Acerca de crianças de 1 a 3 anos de idade, escrevem as autoras:

> A essa altura da vida, as reações ao afastamento mostram-se particularmente violentas... Essa nova capacidade de amar vê-se privada dos objetos familiares e sua voracidade por afeto permanece insatisfeita. Seu anseio de ter a mãe torna-se intolerável e a leva [a criança] a estados de desespero (1942: 51).

Contudo, a despeito da clara compreensão da aflição implícita nessas respostas, nem nos volumes citados, nem em trabalhos publicados na década seguinte Anna Freud relaciona, de maneira sistemática, essas manifestações à angústia em geral, em particular, à angústia de separação.

Tem-se mesmo a impressão de que Burlingham & Freud estavam despreparadas para a intensidade das respostas que testemunharam nas creches e embaraçaram-se ao explicá-las. Há, por exemplo, uma passagem (1942: 75-7) onde expressam a crença de que, se a separação ocorresse gradualmente, tudo estaria bem: "Não é tanto ao fato da separação que a criança reage, mas à forma como a separação se processa". Em outra passagem (p. 57) parecem atribuir a aflição de uma criança entre 3 e 5 anos exclusivamente à circunstância de ela acreditar que a separação é um castigo: "Para dominar essa culpa, ela extrema o amor que sempre sentiu pelos pais" – comentário indicador de que, para as autoras, não haveria aflição naquela idade, se não houvesse culpa e angústia persecutória. Talvez mais se aproximem da verdade quando do, nesses mesmos trechos, referem-se à "dor natural da separação" e ao fato de que "o anseio insatisfeito produz na criança um estado de tensão sentido como choque".

Sempre que, naquele período, Anna Freud esboça uma interpretação teórica dessas respostas (por exemplo, 1952; 1953) dá por suposto que os vínculos pelos quais a criança se prende à mãe hão de ser explicados pela teoria da pulsão secundária. Como a criança tem apenas necessidades corporais, seu interesse se limita, de início, a quem dê atendimento a essas necessidades; na medida em que a separação provoca angústia, esta é consequência do temor de que as necessidades corporais deixem de ser atendidas. As ideias de Anna Freud são, talvez, mais claramente expressas em um discurso que fez para estudantes de medicina (1953). Após descrever como, em sua opinião, o apego cresce na criança bem cuidada, ela diz:

> De outra parte, quando a mãe executa indiferentemente suas funções de provedora, ou quando permite que muitas outras pessoas a substituam, só lentamente ocorre a transformação de um amor ditado por um estômago voraz em apego amoroso verdadeiramente constante. *A criança mantém-se demasiado insegura e demasiado preocupada com o atendimento de suas necessidades*, sem que lhe sobre sentimento suficiente para dedicar à pessoa ou pessoas que a atendem [grifo meu].

Essa conclusão é um resultado lógico da teoria da pulsão secundária para explicar o vínculo da criança e da versão que Freud oferece da angústia de separação, nos termos da teoria da angústia-sinal.

Mais recentemente, em livro publicado em 1965, Anna Freud descreve várias "formas" assumidas pela angústia ao longo dos primeiros anos de vida, cada uma das quais ela acredita ser característica de uma fase particular do desenvolvimento das relações objetais. A sequência de formas é a seguinte: "temores arcaicos de aniquilação... angústia de separação, angústia de castração, medo de perda de amor, culpa...". A angústia de separação (e também o medo de aniquilação) é tida como característica exclusiva da fase inicial de desenvolvimento das relações objetais; fala-se em uma fase de "unidade biológica entre mãe e filho, com o narcisismo materno se estendendo ao filho e o filho incluindo a mãe em seu '*milieu* narcisista interno'...". Nas fases seguintes, pensa-se que se manifestam outras formas de angústia diversas da angústia de separação. Acredita-se, por exemplo, que a terceira fase, tida como de constância do objeto, se caracterize pelo temor da perda*.

Contribuição dos adeptos da psicologia do ego

As teorias elaboradas por Anna Freud em seus trabalhos iniciais são aceitas por Nunberg (1932), Fenichel (1945) e Schur (1953; 1958). Em seus dois cuidadosos estudos acerca da angústia, Schur admite a presunção comum de que, no homem, os componentes de comportamento biologicamente dados são estritamente limitados. No segundo trabalho, onde se estende a propósito dos dados e conceitos biológicos, pormenoriza o que entende estar neles compreendido. De um lado, postula a presença de reações de luta e fuga, características da fase de desenvolvimento que se inicia com a capacidade de perceber objetos exteriores. De outra parte, postula uma fase anterior ("a fase indiferenciada") durante a qual, "devido ao desenvolvimento infantil específico no homem, todo perigo é 'econômico', perigo interno", ou seja, perigo nascido de um acúmulo de excitação derivado de necessidades corporais não atendidas. É a partir dessa fonte de angústia especificamente humana que ele olha a angústia de separação, vendo-a desenvolver-se como um derivativo aprendido:

> A consciência de que um objeto externo pode iniciar ou encerrar uma situação traumática desloca o perigo da situação econômica para a condição que determina aquela situação. A partir daí, o que constitui perigo para a criança não é mais a fome, porém a ausência da mãe.

Embora examine vários perigos que entende "fundados em dados inatos", em ponto algum considera a possibilidade de que um desses perigos seja a perda da mãe.

Depois de reconhecer a importância da angústia de separação, Kris (1950) esforça-se por incorporá-la à sua teoria. Contudo, suas concepções baseiam-se antes em inferências a partir de teoria prévia do que em reavaliação de dados; preocupa-se ele, tal como Schur, em dar-lhes forma compatível com a psicologia do ego, pregada por Hartmann. Isso o leva a acentuar uma distinção entre o perigo de perder o objeto do amor e o perigo de perder o amor do objeto. Embora Freud (1926a) se tenha referido, de passagem, a essa distinção, Kris lhe dá elaboração própria. Apoiando-se na teoria, postula que o risco de perder o objeto do amor só diz respeito a necessidades anaclíticas (a saber, corporais), e não a um particular objeto de amor. De outra parte, postula que o desenvolvimento de uma "relação para com um objeto de amor permanente, personalizado, que já não pode ser facilmente substituído" ocorre ao mesmo tempo que o desenvolvimento da sensibilidade ao perigo de perder o amor do objeto; representa, a seu ver, "importante fase do desenvolvimento do ego".

Essa hipotética associação não é, entretanto, autorizada pela observação. As reações de angústia à perda de um objeto de amor são notadas alguns meses antes de ser razoável atribuir a uma criança consciência do perigo de perder o amor do objeto e antes da idade-limite de doze meses de idade sugerida por Kris (1950). Como foi assinalado no volume anterior (capítulo 15), as respostas que intervêm no comportamento de apego tendem rapidamente, assim no homem como em espécies inferiores, a concentrar-se em uma figura particular; e não há razão para supor que o fato de assim ocorrer corresponda a importante degrau do desenvolvimento do ego. Assim, a distinção teórica proposta por Kris há de ser vista como errônea.

Pouco se tem dado atenção à conexão fundamental que existe entre a angústia, como a reação ao risco de perder o objeto, e a dor do luto, como a reação à perda efetiva, ligação que Freud faz nas páginas finais de *Inibições, sintomas e ansiedade*. Só na obra de Melanie Klein e Therese Benedek a questão recebe amplo tratamento. Helene Deutsch (1937) afasta explicitamente uma coisa da outra: a angústia é uma reação infantil; desgosto[9] e luto, reações mais maduras. "Conhecemos a reação precoce de angústia infantil", escreve ela, "como reação da criança ao afastamento da pessoa que a protege e ama." De outra parte, quando a criança é

....
9. Preferi sempre traduzir *grief* por *desgosto* (enquanto desprazer, uma fase primeira do luto) e não por *pesar*, que é tradução melhor de *sorrow*. (N. T.)

mais velha, "cabe esperar sofrimento e desgosto *em vez de* angústia" (p. 14, grifo meu). Além disso, a angústia de separação há de sempre ser vista, no indivíduo mais velho, como regressão à infância e ocorre em situações em que o "desgosto... ameaça a integridade do ego ou, em outras palavras, se o ego é demasiado fraco para suportar... o luto" (p. 14). Essa distinção com base na maturidade, entretanto, não resiste a exame. Nas reações de bebês e de crianças pequenas à perda da mãe, estão indubitavelmente presentes elementos de desgosto. De outra parte e como Therese Benedek, entre outros, observou, a angústia é regra mesmo em adultos, quando são separados, por algum tempo, de alguém que amam.

Durante muitos anos, Therese Benedek lidou com problemas ligados a separação e reencontro de pessoas que se amam e com reações à perda ou afastamento de pessoas queridas; e, como consequência de seu trabalho clínico, adquiriu viva consciência da larga importância da angústia de separação e do estreito relacionamento entre esta, a angústia e o luto. Descrevendo reações a separações, a reencontros e afastamentos ocorridos durante a guerra, fala frequentemente da separação como um trauma por si mesma e generalizada afoitamente: "A reação geral à separação é a angústia" (Benedek, 1946: 146). Reconhece ainda que a experiência da separação ou a expectativa de separação leva a forte aumento do anseio de estar em companhia da pessoa amada. Em trabalho posterior (1956), a autora nota que o acesso de choro de uma criança nem sempre é provocado "por uma necessidade fisiológica imperativa, como a fome ou a dor, mas pela tentativa frustrada de comunicação e satisfação emocionais (psicológicas)".

Todas essas observações podem ser explicadas em termos de teorias relativas ao apego, à angústia de separação, ao desgosto e ao luto, expostas neste livro. No entanto, embora sua formação profissional tenha sido obtida em Budapeste (cf. Apêndice no volume I), Benedek não aceita essas hipóteses mais simples. Em vez disso, em suas teorias acerca do vínculo mãe-filho, prende-se a uma teoria da pulsão secundária, com todas as suas complexidades e desvantagens. Assim, o anseio de reencontro, evidente em adultos durante separações e que dificilmente se poderá considerar mais do que uma reação natural e normal, é explicado em termos de regressão à dependência oral. Tal como se dá em teorias derivadas do conceito de dependência, Therese Benedek inclina-se, por vezes, a teorizar como se todos os apegos a pessoas amadas fossem regressões indesejáveis a um estado infantil.

Nos escritos de Benedek não aparece exame sistemático da angústia de separação, mas o último dos trabalhos acima referidos (1956) parece sugerir duas diferentes teorias. A primeira assemelha-se à teoria da angústia-sinal proposta por Freud; a segunda diz respeito ao perigo de desorganização do ego.

Lidando com o mesmo problema enfrentado por Freud trinta anos antes, Benedek indaga o porquê de uma criança reagir chorando "à frustração de um desejo 'dependente'". Acolhendo a crença de que o choro só se relaciona intrinsecamente a reações de fome e dor, conclui a autora que "a criança reage à falta de participação do adulto como a uma completa interrupção de simbiose, como se estivesse abandonada e *faminta*" (p. 402, grifo meu).

Contudo, não estando inteiramente convencida de que o choro deve ser entendido como angústia e acreditando que a angústia seja reação ao risco de desintegração do ego, Benedek formula outra concepção: a de que a criança tem de voltar-se para a mãe com o fim de preservar a integração do ego, quando se vê diante de "angústia, humilhação e vergonha de falhar". No caso de crianças mais velhas, "o ego pode manter-se com seus próprios recursos" (p. 408-9). Assim, conquanto os dados clínicos que apresenta afinem-se com a teoria aqui proposta, a interpretação de Benedek mantém-se firmemente presa ao paradigma tradicional.

Em grande parte de suas teorias e, especialmente, no uso que faz do conceito de simbiose, Margaret Mahler (1968) acompanha Therese Benedek; e ao atribuir formas distintas de angústia a cada fase de desenvolvimento das relações objetais, acompanha Anna Freud. Todavia, apesar da similaridade entre as fases que postulam, a fase de desenvolvimento a que Mahler atribui a angústia de separação não é a mesma a que Anna Freud a atribui. Enquanto Anna Freud enxerga a angústia de separação como reação específica a "violações do vínculo biológico mãe-filho" durante a primeira fase de desenvolvimento, Mahler sustenta que a angústia de separação só é atribuível a uma fase mais tardia, ou seja, à fase "posterior ao início da percepção da constância do objeto". Essa fase ela faz coincidir com o terceiro e quarto anos. A forma de angústia de Mahler ligada à primeira fase de desenvolvimento, a fase simbiótica, é a do temor de aniquilação do eu, dizendo que, em tal fase, "a perda do objeto simbiótico equivale a perder uma parte integrante do próprio ego". Esse modo de ver aproxima-se do de Spitz.

Embora, à semelhança de muitos outros analistas, Spitz seja adepto da teoria da pulsão secundária para explicar o vínculo filho-mãe e embora aceite a versão da teoria da angústia-sinal, elaborada por Freud para explicar a angústia de separação (1950), propõe ele, como acréscimo, uma variante de tal teoria. É a teoria do "trauma narcísico". Após esboçar sua maneira de ver o desenvolvimento das relações objetais, desde a fase de narcisismo (primeiros três meses), ao longo da fase de relações pré-objetais (segundos três meses) até a fase de verdadeiras relações objetais (terceiros três meses), diz ele:

É no quarto trimestre que os objetos verdadeiros aparecem pela primeira vez. Adquirem fisionomia, conservando, porém, a função de parte constitutiva do ego da criança, recentemente formado. Nessa idade, a perda do objeto é, portanto, uma redução do ego, um trauma narcísico de intensidade equivalente à perda de uma grande parte do corpo. A reação é de igual intensidade.

Outras passagens, em que ele insiste na função preventiva da angústia e em ser ela dependente da aprendizagem e da previsão, tornam claro que, para Spitz, a angústia é um sinal de alerta contra o risco do trauma narcísico. Trata-se de variante nova da teoria da angústia-sinal: a situação traumática a ser evitada é, agora, a situação em que o narcisismo se vê ameaçado.

Importa notar que boa parte das ideias de Spitz acerca da angústia gira em torno de sua preocupação de explicar a angústia demonstrada por uma criança de sete ou oito meses quando posta diante de um estranho – foi ele o primeiro a falar na angústia do oitavo mês. A angústia demonstrada à separação de um objeto amado preocupa-o menos. Tendo em conta seu trabalho empírico, o fato surpreende até nos darmos conta de que suas observações acerca de crianças não diziam respeito a reações imediatas à separação – ou seja, protesto, aflição e angústia –, ou a reações ao reencontro, mas se concentravam principalmente em reações observadas durante as últimas fases de separação, ou seja, o desgosto e a depressão. Em consequência, não teve ele oportunidade de observar o *continuum* da reação, desde a angústia de separação até o a desgosto e o luto.

A maneira de Sandler & Joffe focalizarem esses problemas é muito próxima das de Kris e Spitz. A teoria tradicional da pulsão secundária é invocada para explicar o vínculo que prende a criança à mãe, juntamente com o conceito de dependência. Além disso, fiéis ao modelo básico, colocam ênfase quase exclusiva nos estados sentimentais que a presença ou ausência da mãe provoca na criança, pouco se preocupando com relacionar esses estados ao comportamento instintivo, ou ao valor de sobrevivência ligado à presença da mãe, ou ao maior risco ligado à sua ausência. Assim, dizem que "o papel do objeto" na vida da criança é o de "um veículo para atingir a situação ideal de bem-estar". De outra parte, "a perda do objeto equivale à perda de um aspecto do eu", isto é, daquela "porção de apresentação do eu que... *reflete a relação para com o objeto*" (Joffe & Sandler, 1965; grifos do original).

Consequentemente, para Sandler & Joffe, assim como para Freud, a situação que se deve evitar a todo custo não é tanto a da perda efetiva, mas a do intenso traumatismo do ego provocado pela perda. Em termos do modelo de Joffe & Sandler, a situação traumática a ser evitada é descrita como uma "ruptura do estado emocional do indivíduo" (Sandler & Joffe, 1969).

Sintetizando as diferenças que enxergam entre minha construção teórica e a deles, Joffe & Sandler concluem:

> A perda do objeto pode provocar agudo sofrimento mental, fazendo surgir um ferimento no eu. Essa maneira de ver coincide com o que Abraham e outros descreveram como a "severa ferida ao narcisismo infantil", acarretada pela perda do objeto. E embora Bowlby sustente (1960*b*) que essa colocação deixa de aprender a verdadeira significação da perda do objeto, entendemos que, em essência, a contém.

Essas posições, contrastantes, são, como é claro, simples consequência de termos adotados paradigmas diferentes.

Outros autores

Insistindo Sullivan em que a psiquiatria é o estudo das relações interpessoais, não surpreende que ele considere a angústia como função da relação do filho para com a mãe e para com outras pessoas a que dá importância. No entanto, sua posição difere da que defendo, especialmente por atribuir primazia ao papel da aprendizagem e por olhar a angústia como produto exclusivo da atitude da mãe. Mãe aprovadora, filho contente; mãe desaprovadora, filho angustiado. A despeito de ele acentuar a "necessidade de contato" e a "necessidade de carinho", e apesar dos termos incisivos com que se refere à experiência da solidão – "verdadeiramente intimidadora" e "terrível" (1953: 261) –, afasta explicitamente a ideia de que a separação do objeto amado possa, por si mesma, acarretar angústia. Assim é que, no capítulo final, aponta traços que o homem tem em comum com outras espécies, a saber, necessidades do corpo e "até nossa periódica necessidade de contato com outros". E põe esses traços em contraste com outros "restritos ao homem e a algumas criatura por ele domesticadas", incluída a "experiência da angústia" (p. 370). A suposição de que a angústia se limita às espécies domesticadas resulta da assertiva de que esta decorre de processos de treinamento e aprendizagem: "Nas relações interpessoais, não há nada que me faça pensar que alguém não possa vir a ser treinado para ser angustiado" (p. 370-1). Até mesmo "a experiência de angústia intensa", que dá lugar à repressão, é vista como consequência de métodos educacionais doentiamente concebidos (p. 163)[10].

Conquanto, para Sullivan, na indução da angústia haja sempre algo de misterioso – "o caráter de situações que provocam angústia nunca é inteiramente apreendido" (p. 190) –, torna-se evidente que ele sempre o vê como algo relacionado com os processos de treinamento da criança. Acreditando que a sanção materna

....
10. A dra. Mabel Blake Cohen notou que Sullivan não encara esse "treinamento" como consequência apenas de atitudes conscientes dos pais: "Sullivan reconheceu que as atitudes ou tensões inconscientes nas interações dos pais com o filho são de importância consideravelmente maior do que o comportamento consciente planejado" (comunicação pessoal).

que mais induz angústia é a limitação ou negação de carinho (p. 162), ele por vezes se aproxima de meu conceito de angústia de separação e de sua exacerbação quando fala das ameaças de abandono. Parece, entretanto, escapar a Sullivan que aflição e angústia podem ser, e frequentemente são, consequência direta de falta de carinho e de separação *per se*; e que, se assim não fosse, as ameaças de restringir o carinho seriam ineficazes. Embora consciente de que a solidão pode ser uma experiência devastadora para adolescentes e adultos, parece não se dar conta de que mais aflitiva pode ser para bebês e crianças pequenas; com efeito, há trechos em que é aparentemente afastada essa possibilidade: "A solidão, como experiência tão terrível que praticamente impede recordação clara, é fenômeno que acontece comumente *apenas na pré-adolescência e mais tarde*" (p. 261, grifo meu).

Lendo a obra de Sullivan, tem-se a impressão de que ele jamais observou crianças e de que só tinha parcial ciência do estreito apego que as prende a determinadas pessoas e do senso de segurança que lhes dá a simples proximidade de uma figura amada. A necessidade de contato com outros, frequentemente sentida como solidão, *não* é identificada à necessidade de um relacionamento genital ou uma relação pais-filho, mas à tendência gregária dos animais (p. 370); a convicção de Sullivan de que "nenhum ato da criança se relaciona coerente e frequentemente com o alívio da angústia" (p. 42), que esquece o alívio que uma criança comumente demonstra quando está no colo da mãe, é forte esteio de sua teoria. Em razão disso, parece jamais ter percebido a realidade da angústia de separação, a despeito da atenção dada aos problemas por ela provocados; consequentemente, afigura-se quase impossível atribuir a Sullivan uma teoria particular acerca da natureza e origem da ansiedade de separação. Provavelmente por essas mesmas razões, desgosto e luto não têm papel significativo em seu sistema psicopatológico.

Nas teorias de Phyllis Greenacre (1952), angústia de separação, desgosto e luto parecem também estar ausentes. Por outro lado, experiências ligadas aos processos de nascimento e às primeira semanas de vida pós-natal são propostas como variáveis principais para explicar uma posterior tendência diferenciada para a neurose (cf. capítulo 16 deste volume).

A maneira de Rank encarar o trauma do nascimento já foi mencionada. Em seus primeiros trabalhos, Fairbairn, que vê a angústia de separação como fulcro de toda a psicopatologia, acompanha de perto Rank, no que diz respeito às origens daquela angústia: o postulado de Fairbairn (1943), segundo o qual a angústia ligada ao nascimento é "o protótipo de toda angústia de separação subsequentemente experimentada", é a contrapartida de seu postulado de que o anseio de retorno ao ventre explica o vínculo da criança. Importa, porém, acrescentar que essas concepções ficam à margem da posição teórica principal de Fairbairn (Fairbairn, 1952), coerente, sob todos os outros aspectos, com a teoria do apego frustrado, proposta neste livro. Em trabalho posterior, fazendo sinopse de suas ideias, Fairbairn escreve: "A primeira e original forma de angústia experimentada pela criança é a angústia de separação".

Outros autores também colocaram a angústia de separação no papel central de sua psicopatologia, e alguns adotaram a teoria do apego frustrado para explicá-la. Suttie, por exemplo, já em 1935, afirmando que o apego da criança à mãe é consequência de uma primeira "necessidade de companhia", viu a angústia como "forma de exprimir apreensão diante do desconforto decorrente da frustração ou ameaça de frustração daquele motivo importantíssimo". Um ano após, Hermann (1936) manifestou ideia quase idêntica. Relacionou a angústia à premência de procurar a mãe e a ela agarrar-se: "Angústia é, basicamente, sentimento de ser deixado só, diante do perigo. Expressa-se no buscar auxílio e, ao mesmo tempo, no buscar a mãe... A angústia manifesta-se no sentido da urgência de agarrar-se...".

Odier (1948) adota, aparentemente, posição idêntica. Tomando *Inibições, sintomas e ansiedade* como ponto de partida, critica Freud, alegando que a criança, no segundo ano de vida, não tem o conceito de perigo. Como alternativa, postula que "durante o segundo ano de vida, este afeto [isto é, a angústia] indica ter ocorrido a diferenciação de um estado particular, o de insegurança subjetiva", e conclui que

originalmente a causa da insegurança da criança é, acima de tudo, ausência da mãe (ou de substituto) ou a separação da mãe no momento em que a criança mais necessita de cuidado e proteção. Essa é a teoria básica da angústia, no que se relaciona com a insegurança (p. 44-6).

De modo geral, a concepção de Odier ajusta-se à exposta neste livro. Difere ao sustentar que a angústia de separação só se inicia no segundo ano de vida, uma opinião que talvez tenha decorrido do fato de que, como sua manifestação ostensiva ocorre após o primeiro aniversário, Odier foi levado a supor que só então tem início.

Winnicott não incide nesse engano. Embora em vários trabalhos (por exemplo, 1941; 1945; 1955*b*) pareça aderir à concepção de Klein, segundo a qual a angústia de separação nada mais é do que angústia depressiva, no artigo "Anxiety Associated with Insecurity" (1952) adota um caminho seguido aqui. Refere-se à "conhecida observação de que a angústia inicial se relaciona com o estar sustentado de modo inseguro" e à angústia causada "por falha na técnica dos cuidados com a criança, como, por exemplo, falha no prestar o importante e contínuo apoio que é apanágio da maternidade". A seu ver, "é normal que a criança experimente angústia, caso haja falha nas técnicas de cuidá-la".

Tal é também a opinião de William James, que, há muitos anos, escreveu: "Na infância a grande fonte de terror é a solidão" (James, 1890).

Apêndice II
Psicanálise e teoria da evolução

Nem sempre se tem presente que o paradigma empregado por Freud em sua metapsicologia é, em seus pressupostos, pré-darwiniano; assim, torna-se interessante indagar por que assim teria sido. Durante a última parte do século passado, dois debates paralelos se travaram: o primeiro acerca da realidade histórica da evolução e o segundo acerca de como se manifesta a evolução, caso aprovada sua ocorrência. Não raro o adjetivo "darwiniano" é empregado para traduzir crença na realidade histórica da evolução. Trata-se, evidentemente, de um erro. Muitos outros, além de Charles Darwin, afirmaram a realidade histórica da evolução, embora seja verdade que ninguém organizou e apresentou a evidência tão convincentemente quanto ele. Apesar disso, o objetivo darwiniano não deveria ser aplicado, de forma geral, para indicar a ocorrência da evolução, mas empregado, de maneira estrita, para indicar que a evolução ocorreu por força de um processo biológico particular, processo que Darwin denominou "seleção natural", e que melhor se descreve em termos de êxito ou insucesso na procriação, de variantes sobrevindas naturalmente e que transmitem as próprias características aos descendentes.

Freud era, por certo, um evolucionista, mas não há evidência de que jamais fosse um darwiniano. Sem dúvida porque a crença na evolução é frequentemente vista como darwinismo, torna fácil esquecer o quanto Freud estava comprometido com uma posição pré-darwiniana. Em seu *Um estudo autobiográfico* (1925), Freud diz que, ainda estudante, na década de 1870, "as teorias de Darwin, que eram, então, de interesse corrente, atraíram-me de forma intensa" (*SE* 20: 8); e por Jones (1953) sabemos que Freud, no primeiro ano da Universidade de Viena (1872-3), frequentou o curso "Biologia e darwinismo". Essas referências, aliadas ao entusiasmo que Freud mostra pela evolução em geral, e suas ocasionais e sempre favoráveis alusões a algumas ideias de Darwin, por exemplo, a horda primitiva e a expressão de emoções, são enganadoras e levam à suposição de que ele adotou a teoria de Darwin relativamente ao processo de evolução, embora nem sempre a tenha aplicado. Essa maneira de ver é, entretanto, incompatível com o registro histórico, tal como claramente mostra uma biografia escrita por Ernest Jones (cf. especialmente volume 3, 1957, capítulo 10).

Hoje, quando o potencial explicativo do princípio da seleção natural, proposto por Darwin, está solidamente assentado e universalmente reconhecido por biólogos, é fácil esquecer que, durante os anos em que a psicanálise se formava, estava longe de ser assim. Eiseley (1958) descreveu o clima científico do último quarto do século passado, época durante a qual a crença na realidade histórica da evolução se firmava, embora houvesse acesa controvérsia quanto aos meios pelos quais se manifestava. Refere-se ele, em particular, ao fato de a crítica abalizada, mas equivocada, de Lord Kelvin ter estimulado os críticos de Darwin e os defensores das ideias de Lamarck[1]. Tanto foi assim que, em posteriores edições de *Origem*, Darwin modificou sua posição, acolhendo a teoria de Lamarck acerca da transmissão dos caracteres adquiridos. O ir e vir do violento debate, tal como atingiu Freud

....

1. De Beer (1963) assinala que a história foi injusta para com Lamarck. Como um dos primeiros – em 1809 – a propor sistemática teoria da evolução dos seres vivos a partir de camadas inferiores, Lamarck trouxe grande subsídio à ciência; tendo, entretanto, suas ideias sido eclipsadas pela obra definitiva de Darwin, foi esquecido – o que só não aconteceu, talvez, na França de seu nascimento. Apesar disso, suas ideias estéreis acerca dos processos desencadeadores da evolução – ele a atribuiu não apenas à transmissão dos caracteres adquiridos, mas, ainda, aos poderes de uma "tendência à perfeição" e de um "sentimento interno de necessidade" – continuam ligadas a seu nome. Isso ocorreu porque a ligação foi feita ao longo do debate acerca dos processos causadores da evolução, debate que, iniciado após a publicação de *Origem* (1859), prosseguiu durante as primeiras décadas deste século e, ainda hoje, ocasionalmente se reacende.

em Viena, durante os anos 1870 e 1880, transmitido principalmente por Claus, professor de biologia, é descrito por Ritvo (1972). Em 1909, ano do centenário do nascimento de Darwin, ainda havia tantas dúvidas a respeito da teoria da seleção natural que as celebrações do evento pouco passaram de singelas. No primeiro quarto do século atual, as teorias da evolução continuaram "em estado de caos e confusão" (De Beer, 1963); e foi só em 1942, com a publicação de *Evolution: The Modern Synthesis*, de Julian Huxley, que uma apreciação definitiva da teoria, alcançada na década anterior, se tornou de fácil conhecimento. É significativo que a mudança de orientação tenha ocorrido na década de 1920, ao mesmo tempo que se aplicou a análise genética não só a espécimes de laboratório, mas a populações que viviam e se propagavam em ambiente natural².

Uma vez postas lado a lado as datas-chave do desenvolvimento histórico das ideias psicanalíticas de Freud e as da teoria evolucionista, o fato de a psicanálise (e a maior parte das outras correntes da psicologia) carecer de uma perspectiva darwiniana deixa de causar surpresa. Faz-se claro que não somente quando jovem, mas já amadurecido e nos seus últimos anos, Freud não discreparia de sua geração se houvesse mantido posição de cautela e descomprometimento diante da teoria da evolução, incluída a teoria da seleção natural, de Darwin.

O descomprometimento não assentava, entretanto, ao caráter de Freud. Embora jamais tenha explicitamente rejeitado os princípios darwinianos, é transparente que sua adesão inicial, profunda e contínua a conceitos pré-darwinianos em matéria de biologia teórica, não permitia que aqueles princípios fossem acolhidos. Em nenhum de seus trabalhos Freud debate a teoria da seleção natural; ela é deixada à parte, como se nunca houvesse sido apresentada (Jones, 1957: 332).

No capítulo 1 do volume I desta obra, acentua-se que o modelo de energia psíquica introduzida por Freud na psicanálise não derivou da observação de pacientes durante o trabalho clínico, mas de ideias por ele absorvidas anos antes, especialmente enquanto

....

2. Para informação acerca das atuais teorias relativas ao processo de evolução, cf. Maynard Smith (1966) e Alland (1967).

trabalhou no laboratório de seu admirado professor de fisiologia, Brücke. Ora, essas ideias precederam muito a *Origem*, publicada em 1859. Durante os anos 1840, Brücke tinha pertencido a um grupo de jovens e dedicados cientistas, liderados por Helmholtz, que estavam determinados a demonstrar que todas as causas reais são simbolizadas, na ciência, pela palavra "força". Como as conquistas da escola de Helmholtz logo se tornaram conhecidas, era natural que Freud, trabalhando sob orientação de um dos integrantes dessa escola, adotasse os pressupostos por ela acolhidos. Como assinala Jones (1953: 46), o espírito e o conteúdo das conferências proferidas por Brücke nos anos de 1870 muito se aproximam das palavras que Freud sempre usou para caracterizar o aspecto dinâmico da psicanálise: "... a psicanálise entende que todos os processos mentais (excluída a recepção de estímulos externos) decorrem da interação de forças que se reforçam ou se inibem, combinam-se, ajustam-se etc." (Freud, 1926*b*, *SE* 20: 265).

As insuficiências desse modelo para a sistematização dos fenômenos clínicos a que Freud deu atenção já foram examinadas no volume I. Importa, agora, sublinhar que o modelo é não apenas pré-darwiniano quanto a sua origem, mas distanciado dos conceitos biológicos introduzidos por Darwin. Freud e seus colegas, profundamente mergulhados em concepções helmholtzianas, encontrariam dificuldade extrema para adotar a perspectiva darwinista. E a adoção dessa perspectiva se fez impossível na medida em que Freud, avançando em anos, mais se comprometia com teorias vitalistas da espécie advogada por Lamarck. No terceiro volume de sua obra, Jones (1957) dedica meio capítulo à adesão que, durante toda a vida, Freud deu às explicações lamarckianas do processo de evolução, que partem do postulado de hereditariedade dos caracteres adquiridos e vão até a crença nos poderes de um postulado "sentimento interno de necessidade".

Durante os primeiros anos de exercício profissional, Freud acompanhou seus colegas da escola helmholtziana, acolhendo o que hoje pode parecer um determinismo bastante ingênuo. Entretanto, alguns anos antes de 1915, suas ideias sofreram, ao que parece, transformação radical, pois em 1917 encontramo-lo expressando grande interesse pelas ideias de Lamarck acerca dos efeitos que o "sentimento interno de necessidade" presente no animal pode ter sobre sua estrutura. Durante aquele ano, Freud mostrou enorme entusiasmo pelo conjunto da obra de Lamarck e correspondeu-se com Ferenczi e Abraham, discutindo o ambicioso projeto de combinar a psicanálise e as teorias lamarckianas de evolução.

A intenção é a de que nossas teorias se ponham como alicerce das ideias de Lamarck, mostrando que o conceito de 'necessidade', que cria e modifica órgãos, é apenas o poder que as ideias inconscientes têm sobre o corpo... em suma, a 'onipotência dos pensamentos'. A adaptação estaria então explicada psicanaliticamente[3]...

Equivale isso, observa Jones, à crença de que a "necessidade" capacita o animal a introduzir alterações não apenas no ambiente, mas também no próprio corpo. Além disso, compreendem-se causa e função. Assim, por aquela época e no que se refere à biologia teórica, a posição de Freud se afastava da que viria a predominar no século XX.

Hoje, vemos claramente que a crescente adesão de Freud à perspectiva lamarckiana – afastando as ideias de Darwin quanto a índices de sobrevivência – e a distinção entre causa e função penetraram toda a estrutura da teoria e da reflexão psicanalíticas[4]. Como a biologia veio a apoiar-se firmemente em avançada versão de princípios darwinistas e a psicanálise continuou lamarckiana, a distância entre elas cresceu contínua e inevitavelmente. À frente abrem-se apenas três caminhos. O primeiro, dificilmente imaginável, é o de a biologia abandonar a perspectiva darwiniana. O segundo, que defendo, é o de a psicanálise ser reformulada nos termos da moderna teoria da evolução. O terceiro é o de manter-se indefinidamente o divórcio, continuando a psicanálise, permanentemente, para além das fronteiras do mundo científico.

....

3. Trecho de carta de Freud a Abraham, datada de novembro de 1917 e citada por Jones (1957: 335). Embora, no primeiro volume de seu livro, Jones (1953: 50) afirme que Freud "jamais abandonou o determinismo para aceitar a teleologia", é claro que essa afirmação não se sustenta.
4. Até mesmo o prestigioso livro de Hartmann, *Ego Psychology and the Problem of Adaptation* (1939), foi concebido e escrito antes de se haver disseminado o conhecimento da moderna teoria da evolução.

Apêndice III
Questões de terminologia

Em página anterior deste volume, assinalou-se que pululam questões de terminologia quando há debate em torno do medo ou da angústia. Algumas dessas questões são abordadas nos capítulos 6, 12, 18 e 20; aqui, passo a examinar outras.

Em nosso século, numerosos esforços foram feitos para esclarecimento de problemas de terminologia, e vários autores propuseram usos específicos para palavras em uso corrente. Não há solução capaz de satisfazer a todos, a menos que todos compartilhem a mesma teoria. E isso ocorre porque os termos adotados espelham a teoria.

O perigo da reificação

Antes de tudo, é vital observar que as palavras "medo", "alarme", "angústia" e outras semelhantes só podem ser legitimamente usadas com referência ao estado de um organismo individualizado. Neste livro somente são empregadas em forma adjetiva para indicar a maneira de um organismo avaliar uma situação, comportar-se ou sentir – maneiras estreitamente relacionadas. De outra parte, nunca é legítima a referência a "medo" ou "angústia", como se se tratasse de coisas. As armadilhas em que é fácil cair quando há reificações de sentimentos são apontadas no capítulo 20 deste volume e no capítulo 7 do anterior.

Infelizmente, há forte tendência, tanto na linguagem comum como na linguagem psicológica, psiquiátrica e psicanalítica, de reificar o medo e a angústia. Jersild, por exemplo, cujos trabalhos empíricos são tão valiosos, não raramente se põe a tabular o número de medos que determinada amostra de crianças experimentou – "o medo de três grupos de animais especificamente indicados, cães, cavalos e gatos, chegou à contagem três" (Jersild, 1943) – e a expressar os resultados em percentagens dos medos totais apontados. Felizmente, porém, em outras tabelas, ele traduz os resultados em percentagem de crianças que sentiram medo em determinadas situações – esses são os números que citei neste volume.

No âmbito da escola psicanalítica, só em 1926 ocupou-se Freud da angústia em termos de reação de um organismo diante de dada situação. Anteriormente, ele havia considerado a angústia como uma transformação da libido, e como tal foi explicitamente reificada. Como assinala Strachey em uma das introduções que escreveu, Freud, ainda em 1920, acrescentava o tópico seguinte a uma nota de rodapé da quarta edição dos *Três ensaios*: "Uma das mais importantes conquistas da pesquisa psicanalítica é a descoberta de que a angústia neurótica origina-se da libido, é um produto da transformação da libido e, assim, a ela se relaciona da mesma forma que o vinagre ao vinho" (*SE* 7: 224n).

Existe, ainda hoje, essa forma de pensar; e bem sei que é muito fácil deixar-se apanhar por ela.

"Angústia", "alarme", "medo", "fobia"

Dado que a palavra "angústia" e sua correspondente germânica *Angst* desempenham papel importante em psicanálise e psiquiatria, comecemos por elas.

Neste livro, dá-se à palavra angústia o sentido de denotar (a) como nos sentimos quando nosso comportamento de apego é ativado e buscamos, sem êxito, uma figura de apego (capítulo 6) e (b) como nos sentimos quando, por uma razão qualquer, estamos incertos de que a figura de apego estará a nosso alcance, caso assim o queiramos (capítulo 15). Cabe indagar como esse uso se acomoda a outros e às origens etimológicas das palavras. Não falta o peso de autoridades para ajudar-nos a responder a essas perguntas.

O uso que Freud faz da palavra alemã *Angst* e as dificuldades que surgem quando se procura traduzi-la para o inglês são examinados por Strachey (1959; 1962). O uso do vocábulo angústia (*anxiety*) por psicanalistas de língua inglesa é objeto de exame por parte de Rycroft (1968*b*). E o emprego da palavra "anxiety" e de equivalentes em outras línguas, nos campos da psiquiatria e da psicopatologia, é estudado por Lewis (1967), que também lhes analisa a etimologia. E percebemos que o uso indica certas tendências que estão longe de ser coerentes.

Características desse uso apontada pelos três citados autores é a de que, em trabalhos técnicos, "*anxiety*" e *Angst* tendem a indicar medo sem origem clara. Na última ocasião em que discute o problema, Freud (1926*a*) observa que *Angst* "encerra caráter de *indefinição e de falta de objeto*. Em linguagem precisa, usamos a palavra '*fear*' ('medo'). [*Furcht*] e não '*anxiety*' [*Angst*] quando o objeto existe" (*SE* 20: 165). Rycroft (1968*b*) recomenda que *anxiety* seja definida como "resposta a um elemento ainda não reconhecido no ambiente ou no eu" e observa que a psicanálise se preocupa especialmente com a angústia despertada por "movimentos do inconsciente, forças reprimidas no eu". Lewis (1967) entende a angústia como estado emocional próximo do medo, experimentada quando "não há ameaça identificável ou quando a ameaça é, segundo padrões comuns, desproporcional à emoção que aparentemente provoca".

Essa maneira de empregar as palavras leva a muitas dificuldades. Não fica claro para quem a situação provocadora de medo parece "indefinida" ou por quem "não é reconhecida". Trata-se da pessoa tomada por angústia (como sugerido por Freud e Rycroft) ou do clínico (tal como na formulação de Lewis)? Qualquer das respostas cabe e cabem ambas. Com efeito, de um lado e por vezes, o paciente sabe o que teme, porém alguma razão o leva a não dizer o que sabe; ou pode dizer, sem que o clínico acredite nele. De outro lado, talvez o paciente não saiba o que o perturba, mas o clínico pode supor, certa ou erradamente, que pode identificar a fonte da perturbação. Outra dificuldade ligada ao uso mencionado da palavra surge quando o paciente, o clínico ou ambos conseguem, afinal, identificar a fonte de perturbação. Em tal caso, diríamos que a angústia do paciente não é mais angústia, porém medo? E sendo assim, como fazer se um ou ambos estiverem equivocados? Não se trata, observa-se, de dificuldades de pouca monta.

No campo técnico, há dois outros aspectos do uso histórico das palavras *"anxiety"* e *Angst* aos quais um ou outro daqueles autores se refere: (a) por vezes, as palavras são usadas para denotar medo que se considera desproporcionalmente intenso em relação à situação que o provoca; e (b) por vezes, as palavras são usadas para traduzir medo de uma situação antecipada e julgada de ocorrência mais ou menos provável no futuro, e não medo de uma situação presente. Nenhum dos critérios satisfaz, porém. Nos capítulos 9 e 10, indica-se o quão enganoso é aplicar as noções de razoável e apropriado à do medo e ao comportamento de medo. No capítulo 10, assinala-se que, frequentes vezes, o medo é provocado por situações previstas e não reais no presente; e que a escala da previsão leva, ao longo de um *continuum*, do futuro imediato ao futuro remoto. Quão distante no futuro deverá estar a situação antecipada para que se diga que a pessoa sente angústia e não medo? A perspectiva do fogo do inferno provoca, no crente, angústia ou medo?

A orientação adotada neste livro – usar a palavra angústia para indicar o que a pessoa sente diante da ameaça de separação – está, naturalmente, ligada à teoria que defendo. No entanto, permanece fiel às origens etimológicas de angústia (e palavras correlatas) e ao emprego que deu Freud, em seus últimos escritos, à palavra alemã *Angst*.

Segundo Lewis (1967), o inglês *"anxiety"* e o alemão *"Angst"* têm correspondentes no grego e latim antigos com o significado básico de desgosto (*grief*) e tristezas (*sadness*); correspondente que, no alemão do século XVII, podia também significar anseio (*longing*); e, no inglês contemporâneo, duas palavras aparentadas (primas): *"anguish"* (angústia) e *"anger"* (raiva). Como a separação de uma figura de apego é acompanhada do anseio de reencontrá-la e, frequentemente, também de raiva, e perda por angústia (*anguish*) e desespero, é de todo apropriado empregar a palavra *"anxiety"* para significar o que é sentido quando uma figura de apego não é encontrada ou quando não há certeza de que ela esteja acessível e receptiva quando desejada. Tal uso é compatível com o pensamento de Freud quando ele escreve: "sentir falta de alguém que é amado e querido... [é] a chave para compreender a angústia" (*SE* 20: 136-7).

O uso que neste livro se faz de "alarme", empregado como complemento de "*anxiety*" e destinado a traduzir o que é sentido quando se tenta evitar ou escapar de uma situação assustadora, também é fiel às origens da palavra. "Alarme" deriva de uma expressão italiana do século XVI que significa "às armas!" e pressupõe, portanto, um ataque de surpresa (Onions, 1966).

Enquanto o emprego de "angústia" (*anxiety*) e "alarme" se faz de acordo com a etimologia, não cabe dizer que exista justificação etimológica para usar a palavra "medo" ("*fear*") com alcance geral aqui pressuposto. "*Fear*" (medo) – em francês *peur*; em alemão *Furcht* – tem correspondentes no alemão e escandinavo antigos, com significados que incluem as ideias de emboscada e calamidade (Onions, 1967); em tal sentido, aproxima-se de "alarme". Em defesa do usá-la com alcance geral, pode-se talvez dizer que no inglês moderno é com frequência assim usada.

O uso da palavra "fobia" está generalizado, mas, neste livro, não encontra acolhida favorável. Marks (1969) discute sua história e define fobia como "forma especial de medo que (1) não guarda proporção com as exigências da situação; (2) não tem explicação ou razão de ser; (3) foge ao controle voluntário; (4) leva a evitar a situação temida".

Rycroft (1968*b*) define fobia como: "O sintoma de experimentar angústia desnecessária ou excessiva em uma situação específica ou diante de um objeto específico". A palavra tem sempre laivos de patologia (*OED*).

Os inconvenientes da palavra são os seguintes:

– tende a reificar o medo, tal como no título do livro de Marks *Fears and Phobias*;
– um critério básico de definição é ser desarrazoada a intensidade do medo diante da situação; segundo a definição, o medo do escuro, de barulhos fortes ou de indícios naturais deveria ser dado como de caráter fóbico e transbordaria para a patologia;

– quando o clínico recorre ao conceito de fobia para buscar entender de que o paciente tem medo, ele concentra a atenção (1) num aspecto particular da situação, negligenciando outros talvez mais importantes e (2) no componente escapar que está presente no comportamento de medo, negligenciado o componente de apego (cf. capítulos 18 e 19); isso porque o significado da palavra grega *phobos* centra-se em fugir e escapar;

– quando usada hoje pelos psicanalistas, fobia traduz o resultado de um particular processo patológico, a saber, o de a situação ou o objeto serem temidos "não por si, mas por se haverem tornado símbolos de algo, isto é, porque representam um impulso, desejo, objeto interno ou parte do eu que o paciente é incapaz de encarar" (Rycroft, 1968*b*); nos capítulos 11, 18 e 19, apontam-se razões para desconfiar de tais processos.

Afastado o termo fobia, torna-se mais fácil considerar como a pessoa poderá ter chegado a desenvolver, em certas situações, medo e angústia maiores do que os comuns.

Notas do tradutor

No Brasil, na linguagem psicanalítica habitual, usa-se mais o termo angústia do que ansiedade. Por exemplo, angústia de castração, angústia de separação ou neurose de angústia. No *Vocabulário da Psicanálise* de Laplanche-Pontalis, o verbete "ansiedade" inexiste.
Conforme Bowlby comenta neste apêndice, o termo *Angst* do alemão recebe na língua inglesa a tradução de *anxiety*. Ele fala de *anguish* e *anxiety* como palavras primas e as usa como sinônimos.
Eu prefiro traduzir *anguish* por angústia e *anxiety* por ansiedade. No entanto, respeitando o uso maior do termo angústia na tradição psicanalítica, fui compelido a traduzir *anxiety* por angústia. Como exemplo desta necessidade coloco a seguinte situação: *Hemmung, Symptom und Angst* do alemão é traduzido por *Inhibitions, Symptoms and Anxiety* para o inglês e por *Inibição, sintoma e angústia* para o português.
O único momento em que Bowlby usa o termo *anguish* é neste apêndice – todas as outras vezes usa *anxiety*. Então o leitor não encontrará a palavra ansiedade na presente tradução; e sempre que ler *angústia* saberá que se trata de *anxiety* no original, embora algumas vezes o termo ansiedade fosse mais "sonoro", ou mesmo correto.

Notas suplementares

Capítulo 3

página 69, parágrafo 3, linha 9

A maneira de crianças pequenas e suas mães se comportarem em entrevistas anteriores e posteriores à criança começar a frequentar a creche em tempo parcial (em idades que vão de 2 anos e onze meses a 4 anos e três meses) é bem descrita em trabalho recente de Van Leeuwen & Tuma (1972). Os autores, recorrendo a medidas derivadas da teoria do apego, informam que as crianças que começam a frequentar a escola aos 3 anos e dois meses, ou antes, tornam-se visivelmente mais agarradas (quinze dias após esse começo) do que eram antes, acrescentando que, ausentes as mães, algumas mostraram claramente menor concentração e menor prazer em brincar. Três meninos que tinham frequentado outra escola durante cinco a sete meses – havendo dois deles começado com 2 anos e oito meses e o outro com 2 anos e dez meses – mostraram-se especialmente perturbados nas primeiras semanas de frequência à nova escola. Reexaminando os fatos constatados, concluem os autores que "deve-se encarar a entrada em uma creche com muito maior cautela [que a comum] e possivelmente retardá-la por algum tempo".

Capítulo 9

página 176, parágrafo 1, linha 3

Quando dois ou mais indícios naturais se combinam, o valor potencial que tinham como indicadores de crescente exposição a perigo estaria acentuado se houvesse condições do cérebro de processar as informações pelo método mais eficaz. Broadbent (1973) examina as várias maneira de utilizar itens não dignos de crédito ou insuficientes sob outros ângulos para, com base neles, chegar à decisão e à ação. Quando grande número desses itens é recebido ao mesmo tempo, há duas maneiras principais de processá-los. Uma é processá-los independente e sucessivamente, caso em que não é de se esperar que se possa beneficiar ao máximo o processo de decisão. Outra é processá-los simultaneamente. Nessa hipótese, não somente se consegue o máximo, como ocorre ainda que os efeitos da decisão e, pois, da ação apresentam-se dramaticamente diversos dos proporcionados pelo primeiro método. Em vista dos dados que se referem aos notáveis efeitos que tem sobre o comportamento uma combinação de indícios naturais e de maior exposição ao perigo, parece provável que as combinações sejam, em geral, processadas simultaneamente.

Capítulo 15

página 273, parágrafo 2, linha 9

Duvida-se, por vezes, de que um período passado em hospital ou creche tenha efeitos a longo e a curto prazo. A esse propósito são de interesse os dados decorrentes de recente análise feita por Douglas (1975) com base em dados colhidos alguns anos antes e relativos a um estudo de acompanhamento de quatro mil crianças. Quando avaliados na adolescência, os jovens que tinham estado em hospital antes dos 5 anos (por mais de duas semanas ou mais ocasiões) diferiam dos outros sob quatro aspectos. Era mais provável que:

– os professores os houvessem considerado inoportunos aos 13 e 15 anos;
– no caso de meninos, houvessem sido advertidos pela polícia ou recebido sentenças entre as idades de 8 e 17 anos;
– tivessem baixo rendimento em testes de leitura;
– no caso de evasão da escola, houvessem mudado de emprego quatro ou mais vezes entre os 15 e 18 anos.

A tendência a delinquir e a mostrar-se instável nos empregos cresce significativamente quando em pauta crianças que passaram um outro período em hospital entre os 12 e os 15 anos de idade. Todas essas diferenças continuam significativas mesmo quando levados em conta os antecedentes atípicos – quanto, por exemplo, à saúde, ao tamanho das famílias – das crianças que estiveram em hospital antes dos 5 anos.

Outras constatações: primeira, a de que se, por uma razão qualquer, a criança se sentia insegura ao entrar no hospital, era de se supor que houvesse sofrido distúrbio prolongado; segunda, a de que as crianças que, ao voltarem do hospital, apresentavam, segundo suas mães, comportamento de agarramento, ou outras formas de comportamento difícil, mais provavelmente seriam posteriormente consideradas incômodas por professores.

Os resultados desse estudo tendem a dar apoio à convicção, expressa no capítulo 4, de que, se ocorrida nos primeiros anos, a separação da mãe tem efeitos cumulativos e, assim, a mais segura dose de separação é a dose zero.

página 280, parágrafo 5, linha 5

Os dados recolhidos por Moore não permitem conclusão acerca dos efeitos que possa ter sobre uma criança o fato de, a partir dos 3 anos, ser deixada, durante o dia inteiro, a cuidados alheios; a esse propósito continua a controvérsia. A experiência clínica sugere que, embora haja crianças a quem, no fim do terceiro ano de vida, agrada participar de um pequeno grupo de lazer em conjunto, são fortes as razões para ter cautela quanto a entregá-las, pelo dia todo, a cuidados alheios, especialmente quando isso se inicia logo após o segundo aniversário. O caso de Lottie, que passou a frequentar a creche aos 2 anos e três meses e que frequentava dois meios períodos por semana (cf. capítulo 3) ilustra o risco. No mesmo sentido falam as constatações de Van Leewen & Tuma (1972), referidas em nota no capítulo 3.

Em recente estudo acerca de crianças entregues, por muitas horas diárias, a cuidados externos, Blehar (1974) trouxe novas luzes para esclarecimento da questão. Examinou ele quatro subamostras de crianças da camada de renda média e respectivas mães, utilizando o procedimento da situação estranha, proposto por Ainsworth (cf. capítulo 3). Crianças reunidas em duas das subamostras vinham frequentando, há quatro meses, creches diurnas, mantidas por particulares[1], durante oito a dez horas por dia, cinco dias por semana: as crianças de uma dessas subamostras tinham iniciado frequência aos 26 meses, tendo sido submetidas a teste aos trinta meses; as crianças da outra subamostra tinham iniciado frequência aos 35 meses e foram submetidas a teste aos 39 meses. As outras duas subamostras, constituindo grupos de controle, eram integradas por crianças da mesma idade e sexo, vivendo nas próprias casas.

Um mês antes do teste, o pesquisador visitou a casa de cada criança e, durante a visita, foi preenchido o inventário de Caldwell acerca de estimulação doméstica, inventário que diz respeito, principalmente, a dados de observação direta, relativos à interação mãe-filho. A análise desses dados não mostrou diferença, quanto a quantidades médias ou formas, entre a estimulação que recebiam em casa as crianças ali mesmo criadas e as que frequentavam a creche.

No entanto, claras diferenças foram notadas entre as crianças dos dois grupos, quanto a procedimento diante da situação estranha (de Ainsworth) – diferenças especialmente perceptíveis nos episódios que se desenrolavam quando a mãe se ausentava e quan-

....
1. Blehar as descreve como "quatro creches diurnas, particulares, em Baltimore. Elas seguem um regime tradicional de cuidados escolares e foram recomendadas como sendo de alta qualidade, contando com pessoal receptivo à indagação e servindo basicamente famílias de classe média. A proporção criança/adulto era da ordem de seis a oito para um". As creches ficavam abertas das 7h30 às 17h30.

do retornava. Na ausência da mãe, as crianças dos quatro grupos tendiam a explorar menos o ambiente. O decréscimo de atividade era mais acentuado no grupo formado por crianças mais velhas e que frequentavam creche e menos acentuado no correspondente grupo de crianças criadas em casa. Além disso, na ausência da mãe, as crianças mais velhas e que frequentavam creche choravam muito mais do que as do correspondente grupo de crianças criadas em casa (que pouco choravam) e mais do que as integrantes dos outros dois grupos de crianças mais jovens. Quando a mãe voltava, tanto as crianças mais jovens quanto as mais velhas, que frequentavam creche, a evitavam mais do que as criadas em casa, forma de comportamento que, assinala Blehar, é, segundo os estudos de Ainsworth, característica de crianças de 1 ano de idade cujas mães foram consideradas relativamente insensíveis, não receptivas e/ou inacessíveis durante o primeiro ano de vida da criança (cf. capítulo 21 deste volume, para pormenores e indicações bibliográficas).

O comportamento diante de estranhos também diferiu muito de um para outro grupo de crianças. Independentemente de idade, as crianças que frequentavam creches evitavam o estranho mais do que as integrantes dos grupos correspondentes, criadas em casa. Além disso, ao longo do teste, as crianças que frequentavam creche tendiam crescentemente a evitar o estranho, enquanto as crianças criadas em casa o aceitavam progressivamente mais. Essa constatação contraria frontalmente a esperança comumente expressa de que frequentar creche torna a criança mais adaptável e independente.

Os dados levantados por Blehar são inteiramente compatíveis com os do estudo de acompanhamento feito por Moore (1975) e relatado no capítulo 15. Esse estudo sugeriu que talvez tivesse sido benéfico para aquelas crianças de cidade o fato de não terem frequentado creches nem integrado grupos de lazer antes dos 5 anos. As constatações de Blehar evidenciam que, para determinar os efeitos que exerce sobre a criança a frequência a creches, as variáveis críticas (além da estabilidade e qualidade dos cuidados recebidos) são a idade de começo e as horas passadas fora de casa.

Capítulo 16

página 296, parágrafo 1, linha 4

A partir de uma revisão final da evidência, Maccoby & Masters (1970) concluem também que o apego com angústia é resultado não de excesso de afeição dos pais, mas o contrário. O mesmo vale para outros primatas (Jolly, 1972). Contudo, continua-se a aceitar a teoria da criança mimada. Em trabalho recente, Anna Freud (1972), por exemplo, ao examinar as origens de uma intensificada angústia de separação, dá importância à experiência da criança, cuja mãe não lhe merecia crédito como figura estável, já tendo havido efetivas separações. Entretanto, a autora continua a manifestar sua convicção de que "agrado excessivo na fase anaclítica" pode ter iguais consequências.

Capítulo 18

página 320, parágrafo 1, linha 8

Quando refletimos a respeito da prática clínica chegamos à conclusão de que as respostas emocionais de um paciente permanecem perturbadoras e se rotulam como sintomas apenas quando vistas divorciadas da situação que as eliciaram.

Capítulo 21

página 430, parágrafo 4, linha 12

Outra constatação (Stayton & Ainsworth, 1973) é a de que, tanto mais sensibilidade mostra a mãe em relação ao filho que chora nos primeiros meses de vida, mais é de esperar que ele se alegre, ao vê-la retornar de breve afastamento.

Muito recentemente, Main (1973) avançou nesses estudos, fazendo o acompanhamento de crianças que tinham sido observadas em situação estranha aos doze meses de idade e observando-as, em situação diferente, mas comparável, nove meses depois.

De quarenta crianças acompanhadas, 25 haviam sido consideradas seguras aos doze meses e quinze, inseguras[2]. Quando de novo observadas aos 21 meses, em sessão em que gozavam de liberdade, notou-se que as crianças consideradas seguras se concentravam mais intensamente em uma atividade e por períodos maiores do que as outras. Quando um adulto se juntava a elas, mostravam maior tendência de aproximar-se e brincar com ele. Submetidas ao teste de desenvolvimento de Bayley, demonstraram maior grau de cooperação e registraram resultado médio de 111,2, resultado que, para as crianças inseguras, foi de 96,1. Não cabia atribuir essas diferenças a variáveis tais como educação da mãe, número de irmãos, prévia experiência ou inexperiência com brinquedos. Embora, de maneira geral, durante as sessões de observação, não houvesse apreciável diferença de comportamento entre as mães das crianças dos dois grupos, as mães de crianças seguras mostraram maior interesse pelas atividades, acompanharam as crianças mais de perto e expressaram mais afeto. Assim, o padrão de interação mãe-filho apontado aos doze meses tivera considerável estabilidade durante os nove meses seguintes; e os dados emprestam forte apoio à conclusão anterior de que os filhos de mães sensíveis e receptivas são os que mais tarde se entregam com alegria à exploração do ambiente e às brincadeiras. Aos 21 meses, a disposição que mostram de cooperar, a capacidade de se concentrarem e os bons resultados em testes de desenvolvimento são prenúncios favoráveis em face do futuro.

Apêndice I

página 461, parágrafo 4, linha 16

Em obra posterior de Anna Freud (1972), o tema reaparece. Além da angústia de separação e do temor de aniquilamento, aparecem o medo de morrer de inanição, o medo da solidão e o medo

....

2. A maioria dos bebês seguros é aquela classificada – neste livro – nos grupos P e Q; os bebês inseguros são aqueles classificados nos grupos R, S e T (cf. nota na página 427).

do abandono como "formas" de angústia características do primeiro período, do período simbiótico de desenvolvimento das relações objetais. A angústia de separação, quando anormalmente intensa em anos anteriores, é atribuída à fixação na fase simbiótica; o excessivo medo de perder amor resultará, talvez, de erros dos pais quanto a castigos ou de um ego infantil que se mostra supersensível durante o período de constância do objeto. Não são examinados possíveis efeitos de eventos ocorridos em anos posteriores da infância.

Referências bibliográficas

Abraham, K. (1913). "On the Psychogenesis of Agoraphobia in Children". In Abraham, *Clinical Papers and Essays on Psychoanalysis*. Londres: Hogarth; Nova York: Basic Books, 1955.
_____ (1924). "A Short Study of the Development of the Libido". In Abraham, *Selected Papers on Psychoanalysis*. Londres: Hogarth, 1927. Nova edição, Londres: Hogarth, 1949; Nova York: Basic Books, 1953.
Ainsworth, M. D. S. (1972). "Attachment and Dependency: A Comparison". In J. L. Gewirtz (org.), *Attachment and Dependence*. Washington, D. C.: Winston (distribuído por Wiley, Nova York).
Ainsworth, M. D. S. & Bell, S. M. (1970). "Attachment, Exploration, and Separation: Illustrated by the Behaviour of One-year-olds in a Strange Situation". *Child Dev.* 41: 49-67.
Ainsworth, M. D. S., Bell, S. M. & Stayton, D.J. (1971). "Individual Differences in Strange-situation Behaviour of One-year-olds". In H. R. Schafer (org.), *The Origins of Human Social Relations*. Londres & Nova York: Academic Press.
_____ "Infant-Mother Attachment and Social Development: Socialization as a Product of Reciprocal Responsiveness to Signals". In M. Richards (org.), *The Integration of a Child into a Social World*. Cambridge: Cambridge University Press.
Ainsworth, M. D. S., Blehar, M. C., Waters, E. & Wall, S. "Strange Situation Behavior of One-year-olds: Its Relation to Mother-Infant Interaction in the First Year and to Qualitative Differences in the Infant-Mother Attachment Relationship". (Monografia).
Ainsworth, M. D. & Boston, M. (1952). "Psychodiagnostic Assessments of a Child after Prolonged Separation in Early Childhood". *Brit. J. med. Psychol.* 25: 169-201.

Ainsworth, M. D. S. & Wittig, B. A. (1969). "Attachment and Exploratory Behaviour of One-year-olds in a Strange Situation". In B. M. Foss (org.), *Determinants of Infant Behaviour*, Vol. 4. Londres: Methuen.

Alexander, F. & French, T. M. (1946). *Psychoanalytic Therapy*. Nova York: Ronald Press.

Alland, A. (1967). *Evolution of Human Behaviour*. Nova York: Doubleday; Londres: Tavistock, 1969.

Anderson, J. W. (1972*a*). "An Empirical Study of the Psychosocial Attachment of Infants to their Mothers". Tese apresentada para o grau de Ph.D., University of London.

_____ (1972*b*). "Attachment Behaviour Out of Doors". In N. Blurton Jones (org.); *Ethological Studies of Child Behaviour*. Cambridge: Cambridge University Press.

Anderson, J. W. (1972*c*). "On the Psychological Attachment of Infants to their Mothers". *J. Biosoc. Sci.* 4: 197-225.

Andrews, J. W. D. (1966). "Psychotherapy of Phobias". *Psychol. Bull.* 66: 455-80.

Anthony, S. (1940). *The Child's Discovery of Death*. London: Kegan Paul.

Argles, P. & Mackenzie, M. (1970). "Crisis Intervention with a Multi-problem Family: A Case Study". *J. Child Psychol. Psychiat.* II: 187-95.

Arnold, M. B. (1960). *Emotion and Personality*. Vol. I, *Psychological Aspects*; Vol. 2, *Neurological and Psysiological Aspects*. Nova York: Columbia University Press; Londres: Cassell, 1961.

Arsenian, J. M. (1943). "Young Children in an Insecure Situation". *J. Abnorm. Soc. Psychol.* 38: 225-49.

Backett, E. M. & Johnston, A. M. (1959). "Social Patterns of Road Accidents to Children: Some Characteristics of Vulnerable Children". *Brit. Med. J.* (1): 409.

Baker, G. W. & Chapman, D. W. (orgs.) (1962). *Man and Society in Disaster*. Nova York: Basic Books.

Bandura, A. (1968). "Modelling Approaches to the Modification of Phobic Disorders". In R. Porter (org.), *The Role of Learning in Psychoterapy*. Londres: J. & A. Churchill.

Bandura, A. & Menlove, F. L. (1968). "Factors Determining Vicarious Extinction of Avoidance Behavior through Symbolic Modeling". *J. Pers. Soc. Psychol.* 8: 99-108.

Bandura, A. & Rosenthal, T. L. (1966). "Vicarious Classical Conditioning as a Function of Arousal Level". *J. Pers. Soc. Psychol.* 3: 54-62.

Barker, R. G., Kounin, J. S. & Wright, H. F. (org.) (1943). *Child Behavior and Development*. Nova York e Londres: Mc-Graw-Hill.

Bateson, G., Jackson, D. D., Haley, J. & Weakland, J. (1956). "Toward a Theory of Schizophrenia". *Behav. Sci.* 1: 251-64.

Baumeyer, F. (1956). "The Schreber Case". *Int. J. PsychoAnal.* 37: 61-74.

Baumrind, D. (1967). "Child Care Practices Anteceding Three Patterns of Preschool Behavior". *Genet. Psychol. Monogr.* 75: 43-88.

Bell, S. M. (1970). "The Development of the Concept of Object as related to Infant-Mother Attachment". *Child. Dev.* 41: 291-311.

Bell, S. M. & Ainsworth, M. D. S. (1972). "Infant Crying and Maternal Responsiveness". *Child. Dev.* 43: 1171-90.

Bender, L. & Yarnell, H. (1941). "An Observation Nursery: A Study of 250 Children on the Psychiatric Division of Bellevue Hospital". *Amer. J. Psychiat.* 97: 1158-72.

Benedek, T. (1938). "Adaptation to Reality in Early Infancy". *Psychoanal. Quart.* 7: 200-15.

_____ (1946). *Insight and Personality Adjustment: A Study of the Psychological Effects of War.* Nova York: Ronald Press.

_____ (1956). "Toward the Biology of the Depressive Constellation". *J. Amer. Psychoanal. Ass.* 4: 389-427.

Berecz, J. M. (1968). "Phobias of Childhood: Aetiology and Treatment". *Psychol. Bull.* 70: 694-720.

Berg, I., Marks, I., McGuire, R. & Lipsedge, M. (1974). "School Phobia and Agoraphobia". *Psychol. Med.* 4: 428-34.

Berger, S. M. (1962). "Conditioning through Vicarious Instigation". *Psychol. Rev.* 69: 450-66.

Bernfeld, S. (1925, trad. ingl. 1929). *The Psychology of the Infant.* Londres: Kegan Paul.

Blehar, M. C. (1974). "Anxious Attachment and Defensive Reactions associated with Day Care". *Child Dev.* 45: 683-92.

Bloch, D. A., Silber, E. & Perry, S. E. (1956). "Some Factors in the Emotional Reaction of Children to Disaster". *Amer. J. Psychiat.* 113: 416-22.

Bolwig, N. (1963). "Bringing up a Young Monkey". *Behaviour* 21: 300-30.

Bower, T. G. R., Broughton, J. M. & Moore, M. K. (1970). "Infant Responses to Approaching Objects: An Indicator of Responses to Distal Variables". *Percept. Psychophysics* 9(2B): 193-6.

Bowlby, J. (1940). "The Influence of Early Environment in the Development of Neurosis and Neurotic Character". *Int. J. PsychoAnal.* 21: 154-78.

_____ (1944). "Forty-four Juvenile Thieves: Their Characters and Home Life". *Int. J. PsychoAnal.* 25: 19-52 e 107-27.

_____ (1951). *Maternal Care and Mental Health.* Genebra: WHO; Londres: HMSO; Nova York: Columbia University Press. Versão abreviada, *Child Care and the Growth of Love.* Harmondsworth: Penguin Books, 2.ª ed., 1965. [Trad. bras. *Cuidados maternos e saúde mental*, São Paulo, Martins Fontes, 3.ª ed., 1995.]

_____ (1953). "Some Pathological Processes Set in Train by Early Mother-Child Separation". *J. Ment. Sci.* 99: 265-72.

Bowlby, J. (1958a). "Psychoanalysis and Child Care". In J. D. Sutherland (org.), *Psychoanalysis and Contemporary Thought*. Londres: Hogarth. Reimpresso em P. Halmos & A. Iliffe (orgs.). *Readings in General Psychology*. Londres: Routledge, 1958.

_____ (1958b). "The Nature of the Child's Tie to his Mother". *Int. J. Psychoanal.* 39: 350-73.

_____ (1960a). "Separation Anxiety". *Int. J. Psychoanal.* 41: 89-113.

_____ (1960b). "Grief and Mourning in Infancy and Early Childhood". *Psychoanal. Study Child* 15: 9-52.

_____ (1961a). "Separation Anxiety: A Critical Review of the Literature". *J. Child Psychol. Psychiat.* 1: 251-69.

_____ (1961b). "Processes of Mourning". *Int. J. Psychoanal.* 42: 317-40.

_____ (1963). "Pathological Mourning and Childhood Mourning". *J. Amer. Psychoanal. Ass.* 11: 500-41.

Brain, C. K. (1970). "New Finds at the Swartkrans Australopithecine Site". *Nature* 225: 1112-19.

Britton, R. S. (1969). "Psychiatric Disorders in the Mothers of Disturbed Children". *J. Child Psychol. Psychiat.* 10: 245-58.

Broadbent, D. E. (1973). *In Defence of Empirical Psychology*. Londres: Methuen.

Broadwin, I. T. (1932). "A Contribution to the Study of Truancy". *Amer. J. Orthopsychiat.* 2: 253-9.

Bronfenbrenner, U. (1958). "Socialization and Social Class through Time and Space". In E. E. Maccoby, T. M. Newcomb & E. L. Hartley (orgs.), *Readings in Social Psychology*. Nova York: Holt, Rinehart & Winston.

_____ (1961). "Some Familial Antecedents of Responsibility and Leadership". In L. Petrullo & B. M. Bass (orgs.), *Leadership and Interpersonal Behavior*. Nova York: Holt, Rinehart & Winston.

_____ (1970). "Some Reflections on 'Antecedents of Optimal Psychological Adjustment'". *J. consul. clin. Psychol.* 35: 296-297.

Bronson, G. W. (1968). "The Development of Fear in Man and Other Animals". *Child Dev.* 39: 409-31.

_____ "Infants' Reactions to Unfamiliar Persons and Novel Objects". *Monogr. Soc. Res. Child Dev.*

Brun, R. (1946). *A General Theory of Neurosis*. Nova York: International Universities Press.

Burlingham, D. & Freud, A. (1942). *Young Children in War-time*. Londres: Allen & Unwin.

_____ (1944). *Infants without Families*. Londres: Allen & Unwin.

Burnham, D. L. (1965). "Separation Anxiety." *Archs Gen. Psychiat.* 13: 346-58.

Burton, L. (1968). *Vulnerable Children*. Londres: Routledge; Nova York: Schocken Books.

Caplan, G. (1964). *Principles of Preventive Psychiatry*. Nova York: Basic Books; Londres: Tavistock.

Choi, E. H. (1961). "Father–Daughter Relationships in School Phobia". *Smith Coll. Stud. soc. Wk* 31: 152-78.
Clancy, H. & McBride, G. (1969). "The Autistic Process and its Treatment". *J. Child Psychol. Psychiat.* 10: 233-44.
Clyne, M. B. (1966). *Absent: School Refusal as an Expression of Disturbed Family Relationships.* Londres: Tavistock.
Cole, S. (1963). *Races of Man.* Londres: British Museum (História Natural).
Colm, H. N. (1959). "Phobias in Children". *Psychoanal. Psychoanal. Rev.* 46(3): 65-84.
Coolidge, J. C., Hahn, P. B. & Peck, A. L. (1957). "School Phobia: Neurotic Crisis or Way of Life". *Amer. J. Orthopsychiat.* 27: 296-306.
Coolidge, J. C., Tessman, E., Waldfogel, S. & Willer, M. L. (1962). "Patterns of Aggression in School Phobia". *Psychoanal. Study Child* 17: 319-33.
Coopersmith, S. (1967). *The Antecedents of Self-esteem.* San Francisco: W. H. Freeman.
Cox, F. N. & Campbell, D. (1968). "Young Children in a New Situation with and without their Mothers". *Child Dev.* 39: 123-32.
Croake, J. W. (1969). "Fears of Children". *Human Dev.* 12: 239-47.
Crook, J. H. (1968). "The Nature and Function of Territorial Aggression". In M. Ashley Montagu (org.), *Man and Aggression.* Nova York: Oxford University Press.
Darwin, C. (1859). *On the Origin of Species by means of Natural Selection.* Londres: Murray.
_____ (1871). *The Descent of Man.* Londres: Murray.
Davidson, S. (1961). "School Phobia as a Manifestation of Family Disturbance: Its Structure and Treatment". *J. Child Psychol. Psychiat.* 1: 270-87.
De Beer, G. (1963). *Charles Darwin: Evolution by Natural Selection.* Edimburgo: Nelson; Nova York: Doubleday, 1964.
Deutsch, H. (1929). "The Genesis of Agoraphobia". *Int. J. Psycho-Anal.* 10: 51-69.
_____ (1937). "Absence of Grief". *Psychoanal. Quart.* 6: 12-22.
DeVore, I. & Hall, K. R. L. (1965). "Baboon Ecology". In I. DeVore (org.), *Primate Behavior.* Nova York e Londres: Holt, Rinehart & Winston.
Douglas, J. W. B. (1975). "Early Hospital Admissions and Later Disturbances of Behaviour and Learning". *Devl. Med. Child Neurol.* 17: 456-80.
Douvan, E. & Adelson, J. (1966). *The Adolescence Experience.* Nova York: Wiley.
Edelston, H. (1943). "Separation Anxiety in Young Children: A Study of Hospital Cases". *Genet. Psychol. Monogr.* 28: 3-95.
Eiseley, L. (1958). *Darwin's Century.* Nova York: Doubleday.
Eisenberg, L. (1958). "School Phobia: A Study in the Communication of Anxiety". *Amer. J. Psychiat.* 114: 712-18.
English, H. B. (1929). "Three Cases of the 'Conditioned Fear Response'". *J. Abnorm. Soc. Psychol.* 34: 221-5.

Estes, H. R., Haylett, C. H. & Johnson, A. (1956). "Separation Anxiety". *Amer. J. Psychother.* 10: 682-95.
Evans, P. & Liggett, J. (1971). "Loss and Bereavement as Factors in Agoraphobia: Implications for Therapy". *Brit. J. Med. Psychol.* 44: 149-54.
Fagin, C. M. R. N. (1966). *The Effects of Maternal Attendance during Hospitalization on the Post-hospital Behavior of Young Children: A Comparative Study.* Filadélfia: F. A. Davis.
Fairbairn, W. R. D. (1941). "A Revised Psychopathology of the Psychoses and Psychoneuroses". *Int. J. Psychoanal.* 22. Reimpresso em Fairbairn, *Psychoanalytic Studies of the Personality.* Londres: Tavistock/Routledge, 1952; Nova York: Basic Books, 1954 (edição norte-americana intitulada *Object-relations Theory of the Personality*).
_____ (1943). "The War Neuroses: Their Nature and Significance". In Fairbairn, *Psychoanalytic Studies of the Personality.* Londres: Tavistock/Routledge, 1952; Nova York: Basic Books, 1954 (edição norte-americana intitulada *Object-relations Theory of the Personality*).
_____ (1952). *Psychoanalytic Studies of the Personality.* Londres: Tavistock/Routledge. Publicado nos Estados Unidos sob o título *Object-relations Theory of the Personality.* Nova York: Basic Books, 1954.
_____ (1963). "Synopsis of an Object-relations Theory of the Personality". *Int. J. Psychoanal.* 44: 224-5.
Fantz, R. L. (1965). "Ontogeny of Perception". In A. M. Schrier, H. F. Harlow & F. Stollnitz (orgs.), *Behavior of Nonhuman Primates*, Vol. 2. Nova York e Londres: Academic Press.
Fenichel, O. (1945). *The Psychoanalytic Theory of Neurosis.* Nova York: Norton.
Flavell, J. H. (1963). *The Developmental Psychology of Jean Piaget.* Princeton, N. J. e Londres: Van Nostrand.
Fleming, J. (1972). "Early Object Deprivation and Transference Phenomena". *Psychoanal. Quart.* 41: 23-49.
Fraiberg, S. (1971). "Separation Crisis in Two Blind Children". *Psychoanal. Study Child* 26: 355-71.
Freud, A. (1936). *The Ego and Mechanisms of Defence.* Londres: Hogarth.
_____ (1946). *The Psychoanalytical Treatment of Children.* Londres: Imago; Nova York: International Universities Press, 1959.
_____ (1952). "The Mutual Influences in the Development of Ego and Id". *Psychoanal. Study Child* 7: 42-50.
_____ (1953). "Some Remarks on Infant Observation". *Psychoanal. Study Child* 8: 9-19.
_____ (1965). *Normality and Pathology in Childhood: Assessments of Development.* Nova York: International Universities Press; Londres: Hogarth, 1966.
_____ (1972). *Problems of Psychoanalytic Technique and Therapy 1966--1970.* Londres: Hogarth.

Freud, S. (1894). "The Neuro-psychoses of Defence (1)". *SE* 3: 45-61[1]
_____ (1895). "Anxiety Neurosis". *SE* 3: 90-115.
_____ (1905a). "Fragment of an Analysis of a Case of Hysteria". *SE* 7: 7-122.
_____ (1905b). *Three Essays on the Theory of Sexuality*. *SE* 7: 135-243.
_____ (1909). "Analysis of a Phobia in a Five-year-old Boy". *SE* 10: 5-149.
_____ (1910). "A Special Type of Choice of Object Made by Men". (Contributions to the Psychology of Love I.) *SE* 11: 165-75.
_____ (1911). "Psychoanalytic Notes on an Autobiographical Account of a Case of Paranoia". *SE* 12: 9-82.
_____ (1915a). "Instincts and their Vicissitude. *SE* 14: 117-40.
_____ (1915b). "The Unconscious". *SE* 14: 166-204.
_____ (1917a). "Mourning and Melancholia". *SE* 14: 243-58.
_____ (1917b). *Introductory Lectures on Psychoanalysis*. Parte III. *SE* 16.
_____ (1919). "Lines of Advance in Psychoanalytic Therapy". *SE* 17: 159--68.
_____ (1920). *Beyond the Pleasure Principle*. *SE* 18: 7-64.
_____ (1925). *An Autobiographical Study*. *SE* 20: 7-70.
_____ (1926a). *Inhibitions, Symptoms and Anxiety*. *SE* 20: 87-172.
_____ (1926b). "Psychoanalysis". *SE* 20: 263-70.
_____ (1931). "Female Sexuality". *SE* 21: 225-43.
_____ (1933). *New Introductory Lectures on Psychoanalysis*. *SE* 22: 7-182.
_____ (1937). "Constructions in Analysis". *SE* 23: 257-69.
_____ (1940). *An Outline of Psychoanalysis*. *SE* 23: 144-207.
Frick, W. B. (1964). "School Phobia: A Critical Review of the Literature". *Merrill-Palmer Quart.* 10: 361-74.
Friedman, J. H. (1950). "Short-term Psychotherapy of 'Phobia of Travel'". *Amer. J. Psychother.* 4: 259-78.
Friedman, P. (1959). "The Phobias". In S. Arieti (org.), *American Handbook of Psychiatry*. Nova York: Basic Books.
Fry, W. F. (1962). "The Marital Context of an Anxiety Syndrome". *Family Process* 1: 245-52.
Goldberg, T. B. (1953). "Factors in the Development of School Phobia". *Smith Coll. Stud. Soc. Wk* 23: 227-48.
Goldfarb, W. (1943). "Infant Rearing and Problem Behavior". *Amer. J. Orthopsychiat.* 13: 249-65.
Greenacre, P. (1941). "The Predisposition to Anxiety". In Greenacre, *Trauma, Growth and Personality*. Nova York: Norton, 1952.
_____ (1945). "The Biological Economy of Birth". In Greenacre, *Trauma, Growth and Personality*. Nova York: Norton, 1952.
Greenacre, P. (1952). *Trauma, Growth and Personality*. Nova York: Norton.

....

1. A abreviação *SE* refere-se à *Standard Edition of The Complete Psychological Works of Sigmund Freud*, publicada em 24 volumes pela Hogarth Press Std., Londres.

Grinker, R. R. (1962). "'Mentally Healthy' Young Males (Homoclites)". *Archs Gen. Psychiat.* 6: 405-53.
Hagman, E. (1932). "A Study of Fears of Children of Pre-school Age". *J. Exp. Educ.* 1: 110-30.
Hall, K. R. L. & DeVore, I. (1965). "Baboon Social Behavior". In I. DeVore (org.), *Primate Behavior*. Nova York e Londres: Holt, Rinehart & Winston.
Hansburg, H. G. (1972). *Adolescent Separation Anxiety: A Method for the Study of Adolescent Separation Problems*. Springfield: C. C. Thomas.
Hare, E. H. & Shaw, G. K. (1965). *Mental Health on a New Housing Estate*. Londres: Oxford University Press.
Harlow, H. F. (1961). "The Development of Affectional Patterns in Infant Monkeys". In B. M. Foss (org.), *Determinants of Infant Behaviour*, Vol. 1. Londres: Methuen; Nova York: Wiley.
Harlow, H. F. & Harlow, M. K. (1965). "The Affectional Systems". In A. M. Schrier, H. F. Harlow & F. Stollnitz (org.), *Behavior of Nonhuman Primates*, Vol. 2. Nova York e Londres: Academic Press.
Harlow, H. F. & Zimmermann, R. R. (1959). "Affectional Responses in the Infant Monkey". *Science* 130: 421.
Harper, M. & Roth, M. (1962). "Temporal Lobe Epilepsy and the Phobic Anxiety-Depersonalization Syndrome". *Compreh. Psychiat.* 3: 129-51.
Hartmann, H. (1939, trad. ingl. 1958). *Ego Psychology and the Problem of Adaptation*. Londres: Imago; Nova York: International Universities Press.
Hayes, C. (1951). *The Ape in our House*. Nova York: Harper; Londres: Gollancz, 1952.
Heard, D. H. (1973). "Unresponsive Silence and Intra-familial Hostility". In R. Gosling (org.) *Support, Innovation, and Autonomy*. Londres: Tavistock.
Heath, D. H. (1965). *Explorations of Maturity*. Nova York: Appleton-Century-Crofts.
Heathers, G. (1954). "The Adjustment of Two-year-olds in a Novel Social Situation". *Child Dev.* 25: 147-58.
Hebb, D. O. (1949). *The Organization of Behavior*. Nova York: Wiley.
Heinicke, C. (1956). "Some Effects of Separating Two-year-old Children from their Parents: A Comparative Study". *Hum. Relat.* 9: 105-76.
Heinicke, C. M., Busch, F., Click, P. & Kramer, E. "Parent-Child Relations, Adaptation to Nursery School and the Child's Task Orientation: A Contrast in the Development of Two Girls". In. J. C. Westman (org.), *Individual Differences in Children*.
Heinicke, C. & Westheimer, I. (1966). *Brief Separations*. Nova York: International Universities Press; Londres: Longman.
Hermann, I. (1936). "Sich-Anklammern-Auf-Suche-Gehen". *In. J. Psychoanal.* 22: 349-70.
Hersov, L. A. (1960*a*). "Persistent Non-attendance at School". *J. Child Psychol. Psychiat.* 1: 130-6.
Hersov, L. A. (1960*b*). "Refusal to Go to School". *J. Child Psychol. Psychiat.* 1: 137-45.

Hill, R. & Hansen, D.A. (1962). "Families in Disaster". In G. W. Baker & D. W. Chapman (orgs.), *Man and Society in Disaster*. Nova York: Basic Books.

Hinde, R. A. (1970). *Animal Behaviour: A Synthesis of Ethology and Comparative Psychology*. 2ª edição. Nova York: McGraw-Hill.

Hinde, R. A. & Davies, L. (1972). "Removing Infant Rhesus from Mother for 13 Days compared with Removing Mother from Infant". *J. Child Psychol. Psychiat.* 13: 227-37.

Hinde, R. A., Spencer-Booth, Y. & Bruce, M. (1966). "Effects of Six-day Maternal Deprivation on Rhesus Monkey Infants". *Nature* 210: 1021-3.

Hinde, R. A., Spencer-Booth, Y. (1968). "The Study of Mother-Infant Interaction in Captive Group-living Rhesus Monkeys". *Proc. R. Soc. B.* 169: 177-201.

_____ (1970). "Individual Differences in the Responses of Rhesus Monkeys to a Period of Separation from their Mothers". *J. Child Psychol. Psychiat.* 11: 159-76.

_____ (1971). "Effects of Brief Separation from Mother on Rhesus Monkeys". *Science* 173: 111-18.

Hug-Hellmuth, H. von (1913, trad. ingl. 1919). *A Study of the Mental Life of the Child*. Washington: Nervous & Mental Disease Pub. Co.

Huxley, J. (1942). *Evolution: The Modern Synthesis*. Londres: Allen & Unwin; Nova York: Harper.

James, W. (1890). *Principles of Psychology*. Nova York: Holt.

Janis, M. G. (1964). *A Two-year-old Goes to Nursery School*. Londres: Tavistock.

Jay, P. (1965). "The Common Langur of North India". In I. DeVore (org.), *Primate Behavior*. Nova York e Londres: Holt, Rinehart & Winston.

Jensen, G. D. & Tolman, C. W. (1962). "Mother-Infant Relationship in the Monkey, *Macaca nemestrina*: The Effect of Brief Separation and Mother-Infant Specificity". *J. Comp. Physiol. Psychol.* 55: 131-6.

Jersild, A. T. (1943). "Studies of Children's Fears". In R. G. Barker, J. S. Kounin & H. F. Wright (orgs.), *Child Behavior and Development*. Nova York e Londres: McGraw-Hill.

_____ (1947). *Child Psychology*, Londres: Staples Press, 3ª ed.

Jersild, A. T. & Holmes, F. B. (1935*a*). *Children's Fears*. Child Dev. Monogr. n.º 20. Nova York: Teachers College, Columbia University.

_____ (1935*b*). "Some Factors in the Development of Children's Fears". *J. Exp. Educ.* 4: 133-41.

Jersild, A. T., Markey, F. V. & Jersild, C. L. (1933). *Children's Fears, Dreams, Wishes, Day Dreams, Likes, Dislikes, Pleasant and Unpleasant Memories*. Child Dev. Monogr. n.º 12. Nova York: Teachers College, Columbia University.

Jewell, P. A. & Loizos, C. (orgs.) (1966). *Play, Exploration and Territory in Mammals*. Londres e Nova York: Academic Press.

Joffe, W. G. & Sandler, J. (1965). "Notes on Pain, Depression, and Individuation". *Psychoanal. Study Child* 20: 394-424.
John, F. (1941). "A Study of the Effects of Evacuation and Air-raids on Preschool Children". *Brit. J. Educ. Psychol.* 11: 173-82.
Johnson, A. M. Falstein, E. I., Szurek, S. A. & Svendsen, M. (1941). "School Phobia". *Amer. J. Orthopsychiat.* 11: 702-11.
Jolly, A. (1972). *The Evolution of Primate Behavior*. Nova York: Macmillan.
Jones, E. (1927). "The Early Development of Female Sexuality". In Jones, *Papers on Psychoanalysis*. Londres: Baillière, Tindall & Cox, 3.ª ed., 1948.
____ (1929). "Fear, Guilt and Hate". In Jones, *Papers on Psychoanalysis*. Londres: Baillière, Tindall & Cox, 5.ª ed., 1948.
____ (1953). *Sigmund Freud: Life and Work*, Vol. 1. Londres: Hogarth; Nova York: Basic Books.
____ (1955). *Sigmund Freud: Life and Work*, Vol. 2. Londres: Hogarth; Nova York: Basic Books.
____ (1957). *Sigmund Freud: Life and Work*, Vol. 3. Londres: Hogarth; Nova York: Basic Books.
Jones, M. C. (1924*a*). "The Elimination of Children's Fears". *J. Exp. Psychol.* 7: 383-90. Reimpresso em H. J. Eysenck (org.), *Behaviour Therapy and the Neuroses*. Oxford: Pergamon, 1960.
____ (1924*b*). "A Laboratory Study of Fear: The Case of Peter". *Pedag. Semin.* 31: 308-5. Reimpresso em H. J. Eysenck (org.), *Behaviour Therapy and the Neuroses*. Oxford: Pergamon, 1960.
Kahn, J. H. & Nursten, J. P. (1968). *Unwillingly to School*. Oxford: Pergamon, 2.ª ed.
Katan, A. (1951). "The Role of 'Displacement' in Agoraphobia". *Int. J. Psychoanal.* 32: 41-50.
Kaufman, I. C. & Rosenblum, L. A. (1967). "Depression in Infant Monkeys Separated from their Mothers". *Science* 155: 1030-1.
____ (1969). "Effects of Separation from Mother on the Emotional Behavior of Infant Monkeys". *Ann. N. Y. Acad. Sci.* 159: 681-95.
Kawamura, S. (1963). "The Process of Subculture Propagation among Japanese Macaques". In C. H. Southwick (org.), *Primate Social Behavior*. Princeton, N. J. e Londres: Van Nostrand.
Kellogg, W. N. & Kellogg, L. (1933). *The Ape and the Child: A Study of Environmental Influence upon Early Behavior*. Nova York: McGraw-Hill (Whittlesey House Publications).
Kennedy, W. A. (1965). "School Phobia: Rapid Treatment of Fifty Cases". *J. Abnorm. Psychol.* 70: 285-9.
Kessen, W. & Mandler, G. (1961). "Anxiety, Pain, and the Inhibition of Distress". *Psychol. Rev.* 68: 396-404.
Kestenberg, J. S. (1943). "Separation from Parents". *Nerv. Child* 3: 20-35.
Klein, E. (1945). "The Reluctance to go School". *Psychoanal. Study Child* 1: 263-79.

Klein, M. (1932). *The Psychoanalysis of Children*. Londres: Hogarth.
_____ (1934). "On Criminality". In Klein, *Contributions to Psychoanalysis 1921-1945*. Londres: Hogarth, 1948.
_____ (1935). "A Contribution to the Psychogenesis of Manic-depressive States". In Klein, *Contributions to Psychoanalysis 1921-1945*. Londres: Hogarth, 1948.
_____ (1946). "Notes on Some Schizoid Mechanisms". In Klein et al., *Developments in Psychoanalysis*. Londres: Hogarth, 1952.
_____ (1948a). *Contributions to Psychoanalysis 1921-1945*. Londres: Hogarth.
_____ (1948b). "On the Theory of Anxiety and Guilt". *Int. J. Psychoanal.* 29. Reimpresso em Klein et al., *Developments in Psychoanalysis*. Londres: Hogarth, 1952.
Klein, M., Heiman, P., Isaacs, S. & Riviere, J. (1952). *Developments in Psychoanalysis*. Londres: Hogarth.
Korchin, S. J. & Ruff, G. E. (1964). "Personality Characteristics of the Mercury Astronauts". In G. H. Grosser, H. Wechsler & M. Greenblatt (orgs.), *The Threat of Impending Disaster: Contributions to the Psychology of Stress*. Cambridge, Mass.: MIT Press.
Kreitman, N., Philip. A. E., Greer, S. & Bagley, C. R. (1969). "Parasuicide". Carta em *Brit. J. Psychiat.* 115: 746-7.
Kreitman, N., Smith, P. & Tan, E. S. (1970). "Attempted Suicide as Language: An Empirical Study". *Brit. J. Psychiat.* 116: 465-73.
Kris, E. (1950). "Notes on the Development and on Some Current Problems of Psychoanalytic Child Psychology". *Psychoanal. Study Child* 5: 24-46.
_____ (1956). "The Recovery of Childhood Memories in Psychoanalysis". *Psychoanal. Study Child* 11: 54-88.
Kuhn, T. S. (1962). *The Structure of Scientific Revolutions*. Chicago e Londres: University of Chicago Press.
Kummer, H. (1967). "Tripartite Relations in Hamadryas Baboons". In S. A. Altmann (org.), *Social Communication among Primates*. Chicago: University of Chicago Press.
Laing, R. D. & Esterson, A. (1964). *Sanity, Madness, and the Family*. Londres: Tavistock; Nova York: Basic Books, 2ª ed., 1970.
Lapoise, R. & Monk, M. A. (1959). "Fears and Worries in a Representative Sample of Children". *Amer. J. Orthopsychiat.* 29: 803-18.
Laughlin, H. P. (1956). *The Neuroses in Clinical Practice*. Londres: Saunders.
Lawick-Goodall, J. van (1968). "The Behaviour of Free-living Chimpanzees in the Gombe Stream Reserve". *Anim. Behav. Monogr.* 1: 161-311.
Lazarus, A. A. (1960). "The Elimination of Children's Phobias by Deconditioning". In H. J. Eysenck (org.), *Behaviour Therapy and the Neuroses*. Oxford: Pergamon.
Lee, S. G. M., Wright, D. S. & Herbert, M. "Aspects of the Development of Social Responsiveness in Young Children".
Leeuwen, K. van & Tuma, J. M. (1972). "Attachment and Exploration: A Systematic Approach to the Study of Separation-Adaptation Phenomena

in response to Nursery School Entry". *J. Amer. Acad. Child Psychiat.* 11: 314-40.
Leighton, D. C., Harding, J. S., Macklin, D. B., Macmillan, A. M. & Leighton, A. H. (1963). *The Character of Danger.* Nova York: Basic Books.
Levy, D. (1937). "Primary Affect Hunger". *Amer. J. Psychiat.* 94: 643-52.
_____ (1951). "Observations of Attitudes and Behavior in the Child Health Center". *Amer. J. Publ. Hlth* 41: 182-90.
Lewis, A. (1967). "Problems presented by the Ambiguous Word 'Anxiety' as used in Psychopathology". *Israel Ann. Psychiat. & Related Disciplines* 5: 105-21.
Lidz, T., Cornelison, A., Fleck, S. & Terry, D. (1958). "The Intra-familial Environment of the Schizophrenic Patient: The Transmission of Irrationality". *Archs. Neurol. Psychiat.* 79: 305-16.
Lorenz, K. (1937). "Über die Bildung des Instinktbegriffes". *Naturwissenschaften* 25. Trad. ingl. "The Establishment of the Instinct Concept". In Lorenz, *Studies in Animal and Human Behaviour*, Vol. 1. Trad. por R. Martin. Londres: Methuen, 1970.
Lynch, J. J. (1970). "Psychophysiology and the Developement of Social Attachment". *J. Nerv. Ment. Dis.* 151: 231-44.
MacCarthy, D., Lindsay, M. & Morris, I. (1962). "Children in Hospital with Mothers". *Lancet* 1: 603-8.
Maccoby, E. E. & Feldman, S. S. (1972). "Mother-attachment and Stranger-reactions in the Third Year of Life". *Monogr. Soc. Res. Child Dev.* 37 (1).
Maccoby, E. E. & Masters, J. C. (1970). "Attachment and Dependency". In P. H. Mussen (org.), *Carmichael's Manual of Child Psychology.* Nova York e Londres: Wiley, 3.ª ed.
McCord, W., McCord, J. & Verden, P. (1962). "Familial and Behavioral Correlates of Dependency in Male Children". *Child Dev.* 33: 313-26.
McDougall, W. (1923). *An Outline of Psychology.* Londres: Methuen.
McFarlane, J. W., Allen, L. & Honzik, M. P. (1954). *A Developmental Study of the Behavior Problems of Normal Children between 21 Months and 14 Years.* Berkeley: University of California Press.
Mahler, M. D. (1968). *On Human Symbiosis and the Vicissitudes of Individuation.* Vol. 1, *Infantile Psychosis.* Nova York: International Universities Press; Londres: Hogarth, 1969.
Main, M. (1973). "Exploration, Play and Cognitive Functioning as related to Child-Mother Attachment". Tese apresentada para o grau de Ph.D., Johns Hopkins University.
Malmquist, C. P. (1965). "School Phobia: A Problem in Family Neurosis". *J. Amer. Acad. Child Psychiat*, 4: 293-319.
Marks, I. M. (1969). *Fears and Phobias.* Londres: Heinemann Medical.
_____ (1971). "Phobic Disorders Four Years after Treatment: A Prospective Follow-up". *Brit. J. Psychiat.* 118: 683-8.

Marks, I. M., Boulougouris, J. & Marset, P. (1971). "Flooding versus Desensitisation in the Treatment of Phobic Patients: A Crossover Study". *Brit. J. Psychiat.* 119: 353-75.
Marler, P. R. & Hamilton, W. J. (1966). *Mechanisms of Animal Behavior.* Nova York: Wiley.
Marris, P. *Loss and Change.* London: Routledge.
Martin, H. L. (1970). "Antecedents of Burns and Scalds in Children". *Brit. J. Med. Psychol.* 43: 39-47.
Marvin, R. S. (1972). "Attachment and Communicative Behavior in Two-, Three- and Four-year-old Children". Dissertação de doutoramento submetida à University of Chicago.
Mason, W. A. (1965). "Determinants of Social Behavior in Young Chimpanzees". In A. M. Schrier, H. F. Harlow & F. Stollnitz (orgs.), *Behavior of Nonhuman Primates*, Vol. 2. Nova York e Londres: Academic Press.
Megargee, E. I., Parker, G. V. C. & Levine, R. V. (1971). "Relationship of Familial and Social Factors to Socialization in Middle-class College Students." *J. Abnorm. Psychol.* 77: 76-89.
Meili, R. (1959). "A Longitudinal Study of Personality Development". In L. Jessner & Pavenstedt (orgs.), *Dynamic Psychopathology in Childhood.* Nova York: Grune & Stratton; Londres: Heinemann.
Melges, E. T. (1968). "Postpartum Psychiatric Syndromes". *Psychosom. Med.* 30: 95-108.
Meng, H. & Freud, E. L. (orgs.). *Psychoanalysis and Faith: The Letters of Sigmund Freud and Oskar Pfister.* Trad. ingl. por E. Mosbacher. Londres: Hogarth.
Miller, D. R. (1970). "Optimal Psychological Adjustment: A Relativistic Interpretation". *J. Consult. Clin. Psychol.* 35: 290-5.
Mitchell, G. (1970). "Abnormal Behavior in Primates". In L. A. Rosenblum (org.), *Primate Behavior: Developments in Field and Laboratory Research*, Vol. 1. Nova York e Londres: Academic Press.
Montenegro, H. (1968). "Severe Separation Anxiety in Two Pre-school Children: Successfully Treated by Reciprocal Inhibition". *J. Child Psychol. Psychiat.* 9: 93-103.
Moore, T. W. (1964). "Children of Full-time and Part-time Mothers". *Int. J. Soc. Psychiat.*, Special Congress Issue n.º 2.
_____ (1969a). "Effects on the Children". In S. Yudkin & A. Holme (orgs.), *Working Mothers and their Children.* Londres: Sphere Books, 2ª ed.
_____ (1969b). "Stress in Normal Childhood". *Hum. Relat.* 22: 235-50.
_____ (1971). "The Later Outcome of Early Care by the Mother and Substitute Daily Régimes". Sumário do artigo para a International Society for the Study of Behavioral Development, Nijmegen, julho.
Moore, T. W. (1975). "Exclusive Early Mothering and its Alternatives: The Outcome to Adolescence". *Scandinavian J. Psychol.* 16: 255-72.

Morgan, G. A. & Ricciuti, H. N. (1969). "Infants' Responses to Strangers during the First Year". In B. M. Foss (org.), *Determinants of Infant Behaviour*, Vol. 4. Londres: Methuen.
Morris, R. & Morris, D. (1965). *Men and Snakes*. Londres: Hutchinson.
Moss, C. S. (1960). "Brief Successful Psychotherapy of a Chronic Phobic Reaction". *J. Abnorm. Soc. Psychol.* 60: 266-70.
Murphey, E. B., Silber, E., Coelho, G. V., Hamburg, D. A. & Greenberg, I. (1963). "Development of Autonomy and Parent–Child Interaction in Late Adolescence". *Amer. J. Orthopsychiat.* 33: 643-52.
Murphree, O. D., Dykman, R. A. & Peters, J. E. (1967). "Genetically Determined Abnormal Behavior in Dogs: Results of Behavioral Tests". *Conditional Reflex* 2: 199-205.
Murphy, L. B. (1962). *The Widening World of Childhood*. Nova York: Basic Books.
Nagera, H. & Colonna, A. B. (1965). "Aspects of the Contribution of Sight to Ego and Drive Development: A Comparison of the Development of Some Blind and Sighted Children". *Psychoanal. Study Child* 20: 267-87.
Newson, J. & Newson, E. (1968). *Four Years Old in a Urban Community*. Londres: Allen & Unwin; Chicago: Aldine.
Niederland, W. G. (1959a). "The 'Miracled-up' World of Schreber's Childhood". *Psychoanal. Study Child.* 14: 383-413.
_____ (1959b). "Schreber: Father and Son". *Psychoanal. Quart.* 28: 151-69.
Nunberg, H. (1932, trad. ingl. 1955). *Principles of Psychoanalysis*. Nova York: International Universities Press.
Odier, C. (1948, trad. ingl. 1956). *Anxiety and Magic Thinking*. Nova York: International Universities Press.
Offer, D. (1969). *The Psychological World of the Teenager: A Study of Normal Adolescent Boys*. Nova York: Basic Books.
Offer, D. & Sabshin, M. (1966). *Normality: Theoretical and Clinical Concepts of Mental Health*. Nova York: Basic Books.
Onions, C. T. (org.) (1966). *The Oxford Dictionary of English Etymology*. Oxford: Clarendon Press.
Parkes, C. M. (1969) "Separation Anxiety: An Aspect of the Search for a Lost Object". In M. H. Lader (org.), *Studies of Anxiety*. Brit. J. Psychiat. Special Publication n.º 3. Publicado com autorização da World Psychiatric Association e da Royal Medico-Psychological Association.
_____ (1971a). "The First Year of Bereavement: A Longitudinal Study of the Reaction of London Widows to the Death of their Husbands". *Psychiatry* 33: 444-67.
_____ (1971b). "Psychosocial Transitions: A Field of Study". *Soc. Sci. Med.* 5: 101-15.
Parkes, C.N. (1972). *Bereavement: Studies of Grief in Adult Life*. Londres: Tavistock; Nova York: International Universities Press.

Peck, R. F. & Havighurst, R. J. (1960). *The Psychology of Character Development*. Nova York: Wiley.

Piaget, J. (1937, trad. ingl. 1954). *The Construction of Reality in the Child*. Nova York: Basic Book. Publicado no Reino Unido sob o título *The Child's Construction of Reality*. Londres: Routledge, 1955.

Preston, D. G., Baker, R. P. & Seay, B. (1970). "Mother-Infant Separation in the Patas Monkey". *Devl. Psychol.* 3: 298-306.

Rank, O. (1924, trad. ingl. 1929). *The Trauma of Birth*. London: Kegan Paul.

Reinhardt, R. F. (1970). "The Outstanding Jet Pilot". *Amer. J. Psychiat.* 127: 732-6.

Rheingold, H. L. (1969). "The Effect of a Strange Environment on the Behaviour of Infants". In B. M. Foss (org.), *Determinants of Infant Behaviour*, Vol. 4. Londres: Methuen.

Rheingold, H. L. & Eckerman, C. O. (1970). "The Infant Separates Himself from his Mother". *Science* 168: 78-83.

Ritvo, L. B. (1972). "Carl Claus as Freud's Professor of the New Darwinian Biology". *Int. J. Psychoanal.* 53: 277-83.

Roberts, A. H. (1964). "Housebound Housewives: A Follow-up Study of a Phobic Anxiety State". *Brit. J. Psychiat.* 110: 191-7.

Robertson, J. (1952). Filme: *A Two-year-old Goes to Hospital* (16 mm, 45 min; guia suplementar; também versão abreviada, 30 min). Londres: Tavistock Child Development Research Unit; New York: Nova York University Film Library.

Robertson, J. (1953). "Some Responses of Young Children to the Loss of Maternal Care". *Nurs. Times* 49: 382-6.

_____ (1958a). Filme: *Going to Hospital with Mother* (16 mm, 40 min; guia suplementar). Londres: Tavistock Child Development Research Unit; Nova York: New York University Film Library.

_____ (1958b). *Young Children in Hospital*. Londres: Tavistock. 2.ª ed., 1970.

Robertson, J. & Bowlby, J. (1952). "Responses of Young Children to Separation from their Mothers". *Courr. Cent. Int. Enf.* 2: 131-42.

Robertson, J. & Robertson, J. (1967-73). Série de filmes, *Young Children in Brief Separation*:

N.º 1. (1967). Kate, 2 anos e 5 meses; em cuidados de terceiros por 27 dias.

N.º 2. (1968). Jane, 17 meses; em cuidados de terceiros por 10 dias.

N.º 3. (1969). John, 17 meses; 9 dias em uma creche residencial.

N.º 4. (1971). Thomas, 2 anos e 4 meses; em cuidados de terceiros por 10 dias.

N.º 5. (1973). Lucy, 21 meses; em cuidados de terceiros por 19 dias.

Londres: Tavistock Institute of Human Relations (filmes encontrados na Concord Films Council, Ipswich, Suffolk; e na New York University Film Library). Os guias das séries de filmes são encontrados na Tavistock Institute of Human Relations and New York University Film Library.

Robertson, J. & Robertson, J. (1971). "Young Children in Brief Separation: A Fresh Look". *Psychoanal. Study Child* 26: 264-315.
Rosenberg, M. (1965). *Society and the Adolescent Self-image*. Princeton, N. J.: Princeton University Press.
Rosenblum, L. A. & Kaufman, I. C. (1968). "Variations in Infant Development and Response to Maternal Loss in Monkeys". *Amer. J. Orthopsychiat.* 38: 418-26.
Roth, M. (1959). "The Phobic Anxiety-Depersonalization Syndrome". *Proc. R. Soc. Med.* 52: 587-95.
_____ (1960). "The Phobic Anxiety-Depersonalization Syndrome and Some General Aetiological Problems in Psychiatry". *J. Neuropsychiat.* 1: 293.
Roth, M., Garside, R. S. & Gurney, C. (1965). "Clinical-Statistical Enquiries into the Classification of Anxiety States and Depressive Disorders". In F. A. Jenner (org.), *Proceedings of Leeds Symposium on Behavioural Disorders*. Dagenham, Essex: May & Baker.
Rowell, T. E. & Hinde, R. A. (1963). "Responses of Rhesus Monkeys to Mildly Stressful Situations". *Anim. Behav.* 11: 235-43.
Ruff, G. E. & Korchin, S. J. (1967). "Adaptive Stress Behavior". In M. H. Appley & R. Trumbull (orgs.). *Psychological Stress*. Nova York: Appleton-Century-Crofts.
Rycroft, C. (1968a). *Anxiety and Neurosis*. Londres: Allen Lane The Penguin Press.
_____ (1968b). *A Critical Dictionary of Psychoanalysis*. Londres: Nelson.
Sandels, S. (1971). *The Skandia Report: A Report on Children in Traffic* (sumário inglês). Stockholm: Skandia Insurance Co.
Sandler, J. (1960). "The Background of Safety". *Int. J. Psychoanal.* 41: 352-6.
Sandler, J. & Joffe, W. G. (1969). "Towards a Basic Psychoanalytic Model". In. *J. Psychoanal.* 50: 79-90.
Scarr, S. & Salapatek, P. (1970). "Patterns of Fear Development during Infancy". *Merrill-Palmer Quart.* 16: 59-90.
Schaffer, H. R. (1958). "Objective Observations of Personality Development in Early Infancy". *Brit. J. med. Psychol.* 31: 174-83.
_____ (1971). "Cognitive Structure and Early Social Behaviour". In. H. R. Schaffer (org.). *The Origins of Human Social Relations*. Londres & Nova York: Academic Press.
Schaffer, H. R. & Callender, W. M. (1959). "Psychological Effects of Hospitalization in Infancy". *Paediatrics* 24: 528-39.
Schaffer, H. R. & Parry, M. H. (1969). "Perceptual-Motor Behaviour in Infancy as a Function of Age and Stimulus Familiarity". *Brit. J. Psychol.* 60: 1-9.
Schaffer, H. R. & Pany, M. H. (1970). "The Effects of Short-term Familiarization on Infants' Perceptual-Motor Co-ordination in a Simultaneous Discrimination Situation". *Brit. J. Psychol.* 61: 559-69.

Schapira, K., Kerr, T. A. & Roth, M. (1970). "Phobias and Affective Illness". *Brit. J. Psychiat.* 117: 25-32.
Schatzman, M. (1971). "Paranoia or Persecution: The Case of Schreber". *Family Process* 10: 177-207.
Schiff, W., Caviness, J. A. & Gibson, J. J. (1962). "Persistent Fear Responses in Rhesus Monkeys to the Optical Stimulus of 'Looming'". *Science* 136: 982-3.
Schnurmann, A. (1949). "Observation of a Phobia". *Psychoanal. Study Child* 3/4: 253-70.
Schur, M. (1953). "The Ego in Anxiety". In R. D. Loewenstein (org.), *Drives, Affects, Behavior*. Nova York: International Universities Press.
_____ (1958). "The Ego and the Id in Anxiety". *Psychoanal. Study Child* 13: 190-220.
_____ (1967). *The Id and the Regulatory Principles of Mental Functioning*. Londres: Hogarth.
Scott, J. P. & Fuller, J. L. (1965). *Genetics and the Social Behavior of the Dog*. Chicago: University of Chicago Press.
Scott, R. D. (1973*a*). "The Treatment Barrier: 1". *Brit. J. Med. Psychol.* 46.
_____ (1973*b*). "The Treatment Barrier: 2, The Patient as an Unrecognized Agent". *Brit. J. Med. Psychol.* 46.
Scott, R. D. & Ashworth, P. L. (1969). "The Shadow of the Ancestor: A Historical Factor in the Transmission of Schizophrenia". *Brit. J. Med. Psychol.* 42: 13-32.
Scott, R. D., Ashworth, P. L. & Casson, P. D. (1970). "Violation of Parental Role Structure and Outcome in Schizophrenia: A Scored Analysis of Features in the Patient–Parent Relationship". *Soc. Sci. Med.* 4: 41-64.
Sears, R. R., Maccoby, E. E. & Levin, H. (1957). *Patterns of Child Rearing*. Evanston: Row, Peterson.
Seay, B., Hansen, E. & Harlow, H. F. (1962). "Mother-Infant Separation in Monkeys". *J. Child Psychol. Psychiat.* 3: 123-32.
Seay, B. & Harlow, H. F. (1965). "Maternal Separation in the Rhesus Monkey". *J. Nerv. Ment. Dis.* 140: 434-41.
Shand, A. F. (1920). *The Foundations of Character*. Londres: Macmillan, 2.ª ed.
Shirley, M. M. (1942). "Children's Adjustments to a Strange Situation". *J. Abnorm. Soc. Psychol.* 37: 201-17.
Shirley, M. & Poyntz, L. (1941). "Influence of Separation from the Mother on Children's Emotional Responses". *J. Psychol.* 12: 251-82.
Shoben, E. J. & Borland, L. (1954). "An Empirical Study of the Etiology of Dental Fears". *J. Clin. Psychol.* 10: 171-4.
Siegelman, E., Block, J., Block, J. & Lippe, A. von der (1970). "Antecedents of Optimal Psychological Development". *J. Consult. Clin. Psychol.* 35: 283-9.

Smith, J. Maynard (1966). *The Theory of Evolution*. Harmondsworth: Penguin Books, 2ª ed.

Snaith, R. P. (1968). "A Clinical Investigation of Phobias". *Brit. J. Psychiat.* 114: 673-98.

Spencer-Booth, Y. & Hinde, R. A. (1967). "The Effects of Separating Rhesus Monkey Infants from their Mothers for Six Days". *J. Child Psychol. Psychiat.* 7: 179-97.

_____ (1971*a*). "Effects of Six Days Separation from Mother on 18-to 32-week old Rhesus Monkeys". *Anim. Behav.* 19: 174-91.

_____ (1971*b*). "The Effects of 13 Days Maternal Separation on Infant Rhesus Monkeys compared with those of Shorter and Repeated Separations". *Anim. Behav.* 19: 595-605.

_____ (1971*c*). "Effects of Brief Separations from Mothers during Infancy on Behaviour of Rhesus Monkeys 6-24 Months Later". *J. Child Psychol. Psychiat.* 12: 157-72.

Sperling, M. (1961). "Analytic First-aid to School Phobias". *Psychoanal. Quart.* 30: 504-8.

_____ (1967). "School Phobias: Classification, Dynamics, and Treatment". *Psychoanal. Study Child* 22: 375-401.

Spiegel, J. P. (1958). "Homeostatic Mechanisms within the Family". In I. Galdston (org.), *The Family in Contemporary Society*. Nova York: International Universities Press.

Spitz, R. A. (1946). "Anaclitic Depression". *Psychoanal. Study Child* 2: 313-42.

_____ (1950). "Anxiety in Infancy: A Study of its Manifestations in the First Year of Life". *Int. J. Psichoanal.* 31: 138-43.

Stayton, D. J. & Ainsworth, M. D. S. (1973). "Individual Differences in Infant Responses to Brief Everyday Separations as related to Other Infant and Maternal Behaviors". *Devl. Psychol.* 9: 226-35.

Stendler, C. B. (1954). "Possible Causes of Overdependency in Young Children". *Child Dev.* 25: 125-46.

Stott, D. H. (1950). *Delinquency and Human Nature*. Dunfermline, Fife: Carnegie UK Trust.

Strachey, J. (1958). Nota do editor à "Psychoanalytic Notes on an Autobiographical Account of a Case of Paranoia". *SE* 12: 3-8.

_____ (1959). Introdução do editor à "Inhibitions, Symptoms and Anxiety". *SE* 20: 77-86.

_____ (1962). "The Term *Angst* and its English Translation". Apêndice do editor ao ensaio de Freud sobre Neurose de Angústia. *SE* 3: 116-7.

Sullivan, H. S. (1953). *The Interpersonal Theory of Psychiatry*. Nova York: Norton; Londres: Tavistock, 1955.

Suttie, I. D. (1935). *The Origins of Love and Hate*. Londres: Kegan Paul.

Talbot, M. (1957). "Panic in School Phobia". *Amer. J. Orthopsychiat.* 27: 286-95.

Terhune, W. B. (1949). "The Phobic Syndrome". *Archs. Neurol. Psychiat.* 62: 162-72.

Thorpe, W. H. (1956). *Learning and Instinct in Animals.* Cambridge Mass.: Harvard University Press; Londres: Methuen. 2.ª ed., 1963.

Tinbergen, E. A. & Tinbergen, N. (1972). "Early Childhood Autism: An Ethological Approach". Zugleich Beiheft 10 zur *Zeitsch. für Tierspsychologie.*

Tinbergen, N. (1957). "On Anti-predator Responses in Certain Birds – A Reply". *J. Comp. Physiol. Psychol.* 50: 412-14.

Tizard, B., Joseph, A., Cooperman, O. & Tizard, J. (1972). "Environmental Effects on Language Development: A Study of Young Children in Longstay Residential Nurseries". *Child Dev.* 43: 337-58.

Tizard, J. & Tizard, B. (1971). "The Social Development of Two-year-old Children in Residential Nurseries". In H. R. Schaffer (org.), *The Origins of Human Social Relations.* Londres e Nova York: Academic Press.

Tyerman, M. J. (1968). *Truancy.* Londres: University of Londres Press.

Ucko, L. E. (1965). "A Comparative Study of Asphyxiated and Non-asphyxiated Boys from Birth to Five Years". *Devl. Med. Child Neurol.* 7: 643-57.

Valentine, C. W. (1930). "The Innate Bases of Fear". *J. Genet. Psychol.* 37: 394-419.

Waddington, C. H. (1957). *The Strategy of the Genes.* Londres: Allen & Unwin.

Waldfogel, S., Coolidge, J. C. & Hahn, P. (1957). "The Development, Meaning and Management of School Phobia". *Amer. J. Orthopsychiat.* 27: 754-80.

Walk, A. (1972). Carta em "Parasuicide". *Brit. J. Psychiat* 120: 128.

Walk, R. D. & Gibson, E. J. (1961). *A Comparative and Analytical Study of Visual Depth Perception.* Psychol. Monogr. 75, n.º 519.

Walker, N. (1956). "Freud and Homeostasis". *Brit. J. Phil. Sci.* 7: 61-72.

Warren, W. (1948). "Acute Neurotic Breakdown in Children with Refusal to go to School". *Archs. Dis. Childh.* 23: 266-72.

Washburn, S. (1966). Afirmação citada (p. 139) por William Dement em seu comentário sobre um artigo de Frederick Snyder intitulado "Toward an Evolutionary Theory of Dreaming". *Amer. J. Psychiat.* 123: 121-42.

Washburn, S. L. & Hamburg, D. A. (1965). "The Study of Primate Behavior". In I. DeVore (org.). *Primate Behavior.* Nova York e Londres: Holt, Rinehart & Winston.

Watson, J. B. & Rayner, R. (1920). "Conditioned Emotional Reactions". *J. Exp. Psychol.* 3: 1-14.

Webster, A. S. (1953). *The Development of Phobias in Married Women.* Psychol. Monogr. 67, n.º 17.

Weiss, E. (1964). *Agoraphobia in the light of Ego Psychology.* Nova York: Grune & Stratton.

Weiss, M. & Burke, A. (1970). "A 5-to 10-year Followup of Hospitalized School Phobic Children and Adolescents". *Amer. J. Orthopsychiat.* 40: 672-6.

Weiss, M. & Cain, B. (1964). "The Residential Treatment of Children and Adolescents with School Phobia". *Amer. J. Orthopsychiat.* 34: 103-14.

Wenner, N. K. (1966). "Dependency Patterns in Pregnancy". In J. H. Masserman (org.), *Sexuality of Women.* Nova York: Grune & Stratton.

Westheimer, I. J. (1970). "Changes in Response of Mother to Child during Periods of Separation". *Soc. Wk* 27: 3-10.

Winnicott, D. W. (1941). "The Observation of Infants in a Set Situation". *Int. J. Psychoanal.* 22. Reimpresso em Winnicott, *Collected Papers.* Londres: Tavistock, 1958.

_____ (1945). "Primitive Emotional Development". *Int. J. Psychoanal.* 26. Reimpresso em Winnicott, *Colleted Papers.* Londres: Tavistock, 1958.

_____ (1952). "Anxiety Associated with Insecurity". In Winnicott, *Collected Papers.* Londres: Tavistock, 1958.

_____ (1955a). "Metapsychological and Clinical Aspects of Regression within the Psychoanalytical Set-up". *Int. J. Psycho-Anal.* 36. Reimpresso em Winnicott, *Collected Papers.* Londres: Tavistock, 1958.

_____ (1955b). "The Depressive Position in Normal Emotional Development". *Brit. J. Med. Psychol.* 28. Reimpresso em Winnicott, *Collected Papers.* Londres: Tavistock, 1958.

_____ (1958). "The Capacity to be Alone". *In. J. Psychoanal.* 39: 416-20. Reimpresso em Winnicott, *The Maturational Processes and the Facilitating Environment.* Londres: Hogarth; Nova York: International Universities Press, 1965.

Wolfenstein, M. (1955). "Mad Laughter in a Six-year-old Boy". *Psychoanal. Study Child* 10: 381-94.

_____ (1957). *Disaster.* Londres: Routledge.

_____ (1969). "Loss, Rage, and Repetition". *Psychoanal. Study Child* 24: 432-60.

Wolpe, J. (1958). *Psychotherapy by Reciprocal Inhibition.* Stanford: Stanford University Press.

Wynne, L. C., Ryckoff, I. M., Day, J. & Hirsch, S. I. (1958). "Pseudomutuality in the Family Relations of Schizophrenics". *Psychiat.* 21: 205-20.

Wynne-Edwards, V. C. (1962). *Animal Dispersion in relation to Social Behaviour.* Edimburgo: Oliver & Boyd.

Yarrow, L. J. (1963). "Research in Dimensions of Early Maternal Care". *Merrill-Palmer Quart.* 9: 101-14.

Yerkes, R. M. & Yerkes, A. W. (1936). "Nature and Conditions of Avoidance (Fear) Response in Chimpanzees". *J. Comp. Psychol.* 21: 53-66.

Zetzel, E. R. (1955). "The Concept of Anxiety in relation to the Development of Psychoanalysis". *J. Amer. Psychoanal. Ass.* 3: 369-88.

1.ª **edição** dezembro 1984 | 4.ª **edição** outubro de 2004
2.ª **reimpressão** abril de 2021 | Impressão e acabamento Graphium